KNAUR

Im Knaur Taschenbuch sind bereits folgende Bücher der Autorin erschienen:
Die Hexe von Nassau
Das Pestkind

Über die Autorin:
Nicole Steyer wurde 1978 in Bad Aibling geboren und wuchs in Rosenheim auf. Doch dann ging sie der Liebe wegen nach Idstein im Taunus. Nach der Geburt ihrer beiden Kinder begann sie zu schreiben, beschäftigte sich mit der Idsteiner Stadtgeschichte und fing an zu recherchieren. Das Ergebnis dieser Recherchen war ihr erster historischer Roman, DIE HEXE VON NASSAU, der sich mit den Hexenverfolgungen in Idstein und Umgebung befasst und ein großer Erfolg wurde. Für DER FLUCH DER SOMMERVÖGEL hat sie umfangreiche Recherchen in Frankfurt betrieben, genauso wie sie sich für DAS PESTKIND intensiv mit Rosenheim und Umgebung zur Zeit des Dreißigjährigen Krieges beschäftigte.
Besuchen Sie die Autorin auf Ihrer Homepage:
www.literatur-steyer.de

Nicole Steyer

Der Fluch der Sommervögel

Roman

KNAUR

Besuchen Sie uns im Internet:
www.knaur.de

FSC
www.fsc.org
MIX
Papier aus verantwortungsvollen Quellen
FSC® C083411

Originalausgabe Juni 2015

Ein Imprint der Verlagsgruppe Droemer Knaur
GmbH & Co. KG, München

Redaktion: Ilse Wagner
Covergestaltung: ZERO Werbeagentur, München
Coverabbildung: AKG images / FinePic®, München
Bildnachweis S. 6 / 7: Institut für Stadtgeschichte, S8-Stpl / 1628,
Merian-Stadtplan Frankfurt
Satz: Sandra Hacke
Druck und Bindung: CPI books GmbH, Leck
ISBN 978-3-426-51584-6

2 4 5 3

»Bin ich schon nicht mehr da,
wird man noch sagen,
das ist Merians Tochter.«

Matthäus Merian, der Ältere

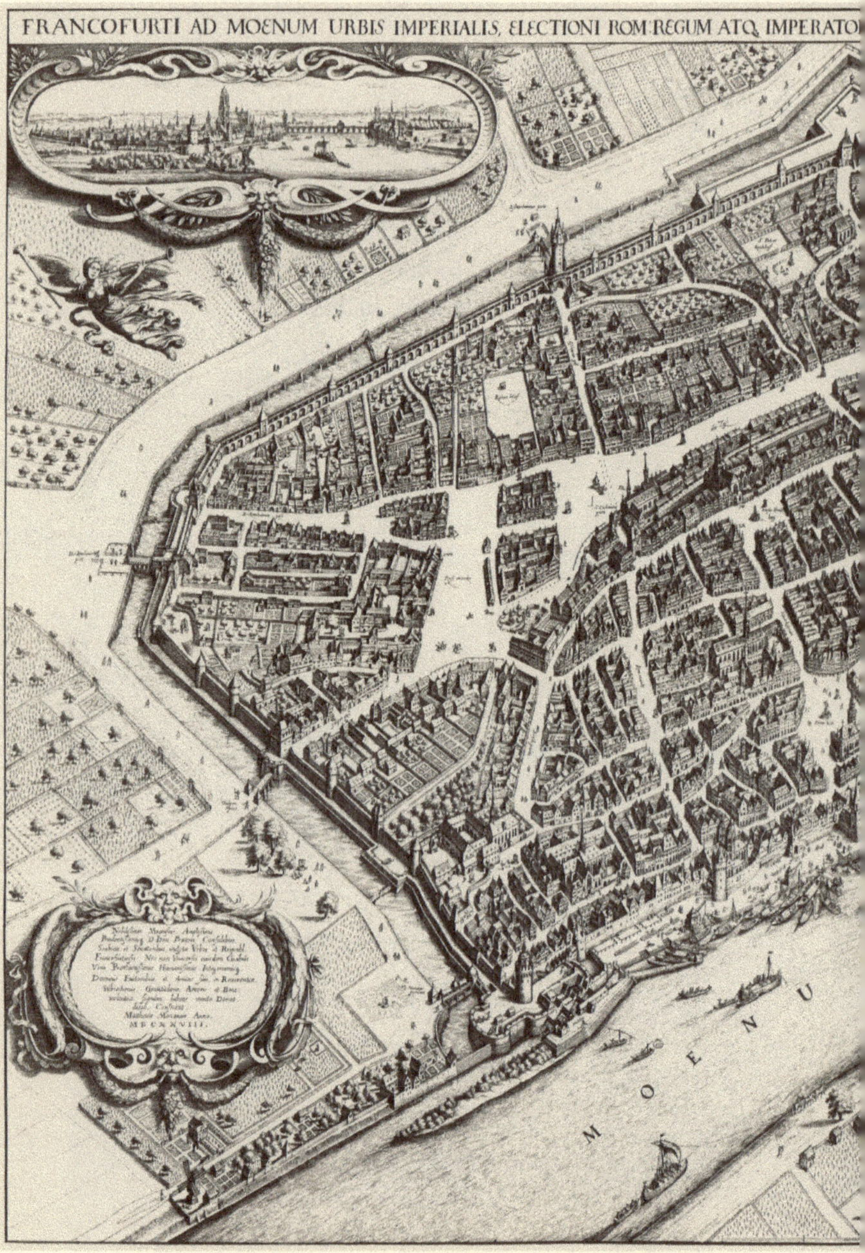
FRANCOFURTI AD MOENUM URBIS IMPERIALIS, ELECTIONI ROM. REGUM ATQ. IMPERATO
MOENU

NSECRATÆ, EMPORIIQUE TAM GERMANIÆ QUAM TOTIUS EUROPÆ CELEBERRIMI, ACCURATA DELINEATIO.
F L U V I U S
Sachsenhausen

Kapitel 1

Frankfurt, 1664

Durch die Bleiglasfenster drang nur wenig Tageslicht in den kleinen Nebenraum der Druckereiwerkstatt, in den sich Maria zurückgezogen hatte. Es war ein kalter und trostloser Apriltag, der mit seinen tiefhängenden Wolken die eng beieinanderliegenden Dächer der Stadt grau und düster aussehen ließ. Anfangs hatten ihre Hände bei der Arbeit gezittert, doch die immer gleichen Handgriffe, die sie mit Sorgfalt und geübter Sicherheit ausübte, vertrieben die Kälte aus ihren Gliedern. Die Werkstatt ihrer Brüder war ein verwunschener Ort, der wie eine eigene Welt wirkte, in der sie das sein konnte, was sie sein wollte. Die Tür zum Nebenraum war nur angelehnt. Die Geräusche der Druckerpresse, das Knarren des Dielenbodens, das vertraute Lachen und die Gespräche der Männer beruhigten sie genauso wie der allgegenwärtige Geruch von Druckerschwärze, Wachs und Holzrauch. Sie schaute auf ihren Kupferstich hinunter. Erst gestern hatte sie die groben Linien mit der Radiernadel übertragen, und jetzt begann sie mit den Feinarbeiten. Liebevoll strich sie mit den Fingern über die Konturen einer Blume, auf der sich ein Sommervogel mit einigen Raupen tummelte. Dieser Sommervogel war einer ihrer Lieblinge gewesen. Sie hatte die winzige Raupe auf der Mauer gefunden, die den kleinen Garten einrahmte, der zum Karmeliterkloster führte. Sie war ihr unbekannt gewesen, was nur noch selten

passierte, denn eigentlich kannte sie bereits alle Sommervögel Frankfurts.
Stundenlang hatte sie vor dem Glas gesessen, in dem sie ihn eingeschlossen hatte, und jede noch so unwichtige Kleinigkeit notiert und gemalt. Die Färbung und Größe der Raupe, ihre Art, sich fortzubewegen und zu fressen. Die Puppe dieses Sommervogels hing nach unten. Genau hatte sie beobachtet, wie die kleine Raupe immer mehr in der schützenden Haut verschwunden war, hatte jedes Stadium skizziert, alle Auffälligkeiten notiert. Wie sehr hatte sie sich gefreut, als bereits durch die Puppenhülle die Flügelzeichnung zu erkennen gewesen war. Die unvorstellbare Verwandlung dieser kleinen Wesen, die niemand mochte und die alle für Teufelsgeziefer hielten oder als Butter- und Schmandfliegen beschimpften, faszinierte sie. Für sie waren sie Sommervögel, einzigartige Wesen voller Anmut und Schönheit, denen sie fast jedes ihrer Gemälde widmete.
Knarrend öffnete sich die Tür, und Caspar betrat den Raum.
»Guten Morgen, Maria. Ich habe dich gar nicht kommen sehen.« Er deutete nach draußen. »Bei dem schlechten Licht kannst du doch nicht arbeiten. Du wirst dir die Augen verderben.«
Er trat näher und blickte seiner Halbschwester über die Schulter.
»Ist das der Sommervogel, von dem du mir neulich erzählt hast?«
»Ja, das ist er.« Auf Marias Gesicht breitete sich ein Lächeln aus, und in ihre Augen trat das ganz eigene Strahlen, das sie nur hatte, wenn es um ihre geliebten Sommervögel ging. Caspar musste lächeln. Mit diesem Ausdruck in den Augen hatte das Gesicht seiner Halbschwester eine besondere Ausstrahlung, und sie wirkte fast ein wenig hübsch. Gott hatte Maria

so viele wunderbare Talente geschenkt. Sie besaß eine schnelle Auffassungsgabe, war eine talentierte Malerin und beherrschte das Handwerk des Kupferstechens fast besser als er, doch Schönheit hatte er ihr nicht gegeben. Ihre einfachen Gesichtszüge, eine knollige Nase, zu eng beieinanderstehende Augen und runde Pausbacken wurden von glanzlosem braunem Haar eingerahmt, das sie meist zu einem Zopf geflochten trug. Wem genau sie ähnelte, war schwer zu erkennen. Weder das kantige Gesicht des Vaters noch die hohen Wangenknochen der Mutter waren bei ihr zu sehen.

Der Glanz in ihren Augen verschwand so schnell, wie er gekommen war.

»Du hast ja recht, Caspar. Seitdem Abraham in Utrecht ist, fühle ich mich wie ein halber Mensch, und das Atelier des Vaters wirkt ausgestorben und leer. Ich konnte die Stille nicht ertragen, und deshalb bin ich hierhergekommen und mache an der begonnenen Arbeit weiter.« Sie deutete auf die Kupferplatte.

Caspar ging neben ihr in die Hocke und strich sanft über ihre Hände. Er wusste, wie sehr Maria unter dem Weggang Migons litt. Vor zwei Wochen war Abraham nach Utrecht aufgebrochen, um sich dort weiterzubilden. Dies war allerdings nicht der einzige Grund für seinen Aufbruch, das wusste Caspar genau. Maria hatte ihren Lehrer längst überflügelt. Ihre Werke waren bedeutend filigraner, liebevoller gearbeitet und harmonischer. Abraham Migon konnte ihr nichts mehr beibringen und floh vor dem talentierten, oft eigenwilligen Mädchen, das er nicht verstand.

»Ich weiß, du vermisst Abraham. Aber auch er muss seine Fähigkeiten verbessern, und das kann er nicht, wenn er dich unterrichtet.«

Maria strich mit den Fingern über ihren Kupferstich.

»In der letzten Zeit war er sowieso nicht mehr nett zu mir und hat Dinge an meinen Bildern kritisiert, die ihm bisher gut gefallen haben.« Sie sah ihren Bruder nachdenklich an.
»Dinge, die ich genauso machte wie er. Seitdem er fort ist, lässt mich die Mutter kaum noch aus dem Haus. Sie sagt, mein Unterricht wäre beendet und ich sollte mich den Arbeiten zuwenden, die sittsame junge Mädchen machen.«
Sie zuckte mit den Schultern.
»Doch die Stick- und Näharbeiten sind mir zuwider, und die Küchenarbeit kommt mir wie eine Strafe vor. Bärbel gibt sich die allergrößte Mühe, wir lachen viel. Aber ich fühle mich eingesperrt wie ein Sommervogel im Glas.«
Wieder einmal wusste Caspar keine Antwort. Er griff nach ihrem Grabstichel und drehte ihn in der Hand hin und her. Gott hatte Maria nicht nur bei der Vergabe der Schönheit ein Schnippchen geschlagen, sondern auch beim Geschlecht. Sie würde sich irgendwann fügen müssen, ob sie es wollte oder nicht. Junge Mädchen machten keine Kupferstiche, sammelten keine Raupen und saßen nicht stundenlang in einem Atelier oder über Büchern. Sie versorgten das Haus, kümmerten sich um die Kinder und waren treue Ehefrauen, die ihrem Gatten ein wohliges Heim bereiteten.
Er legte den Grabstichel auf den Tisch, griff nach Marias Hand und versuchte, aufmunternd zu lächeln.
»Komm, ich will dir etwas zeigen.«
Maria ließ sich von ihm mitziehen, hinaus in die Werkstatt, in der schwarzer Rauch unter der dunklen Decke hing und zwei Männer damit beschäftigt waren, Papier auf die Druckerpresse zu legen. Sie durchquerten den Raum und den kleinen Innenhof, der von dem Überbau des Seitenflügels überragt wurde und deshalb düster und unfreundlich wirkte.
Dann betraten sie die Schreibstube des Verlagshauses. Die

beiden ausladenden Schreibtische aus schwerem Eichenholz mit messingfarbenen Griffen an den Schubladen füllten den kleinen Raum aus, der von zwei schmalen, bleiverglasten Fenstern nur wenig erhellt wurde.

An den Wänden hingen einige Öllampen, die heute entzündet worden waren. Ihr Licht flackerte im Luftzug und malte Flecken auf den grauen Untergrund.

Caspar führte Maria zu seinem Schreibtisch, klappte zwei aufgeschlagene Bücher zu, davon eines der Wirtschaftsbücher, und legte sie zur Seite. Unter ihnen tauchte seine Zeichenmappe auf, in der er seine Entwürfe aufbewahrte. Er öffnete sie und zog Maria näher heran.

»Ich würde gern deine Meinung hören, Schwesterchen.« Er nahm eines der Bilder heraus.

Maria setzte sich und besah sich das Bild näher. Es war ein Aquarell, das er auf der anderen Seite des Mains gemalt hatte. Fischernetze der Mainfischer waren im Vordergrund zu sehen, dahinter der Fluss mit einigen Booten und Frankfurt, überragt vom Dom. Fasziniert musterte sie die vielen kleinen Details, die ihr Halbbruder festgehalten hatte. Vergissmeinnicht und Löwenzahn blühten auf dem Rasen, welcher die Fischernetze umgab. Der Baum dahinter war umhüllt von rosa Blüten.

Caspar beobachtete seine Halbschwester gespannt, und es gefiel ihm, was er sah. Ihre Augen leuchteten beinahe wie eben, als sie von ihrer Butterfliege gesprochen hatte. Dieser Blick war ihm Lob genug, mehr musste sie nicht sagen.

»Es ist wunderschön«, sagte sie und ließ das Papier sinken. »Wieso hast du mir die Bilder nicht früher gezeigt? Du hast Talent.«

Maria war wirklich überrascht. Natürlich beherrschte Caspar das Zeichnen, Kupferstechen und vieles mehr, sonst wäre er

kein Merian. Aber er kümmerte sich in der Regel um das Geschäftliche. Matthäus, sein Bruder, hielt sich für den talentierten Merian.
Caspar spürte, wie ihm die Röte in die Wangen stieg, und blickte zu Boden.
Sie legte das Bild zurück auf den Schreibtisch, griff nach der Mappe, blätterte die Seiten durch und staunte immer mehr. Weitere Landschaften tauchten auf. Der Fluss, weiß überzogen mit Eis, kahle Bäume in grauem Nebel, Spaziergänger flanierten am Ufer entlang, die warme Mäntel trugen. Auf einem anderen Gemälde war ein kleiner Dachgarten zu sehen, wie es in Frankfurt viele gab. Vergissmeinnicht und bunte Stiefmütterchen blühten in Blumenkästen, die vor einem schmiedeeisernen Gitter standen. Eine zierliche weiße Gartenbank lud zwischen den Ästen eines kleinen blühenden Kirschbaumes zum Verweilen ein. Hinter dem Dachgarten erhob sich der mächtige Turm des Doms bedrohlich in den Himmel.
Auf einem weiteren Gemälde spielten ein Knabe und ein Mädchen zwischen den dunklen Mauern einer schmalen Gasse, des Tuchgardens. Die eng beieinanderstehenden und für Frankfurt typischen Häuser, in denen ein Raum ein Stockwerk ausmachte, reihten sich dicht an dicht. Es war seltsam: Die Gasse war voller Leben, Händler verkauften ihre Waren, Frauen hängten ihre Wäsche auf, zwei Kätzchen saßen am unteren Bildrand, doch der Blick des Betrachters richtete sich sofort auf die beiden Kinder, die mit ihrer Lebendigkeit den Mittelpunkt des Gemäldes ausmachten.
»Die Bilder sind hervorragend und wunderschön.« Sie ließ die Mappe auf ihren Schoß sinken und sah ihren Bruder nachdenklich an.
Caspar nickte schweigend. Eine Weile sagte keiner etwas. Die

Geräusche der Werkstatt drangen dumpf zu ihnen herüber, irgendwo zwitscherte ein Vogel, das Tropfen des Wassers von der Dachrinne war zu hören. Maria erhob sich und trat ans Fenster, blickte in den finsteren Innenhof und rieb sich fröstelnd über die Arme.

»Warum hast du nie etwas von den Bildern gesagt?«, fragte sie.

Er seufzte hörbar. »Matthäus hätte sie nur belächelt. Er setzt doch alles herab, was ich tue.«

Maria drehte sich um. »Er setzt jeden in seiner Umgebung herab. Du wirst dich doch nicht von der Arroganz deines Bruders, die wir nur zu gut kennen, beeindrucken lassen. In dir steckt mehr als der Verleger, der immer nur auf den Umsatz achtet und über den Büchern sitzt. Du bist ein Merian, vergiss das nicht.«

Ihre Augen funkelten wütend. Sie deutete auf die Mappe. »Diese Bilder sind großartige Meisterwerke, die …«

»Die niemand kaufen wird«, fiel er ihr ins Wort.

Maria schnappte nach Luft. Die Traurigkeit in seinen Worten dämpfte ihre aufflammende Wut.

Matthäus hatte kein Recht dazu, seinen Bruder schlecht zu behandeln. Caspar litt darunter, vergrub sich immer mehr und konnte nicht das sein, was er wollte. Er war ein Künstler, der, wie sie alle, das Talent des Vaters in sich trug, doch er versteckte sich hinter der Fassade des Kaufmanns, des Verlegers und Druckers.

Sie trat näher heran und strich ihm liebevoll über die Schulter. »Es war lieb von dir, mir die Bilder zu zeigen.«

Er blickte auf und verzog den Mund zu einem Lächeln.

»Ich muss mich bedanken.« Er griff nach ihrer Hand und drückte ihre schmalen Finger. »Dein Urteil bedeutet mir viel.«

Maria errötete und winkte ab. »Ich bin nicht weit genug, Bilder zu beurteilen. Abraham hätte sicher ein besseres Urteil abgeben können.«
Caspar schüttelte den Kopf. »Nein, das hätte er nicht, denn du bist besser als er, schon seit langer Zeit.«

*

Maria verließ nachdenklich das Verlagshaus ihrer Brüder. Es hatte zu regnen aufgehört, doch große Pfützen, durch die Fuhrwerke fuhren und Kinder hopsten, verwandelten die gepflasterten Straßen in feuchte, glitschige Rutschbahnen, auf denen sie achtgeben musste, wo sie hintrat.
Es war bereits später Nachmittag, und eigentlich hätte sie nach Hause gehen sollen, doch ihr Weg führte sie nicht in die heimische Kruggasse. Sie schlüpfte stattdessen durch die Katharinenpforte, um über die Buchgasse in die Alte Mainzergasse zu gelangen, in der sie früher mit ihrer Mutter in einer kleinen Wohnung neben dem Karmeliterkloster gewohnt hatte. Sie war noch sehr klein gewesen, als die Mutter Jacob Marrell geheiratet hatte, aber die Erinnerungen an diese Gasse waren geblieben, und die vertraute Umgebung gab ihr ein Gefühl von Sicherheit.
Die Erker und vorgeschobenen Winkel der Häuser überragten die Gasse, und verschlossene Tore und Hinterhöfe wechselten sich mit Ladengeschäften und Handwerksbetrieben ab. Auch heute erschwerten umherstehende Regentonnen und dicke Fässer das Durchkommen. In der Mitte der Straße war das kleine Abwasserrinnsal angeschwollen und wirkte wie ein Bachlauf, auf dem einige Kinder begeistert Papier-

schiffe schwimmen ließen, die sie immer wieder mit hastigen Griffen vor den vorbeifahrenden Fuhrwerken retteten. Lächelnd blieb Maria stehen, beobachtete die Kleinen bei ihrem Spiel und erkannte sich in einem bezopften Mädchen mit nackten Füßen wieder, das vor Freude laut quietschend durchs Wasser hüpfte.

»Sie erinnert mich an dich, Maria«, drang die Stimme der alten Grete an Marias Ohr.

Maria drehte sich um, und das warme Gefühl in ihrem Bauch verstärkte sich.

Die alte Grete saß wie immer an ihrem Platz und verkaufte frische Kräuter, die sie unten am Fluss und in den umliegenden Gärten sammelte.

»Guten Tag, Grete.« Maria ging auf die Frau zu und ließ den Blick über deren Angebot schweifen. »Gut sehen deine Kräuter aus. Und wie sie duften, wunderbar.«

Grete winkte ab. »Es ist zu feucht. Am Flussufer ist alles matschig, überall steht das Wasser. Viele Kräuter sind faulig oder nicht zu finden. Und bis in den Stadtwald, wo bessere Kräuter wachsen, wollen mich meine alten Beine nicht mehr tragen. Bestimmt machen die Kräuterweiber vor dem Steinernen Haus bessere Geschäfte.« Ihr Blick wurde wehmütig.

Maria nickte verständnisvoll. Sie wusste um die Fehde, die Grete mit den anderen Kräuterfrauen hatte.

»Ach, Kindchen«, lamentierte Grete weiter, »damals, als ich noch die Zügel in der Hand hatte bei den jungen Dingern, die nichts von guten Kräutern verstanden, da war die Welt noch in Ordnung, und jeder Kunde wusste, welch gute Qualität er kaufte. Aber heute« – sie schüttelte den Kopf –, »heute bin ich zu alt und müde. Die Zeiten sind vorbei.« Sie warf Maria einen fragenden Blick zu. »Willst wieder zum alten Valentin, wegen der Bücher, nicht wahr?«

Maria lächelte. »Dir werde ich nie etwas vormachen können, Grete.«
Die Alte grinste verschmitzt. »In diesem Leben nicht mehr, Kindchen.« Sie musterte Maria von oben bis unten. »Bist eine richtige junge Frau geworden, die eigentlich an anderes als an Bücher denken sollte. Was sagt denn die Mutter, wenn du dich immer bei dem alten Valentin in seinem Buchladen herumdrückst?«
»Was soll sie schon sagen«, wich Maria aus.
Ein Fuhrwerk fuhr hinter Maria vorbei, sie sprang zur Seite, um nicht nass gespritzt zu werden, und Grete breitete rasch ein schützendes Tuch über ihre Auslage.
»Die Leute reden über dich, Kindchen. Sind nicht immer gute Dinge, die ich höre.« Grete legte das Tuch wieder zur Seite.
Maria zuckte mit den Schultern. »Die Leute reden immer.«
Gretes Gesichtsausdruck wurde ernst. Die sonst so weichen Züge verhärteten sich.
»Ich rate dir, Kindchen, gib auf dich acht. Hat schon so mancher in diesen Tagen gedacht, er könnte tun und lassen, was er wollte. Besonders wir Frauen müssen vorsichtig sein. In der Stadt sind Leute unterwegs, die alles genau beobachten und nichts Gutes wollen. Du bist anders, was gewiss nicht schlecht ist, aber bedenke, die Köpfe der Menschen sind voller Vorurteil und Dummheit. Freigeister sind nicht überall gern gesehen.«
Maria wusste, wovon Grete sprach, wollte es aber nicht wahrhaben. Sie verschränkte abwehrend die Arme vor der Brust und reckte das Kinn hoch. »Sollen sie doch reden. Ich werde mich nicht ändern.«
»Ich bin nicht diejenige, die dir Böses will, Maria.« Grete warf Maria einen langen Blick zu, in dem Besorgnis stand.
»Du solltest wachsamer sein und nicht mehr so viel allein um-

herstreifen. Schnell schlägt einfacher Klatsch und Tratsch in ganz andere Dinge um. Ich meine es nur gut mit dir.«
Maria blickte die Gasse hinunter. An diesem regengrauen Tag wirkten die Fassaden der Häuser wenig einladend. Tief hingen die Wolken, und dämmriges Licht kündete den herannahenden Abend an.
»Ich muss weiter, Grete, sonst wird es zu spät.«
Grete nickte. Eine Reaktion auf ihre Worte hatte sie nicht erwartet. Maria würde sich nicht ändern, das wusste sie.

*

Wie immer erklang die kleine Glocke, die über der Tür hing, als Maria Valentins Buchladen betrat. Staubige Luft, erfüllt mit dem Aroma von Pfeifentabak, schlug ihr entgegen. Sie atmete den vertrauten Geruch tief ein und blickte sich versonnen um. Die Wände waren mit Regalen gesäumt, in denen dicke und dünne, in Leinen gefasste, prachtvoll gebundene und teilweise aufwendig verzierte Bücher auf einen Käufer warteten. Auf kleinen Tischen und Bänken, die zwischen zwei gemütlichen, mit grünem Stoff bezogenen Lehnstühlen standen, stapelten sich ebenfalls Bücher, Schriften und Zeitungen. Selbst auf dem Fußboden, neben dem bleiverglasten Fenster, lag der geliebte Lesestoff hoch aufgetürmt und ließ Marias Puls schneller schlagen. Wenn die Gasse dort draußen schon heimatliche Gefühle in ihr geweckt hatte, dann tat es dieser Raum noch viel mehr. Hier konnte sie stundenlang einfach nur sitzen, die vielen Bücher ansehen, ihren Blick über die Regale gleiten lassen und den Zauber in sich aufsaugen, der von dem geschriebenen Wort ausging.

Auf der rechten Seite des schmalen Ladengeschäfts lag ein Erker, in dem ein klobiger dunkel gebeizter Schreibtisch mit einem silberfarbenen Kerzenständer stand. Die brennenden Kerzen malten Schatten und goldenes Licht auf die Wände und Regale. Auf dem Schreibtisch stapelten sich ebenfalls Bücher, zwischen denen kreuz und quer Schriftrollen lagen. Von Valentin war außer einer kleinen Rauchwolke, die hinter der Büchermauer aufstieg, nichts zu erkennen.
Maria trat näher heran, räusperte sich und begrüßte den Buchhändler.
Der Kopf von Valentin tauchte aus der Versenkung auf, und sein Mund verzog sich zu einem Grinsen. »Guten Tag, Maria. Ich habe dich schon erwartet, denn ich habe etwas für dich, was dich bestimmt interessiert.« Er trat hinter seinem Schreibtisch hervor und lief geschäftig an Maria vorbei. Sie folgte dem alten Mann in den hinteren Teil des Ladens, wo er eifrig damit begann, einen der Bücherstapel auseinanderzunehmen.
»Hier irgendwo muss ich es hingelegt haben«, murmelte er, während Maria geduldig wartete. Sie kannte die schrullige Art Valentins und wusste, wie sehr er Hast und Eile verabscheute. Valentin und seinen Buchladen gab es schon, seit sie denken konnte. Der Buchhändler war in die Jahre gekommen, und seine dicken grauen Augenbrauen, die er auf lustige Art und Weise auf und ab tanzen lassen konnte, lenkten inzwischen nicht mehr von seinem dünner werdenden Haupthaar ab. Um seinen Mund hatten sich tiefe Falten gegraben.
»Da ist es ja.« Triumphierend zog er ein Buch aus dem Stapel und bedeutete Maria, ihm zu folgen. »Ich habe es von einem Buchhändler erworben, der erst kürzlich aus Amsterdam zurückgekehrt ist.«
Neugierig folgte Maria Valentin ans Fenster. Das Buch, eher ein Büchlein, sehr klein und schmal, war in schwarzes Leinen

gebunden. Doch als sie es aufschlug, blickte sie auf Zeichnungen von Butterfliegen, die sie noch nie gesehen hatte. Farbenprächtige Tiere waren zwischen wunderschönen fremdartigen Blumen abgebildet. Hingerissen blätterte sie die Seiten um und vergaß alles um sich herum.
Valentin sah ihr freudig zu. Diese Freude von Maria war ihm die Ausgabe wert gewesen. Fasziniert musterte er sie, wie sie in die Betrachtung des Buches versunken war und ihn und alles um sich herum vergaß.
Die Erinnerung an das kleine fünfjährige Mädchen stieg in ihm auf, das in seinen Laden gekommen war und sich mit großen Augen umgeblickt hatte. Er hatte es hinauswerfen wollen wie all die anderen Bälger auch, die Büchern nichts abgewinnen konnten und liederlich damit umgingen. Doch dann tat dieses Kind etwas, was ihn faszinierte. Es nahm ein Buch von einem der Stapel, setzte sich auf die schmale Fensterbank, öffnete es und blätterte die Seiten vorsichtig mit den Fingerspitzen um. In ihre Augen war genau derselbe Ausdruck getreten wie heute. Leise hatte er sich damals genähert, war neben ihr in die Hocke gegangen und hatte in das Buch geblickt. Es war ein Bildband gewesen, nichts Besonderes, Landschaftsmalereien wechselten sich mit Textpassagen ab, weiß Gott nichts für Kinder. Schweigend hatten sie eine Weile nebeneinandergesessen. Irgendwann hatte sie aufgeblickt und ihn fragend angesehen.
»Kannst du mir daraus vorlesen?«
Diesen Satz würde er den Rest seines Lebens in sich bewahren wie einen Schatz, den man für alles Geld der Welt nicht kaufen konnte.
»Der Händler hat mir erzählt, er hätte es von einem Künstler, der längere Zeit in Südamerika gewesen ist.«
Maria blickte auf, in ihren Augen standen Tränen der Rüh-

rung. »Es ist einzigartig. Solche Sommervögel habe ich überhaupt noch nie gesehen. Diese Farben, die Schattierungen der Flügel und langen Fühler, bezaubernd.«

Er lächelte. Sommervögel, da war es wieder, dieses Wort, das er so liebte und das nur sie benutzte. Die Bezeichnung Sommervögel stand für den Respekt, den Maria diesen Tieren entgegenbrachte. Er wusste, dass ihr leiblicher Vater diese Tiere so genannt hatte. Der wunderbare und begnadete Künstler, von dem sie sich viel zu früh verabschieden musste, der ihr aber sein größtes Gut hinterlassen hatte: sein Talent.

»Ich schenke es dir«, sagte er und strich liebevoll über ihren Arm.

Jetzt rannen die Tränen über ihre Wangen.

Er griff nach dem Buch, zog ein Taschentuch aus seiner Hose und reichte es ihr. »Wir wollen es doch nicht beschmutzen.«

Maria tupfte die Tränen ab. »Nein, das wollen wir nicht.«

Er gab ihr das Buch zurück und blickte nach draußen. Die Dämmerung war hereingebrochen, und die gegenüberliegenden Häuser waren im Nebel dieses feuchten Frühlingsabends nur noch schemenhaft zu erkennen.

»Langsam wird es Zeit, nach Hause zu gehen, mein Kind.«

Maria nickte, der Glanz in ihren Augen verschwand, und sie schaute sich wehmütig um. Sie war jetzt siebzehn Jahre alt. So viele Jahre hatte sie schon in diesem Buchladen verbracht, der ihr zur zweiten Heimat geworden war.

»Am liebsten würde ich für immer hierbleiben. Seitdem Abraham fort ist, ist es zu Hause unerträglich geworden. Die Mutter gängelt mich und lässt mich kaum noch aus dem Haus. Wenn es Bärbel nicht gäbe, dann würde ich nur noch in der Küche oder der Stube sitzen und Haus- und Stickarbeiten erledigen.«

Valentin nickte seufzend. Das Atelier war Marias Zufluchtsort, der Malunterricht bei Abraham Migon war vom Vater angeordnet gewesen, dagegen hatte sich Johanna nicht wehren können. Sie hatte zusehen müssen, wie ihre Tochter ihren Willen bekam und anders wurde als die anderen Mädchen. Doch war sie nicht schon immer anders gewesen? Das seltsame Kind, die außergewöhnliche junge Frau, die sich nicht anpassen wollte. Dagegen halfen keine Verbote. Maria war eine Merian, durch und durch ihr Vater, mehr noch als ihre Brüder. Johanna würde ihre Tochter niemals verstehen, dafür war sie nicht geschaffen.

Er versuchte, Maria aufzuheitern. »Ich habe da noch etwas, was dich interessieren könnte.«

Er trat hinter seinen Schreibtisch, wühlte in den Schubladen herum, murmelte etwas Unverständliches und schob die Papierstapel von links nach rechts. In einer der Laden fand er schließlich, wonach er gesucht hatte.

Er hielt Maria ein unbedeutendes kleines Heft hin.

»Es ist ein kleiner Lehrgang der lateinischen Sprache, nichts Besonderes, aber praktisch. Es enthält die wichtigsten Wörter und grammatikalischen Grundlagen.«

In Marias Gesicht kehrte sofort das Lächeln zurück.

»Ach, Valentin, was würde ich nur ohne dich tun.« Überschwenglich fiel sie ihm um den Hals und drückte ihn fest an sich.

Liebevoll strich er mit der Hand über ihren Rücken, in den Augen Tränen der Rührung.

Sie löste sich aus der Umarmung, nahm das Heft an sich, schob es in ihre Rocktasche und begann, sich übermütig im Kreis zu drehen.

»Wenn ich erst Latein kann, dann kann ich all die Bücher endlich lesen.«

Lachend fing Valentin einen Kerzenständer auf, den Maria

vom Tisch gefegt hatte. »Wie gern hätte ich Zeit, um es dir beizubringen.«
Maria griff nach seinen Händen und drückte sie liebevoll.
»Du hilfst mir schon so viel. Ich weiß gar nicht, wie ich dir das alles vergelten soll.«
Er grinste verschmitzt. »Ich hätte da schon ein Anliegen.« Er griff nach einer Papierrolle, die ganz oben auf seinem Schreibtisch lag. »Könntest du mir von diesem Gemälde einen Nachdruck anfertigen? Es ist beschädigt. Ich hätte es gern für meine Sammlung. Sieh doch, jemand hat eine Flüssigkeit darübergegossen, und die Farben sind verdorben.«
Maria nahm die Papierrolle an sich.
»Aber gern. Gleich morgen gehe ich zu Caspar in die Werkstatt und beginne mit den Arbeiten daran.«

*

Der neue Morgen zog herauf, tauchte den dunklen Himmel in gräuliches Licht, ließ die Sterne verblassen und den Horizont rötlich schimmern. Maria saß, in eine Decke gehüllt, auf dem winzigen Balkon, der zu ihrem Zimmer gehörte, und beobachtete das Schauspiel, das ihr der anbrechende Tag bot. Um sie herum standen Blumenvasen und -töpfe voller Pflanzen, dazwischen zahlreiche Schachteln und Einmachgläser. In den meisten Gläsern war es ruhig, doch in einem flatterte ein Nachtfalter unruhig herum. Seine Flügel stießen gegen die glatten Wände, an denen er keinen Halt fand.
Maria hob das Glas in die Höhe und betrachtete das schlichte, graue Tier nachdenklich. Es war nicht hübsch, trotzdem faszinierte es sie. Der Nachtfalter war nicht wie die anderen

Sommervögel, die mit ihrer Schönheit protzten und durch die Sonnenstrahlen tanzten. Er war unansehnlich und suchte in der Dunkelheit das Licht der Laternen, nur um tagsüber vor der Sonne zu fliehen. War er etwa ein Geschöpf des Teufels, der Finsternis, die dunkle Seite der Sommervögel, vor der es sich zu fürchten galt?

Maria schaute in den winzigen noch dämmrigen Innenhof hinunter. Plötzlich fiel ihr das diffuse Licht auf, das allem ein einzigartiges Leuchten gab. Das besondere Licht des Morgens, die ersten Sonnenstrahlen, wie sie den Horizont eroberten. Begeisterung ergriff von ihr Besitz und beflügelte ihre Sinne, vertrieb die Müdigkeit. Sie stand auf, streckte sich und genoss den kühlen Hauch des Morgens, wie er ihre nackten Beine hinaufkroch und eine Gänsehaut auf ihre Schenkel zauberte. Sie ließ den Blick über ihre Schächtelchen und Gläser schweifen, in denen schlafende Raupen und Sommervögel ruhten, und blieb erneut bei dem Glas des Nachtfalters hängen. Sie hob es hoch und klopfte mit dem Finger dagegen.

»Na, kleiner Mann, langsam wird es Zeit, Abschied zu nehmen.«

Sie öffnete den Deckel des Glases. Der Falter flog heraus, wirbelte durch die Luft und verschwand in seine verdiente Freiheit.

Maria schaute ihm nach, bis sie ihn nicht mehr sehen konnte, trat zurück in ihre Kammer, kleidete sich an und verließ wenig später mit ihrer Zeichenmappe unter dem Arm das Haus. Die Gasse lag inzwischen im sanften Licht des frühen Morgens, und die Dunkelheit hatte sich in die Ecken verzogen. Nur das Zwitschern der Vögel durchbrach die Stille. Am Ende der Gasse blieb Maria vor dem Ladengeschäft des Schusters stehen und ließ ihren Blick über seine Auslage schweifen. Feine Lederschuhe mit Absätzen teilten sich den

Platz mit prachtvollen, mit Schnallen und Schleifen verzierten Schuhen, die viel zu schade zum Tragen waren. Immer wenn sie hier vorbeilief, blickte sie auf ihr eigenes schäbiges Schuhwerk hinab. Ihre einfachen Lederschuhe waren abgerieben, bereits mehrfach geflickt, bequem, aber nicht wasserdicht, was ihr regelmäßig feuchte Strümpfe bescherte. Sie ging die menschenleere Schnurgasse hinunter. Tagsüber schnurrten hier die Webstühle, Frauen liefen mit Tüchern und Teppichen hin und her, und zwischen den vielen Werkstätten hatten sich Schneidereien und Händler florierende Läden geschaffen. Ein Stück weiter bog Maria in die Graubengasse ab und tauchte in die Welt der Schreiner und Küfer ein, die hier ihr Handwerk betrieben. Zwischen den Häusern lag der Geruch von Sägemehl und Holz. Das Gackern von Hühnern drang aus einem Hinterhof, und zwei Ratten flohen quietschend in ein winziges Loch unter einer Mauer.

Maria ließ die Gasse schnell hinter sich, und als würde sie eine magische Hand durch das Wirrwarr der Gassen geleiten, lief sie zu dem Ort, den sie so sehr liebte und an dem sie Zuflucht fand, wenn sie die Enge der Gassen nicht mehr aushalten konnte oder sich wie heute in ein Abenteuer stürzte und all die Ermahnungen der Mutter und die sorgenvollen Worte von Bärbel vergaß. Jetzt zählte nur noch dieser besondere Moment, das Licht des Morgens einzufangen. Tief durchatmend öffnete sie das schmiedeeiserne Tor des Peterskirchhofs und betrat den stillen Friedhof. Das dämmrige Grau war inzwischen dem hellen Licht eines strahlenden Frühlingsmorgens gewichen, der im Osten von einem goldenen Himmel angekündigt wurde.

Die besondere Aura des Ortes hüllte sie ein, während sie langsam durch das hohe Gras lief und ihren Blick über die Grabsteine und -kreuze schweifen ließ. Wie immer schlug sie den Weg zur Totenkapelle ein, von der man über die Bleichwiesen bis zum Eschenheimer Turm schauen konnte. Mahnend blickte Jesus Christus, flankiert von zwei steinernen Frauen, auf sie herab, als sie an ihm vorüberging. Vor dem Denkmal wucherte Gras, und der Sockel, aus Sandstein gefertigt, verwitterte bereits wie so manch anderer Grabstein auch. Neben der winzigen Totenkapelle, die sich zwischen Weidenbäume und Büsche duckte, lag das Grab ihres Vaters, umrandet von Buschwerk und Grün. Er ruhte hier mit seiner ersten Frau, der Mutter von Caspar und Matthäus, die eine herzliche und gottesfürchtige Frau gewesen war. Maria setzte sich auf eine kleine Steinbank neben das Grab und atmete die Gerüche der Blumen und der feuchten Erde tief ein. Das Licht der aufgehenden Sonne schimmerte durch die Weidenzweige und malte tanzende Kreise auf den moosigen Untergrund, auf dem Leberblümchen, Hahnenfuß und Wiesenschaumkraut wuchsen. Nachdenklich blickte Maria auf das Grab ihres Vaters hinab und fragte sich, warum sie so oft zur Ruhestätte eines Menschen ging, von dem ihr kaum Erinnerungen geblieben waren. Doch die kurze Zeit, die er bei ihr gewesen war, hielt den Zauber fest, der ihn zu einem wunderbaren Menschen gemacht hatte.

Der Augenblick, als er sie lächelnd hochgehoben hatte, um sie neben sich auf den Zeichentisch zu setzen, damit er ihr seine Arbeit zeigen konnte. Manchmal glaubte sie, dieser Moment wäre erst gestern gewesen und sie könnte seine warmen Hände noch auf ihren Armen spüren und den Geruch des Schnupftabaks noch immer riechen. Ob er heute stolz auf sie wäre? Sie und die Dinge, die sie tat, akzeptieren würde? Sie wusste es nicht, glaubte aber fest daran, denn er war ein Künstler gewesen, einer der größten Kupferstecher seiner Zeit, ein Mann mit einer anderen Seele. Sie hatte das Gefühl,

genau diese Seele in sich zu tragen und damit ein Stück von ihm, das sie festhalten und niemals hergeben wollte.
Sie griff nach ihrer Zeichenmappe, holte Stift und Papier heraus und blickte über die Weidenbäume und Grabsteine bis zum Eschenheimer Turm, der von der Morgensonne angestrahlt wurde. Der Turm wäre ein schönes Motiv, das es einzufangen lohnte, doch etwas anderes zog ihre Aufmerksamkeit auf sich. Zwei Zitronenfalter flatterten an ihr vorüber, wirbelten durch die Luft, als würden sie miteinander spielen. Fasziniert beobachtete sie die beiden Sommervögel. Von ihrer Sorte flogen Hunderte durch Frankfurts Gärten und Gassen. Doch heute, in diesem Licht, das den Bäumen, Grabsteinen, Gräsern und Blumen einen ganz eigenen Charakter verlieh, schienen ihre gelben Flügel zu funkeln, und ihr Spiel hatte etwas Elfenhaftes an sich. Schnell griff Maria nach ihrem Zeichenblock, beobachtete die beiden und hielt mit gekonnten Strichen die Konturen der Flügel und des Körpers fest. Das Licht und die Umgebung nahmen sie gefangen, und sie fühlte sich, als würde sie mit ihnen herumflattern, ihre Welt kennenlernen und ein Teil davon werden. Immer schneller flog der Zeichenstift über das Papier, auf dem sie Blumen und Bäume einfing, Licht und Schatten festhielt, die die gelben Falter einrahmten.
Doch dann holten laute Hammerschläge sie in die Wirklichkeit zurück, und sie schaute irritiert auf. Die Sommervögel flatterten über die Totenkapelle davon. Erneut ertönten die lauten Schläge, gingen ihr durch Mark und Bein. Sie packte ihre Malutensilien ein und folgte dem Geräusch. Neben einem wackeligen Schuppen, der sich an die hintere Wand des Pfarrhauses lehnte, wurde sie fündig. Ein junger Mann, kaum älter als sie selbst, bearbeitete mit Meißel und Hammer einen Grabstein. Neugierig trat sie näher. Er trug einen schäbigen Filzhut

und ein einfaches Leinenhemd, das er in braune, dreckige Hosen gesteckt hatte. Sein Gesicht konnte sie nicht erkennen. Konzentriert beugte er sich über den Stein und wischte den Staub fort, um sein Werk besser betrachten zu können.
Maria blieb unsicher stehen. Sie hatte gesehen, wer den Lärm verursachte, also konnte sie wieder gehen. Aber ihre Neugierde hielt sie zurück, und sie beobachtete den Mann eine Weile dabei, wie er in seiner Tasche kramte, kleineres Werkzeug hervorholte und vorsichtig begann, sein Werk zu verfeinern. Irgendwann richtete er sich auf und blickte prüfend auf den roten Sandstein hinab.
»Möchtest du sehen, was es geworden ist?«, fragte er in die Stille.
Maria zuckte zusammen. Meinte er sie?
Er drehte sich, ein Grinsen auf dem Gesicht, um.
Maria wich zurück.
Er hob beschwichtigend die Hände. »Ich habe dich vorhin kommen sehen, kleine Merian.«
Erstaunt sah sie ihn an. »Woher weißt du …«
Er fiel ihr ins Wort. »Wer kennt dich nicht? Die Tochter des berühmten Matthäus Merian.«
Maria legte den Kopf schräg und musterte ihr Gegenüber genauer. Unter dem Filzhut blickten große braune Augen hervor, in denen goldfarbene Funken schimmerten. Ein spitzbübischer Ausdruck lag in ihnen. Seine Haut war wettergegerbt, und eine große, breite Nase dominierte sein kantiges Gesicht, was ihn wenig ansehnlich machte. Doch es lag etwas in seinen Zügen, eine Art von Eleganz, die ihn anziehend machte.
»Und mit wem habe ich das Vergnügen?«
Sie versuchte, ihrer Stimme einen forschen Klang zu geben, denn er hatte sie heimlich beobachtet, was ihr missfiel.
»Willst du nicht erst einmal sehen, was ich gemacht habe?«

Er streckte ihr auffordernd die Hand hin.
Maria schnappte nach Luft. So ein unhöflicher Mensch war ihr noch nie untergekommen, trotzdem trat sie neugierig näher. Auf dem nackten Stein reihten sich drei Butterfliegen aneinander. Die Tiere waren filigran gearbeitet. Die Fühler, die Flügel, die Beinchen sahen aus, als würden sie gleich zum Leben erwachen. Fasziniert strich sie mit den Fingern über den Stein und fuhr die Konturen nach.
»Sie sind wunderschön«, flüsterte sie ehrfürchtig.
Der junge Mann lächelte. »Butterfliegen sind etwas Einzigartiges, nicht wahr?«
Der Stein fühlte sich unter Marias Hand rauh, aber nicht kalt an. »Warum machst du sie auf einen Grabstein?«
Er fing ihren Blick auf. »Kennst du die Antwort nicht selbst?«
Maria schüttelte den Kopf und ließ die Hände sinken.
Er lächelte nachsichtig. »Sie sind ein Sinnbild der befreiten Seele, der Unsterblichkeit. Sie gleichen mit ihrer Verwandlung der sterblichen Seele, die die Hülle des Menschen verlässt.« Er wischte sich die Hand an seiner Hose ab und streckte sie ihr entgegen. »Ich heiße Christian. Es ist mir ein Vergnügen, dich kennenzulernen, kleine Merian.«
Maria ergriff seine Hand. Ihre Neugierde war Interesse gewichen. Dieser Mann schien zu verstehen, warum sie herausfinden wollte, wer diese Tiere waren. Schweigend standen sich die beiden eine Weile gegenüber und hielten sich an den Händen.
Irgendwann unterbrach lautes Schimpfen die Stille und holte sie in die Wirklichkeit zurück.
»Ihr dummen Hühner, wollt ihr wohl herkommen?« Die Stimme einer Magd war zu hören.
Maria ließ Christians Hand los. »Ich muss jetzt gehen«, sagte sie leise. »Ich sollte gar nicht hier sein.«

Er deutete auf ihre Zeichenmappe. »Kommst du wieder und zeigst mir, was du gezeichnet hast?«
In Marias Magen breitete sich ein warmes Gefühl aus, und sie nickte lächelnd. »Gern komme ich wieder.«
»Vielleicht heute Abend schon?«, fragte er.
Erstaunt sah sie ihn an, nickte aber. »Ja, vielleicht heute Abend schon.«

Kapitel 2

Maria trat auf den Flur und blickte in das muffige, wenig einladende Treppenhaus. Ihr Zimmer lag außerhalb der Wohnung, direkt gegenüber der Stiege, die in den finsteren Hinterhof führte. Hier bewohnte auch Elisabeth, das größte Tratschweib der Gasse, ein winziges Zimmer, das ihr Hannes Kohlmeier, der ein gutes Herz hatte, für wenig Geld vermietete. Die winzige Kammer grenzte direkt an die Neugasse und hatte zwei Ausgänge, einen zum Treppenhaus und einen auf die Gasse. So war Elisabeth immer über alle Vorgänge informiert, und es war nicht einfach, etwas vor ihren neugierigen Blicken zu verbergen. Die ältere Frau schlug sich als Mädchen für alles durch. Sie war Kinder- und Putzfrau, verkaufte aber auch Kräuter oder Obst auf dem Markt. Jacob Marrell, ihr Stiefvater, ließ von ihr sein Atelier reinigen. Maria konnte Elisabeth nicht leiden, und ihr Mitleid über deren frühe Witwenschaft, von der Elisabeth oft theatralisch erzählte, hielt sich in Grenzen. Auch andere Frauen hatten ihre Männer verloren, zogen ihre Kinder allein groß oder heirateten erneut, ohne dauerndes Klagen und Jammern.

Auch heute öffnete sich knarrend Elisabeths Tür, und sie steckte neugierig ihren Kopf heraus.

»Guten Morgen, Maria«, grüßte sie spitz, die Augenbrauen nach oben gezogen. Maria kam sich ertappt vor und zuckte zusammen. Erst vor einer halben Stunde war sie in ihre Kammer geschlüpft, noch immer berauscht von den vielen Ein-

drücken auf dem Friedhof und dem Zusammentreffen mit Christian, den sie unbedingt wiedersehen wollte.
»Du siehst müde aus, Kindchen. Was kein Wunder ist, wenn man sich zu so früher Stunde in den Gassen herumtreibt.«
Maria verdrehte die Augen. Natürlich hatte die Alte ihr morgendliches Weggehen bemerkt.
»Steck deine Nase in deine eigenen Angelegenheiten, Elisabeth.« Maria drehte sich um.
Bärbel stand plötzlich wie aus dem Nichts neben ihr am Treppengeländer. Elisabeth sah die Magd wütend an. In der Gasse wusste jeder, wie sehr sich die beiden älteren Frauen hassten.
»Also, ich würde mich was schämen, wenn sich meine Tochter allein in den Gassen herumtreiben würde. Über den Raupendreck will ich gar nicht erst reden. Den Teufel persönlich wird sie uns ins Haus holen.«
Bärbels Augen begannen, vor Wut zu funkeln. Maria legte ihr beruhigend die Hand auf den Arm. Ein lautes Streitgespräch der beiden war das Letzte, was sie jetzt wollte. Die Mutter würde sowieso beim Kirchgang von ihrem Fortgehen erfahren. Streit musste es nicht auch noch geben.
»Lass es sein, Bärbel, bitte.«
Die Magd warf Maria einen kurzen Blick zu, atmete tief durch und tätschelte ihre Hand. »Hast ja recht, Kindchen. Sie ist es nicht wert. Soll sie doch tratschen.« Die letzten Worte hatte Bärbel etwas lauter gesprochen, und das wütende Schnauben Elisabeths war deutlich zu hören, danach fiel ihre Tür laut ins Schloss. Die beiden Frauen wandten sich ab, und Maria öffnete die Tür zum Rest der Wohnung, in der die Mutter mit dem Morgenmahl wartete.

*

Verwundert bemerkte Maria wenig später, als sie auf dem Weg zur Kirche waren, die Ablehnung, die die anderen Mägde Bärbel heute entgegenbrachten. Viele grüßten sie nur kurz, andere gar nicht. Bärbel versuchte, die Zurückweisungen der anderen Frauen zu ignorieren, was ihr jedoch nicht gelang. Maria beobachtete die Magd nachdenklich von der Seite. Normalerweise gesellte sich Bärbel gern zu den anderen Mägden und tauschte mit ihnen auf dem Weg zur Kirche den neuesten Tratsch aus, doch heute lief sie stumm neben ihr her. So still kannte Maria Bärbel gar nicht. Irgendetwas erzählte sie immer, und wenn sie vom Wetter sprach. Manchmal empfand Maria das Geplapper von Bärbel als ermüdend, aber dieses Schweigen war ungewohnt und machte ihr Angst.

Sie ließ ihren Blick zu den anderen Mägden schweifen, die einer von ihnen zuhörten, die aufgeregt von den Hochzeitsvorbereitungen ihrer Herrin berichtete.

»Warum sind die anderen heute so abweisend zu dir?«, fragte Maria, obwohl sie die Antwort bereits ahnte.

Bärbel wiegelte ab. »Sie machen alle so ein Aufhebens um die Hochzeit. Das interessiert mich sowieso nicht.«

Sie beschleunigte ihre Schritte, und Maria hatte plötzlich Mühe, mit ihr mitzuhalten. »Es ist wegen mir, oder?«

Bärbel drehte sich nicht um. »Es gibt immer einen Grund, Kindchen. Sie sind eben dumm und glauben jeden Klatsch und Tratsch.«

Sie erreichten die Neue Kräme und tauchten in den Strom von weiteren Gläubigen ein, die ebenfalls zur Kirche gingen. Bärbel wurde wieder langsamer, und Maria holte sie ein. Fuhrwerke rumpelten durch die Gasse und drängten die Menschen zur Seite. Kinder liefen an ihnen vorüber, und Blumenmädchen und fahrende Händler mit Bauchläden versuchten, ihre Waren an den Mann oder die Frau zu bringen. Der

Duft von frisch Gebackenem vermischte sich mit dem milden Frühlingswind.
Maria atmete tief durch und genoss es, in dem Chaos zu versinken und ein Teil des Ganzen zu sein. Ihre Mutter war bereits ein ganzes Stück voraus. Sie trug ein schwarzes Leinenkleid, eine passende Haube und ein weinrotes Tuch um die Schultern.
Maria hatte von ihr das braune Haar geerbt, doch weitere Ähnlichkeiten gab es nicht. Johannas Gesicht war schmal, nicht so breit wie das ihrer Tochter. Ihre hohen Wangenknochen verliehen ihr eine eigene Art von Schönheit, die einen Hauch von Überheblichkeit ausstrahlte. Neben der Mutter tippelte lamentierend die alte Elisabeth. Wahrscheinlich wurde die Mutter gerade über das ungebührliche Verhalten ihrer Tochter aufgeklärt und darüber, wie unschicklich es für eine junge Frau sei, morgens allein durch die Gassen zu streifen.
»Jetzt redet Elisabeth der Mutter wieder ein, wie schlecht ich bin und wie schrecklich die Butterfliegen und Raupen sind, die aus dem Haus müssen, damit sie ruhig schlafen kann und der Teufel sie nicht verschlingen kommt.«
Bärbel warf Maria einen kurzen Blick zu. »Viele reden und tuscheln.«
Maria sah Bärbel erstaunt an. Solche Worte war sie von ihr nicht gewohnt.
Die Magd zuckte mit den Schultern. »Sogar ich werde inzwischen gemieden, wie dir schon aufgefallen ist. Auch Constanze, meine liebe Freundin, will nicht mehr so häufig mit mir gesehen werden, denn ihre junge Herrschaft hat ihr den Umgang mit mir verboten.«
Maria sog scharf die Luft ein, und plötzlich wirkte die Straße nicht mehr beruhigend, sondern machte ihr Angst. Doch dann straffte sie die Schultern. »Es wird auch wieder anders

werden«, erwiderte sie stur. »Schon immer haben sie geredet, das ist nichts Neues. Du wirst sehen, Bärbel, bald gibt es wieder neue Dinge, die sie beschäftigen.«

Das Portal der Barfüßerkirche kam in Sicht.

Maria ging eiligen Schrittes darauf zu, doch Bärbel hielt sie am Arm zurück und sah sie eindringlich an. »Ich habe immer zu dir gehalten, Kindchen, und das wird sich auch nicht ändern, aber es wird nicht besser werden. Du bist anders und verhältst dich nicht so, wie es verlangt wird. Die Menschen können es nicht verstehen, das musst du begreifen.«

Fluchend wichen einige Gläubige den beiden aus, und ein Mann hob schimpfend die Hand. »Blinde Hühner sind sie, bleiben schwätzend mitten vor dem Portal stehen, elendes Weibsvolk.«

Maria griff nach Bärbels Hand und drückte sie fest. »Solange du mich nicht verlässt, Bärbel. Ohne dich zu sein, das könnte ich nicht ertragen.«

Die Magd grinste, und ein Leuchten trat in ihre Augen, wie es eigentlich nur Mütter hatten, wenn sie ihre Kinder ansahen. Vielleicht war es das, was sie so sehr an Maria band, warum sie ihr alles verzieh und gegen alle Widerstände bei der Familie Marrell und bei dem sturen Mädchen blieb. Ihre Liebe zu einem besonderen Kind, das von seiner leiblichen Mutter gegängelt und verurteilt wurde. Bärbel hatte es schon vor langer Zeit aufgegeben, die Menschen ändern zu wollen. Sie hatte die Welt mit all ihren Fehlern angenommen und wollte sie nicht besser oder anders machen. Jeder sollte auf seine Art glücklich werden, und wenn Maria ihr Glück im Beobachten von Butterfliegen fand, dann war das eben so. Anders sein kam doch keiner Sünde gleich.

Sie legte ihre andere Hand auf die von Maria. »Keine Angst, ich bleibe. Nur manchmal macht mir das Gerede eben Angst.«

Maria dachte an Gretes Worte. »Ich weiß, mir auch.«
Erneut wurden die beiden angerempelt.
»Ihr steht im Weg, seht ihr das denn nicht?«, schimpfte eine Frau, die ein kleines Kind hinter sich herzog und eines auf dem Arm trug.
Die Glocken der Kirche begannen lautstark zu läuten, und Bärbel und Maria betraten das Gotteshaus.
Maria war kein Freund von Kirchen. Der Geruch in diesen Häusern raubte ihr den Atem, und die vielen Gemälde und Ausschmückungen an den Wänden und Decken bedrückten sie. Die Barfüßerkirche, die Hauptkirche der Frankfurter Protestanten, war in den letzten Jahren immer prunkvoller ausgestattet worden. Goldener Stuck prangte neben großen Gemälden an den Wänden. In kleinen Seitennischen luden Altäre zum stillen Gebet ein, auf denen kunstvoll geschmiedete Kerzenständer im bunten Licht schimmerten, das durch die bleiverglasten, farbigen Fenster hereinfiel. Von einer reich mit Blattgold und Stuck verzierten Kanzel herab wurden die Predigten gehalten. Auf dem Altar brannten feinste, aus Bienenwachs gefertigte Kerzen.
Suchend blickte sich Maria nach ihrer Mutter um und entdeckte sie in einer der mittleren Reihen. Als sie sich neben sie setzte, warf Johanna ihrer Tochter einen prüfenden Blick zu und strich ihr eine Haarsträhne aus dem Gesicht.
»Wie du schon wieder aussiehst. Was sollen denn die Leute denken?«
Maria antwortete nicht darauf und deutete ein Schulterzucken an, als sie das Grinsen auf Bärbels Gesicht bemerkte.
Um sie herum saßen alle Bewohner der Kruggasse, die eine eingeschworene Gemeinschaft waren und nach außen hin fest zusammenhielten. Doch Maria hatte schon längst begriffen, wie häufig Neid und Missgunst im Vordergrund standen.

Nicht jeder war dem anderen wohlgesinnt, auch wenn er in derselben Gasse wohnte.
Neben ihnen saß der Schuster Justus Oberbinder, der ein liebevoller und warmherziger Mann und Vater war. Seine Frau Sieglinde war guter Hoffnung. Allzu lang konnte es bis zur Niederkunft nicht mehr dauern, denn ihr Leib wirkte schon sehr aufgebläht, und sie watschelte einer Ente gleich durch die Gegend, die anderen beiden Kinder stets hinter sich herziehend. Neben dem Schusterladen war in der Gasse eine Schreinerwerkstatt. Schwere Bretter, Holzreste und Sägeblätter stapelten sich auf dem Hof neben einer großen Eiche, an der ein kleiner Schuppen lehnte, der so aussah, als würde er beim kleinsten Windhauch in sich zusammenfallen. Der Schreinermeister Friedrich Gauber war ein korpulenter Mann, der seine Gesellen, genauso wie seine Frau und Kinder, zwei Buben, lauthals durch die Gegend scheuchte und schnell mit Schlägen bei der Hand war. Maria ging dem herrschsüchtigen Mann mit den roten Wangen und kleinen Augen, die unter dicken Brauen hervorstachen, am liebsten aus dem Weg.
Direkt vor ihr saß die Familie des Apothekers Ludwig Kolb, der seinen Laden neben dem Brunnen hatte. Die älteste Tochter, Lisbeth, war in Marias Alter. Früher hatten sie öfter miteinander gespielt und sich in den milden Abendstunden des Sommers, wenn die anderen Bewohner der Gasse bei einem Becher Wein beisammensaßen, mit Puppen die Zeit vertrieben. Wehmütig schaute Maria auf Lisbeths geflochtenen Zopf. Seitdem sich die Freundin verlobt hatte, sahen sie sich kaum noch, und wenn doch, dann sprachen sie nur über Belanglosigkeiten. Bald würde sie fortziehen, Kinder bekommen und die Freundin aus den Jugendtagen vergessen.
Plötzlich schien es, als würde sich alles im Kreis drehen, und die bunten Fenster, die Köpfe der Menschen, die stuckverzier-

ten Mauern verschwammen vor ihren Augen. Das Gerede der Leute schwoll in ihren Ohren zu einem lauten Rauschen an und dröhnte in ihrem Kopf. Am liebsten wäre sie schreiend nach draußen gelaufen, irgendwohin, wo die Sonne schien und die Sommervögel flogen, die frei waren und sie mitnahmen, weit weg von diesem Ort, an dem sie zu ersticken glaubte.

Die Orgel begann zu spielen, und die Gläubigen erhoben sich. Maria hatte Mühe aufzustehen und klammerte sich an der Kirchenbank fest. Sie schüttelte den Kopf, schloss die Augen und öffnete sie wieder. Das Spiel der Orgel schwoll an, wurde immer lauter, nahm die ganze Kirche in Besitz und ließ die Menschen verstummen. Bernhard Waldschmidt, der Pastor, betrat, gefolgt von einem Messdiener, den Altarraum. Er baute sich vor dem Altar auf und legte ein Buch darauf. Er trug eine dunkelbraune Perücke, halblange Locken umrahmten sein fleischiges Gesicht, aus dem eine große, nach vorn breiter werdende Nase ragte. Seine braunen Augen blickten ernst in die Welt und zeichneten, gemeinsam mit den schmalen Lippen, die unter einem Schnauzbart verschwanden, einen unnahbar erscheinenden Mann.

Als die Orgel verstummt war, überlegte Maria, wohin sie später gehen konnte. Die Sonne schien heute so warm vom Himmel, dass es einer Sünde gleichkam, seine Zeit in einem Raum zu verbringen. Sie beobachtete die bunten Flecken auf dem Boden und stellte sich die verschiedenen Farben vor, wie sie tanzend ineinander verschwammen, sich erhoben und durch den Raum flogen, jedem der verbissen dreinblickenden Gläubigen ein Lächeln schenkten, um sie danach hinauszugeleiten in den warmen Frühlingstag, den Gott geschaffen hatte.

Bernhard Waldschmidt stieg auf die Kanzel und begann nach einem kurzen Räuspern mit seiner Predigt, die er sich sorgfältig für den heutigen Sonntag zurechtgelegt hatte.

»Heute möchte ich noch einmal zurückkehren zu der Zauberei und dem Gespensterglauben, der Hexerei und Wahrsagerei, die in dieser Stadt blühen, wie ich es nur selten gesehen habe. Nehmt euch in Acht vor den Greueltaten des Teufels, der euch alle heimsuchen wird. Und auch wenn ihr glaubt, es gäbe keine solchen Sünder in dieser Stadt, so sage ich euch, dass sie unter uns weilen.
Besonders die weltliche Obrigkeit gilt es, dabei ins Gebet zu nehmen. Ihnen ist auferlegt, das Böse zu strafen. Sie sollen es forttreiben, damit sich die Sündigen fürchten. Auch der heilige Paulus spricht über die Aufgabe der Obrigkeit: Sie trage das Schwert nicht umsonst, sondern sei Gottes Dienerin, die jeden rächt, der Böses tut.
Besonders die schwere Sünde der Zauberei und Hexerei muss verfolgt und bestraft werden.
Ich sage euch, selbst Saul war eine ordentliche Obrigkeit, der die Wahrsager, Hexen und Zauberer mit harter Hand aus dem Land vertrieben hat. So sollten wir es auch tun mit den Sündigen, da wir in der Stadt nicht frei sind von solch teuflischen Anhängern.
Gottes Befehl in Exodus zweiundzwanzig Vers neunzehn hat sich an Saul und hiermit auch an die heutige Obrigkeit gerichtet: Die Zauberinnen sollst du nicht leben lassen!«
Maria schaute zu Bärbel. Das Gesicht der Magd, in dem sich tiefe Falten um Augen und Mund gegraben hatten, wirkte wie versteinert. Ihre Hände waren fest ineinander verschlungen, die Knöchel traten weiß hervor. Maria strich behutsam über die verkrampften Hände. Bärbel schaute hoch, und in ihren Augen lag derselbe Ausdruck wie eben in der Gasse.

*

Christian stand am Fenster und beobachtete die grauen Gewitterwolken, die langsam wichen, um der Sonne Platz zu machen. Ein Regenbogen zog sich über den Himmel, malte seine bunten Farben auf die dunklen Wolken, und der winzige Hinterhof des Hauses, in dem Flieder und Stiefmütterchen blühten, erstrahlte golden im Licht der Nachmittagssonne.

»Ist es endlich vorbei?«, fragte seine Großmutter.

»Ja, das Unwetter ist weitergezogen.«

Er trat vom Fenster weg, und die Düsternis des kleinen Raumes umfing ihn. Morgens war die Kammer, in der seine Großmutter Sara ihr Dasein fristete, von Sonnenlicht erfüllt, warm und freundlich, doch jetzt, am späten Nachmittag, wirkte der winzige Raum, in dem es nur ein Bett, eine Kommode und einen Kleiderständer gab, dunkel und ungemütlich. Kein Bild hing an den grauen Wänden, keine Blumen standen auf dem Nachttisch. Die Großmutter versank in den Kissen, die kleinen Augen umschattet.

»Gehst du jetzt, Jeremia?«

Er setzte sich auf die Bettkante und griff nach ihrer Hand.

»Bitte nenn mich nicht so. Ich heiße Christian.«

Sie lächelte. »Den Namen mag ich nicht.«

Liebevoll strich er über ihre Hand, spürte ihre Knochen unter der ledrigen Haut, die von braunen Flecken übersät war. Bald würde sie nicht mehr hier sein, das fühlte er. Noch vor wenigen Wochen war sie unten im Hof herumgelaufen, hatte Blumen gepflanzt und das Haus versorgt. Dann war sie umgefallen, ohne jede Vorwarnung.

Tara, die Küchenmagd, hatte sie gefunden. Seitdem lag sie hier, konnte sich kaum bewegen, nur noch wenig den Kopf heben. Aus der agilen Frau war ein hilfloser Krüppel geworden.

»Erzählst du mir, wie es im Hof aussieht?«, fragte sie.

»Das geht aber nur, wenn du die Luft draußen auch riechen kannst«, antwortete er, stand auf und öffnete das Fenster. Die vom Regen geschwängerte Luft trug den Geruch des Flieders herein. Sara atmete tief ein und schloss die Augen, während ihr Enkel zu sprechen begann.

»An der Mauer rankt Efeu nach oben, und dazwischen blühen kleine lila Blümchen, die überall aus den Ritzen sprießen wie ein Teppich, der die kahlen Steine bedeckt. Darunter stehen Blumenkästen, bepflanzt mit Stiefmütterchen, deren Blüten lila und gelb gefärbt sind. Seitlich der Sommerlaube blüht der Flieder in schönstem Rosa. Er ist groß, seine Zweige überragen die Mauer, wiegen sich leicht im Wind. Und an der Hauswand hat sich der Rosenbusch bereits in helles Grün gehüllt. Seine dicken Knospen warten darauf, aufzuspringen. Der Leiterwagen steht an seinem Platz in der Ecke, Harke und Spaten darin. Auf der Gartenbank, von der die weiße Farbe abblättert, liegt schlafend unsere Katze Mona, und in den Pfützen, die das Gewitter hinterlassen hat, tummeln sich zwei Spatzen.«

Die Großmutter lächelte. »Ich kann ihn sehen, ganz genau. Es ist alles so, wie es sein muss.« Sie öffnete die Augen. »Nur du bist ein Fremdkörper. Warum verleugnest du dich selbst?«

Er ließ ihre Hand los. Hatte er es doch geahnt. Wieso sollte es auch nur einen Tag geben, an dem sie nicht mit diesem Thema anfing.

»Weil ich es nicht bin – und auch nie sein wollte.«

Sie warf ihm einen vorwurfsvollen Blick zu. »Du verleugnest deine Mutter.«

Christian sprang auf. »Nicht ich habe sie verlassen, sondern sie mich.«

Die alte Frau seufzte hörbar. »Sie hat es nicht gewollt.«

Christian erwiderte ihren Blick, und Tränen schimmerten in

seinen Augen. »Doch, sie hat es gewollt und hat mich alleingelassen.«

*

Später am Tag stand Maria auf der Alten Brücke, warf Gänseblümchen in den Main und beobachtete, wie sie durch die Luft wirbelten und im Wasser landeten. Sie hatte einen ganzen Strauß in den Gärten am Ufer gepflückt. Die Wiesen dort waren übersät von den kleinen weißen Blümchen, die niemand zu beachten schien. Um Tulpen wurde so ein Aufhebens gemacht, sie wurden für teuer Geld verkauft, in allen Formen und Farben gezüchtet und in Katalogen festgehalten, doch die Gänseblümchen sah niemand. Sie führten eine Art Schattendasein auf den Wiesen, obwohl sie diese auf ihre ganz eigene Art verzauberten.

Unter der Brücke fuhr ein Schiff hindurch. Einer der Schiffsjungen winkte ihr fröhlich mit seinem Hut zu. Maria winkte lächelnd zurück und ließ alle Gänseblümchen gleichzeitig los, so dass sie auf den Burschen hinabregneten. Eilig lief sie auf die andere Seite der Brücke. Der Schiffsjunge stand immer noch auf seinem Platz und verbeugte sich tief.

»Er sieht glücklich aus, was ich auch wäre, wenn mir eine so hübsche Frau Blumen schenken würde.«

Maria drehte sich um. Christian stand neben ihr und grinste sie an.

Sie errötete. »Es waren doch nur ein paar Gänseblümchen.«

»Die sind mir sowieso die liebsten. Sie mögen nicht so prachtvoll wie Rosen oder Tulpen sein, aber ich finde sie hübsch, und die Wiesen am Flussufer und in den Gärten wären ohne

sie leer und trostlos. Der Wirbel, der um die Tulpen gemacht wird, ist mir zuwider. Was hat diese Blume an sich, weshalb sie wertvoller sein soll als all die anderen.«
»Das habe ich mich auch schon gefragt«, erwiderte Maria. »Tulpen musste ich in allen Variationen zeichnen, andere Blumen nur selten und Gänseblümchen niemals.«
»Du musst Tulpen zeichnen? Ich dachte, du malst nur Butterfliegen.«
Maria lächelte nachsichtig. »Mein Stiefvater ist Blumenmaler und fertigt ganze Kataloge an. Er hat mich im Malen unterrichtet, am Anfang habe ich nur Tulpen gezeichnet. Als kleines Mädchen habe ich sogar eine wertvolle Tulpe aus einem der feinen Gärten gestohlen, weil ich sie malen wollte.«
Sie schlenderten Richtung Fahrtor.
»Also bist du nicht nur ein Raupenmädchen, sondern auch eine Diebin.«
Maria warf ihm einen strafenden Blick zu. »Ich bin keine Diebin. Der Mann hat natürlich geschimpft, aber als er sich beruhigt hatte, durfte ich die Tulpe für ihn zeichnen, und alles war wieder gut.«
Christian wich einem Karren aus, auf dem sich Bierfässer in die Höhe stapelten. »Aber das Raupenmädchen bist du.«
Maria blieb stehen. Ungewollt stieg Wut in ihr auf. »Ich kann diese Bezeichnung nicht leiden. Ich mag Sommervögel und zeichne sie gern, mehr nicht.«
Ihre Stimme war laut geworden. Irritiert blickten einige Passanten sie an.
Er hob beruhigend die Hände. »Ich wollte dich nicht beleidigen.«
Der Anflug von Wut verrauchte so schnell, wie er gekommen war. »Die Leute nennen mich so, aber für mich klingt diese Bezeichnung wie ein Schimpfwort.« Sie warf ihm einen Sei-

tenblick zu. »Immer sprechen wir von mir. Du meißelst Sommervögel in Grabsteine, aber was machst du sonst? Ich spaziere mit einem Mann durch die Gassen, den ich kaum kenne, was sich nicht schickt.« Sie grinste.

Er warf ihr einen prüfenden Blick zu. »Willst du mich denn kennenlernen?«

Sie überlegte kurz. »Vielleicht.«

Sie hatten die Mehlwaage erreicht. Mehlsäcke wurden von Karren heruntergewuchtet oder aufgeladen. Neue Fuhrwerke kamen, andere fuhren wieder.

»Soll ich dir meinen Lieblingsplatz zeigen, kleine Merian?«, fragte er plötzlich. »Dort kannst du mich sehr gut kennenlernen.«

Maria sah ihn verwundert an und wurde neugierig. Normalerweise hätte sie sich spätestens jetzt verabschieden sollen, denn ein tugendhaftes Mädchen begleitete einen fremden Mann nicht irgendwohin. Aber es reizte sie zu erfahren, wo dieser wundersame Ort war, also nickte sie.

Sie verließen die Fahrgasse, und wenig später fand sich Maria in der Judengasse wieder. Sie kam nur selten in diesen Teil der Stadt, obwohl es auch hier viele Buchläden gab, neben denen sich Pfandleihen und kleine Läden mit allerlei Krimskrams aneinanderreihten. Bunte Tische, auf denen Kerzenständer, Seifen, Becher und Tücher auf Kundschaft warteten, standen dicht an dicht. Die Läden wirkten unordentlich und ärmlich, und bärtige Männer mit Kappen oder Hüten auf den Köpfen kreuzten ihren Weg. Eine Gruppe Frauen lief schwatzend an ihnen vorüber. Sie stießen eine von ihnen immer wieder in die Seite. Es schien um deren Hochzeit zu gehen, denn das Wort Bräutigam fiel mehrfach. Aus einem Laden rannte ein junger Bursche, verfolgt vom lautstark schimpfenden Inhaber, der den Dieb nach wenigen Metern ziehen ließ. Kleine Kinder

starrten Maria neugierig an, und der eine oder andere Bewohner der Gasse nickte Christian zu. Sie registrierte es verwundert. Anscheinend schienen die Leute ihren Begleiter zu kennen.
Christian öffnete ein rot gestrichenes Holztor, von dem die Farbe bereits abblätterte, griff nach Marias Hand und zog sie hinter sich her. Neugierig schaute Maria sich um.
Ein winziger Hinterhof tat sich vor ihr auf, der das Trugbild einer besseren Welt zauberte.
An einer Mauer lehnte eine weiß gestrichene, schiefe Sommerlaube. Daneben blühte rosafarbener Flieder, verschwenderisch schön. Der berauschende Duft der Blüten hüllte sie sofort ein. Blumenkästen standen vor dem Haus, Stiefmütterchen blühten darin. An der Mauer rankte Efeu nach oben, zwischen dem kleine lila Blümchen wuchsen. Auf einem winzigen Stück Rasen neben dem Hauseingang tummelten sich einige Gänseblümchen, über denen sich bald die zauberhaften Blüten der Kletterrose erheben würden, die sich an die Hauswand klammerte.
Maria blieb in der Mitte des Hofes stehen und blickte sich versonnen um. Christian beobachtete sie wortlos. Er hatte diese Reaktion erhofft, obwohl er sich noch immer nicht klar darüber war, weshalb er sie hierhergebracht hatte. Dieser Ort zeigte sein Innerstes wie kein anderer und verriet zu viel über Dinge, die nur er wissen durfte. Maria trat an die Mauer und strich sanft über den Teppich der lilafarbenen Blüten.
»Sind sie nicht wunderschön? Kein Künstler hätte sie besser plazieren oder zeichnen können.«
Er trat neben sie. Jetzt hatte sie genau dasselbe Leuchten in den Augen wie auf dem Friedhof, als sie die Butterfliegen beobachtete. Er war noch nie einem Menschen begegnet, der sich so für etwas begeistern konnte, der ihn so magisch anzog.

Sie sah ihn an. »Warum hast du mich hierhergeführt?«
Er zuckte mit den Schultern. »Ehrlich gesagt, weiß ich das nicht so genau. Vielleicht weil ich mich hier wohl fühle und dir den Hof zeigen wollte.«
Sie schaute zu den Fenstern hinauf. »Wer wohnt hier?«
»Eine alte Freundin von mir.«
Seine Stimme veränderte sich, und Maria glaubte herauszuhören, dass er über die Bewohner des Hauses nicht reden wollte. Doch so schnell ließ sie nicht locker.
»Woher kennst du sie?«
»Ich weiß nicht mehr. Ich kenne sie eben«, antwortete er ausweichend.
»Darf ich sie kennenlernen?«
Sein Blick wanderte zu dem geschlossenen Fenster hinauf, und er sah Saras trostlose Zimmer vor sich.
»Ich weiß nicht. Sie ist sehr krank, schon seit einer Weile.«
Auf Marias Gesicht zeigte sich Bestürzung. »Das tut mir leid. Was hat sie denn?«
Er bückte sich und pflückte eines der Gänseblümchen, plötzlich zitterten seine Hände.
Maria beobachtete ihn. Er hatte recht, dachte sie. Wenn man ihn irgendwo kennenlernen konnte, dann hier.
Christian begann damit, die Blütenblätter abzureißen.
»Sie ist alt und kann nicht mehr aufstehen. Noch vor wenigen Tagen hat sie die Blumen gepflanzt« – er deutete auf die Stiefmütterchen –, »und jetzt liegt sie dort oben in ihrem Bett und kann kaum den Kopf drehen.«
In seine Augen traten Tränen. Er wischte sich übers Gesicht, zwang sich zu einem Lächeln. »Ich bin ein Dummkopf«, schalt er sich selbst. »Da wollte ich dir meinen Lieblingsplatz zeigen, und dann benehme ich mich so schrecklich.«
»Nein, du benimmst dich nicht schrecklich«, versuchte Maria,

ihn aufzuheitern. »Wenn es einem von meinen Freunden schlechtginge, dann wäre ich auch betroffen.« Sie deutete auf das Holztor. »Ich werde jetzt gehen, bestimmt suchen Bärbel und Mutter schon nach mir.«
Er nickte. »Jetzt bekommst du wegen mir Ärger.«
Maria lächelte. »Ich hätte ja nicht mit dir zu gehen brauchen.«
Er öffnete das Tor und deutete eine Verbeugung an. »Es war mir eine Freude, dir diesen Ort zu zeigen, kleine Merian.«
Sie ging an ihm vorbei und trat auf die Gasse.
»Das nächste Mal treffen wir uns auf dem Friedhof, oder?« Sie lächelte.
Er sah sie erstaunt an.
»Ich wollte doch wiederkommen und dir meine Bilder zeigen, schon vergessen?«
»Nein, ich dachte nur ...« Er stockte und kratzte sich am Kopf.
»Du dachtest, ich würde nicht kommen, oder?«
Er neigte den Kopf zur Seite. »Ich werde auf dich warten, kleine Merian.«
Schelmisch grinsend nickte er ihr zu und schloss das Hoftor.

*

Bernhard Waldschmidt verbrachte häufig die Mittagsstunden am Mainufer, was ihm an diesem warmen Frühlingstag besonders viel Freude bereitete. Hier am Fluss konnte man freier atmen und das Leben, das Gott in seiner wunderbaren Herrlichkeit geschaffen hatte, genießen. Es machte für ihn einen besonderen Reiz aus, die Geschäftigkeit auf dem Fluss zu beobachten. Die vielen Boote und Menschen, die Lebendigkeit und der Trubel entführten ihn aus der Stille seines Pfarrhauses und ließen ihn den Bezug zur Wirklichkeit nicht verlieren. Viele seiner Glaubensbrüder zogen sich hinter dicke Klostermauern zurück, weihten ihr Leben Gott allein und bauten Mauern um ihren Geist und ihre Seele. Doch wie sollten sie, abgeschottet von der Welt, die Menschen verstehen und den Unterschied zwischen Gut und Böse erkennen? Nur wer die Natur des Menschen studierte, konnte die boshaften Veränderungen, die der Teufel bewirkte, erkennen.

Wohlwollend beobachtete er, wie am Hafen Fässer und Tuchballen abgeladen und auf großen Karren verstaut wurden. Dann ließ er seinen Blick über den Fluss zu den Häusern Sachsenhausens schweifen. Dort schaukelten nur wenige Schiffe auf dem Wasser, und so mancher Ast einer Trauerweide trieb in der Strömung des Flusses. Ein Mann band sein Floß vor der kleinen Treppe fest, die zum Oberpförtchen führte, durch das man in die Löhergasse gelangte, in der die Gerber ihrem Handwerk nachgingen. Nur selten verschlug es den Pastor nach Sachsenhausen und noch seltener in diese Gasse, die von den Menschen wegen des Gestanks gemieden wurde.

Aus dem Schatten des Oberpförtchens lösten sich zwei Gestalten. Ein Knabe und ein Mädchen, schäbig gekleidet und barfuß, eilten die Stufen zum Fluss hinunter und halfen dem Mann beim Löschen der Ladung.

Ein großer Schwarm Vögel zog plötzlich seine Aufmerksamkeit auf sich. Sie flogen unter der Alten Brücke hindurch, schnellten dahinter in die Höhe und verschwanden über einem Seitenarm des Flusses.

»Dachte ich mir doch, dich am Fluss zu finden.«

Überrascht drehte sich Bernhard Waldschmidt um.

»Sei gegrüßt, Vater.«

Conrad Waldschmidt trat näher und neigte zur Begrüßung seinen Kopf.
Waldschmidt verzog das Gesicht. Conrads Auftauchen hatte bestimmt etwas mit Arbeiten zu tun, und er konnte es nicht leiden, während seiner Mittagsruhe gestört zu werden, denn diese Zeit des Tages war ihm heilig.
»Was gibt es denn?«, grummelte er und wandte den Blick ab.
Conrad hatte mit dieser Reaktion gerechnet.
»In der Kruggasse liegt eine Frau im Sterben, und es wurde nach dir geschickt.«
Der Pastor blickte erneut zur Brücke und bedeutete seinem Sohn, sich neben ihn zu setzen. Der Wind frischte auf und trieb den Geruch der Gerber zu ihnen herüber.
Conrad rümpfte die Nase. »Manchmal ist der Gestank selbst hier kaum auszuhalten. Sie sollten aus der Stadt geworfen werden, diese Stinker.«
Bernhard Waldschmidt reagierte nicht auf die Worte seines Sohnes. Sein Blick hing an der Brücke und den Brückenmühlen.
»Als Kind habe ich auf der Brücke viel Zeit verbracht«, begann er zu erzählen. »Ich konnte stundenlang den Booten zusehen, und das Geräusch der Mühlen war mir in Leib und Seele übergegangen. Damals hätte ich alles dafür gegeben, Müller oder Fischer zu werden.«
Conrad sah seinen Vater überrascht an. So sentimental kannte er ihn gar nicht. In seinen Augen stand ein sehnsuchtsvoller Ausdruck, der seinen Zügen die Strenge raubte. Sein Vater schwelgte nur selten in Erinnerungen. Conrad wusste von seiner harten Kindheit und Jugend, von den Entbehrungen während der langen Zeit des Krieges, dem Schmerz, die Mutter so früh verloren zu haben, die bei der Geburt seines Bruders gestorben war.

Er folgte dem Blick des Vaters. »Wollen wir nicht alle hin und wieder dem Alltag entfliehen?«
Überrascht sah der Pastor seinen Sohn an, von dem er solche Träumereien nicht gewohnt war. Johannes, sein jüngerer Sohn, war der phantasievollere von den beiden und lebte in seiner Traumwelt aus Büchern, was er mit einer Ausbildung zum Bibliothekar noch unterstrich. Bernhard Waldschmidt war stets darum bemüht, seine Söhne gleich zu behandeln, doch mit der Geradlinigkeit Conrads kam er besser zurecht. Conrad war ehrgeizig und hatte sich das hohe Ziel seiner Nachfolge gesteckt, was ihn glücklich und stolz machte. Er unterstützte ihn in der Kirche, verfasste mit ihm gemeinsam die Predigten, und sie vertraten die gleichen Ansichten. Johannes, der zur Ausbildung in Trier weilte, war eher ein Freigeist, der sich nicht unterordnen wollte.
»Unser Alltag ist uns von Gott auferlegt, um uns zu prüfen.«
»Deshalb bin ich auch gekommen«, erwiderte Conrad und verzog seine schmalen Lippen zu einem Grinsen. »Der Tod wartet nicht auf einen Pastor, der Mittagspause macht.«
Waldschmidt lachte auf und schlug seinem Sohn auf die Schulter. »Weise gesprochen, mein Sohn. Um wen geht es denn?«
»Um Luise Kammerer. Ihre Schwiegertochter hat nach dir schicken lassen. Ich habe ihr gesagt, dass du gleich kommen würdest.«
Bernhard Waldschmidt zog die Augenbrauen hoch, seine Miene wurde ernst. »Dieser Frau werde ich keine Sterbesakramente erteilen, denn sie ist eine Zauberin.«
Conrad wurde blass. Wie hatte er das nur vergessen können. Erst neulich hatte er mit seinem Vater über Luise Kammerer gesprochen. Wie hatte er der jungen Frau ihr Kommen nur zusagen können.

Bernhard Waldschmidt erriet die Gedanken seines Sohnes. »Du wirst allein dorthin gehen und die Sache klarstellen. Und das nächste Mal fragst du mich, bevor du etwas zusagst.«
Wut stieg in Conrad auf. In der letzten Zeit vergriff sich sein Vater öfter im Ton, behandelte ihn wie einen Knecht, nicht wie einen Sohn. Er war längst fähig dazu, seine Nachfolge anzutreten. Dann würden sich viele Dinge in der Gemeinde ändern. Vielleicht konnte er auch erreichen, dass solche Menschen wie die Kammerers aus der Stadt verbannt wurden, damit es in den Gassen keine Zauberei mehr gab. Daran, dass in Frankfurt Scheiterhaufen brennen würden, glaubte er schon lang nicht mehr, auch wenn er es sich manchmal, genauso wie sein Vater, wünschte.
Bernhard Waldschmidt sah seinen Sohn an.
Conrad versuchte, seine Wut unter Kontrolle zu bringen. Nicht sein Vater, sondern er selbst hatte den Fehler gemacht. Er atmete tief durch. »Ich werde allein dorthin gehen und mit den Leuten reden.«
Bernhard Waldschmidt nickte. »Aber nimm dich in Acht und lass dich nicht einwickeln. Und denke daran, du bist noch kein Pfarrer und darfst keine Sakramente spenden.«
Erneut flammte Wut in Conrad auf. Doch er unterdrückte sie, wandte den Blick ab. Bald würde er Pfarrer sein, und dann konnte sein Vater ihm nicht mehr ins Handwerk pfuschen, und alles würde so sein, wie er es wollte.

Kurz darauf betrat Conrad die Kruggasse. Der Geruch von verfaultem Essen stieg ihm in die Nase, und von dem winzigen Abwasserrinnsal, das sich seinen Weg in der Mitte der Gasse durch die Pflastersteine bahnte, ging ein unangenehmer Gestank aus. Schlagartig wünschte er sich an den Fluss zurück oder zumindest in den Klostergarten, den der Duft des

verschwenderisch blühenden Flieders erfüllte. Die Anwohner musterten ihn neugierig. Manch einer zog seinen Hut vor dem hohen Herrn, andere senkten den Blick.
Conrad blieb vor dem Haus der Kammerers stehen, klopfte an die Tür und wartete darauf, dass sie geöffnet wurde.
Die Leute starrten ihn unverhohlen an, einige begannen zu tuscheln.
Die Tür wurde geöffnet, und eine junge Frau, kaum älter als zwanzig Jahre, sah ihn auffordernd an. Conrad kannte sie nur flüchtig, denn sie zählte noch nicht lang zu ihrer Gemeinde. Der erstgeborene Sohn der Kammerers, Martin, hatte sie vor einigen Wochen in Nürnberg geheiratet und hierhergebracht.
»Guten Tag, mein Herr«, grüßte die Frau, die mit ihrem blonden Haar, ihren hellblauen Augen und runden Wangen hübsch anzusehen war.
Leicht irritiert schaute sie Conrad an. »Ist Euer Vater nicht mit Euch gekommen?«
Conrad wies ins Haus. »Wir sollten besser drinnen weiterreden.«
Die Frau nickte, unsicher blickte sie sich um. Das Tuscheln der Leute war lauter geworden, und die Worte Teufel und Zauberei drangen an ihr Ohr.
Conrad folgte der jungen Frau ins Haus und betrat hinter ihr die karge Wohnstube. Er sah sich um. Die Stube besaß nur zwei winzige Fenster, durch die wenig Licht auf den staubigen Dielenboden fiel. Ein gemauerter Kaminofen, vor dem eine Holzbank, ein Tisch und zwei Stühle standen, füllte den Raum fast vollständig aus. Kerzenleuchter mit heruntergebrannten Kerzen auf dem Fensterbrett, daneben stand ein Spinnrad.
Die Frau deutete auf eine Tür, die hinter dem Kaminofen

kaum sichtbar war. »Die Mutter liegt in der Kammer. Aber warum seid Ihr allein gekommen?«
In Conrad stiegen Abscheu und Ekel auf. Hinter dieser Tür lag eine Zauberin, eine Frau, die es mit dem Teufel hatte. Am Ende lauerte dieser in den Ecken der Stube, wollte auch ihn verführen. Gewiss hatte er auch die junge Frau bereits in seinen Bann gezogen.
Die Frau sah ihn abwartend an.
Er atmete tief durch. »Mein Vater wird nicht kommen«, antwortete er mit fester Stimme.
Die junge Frau starrte ihn verblüfft an. »Ja, aber warum denn nicht? Die Mutter, sie liegt im Sterben, weil sie alt ist. Eine Krankheit habt Ihr nicht zu befürchten.«
Conrad erwiderte brüsk: »Eine Krankheit ist es nicht, vor der ich zurückweiche.«
Die Miene der Frau veränderte sich. Eben noch wirkte sie unterwürfig, doch jetzt blitzte es in ihren Augen auf.
»Was ist hier los?«
»Das kann ich dir sagen, Mathilde.«
Die beiden drehten sich um.
Ein junger Mann betrat den Raum, ging an Conrad vorbei und legte schützend den Arm um seine Gattin.
»Den Teufel fürchtet er. Die Mutter hätte sich verführen lassen, mit den Toten zu sprechen, die der Teufel geschickt hat. Für eine Zauberin hält er sie. Und Zauberinnen bekommen keine Letzte Ölung. Nicht wahr?«
Mathilde riss erschrocken die Augen auf.
Conrad zog den Kopf ein, doch er fing sich schnell wieder. Hass funkelte in seinen Augen. Er deutete mit den Fingern auf den jungen Mann. »Mein Vater hat Euch stets gewarnt, Martin, Euch und Eure Mutter. Zur Beichte sollte sie kommen, um Erlösung beten und sich mit meinem Vater ausspre-

chen. Doch das sture Weib wollte nicht hören, und jetzt wird nicht Gott sich ihrer annehmen, sondern der Teufel, dem sie ihr Leben geweiht hat.«

Seine Stimme war laut geworden. Mit geröteten Wangen und Schweißperlen auf der Stirn stand er da und deutete auf die geschlossene Tür.

Mathilde sah ihren Mann entgeistert an. Anscheinend hatte ihr nie jemand von den Verfehlungen der neuen Schwiegermutter berichtet.

Martin erwiderte Conrads Blick und ballte die Fäuste. »Meine Mutter war und ist eine gottesfürchtige Frau und hatte es niemals mit dem Teufel. Was fällt Euch ein, sie zu beleidigen, in ihrer letzten Stunde. Euren Anschuldigungen fehlt jeder Beweis, und Gerüchte, die andere in Umlauf gebracht haben, rechtfertigen dieses Verhalten in keinster Weise.«

Conrad machte einen Schritt auf den jungen Mann zu, funkelte ihn wütend an. Er duldete es nicht, dass ihm widersprochen wurde. »Ihr bezichtigt meinen Vater und mich der Lügen? Was fällt Euch ein. Ich werde dafür sorgen, dass Ihr in dieser Stadt kein Leben mehr haben werdet, Sohn einer Zauberin. Geächtet sollt Ihr sein.« Martin machte einen weiteren Schritt auf Conrad zu. Noch immer hatte er die Fäuste geballt. »Es ist eine Schande, dass so einer wie Ihr Pfarrer wird. Ihr seid nicht besser als Euer Vater, der nur das Böse im Menschen sehen will und ein Hexentreiber ist.«

Jetzt ging es endgültig mit Conrad durch. Er hob die Hand und schlug Martin mit voller Wucht ins Gesicht. Der junge Mann stolperte rückwärts, blieb aber auf den Beinen. Conrad wich ebenfalls zurück. Seine Wut verrauchte so schnell, wie sie gekommen war. Wie erstarrt sahen sich die Männer eine Weile an. Mathilde Kammerer war die Erste, die wieder zu sich kam, ihren Mann an sich zog und Conrad kalt anschaute.

»Verlasst unser Haus. Ich selbst werde für die Mutter beten. Gott wird sie auch ohne Euren Segen ins Himmelreich holen, da bin ich mir sicher.«

Martin hatte sich wieder beruhigt. Seine Lippe war aufgesprungen, Blut lief sein Kinn hinunter. Wütend sah er Conrad an, der einen weiteren Schritt zurückgewichen war.

»Ihr habt meine Gattin gehört. Verlasst unser Haus, sofort!«

Conrad trat in den Flur. Doch so schnell würde er nicht klein beigeben. »Niemals werdet Ihr einen Pfarrer finden, der dieser Hexe und Zauberin die Letzte Ölung spendet, dafür werde ich sorgen, und auf dem Peterskirchhof werdet Ihr sie nicht bestatten, denn für eine Zauberin ist dort kein Platz.«

Martin zuckte zusammen. Conrad triumphierte innerlich. Er hatte gewonnen, drehte sich um und verließ das Haus. Auf der Straße wurde er von den neugierigen Bewohnern bereits erwartet. Triumphierend deutete er auf das Haus und genoss das Gefühl der Macht, das ihn durchströmte.

»Niemand soll betreten dieses Haus, noch sprechen mit den Bewohnern. Dem Teufel sind sie alle geweiht und haben der Kirche abgesagt. Wer sich verbündet mit den Kammerers, verbündet sich mit dem Teufel und wird abgestraft von Gott und der Kirche.«

Mucksmäuschenstill lauschte die Menge Conrads Worten. Auch Maria, ihre Mutter Johanna und Bärbel waren neugierig näher getreten.

Conrad ließ seinen Blick über die Umstehenden schweifen. An Maria blieb er plötzlich hängen. Er kannte sie, wusste um das Gerede, das es um sie gab. Lang starrte er sie schweigend an, bis Bärbel das Mädchen hinter sich zog und sich, die Arme vor dem Körper verschränkt, schützend vor sie stellte.

»Was gibt es da zu glotzen?«, fragte sie herausfordernd. Conrad schüttelte den Kopf und wich zurück. Er drehte sich um und ging wortlos die Gasse hinunter, während dunkle Wolken die Sonne verdeckten und erstes Donnergrollen in der Ferne ein Gewitter ankündigte.

Dicke Regentropfen malten Linien auf die Fensterscheibe und ließen Gesichter entstehen. Maria saß schweigend am Fenster und fuhr mit dem Finger die Linien nach. Selbst im Winter konnte sie stundenlang am Fenster sitzen und die Eissterne nachzeichnen, die der Frost aus den Regentropfen zauberte. Ein erneuter Donnerschlag ließ das Haus erzittern, doch Maria konzentrierte sich auf das Bild am Fenster, in dem sie Augen und einen schmalen Mund wahrnahm, der mal lächelte, mal traurig wirkte. Johanna betrat den Raum, stellte sich hinter ihre Tochter und beobachte sie eine Weile dabei, wie sie mit den Fingern über die Fensterscheibe strich. Niemals würde sie verstehen, was in dem Kind vorging. Ihre Tochter beschwor in ihr stets die Erinnerung an Matthäus herauf, an den Mann, den sie so innig geliebt hatte und den sie schmerzlich vermisste. Es war Marias Art, die der von Matthäus so ähnlich war. Sie brachte sie dazu, ihrer Tochter zu vergeben und sie trotz des Geredes der Leute zu beschützen, auch wenn sie ihre Andersartigkeit niemals verstehen oder akzeptieren würde. In ihrem seltsamen Kind ruhte die Seele von Matthäus Merian, dessen war sie sich sicher.
»Was denkst du?«, fragte sie. »Warum hat dich Conrad Waldschmidt so seltsam angesehen?«
Maria strich weiter mit den Fingern über die Scheibe, drehte

sich nicht um. »Ich weiß es nicht.« Ihre Stimme klang monoton und abwesend.
Johanna trat neben ihre Tochter, griff nach ihrer Hand und umschloss ihre Finger, die sich feucht und kalt anfühlten.
Maria schaute ihre Mutter ruhig an.
»Die Leute reden über dich. Darum sieht er dich an. Bald wird er uns wie die Kammerers verfluchen und mit dem Finger auf uns zeigen, auf mich, eine gottesfürchtige Frau, die niemals im Leben etwas getan hat.«
Maria zog ihre Hand zurück. »Wie immer hast du nur Angst um dich selbst.« Ihre Stimme klang abweisend.
Johanna schluckte. Wieder war da dieser Ausdruck in Marias Augen, der in ihr das Gefühl von Zuneigung und Liebe heraufbeschwor, den Beschützerinstinkt weckte, den sie nicht haben wollte.
»Ich ertrage das bald nicht mehr.« Sie verfiel in den Jammerton, den Maria allzu gut kannte. »Die Leute tuscheln hinter meinem Rücken, wenn ich an ihnen vorübergehe, und das Gerede wird jeden Tag schlimmer. Niemand lädt mich zu sich ein, und selbst die Nachbarn in der Gasse, die bisher aufmerksam und nett waren, meiden mich neuerdings.«
Maria wusste, wovon ihre Mutter sprach, wollte es aber nicht wahrhaben. Bärbels Worte kamen ihr in den Sinn. Doch sie wollte sich nicht anpassen. Was war so schlimm daran, ein paar Raupen zu sammeln und Butterfliegen zu malen?
Johanna sah ihre Tochter eindringlich an. »Dein Unterricht ist vorbei, jetzt wirst du dich, wie alle Mädchen deines Alters, auf dein Eheleben vorbereiten. Wir müssen dir einen passenden Gatten erwählen. Aber es wird dich keiner haben wollen, wenn du so weitermachst.«
Sie deutete auf die Schachteln, Pflanzen und Gläser, die Maria vom Balkon hereingeholt hatte.

»Der Pastor hat uns bereits im Blick. Willst du uns mit deiner Sturheit ins Unglück stürzen?«

Maria antwortete nicht und wandte sich erneut dem Fenster zu. Das Gewitter verzog sich, nur noch entfernt grollte der Donner. Durch die graue Wolkendecke brachen helle Sonnenstrahlen und ließen die Regentropfen auf dem Fenster in schillernden Farben erstrahlen. Fasziniert blickte sie auf die Tropfen, die funkelnde Straßen zauberten und die Fensterscheibe in tausend Farben glitzern ließen. Erneut hob sie den Finger und fuhr die Linien auf der Scheibe nach.

Johanna sah sie ungläubig an. Maria war wieder in ihre eigene Welt versunken, zu der sie keinen Zugang hatte. Kopfschüttelnd verließ sie den Raum und blieb ratlos eine Weile im Flur stehen, in dem der Geruch des Regens hing. Dann straffte sie die Schultern. Sie musste ihrem Gatten schreiben, der in Utrecht weilte, um dort als Tulpenmaler ihren Unterhalt zu verdienen. So konnte es nicht weitergehen. Vielleicht brachte Jacob Maria endlich zur Vernunft.

*

Bernhard Waldschmidt ließ seinen Blick über den Nachdruck seiner Predigt schweifen und war mal wieder begeistert von der Qualität, die der Verlag Serlin und Ammon bot. Die geschwungenen Buchstaben, Kupferstiche und verschnörkelten Anfangsbuchstaben ließen sein Werk in dem Glanz erstrahlen, der ihm würdig war. Er drehte sich zu seinem Verleger um und lächelte ihn freudig an. »Wieder einmal habt Ihr gute Arbeit geleistet, mein Freund. Genauso habe ich mir die Abschrift vorgestellt.«

Wilhelm Serlin saß vor Waldschmidt an einem breiten Schreibtisch aus massiver Eiche, auf dem sich Bücher, Manuskripte und Papiere stapelten. Durch ein großes Fenster hinter dem Schreibtisch schien die Nachmittagssonne in den Raum und tauchte die von Regalen gesäumten Wände in warmes Licht. Überall standen kleine Tische, auf denen sich ebenfalls Papiere und Bücher stapelten. Das Fenster war geöffnet, und ein leichter Luftzug machte die stickige, nach Druckerschwärze und Tabak riechende Luft im Raum erträglicher. Serlin erhob sich lächelnd und trat hinter Waldschmidt, der den Blick auf seine Predigt gerichtet hatte, sich einfach nicht sattsehen konnte an den hübschen Kupferstichen und geschwungenen Linien.

»Es ist immer wieder etwas Besonderes, wenn man sein Werk zum ersten Mal in gedruckter Form in Händen hält, nicht wahr, Bernhard?«

Der Pastor nickte.

»Wollen wir das nicht mit diesem neumodischen Getränk begießen, dem Kaffee? Meine Gattin ist neuerdings ganz verrückt nach dem Zeug. Inzwischen habe sogar ich Gefallen daran gefunden, obwohl ich mich erst noch an den bitteren Geschmack gewöhnen muss.«

Bernhard Waldschmidt schüttelte den Kopf, doch ehe er antworten konnte, klopfte es an die Tür.

Nachdem Serlin laut »Herein« gerufen hatte, betrat ein gutgekleideter, sehr dünner Mann den Raum. Freudig ging Serlin auf ihn zu und reichte ihm die Hand.

»Martin, das ist aber schön, dass Ihr mal wieder vorbeischaut.«

Der blonde Mann erwiderte die Begrüßung und ging danach auf Bernhard Waldschmidt zu.

»Guten Tag, Pastor. Es ist mir eine Freude, Euch hier anzutreffen.«

Interessiert ließ der Mann seinen Blick über die Predigt schweifen, die Waldschmidt noch immer in der Hand hielt.
»Wieder eine neue Predigt für Eure Kirche, nehme ich an.«
Über Waldschmidts Gesicht huschte ein Lächeln.
Er mochte Martin Meyer, den Autor des Diarium Europaeum.
»Guten Tag, Martin. Welch eine Freude, Euch zu treffen. Ja, es ist eine neu aufgelegte Abschrift einer meiner Predigten. Es geht darin um den Unterschied zwischen teuflischen und von Gott gegebenen Wissenschaften und Talenten.«
Meyer wurde neugierig.
»Das ist ein gutes Thema. Erst neulich habe ich davon gehört, dass es Menschen gibt, die der teuflischen Wissenschaft nachgehen oder am schmalen Grat des noch Erlaubten entlanglaufen. Es würde mich wirklich interessieren, wo Ihr Eure Grenze zieht. Was noch erlaubt ist und ab wann der Teufel seine Finger mit im Spiel haben könnte.«
Serlin trat neben die beiden.
»Wollen wir das nicht bei einer Tasse Kaffee und einer kleinen Stärkung besprechen? Die nachmittägliche Stunde erfordert sowieso ein kleines Ruhepäuschen.«
Meyer schüttelte den Kopf und hob abwehrend die Hände.
»Leider habe ich keine Zeit. Ich habe noch einige Erkundigungen für den nächsten Band des Diariums einzuholen und wollte nur schnell guten Tag sagen.«
Serlin verzog enttäuscht das Gesicht.
»Das ist aber schade.«
Waldschmidt nutzte die Gelegenheit, dem angebotenen Kaffee zu entkommen, denn allein von dem Geruch des bitteren Getränks wurde ihm übel.
»Ich werde Euch nach draußen begleiten, werter Martin.« Er wandte sich an den Verleger. »Habt Dank für das Angebot

mit dem Kaffee, gern bleibe ich ein andermal länger, aber Ihr wisst ja, die Geschäfte.«
Die Miene des Verlegers wurde verschlossen. Er hatte sich auf einen netten Plausch gefreut.
Versöhnlich legte Martin, der die Verstimmung seines Freundes bemerkte, die Hand auf dessen Arm.
»Wenn es Euch recht ist, dann komme ich morgen früh noch einmal vorbei, und wir können über die neue Ausgabe sprechen.«
Serlin warf seinem Freund einen strafenden Blick zu, lächelte aber bereits wieder.
»Ihr habt ja recht. Eigentlich habe ich auch keine Zeit, um Kaffee zu trinken. Anscheinend bin ich langsam wirklich süchtig nach dem Zeug und ergreife jede Gelegenheit, mir eine Tasse zu gönnen.«
Meyer nickte bestätigend.
»Ja, das braune Zeug kann einem wirklich den Kopf verdrehen. Inzwischen soll sogar ein Kaffeehaus in Planung sein.«
Die Augen des Verlegers blitzten freudig auf.
»Das hört sich doch wunderbar an, ein eigenes Haus nur für Kaffee. Ich werde gewiss Stammgast.«
Waldschmidt trat ungeduldig zur Tür.
»Wolltet Ihr nicht gehen, mein Freund?«
Meyer reichte dem Verleger die Hand zum Abschied, und kurz darauf traten die beiden Männer in den finsteren Hinterhof.
Waldschmidt wollte den muffigen Hof, in dem der Gestank von Urin in der Luft hing, schnell durchqueren, doch Meyer hielt ihn am Arm zurück.
»Wartet, mein Freund. Ich bin zwar in Eile, aber Eure Predigten und Schriften interessieren mich sehr, und ich würde mich gern länger mit Euch darüber unterhalten. Sagen wir mal, es

gibt da einen Fall in Frankfurt, bei dem man sich Gedanken machen könnte, ob der Teufel nicht seine Finger im Spiel hätte.«

Waldschmidt zog eine Augenbraue hoch. »Ach wirklich, welchen Fall denn?«

»Ihr habt gewiss von dem Raupenmädchen gehört.«

Waldschmidt nickte. »Natürlich habe ich von ihr gehört, und ja, meine Gedanken gehen in eine ähnliche Richtung.«

»Also nehmt Ihr meine Einladung an?«

Waldschmidt lächelte. »Gern, wenn ich meinen Sohn mitbringen darf? Er wird mein Nachfolger und kennt sich mit diesem Thema bereits sehr gut aus.«

»Selbstverständlich«, erwiderte Meyer. »So gegen sieben Uhr? Meine Frau ist eine ausgezeichnete Köchin, und es wird bestimmt keinen Kaffee geben.«

Waldschmidt sah ihn erstaunt an.

Lachend legte Meyer dem Pastor die Hand auf die Schulter, und die beiden schlenderten auf die Gasse hinaus.

»Ich mag das bittere Gebräu auch nicht sonderlich. Aber das müssen wir dem guten Serlin ja nicht unbedingt auf die Nase binden.«

Kapitel 3

Christian schaute zweifelnd auf die Statue in seiner Hand. Sie war das Abbild einer jungen Frau, die oft auf den Friedhof kam, um am Grab ihres Kindes zu verweilen. Die erste Zeit hatte er die Frau nur von der Ferne beobachtet. Sie kam jeden Tag um dieselbe Zeit und sank vor dem kleinen Grab auf die Knie. Normalerweise nahm er die Trauergäste auf dem Friedhof kaum wahr. Aber dem Anblick dieser jungen Frau hatte er sich nicht entziehen können. Sie hatte auffallend weiße, ebenmäßige Haut und große blaue Augen, in denen ein besonderer Ausdruck lag. Es war keine Trauer, niemals hatte sie geweint, eher eine Art von Ernsthaftigkeit, die etwas Ergreifendes an sich hatte. Ihr kastanienbraunes Haar hatte sie meistens zu einem einfachen Zopf geflochten, der über ihre Schulter fiel. Von besonders hohem Stand schien die Frau nicht zu sein, denn sie trug einfache Leinenkleider ohne Schmuck. An einem regnerischen Tag hatte ein Kopftuch ihr Haar bedeckt, und erst da wurde Christian klar, an wen ihn die junge Frau erinnerte. Ihr Antlitz hatte etwas Madonnenhaftes an sich. Irgendwann hatte er damit begonnen, auf sie zu warten und aus der Ferne ihre Züge festzuhalten. Ihre hohen Wangenknochen, den schmalen Hals, die großen Augen mit dem seltsamen Ausdruck darin. Schweigend hatte er sie beobachtet. Mehrfach hatte auch er vor dem kleinen Kindergrab gestanden und den Namen des Kleinkinds gelesen, das Gott so früh zu sich gerufen hatte. Doch angesprochen hatte er die Frau niemals. Eines Tages war sie nicht mehr gekommen. Anfangs hatte er sie vermisst und täglich den vertrauten Weg zu der kleinen Grabstätte eingeschlagen, sogar mit dem toten Kind gesprochen, ihm Mut gemacht, dass die Mutter bald wieder kommen würde, was bis zum heutigen Tag nicht mehr geschehen war.

Er strich mit den Fingern über die Wangen der Statue und schaute dann in den Hinterhof des Steinmetzen, bei dem er nach einer Lehrstelle fragen wollte. Schon oft hatte er hier gestanden und dem vertrauten Klopfen gelauscht, das auf die Straße drang. Doch er hatte sich niemals getraut hineinzugehen. Er war ein mittelloser Totengräber, ohne Familie. Niemand bürgte für ihn. Erneut blickte er in den Hof, in dem ein Lehrjunge damit begonnen hatte, Steine der Größe nach zu sortieren. Der Junge bemerkte ihn und trat neugierig näher.

»Kann ich Euch helfen«, fragte er höflich. Sein Blick fiel auf die Statue in Christians Hand. Sofort begannen seine Augen zu leuchten.

»Das ist aber eine schöne Arbeit. So gut muss ich erst noch werden. Ihr möchtet bestimmt zum Meister, nicht wahr?«

Christian nickte errötend. Noch nie hatte jemand seine Arbeit so gewürdigt wie dieser Junge.

»Ich werde Euch anmelden. Folgt mir.«

Der Bursche drehte sich um und verschwand im Haus.

Unsicher betrat Christian den Hof und schaute sich neugierig um.

Hier lag nicht nur roter Sandstein, sondern auch Kalksandstein, Granit in vielen Farben und feinster Marmor. Vorsichtig strich er über die glänzende Oberfläche eines Stücks, das zwischen einigen Granitstücken und Sandsteinen auf einer Bank vor dem Haus lag.

Wie glatt und kalt sich diese Oberfläche anfühlte, ganz anders als der rote Sandstein, mit dem er arbeitete. Die Statue in seiner Hand kam ihm plötzlich plump und wertlos vor.

»Mich verzaubert das Material auch immer wieder.« Eine tiefe Stimme mit italienischem Akzent riss Christian aus seinen Gedanken. Er drehte sich um.

Ein großer, breitschultriger Mann mit schwarzem Haar und bräunlichem Teint war aus dem Haus getreten. Er hatte ein Tuch in der Hand, wischte sich die Hände daran ab, und streckte Christian danach die Rechte entgegen.

»Guten Tag, mein Name ist Claudio Montebello. Wie kann ich dir helfen?«

»Guten Tag«, erwiderte Christian den Gruß.

Der Blick des Mannes blieb an Christians Statue hängen.

»Darf ich?«, fragte er in seinem weich klingenden Dialekt, mit dem er Christian sofort für sich einnahm. Bereitwillig reichte Christian ihm die Statue.

Schweigend drehte der Mann die Figur in seinen Händen hin und her. »Eine gute Arbeit. Noch ein paar kleinere Mängel. Aber sie ist zweifelsohne von einem talentierten Künstler gefertigt worden.«

Er schaute Christian prüfend in die Augen. »Du hast die Statue gefertigt, oder?«

Christian nickte bestätigend. Seine Aufregung verflog. Dieser Mann schien sich wirklich für seine Arbeit zu interessieren.

»Ja«, erwiderte er schüchtern. »Ich würde gern weiterlernen und bei einem guten Steinmetz in die Lehre gehen.«

Der Mann gab Christian die Statue zurück und musterte ihn genauer. »Siehst nicht so aus, als könntest du es dir leisten, bei mir in die Lehre zu gehen. Hast du einen Leumund, der für dich bürgt und das Lehrgeld bezahlt?«

Christian schüttelte den Kopf. »Ich habe weder Geld noch Leumund.«

Der dunkelhaarige Mann schaute noch einmal auf die Statue in Christians Hand, rieb sich nachdenklich das Kinn. Der Junge hatte Talent, das war unverkennbar. Aber ohne Lehrgeld und einen guten Leumund konnte er den Burschen nicht aufnehmen.

»Dann tut es mir leid«, sagte er seufzend. »Bist ein talentierter Junge. Komm wieder, wenn du einen Leumund hast, dann kann ich was für dich tun.«

Christian nickte betreten. Wie hatte er auch nur einen Moment annehmen können, dass er hier Glück haben würde. Er verabschiedete sich von dem Mann und verließ den Hof, den Kopf gesenkt.

Auf der Gasse starrte er auf das ernsthafte Gesicht der Statue. Tränen der Wut traten in seine Augen. Aufgebracht schleuderte er die Statue gegen die Hauswand, wo sie in zwei Teile zerbrach. Niemals würde er seiner Vergangenheit entfliehen können, seinen Traum leben dürfen. Enttäuscht wandte er sich ab und lief die Gasse hinunter, ohne noch einmal zurückzublicken.

*

Maria stand, die Zeichenmappe unter dem Arm, neben der Totenkapelle auf dem Peterskirchhof im Schatten der Weidenbäume und blickte über die Bleichwiesen und -gärten zum Eschenheimer Turm. Die schwüle Wärme malte den Himmel am Horizont milchig und ließ das Sonnenlicht sanft schimmern.

Maria war über die Balkonbrüstung geklettert, unbemerkt, wie sie dachte. Doch als sie aufgeblickt hatte, hatte sie Bärbel entdeckt, die am oberen Fenster stand, zum Abschied die Hand hob und ihr lächelnd zunickte. Bei ihrer Rückkehr würde unter der Fußmatte der Schlüssel liegen, das wusste sie. Ohne Bärbel würde sie in den dunklen Kammern und Winkeln des Hauses, in denen ihre Mutter sie am liebsten für immer einschließen wollte, ersticken.

Ein Geräusch hinter ihr ließ sie aufhorchen, und sie drehte sich um.

Christian kam auf sie zu. Er lächelte, doch irgendetwas schien ihn zu bedrücken.

»Guten Tag, kleine Merian. Wie schön, dich zu sehen«, begrüßte er sie.

Maria sah ihm forschend ins Gesicht. »Du siehst nicht so aus, als würdest du dich über meinen Besuch freuen«, antwortete sie ohne Gruß.

Er trat neben sie und atmete tief durch. »Doch, ich freue mich. Ich hatte nur eben …«

Er machte eine wegwerfende Handbewegung.

Sie legte den Kopf schräg. »Mir musst du es nicht erzählen. Kennen wir uns doch kaum.«

Er lächelte, sein Herz schlug höher, und ein sanftes Kribbeln im Bauch ließ ihn erzittern. Sie kannten sich erst seit wenigen Tagen. Davor hatte er sie heimlich beobachtet, wie eine verwunschene Märchenfigur betrachtet, die in sein Dasein Licht brachte, das er so dringend brauchte. Er hatte zu ergründen versucht, warum sie auf den Friedhof kam und stundenlang an derselben Stelle saß, durch die Reihen schlenderte, neben der Totenkapelle ausharrte, den Blick auf die Bleichwiesen gerichtet. Stets mit Block und Zeichenstift bewaffnet, mit abwesendem Blick. Es kam ihm so vor, als wäre sie schon immer ein Teil von ihm, gehörte zu seinem Leben wie der Wind in den Weidenbäumen und die bunten Sommerblumen auf den Gräbern.

»Nein«, erwiderte er und griff vorsichtig nach ihrer Hand, »du bist mir nicht fremd, glaube mir.«

Maria lächelte und deutete über die Bleichwiesen, hinter denen sich die blühenden Bäume der weitläufigen Gärten erhoben, die bis zum Eschenheimer Turm reichten.

»Wollen wir ein Stück gehen?«

»Gern«, erwiderte er grinsend, spurtete unerwartet los und zog sie übermütig hinter sich her. Überrascht schrie sie auf, folgte ihm aber durch das hohe Gras, flog regelrecht über die bunten Blumen, die hier verschwenderisch blühten. Sie geriet schnell außer Atem, doch sie kicherte vor Vergnügen. Sie erreichten eine Lichtung, auf der viele Kirschbäume standen, und fielen in das weiche Gras, lagen nebeneinander und blickten in das Meer aus weißen Blüten über ihnen.

Langsam wurde Marias Atem ruhiger. Mild wehte der abendliche Frühlingswind über ihr Gesicht, ließ die Blüten über ihr tanzen und Blütenblätter durch die Luft schwirren.

»Sind sie nicht Zauberer, Künstler und Poeten?«, fragte Christian und drehte sich zu ihr um. Er kaute auf einem Grashalm und wirkte wie einer von den vielen Vagabunden und Tagelöhnern, die tagsüber in die Stadt zogen, um ihr Glück zu versuchen.

»Wen meinst du?«, fragte Maria.

Er deutete nach oben. »Na, die Bäume. Sieh sie dir an. So verschwenderisch kann nur ein Zauberer mit seiner Kraft prahlen. Diese Blütenpracht ist magisch, einzigartig und besonders. Jedes Jahr aufs Neue schaffen diese Bäume ihr großes Wunder und zaubern sich ihr Blütenkleid.«

Maria sah Christian überrascht an.

»So habe ich es noch nie gesehen. Aber sie sind doch Gottes Werk. Er hat sie geschaffen.«

Christian legte sich wieder auf den Rücken.

»Er hat sie geschaffen, hat ihnen ihr Talent gegeben, aber blühen müssen sie selbst.«

»So wie wir selbst gehen müssen«, antwortete Maria nachdenklich.

»Richtig, so wie wir selbst gehen müssen.« Christian setzte sich auf. »Nur, dass die Obstbäume immer denselben Zauber mit sich tragen, sich einhüllen in ihr prachtvolles Blütenkleid, um es für die süßen Früchte des Sommers zu verlieren. Den Zauber in uns müssen wir selbst finden.« Er deutete auf Marias Mappe. »Du bist klug und hast ihn schon gefunden.«

»Woher willst du das wissen?«, fragte sie. »Du kennst keines meiner Bilder.«

Er warf ihr einen vielsagenden Blick zu. »Ich sehe dir schon so lang zu, kleine Merian. Wie du schweigend auf dem Friedhof sitzt, durch die Gärten streifst, den Blick geschärft für die Dinge um dich herum, stets den Zeichenstift in der Hand. Ich muss die Bilder nicht sehen, um zu wissen, welch große Zauberin du bist. Du sprühst über vor Magie, die kleine goldene Funken um dich fliegen lässt, die jeden in deinen Bann ziehen, der deiner ansichtig wird.«

Maria wusste nicht, was sie darauf antworten sollte. Sie fühlte sich wohl, glücklich, und in ihrem Bauch kribbelte es, als würden hundert Sommervögel gleichzeitig darin tanzen.

Der Himmel verfärbte sich und wurde von der untergehenden Sonne in warmes Gold getaucht. Bald würden sie gehen müssen und die Magie des Augenblicks verlieren.

»So einen Zauber würde ich auch gern finden«, sagte Christian.

Maria sah ihn verständnislos an. »Wieso musst du ihn noch suchen? Du bist so talentiert, hast ihn doch bereits gefunden. Warum willst du nach etwas suchen, das in dir ist?«

Erstaunt sah er sie an. Doch dann veränderte sich plötzlich sein Gesichtsausdruck, der Glanz von eben verschwand, und eine seltsame Art von Kälte trat in seine Augen, die Marias Sommervögel im Bauch erstarren ließ.
»Weil ich nicht weiß, wohin ich gehöre.«

*

Als Maria den Peterskirchhof verließ, war die Sonne bereits untergegangen, und dunkles Licht verwandelte die Gassen in düstere Gänge mit finsteren Löchern, aus denen jederzeit ein Teufel springen konnte, um über sie herzufallen. Die Straßen sind voller Lumpen und Gesindel, sagte Bärbel immer. Maria selbst fürchtete sich eher vor den Schatten, die in den Ecken lagen, und der Stille, die sich in der Finsternis ausbreitete.
Hinter einem Hoftor schlug ein Hund an. Ihre Schritte wurden schneller. Irgendwo klappte eine Tür, zwei Ratten kreuzten ihren Weg. Eilig bog sie in die breitere Zeil ein, die zwar dunkel war, aber durch ihre Breite nicht so bedrohlich wirkte. Vor einer hell erleuchteten Apfelweinwirtschaft blieb Maria stehen und rang nach Luft. Die Tische und Bänke vor der Tür waren gut besetzt. Ausschließlich Männer frönten dem Würfelspiel oder unterhielten sich. Eine Frau, kaum älter als Maria, nur dreimal so breit, lief zwischen den Bänken hin und her, verteilte Becher mit Apfelwein und schlug auf Hände, die ihr Hinterteil suchten. Einer der Gäste bemerkte Maria und winkte sie zu sich.
»He, Mädchen, komm näher und leiste einem alten Mann Gesellschaft. Soll dein Schaden nicht sein.«

Maria riss erschrocken die Augen auf. Die Bedienung drehte sich um. »Lass das Mädel in Ruhe, Georg. Siehst du nicht, sie ist ein anständiges Ding.« Sie wandte sich an Maria.
»Geh nach Hause, Mädchen. Ist nicht gut, allein in den dunklen Gassen.«
Eilig hastete Maria weiter. Die hellen Laternen verbreiteten warmes Licht und malten runde Kreise auf den gepflasterten Weg. Motten suchten die Helligkeit und flatterten wild durcheinander, wirbelten durch den Lichtkegel und warfen Schattenfiguren auf den Boden. Maria blieb stehen und beobachtete fasziniert das Schauspiel. Plötzlich waren Bärbels Warnungen vergessen, und sie trat näher an die Laterne heran. Am liebsten hätte sie alle Falter mitgenommen, sie beobachtet und ihr Verhalten studiert. Warum lebten diese Tiere in der Dunkelheit und suchten doch das Licht? Nachdenklich beobachtete sie die Falter dabei, wie sie in Gruppen auf dem Glas der Laterne saßen, unruhig aufflatterten und andere vertrieben. Vielleicht wollten sie keine Nachtfalter sein, dachte Maria. Am Ende waren sie traurig, hassten ihr Dasein in der Dunkelheit und wollten lieber im Licht der Sonne leben und wie die anderen Sommervögel über Blumen tanzen, anstatt nachts um Laternen zu flattern.
Das Knarren einer Tür ließ sie aufschrecken. Schnell floh sie in den Schatten einer Hauswand.
Ein Lichtkegel fiel auf die Gasse, und zwei Männer traten aus dem Haus. Maria erkannte ihre Stimmen sofort. Conrad und Bernhard Waldschmidt standen dicht neben ihr. Sie hielt den Atem an. Conrads Blick von neulich kam ihr in den Sinn, die seltsame Art, wie er sie angesehen hatte.
»Wir bedanken uns für die Gastfreundschaft, Martin«, verabschiedete sich Conrad.
»Und für das gute Gespräch«, sagte Bernhard Waldschmidt.

»Eure Ansichten über die unterschiedlichen Wissenschaften waren ein Geschenk für uns.«

»Es ist mir eine Freude, wenn ich helfen kann«, erwiderte Martin Meyer.

Wissenschaften, dachte Maria. Was hatte ein Pfarrer mit Wissenschaften zu tun?

Die Tür schloss sich, der helle Lichtkegel verschwand, und die beiden Männer wurden von der Dunkelheit verschluckt. Maria trat aus ihrem Versteck und folgte ihnen in einigem Abstand. An der Ecke zur Eschenheimer Gasse, in der der Pastor wohnte, blieben die beiden stehen.

»Also kann eine Frau keine Wissenschaftlerin sein, oder?«, fragte Conrad.

»Wir müssen die verschiedenen Wissenschaften stets unterscheiden, mein Sohn. So wie es Martin gesagt hat. Es gibt die erlaubte, natürliche Magie, Weisheit und Wissenschaft, mit deren Hilfe wunderbare Werke erschaffen werden. Aber es gibt auch diejenige, die Geschöpfe des Teufels gebrauchen, und dazu neigen besonders Frauen, da bin ich mir sicher, denn das Weibsvolk steht dem Teufel näher als der Mann.«

Conrad nickte.

»Wir sollten weitere Predigten darüber schreiben, damit diejenigen, die Satan verführen möchte, aufwachen und erkennen, auf welch schlechtem Weg sie sich befinden.«

Bernhard Waldschmidt schlug seinem Sohn lachend auf die Schulter.

»Wenn das so einfach wäre, mein Sohn, dann hätte ich schon viele bekehrt.«

Maria, die bewegungslos hinter einem Karren kauerte, verfluchte innerlich eine Katze, die um ihre Beine streifte. Sie schob das Tier zur Seite und bemühte sich, einen aufsteigenden Niesreiz zu unterdrücken.

Die beiden Männer verabschiedeten sich voneinander, und Bernhard Waldschmidt verschwand in der Eschenheimer Gasse. Genau in diesem Moment stieß Maria gegen einen Besen, der hinter ihr an der Wand lehnte. Conrad, der eigentlich der Zeil weiter folgen wollte, wandte sich um.
Maria hielt den Atem an. Erneut strich die Katze um ihre Beine. Sie gab dem Tier einen beherzten Stoß, und die Katze machte einen Satz auf die Straße. Vielleicht würde Conrad weitergehen, wenn er sah, dass es nur eine Katze war. Doch das Gegenteil war der Fall. Conrad trat näher, hob das Tier hoch und schaute hinter den Karren.
»Na, wen haben wir denn da? Das Raupenmädchen treibt sich allein in den dunklen Gassen herum.«
Maria sah ihn mit weit aufgerissenen Augen an. Er griff nach ihrem Arm und zog sie auf die Füße, musterte sie von oben bis unten. Doch er kam nicht mehr dazu, etwas zu sagen, denn Maria riss sich los und rannte davon. Fluchend folgte er ihr.
Maria lief die Zeil hinunter. Sie erreichte den Liebfrauenberg, überquerte ihn hastig und bog in die Schnurgasse ab, wo sie sich panisch umblickte. Ihr Verfolger war nicht zu sehen. Schnell huschte sie in einen engen Hinterhof, schlug das schäbige Tor hinter sich zu und duckte sich hinter einige Holzfässer. Doch Conrad hatte bereits auf dem Liebfrauenberg die Verfolgung aufgegeben. Warum sollte er sie in der Dunkelheit jagen, wenn er wusste, wo er sie finden würde. Gleich morgen würde er mit seinem Vater über das Mädchen sprechen, das seiner Meinung nach den Teufel in sich trug.
Erst nach einer Weile atmete Maria erleichtert auf. Teuflische Wissenschaften, schoss es ihr durch den Kopf. Was war, wenn er von ihr gesprochen hatte? War sie nicht eine Wissenschaft-

lerin? Eigentlich zeichnete sie nur Sommervögel und Raupen, war interessiert an der Natur. War das bereits eine Wissenschaft? Nein, gewiss nicht. Oder vielleicht doch?

Irgendwann getraute sie sich, ihr Versteck zu verlassen, und erreichte kurz darauf die Kruggasse.

Vor dem Brunnen malte die einzige Straßenlaterne auch hier einen hellen Kreis auf den Boden. Doch nicht nur Motten schienen durch ihr Licht angezogen zu werden. Mathilde Kammerer saß weinend auf der schiefen Holzbank neben dem Brunnen. Maria überlegte, an ihr vorbeizugehen, blieb dann aber doch stehen und betrachtete die Nachbarin, die sie kaum kannte. Plötzlich fühlte sie sich mit der zierlichen Frau verbunden und trat näher.

»Guten Abend, Mathilde.«

Die Frau hob den Kopf, Panik lag in ihren Augen. Hastig wischte sie sich über die Wangen und stand auf.

Maria hob die Hände. »Ich wollte dich nicht erschrecken. Bitte, geh nicht.«

Mathilde sah Maria überrascht an und musterte sie dann genauer. »Bist du nicht das Raupenmädchen?«, sagte sie. »Die Kleine, die alle für seltsam halten?«

Maria sog scharf die Luft ein. »Ich bin Maria Sibylla Merian«, stellte sie sich mit ihrem ganzen Namen vor und streckte Mathilde die Hand hin. »Und ja, die Leute nennen mich auch das Raupenmädchen, aber seltsam bin ich nicht.«

Mathilde ergriff die ihr dargebotene Hand.

»Schön, dich kennenzulernen, Maria Merian. Ich bin Mathilde Kammerer, geborene Seifert, und du siehst auch nicht seltsam aus.«

Die beiden setzten sich auf die Bank, und eine Weile sagte keine etwas. Maria beobachtete erneut die Motten, wie sie um die Laterne schwirrten, und begann, laut nachzudenken.

»Ich frage mich, warum diese Tiere so gierig das Licht suchen, sich aber am Tag verkriechen.«
Mathilde folgte Marias Blick. Erstaunt sah sie die Motten an.
»Wieso machst du dir Gedanken darüber?«, fragte sie.
»Na, weil es doch sonderbar ist. Am Tag verkriechen sie sich, und nachts schwirren sie um die Laternen.«
Mathilde zuckte mit den Schultern. »Werden schon ihren Grund haben.« Ihre Stimme klang missmutig.
Maria warf ihr einen kurzen Blick zu.
»Wenn ich das gewusst hätte, dann wäre ich niemals hierhergekommen«, brach es plötzlich aus Mathilde heraus. Sie schlug die Hände vors Gesicht und begann laut zu schluchzen. »Verflucht bin ich, weil ich es nicht besser wusste. Ich wurde verraten und verkauft, und die Leute zeigen mit Fingern auf mich. Ich wäre eine Hexe und Zauberin und würde mit dem Teufel sprechen. Derweil bin ich eine gottesfürchtige Frau, die brav zur Kirche geht und Zwiesprache mit Gott hält.«
Maria legte vorsichtig die Arme um Mathilde, die kaum älter als sie selbst war. Als hätte die junge Frau darauf gewartet, ließ sie den Kopf an Marias Schulter sinken. Maria begann, ihr beruhigend über den Rücken zu streichen, sagte aber nichts, denn all ihre Worte würden wie Hohn klingen. Mathilde war ungewollt in ihr Unglück gelaufen. Noch vor wenigen Wochen war sie hier als stolze Ehefrau angekommen, und jetzt musste sie begreifen, dass sie den Rest ihres Lebens eine Geächtete sein würde, weil sie den falschen Mann geheiratet hatte.
Irgendwann löste Mathilde sich aus der Umarmung, wischte sich die Tränen von den Wangen, stand auf und ging ohne ein Wort. Maria beobachtete, wie die Finsternis der Gasse sie verschluckte, und plötzlich überzog eine Gänsehaut ihren Körper.

Mit zittrigen Händen suchte sie wenig später unter der Fußmatte nach dem Haustürschlüssel und schlüpfte eilig in den muffigen Hausflur, der ihr zum ersten Mal das Gefühl von Sicherheit gab. Während sie die wenigen Stufen zu ihrem Zimmer hinaufschlich, wurde sie wieder ruhiger. Eine Geächtete, eine, auf die die Leute mit Fingern zeigten. Taten sie das bei ihr nicht auch? Sie war das seltsame Raupenmädchen, das niemand verstand. Oder vielleicht doch die Wissenschaftlerin, die sie nicht sein durfte? Sie trat in ihr Zimmer, öffnete die Balkontür und blickte auf ihre Gläser, Kisten und Blumenkästen. Wanderte auch sie auf dem schmalen Grat zur Hölle? Oder war sie nur eine einfache Malerin, die Sommervögel liebte?

*

Conrad holte tief Luft und sah seinen Vater erwartungsvoll an. Bis ins Detail hatte er ihm die Vorkommnisse des gestrigen Abends geschildert und wartete jetzt auf eine Reaktion. Sicher würde sein Vater seine Meinung teilen. Gegen die Merian musste vorgegangen werden.

Die beiden Männer standen in einer Seitennische der Barfüßerkirche, und Bernhard Waldschmidt besah sich die Dekoration des Altars. Das handgefertigte Kreuz darauf war bei einem Goldschmied zum Aufpolieren gewesen und heute zurückgebracht worden. Jetzt stand es wieder an seinem alten Platz, eingerahmt von zwei Kerzenständern, die erst vor kurzem angeschafft worden waren.

»Denkst du, es ist gut so?« Bernhard Waldschmidt rückte einen Kerzenständer noch etwas nach links.

»Hast du mir überhaupt zugehört?«, fragte Conrad und stemmte die Hände in die Seiten.

»Ja, ich denke, so ist es gut.«

Conrad trat näher an seinen Vater heran, schaute ihm in die Augen.

»Ich will wissen, was wir jetzt tun sollen? Es ist doch offensichtlich, dass es die Kleine mit dem Teufel hat. Warum sonst sollte sie abends allein durch die Gassen Frankfurts streunen.«

Bernhard Waldschmidt kratzte sich am Kinn und rückte den rechten Kerzenständer noch näher an das Kreuz heran.

»Ja, so sieht es besser aus«, murmelte er geistesabwesend.

Conrad verlor die Geduld. »Du willst es nicht verstehen, oder?«, schrie er fast schon.

Waldschmidt blickte auf. Zum ersten Mal, seitdem sie die Kirche betreten hatten, schien er seinen Sohn wirklich wahrzunehmen.

»Ich verstehe sehr wohl. Du hast das Raupenmädchen dabei erwischt, wie es uns belauscht hat. Aber deswegen kann ich nichts unternehmen. Es mag nicht richtig sein, wenn eine junge Frau abends durch die Gassen streunt, aber wir wissen nicht, warum sie es getan hat.«

Conrad sah seinen Vater ungläubig an. »Wir wissen, dass sie sonderbar ist, Butterfliegen und Teufelsgeziefer sammelt, Bilder davon malt. Wer weiß, was sie mit dem Zeug noch anstellt. Sie muss aufgehalten werden. Gewiss hat der Teufel sie an dem Abend aus dem Haus getrieben, da bin ich mir sicher. Wir sollten ihr Haus durchsuchen lassen, sicher finden wir dort weitere Ansatzpunkte dafür, dass sie es mit dem Teufel hat.«

Waldschmidt schüttelte den Kopf, verließ die Nische und durchquerte den Mittelgang, ohne sich nach seinem Sohn umzusehen. »Und was wird dabei herauskommen? Du wirst Gläser mit Butterfliegen oder Schachteln voller Raupen finden, Bilder davon. Sie ist die Tochter eines Merian, eine Künstlerin, ist im Blumenmalen sogar unterrichtet worden. Der Name Merian bedeutet etwas in der Stadt. Auch wenn ihr Vater tot ist, sind sie immer noch einflussreich. Du kannst nicht einfach in ihr Haus einbrechen und das Mädchen wegen ein paar Raupen und Butterfliegen abführen. Der Rat der Stadt wird sie sofort wieder laufenlassen.«

»Aber du hast doch …«

Waldschmidt blieb stehen und drehte sich zu seinem Sohn um. Auch seine Stimme wurde jetzt lauter.

»Ja, ich habe die Vermutung geäußert, dass sie sich teuflischer Wissenschaften bedient. Aber wie wollen wir das beweisen? Sicher nicht mit ein paar Schachteln und Gläsern voller Butterfliegen und Raupen.«

Conrad sah ihn fassungslos an. Wie weich sein Vater geworden war, dachte er plötzlich. Er wirkte erschöpft, verbittert und müde. Ihm fehlte die Kraft, um etwas zu verändern. Doch er selbst würde es tun, würde beenden, was sein Vater begonnen hatte. Die Zauberinnen waren unter ihnen, er spürte es. Er würde sie aufspüren, sie töten. Und mit der Merian würde er beginnen.

*

Maria saß in der hintersten Ecke von Valentins Buchladen, die wie geschaffen dafür war, um sich zu verkriechen. Valentin hatte ihr an der Nasenspitze angesehen, weshalb sie gekommen war. Wieder eine Eigenschaft, die sie an dem Buchhändler schätzte. Er wusste stets, wie er mit ihr umzugehen hatte. Wann es gut war, ein Schwätzchen zu halten – und wann es besser war, zu schweigen. Was dann geboten war, wenn Maria ohne Gruß durch den Laden ging und in der Ecke verschwand, in der ein klappriger Tisch und alter Sessel standen. Sie liebte den winzigen Tisch, der knarrte, wenn man eines der dicken Bücher darauflegte, den mit weinrotem abgewetztem Stoff bezogenen Sessel, der versteckt hinter den Bücherstapeln stand. Beschützt von den hohen Stapeln und Regalen, fühlte sich Maria wohl und fand wieder zu sich selbst. Vorsichtig legte sie einen dicken Wälzer auf den Tisch und strich über den Einband.

Wie oft sie das Buch schon in den Händen gehalten hatte, konnte sie nicht sagen. Es war einzigartig und mit solcher Perfektion gefertigt, dass sie jedes Mal, wenn sie es zur Hand nahm, schon wegen der Schönheit des Einbandes vor Ehrfurcht erstarrte. Braunes, festes Leder, auf dem funkelnde gläserne Perlen in allen Farben des Regenbogens den Titel umrahmten, der mit goldenem Faden aufgestickt worden war. »Insecta Codex«.

Wieder eines jener Bücher, welches in Latein verfasst war. Sie schlug es auf. Da waren filigran gemalte Hirschkäfer, Fliegen, Bienen und Wespen. Es gab Libellen, die so echt aussahen, als würden sie die Seiten, die sie gefangen hielten, gleich hinter sich lassen, um über das funkelnde Wasser des Mains zu entschwinden. Auf anderen Seiten rollten Mistkäfer große Kugeln vor sich her oder tummelten sich Marienkäfer auf grünen Blättern. Hingerissen betrachtete Maria die Zeichnung eines großen Heupferdes. Die langen, kräftigen Beine, die zierlichen Fühler und kleinen Augen – alles wirkte so echt, als würde das Tier gleich zu zirpen beginnen, um ein Weibchen anzulocken. In den Gassen hörte man sie kaum zirpen. Doch am Mainufer,

in den Abendstunden, stimmten sie ihre Lieder an, um ihren Liebesreigen zu tanzen, und auch in Langenschwalbach waren ihre Laute in den Sommernächten allgegenwärtig gewesen. Dann war sie mit den Nachbarskindern durch die Büsche gehüpft, um sie einzufangen und zu bewundern.
Sie blätterte die Seite um. Das nächste Bild zeigte ein Glühwürmchen. Sie lächelte. Besonders hinter diesen Tierchen waren sie her gewesen, um dem Geheimnis ihres Leuchtens auf die Spur zu kommen.
Traurig fuhr sie mit den Fingern über den lateinischen Text neben der Zeichnung. Das eine oder andere Wort konnte sie bereits übersetzen, doch die Zusammenhänge begriff sie nicht. Warum mussten all diese wunderbaren Bücher in Latein geschrieben sein? Diese schreckliche Sprache war für sie wie ein Feind. Sie klappte das Buch zu und zog ihr eigenes Buch aus der Tasche, an dem sie arbeitete, wenn sie die Zeit dazu fand. Liebevoll hatte sie in wochenlanger Arbeit den Einband gestaltet. Geschwungene grüne Blätter, in denen sich Sommervögel und Raupen tummelten, umrahmten den Titel:
»commentariorum dirumi papilio«.
Wenigstens der Titel sollte in Latein sein, hatte sie gedacht, damit man es unterscheiden konnte von einfacheren Büchern. Doch als sie es öffnete, sah sie die deutschen Wörter, die neben den prachtvollen, detaillierten Zeichnungen standen. Traurig schlug sie es zu, warf es wütend auf den Tisch, von dem es abrutschte und auf den Boden fiel. Was wollte sie eigentlich sein? War sie eine Wissenschaftlerin oder Malerin? Sie wusste es nicht. Wütend starrte sie auf das Buch auf dem Boden. Tränen traten in ihre Augen, und die Buchstaben verschwammen und schienen sich über sie lustig zu machen.
»Warum hast du es runtergeworfen?«

Valentin stand plötzlich neben Maria. Er bückte sich, hob das Buch auf und legte es auf den Tisch.
»Das hab ich nicht. Es ist von allein gefallen.« Maria wirkte verstockt, ihre Stimme klang fremd.
Er atmete tief durch. Da waren sie wieder, die bösen Geister. Sogar in ihrer vertrauten Ecke hatten sie Maria eingeholt. Er wollte die Geister nicht wahrhaben, aber Aberglaube, Selbstzweifel und Neid waren schwer aufzuhalten. Sie krallten sich an den Menschen fest, krochen in ihre Seelen und ließen sie erkalten.
Er ging vor Maria in die Hocke und musterte sie liebevoll.
»Was ist los?«
Sie wischte sich eine Träne von der Wange.
»Ich weiß es nicht. Bald weiß ich gar nichts mehr.«
Valentin griff nach Marias Buch und blätterte es durch. Bewundernd schaute er auf die detaillierten Zeichnungen, las die Beschreibungen, die in ihrer einfachen Sprache jedem begreiflich machten, worum es bei der Verwandlung der Raupen zu Sommervögeln ging. Dieses Buch war ein Meisterwerk der Wissenschaft und stand den anderen in nichts nach. Was galt da schon die Sprache, in der es verfasst war.
Er klappte das Buch zu und sah sie aufmunternd an.
»Ich denke, du bist eine Wissenschaftlerin, eine Forscherin der Natur.«
»Aber Wissenschaftler sprechen Latein, oder schreiben wenigstens in Latein.« Maria deutete auf den Insecta Codex.
Valentin schüttelte den Kopf. »Diese Sprache wird meines Erachtens überschätzt. Schon Luther hat die Bibel für die Menschen übersetzt, damit sie deren Inhalt verstehen und sich nicht belügen lassen müssen. Die Wissenschaft sollte allen Menschen zugänglich gemacht werden und nicht nur einer Minderheit.« Er legte seinen Zeigefinger unter Marias

Kinn, hob es an und zwinkerte ihr zu. »Dein Buch ist ein Meisterwerk, das in die Geschichte eingehen wird, und das gerade deswegen, weil die Menschen es verstehen. Solche Bilder wie deine sucht man in jedem anderen Insektenbuch vergebens.« Er deutete auf den Incecta Codex.

Maria strich über den Einband ihres Tagebuches, wie sie es liebevoll nannte, und plötzlich kamen ihr die lateinischen Buchstaben völlig falsch vor. Valentin hatte recht. Nur weil es nicht in Latein verfasst war, war es nicht weniger wert. Ihr Buch würde jeder lesen und verstehen können wie die Bibel, Gottes Wort.

Doch dann fielen ihr die Worte des Pastors wieder ein. Sie war eine Wissenschaftlerin, hatte Valentin gesagt. War das nicht eine Sünde? Wanderte sie nicht auf dem schmalen Grat, der hinab in die Hölle führte?

»Darf ich das überhaupt sein? Eine Wissenschaftlerin?«

Valentin sah sie erstaunt an. »Aber warum denn nicht?«

»Vielleicht sieht es Gott nicht gern und die Leute reden schon. Ich wollte es nicht hören, aber ...« Sie zuckte mit den Schultern. Tränen schimmerten in ihren Augen. »Am Ende verflucht mich der Pastor, und es ergeht mir wie den Kammerers, oder es passiert Schlimmeres.«

Valentin griff nach ihren Händen und sah sie eindringlich an. »Niemand wird dir etwas antun. Rede dir das nicht ein. Du magst ein wenig anders sein als die anderen. Aber das ist schon gut so. Gott hat dir Talent geschenkt, es ist von der Natur gegeben. Nichts ist böse daran oder verwerflich. Sogar dein Stiefvater Jacob Marrell hat das erkannt, sonst hätte er dich niemals unterrichtet. Und lass dich nicht von Bernhard Waldschmidts Gerede einschüchtern. Er sucht gern den Teufel und die Sünde. Geh ihm einfach aus dem Weg.«

Maria zog die Nase hoch und versuchte zu lächeln. »Geh dem mal aus dem Weg.«
Valentin stupste Maria auf die Nase. »Da lachst du ja schon wieder. Das wollte ich sehen.« Er griff nach Marias Buch. »Das Buch ist wirklich gut und braucht keinen lateinischen Titel.«
Maria nahm es ihm aus der Hand und strich über die geschwungenen Buchstaben des Titelbildes. »Du hast recht. Wie konnte ich mich so blenden lassen. Meine Seele steckt in diesem Buch. Ich darf es mir nicht von dieser fremden Sprache zerstören lassen.« Sie stand auf. »Gleich morgen werde ich damit beginnen, ein Titelbild zu erschaffen, das das Buch verdient hat.«
Valentin erhob sich ebenfalls und antwortete:
»Und ich freue mich jetzt schon darauf, es zu bewundern.«

*

Wenig später eilte Maria über den Römerberg, über dem sich dunkle Wolken bedrohlich auftürmten. Die Häuser des Samstagsberges versanken im Zwielicht, und die schwindende Sonne färbte die Fensterscheiben blutrot. Fuhrwerke, mit Fässern beladen, fuhren an ihr vorüber. Ein Stoffhändler wies seinen Burschen an, die bestellte Ware in ein Geschäft zu tragen, und vor dem Steinernen Haus packten die Kräuterfrauen eilig ihre Waren ein, während die Frau des Apothekers neben ihnen das Angebotsschild neu beschriftete. Gassenjungen liefen lachend umher, ein Bettler zupfte an ihrem Rock. Sie wies ihn ab. Erste dicke Tropfen fielen vom Himmel, als sie an den Verkaufsständen der Metzger vorüber über den Alten

Markt lief. Der Regen verwandelten alles innerhalb von Sekunden in einen rauschenden Sturzbach. Schutzsuchend stellte sie sich unter einen der Verkaufsstände, wo sich zwei Fleischersfrauen unter herabhängenden Schinken unterhielten, während sie Hühner von ihren Innereien befreiten und diese in eine große Metallwanne auf den Boden warfen. Angewidert wandte Maria den Blick ab. Ein dampfender, blutroter Bach, angeschwollen vom Regen, schoss durch die Mitte der Gasse, denn zwei Metzger veranstalteten vor dem gegenüberliegenden Haus ein Gemetzel an zwei Spanferkeln.

»Was stehst du hier herum, Mädchen?«, fragte sie eine der Fleischersfrauen. Maria drehte sich um. Die korpulente Frau musterte sie von oben bis unten. »Du stehst der Kundschaft im Weg. Bist doch nicht aus Zucker.«

Die andere nickte bestätigend. »Kann ja keiner mehr an die Auslage treten. Die Hühner sind nicht zum Ansehen da. Wenn du nichts kaufen willst, dann verschwinde.«

Maria blickte hilflos in den Regen und auf ihr Tagebuch. Bis nach Hause würde sie es niemals trocken schaffen. Aber das Atelier war nicht weit. Seitdem Abraham fortgegangen war, hatte sie es nicht mehr betreten, denn zu groß war die Angst vor der Stille und Einsamkeit darin gewesen. Aber jetzt würde ihr nichts anderes übrigbleiben.

Maria nahm ihr Tuch von den Schultern, wickelte das Tagebuch ein und rannte los. Das blutige Wasser spritzte unter ihren Füßen auf. Sie lief an den Verkaufsständen der Metzger mit ihren Würsten, Schinken und leckeren Fleischbrötchen vorbei, erreichte das Ende des Marktes und rannte quer über den Hühnermarkt, auf dem Weidenkörbe verlassen im Regen standen. Ein Wagen mit Kohlköpfen war umgekippt, und die grünen Köpfe lagen in den Pfützen. Sie erreichte das breite

Eckhaus, in dem das Atelier lag, das ihr Vater angemietet hatte. Erleichtert trat sie in den Innenhof und eilte die geschwungene, außen angelegte Holztreppe hinauf, die in die oberen Stockwerke führte. Sie fischte den Schlüssel unter dem Blumentopf hervor, der neben der kunstvoll verzierten Eingangstür stand, und schlüpfte in den kleinen Flur, in dem sie von abgestandener, nach Terpentin und Öl riechender Luft empfangen wurde. Sie verharrte vor der breiten, weiß gestrichenen Flügeltür, die ins Atelier führte. Plötzlich fühlte es sich sonderbar an, die Stille und Vertrautheit zu spüren. Wenn sie jetzt diese Tür öffnen würde, dann würde es nicht wie früher sein. So schlimm würde es schon nicht werden, schalt sie sich selbst und drückte die Türklinke nach unten. Knarrend öffnete sich die Flügeltür, und ihre Unsicherheit wich. Der helle Raum tat sich wie ein Wunderwerk der Kunst vor ihr auf. Überall an den Wänden hingen Blumenbilder. Unbemalte Leinwände lehnten neben der klobigen Anrichte, auf der kleine und große Pinsel in unterschiedlichen Gläsern standen. Eine große Fensterfront bestimmte die komplette Längsseite des Raumes, davor standen Zeichenpulte, auf einem von ihnen lag ihr Skizzenblock, aufgeschlagen, als hätte er sie erwartet. Staubflusen tanzten über den Dielenboden und wirbelten in die Höhe, als Maria in die Mitte des Raumes trat und den vertrauten Geruch einatmete. Plötzlich brach die graue Wolkendecke vor dem Fenster auf, und sanfte Sonnenstrahlen krochen in den Raum. Maria blickte sich versonnen um und begann sich im Kreis zu drehen, breitete die Arme aus, wurde immer schneller. Die Blumen auf den Bildern begannen zu tanzen, erwachten zum Leben, schwirrten um sie herum, und Sommervögel flatterten zwischen ihnen, umgeben von Sonnenstrahlen, die die Staubflusen in funkelnde Glühwürmchen verwandelten. Sie drehte sich immer schneller, bis sie von Schwindel erfasst das Gleichgewicht verlor und auf den Boden sank. Einen Moment blieb sie auf den alten Dielen sitzen, dann wickelte sie ihr Tagebuch aus ihrem Schal, schlug es auf und blätterte versonnen darin, als würde sie es zum ersten Mal ansehen. Valentin hatte recht. Es war ein Meisterwerk. Ihr Blick fiel auf den Skizzenblock auf dem Zeichentisch, der den Eindruck erweckte, als würde er ihr mit seinen lose übereinanderliegenden Seiten zuwinken. »Ich komme ja schon«, sagte sie lachend und stand auf. All die Selbstzweifel und Ängste, die sie verspürt hatte, waren nun verschwunden. Sie begann zu zeichnen und skizzierte die ersten Sommervögel, wie sie anmutig durch die Luft flogen, sich auf Blätter und Blüten setzten, die wie von Zauberhand in die Höhe rankten. Sie zeichnete kleine und große Raupen, nackte und pelzige. Puppen, die zwischen dichten Zweigen hingen wie verzauberte Päckchen mit verwunschenem Inhalt. Nach einer Weile musterte sie ihr Bild. Es sah dem anderen Titelbild in keinster Weise ähnlich, sondern wirkte filigraner, echter. Doch wie sollte der neue Titel lauten? Butterfliegentagebuch. Buch der Wissenschaft von Butterfliegen? Sie schüttelte den Kopf. Es passte nicht.

»Hier hast du dich also verkrochen.«

Maria drehte sich um.

Caspar, ihr Halbbruder, betrat lächelnd den Raum. »Ich habe dich schon überall gesucht.« Er trat näher und schaute über Marias Schulter. »Wunderschön, ein Meisterwerk.« In seinen Augen stand Bewunderung. »So filigran und einzigartig.«

Er ließ seinen Blick über die Bilder an der Wand schweifen. Migons Zeichnungen wirkten im Vergleich dazu farblos und unecht.

»Warum hast du mich überall gesucht?« Maria legte ihren Stift aus der Hand.

Caspars Miene wurde ernst. »Weil ich deine Meinung hören will.«
Maria sah ihn erstaunt an.
Er zog den Stuhl des anderen Zeichentisches näher heran, setzte sich räuspernd und rieb sich unsicher die Hände.
»Denkst du, ich könnte ein richtiger Künstler sein? Nicht nur ein einfacher Kupferstecher?«
Maria erwiderte: »Du weißt, wie ich darüber denke. Die Bilder, die du mir gezeigt hast, sind wunderbar, voller Leben und Ausdruck. Du hast ein gutes Auge, erfasst die Perspektive hervorragend und malst mit Liebe zum Detail. Aber warum fragst du mich das?«
Er atmete tief durch. Maria erriet seine Gedanken.
»Matthäus sieht das anders, nicht wahr?«
Caspar nickte. »Wir haben uns gestritten, und er ist wütend geworden. Er sagt, es wäre von Anfang an abgesprochen gewesen, dass er der Künstler ist und ich mich um den Verlag kümmere. Was für Allüren ich denn hätte, und es wäre schlecht fürs Geschäft, wenn ich mehr Zeit mit Malen verbrächte.«
Maria schob eine Haarsträhne hinter ihr Ohr. »Er will neben sich keine Konkurrenten haben, denn er hat Angst vor dir, deshalb will er dir nur die Verwaltung des Verlages geben. Er will der große Künstler sein, der das Geld herbeischafft und das Lob erntet, nicht du.«
Caspar sprang vom Stuhl auf und begann, im Raum auf und ab zu laufen. »Aber dazu hat er kein Recht. Viel zu lang habe ich zugesehen, wie er den ganzen Ruhm einheimst, habe mich klein gemacht und in der Werkstatt geschuftet, damit die Topographia Germania des Vaters fertig wird. Er konnte nach Bayern, nach Nürnberg, zu den Feldherren und Grafen reisen, um sie zu porträtieren. Er konnte seine Kunst leben, während

ich hier in Frankfurt um unser Erbe gekämpft habe. Ich kann und will das nicht mehr hinnehmen. Verstehst du das?«

Er blieb mitten im Raum stehen und sah Maria fragend an.

Maria verstand ihn gut. Matthäus ließ sie meistens in Ruhe, sie begegneten sich nur selten. Aber wenn sie auf ihn traf, konnte sie den Neid in seinem Gesicht erkennen. Er würde ihr niemals vergeben, welch besonderen Platz sie beim Vater eingenommen hatte. Selbst auf ein dreijähriges Mädchen war er eifersüchtig gewesen, und diese Eifersucht hatte ihn mit den Jahren zerfressen und zu einem selbstsüchtigen, ehrgeizigen Menschen gemacht, der niemanden neben sich zulassen wollte und Caspar die Luft zum Atmen raubte.

Caspar ließ die Schultern sinken.

»Ich werde fortgehen, Maria. Er wird mich weiterhin einengen und gängeln. Ich habe Jacob Marrell einen Brief geschrieben, ob er mir dabei behilflich sein kann, in Utrecht Fuß zu fassen.«

Maria riss erschrocken die Augen auf. »Aber das kannst du nicht tun. Du kannst mich nicht allein lassen. Alle geht ihr fort, nach Utrecht und Amsterdam. Nur ich muss hierbleiben, ohne euch. Wenn du fort bist, dann habe ich niemanden mehr, der mich versteht.«

Caspar trat auf seine Schwester zu, umfasste ihre Schultern, zog sie vom Stuhl hoch und sah ihr ernst in die Augen.

»Wenn ich es könnte, ich würde dich mitnehmen. Aber es geht leider nicht. Du gehörst hierher nach Frankfurt zu deiner Mutter. Bald wirst du heiraten, einen eigenen Hausstand gründen.«

Maria riss sich los. Tränen der Wut stiegen in ihre Augen.

»Versteht ihr alle das denn nicht«, rief sie und deutete nach draußen. »Diese Stadt ist wie ein Gefängnis, das mir den Atem raubt. Die Menschen starren mich an und zeigen mit dem

Finger auf mich, tuscheln über mich. Das seltsame Raupenmädchen, die Malerin, die nicht ganz richtig im Kopf ist und es mit dem Teufel hat.«

Caspar hob beschwichtigend die Hände. »Niemand denkt, dass du sonderbar bist, und gewiss hast du es nicht mit dem Teufel.«

Maria sah ihren Bruder ungläubig an. »Natürlich tun sie das. In dieser Stadt voller Vorurteile werde ich niemals glücklich werden. Du weißt doch gar nicht, wie es sich anfühlt, wenn man nicht tun kann, was man sich am allermeisten wünscht.«

»Aber du kannst doch tun, was du dir wünschst.« Caspar deutete auf Marias Skizzenblock. »Dein Stiefvater hat dir Unterricht ermöglicht, und ich habe dir das Handwerk des Kupferstechens beigebracht. Du sammelst und erforschst deine geliebten Sommervögel. Was willst du denn noch?«

Maria atmete tief durch. Eine Weile sah sie ihren Halbbruder schweigend an. Die Sonne verschwand erneut hinter dunklen Wolken, die den Blumen an der Wand ihren Zauber raubten.

»Nimm mich mit. Ich will auch nach Utrecht. Dorthin, wo die besten Blumenmaler der Welt sind, wo ich frei sein kann.«

Er fuhr sich mit der Hand über Augen und Stirn und seufzte hörbar. »Wenn das in meiner Macht stünde, Maria, ich täte es. Aber es geht nicht, versteh das doch.«

Maria wandte den Blick ab, damit er ihre Tränen nicht sah.

»Bitte, lass mich jetzt allein.«

Caspar wollte noch etwas sagen, doch sie hob abwehrend die Hände. »Bitte, geh.«

Er verstand. Unsicher ging er zur Tür.

»Wir können ja morgen weiterreden. Es wird noch einige Tage dauern, bis alles für meine Abreise geregelt ist.«

Maria antwortete nicht mehr. Die Tür schloss sich hinter ihm. Traurig schaute sie auf ihren Skizzenblock, auf ihren Garten, der sie eben noch glücklich gemacht hatte. Sie ließ ihren Blick durch das Atelier, über die Blumenbilder, den alten Dielenboden und die Fensterfront schweifen. Erneut rannen Regentropfen an den Scheiben hinunter, trommelten aufs Dach und gaben der Stille des Raumes etwas Unwirkliches. Und plötzlich wusste sie, wie sie das Buch nennen würde. Sie wischte sich die Tränen von den Wangen und begann, die Linien der Buchstaben zu malen, und gab ihrem Buch den einzigen und besten Namen, den es tragen konnte: »Sommervögel«.

*

Auf dem Rückweg regnete es noch immer, und die Nässe drang durch ihr Kleid bis auf ihre Haut. Sie lief durch die dunkle Neugasse, die zu dieser späten Stunde wie leergefegt war. Sie hatte jeden Bezug zur Zeit verloren und wunderte sich auch nicht über die bereits geschlossenen Schenken. Die Lichter der Straßenlaternen spiegelten sich auf den feuchten Pflastersteinen, zwischen denen große Pfützen standen. Sie durchschritt sie, in Gedanken bei ihrem Titelbild, das sie geschaffen hatte. Caspars Worte und sein Gesichtsausdruck wollten das Bild immer wieder verdrängen und der Verzweiflung in ihr Platz machen, doch sie kämpfte dagegen an. Gewiss hatte sie sich getäuscht, und die Geschehnisse des Nachmittags waren nur eine dumme Laune ihrer Phantasie gewesen. Caspar verstand sie, lobte ihr Talent, hielt zu ihr und verteidigte sie gegenüber der Mutter. Er war für sie Bruder und Vater in einer Person. Ohne Caspar war die Druckerei nur noch ein Ort, an dem Matthäus regierte, der ungeliebte Bruder, der sie abgrundtief hasste.

Gedankenverloren bog sie in die Kruggasse ein. Mittlerweile regnete es stärker, und ihr Tuch, das sie um ihren Kopf gewickelt hatte, war vollkommen durchnässt. Plötzlich ließ ein dumpfes Geräusch sie zusammenzucken, und sie blieb stehen. Fassungslos starrte sie vor sich auf den Boden. Mathilde lag direkt vor ihren Füßen. Ihre Gliedmaßen waren seltsam verkrümmt, und in ihrem Kopf war ein großes Loch, aus dem Blut und Gehirnmasse auf den Boden liefen und sich mit dem Wasser der Pfützen vermischten. Mathildes Augen waren starr auf sie gerichtet. Maria ließ ihren Blick über den leblosen Körper wandern, der im Licht der Laterne etwas Skurriles an sich hatte. Nach einer Weile sank sie neben der Toten auf die Knie und strich ihr eine Haarsträhne aus der Stirn, schloss ihre Augen und berührte ihre Wange, die sich noch warm anfühlte. Doch plötzlich zog sie ihre Hand weg und wich zurück. Voller Angst blickte sie von der Toten auf ihre feuchten Finger. Angewidert wischte sie sich die Hand an ihrem Rock ab, richtete sich auf und stolperte nach hinten. Sie wandte sich um und rannte die Gasse entlang. Der Teufel war hier, holte Mathilde und ihre schwarze Seele und griff nun auch nach ihr, weil sie die Sündige berührt hatte. Panisch rannte sie fort von dem Tod und der verdammten Seele.

Sie floh vor dem Grauen, das tief in ihre Glieder gekrochen war. Sie hatte den Tod berührt und den kalten Atem des Teufels gespürt.

Irgendwann fand sie sich vor dem schmiedeeisernen Friedhofstor des Peterskirchhofs wieder. Ungläubig sah sie es an. War sie wirklich so weit gelaufen? Sie hatte es nicht bemerkt. Mit zittriger Hand öffnete sie das Tor und betrat den vertrauten Ort, vor dem sie sich auch im Dunkeln nicht fürchtete. Schemenhaft ragten die Grabkreuze in die Höhe, und überall tropfte es von den Bäumen. Sie schlug den gewohnten Weg zum Grab ihres Vaters ein und beruhigte sich langsam. Hier war sie sicher, denn geweihte Erde durfte der Teufel nicht betreten. Sie erreichte das Grab des Vaters und sank davor auf die Knie. Die Anspannung wich, und die Realität holte sie wie ein Donnerschlag ein. Caspar ging fort wie der Vater, der Stiefvater und Migon. Würde sie dann auch springen und sich töten, weil niemand mehr sie liebte? War sie nicht auch eine Geächtete? Das seltsame Raupenmädchen, die Wissenschaftlerin, die es mit dem Teufel hatte.

Sie begann zu weinen, schluchzte laut. Alles in ihr krampfte sich zusammen.

Doch dann spürte sie Hände, die sich auf ihren Rücken legten.

»Kleine Merian, was machst du hier um diese Zeit?«, drang Christians Stimme an ihr Ohr.

Seine Arme schlangen sich um ihren Körper und zogen sie nach oben. Sie ließ es ohne Gegenwehr geschehen.

»Komm, kleine Merian. So schlimm wird es schon nicht sein, lass uns gehen.«

Christian führte Maria vom Friedhof und in den winzigen Schuppen neben dem Pfarrhaus, den er bewohnte. Eine Öllampe auf dem Fensterbrett verbreitete mildes Licht. Maria sank erschöpft auf Christians Bett, legte sich hin, zog die Beine an und schloss die Augen. Das Schluchzen ließ nach, doch sie wollte jetzt nicht reden, nichts erklären müssen. Er verstand sie auch ohne Worte. Liebevoll deckte er sie zu, machte sich auf dem Fußboden neben dem Bett ein notdürftiges Nachtlager aus seinem Umhang und einem weiteren Kissen und blies die Öllampe aus. Die Hände hinter dem Kopf verschränkt, blickte er in die Dunkelheit, lauschte zufrieden lächelnd ihrem gleichmäßiger werdenden Atem und schlief ein.

Das Licht des neuen Tages kroch in den Raum, als Maria die Augen öffnete und sich aufsetzte. Die Verzweiflung des Vorabends war gewichen und schien so weit fort zu sein wie die Erinnerung an etwas, das Monate zurücklag. Sie blickte sich um. Das Zimmer war nicht groß. Wände und Decke waren aus Holz, und neben dem Fenster stand ein großer Tisch, der Christian anscheinend als Werkbank diente, denn Hammer und Meißel und halbfertige Statuen und Steinblöcke lagen darauf. Feiner roter Staub wirbelte im Licht der ersten Sonnenstrahlen durch die Luft. Ihr Blick fiel auf Christian, der schlafend auf dem Boden lag. Sie musterte ihn nachdenklich. Seine Züge waren entspannt, und auf seinen Lippen lag ein Lächeln. Er war nicht das, was die Leute unter einem gutaussehenden Mann verstanden, denn seine Nase war breit, seine Augen standen weit auseinander, und er hatte kleine Narben auf der Wange, die von unreiner Haut zeugten. Selbst im Schlaf trug er seinen schäbigen blauen Filzhut, der ihm in die Stirn gerutscht war. Es war seltsam, dachte sie plötzlich. Sie kannte ihn kaum, und doch fühlte sie sich in seiner Gegenwart geborgen. Selbst jetzt, wo er schlafend auf dem Fußboden lag, gab er ihr das Gefühl von Sicherheit. Er hatte die dunkle Stadt dort draußen ausgeschlossen und sie mitgenommen in seine Welt. Sie stand leise auf und schlich an der Bettkante entlang an ihm vorbei, stieg über seine Füße, die in abgewetzten, löchrigen, schmutzigen Schuhen steckten, ging zur Tür und drückte vorsichtig auf die rostige Türklinke.

»Du willst schon gehen?«

Maria drehte sich um.

Er hatte sich zur Seite gedreht, den Kopf aufgestützt und grinste sie an.

Maria lächelte. »Sie werden sich fragen, wo ich gewesen bin.«

»Und was wirst du ihnen sagen?«

Maria wusste die Antwort bereits, doch sie wollte ihn necken. »Was soll ich ihnen denn sagen?«
Er setzte sich auf und zuckte mit den Schultern.
»Du willst mich auf den Arm nehmen, nicht wahr?«
Sie fühlte sich ertappt. »Dir kann ich nichts vormachen.«
Er stand auf, streckte sich und verzog das Gesicht.
»Ich hatte ganz vergessen, wie hart so ein Fußboden sein kann.«
Beschämt blickte Maria zu Boden. »Ich wollte dir keine Umstände machen.«
Er trat näher an sie heran und sah ihr tief in die Augen.
»Es war schön, dich hier zu haben. Auch wenn der Grund dafür ein trauriger gewesen ist.«
Maria nickte, und ein warmes Gefühl breitete sich in ihr aus. Seine Augen und die Art, wie er sie ansah, machten sie nervös. Unsicher griff sie erneut nach der Türklinke.
»Ich muss jetzt wirklich gehen, am Ende suchen sie mich schon.«
Er trat zurück, und sie öffnete die Tür. Hell fiel der Sonnenschein auf den Boden, und ein Windstoß wirbelte den Staub in die Höhe, hüllte Christian ein und schien ihn in ein funkelndes Wunderwesen zu verwandeln, das mit trauriger Miene vor ihr stand.
Sie nickte ihm lächelnd zu. »Ich komme bald wieder.«
Er seufzte erleichtert. »Darauf freue ich mich, kleine Merian.«

Kapitel 4

Maria saß bei Bärbel in der Küche und half ihr dabei, Zwiebeln zu schälen. Nachdenklich musterte die Magd das Mädchen. Maria hatte sich verändert und war zu einer jungen Frau herangewachsen, die von Küchenarbeit nur wenig verstand oder sich mit Absicht dumm stellte, um ihr entfliehen zu können. Die Zwiebeln sollten in kleine Würfel geschnitten werden, sahen aber wie grobe Streifen aus, und neben den Knollen lagen noch Karotten, Lauch und Sellerie, die ebenfalls in die Rindersuppe hineinkämen. Heute wirkte Maria noch geistesabwesender als sonst, was irgendetwas mit der letzten Nacht zu tun haben musste, die Maria gewiss nicht im Atelier verbracht hatte, wie sie behauptete. Ihre Kleidung war mit einem seltsamen roten Staub bedeckt gewesen. Wenn Bärbel es nicht besser wüsste, dann würde sie vermuten, Maria wäre verliebt.

Sie setzte sich neben das Mädchen und nahm ihm das Messer aus der Hand.

Maria warf ihr einen dankbaren Blick zu, während die Magd eine weitere Zwiebel zu schälen begann.

»Ich hab von der Sache mit den Kammerers gehört«, sagte Maria und versuchte, die Erinnerung an den toten Körper von Mathilde zu verdrängen.

Bärbel seufzte. »Ja, schlimme Sache. Ihn haben sie heute Morgen auf dem Dachboden entdeckt, hat sich aufgehängt. Bestimmt hat das arme Mädel ihn gefunden.«

Bärbel gab die kleingehackte Zwiebel in eine Schüssel und putzte sich mit ihrer Schürze die Nase.
»Glaubst du wirklich, die Alte hatte es mit dem Teufel?«
Bärbel griff nach einer der Karotten und begann, sie zu schälen. »Weiß ich nicht. Sie war eine nette Frau, die sich aufopferungsvoll um ihren Mann und den Buben gekümmert hat. Früher habe ich öfter mit ihr gesprochen, aber als das Gerede anfing, habe ich mich lieber von ihr ferngehalten. Die Leute werfen einen schnell in einen Topf.«
Maria staunte mal wieder, wie flink Bärbel Gemüse in kleine Würfel verwandeln konnte. Die Karottenwürfel wanderten zu den Zwiebeln in die Schüssel.
»Mathilde hat schrecklich ausgesehen, wie sie dagelegen hat.«
Verwundert sah Bärbel Maria an. »Du bist doch erst heute Morgen aus dem Atelier gekommen. Da war sie aber schon fortgebracht worden.«
Maria biss sich auf die Lippen.
»Ich habe doch gleich gewusst, dass an deiner Geschichte etwas faul ist. Wo warst du letzte Nacht wirklich?«
»Auf dem Peterskirchhof«, flüsterte Maria.
»Wo?«
»Auf dem Peterskirchhof. Da bin ich hingelaufen, zu Vaters Grab, nachdem mir Mathilde vor die Füße gefallen ist.«
Ungläubig sah Bärbel sie an. »Du läufst mitten in der Nacht auf den Friedhof, weil dir jemand vor die Füße fällt?«
»Ich hatte schreckliche Angst.«
Bärbel stand auf, verfrachtete das Gemüse in den Topf und begann, kräftig umzurühren. »Du hast aber nicht so ausgesehen, als hättest du die Nacht im Freien verbracht.«
Maria senkte den Kopf. Bärbel drehte sich um und wedelte drohend mit dem Kochlöffel. »Raus mit der Sprache.«
»Aber nur, wenn du es nicht der Mutter sagst.«

Bärbel ließ den Kochlöffel sinken, setzte sich wieder an den Tisch und griff nach Marias Hand. »Habe ich ihr jemals etwas gesagt?«

Maria schüttelte den Kopf. »Christian hat mir geholfen.«

»Hab ich es mir doch gleich gedacht.«

»Es ist aber nicht, wie du denkst«, versuchte Maria sich zu verteidigen.

»Ach, wie ist es denn dann?«

»Wir sind Freunde, er würde mich niemals anrühren.«

Bärbel sah Maria skeptisch an. Das Mädchen konnte ihr viel erzählen. Das Leuchten in ihren Augen sprach eine andere Sprache.

»Und bei diesem Freund hast du die Nacht verbracht?«

»Ja, in seiner Kammer. Ich habe im Bett geschlafen und er auf dem Fußboden.«

»Oh, ein wahrer Held.«

Maria gab der Magd einen Klaps auf den Arm.

Bärbel grinste, doch dann wurde ihre Miene ernst, und sie griff nach Marias Hand. »Ich weiß, du denkst, ihr zwei wärt nur Freunde, aber du bist nicht mehr das kleine Mädchen von früher, das mit den Buben in den Gassen spielt. Die Leute reden schon genug über dich, gib ihren bösen Zungen nicht noch mehr Anlass zum Tratschen.«

»Aber er tut mir gut. Alle gehen fort, und sogar Caspar will bald nach Utrecht gehen. Migon ist fort, und Vater war schon seit einer Ewigkeit nicht mehr hier. Mir scheint, Utrecht ist ihm mehr Heimat geworden als Frankfurt. Christian versteht mich, und es ist, als würde ein Herz in uns beiden schlagen.«

Bärbel sah Maria irritiert an.

»Caspar will fortgehen?«

Maria löste ihre Hand aus Bärbels Griff und wischte sich die Haare aus der Stirn.

»Ja, er will nach Utrecht, um besser malen zu lernen. Vater wird ihn dabei unterstützen. Hier in Frankfurt steht er nur in Matthäus' Schatten.«
Bärbel nickte. »Ich kann ihn verstehen.«
Maria sprang auf und begann, in der Küche auf und ab zu laufen. »Ich ja auch, aber ich werde ihn schrecklich vermissen, und Frankfurt wird ohne ihn nicht mehr dieselbe Stadt sein. Immer mehr fühle ich mich eingesperrt. Alle gehen fort und leben ihren Traum, nur ich muss hierbleiben.«
Bärbel verstand sie gut. Sie war nur eine einfach Magd, doch sie hatte schon lang erkannt, wie anders Maria war, und sie liebte sie dafür. Aber das Leben hatte andere Pläne mit Maria, die wenig mit Malen und Butterfliegen zu tun hatten. Wenn ihr Vater noch am Leben wäre, dann würden viele Dinge anders aussehen.
Maria blieb stehen und sah die Magd, Tränen in den Augen, an. »Verstehst du mich? Ich werde mich weiterhin mit Christian treffen, denn er ist wie ich ein Künstler und meißelt Sommervögel in Steine, erschafft Statuen und Kunstwerke, die wunderbar sind. Wenn er in meiner Nähe ist, fühlt sich alles unendlich einfach an.«
Bärbel lächelte. Sie wusste genau, was Maria meinte.
»Und was ist mit dem alten Valentin? Er ist doch auch dein Freund, oder etwa nicht?«
Maria sah Bärbel erstaunt an. »Valentin wird immer mein Freund sein. Aber er ist kein Künstler und lebt in seiner Welt der Bücher.«
»Und ich bin eine alte dumme Magd.« Die Magd lachte laut auf. »Komm her, du Dummerchen, lass dich umarmen.«
Maria sank in ihre Arme.
»Ich versteh dich doch, mein Kind. Wir werden schon dafür sorgen, dass du dich mit deinem Christian treffen kannst.«

Sie löste die Umarmung und hob mahnend den Zeigefinger. »Aber mach dich nicht unglücklich, hörst du!«
Maria nickte.
»Und der Mutter sollten wir es besser verschweigen.«
Bärbel hob die Hände. »Gott bewahre. Sollte sie davon erfahren, dann gnade uns Gott.«

*

Conrad stand am Sachsenhäuser Ufer und ließ seinen Blick über Frankfurt schweifen. Manchmal kam er hierher, wenn er die Dunkelheit des Pfarrhauses und die Ruhe der Mönche nicht mehr ertragen konnte. Dann lief er über die Alte Brücke, auf der immer Leben herrschte, und schlenderte durch die Gassen Sachsenhausens. Das Klappern der Brückenmühlen drang an sein Ohr. Er atmete tief durch, schloss die Augen und reckte sein Gesicht für einen Moment in die Sonne. Er wusste, dass seine Zeit bald kommen würde. Sein Vater war alt geworden, oft zu schwach, um morgens aufzustehen. Bald würde er in der Barfüßerkirche predigen, für die Gemeinde da sein und seine Aufgaben übernehmen. Schon jetzt kribbelte es in seinem Bauch bei dem Gedanken daran. Er wusste, dass es nicht leicht werden würde, all seine Schäfchen auf dem richtigen Pfad zu halten, aber er wollte es versuchen. Mehrfach hatte er bereits in der Barfüßerkirche gepredigt. Dieses erhebende Gefühl, über allem zu stehen und bewundert angeblickt zu werden, berauschte ihn. Es war eine Art von Macht, die er dann fühlte. Er hatte Macht über Menschen.
Ein Geräusch hinter ihm ließ ihn aufhorchen. Er drehte sich um.

Maria Merian stand, einen Korb in der Hand, hinter ihm. Mit schreckgeweiteten Augen starrte sie ihn an.

Ihr kastanienbraunes Haar hatte sie unter eine Haube geschoben, trotzdem fielen ihr einige Strähnen ins Gesicht. Ihre Wangen waren gerötet. Sie trug ein hellblaues Leinenkleid und eine weiße Bluse darunter. Schweigend standen sie sich eine Weile gegenüber. Da war es, das Raupenmädchen, das ihn verwirrte, das er seit seiner Jugend kannte und oft verspottet hatte. Sie war nicht sonderlich hübsch geworden. Ihre Wangen waren breit, ihre Nase knollig. Doch es umgab sie eine besondere Aura, die sie stolz erscheinen ließ. War das der Teufel in ihr?

Sie machte einen Schritt rückwärts und riss ihn aus seinen Gedanken.

»Das Raupenmädchen«, sagte er, trat süffisant grinsend näher und schaute in ihren Korb.

Kleine Schachteln lagen darin und zwei Gläser. In dem einen flatterte eine Butterfliege herum auf der Suche nach der Freiheit.

Maria machte einen weiteren Schritt nach hinten und legte die Hand auf den Korb.

»Immer diese Raupen und Butterfliegen, wie damals.« Seine Stimme klang spöttisch.

Maria sah ihm in die Augen. »Was ist schlimm daran?«, verteidigte sie sich unsicher. »Ich möchte sie verstehen lernen.«

Conrad zog die Augenbrauen hoch. »Was gibt es da zu verstehen? Raupen sind dem Teufel, und Butterfliegen stehlen die Milch und den Rahm.« Er trat einen Schritt auf sie zu. Sein Gesicht war jetzt ganz nah vor dem ihrem. Er roch nach Wein und Schweiß.

»Teuflisch ist jeder, der sich mit ihnen befasst.« Sein Blick war kalt. »Am Ende sind deine Wissenschaften teuflisch. Hör damit auf, bevor es dir noch leidtun wird.«

Maria wich einen weiteren Schritt zurück. Hatte sie es nicht geahnt? Am Ende hatte er recht. Sie war eine Frau. Durfte sie überhaupt solche Dinge tun? Butterfliegen und Raupen sammeln, sie erforschen und zeichnen? Aber was war falsch daran, böse oder teuflisch? Doch dann kamen ihr plötzlich Valentins Worte in den Sinn. Ihr Buch war etwas Besonderes. Sie war eine Wissenschaftlerin, ihr Talent von Gott gegeben. Was dachte sich dieser Mann eigentlich dabei, über sie zu richten? Wut stieg in ihr auf und blitzte in ihren Augen. »Nichts an den Tieren ist teuflisch. Es ist Unsinn, was Ihr redet. Sie sind Geschöpfe Gottes. Er hat sie genauso geschaffen wie den Menschen.«

Verdutzt sah Conrad Maria an. Mit so einer Antwort hatte er nicht gerechnet. »Schweig still.« Er wurde laut. »Was fällt dir ein, mir zu widersprechen. Ich bin der Sohn des Bernhard Waldschmidt, baldiger Pastor der Barfüßerkirche. Du hast mich mit Respekt zu behandeln.«

Maria ballte die Fäuste.

»Jeder verurteilt sie. Keiner will das Wunder sehen, das diese Tiere vollbringen. Aber ich sehe es.« Sie hob eines der Gläser aus ihrem Korb und hielt es in die Höhe. Der Sommervogel darin flatterte noch immer aufgeregt herum, stieß gegen das Glas.

»Nichts haben sie mit dem Teufel gemein, könnt Ihr das nicht sehen?«

»Ich sehe nur eine Butterfliege, ein Tier des Teufels.« Conrad schlug Maria das Glas aus der Hand. Es zerbrach, der Sommervogel floh in die Freiheit.

Conrad griff nach Maria, hielt sie am Handgelenk fest und zog sie ganz nah an sich heran. Maria sah ihn erschrocken an. »Niemand widerspricht mir oder erhebt das Wort gegen mich. Das wirst du büßen, Merian.«

Er ließ sie los und eilte in eine der Gassen.
Marias Knie wurden weich. Sie sank neben dem zerbrochenen Glas in die Hocke und starrte in die Richtung, in die Conrad verschwunden war. Langsam begann sie, die Scherben aufzuheben, und wischte die Tränen ab, die über ihre Wangen liefen.

*

Am nächsten Morgen saß Maria in der Druckerei, um einen Kupferstich von ihrem neuen Titelbild anzufertigen, das sie vollendet hatte. Die Fenster waren geöffnet, Vogelgezwitscher und die Geräusche der Straße drangen in den Raum, und der sanfte Frühlingswind vertrieb die stickige, nach Holzrauch und Druckerschwärze riechende Luft.
Die ganze Nacht hatte sie über ihr Zusammentreffen mit Conrad gegrübelt. Seine Worte hatten all ihre Ängste bestätigt. Doch auch wenn sie es gewollt hätte, sie konnte ihre Arbeit nicht beenden, denn die Sommervögel waren ihr Leben. Niemals würde sie damit aufhören können, sie zu beobachten. Was daran teuflisch sein sollte, verstand sie nicht.
Vor ihr lag ihr neu begonnener Kupferstich. Sie hatte bereits den Ätzgrund auf die Kupferplatte aufgetragen und begann jetzt, die Linien nachzuziehen.
Die Tür zur Werkstatt war nur angelehnt, und die Stimmen der Männer und das Knarren der Presse drangen zu ihr herein. Obwohl alles wie immer zu sein schien, fühlte es sich nicht so an. Sie wollte nicht darüber nachdenken, wie dieser Ort ohne Caspar sein würde.
Sie entfernte den Ätzgrund und blickte auf die Kupferplatte.

Die ersten groben Linien und die Buchstaben des Titels waren bereits zu erkennen. Vorsichtig strich sie mit den Fingern darüber. Es war ihr Buch und sollte das Meisterwerk werden, das der ganzen Welt zeigte, welch großartige Wissenschaftlerin sie war. Neben dem Titel erhoben sich die ersten Linien der Blätter, flatterten bereits die Sommervögel. Sie wirkten noch wenig lebendig, was sich bald ändern würde.

»Wenn du das tust, dann brauchst du dich hier nicht mehr blicken lassen!«

Maria zuckte erschrocken zusammen.

»Mein Entschluss steht fest, und du wirst mich nicht aufhalten, Bruder. Schon viel zu lang habe ich stillgehalten. Nächste Woche werde ich nach Utrecht aufbrechen, ob es dir gefällt oder nicht.«

Caspars Stimme war laut.

Maria schlich zur Tür und lugte in die Werkstatt. Die Männer waren verschwunden, die Druckerpresse stand still, und Caspar und Matthäus standen in der Mitte des Raumes.

»Ich kann mir schon denken, wer dir diesen Floh ins Ohr gesetzt hat.«

»Niemand hat mir irgendetwas ins Ohr gesetzt. Ich allein habe entschieden. Was ich übrigens schon vor langer Zeit hätte tun sollen.«

Matthäus lachte laut auf. »Ich glaube dir kein Wort. Bestimmt war es Maria, mit der du dich beraten hast. Dieses kleine Gör, das glaubt, etwas Besseres zu sein und das uns in Schimpf und Schande stürzen wird.«

Caspar verschränkte die Arme vor der Brust. »Lass Maria aus dem Spiel. Sie hat damit nichts zu tun.«

Matthäus rang nach Luft. »Und warum ist es dann ausgerechnet Marrell, der dir hilft?«

Caspar machte einige Schritte auf ihn zu. »Weil er im Gegensatz zu dir an mein Talent glaubt und mich unterstützen möchte.«
»Und ich glaube auch daran.«
Erstaunt drehten sich die beiden Männer um. Maria trat aus der Kammer. Der Mut der Verzweiflung trieb sie dazu, sich einzumischen, denn Matthäus sollte endlich damit aufhören, auf Caspar herumzuhacken.
»Caspar ist ein guter Maler mit einem Auge fürs Detail, und mein Stiefvater tut gut daran, ihn zu unterstützen. Allerdings wird sich bald dem einen oder anderen in der Stadt die Frage aufdrängen, warum dies nicht sein eigener Bruder getan hat.«
Matthäus schnappte nach Luft und wusste im ersten Moment nicht, wie er auf die Dreistigkeit seiner Halbschwester reagieren sollte. Maria trat näher und sah Matthäus direkt in die Augen.
»Dein eigener Ruhm war dir immer wichtiger als deine Geschwister, Matthäus. Von Neid und Missgunst bist du zerfressen und hasst sogar mich, obwohl in uns dasselbe Blut fließt und wir alle das Talent unseres Vaters geerbt haben. Caspar und ich, wir wollten niemals deine Kunst schmälern oder herabsetzen, aber du musst auch uns die Möglichkeit geben, unsere Talente auszuleben.«
Caspar zuckte zurück. Maria war zu weit gegangen.
»Maria, bitte …«
Sie hob die Hand. »So ist es doch, Matthäus. Gib zu, wie sehr du mich hasst und mir mein Talent missgönnst. Du hast Caspar all die Jahre unterdrückt, um selbst als der einzige wahre Merian dazustehen. Wie fühlt sich Ruhm an, den man auf diese Art erhält? Schmeckt er nicht fad und falsch?«
Matthäus sah seine Halbschwester hasserfüllt an. »Solche An-

schuldigungen muss ich mir in meinem eigenen Haus nicht anhören.« Er versuchte, ruhig zu bleiben. Maria hatte seine geheimsten Ängste heraufbeschworen: Es könnte jemanden geben, der besser war als er. Er war der große Merian, ein angesehener Künstler, und diesen Ruhm wollte er nicht teilen. »Du bist nichts weiter als das Balg dieser schrecklichen Frau, die sich die Zuneigung eines alten, kranken Mannes erschlichen hat. Niemals wirst du eine wahre Merian sein. Du bringst Schande über unseren Familiennamen und ziehst ihn mit deiner Raupensammlerei in den Dreck. Du hast es nicht verdient, eine Merian zu sein, und wirst niemals verstehen, was dieser Name bedeutet.«

Maria trat direkt vor ihn und blickte ihn herablassend an.

»Wenn der Name Merian bedeutet, dass ich so werden muss wie du, dann verzichte ich gern darauf.«

Matthäus riss die Augen auf. So viel Kaltschnäuzigkeit hatte er seiner Halbschwester nicht zugetraut.

Maria nickte Caspar zu und verließ erhobenen Hauptes die Werkstatt. Doch bereits im Hof begann die Wut der Verzweiflung zu weichen, und als sie auf die Gasse trat, liefen die ersten Tränen über ihre Wangen.

*

Kurze Zeit später schlüpfte Maria in der Judengasse in den winzigen Hinterhof, den ihr Christian gezeigt hatte, schloss das Tor hinter sich, blickte sich tief durchatmend um und wischte die letzten Tränen von den Wangen. Langsam ging sie auf die Mauer neben der Sommerlaube zu, strich mit den Fingern über die lila Blüten und genoss den süßen Duft des

Flieders. Weshalb sie hierhergekommen war, wusste sie nicht. Vielleicht deshalb, weil dieser kleine, versteckte Garten ihr die Sicherheit gab, die sie jetzt brauchte. Obwohl es eigentlich verrückt war, denn sie war eine Fremde, und der Platz gehörte Christian und nicht ihr. Immer wenn sie an ihn dachte, breitete sich ein warmes Kribbeln in ihr aus, und plötzlich kamen ihr die Worte, die sie eben in der Werkstatt gesprochen hatte, nicht mehr so schlimm vor. Sie blickte zu den Fenstern hinauf, in denen sich der blaue Himmel spiegelte. Dahinter lag diese ominöse Sara, von der Christian gesprochen hatte. Wie sie wohl aussah? Maria wurde neugierig. Vielleicht konnte ihr diese Frau mehr über Christian erzählen.

Sie öffnete die Tür und spähte in den dunklen, engen Flur, der sich vor ihr auftat. Es roch nach abgestandenem Fett. Die drei Türen, die vom Flur abgingen, waren verschlossen, und entfernt waren Stimmen zu hören. Maria schlich zur Treppe. Die alten Stufen knarrten, vorsichtig setzte sie einen Fuß vor den anderen und fühlte sich plötzlich wie damals, als sie in den Garten eingebrochen war, um die Tulpe zu stehlen. Sie erreichte den oberen Flur. Eine der Türen war geöffnet. Sie trat näher.

»Tara, bist du das?«, fragte leise eine Frau.

Maria blieb stehen. Plötzlich war sie unsicher, wie sie die Frau ansprechen sollte. Sie zögerte. Vielleicht war es doch keine so gute Idee gewesen, hierherzukommen. Sie drehte sich um und ging zurück zur Treppe, erneut knarrte der Dielenboden unter ihren Füßen.

»Aber da draußen ist doch jemand. Tara, sag doch, bist du das?«

Maria blieb stehen. Sie war jetzt hier, also würde sie die Frau auch besuchen. Was sollte schon passieren? Sie war krank und konnte sich kaum bewegen.

Maria betrat den Raum. An der Wand neben der Tür stand ein Bett, in dem ein altes Mütterchen zwischen Kissen und Decken zu versinken drohte. Daneben stand ein winziger Nachttisch mit einer heruntergebrannten Kerze und einem leeren Teller darauf. Unter dem Fenster welkten einige Narzissen auf einer Kommode vor sich hin. Erstaunt sah die alte Frau Maria an.

»Wer bist du denn?«

Maria trat lächelnd näher.

»Mein Name ist Maria, und Ihr müsst Sara sein. Christian hat mir von Euch erzählt.«

Auf dem Gesicht der Alten breitete sich ein Lächeln aus, und Maria fiel auf, wie klar ihre Augen trotz der körperlichen Gebrechen waren.

»Das ist aber schön, dass mal jemand kommt, der Jeremia kennt. Ich dachte schon, er hätte keine Freunde.«

Maria trat näher ans Bett. »Aber ich kenne keinen Jeremia. Christian hat mich neulich hierhergeführt, um mir den Garten zu zeigen.«

Die Alte verzog das Gesicht. »Ich mag diesen Namen nicht. Er verleugnet sich und seine Herkunft damit.«

»Welche Herkunft?«, fragte Maria.

Sara warf ihr einen kurzen Blick zu. »Darüber darf ich nicht reden, Kindchen. Er hat es verboten.« Sie wandte den Kopf und versuchte, zum Fenster zu blicken.

»Er hat dir meinen Garten gezeigt.« Ihre Stimme klang wehmütig. »Noch vor wenigen Wochen habe ich dort die Blumen gepflanzt, und jetzt kann ich den Garten nicht mal mehr sehen. Jeremia beschreibt ihn mir, wenn er hier ist, und öffnet das Fenster, damit ich den Duft des Flieders einatmen kann, aber es ist nicht dasselbe. Ich würde ihn so gern noch einmal sehen. Aber wahrscheinlich werden diese kahlen Wände das

Letzte sein, was meine alten Augen erblicken.« Sie wies zur Wand.
Mitleidig sah Maria die Frau an.
»Der Garten ist zauberhaft, ein Ort der Ruhe inmitten der Stadt. Ich kann verstehen, weshalb Christian ihn so gern hat.«
In die Augen der Frau traten Tränen. »Ja, den Garten hat er gern. Doch ...« Sie verstummte.
Eine Weile schwiegen sie beide.
»Sag mal, Kindchen«, fuhr Sara nach einer Weile fort, »warum bist du wirklich gekommen? Gewiss nicht, um eine alte Frau kennenzulernen, oder?«
Maria stand auf, trat ans Fenster und blickte in den Hof hinunter, in den langsam die ersten Schatten des späten Nachmittags krochen.
»Ich bin fortgelaufen, einfach irgendwohin, und auf einmal war ich hier«, sagte sie mehr zu sich selbst. Sie drehte sich um. »Warum nennt Ihr ihn Jeremia?«
Sara lächelte. »Das soll er dir selbst erzählen, Kindchen.« Sie musterte Maria genauer. »Du hast ihn gern, oder?«
Maria errötete.
»Unser Jeremia ist ein guter Junge mit einem großen Herzen. Das hat er von seiner Mutter, Gott hab sie selig. Aber ich schwatze zu viel.« Sie schloss die Augen. »Und ich bin schon wieder so müde. Du gehst jetzt besser, damit ich schlafen und von meinem Garten träumen kann.«
Maria wollte noch etwas erwidern, doch die alte Frau rührte sich nicht mehr. Ratlos blieb sie vor dem Bett stehen. Warum hatte Christian zwei Namen, und wer war diese Frau?
Seufzend schlich sie aus dem Zimmer, die Treppe nach unten und durch den düsteren Flur zurück in den Garten, in

dem sie der Duft des Flieders empfing und auf eine Idee brachte.

*

Caspar betrat nervös Marias Zimmer. Es war bereits früher Abend, und die Sonne tauchte die Wände des Raumes in rotes Licht. Er war schon lang nicht mehr hier gewesen und hatte ganz vergessen, wie seltsam es in diesem Zimmer aussah. Überall an den Wänden stapelten sich Schächtelchen und Gläser, in denen Butterfliegen saßen oder Raupen herumkrabbelten. Dazwischen standen die unterschiedlichsten Pflanzen in Kübeln, die sogar Marias Bett einrahmten. Maria saß über ihren Skizzenblock gebeugt auf dem Balkon und malte. Er beobachtete seine Halbschwester eine Weile schweigend. Sie war erwachsen geworden, und bald würde sie heiraten und als Ehefrau ihren Weg gehen. Sie wirkte so konzentriert, als hätte sie alles um sich herum vergessen. Es gab nur sie, das Papier und den Stift. Am liebsten hätte er sie mitgenommen und ihr in Utrecht das Leben ermöglicht, das sie sich wünschte, aber dieser Wunsch würde niemals in Erfüllung gehen. Johanna hatte sich bei ihrem Mann in diesem Punkt durchgesetzt. Sie wollte Maria verheiraten und ein anständiges Mädchen aus ihr machen. Jacob Marrell mischte sich diesmal nicht ein. Doch immerhin hatte er über Jahre Marias Talent gefördert und sie unterrichten lassen. Wenn ihr Vater noch leben würde, dann wäre gewiss mehr möglich gewesen, denn er wusste ganz genau, warum Matthäus seine Halbschwester so sehr verachtete. Maria war der Augenstern des Vaters gewesen. Er hatte sie vergöttert und

einem dreijährigen Mädchen eine Zukunft prophezeit, die sie in dieser Form niemals haben würde. Was er damals in dem Kind gesehen hatte, würde für immer sein Geheimnis bleiben.
Er trat näher und räusperte sich. »Guten Abend, Maria.«
Sie blickte auf. »Guten Abend, Caspar.«
Sie zeichnete weiter. Er schaute über ihre Schulter. Sie skizzierte eine Art Garten. Eine Sommerlaube lehnte an einer Mauer, die hinter Efeu und Blumen fast verschwand, und in Blumenkübeln wuchsen Stiefmütterchen.
»Was malst du denn da?«
»Es ist für einen Freund.«
»Es sieht sehr hübsch aus. Wo liegt dieser Garten.«
»Irgendwo in der Stadt.«
»Du möchtest nicht darüber reden, oder?«
Sie warf ihm einen kurzen Blick zu. »Du doch auch nicht.«
Er seufzte, zog sich einen kleinen Hocker näher und setzte sich. »Ich wollte mich bei dir bedanken.«
Maria zog eine Augenbraue hoch. »Warum?«
»Du weißt, warum. So hat noch nie jemand gegen Matthäus aufbegehrt. So sprachlos habe ich ihn selten erlebt.«
Maria lächelte. »Ja, er war richtig wütend.« Ihre Miene wurde wieder ernst. »Allerdings werde ich jetzt keine Kupferstiche mehr anfertigen können, denn er wird mich nicht mehr in die Werkstatt lassen.«
Caspar winkte ab. »Bald geht er wieder auf Reisen und muss nichts von deiner Anwesenheit erfahren. Ich habe bereits mit Theobald gesprochen. Der alte Drucker hat dich gern und wird dich immer reinlassen.«
Erleichtert sah Maria Caspar an. »Das ist gut, denn ich möchte an meinem Sommervögelbuch weiterarbeiten, das ein richtiges wissenschaftliches Buch werden soll.«

Caspar schüttelte den Kopf. »Wenn Vater das erlebt hätte. Er wäre so stolz gewesen. Seine Tochter, eine Wissenschaftlerin.«

Maria legte den Block zur Seite. »Glaubst du wirklich, er wäre stolz auf mich gewesen? Am Ende hätte er wie all die anderen reagiert und verurteilt, was ich tue.«

Caspar griff nach ihrer Hand. »Du hörst mir jetzt mal genau zu, Maria. Niemals hätte unser Vater dich verurteilt. Im Gegenteil. Er hätte jeden zum Teufel gejagt, der etwas Böses über dich gesagt hätte. Du warst sein Sonnenschein und hast ihm in schweren Zeiten Kraft gegeben.«

»Und mir den Zorn von Matthäus aufgelastet.«

Caspar ließ ihre Hand los, stand auf und stützte sich auf die Balkonbrüstung.

»Er ist auf alle wütend, die ihm sein Talent streitig machen könnten. Neid, Missgunst und der unbedingte Wille, Erfolg zu haben, treiben ihn an. Er hat dich um die Gunst des Vaters beneidet, denn bevor du kamst, hat er im Mittelpunkt gestanden.«

»Und was war mit dir?«, fragte Maria.

Caspar drehte sich um. »Vater hat mich geliebt. Doch so wie dich hat er keinen von uns angesehen.«

Die Sonne versank hinter den Dächern, das rote Licht verschwand, und die Stimmen zweier Mägde drangen zu ihnen nach oben, die schwatzend zum Brunnen liefen.

»Übermorgen fährt mein Schiff«, wechselte Caspar das Thema.

»Du musst um Punkt zwölf zum Hafen kommen, denn ich habe eine Überraschung für dich.«

Erstaunt sah sie ihn an.

»Eine Art Abschiedsgeschenk. Du wirst begeistert sein.«

»Wirst du mir schreiben, wie es dir geht?«, fragte sie und ging nicht auf den Hinweis ein.

»Jeden Tag, ganz bestimmt.«

Sie schlug ihm auf die Schulter. »Einmal die Woche reicht. Du sollst dort malen und nicht Briefe schreiben.«

Liebevoll umarmte er sie. »Du wirst mir fehlen, Schwesterchen.«

Maria schluckte.

Er schob sie wieder von sich. »Kommst du zum Hafen?«

Sie lächelte. »Natürlich komm ich. Ich kann mir doch die Überraschung nicht entgehen lassen.«

Kapitel 5

Matthäus Merian stand vor dem Altar der Barfüßerkirche und überwachte zwei Männer dabei, wie sie sein Gemälde hinter dem Altar plazierten. Der Auftrag der Kirche war einer der größten gewesen, die er in der letzten Zeit erhalten hatte. Seitdem er aus Nürnberg zurückgekehrt war, waren es meistens kleinere Porträts, die er anfertigte, auch viele Familienbilder. Er hasst diese Arbeiten. Wenn die Bälger der Leute nicht stillsitzen wollten oder die Kleiderwahl derjenigen, die gezeichnet werden sollten, einer Katastrophe gleichkam, dann verfluchte er sich dafür, in Frankfurt zu sitzen und nicht irgendwo in Italien oder Holland zu sein, wo die wahren Künstler große Werke schufen.
Seit er aus Nürnberg zurückgekehrt war, gingen auch die Arbeiten an dem ruhmreichen Buch der Schweden, das Wrangel bestellt hatte, nur schleppend voran. Da war das Bild für den Altarraum ein willkommener Auftrag gewesen, denn es zeigte sein ganzes Können und bewies erneut, dass er mehr konnte, als einfache Porträts oder Blumenbilder zu malen.
»Hier steckst du also.«
Matthäus drehte sich um. Caspar kam auf ihn zu. Er trug seine Reisekleidung und schien bester Stimmung zu sein. Caspar war kein nachtragender Mensch, was man ihm als gute Eigenschaft anrechnen sollte, doch Matthäus legte es als Schwäche aus. Caspar ging Konfliktsituationen gern aus dem Weg, und das war nicht immer gut fürs Geschäft.

Caspar blieb vor ihm stehen und blickte auf das Gemälde an der Wand, bei dem die Männer gerade überprüften, ob es gerade hing.
»Es ist wunderschön geworden.«
Matthäus zog eine Augenbraue hoch. »Jetzt willst du mir wieder Honig ums Maul schmieren.«
Caspar sah seinen Bruder an. »Nein, das will ich nicht. Es gefällt mir wirklich gut. Ich finde, es ist eines deiner besten Werke seit langem.«
Matthäus deutete auf die rechte Seite des Bildes. »Es hängt schief, seht ihr Tölpel das denn nicht?« Er wandte sich wieder seinem Bruder zu. »Du willst damit sagen, dass es endlich mal wieder etwas anderes ist als die Porträts von irgendwelchen Familien.«
»Nein, das wollte ich nicht sagen. Wir konnten den Auftrag der Kirche gut gebrauchen, denn das Geld ist knapp geworden in der letzten Zeit.«
»Ist das jetzt auch wieder meine Schuld?«
Caspar hob abwehrend die Hände. »Natürlich nicht.«
»Jetzt hängt es auf der anderen Seite schief. So schwer kann es doch nicht sein, ein Bild aufzuhängen.«
Matthäus trat noch einige Schritte nach hinten, den Blick weiterhin auf das Gemälde gerichtet.
»Ich kann nichts dafür, wegen der Sache mit dem Schwedenbuch. Dieser Auftrag hätte uns saniert, aber Wrangel macht immer wieder einen Rückzieher und ist monatelang nicht erreichbar.«
»Es kommen wieder bessere Zeiten.« Caspar versuchte, zuversichtlich zu klingen.
»Und unser Grundgeschäft, die Kupferstiche, laufen weiterhin sehr gut.«
Matthäus zog eine Augenbraue hoch. »Ja, wenn wir uns dar-

um kümmern würden, dann würde es das auch, aber du musst ja deine künstlerischen Talente pflegen und nach Utrecht gehen, damit wir den Verlag und die Druckerei bald endgültig schließen können.«

»Du bist ungerecht, Matthäus, und das weißt du auch«, konterte Caspar. »All die Jahre, in denen du unterwegs gewesen bist und bei großartigen Künstlern studiert hast, habe ich mich ums Geschäft gekümmert und die Topografia Germania des Vaters vollendet, die uns immer noch gute Einnahmen bringt. Diese Ausbildung habe ich mir mehr als verdient.«

Matthäus schnaubte verächtlich. »Das hast du nur von Maria, die dir Hoffnungen gemacht hat, aus dir könnte ein großer Künstler werden. Aber in Utrecht wirst du dir sehr schnell klar darüber werden, was für ein kleines Licht du in der Welt der Kunst bist. Unsere liebe Halbschwester mag ein wenig von dem Talent unseres Vaters geerbt haben, aber von wahren Künstlern und großer Malerei hat sie keine Ahnung.«

Er machte eine wegwerfende Handbewegung. »Und mit ihrer seltsamen Leidenschaft für Butterfliegen und Raupen wird sie uns noch in Teufels Küche bringen, das sage ich dir.«

Kritisch musterte Matthäus erneut das Gemälde, das jetzt gerade an seinem Platz hing. »Na endlich.« Er klatschte laut in die Hände. »Das wurde aber auch Zeit.«

»Maria bringt niemanden in Teufels Küche«, versuchte Caspar seine Halbschwester zu verteidigen. »Es ist nicht verboten, Butterfliegen zu zeichnen. Was soll daran verwerflich sein?«

Matthäus drehte sich zu seinem Bruder um.

»Du wirst es nie verstehen. Die Leute wollen keine Frauen, die Butterfliegen und Raupen sammeln, und die Kirche sieht es auch nicht gern. Maria sollte endlich heiraten, Kinder bekommen und aufhören, etwas Besonderes darstellen zu wollen, was sie niemals im Leben sein wird. Sie ist weder Malerin noch Wissenschaftlerin, noch hat sie großes Talent.«

Caspar gab es auf. Sein Bruder würde niemals seine Einstellung gegenüber Maria ändern. Es war nur gut, dass ihr Vater diese Feindschaft nicht erleben musste.

»Kommst du nachher zum Hafen, um mich zu verabschieden?«, fragte Caspar.

»Ich denke nicht. Ich bin bei einem der Amtsräte zum Mittagessen eingeladen und möchte nicht zu spät kommen.« Caspar nickte erleichtert.

»Dann verabschiede ich mich also jetzt von dir, Bruder.« Er machte einige Schritte auf Matthäus zu und umarmte ihn steif. Matthäus schlug ihm kurz auf die Schulter. »Mach's gut, Caspar.« Seine Worte klangen kühl.

Erleichtert darüber, seinem Bruder entfliehen zu können, wandte sich Caspar dem Ausgang zu. »Gott sei mit dir, Bruder.«

Matthäus reagierte nicht mehr.

Das Kirchentor fiel krachend ins Schloss, und Matthäus atmete auf. Jetzt war Caspar fort und ließ ihn für lange Zeit mit dem Verlag allein.

»Euer Bruder will uns also für eine Weile verlassen.«

Irritiert blickte Matthäus sich um.

Aus einer der Gebetsnischen trat Conrad Waldschmidt.

»Verzeiht mir, wenn ich gelauscht habe, aber Euer Gespräch war nicht zu überhören.«

Matthäus winkte ab. »Ist schon gut. Ja, mein Bruder wird für einige Zeit nach Utrecht gehen, um sich dort seiner Malerei zu widmen.«

Conrad deutete auf das Gemälde. »Wenn dabei solch großartige Kunst entsteht, dann kann es nicht falsch sein, sich diesen Studien zu widmen.«

Matthäus seufzte. »Ja, wenn dabei solch großartige Kunst herauskommt.«
Conrad legte Matthäus freundschaftlich den Arm über die Schultern und führte ihn durch einen Seitengang in die Sakristei, durch die man über den Hof zum Pfarrhaus gelangte.
»Er wird seinen Weg finden, Gott wird ihn leiten.«
Draußen empfing sie der berauschende Duft des Flieders, der in verschwenderischer Pracht ganz in Weiß blühte. Tulpen und Narzissen reckten sich in kreisrunden Beeten der Sonne entgegen.
Matthäus entspannte sich ein wenig. »Dieser Garten ist wunderbar. Ein ganz zauberhafter Ort.«
Conrad öffnete die Tür zum Pfarrhaus.
»Die Mönche des Klosters kümmern sich mit viel Hingabe um alles. Ihr müsst den Garten im Sommer sehen, wenn die Rosen blühen, eine wahre Pracht, sage ich Euch.«
Sie betraten einen schmalen Flur, und eine Frau, die die vierzig bereits überschritten zu haben schien, streckte den Kopf aus einer der Türen.
»Ach, wenn Ihr gesagt hättet, dass Ihr einen Gast mitbringt, dann hätte ich mich vorbereitet.«
Conrad hob beschwichtigend die Hände.
»Nein, Petronella, Herr Merian wird nicht zum Essen bleiben. Soweit ich weiß, hat er noch andere Verpflichtungen.«
Matthäus nickte.
»Aber bring uns von dem Wein und Gebäck, denn es gibt etwas zu feiern. Auf das großartige neue Gemälde muss angestoßen werden.«
Er führte Matthäus in sein Arbeitszimmer und schloss die Tür hinter sich, während die Magd in der Küche verschwand.
»Sie ist eine Perle, nur manchmal etwas neugierig, eine Eigenschaft aller Frauen, wie mir scheint.«

Matthäus blickte sich wohlwollend um.
Durch zwei breite Fenster mit Butzenscheiben fiel helles Sonnenlicht auf den Dielenboden, und die Wände waren von schweren Regalen gesäumt, in denen sich in Leder und feinstem Leinen gebundene Bücher aneinanderreihten oder stapelten. Ein breiter, dunkel gebeizter Schreibtisch bildete den Mittelpunkt des Raumes, und in einem kleinen Erker luden ein Tisch und zwei grün gepolsterte Stühle zum Verweilen ein. Ein großer, blau gekachelter Ofen rundete das gemütliche Bild ab.
»Hübsch habt Ihr es hier.«
Conrad deutete auf die Sessel. »Wollen wir uns nicht setzen.«
Genau in dem Moment wurde die Tür geöffnet, und die Magd brachte den Wein und das Gebäck. Nachdem sie eingeschenkt und den Raum wieder verlassen hatte, hob Conrad sein Glas.
»Auf das wunderbare Gemälde in der Kirche, das Ihr so einzigartig geschaffen habt. Ich sehe schon die bewundernden Blicke der Gläubigen am Sonntag, wenn sie das Meisterwerk zum ersten Mal betrachten können.«
Matthäus lächelte. »Vielen Dank für das Lob.«
Er nippte an seinem Wein.
»Ehre, wem Ehre gebührt.« Conrad nahm einen großen Schluck, stellte das Glas auf den Tisch und wischte sich über den Mund.
»Ich wollte mit Euch gern noch über etwas anderes sprechen. Ihr habt mit Eurem Bruder über Eure Halbschwester geredet und über ihre Vorliebe für Butterfliegen und Raupen. Was haltet Ihr davon?«
»Warum fragt Ihr?«
»Ich mache mir darüber Gedanken. Die Leute reden, und wie Ihr bestimmt wisst, sind Raupen Teufelsgetier. Ich frage mich, welche Interessen Eure Schwester verfolgt, vielleicht sind diese ja teuflischer Natur.«

Matthäus sah den Priester irritiert an. Damit hatte er zwar früher oder später gerechnet, aber dass er jetzt auf die Machenschaften seiner Schwester angesprochen wurde, beunruhigte ihn, immerhin war der Name Merian und damit auch er in Gefahr.

»Das glaube ich nicht. Sie hat es mit den Tierchen, sammelt sie und beobachtet ihre Verwandlung, aber dass sie es deswegen gleich mit dem Teufel hat. Sie betrachtet ihre Arbeiten eher als Wissenschaft, meint jedenfalls Caspar.«

»Aber Wissenschaften können durchaus teuflisch sein«, erwiderte Conrad.

Matthäus fühlte sich plötzlich unwohl. Von Wissenschaften hatte er keine Ahnung, und darüber, ob diese teuflisch waren, wollte er nichts erfahren.

Er griff nach seinem Glas und trank es in einem Zug leer.

»Ich möchte nicht unhöflich erscheinen, aber ich muss gehen. Ihr wisst ja, der Amtsrat wartet.« Er stand auf.

Conrad hielt ihn am Arm zurück. »Tut Ihr mir einen Gefallen?«

Matthäus sah ihn fragend an.

»Werdet Ihr Eure Schwester im Auge behalten und mir Bericht erstatten, wenn Euch etwas sonderbar vorkommt?«

»Warum sollte ich das tun?«

Der Pastor grinste. »Weil ich das Gefühl habe, dass Euch ihre Machenschaften ebenfalls missfallen und ich Euch helfen könnte.«

»Wobei?«

»Dabei, sie loszuwerden.«

*

Maria ging die kleine Fischergasse hinunter und genoss es, in das Leben dieser Straße einzutauchen. Fischernetze lagen vor mancher Tür, und auf Tischen, in Eimern oder auf Tüchern wurde der aktuelle Tagesfang angeboten. Frauen mit Körben, Knechte und Köche liefen herum, um für den Mittagstisch oder die abendliche Auswahl auf der Speisekarte einzukaufen. Es wurde lautstark gefeilscht und gehandelt, Fische in die Höhe gehalten, gewogen und begutachtet. Kurz vor dem Fischerpförtchen, durch das man zum Hafen gelangte, lag der liebevoll eingerichtete Laden der Fischervroni, die hier, seit Maria denken konnte, Fischereibedarf verkaufte. Die korpulente Verkäuferin scheuchte gerade lautstark eine Gruppe Buben fort, die sich an den Angelhaken zu schaffen gemacht hatten. Als sie Maria bemerkte, winkte sie ihr fröhlich zu. Maria grüßte lächelnd, ging aber weiter. Normalerweise blieb sie gern bei Vroni auf ein Schwätzchen stehen, denn sie hatte das Herz auf dem rechten Fleck und mochte Maria und ihre Eigenart, Raupen zu sammeln.
Maria trat durch das Fischerpförtchen, und der Hafen tat sich vor ihr auf. Große und kleine Schiffe lagen am Ufer, einige fuhren ab, andere gingen vor Anker. Planken wurden ausgelegt, Waren an Land getragen, und Reisende gingen von Bord. Karren und Wagen, vor die Maultiere oder Ochsen gespannt waren, umgaben sie. Fässer wurden abgeladen, und ein Mann mit einem Bauchladen, der mit Tabakpfeifen gefüllt war, kreuzte ihren Weg. Einige Tuchballen wurden auf einem der Wagen verstaut, mit Argusaugen beobachtet vom neuen Besitzer, dem bekanntesten Schneider der Stadt, der gerade seinem Lehrbuben eine Ohrfeige verpasste, weil dieser ungeschickt die Listen auf den Boden fallen gelassen hatte. Maria wandte sich nach rechts, wo die größeren Passagierboote anlegten, und entdeckte Caspar, der mit einem braunen Koffer

in der Hand vor einem Bootssteg stand und sich suchend umblickte.
Sie schlich sich von hinten an ihn heran und tippte ihm auf die Schulter. »Hab ich dich.«
Er drehte sich lachend um. »Ich hatte schon Angst, du würdest nicht kommen.«
Sie verzog beleidigt das Gesicht. »Aber ich habe es doch versprochen.«
»Gib zu, du bist nur wegen der Überraschung gekommen.«
Sie grinste.
»Und ich dachte, du wolltest dich von deinem Lieblingsbruder verabschieden.«
»Du Dummerchen.« Sie gab ihm einen Klaps. »Natürlich wäre ich auch ohne Überraschung gekommen. Das weißt du doch.«
»Es ist schön, wenn man es noch einmal hört.«
»Ja, ja«, antwortete sie ungeduldig, »was ist denn nun die Überraschung?«
Er wies auf eine unscheinbare braune Papiertasche. »Sie ist da drin.«
Maria wollte nach der Tasche greifen, doch er zog sie weg.
»Aber bevor du da hineinguckst, bekomme ich noch einen Kuss, genau hierhin.« Er deutete auf seine Wange.
»Warum davor?«, fragte Maria.
»Weil ich gern einen Abschiedskuss von dir hätte, dich aber gut kenne. Wenn du gesehen hast, was in der Tüte ist, dann wirst du mich vollkommen vergessen, und ich werde lang auf meinen Kuss warten müssen.«
Maria stellte sich auf die Zehenspitzen und drückte ihrem Bruder, der sie ein ganzes Stück überragte, einen Kuss auf die Wange.
Danach griff sie ungeduldig nach der Tüte.

»Darf ich jetzt endlich hineinsehen?«

Er ließ sie gewähren.

Sie zog ein Bündel Kirschblätter heraus und sah es erstaunt an. »Du schenkst mir Blätter von einem Obstbaum?«

Er nahm ihr die Blätter aus der Hand. »Du musst sie umdrehen.«

Erstaunt blickte Maria auf blaue Insekteneier, und ihr Gesichtsausdruck veränderte sich. Fasziniert sah sie die Eier an und strich vorsichtig mit der Fingerspitze darüber.

»Woher hast du die?«

»Willst du nicht erst einmal wissen, von welchem Sommervogel sie sind?«

Maria hob den Kopf. Caspar schluckte und versuchte, die aufsteigenden Tränen zu unterdrücken. Da war sie wieder, genau diese Art von Begeisterung, die nur sie ausstrahlte.

»Es sind die Eier des Wiener Nachtpfauenauges. Sie stammen aus dem Süden Tirols. Ich habe sie extra für dich von einem alten Freund sammeln lassen.«

»Wiener Nachtpfauenauge«, murmelte sie. »Von dieser Art habe ich noch nie etwas gehört.«

»Sie sind Nachtfalter«, begann er zu erklären. »Sie sollen sehr groß sein, werden sogar mit Fledermäusen verwechselt. Bei uns kommen sie gar nicht vor. Aber vielleicht bürgern wir sie jetzt ein.«

Maria schüttelte den Kopf. »Mit den paar Eiern gewiss nicht.« Vorsichtig legte sie den Ast zurück in die Tüte, ihre Hände zitterten vor Aufregung.

Erneut stellte sie sich auf die Zehenspitzen und küsste ihren Bruder auf die Wange.

»Vielen Dank, ich werde ihn malen, wenn er geschlüpft ist, und dir das Bild schicken.«

Er stupste ihr auf die Nase. »Darauf freue ich mich schon.«

Danach wusste keiner so recht, was er noch sagen sollte, und sie standen sich eine Weile schweigend gegenüber.
»Schreibst du mir, wenn du angekommen bist?«, fragte Maria, die die Papiertasche wie einen Schatz an sich gepresst hatte.
»Aber natürlich, sofort.«
Einer der Schiffsjungen trat näher. »Wir legen jetzt ab, Herr Merian.«
Caspar nickte und sah Maria traurig an.
»Ich muss gehen.«
»Ja, das musst du wohl«, erwiderte sie.
Er trat auf sie zu. Plötzlich umschlangen ihn ihre Arme, die Tüte fiel auf den Boden, und er spürte ihre Tränen auf der Haut.
»Versprich mir, bald wiederzukommen.«
Er drückte sie fest an sich. »Ich verspreche es. Sobald es mir möglich ist, komme ich wieder zurück.«
Er schob sie von sich, wischte ihr eine Träne von der Wange und versuchte, aufmunternd zu lächeln, was ihm gründlich misslang.
»Am Ende gefällt es mir in Utrecht nicht, und ich habe so große Sehnsucht nach Frankfurt und dir, dass ich sofort zurückfahre.« Er bückte sich, hob die Tüte auf und reichte sie Maria.
»Ja, vielleicht«, antwortete sie.
»Und bis dahin hast du meine Sommervögel, auf die du gut achtgeben musst, hörst du.« Er ging an Bord.
»Wir legen jetzt ab«, erklang die Stimme des Kapitäns.
Maria nickte unter Tränen.
»Das mach ich, ganz bestimmt.«
Der Schiffsjunge band die Leinen los, und der Bootssteg wurde eingezogen.

Caspar trat an die Reling und winkte. »Ich schreibe dir, fest versprochen. Pass auf dich auf, Schwesterchen.«
Das Schiff wurde vom Ufer weggeschoben und trieb auf den Fluss hinaus.
Maria winkte so lange, bis das Boot hinter einer Flussbiegung verschwand, und blickte dann traurig auf die Papiertüte. Eigentlich hätte sie sich über dieses außergewöhnliche Geschenk freuen müssen, aber sie tat es nicht.

*

Zielstrebig durchquerte Maria danach die Alte Mainzergasse. Sofort verschwand ihre Traurigkeit, und das vertraute Gefühl von Heimat machte sich in ihr breit. Auch hier herrschte mittägliche Betriebsamkeit. Bunt behangene Wäscheleinen spannten sich über die Straße, der Duft von gekochtem Kohl schlug ihr aus einem der Häuser entgegen, und sie musste achtgeben, nicht von den breiten Fuhrwerken überfahren zu werden, die mit Weinfässern beladen an ihr vorbeiratterten. Vor dem prachtvollsten Fachwerkhaus der Gasse, dem goldenen Kännchen, hielten sie an, und sofort eilten einige Burschen nach draußen, um beim Abladen der Fässer zu helfen.
An der nächsten Hausecke blieb Maria stehen und starrte verwundert auf die Stelle, an der sonst Grete saß. Die alte Frau war nicht da, was noch nie vorgekommen war. Langsam trat sie näher, blickte sich um und öffnete sogar das Hoftor, um nachzusehen, ob in dem winzigen Hinterhof ihre Sachen lagen. Eine Magd schaute sie irritiert an.
»Was willst du denn hier? Scher dich fort, Neugierige und Bettler mag hier keiner.«

Maria hob abwehrend die Hände. »Ich bin auf der Suche nach der alten Grete, die immer vor dem Tor gesessen hat. Wisst Ihr, wo sie ist?«
Die Magd musterte Maria abschätzend. »Sie ist gestorben. Letzte Woche hat sie tot dagelegen. Mehr weiß ich nicht.«
Bestürzt sah Maria die Frau an.
Ein markerschütternder Schrei erklang. Die Magd und Maria zuckten zusammen. Ein Kopf erschien an einem der oberen Fenster.
»Was trödelst du herum, Annemarie. Das Kind kommt gleich, hol endlich Wasser.«
Die Magd hastete an Maria vorbei auf die Gasse.
Doch so schnell wollte Maria nicht aufgeben und folgte ihr. »Wisst Ihr denn, wo sie hingebracht worden ist?«
»Ich kann jetzt nicht mit dir reden«, antwortete die Frau. »Du hast doch gehört, was bei uns los ist. Meine Herrschaft braucht frisches Wasser.«
Sie rannte weiter, und Maria blieb stehen. Grete war tot, einfach so gestorben, wahrscheinlich auf dem Armenfriedhof in einem namenlosen Grab verscharrt worden, und sie hatte sich nicht einmal von ihr verabschieden können. Traurig ging sie zurück, blieb vor dem Hoftor stehen und blickte auf die Pflastersteine hinunter, über denen immer ihre Flickendecke gelegen hatte. Grete gehörte zu dieser Gasse wie das goldene Kännchen und die Mainzer Pforte, durch die man zum Mainufer und direkt in die weitläufigen Gärten gelangte, die sie so sehr liebte. Sie konnte nicht glauben, dass die Kräuterfrau niemals wieder an ihrem Platz sitzen würde. Maria sank in die Hocke und strich über die Pflastersteine.
Als sie aufstand, fiel ihr Blick auf Valentins Buchladen. Der Buchhändler stand in der Tür und unterhielt sich mit seinem Nachbarn, dem alten Willi, wie der Besitzer der Wäscherei

genannt wurde, die direkt neben dem Buchladen lag. Maria blieb stehen und wartete ab, bis Willi verschwunden war. Vor dem Mann hatten alle Kinder der Gasse großen Respekt, und Maria machte auch heute noch einen Bogen um ihn. Er hatte wenig für unerzogene Gassenkinder übrig und schlug mit dem Stock nach ihnen. Er war Witwer, und die einzige Frau, die er gehabt hatte, war im Kindbett gestorben. Valentin hatte Mitleid mit seinem Nachbarn und meinte, er wäre nie mit diesem Verlust fertiggeworden, aber in Marias Augen war das keine Entschuldigung für sein boshaftes Verhalten.
Nachdem sich die beiden Männer voneinander verabschiedet hatten und Willi in seinem Laden verschwunden war, lief Maria über die Gasse und betrat den Buchladen. Valentin stand vor einem der Regale und sortierte Bücher ein. Freudig lächelte er Maria an. »Das ist aber schön, dass du mich besuchen kommst, Maria. Warst schon eine ganze Weile nicht mehr da. Was macht die Wissenschaft?«
Maria hob ihre Tüte in die Höhe.
»Guten Tag, Valentin. Wegen der bin ich gekommen.«
Er trat vom Bücherregal weg und besah sich neugierig die Tüte. »Warum sollte ich dummer alter Mann auch annehmen, du würdest wegen mir kommen.«
Maria sah ihn gerührt an. »Natürlich komme ich auch wegen dir.«
Er hob drohend den Zeigefinger. »Flunkere mich nicht an. Du willst bestimmt an den Insecta Codex.«
»Dir werde ich niemals etwas vormachen können, Valentin.«
Der alte Buchhändler musterte Maria und runzelte besorgt die Stirn. »Du bist blass um die Nase. Stimmt etwas nicht?«
Maria deutete auf die Tüte. »Das hier ist Caspars Abschiedsgeschenk.«
»Abschiedsgeschenk?«

»Er ist mit dem Schiff nach Utrecht aufgebrochen, um dort die Malerei zu studieren.«

Valentin sah Maria erstaunt an. »Aber ich dachte, Matthäus wäre der Künstler von den beiden und Caspar würde sich um die Druckerei kümmern.«

Maria setzte sich auf einen der gepolsterten Sessel und stellte die Tüte neben sich. »Das habe ich auch immer gedacht, bis er mir vor einiger Zeit seine Zeichenmappe gezeigt hat. Seine Bilder sind wirklich gut, und es wäre eine Schande, wenn er sein Talent verkümmern ließe.«

Valentin trat neben sie und legte ihr väterlich seine Hand auf die Schulter.

»Das hast du ihm gesagt?«

Maria nickte, und Tränen traten in ihre Augen.

»Das war großartig von dir.«

»Ich weiß«, schluchzte sie. »Aber jetzt ist er fort. Alle Menschen, die mir etwas bedeuten, lassen mich allein.«

Sie deutete nach draußen. »Und die alte Grete ist auch nicht mehr da.«

Valentin erklärte: »Sie hat letzte Woche einfach tot auf ihrer Decke gelegen, umrahmt von ihren geliebten Kräutern. Vorgestern ist sie auf dem Peterskirchhof beigesetzt worden.«

Erstaunt sah Maria ihn an. »Aber ich dachte, sie wäre zu arm dafür.«

Er schüttelte den Kopf. »Wusstest du das nicht? Sie war die Witwe eines reichen Kaufmanns und hatte genug Geld. Warum sie dieses ärmliche Dasein führte, hat niemand verstanden.«

Maria schüttelte den Kopf. »Und ich glaubte, ich hätte sie gekannt.«

»Das hast du doch. Du hast sie so gekannt, wie sie sein wollte, und so war es gut.«

Maria blickte auf die Hausecke. »Wenn man es so sieht. Gleich nachher werde ich zum Friedhof hinüberlaufen und sie besuchen.«
Valentin deutete erneut auf die Tüte. »Und was ist jetzt das Abschiedsgeschenk?«
Maria zog einen der Äste heraus und zeigte dem Buchhändler die bläulichen Eier. »Es sind die Eier eines Wiener Nachtpfauenauges, er soll einer der größten Sommervögel sein.«
Valentin setzte seine Nickelbrille auf und musterte die Eier interessiert. »Das kann ich mir vorstellen, denn schon die Größe der Eier ist bemerkenswert.«
»Denkst du, im Insecta Codex steht etwas über diese Art? Ich habe noch nie davon gehört und wüsste gern Näheres.«
Der Buchhändler ging in den hinteren Teil des Ladens, zog das dicke Buch aus dem Regal, legte es vor Maria auf den Tisch, setzte sich ihr gegenüber und schlug es voller Eifer auf. »Wenn irgendwo etwas steht, dann hier. Wir werden den Burschen schon finden, ganz bestimmt.«
Er begann in dem Buch zu blättern, doch Maria hielt ihn plötzlich an der Hand fest. »Danke, Valentin.«
»Wofür?«
»Dafür, dass du nicht fortgehst.«
Der alte Mann drückte Marias Hand. »Mich wirst du so bald nicht los, Kindchen. Das verspreche ich dir. Und jetzt lass uns nach der Butterfliege suchen.«

*

Maria hatte Gretes Grab schnell ausfindig gemacht. Die frisch aufgehäufte Erde und ein einfaches Holzkreuz neben dem

Grabstein zeugten noch von der Beerdigung, die hier vor kurzem stattgefunden hatte. Blumen gab es allerdings keine. Nackt lag die aufgeschüttete Erde vor ihr, seltsam dunkel. Maria legte die wenigen Blumen, die sie für Grete am Mainufer gepflückt hatte, darauf. Es waren Kamillenblüten darunter. Kräuter für eine Kräuterfrau, dachte sie wehmütig. Ihr Blick fiel auf den Grabstein. *Georg Bacher* stand darauf. Sie hatte sich nie Gedanken darüber gemacht, wie Grete mit Nachnamen hieß. Für sie war sie stets Grete, die Kräuterfrau, gewesen, mehr nicht. Niemals hätte sie daran gedacht, dass diese Frau vermögend sein könnte. Weshalb nur hatte sie dort gesessen und Kräuter verkauft, ein ärmliches Dasein geführt? Maria blickte sich um. Das Grab lag nicht in der Nähe der Totenkapelle wie das ihres Vaters. Direkt in die Friedhofsmauer war der Grabstein eingelassen, dahinter befand sich die Gasse. Das Rattern von Wagenrädern durchbrach das Zwitschern der Vögel, und aus der Gaststätte auf der gegenüberliegenden Seite drangen Stimmen herüber. Über Maria rauschte der Wind in den alten Buchen, die diesen Teil des Friedhofs in kühle Schatten tauchten. Plötzlich kam es ihr so vor, als würde sie nur noch die Bäume hören, die Stimmen der Blätter, die sich raschelnd unterhielten. Die Geräusche der Gasse, das Lachen der Wirtshausgäste, alles schien weit weg zu sein. Grete hatte im Sommer immer gern unter den Buchen am Main Rast gemacht, wenn es gar so heiß war, wie sie zu sagen pflegte. Maria musste lächeln.
»Es war also Zeit, Rast zu machen«, flüsterte sie, bückte sich und strich mit den Händen über die Erde.
»Warum soll jemand Rast machen?«
Maria blickte auf. Christian stand hinter ihr und sah sie fragend an.
»Für Grete wurde es Zeit, Rast zu machen.«

Christian trat neben Maria. »Du hast sie gekannt?«
»Ja, sogar sehr gut. Sie saß immer in der Alten Mainzergasse und hat Kräuter verkauft.«
»Sie wurde letzten Freitag beerdigt. Nur ein Angehöriger war da. Ein älterer Herr mit Nickelbrille. Ich habe mir schon gedacht, dass sie etwas mit Kräutern zu tun hatte, denn er hatte ein ganzes Büschel davon in den Händen.« Christian deutete unter den Grabstein, und erst jetzt fiel Maria das verwelkte Sträußlein auf.
»Das war bestimmt Valentin, der Buchhändler.«
Traurig schaute Maria auf das Grab.
»Nur ein Trauergast. Wenn ich davon gewusst hätte, dann wäre ich auch gekommen, aber mir ist ihr Fehlen erst heute aufgefallen. Valentin hat mir von ihrer Beerdigung berichtet. Ich wusste nicht einmal, dass sie Witwe war. Seltsam, da kennt man einen Menschen sein ganzes Leben lang und weiß eigentlich nichts über ihn.«
»Wohnt dieser Valentin auch in der Alten Mainzergasse?«
»Ja, er bewohnt ein Zimmer über seinem Buchladen – dem schönsten Buchladen der Welt. Ich habe früher mit meiner Mutter in der Gasse gewohnt und als kleines Mädchen den Laden zum ersten Mal betreten. Es war faszinierend, die vielen Bücher, der Geruch des Leders. Das werde ich niemals vergessen. Wir wurden Freunde, was wir bis heute geblieben sind.«
Marias Blick fiel auf die welken Kräuter. »Immerhin war er hier, um ihr die letzte Ehre zu erweisen, so dass sie nicht allein war.«
»Das sind hier viele«, antwortete Christian. »Und obwohl ich sie alle nicht kenne, bete ich für sie und begleite sie auf ihrem letzten Weg.«
Maria musterte Christian nachdenklich. Auch über ihn wuss-

te sie nur wenig, nicht einmal seinen wahren Namen, wie es schien. Trotzdem wollte sie in seiner Nähe nicht misstrauisch sein und das warme Kribbeln in ihrem Bauch spüren, was auch jetzt wieder da war. Vielleicht hatte die Alte Christian verwechselt. Alte Menschen brachten häufig Dinge durcheinander.

»Was ist in der Tüte?«, fragte Christian, dem Marias Blicke nicht entgangen waren. Er verstand ihren Argwohn und ihre Neugierde, wusste aber nicht, ob er ihr verraten konnte, wer er war. Sie war ihm wichtig geworden, wichtiger als alles andere, und er freute sich wie ein kleines Kind, wenn er sie sah, doch konnte er ihr auch vertrauen und ihr sein Innerstes öffnen?

»Es sind die Eier eines Wiener Nachtpfauenauges. Mein Bruder hat sie mir zum Abschied geschenkt.«

»Warum zum Abschied?«

»Weil er heute nach Utrecht aufgebrochen ist, um dort die Malerei zu studieren.«

Marias Stimme klang wehmütig. Die beiden gingen vom Grab weg und schlenderten bis zur Totenkapelle, wo sie sich auf eine Bank in die Sonne setzten. Maria atmete tief durch.

»Alle gehen weg, nur ich muss hierbleiben. Ich würde so gern nach Utrecht oder Amsterdam reisen, um dort von den großen Meistern zu lernen, aber ein Mädchen darf das nicht.«

Christian konnte Marias Traurigkeit verstehen. Er selbst hatte schon oft davon geträumt, nach Italien zu reisen, wo die berühmten Meister der Steinmetzkunst in den großen Kathedralen und Kirchen arbeiteten.

Doch Wehmut brachte niemandem etwas, und über Dinge nachzudenken, die man nicht ändern konnte, war in seinen Augen verlorene Zeit. Er versuchte, Maria abzulenken, und deutete auf die Tüte.

»Zeigst du mir die Eier?«
Sie nickte und holte einen der Äste heraus.
Christian sah interessiert auf die blauen Eier und strich sogar vorsichtig mit dem Finger darüber. »Sie sind viel größer als andere Butterfliegeneier.«
»Angeblich sind diese Falter die größten Sommervögel, die es weit und breit gibt«, erwiderte Maria. »Jedenfalls hat Caspar das gesagt. Er meinte, sie wären fast so groß wie Fledermäuse.«
Ungläubig sah Christian Maria an. »Und das hast du ihm geglaubt.«
Maria zuckte mit den Schultern. »Warum nicht? Ich kenne diese Art nicht. Obwohl ich es mir kaum vorstellen kann, aber bald werde ich es wissen. Die Eier sind schon ganz dick, bestimmt schlüpfen die Raupen bald, und dann werden wir weitersehen.«
Sie steckte den Ast zurück in die Tüte. »Es gibt viele Arten, die ich noch nicht kenne. Valentin hat mir ein Buch geschenkt, darin sind Sommervögel abgebildet, die in Südamerika leben. Sie sind farbenprächtig und einzigartig. So etwas habe ich noch nie gesehen. Am liebsten würde ich heute noch hinfahren, in dieses ferne Land, um sie zu erforschen und zu malen.«
Christian legte lächelnd seine Hand auf die ihre. »Vielleicht fährst du ja irgendwann dorthin. Gottes Wege sind unergründlich.«
Maria gab ihm einen Klaps. »Du willst mich ärgern.«
»Nein, niemals. Nur Gott kennt unser Schicksal. Am Ende heiratest du einen Wissenschaftler oder Auswanderer, der dich überall hinbringt, wo du hinwillst.«
Marias Miene wurde wieder ernst. »Ich weiß nicht, ob ich heiraten werde. Männer wollen keine Malerin, sondern eine hübsche Frau, die Kinder bekommt und den Haushalt führt, was ich nicht kann. Und hübsch bin ich auch nicht.«

Christian sah sie verwundert an.
»Für mich bist du hübsch.« Er machte eine weit ausholende Geste. »Viel hübscher als all die anderen Mädchen dort draußen.«
Maria errötete, und das Kribbeln in ihrem Bauch verstärkte sich.
Zwei Leute blieben nicht weit von ihnen vor einem der Gräber stehen. Sie unterhielten sich leise und legten einen Strauß Blumen nieder. Die Sonne verschwand langsam hinter den Zweigen der Bäume.
»Ich denke, ich sollte jetzt gehen.«
»Jetzt schon?«, fragte Christian. »Habe ich dich etwa beleidigt? Das wollte ich nicht.«
Maria lächelte. »Nein, du hast mich nicht beleidigt, im Gegenteil. Noch nie hat jemand so etwas Hübsches zu mir gesagt, aber Mutter wird noch unterwegs sein. Um diese Zeit ist sie oft in der Nachbarschaft zum Tee, und so bleibt mir noch genügend Zeit, um für die Zweige ein passendes Glas zu finden.«
»Aber du versprichst mir, bald wiederzukommen und deine Zeichenmappe mitzubringen.«
»Versprochen, vielleicht schon morgen?« Christian begleitete Maria bis zum Ausgang, wo sie wie ein Liebespaar stehen blieben und einander eine Weile schweigend ansahen.
»Also dann bis morgen«, durchbrach Maria das Schweigen und hob die Hand zum Abschied.
»Ich freu mich schon«, erwiderte er lächelnd.
»Ich mich auch«, flüsterte sie, trat auf die Gasse hinaus und machte sich auf den Heimweg.

*

Zwei Tage später zeigte der Mai sein unschönes Gesicht. Dicke Regenwolken hingen über den Dächern der Stadt, und die Abwasserrinnen waren zu kleinen Bächen angeschwollen. Regentonnen standen auf den Gassen, die das Wasser von den Dächern auffangen sollten, was nicht an jeder Stelle gelang. Nur wenige Menschen waren an diesem Morgen unterwegs, und auch die Judengasse, die Maria betrat, war menschenleer. Sie hatte sich fest in ihren Umhang gewickelt, die Kapuze weit ins Gesicht gezogen und versuchte, dem kühlen Wind zu trotzen, der um die Ecken pfiff. Bärbel hatte heute Morgen von den Eisheiligen gesprochen und dass die kalte Sophie ihrem Namen alle Ehre machen würde. Bestimmt würde es in diesem Jahr auch eine schreckliche Schafskälte geben, hatte sie prophezeit. Maria hielt von diesen Voraussagen nur wenig, und für Bauernregeln oder sonderbare Tage, an denen man dieses oder jenes besser nicht tun sollte, hatte sie noch viel weniger übrig. Bärbel kannte für jeden Tag, für jede Wetterlage oder sonstige Begebenheit irgendeinen Spruch. Aber Maria glaubte fest daran, dass nur Gott allein die Geschicke lenkte, und dazu gehörten für sie auch die Jahreszeiten mit all ihren Eigenheiten.

Sie lief an den schäbigen Häusern, der Synagoge und dem jüdischen Hochzeitshaus vorbei, in dem eine junge Frau in der geöffneten Tür stand und gleichgültig vor sich hin starrte. Gekicher drang nach draußen, doch das Mädchen schien es nicht wahrzunehmen. Sie sah traurig aus, zitterte in ihrem dünnen Leinenkleid und war blass. Maria blieb stehen und musterte sie besorgt.

»Wollt Ihr nicht lieber reingehen? Ihr werdet Euch in dem kalten Wind verkühlen.«

Verstockt schüttelte das Mädchen den Kopf. »Nein, ich kann das nicht ertragen.«

»Was nicht ertragen?« Maria trat näher heran.
»Sie sind alle so fröhlich, und ich habe Angst.«
Maria begriff. Sie hatte eine Braut vor sich, die sich die Sache mit der Ehe anders vorstellte.
»Aber, vor was fürchtet Ihr Euch denn?«
Das Mädchen warf ihr einen finsteren Blick zu. »Was habt Ihr damit zu schaffen? Ihr seid nicht einmal Jüdin. Was wollt Ihr von mir?«
Maria zuckte zusammen, fasste sich aber schnell wieder.
»Ich bin keine Jüdin, das ist richtig. Aber alle Frauen heiraten, gleich, welchem Glauben sie angehören.«
Das Mädchen ließ den Kopf sinken.
»Entschuldigt, ich wollte Euch nicht beleidigen.« In ihre Augen traten Tränen. »Es ist nur …« Ihre Stimme brach, und sie begann zu schluchzen.
Aufmunternd strich ihr Maria über die Wange. »Ist es denn so schlimm?«
Sie zog die Nase hoch und nickte. »Er ist uralt, und ich bin seine vierte Frau. Angeblich soll er meine Vorgängerin erschlagen haben, aber laut sagen will das natürlich niemand. Ich soll ihn wegen des Geldes heiraten, denn unsere Familie ist arm. Er wird sich auch um meine acht Geschwister kümmern.«
Maria hatte sich schon so etwas gedacht.
Eine Frau trat hinter das Mädchen und legte die Hände auf ihre Schultern.
»Hier steckst du, Lana. Wir haben dich schon überall gesucht. Die Schneiderin hat den Saum fertig umgenäht, und du sollst das Kleid probieren.« Ihr Blick fiel auf Maria.
»Was wollt Ihr denn hier?«
Maria wollte etwas erwidern, doch das Mädchen hob die Hand und zwinkerte Maria zu.

»Sie hat sich nur nach meinem Befinden erkundigt.«
Die Frau musterte Maria, zog Lana ohne ein weiteres Wort ins Innere des Hochzeitshauses und schloss die Tür. Maria blickte eine Weile auf das Haus mit den holzvertäfelten Wänden. Das Mädchen wurde einfach so verheiratet mit einem brutalen Mann – des Geldes wegen.
Seltsam, bisher hatte sie sich noch keine Gedanken darüber gemacht, wie die Wahl ihrer Mutter aussehen würde. Der Gedanke ans Heiraten war für sie weit weg, obwohl viele junge Mädchen in ihrem Alter bereits verlobt waren. Sie empfand die Gängelei ihrer Mutter oft als lästig, lebte bisher relativ frei und unbehelligt, doch würde das auch so sein, wenn sie verheiratet war? Konnte sie dann überhaupt noch malen oder Sommervögel erforschen? Am Ende würde ihre Mutter einen Gatten für sie erwählen, der streng und unnachgiebig war. Zuzutrauen wäre es ihr.
Sie ging weiter, erreichte das Haus von Sara, durchquerte rasch den Garten und betrat den muffigen Hausflur.
Die Tür zu Saras Zimmer war wie bei ihrem letzten Besuch geöffnet. Wieder knarrten die Dielenbretter unter ihren Füßen, doch aus dem Zimmer kam heute kein Laut. Leise trat Maria näher.
Sara lag schlafend in den Kissen. Neben dem Bett stand ein Tablett auf dem Boden, auf dem ein halbgefüllter Suppenteller und ein Stück Brot lagen. Das Fenster war verschlossen, und ein unangenehmer Geruch schlug Maria entgegen, der ihr den Atem raubte. Sie betrat den Raum, öffnete das Fenster, rückte einen Stuhl vors Bett, setzte sich und musterte die alte Frau neugierig. Ihr Kopf war tief in die Kissen gesunken und wirkte klein und hager. Ihr weißes Haar war zu einem Zopf geflochten, und sie hatte die Hände auf die Decke gelegt, braune Flecken überzogen die faltige Haut, auf der blaue

Adern hervortraten. Sie sah so friedlich aus und lächelte im Schlaf. Gewiss würde Gott sie bald zu sich nehmen, dachte Maria und ließ ihren Blick zum Fenster schweifen. Dort unten lag der Garten, der dieser Frau so viel bedeutete. Der Garten, den sie in den letzten Tagen liebevoll gezeichnet hatte, um Sara eine Freude zu machen. Sie wusste jedoch genau, warum sie den Garten gezeichnet hatte. Sie hatte das Bild angefertigt, damit sie einen Grund hatte, um hierherzukommen. Sie wollte mit Sara reden und mehr über Christian erfahren. Doch beim Anblick der schlafenden Frau kam sie sich plötzlich schäbig vor.

Sie stand auf und stellte den Stuhl zurück an den Tisch, auf dem ihre Zeichenmappe lag. Sie zögerte. Sie war hierhergekommen, um der alten Frau eine Freude zu machen, und ob sie ihr etwas über Christian erzählen würde, war nicht wichtig.

»Bist du also wiedergekommen, Kindchen.«

Maria drehte sich um. Sara hatte die Augen geöffnet und lächelte sie an.

»Guten Morgen, ausgeschlafen?« Maria trat vom Fenster weg und setzte sich auf die Bettkante. Der Anblick der strahlenden blauen Augen der alten Frau ließ Maria alle Zweifel vergessen. Sara schien sich aufrichtig über ihren Besuch zu freuen.

»Schön, dass du mich besuchen kommst. Passiert ja nichts den ganzen Tag. Zu essen wird mir gebracht, aber die Magd füttert mich nur hastig und nimmt sich selten Zeit für ein freundliches Wort.«

Maria deutete auf das Tablett. »Habt Ihr noch Hunger?«

Sara schüttelte den Kopf.

»Und Jeremia kommt auch nicht mehr. Bestimmt ist er immer noch wütend auf mich, weil ich …« Sie verstummte.

Maria sah sie neugierig an. »Weil Ihr was?«
»Ist besser, wenn er dir das selber erzählt, Kindchen.« Ihr Blick fiel auf Marias Zeichenmappe. »Was ist das?«
Maria ließ sich ihre Enttäuschung nicht anmerken, öffnete die Mappe und zog das Gartenbild heraus.
»Ich habe Euch etwas mitgebracht.«
Saras Augen begannen zu leuchten. »Aber, das ist ja mein Garten.«
»Ich dachte, wenn wir ihn hier an die Wand hängen, dann könnt Ihr ihn immer sehen.«
Sara ließ ihre Augen über das Bild gleiten. »Sogar die Rosen blühen schon.«
Maria zauberte aus ihrer Rocktasche zwei winzige Nägel und einen Hammer hervor.
»Soll ich das Bild hier vorn an die Wand hängen? Dann könnt Ihr es gut sehen.«
»Ja, das wäre wunderbar. Vielen Dank, mein Kind.«
Maria machte sich daran, das Bild aufzuhängen.
»Du magst Jeremia sehr gern, oder?«
Maria ließ den Hammer sinken. »Warum fragt Ihr mich das?«
»Sonst hättest du dir nicht die Mühe gemacht, einer fremden, alten Frau ein Bild zu malen.«
Maria winkte ab und wandte sich wieder ihren Nägeln zu.
»Ich male ständig irgendetwas. Für wen ich die Bilder anfertige, ist Nebensache.«
Sie trat zurück und prüfte, ob das Bild gerade hing.
»Könnt Ihr es gut sehen, oder hängt es zu niedrig?«
Sara ließ ihren Blick über die bunten Farben schweifen.
»Es ist wunderbar. Jetzt ist mein Garten wieder bei mir, wenigstens ein wenig. Endlich ist die Wand nicht mehr so trostlos, und ich habe etwas, woran ich mich erfreuen kann.«

Maria schob den Hammer in ihre Rocktasche und nahm einen weiteren Anlauf, aus der Frau etwas herauszubringen.
»Warum ist er wütend auf Euch?«
Sara seufzte. »Das habe ich dir doch schon erklärt, Kindchen. Ich darf es nicht sagen. Wie Blei liegt der Kummer, den er mir bereitet, auf meiner Seele und lässt mich nachts nicht schlafen. Er will einfach nicht begreifen, dass wir alle unseren Platz im Leben haben und davor nicht fortlaufen können.«
Maria setzte sich wieder.
Sara musterte sie neugierig. »Aber du verstehst das doch, Kindchen. Du hast gewiss einen Platz im Leben, oder?«
Maria überlegte. Hatte sie einen? Ja, den hatte sie. Sie wusste ganz genau, wer sie war, wohin sie gehörte und was sie wollte. Sie war eine Merian und wollte eine große Künstlerin und Wissenschaftlerin sein.
»Ja, den habe ich. Aber die Menschen wollen ihn mir wegnehmen.«
Die Alte deutete ein Nicken an. »Das darfst du nicht zulassen, Kindchen. Dein Platz ist deine Bestimmung, die dir von Gott gegeben ist. Es lohnt sich, dafür zu kämpfen.«
Sara schloss die Augen und stöhnte leicht. »Ich bin schon wieder so müde. Bald wird es vorbei sein, ich fühle es, die alten Knochen wollen nicht mehr.«
Sie sah Maria eindringlich an.
»Gibst du dann auf Jeremia acht, damit er nicht allein ist?«
Maria legte ihre Hand auf die Hände der alten Frau und nickte, obwohl sie wusste, dass dieses Versprechen einer Lüge gleichkam, denn für ihre Zukunft war nicht sie allein verantwortlich.

Kapitel 6

Christian lief durch die Judengasse. Dieser Ort war ein Teil von ihm, doch etwas in ihm wollte fortgehen, seine Herkunft verleugnen und vergessen machen, was oder wer er war. Er mochte auf dem Friedhof ein ärmliches Leben ohne Zukunft führen, aber dort war er frei und lebte nicht in einer Gasse, in der die Türen nachts verschlossen und bewacht wurden. Die Kälte der vergangenen Tage hatte sich verzogen, und die Sonne gab den Häusern einen freundlichen Anstrich. Wäscheleinen waren über ihm gespannt, und Frauen schwatzten an den weit geöffneten Fenstern. Eine Gruppe Kinder sprang auf die Seite, damit sie nicht von dem Fuhrwerk erfasst wurde, das sich seinen Weg durch die enge Gasse bahnte. Christian suchte Schutz im Hauseingang des kleinen Gemischtwarenhandels von Rebekka Lämmle. Ihre Auslage wurde umgestoßen, und die Tischtücher, Kerzenständer und Becher fielen auf die Straße, einige Teller gingen zu Bruch. Christian stellte den Tisch wieder auf und begann damit, die Scherben aufzusammeln, während die alte Frau lamentierend nach draußen kam.

»Das ist schon das zweite Mal diese Woche. Können sie nicht aufpassen, diese Tölpel.«

Sie suchte die Becher zusammen, die auf den Pflastersteinen davongerollt waren.

Christian legte die Tischtücher neben die Scherben.

Rebekka stellte die Becher daneben und musterte den Stoff.

»Jetzt kann ich schon wieder alles waschen. Erst gestern habe ich die Tücher von der Leine genommen. Wenn das so weitergeht, kauft mir das Zeug keiner mehr ab.« Ihr Blick fiel auf Christian. »Vielen Dank, mein Junge.«

»Das hab ich doch gern gemacht, Rebekka. Vielleicht solltest du deine Auslage anders gestalten. Die Gasse ist einfach zu schmal.«

Rebekka legte die Scherben in ihre Schürze.

»Darüber habe ich noch gar nicht nachgedacht. Das ist eine gute Idee. Vielleicht ein schmaleres Brett, das ich vor die Fensterbank stelle. Ich werde gleich mal nachsehen, was ich im Hof noch herumliegen habe, gewiss ist etwas Passendes darunter. Vielen Dank, Jeremia.«

Christian seufzte innerlich. Wann würde der Tag kommen, an dem die Leute diesen Namen endlich nicht mehr benutzten.

»Christian! Bitte nenn mich Christian.«

Sie schlug ihm lachend auf die Schulter. »Für mich wirst du immer Jeremia bleiben.« Sie deutete in den Laden. »Möchtest du auf einen Tee reinkommen?«

»Das ist sehr lieb von dir, Rebekka. Aber ich muss weiter, denn ich möchte Großmutter besuchen. Um diese Zeit ist sie meistens wach.«

Rebekkas Miene wurden sorgenvoll. »Wie geht es ihr denn?«

»Sie liegt nur noch im Bett und kann sich nicht mehr bewegen. Lange wird es nicht mehr dauern.«

»Die arme Sara. So etwas hat sie nicht verdient. Es muss für sie die Hölle auf Erden sein, tagein und tagaus herumzuliegen. Sie war so gern in ihrem Garten.«

Christian lächelte wehmütig. »Ja, der Garten war ihr Lebensinhalt, und jetzt kann sie ihn nicht einmal mehr sehen.«

»Schau, wer traut sich denn da mal wieder in unsere Gasse.«

Christian und Rebekka drehten sich um. Auf Christians Gesicht breitete sich ein Grinsen aus.
»Elias, alter Freund, schön, dich zu sehen.« Die beiden Männer umarmten sich.
»Dass du dich hier mal wieder blicken lässt, Christian. Lass dich anschauen.«
Elias musterte Christian von oben bis unten. »Gesund siehst du aus. Ganz braun im Gesicht. Die Arbeit an der frischen Luft bekommt dir gut.«
Christian winkte ab.
»Der Winter war schrecklich. Ein Schnupfen jagte den anderen.«
Elias zog eine Augenbraue hoch. »Warum bist du nicht zu mir gekommen?«
Christian lächelte. »Weil ich mir so einen guten Arzt nicht leisten kann, und wenn ich mit einem Schnupfen gekommen wäre, hättest du mich ausgelacht.«
Elias lachte auf und strich sich über seinen langen dunkelbraunen Bart. »Da magst du recht haben.« Er ließ seinen Blick über Rebekkas unordentliche Auslage schweifen.
»Haben sie Euch wieder alles umgefahren, Rebekka.«
Die Frau räumte gerade die Kerzenständer auf die Treppe und hatte die Männer schon fast wieder vergessen.
»Ja, schon zum zweiten Mal in dieser Woche. Aber Jeremia hat mich auf eine Idee gebracht.« Sie deutete auf Christian, der ihr einen strafenden Blick zuwarf, und hob abwehrend die Hände. »Ja, ich weiß, der Name. Lass doch einer alten Frau ihre Eigenheiten.« Sie wedelte mit den Armen. »Und jetzt macht euch fort. Ihr seht doch, ich habe zu tun.«
Die beiden Männer gingen lachend weiter.
Kurz darauf erreichten sie Saras Haus, und Christian blieb stehen. »Ach, deshalb bist du gekommen. Du willst Sara

besuchen. Wie geht es ihr denn? Ich habe gehört, sie sei umgefallen. Hat sie sich wieder erholt?«

Christian schüttelte den Kopf. »Leider nicht. Sie kann sich nicht mehr bewegen und liegt den ganzen Tag oben in der Kammer.« Er wies zu den Fenstern hinauf.

Elias legte seinem Freund die Hand auf den Arm. »Soll ich mal nach ihr sehen?«

»Ich glaube nicht, dass du ihr noch helfen kannst. Gott hat seine Hände bereits nach ihr ausgestreckt, um sie zu sich zu holen, und bestimmt wird es nicht mehr lang dauern.«

Elias nickte verständnisvoll. Sara hatte die siebzig längst überschritten. Die agile Frau und ihr wunderbarer Garten stellten eine unverwechselbare Einheit dar, die es in dieser Form niemals wieder geben und die er sehr vermissen würde.

»Hat sie Schmerzen? Ich könnte sie lindern.«

Christian zuckte mit den Schultern. »Wenn sie welche hat, dann sagt sie es nicht.«

»Es tut mir leid für dich. Ich weiß, wie sehr du an ihr hängst. Möchtest du nachher noch auf einen Schluck Wein zu mir kommen? Wir haben schon lang nicht mehr zusammengesessen.«

»Ich weiß nicht.« Christian zögerte. »Eigentlich habe ich noch zu tun. Seit einiger Zeit bekomme ich kleinere Aufträge für Grabfiguren, und bis Ende der Woche muss eine fertig sein.«

Elias lächelte. »Die Kunst, Steine zu behauen – du betreibst sie also weiterhin. Schon als kleiner Junge hast du den Sandstein bearbeitet, ich erinnere mich noch genau. Nur waren es damals keine Grabfiguren, sondern Pferde und andere Tiere.«

»Dass du das noch weißt.«

»Wie könnte ich das vergessen. Stunden hast du damit zugebracht.«

»Und ihr habt mich verspottet.«

Elias grinste. »Wir wollten eben lieber Fangen spielen und in den Bäumen am Main herumklettern.«

Christian seufzte. »Sei mir nicht böse, Elias, aber kann ich ein anderes Mal bei dir vorbeikommen?«

Elias nickte, hob allerdings mahnend den Zeigefinger. »Aber nicht, dass du unser Treffen vergisst. Ich würde mich wirklich freuen, wenn wir uns wieder öfter sehen könnten, so wie viele andere hier auch.«

Christian zog die Augenbrauen hoch. »Du weißt …«

Elias hob erneut die Hand. »Du musst mir nichts erklären. Ich kenne deine Gründe und kann dich gut verstehen. Aber du weißt, wohin du gehen kannst, solltest du Hilfe brauchen. Besonders auf mich kannst du immer zählen.«

Christian sah Elias gerührt an. »So viel Freundschaft habe ich nicht verdient.«

»Doch, natürlich hast du das, denn auch wenn du es nicht wahrhaben willst: Du bist ein Teil dieser Gasse, und wir werden immer zu dir halten, auch wenn du uns verleugnest.«

»Ich komme darauf zurück, sobald ich den nächsten Schnupfen habe«, scherzte Christian.

Elias lachte laut auf. »Das will ich doch hoffen.« Er reichte Christian die Hand zum Abschied, die dieser ergriff und fest drückte.

»Gib gut auf dich acht, mein Freund.«

Er drehte sich um und schlenderte davon, während Christian durch Saras Garten ging und das Haus betrat.

Im oberen Flur des Hauses war alles still, was ein Zeichen dafür war, dass Sara schlief.

Auf Zehenspitzen schlich er näher und blickte in den Raum. Das Fenster war geöffnet, und das Zwitschern der Vögel und die Geräusche der Gasse drangen in den Raum. Der milde Wind vertrieb mit seinem sanften Blumenduft den beißenden

Uringeruch, der hier allgegenwärtig war. Vorsichtig stellte er sich einen Stuhl ans Bett, und als er sich setzte, öffnete Sara die Augen und lächelte ihn an.
»Guten Tag, Jeremia. Wie schön, dich zu sehen. Ich dachte beinah, es wäre wieder deine kleine Freundin.«
Erstaunt sah er sie an.
Sie deutete auf die gegenüberliegende Wand. Erst jetzt bemerkte er das Bild.
»Sie hat mir meinen Garten gemalt, damit ich ihn immer sehen kann. Ist er nicht wunderschön?«
Fassungslos starrte er das Bild an. Maria war noch einmal hergekommen und hier in Großmutters Zimmer gewesen, hatte mit ihr gesprochen.
»Hast du ihr etwas erzählt?« Er klang ruppiger, als er gewollt hatte.
Sie riss erschrocken die Augen auf. »Nein, natürlich nicht. Du hast es doch verboten. Sie war einfach nur hier und hat mit mir geredet. Sie hat dich gern, ich spüre es.«
Christian beruhigte sich wieder. Er stand auf und betrachtete das Bild.
»Wie wunderschön sie den Garten gemalt hat. Es ist, als könnte man die Blumen anfassen und riechen.«
Er drehte sich zu seiner Großmutter um. »Sie ist eine großartige Künstlerin, musst du wissen, die Tochter des berühmten Merian.«
»Dass sie eine Künstlerin ist, musst du mir nicht erzählen«, antwortete die alte Frau lächelnd. »Sie hat das Herz am richtigen Fleck und zeigt Anteilnahme. Selten ist mir so ein Mensch begegnet. Das Mädchen ist etwas Besonderes. Du musst sie festhalten, denn sie ist ein Schatz.«
Christian lächelte. »Wie lang war sie denn hier?«
»Du glaubst mir nicht, oder?«

Er setzte sich und griff nach ihrer Hand. »Das weiß ich doch schon. Was glaubst du denn, warum ich ihr deinen Garten gezeigt habe. Ich würde nicht jedes Mädchen hierherbringen. Es gibt da nur ein Problem.«
»Welches denn?«
Er seufzte. »Sie ist eine Merian, und ich bin ein armer Totengräber, der ihr nichts bieten kann. Bald wird sie heiraten, und dann sehe ich sie niemals wieder.«
»Du musst um sie kämpfen, denn die Liebe findet immer einen Weg.«
Christian atmete tief durch. Seine Großmutter durfte damals ihre große Liebe heiraten und war vierzig Jahre glücklich. Es gab nicht viele Menschen, denen so ein Glück vergönnt war.
»Wenn das so einfach wäre«, erwiderte er. »Wir leben in zwei verschiedenen Welten.« Sara warf ihrem Enkelsohn einen strafenden Blick zu. »Du verleugnest deine Mutter, um in dieser Stadt ein freies und besseres Leben führen zu können, und bist unglücklich damit. Wenn du schon nicht zu deiner Familie stehen willst, dann versuche wenigstens, zu dieser jungen Frau zu stehen. Ihr beiden seid euch so ähnlich, in euch wohnen zwei gleiche Seelen, ich weiß das.«
Christian wusste es auch. Jedes Mal, wenn er mit Maria zusammen war, fühlte er sich wie der glücklichste Mensch der Welt. Ihr Ausdruck in den Augen, wenn sie zeichnete, verzauberte ihn jedes Mal aufs Neue.
Sara entging sein sehnsuchtsvoller Blick nicht.
»Manchmal lohnt es sich, alles auf eine Karte zu setzen«, sagte sie, »denn wenn man es nicht tut, wird man es für den Rest seines Lebens bereuen.«

*

Maria saß fasziniert vor dem Glas mit den Wiener Nachtpfauenaugen und malte. Sie hatte sich in den frühen Morgenstunden aus dem Haus geschlichen und war ins Atelier gegangen, um allein zu sein. Dort hatte sie eine Weile auf dem Balkon die warmen Strahlen der Morgensonne genossen. Der Himmel war strahlend blau, und unterhalb von ihr auf dem Hühnermarkt pulsierte das Leben, was sie hier oben kaum wahrnahm. Hier gab es nur sie und diese einzigartigen Tiere. Die Raupen waren während der Nacht geschlüpft und sahen unfassbar schön aus, einzigartig. Ihre grünlichen Körper wurden von vielen leuchtend blauen Punkten bedeckt, aus denen winzige Härchen wuchsen. Liebevoll zeichnete sie die Tiere und notierte alle Einzelheiten, die ihr auffielen.

Als sie mit dem Anfertigen der Skizzen fertig war, ging sie ins Atelier, öffnete den Farbenschrank, prüfte Pinsel, sortierte Tiegel. Säuberlich legte sie die richtigen Farben auf ihr Arbeitspult und füllte aus einer mitgebrachten Flasche Wasser in einen Becher. Das Knarren der Tür ließ sie aufblicken.

Christian steckte schüchtern seinen Kopf in den Raum. Überrascht sah sie ihn an. »Was tust du denn hier?«

Er trat ein, schloss die Tür und blickte sich staunend um. Er war noch nie in einem Künstleratelier gewesen, und die vielen Bilder faszinierten ihn.

»Ich habe nach dir gesucht, und eure Magd hat mir gesagt, wo ich dich finde.«

Maria riss erschrocken die Augen auf. »Du warst bei mir zu Hause?«

Er hob beschwichtigend die Hände. »Nur die Magd war da, und sie hat versprochen, mich nicht gesehen zu haben. Sie scheint dich sehr zu mögen.«

Maria beruhigte sich. »Ja, Bärbel tut alles für mich. Ich hab sie sehr gern.«

Bewundernd musterte er die vielen Gemälde. »Hast du die alle gemalt?«
»Nein, nicht alle. Viele sind von meinem Lehrmeister, Abraham Migon.«
Christian deutete auf ein Bild, auf dem ein Teil der Bleichgärten abgebildet war. »Das hier ist von dir.«
Sie sah ihn erstaunt an.
Er grinste und deutete auf ein weiteres Bild, auf dem Blumen in einer Vase blühten, die auf einem Balkon stand. Hinter den Blumen erhob sich der Dom in seiner ganzen Pracht.
»Und dieses hier ist auch von dir.«
»Woher weißt du das?«
Er drehte sich um. »Deine Bilder leben, die anderen wirken tot und traurig.«
»Abraham wäre nicht begeistert, wenn er das hören würde. Ich habe ihm viel zu verdanken, er hat mir eine Menge beigebracht.«
»Etwa auch, wie man Gärten malt?«
Maria riss die Augen auf.
Seine Miene wurde ernst. »Warum bist du allein in den Garten gegangen?«
Maria strich sich nervös eine Haarsträhne aus dem Gesicht.
»Ich weiß nicht, vielleicht, weil ich mich dort wohl fühle.«
»Und warum bist du ohne meine Erlaubnis zu Sara gegangen?«
»Brauche ich dazu deine Erlaubnis?«
»Ich denke nicht, dass es üblich ist, einfach so in fremde Häuser zu gehen, um dort herumzuschnüffeln.«
»Ich habe nicht herumgeschnüffelt.«
Langsam wurde sie wütend. Was bildete er sich ein, sie so anzuklagen.
»Natürlich hast du das. Gib doch zu, dass du Sara über mich ausfragen wolltest.«

»Du willst mir ja nicht sagen, wer du bist. Anscheinend kenne ich dich wirklich nicht, Jeremia.«

Er zuckte zusammen. »Du willst wissen, wer ich bin?«

Sie nickte.

»Dann komm, ich zeige es dir.«

Er hielt ihr die Hand hin, und sie ergriff sie.

Sie verließen das Atelier, passierten den Alten Markt und das Steinerne Haus, wo die Kräuterfrauen lautstark zeterten. Dann liefen sie die belebte Neue Kräme hinunter, durch die Katharinenpforte auf die weitläufige Zeil, auf der Pferdekutschen und Karren fuhren. Maria geriet außer Puste, und ihre Seite schmerzte, doch erst auf dem Peterskirchhof blieb er stehen. Nach Luft ringend, hielt sie sich an einem Baum fest.

»Warum sind wir hierhergekommen?« Er deutete auf eine der Gruften, die sich in dem vorderen Teil des Friedhofs aneinanderreihten. »Weil hier meine Vergangenheit ruht.«

Verwirrt sah Maria ihn an. »Aber ich dachte, deine Vergangenheit hätte etwas mit Sara zu tun.«

Er ließ den Kopf sinken. »Hat sie auch. Sie ist meine Großmutter.«

Erstaunt sagte Maria: »Aber dann …«

»Willst du jetzt meine Vergangenheit kennenlernen?«, unterbrach er sie.

»Ja schon, aber …«

Er ließ sie erneut nicht ausreden, griff nach ihrer Hand und führte sie zur Gruft. Mit geübtem Griff schob er die dünne Steinplatte auf die Seite, die den Eingang verschloss, und die beiden kletterten eine schmale Steintreppe nach unten, wo Christian zwei Fackeln entzündete.

Es stand nur ein Sarg in der winzigen Gruft. Er war aus Stein und von Sommervögeln übersät, die darauf herumflatterten,

als wären sie lebendig. Fasziniert ging sie darauf zu, strich mit den Händen über den roten Sandstein und über die Linien.
»Das ist wunderschön. Hast du das gemacht?«
Er nickte und blickte zu Boden.
»Wer liegt in dem Sarg?«
»Meine Mutter.«
Verwundert sah sie ihn an.
»Sie hat sich umgebracht.« Tränen traten in seine Augen.
»Warum?«, fragte Maria.
»Sie wollte nie Jüdin sein und hat ihre Herkunft verleugnet, doch ihre Träume und Hoffnungen zerplatzten in einem der Hurenhäuser. Dort hat sie mich geboren und sich wenig später das Leben genommen. Eine der Huren hat sich nach ihrem Tod um mich gekümmert, aber irgendwann hat sie mich zu Sara gebracht, bei der ich aufgewachsen bin. Ich fühlte mich dort allerdings nie zu Hause und bin oft davongelaufen. Meine Großmutter hat bis heute nicht verstanden, warum ich kein Jude sein möchte, denn sie kennt nur das Leben in dieser Gasse und weiß nicht, wie es ist, die Freiheit zu fühlen und nicht eingeschlossen zu sein. Irgendwann bin ich endgültig aus der Gasse geflohen und habe die Anstellung und das Zimmer hier auf dem Friedhof bekommen.«
Maria hatte so etwas geahnt, aber Christians Geschichte überstieg ihre Vorstellungskraft.
Sie deutete auf den Sarg. »Und wie kommt deine Mutter hierher? Sie wird doch gewiss auf dem Armenfriedhof bestattet worden sein, oder?«
Er ballte wütend die Faust. »Wo denn sonst. Ich war mehrmals an diesem trostlosen Ort, vor ihrem Grab, auf dem nicht einmal ihr Name stand. Ein einfaches Holzkreuz, in das ich eine Kerbe geritzt habe, um es wiederzuerkennen, war alles, was von ihr übrig geblieben war.« Verzweifelt sah er Maria an.

»Eines Nachts habe ich es nicht mehr ausgehalten, bin auf den Friedhof gegangen, habe ihre Überreste ausgegraben, sie auf einen Karren geschafft und hierher in die leere Gruft gebracht.«

»Und warum die Sommervögel?«

Sein Blick wurde traurig. »Kannst du dir das nicht denken?«

Sie nickte.

»Sie soll sich verwandeln wie ein Sommervogel und ins Himmelreich einkehren, zu Gott.«

Sie streckte ihre Hand aus. Dankbar griff er danach.

Schweigend sahen sie einander an, und die Stille des Raumes hüllte sie ein.

Langsam zog er sie näher an sich heran, streichelte ihre Wange und strich eine Haarsträhne aus ihrem Gesicht. Seine braunen Augen, in denen goldene Sterne zu funkeln schienen, blickten sie zärtlich an, und plötzlich berührten seine Lippen die ihren. Sie zuckte nicht zurück, ließ es geschehen und fühlte seine weichen Lippen, seine Zunge, wie sie zögernd ihren Mund öffnete. Sie schloss die Augen, glaubte zu schweben und vergaß alles um sich herum.

*

Als Maria später nach Hause kam, stand ihre Mutter wie ein Racheengel hinter der Tür.

»Wo warst du?«

Marias Blick wanderte zu Bärbel, die Magd zuckte mit den Schultern. Wie hatte sie auch nur eine Minute annehmen können, dass Christians Besuch in der Gasse unbemerkt geblieben sein könnte.

»Ich war im Atelier.«
Ihre Mutter hob drohend die Hand. »Lüg mich nicht an. Dort warst du nicht, von da kam ich eben.«
»Eben war ich auch nicht dort, sondern am Main und habe in der Sonne gesessen.«
»Ich glaube dir kein Wort. Ein junger Mann war hier und hat sich nach dir erkundigt. Wer ist das, Maria?«
Johannas Augen funkelten wütend. Hinter ihrem Rücken wedelte Bärbel mit den Armen und versuchte, ihr zu bedeuten, den Mund zu halten.
»Ich weiß nicht, wen du meinst.«
Johanna ging in die Wohnstube, wo bereits alles fürs Abendbrot vorbereitet war. Anscheinend erwartete ihre Mutter Gäste, denn der Tisch war mit dem guten Porzellan eingedeckt worden.
Bärbel blieb neben Maria stehen. »Elisabeth, das Tratschweib, stand im Treppenhaus, als er kam. Er hat nach dir gefragt, sie hat alles gehört.«
Maria begann, fieberhaft zu überlegen, welche Ausrede ihr die Mutter abnehmen würde.
»Ach, jetzt weiß ich es wieder. Das war bestimmt einer der Knechte aus der Druckerei. Caspar wollte extra für mich neue Kupferplatten besorgen, vermutlich wollte der junge Mann mir das mitteilen.«
Verdutzt sah Johanna ihre Tochter an. Erst jetzt fiel ihr auf, wie erhitzt Maria wirkte. Ihre Wangen waren gerötet, ihr Haar war zerzaust und ihr Kleid staubig.
Misstrauisch musterte sie Maria. »Immer diese vermaledeite Werkstatt. Und wie du wieder aussiehst. Kein anständiges Mädchen läuft so herum.«
Maria atmete erleichtert auf, und Bärbel begann zu grinsen.
Johanna sank auf einen der Stühle und stützte den Kopf in die

Hände. »So kann es nicht weitergehen. Du bist im heiratsfähigen Alter und kein kleines Mädchen mehr, das am Mainufer oder in den Gassen herumtollt. Ich werde noch heute Jacob schreiben. Er muss herkommen, am besten sofort. Utrecht und die Kunst hin oder her.« Sie hob drohend den Zeigefinger. »Und du hast ab sofort Stubenarrest, mein Fräulein. Jetzt ist endlich Schluss mit der Malerei und diesem schrecklichen Teufelsgetier. Wegen dir bekommen wir noch Schwierigkeiten.«
Maria sah ihre Mutter fassungslos an. »Das kannst du nicht machen. Vater wollte, dass ich im Malen unterrichtet werde. Du kannst es mir nicht verbieten.«
Johanna stand auf. »Natürlich kann ich das, denn du bist meine Tochter und er ist nicht hier. Du bleibst ab heute zu Hause und lernst endlich, dich anständig zu benehmen.«
Sie musterte Maria abfällig. »Und mit sauberer Kleidung und gewaschenem Gesicht sollten wir beginnen. Bärbel« – sie winkte die Magd heran –, »sieh zu, dass sie bis zum Essen ordentlich aussieht, und kümmere dich, um Gottes willen, um ihr Haar.«
Maria wollte etwas erwidern, aber Bärbel griff nach ihrer Hand und zog sie unsanft hinter sich her und in ihre Kammer. Maria sah die Magd verzweifelt an. »Sie darf mich nicht einsperren. Vater hat mir erlaubt, ins Atelier zu gehen, sooft ich es möchte. Sie hat kein Recht, mir das Malen zu verbieten.«
Bärbel hob beschwichtigend die Hände. »Sie wird sich schon wieder beruhigen. Du weißt doch, wie sie ist. Gewiss hat ihr die alte Elisabeth die Ohren vollgeschwätzt.«
Maria ballte die Fäuste.
»Dieses alte Tratschweib. Wie sehr ich sie hasse.«
Bärbel ging zu Marias Toilettentisch, der neben dem Bett stand, und suchte zwischen den vielen Schächtelchen und kleinen Gläsern nach einem Kamm.

»Jetzt ziehst du dich erst einmal um und machst dir die Haare hübsch, denn der Gemischtwarenhändler Berger und seine Gattin kommen zum Abendbrot.«
Maria blickte an sich hinab. Ihr dunkelblaues Leinenkleid war staubig, und ihre Schürze war von Flecken übersät.
»Nicht schon wieder die Bergers. Ich kann die beiden nicht ausstehen. Er sieht mich immer so an, als wollte er mich ausziehen, und sie lacht wie eine Ziege.«
Sie begann damit, ihr Mieder aufzuschnüren, während Bärbel die ersten Haarnadeln aus ihrem nicht mehr vorhandenen Dutt zog.
»Ich mag sie auch nicht. Aber deine Mutter hält große Stücke auf die beiden und ist schon seit Jahren mit Sieglinde befreundet.«
»Mäh, mäh«, machte Maria, und beide Frauen begannen zu lachen.
Die Magd legte die Haarnadeln auf den Tisch und war Maria dabei behilflich, das Kleid über den Kopf zu ziehen.
»Wo warst du wirklich heute Nachmittag?«
Maria warf ihr einen kurzen Blick zu.
Bärbel sah sie an. »Kein Wort wird über meine Lippen kommen, versprochen.«
Die Magd begann, Marias Haar zu bürsten.
»Ich war auf dem Peterskirchhof.«
»Ich nehme an, in Begleitung des jungen Mannes, Christian heißt er, nicht wahr?«
Maria nickte.
»Und, war es schön?«
Maria senkte den Blick. Bärbel grinste. »Also war es schön.«
»Er hat mich geküsst, so richtig.«
Bärbel sog scharf die Luft ein. »So genau wollte ich es gar nicht wissen, Kindchen.«

Sie legte die Bürste beiseite und flocht Maria einen Zopf, wickelte ihn nach oben und steckte ihn fest.
Maria drehte sich zu ihr um. »Sag mal, Bärbel, ist es eigentlich Liebe, wenn man glaubt, vor Glück zu zerspringen, und dieses wunderbar warme Gefühl im Bauch hat?«
Die Magd zog eine Augenbraue hoch und hob mahnend den Zeigefinger. »Aber nicht, dass du dich versündigst, Kind.«
Sie ging zum Schrank und holte ein sauberes Kleid heraus, während sich Maria aufs Bett setzte, um sich saubere Strümpfe anzuziehen.
»Das würde ich nie tun.«
Bärbel seufzte. »Das haben andere Mädchen auch gesagt.« Sie sank vor Maria in die Hocke, umfasste ihre Hände und sah ihr eindringlich in die Augen.
»Nur küssen, nicht mehr, verstanden.«
Maria dachte an Christians Worte. Seine Mutter hatte sich umgebracht, weil sie sich versündigt hatte. Sie war als gefallenes Mädchen gestorben, das keiner haben wollte. Wie unglücklich musste sie gewesen sein, um ihr Leben wegzuwerfen?
Sie erwiderte Bärbels Blick und drückte fest ihre Hand.
»Ich verspreche es, Bärbel. Nur küssen, nicht mehr.«
Die Magd seufzte erleichtert und erhob sich.
»Soweit ich es beurteilen kann, könnte es schon sein, dass es Liebe ist. Du wirst aber ein Problem haben.«
Maria schlüpfte in das Kleid und schnürte das Mieder zu.
»Welches denn?«
»Es wird eine unglückliche Liebe werden.«
Maria ließ die Hände sinken. »Ich weiß.«
Bärbel nahm ihr die Schnüre aus der Hand und band das Mieder weiter zu. »Aber bis es so weit ist, kannst du die Liebe vielleicht noch ein wenig genießen, denn wer weiß, ob du jemals wieder so ein warmes Gefühl im Bauch haben wirst.«

Sie zwinkerte Maria zu.
»Und was machen wir mit Mutter?«
Die alte Magd winkte ab. »Ach, lass das meine Sorge sein, mir fällt schon etwas ein.«

*

Die Abendsonne lag über dem Kirchhof, tauchte alles in rotes Licht und ließ Christians karges Zimmer für einen Moment behaglich aussehen. Um diese Zeit fühlte er sich immer am wohlsten: Wenn der Tag die Nacht berührte, alles in Stille versank und das Zwitschern der Vögel langsam verstummte. Er stand an seinem Arbeitstisch und strich über den roten Sandstein, den er eben hereingetragen hatte. Neben ihm lagen verschiedene Hämmer und Meißel. Er sah die Skulptur schon vor sich, kannte jede ihrer Konturen. Ihre Augen, die konzentriert dreinblickten, ihr sanftes Lächeln auf den Lippen und ihr braunes Haar, von dem ihr einige Strähnen ins Gesicht fielen. Er griff nach seinem Werkzeug und vertiefte sich in seine Arbeit. Liebevoll begann er, die Konturen in den Stein zu ritzen und mit Hammer und Meißel herauszuarbeiten. Mit geübten Bewegungen entstanden die Grundzüge eines Gesichts, die Augenhöhlen, die Nase. Er arbeitete verbissen, fast schon wütend, denn ihre Nähe und Wärme waren noch allgegenwärtig. Der Moment in der Gruft war so wunderschön gewesen, am liebsten hätte er sie für immer festgehalten. Doch das konnte er nicht, und die Wirklichkeit würde sie beide einholen, hatte sie vielleicht schon eingeholt, denn seit Tagen war sie nicht mehr gekommen, und auch im Atelier hatte er sie nicht angetroffen. Ging sie ihm absichtlich aus dem Weg? Er begann, die Augen auszuarbeiten und prüfte genau deren Abstand, die Form und Größe. Maria hatte runde, etwas größere Augen, die eng beieinanderstanden. Jetzt, wo er die Skulptur erschuf, wurde er sich erst so richtig der Tatsache bewusst, dass er kein hübsches Mädchen erschaffen würde, denn sie hatte eher ein breites Gesicht und eine dominante Nase. Nach und nach tauchte vor ihm das Mädchen auf, das nur durch eine einzige Sache zu der Frau wurde, in die er sich verliebt hatte. Es war ihr Ausdruck in den Augen, die Begeisterungsfähigkeit und ihr unbändiger Freiheitswille, die ihn an ihr faszinierten. Vielleicht war das der Grund für ihre Eigenheit, Butterfliegen zu sammeln. Sie wollte sich verwandeln, anders sein, um fortfliegen zu können, was auch er sich wünschte. Bereits als Kind hatten ihn diese Tiere fasziniert, und er hatte sie in den Gärten und später auf dem Friedhof beobachtet. Nach und nach hatte er damit begonnen, sie in Stein zu hauen, und irgendwann waren sie sein Lieblingsmotiv geworden. Inzwischen flatterten sie auf vielen Grabsteinen des Friedhofs und wiesen auf die Unsterblichkeit der Seele hin, die sich dem toten Körper entzog.

Nachdenklich ließ er Hammer und Meißel sinken und musterte sein Werk kritisch.

Würde es ihm gelingen, sie so zu erschaffen, wie er sie sah? War es nicht doch unmöglich, ein Gefühl einzufangen?

Ein Klopfen an der Tür unterbrach seine Gedanken.

»Christian, bist du da?« Die Stimme der Haushälterin Emma drang an sein Ohr.

Er öffnete die Tür.

»Was gibt es denn«, fuhr er die Frau ruppig an.

Emma riss erschrocken die Augen auf. So impulsiv kannte sie Christian gar nicht.

»Eben war ein kleiner Junge da und hat das hier für dich abgegeben.«
Sie hielt Christian einen Zettel hin. Verwundert blickte er darauf. Bisher hatte noch nie jemand etwas für ihn abgegeben. Emma sah ihn fragend an.
»Was denn noch?«, meinte er.
Sie hob abwehrend die Hände. »Nichts, nichts. Ich wollte nur wissen, ob du heute schon gegessen hast? Von der Suppe ist noch etwas übrig, und ich habe kleine Küchlein gebacken. Der Pfarrer isst heute auswärts, und da dachte ich …«
Er fuhr sich durchs Haar und versuchte, seine Gefühle unter Kontrolle zu bringen. Emma musterte ihn besorgt.
»Ist auch alles in Ordnung? Du siehst blass aus.«
Er versuchte zu lächeln. »Ja, es war nur ein anstrengender Tag. Ich nehme das Angebot gern an. Ich komme gleich.«
»Wenn du allein sein willst, kann ich die Suppe auch bringen.« Sie schielte neugierig in die Kammer. »Arbeitest du wieder an einer neuen Statue? Sie sieht sehr hübsch aus.«
»Nein, nein, ich bin gleich da und leiste dir Gesellschaft. Ich weiß doch, dass du es nicht magst, wenn der Pfarrer so spät außer Haus ist. Aber zuerst will ich den Brief lesen.«
Nachdem Emma gegangen war, setzte er sich aufs Bett und faltete das Papier mit zittrigen Händen auseinander. Es konnte eigentlich nur ein Mensch sein, der ihm einen Brief zukommen ließ. Doch als er zu lesen begann, wurde ihm plötzlich heiß und kalt. Der Brief war nicht, wie er angenommen hatte, von Maria, sondern Elias teilte ihm mit, dass Sara gestorben war.

*

Das erste Zwitschern der Vögel hatte Maria aus dem Bett getrieben, und jetzt saß sie auf ihrem winzigen Balkon und blickte in den blauen Himmel, der einen warmen Frühlingstag ankündigte. Sie hatte nicht geglaubt, dass ihre Mutter ihre Drohung so konsequent umsetzen würde. Aber Johanna hatte sich daran gehalten und sogar Marias Vater geschrieben, obwohl dessen Kommen fraglich war. So oft hatte sie ihm schon von den schrecklichen Missetaten der Tochter berichtet, aber geschehen war nie etwas. Dieses Jahr war er nicht mal zum Osterfest angereist, was Johanna in eine tiefe Depression gestürzt hatte, aus der sie bis heute nicht herausgekommen war. Johanna hatte sich ihr Familienleben anders vorgestellt. Vielleicht hätte sie lieber einen bodenständigen Apotheker oder Handwerker heiraten sollen anstatt eines Künstlers, der sich mühsam mit dem Malen von Tulpenkatalogen über Wasser hielt. Maria seufzte. Wenn ihr richtiger Vater noch am Leben wäre, dann würde sie bestimmt in einer feinen Stadtwohnung in der Nähe des Verlages leben, könnte malen, so viel sie wollte, und den Sommer in Langenschwalbach verbringen. Langenschwalbach. Ihr Blick wurde wehmütig. Die wunderbaren Taunushügel und das Plätschern der Aar, die dort durch sattes Grün floss. Es gab grüne Wälder und frische Luft, die nach Erde schmeckte.

Sie beobachtete stumm die Raupen des Wiener Nachtpfauenauges, die alle geschlüpft waren. Bärbel hatte das Glas auf ihre Bitte hin aus dem Atelier geholt. Wenigstens ihre Raupen und Sommervögel durfte sie noch um sich haben, obwohl die Mutter diese am liebsten fortschaffen würde. Manchmal fragte sie sich, ob sie wirklich die Tochter dieser Frau war. Es gab nichts, was sie miteinander verband. Doch Maria machte ihrer Mutter deren Engstirnigkeit nicht zum Vorwurf. Johanna war die Tochter eines Pastors und streng erzogen worden.

Für sie waren die Grenzen eines Frauenlebens eng gesteckt, und es durfte nichts anderes geben. Dass ihre eigene Tochter anders war, dafür konnte sie nichts. Marias Blick wanderte erneut die Gasse hinunter, und plötzlich tat ihr alles weh. Seitdem sie mit Christian in der Gruft gewesen war, hatte sie ihn nicht mehr gesehen. Der dumpfe Schmerz in ihr wurde immer stärker und ließ sie unruhig in ihrem Zimmer auf und ab laufen. Bärbel versuchte, sie zu beruhigen, doch auch ihre Bemühungen, die Mutter umzustimmen, hatten nichts geholfen.

Maria schaute in ihre Kammer. Ihr Kleid hing über einem Stuhl neben dem Bett, daneben standen ihre Schuhe. Und wenn sie sich jetzt einfach anziehen und über das Balkongeländer verschwinden würde, wie sie es früher oft getan hatte? Sie könnte zum Friedhof laufen und Christian wiedersehen. Erneut blickte sie die Gasse hinunter. Bald würde die morgendliche Ruhe der Geschäftigkeit des Tages weichen, und es wäre unmöglich, unentdeckt über den Balkon zu klettern. Entschlossen stand sie auf und griff nach ihrem Kleid. Sie konnte und wollte sich nicht länger einsperren lassen.

Einige Minuten später lief sie die Gasse entlang, die von den ersten Strahlen der Sonne erhellt wurde. Haustüren wurden geöffnet, Kinderlachen war zu hören, und Fensterläden schlugen gegen die Hauswände. Als sie den Peterskirchhof erreichte, lief sie sofort auf das Pfarrhaus zu, neben dem Christians Schuppen von der Morgensonne angestrahlt wurde.

Sie trat näher und klopfte an die Tür, doch nichts regte sich. Sie klopfte noch einmal, jetzt etwas fester. Die Tür ging einen Spaltbreit auf, und Maria spähte neugierig in den Raum. »Christian, bist du da?« Es kam keine Antwort.

Sie öffnete die Tür vollständig und betrat den Raum. Ihr Blick fiel auf seinen Arbeitstisch, auf dem Hammer und verschieden große Meißel neben einem Tablett lagen, auf dem ein Teller mit Suppe und Küchlein standen. Er schien nichts davon angerührt zu haben. Ihr Blick blieb an einer Statue hängen, an der er gerade arbeitete. Langsam trat sie darauf zu und erkannte ihr unfertiges Abbild. Vorsichtig strich sie mit den Fingerspitzen über die Augen, die bereits ausgearbeitet waren, über die noch groben Bogen, die ihre Wangen werden sollten. Ihr Herz schlug vor Freude höher. Er fertigte von ihr eine Statue an, gewiss, weil er sie liebte. Einen anderen Grund konnte es dafür nicht geben. Neben der Statue lag ein geöffneter Brief. Neugierig griff sie danach, begann zu lesen, und plötzlich wurde ihr eiskalt.

*

Erst als Maria den ihr vertrauten Flur betrat und auf die geöffnete Tür zu Saras Zimmer blickte, dachte sie daran, hier vielleicht nicht willkommen zu sein, und blieb unsicher stehen. Sie war eine Fremde, die eine Familie beim Trauern störte, eine jüdische Familie noch dazu. Womöglich war Sara bereits fortgebracht worden und Christian nicht hier. Unsicher wandte sie sich ab, doch da drang seine Stimme an ihr Ohr, und sie trat näher und blickte in den Raum. Er saß am Bett und hielt Saras Hand.

»Ich habe dir das Fenster geöffnet, damit du die Blumen riechen kannst«, sagte Christian. »Der Flieder ist jetzt verblüht, aber dafür öffnen die Rosen ihre Knospen. Sie blühen rosa, wie du es liebst. Darunter sind Vergissmeinnicht gewachsen.

Ihr Blau bildet einen hübschen Kontrast zu den hellen Blüten der Rose.« Seine Stimme klang eintönig und leblos. »Weißt du noch, wie wir gemeinsam die Sommerabende verbracht haben«, sprach er weiter. »Wir haben vor dem Haus in der Sonne gesessen und ihr beim Untergehen zugesehen. Als ich klein war, hast du mir immer Geschichten erzählt und mir die Sternzeichen erklärt, sobald die Dunkelheit hereingebrochen war.« Seine Stimme brach. Er schlug die Hände vors Gesicht und begann zu weinen. »Du hast gesagt, die Sterne wären kleine Engel, die immer auf uns achtgeben würden.«

Maria trat näher und legte ihre Hand auf seine Schulter.

Er blickte auf.

»Es tut mir so leid.«

Er legte seine Hand auf die ihre. »Für sie ist es gut. Bestimmt ist sie bei Gott in dem Garten, den sie sich immer gewünscht hat.« Er schniefte. »Mit ihr geht der einzige Mensch, der für mich so etwas wie Familie gewesen ist. Sie hat mich geliebt und war für mich da, auch wenn niemand etwas von mir wissen wollte. Und sie hat mich nie verurteilt.«

»Sie wird auch jetzt bei dir sein.«

Er wischte sich die Tränen aus dem Gesicht, ließ Marias Hand los und trat ans Fenster. »Es wird nicht dasselbe sein. Mit ihr stirbt ein Teil von mir, der unwiederbringlich verloren ist. Sie hat ständig versucht, mich zurückzuholen, aber ich habe sie immer abgewiesen, und als sie gestorben ist, war ich weit weg und nicht für sie da.«

»Sie ist friedlich eingeschlafen.« Maria und Christian blickten zur Tür. Elias betrat den Raum und sah Christian ruhig an.

»Ich war bei ihr, als es zu Ende ging.«

»Du warst hier?«, fragte Christian erstaunt.

»Ich wollte nach ihr sehen, um ihre Schmerzen zu lindern. Doch als ich kam, war nichts mehr zu machen. Sie hat mich noch einmal angelächelt, meine Hand gedrückt und ist friedlich eingeschlafen.«

Christian blickte auf die Tote, die mit gefalteten Händen in den Kissen lag. Ihre Gesichtszüge waren entspannt, und ihre Lippen schien ein leichtes Lächeln zu umspielen. Sie sah aus, als würde sie gleich wieder aufwachen, die Beine aus dem Bett schwingen und die Treppe hinunterpoltern, wie sie es immer getan hatte. Sara war kein leiser oder zurückhaltender Mensch gewesen, aber sie hatte das Herz auf dem rechten Fleck gehabt, nichts und niemanden verurteilt und ihr Leben mit all seiner Einfachheit angenommen, ohne zu klagen.

Elias' Blick richtete sich auf Maria. »Willst du mir deine Begleitung nicht vorstellen?«

Christian zuckte zusammen. »Ja, natürlich. Maria, das ist Elias, ein alter Freund von mir und ein hervorragender Arzt. Elias, das ist Maria Merian.«

Elias reichte Maria die Hand und deutete eine Verbeugung an. »Es ist mir ein Vergnügen, mein Fräulein, obwohl mein Freund mit der Charakterisierung ›hervorragender Arzt‹ ein wenig übertreibt, denn ich stehe erst am Anfang und muss noch eine Menge lernen.«

Maria musste trotz der traurigen Situation grinsen. Elias hatte etwas Spitzbübisches in den Augen, was ihn wie einen Lausbuben erscheinen ließ.

»Wenn ich mir die Frage erlauben dürfte«, fuhr er fort, »seid Ihr ein Mitglied der bekannten Familie Merian?«

Christian wurde ungeduldig und antwortete für Maria. »Was soll sie denn sonst sein, bei dem Namen? Kannst du mir jetzt bitte erklären, weshalb du hier bist?«

Elias legte Christian die Hand auf die Schulter. »Beruhige dich, mein Freund. Unten stehen die Männer mit dem Totenkarren, und der Rabbi hat mich gebeten, noch einmal nach dem Rechten zu sehen.«

Sein Blick fiel erneut auf Maria.

»Was auch gut war. Er wird über deine Anwesenheit nicht sonderlich erfreut sein, aber …«

»Ich habe schon verstanden. Komm, Maria, wir gehen.«

Christian griff nach Marias Hand und zog sie hinter sich her. Verdutzt sah sie den jungen Arzt an, der Christian an der Schulter zurückhielt. »Warte, da wäre noch etwas.«

Christian blieb stehen, und Elias warf Maria einen kurzen Blick zu, den sie richtig zu deuten wusste.

»Ich geh schon mal vor, Christian.«

Als sie im Treppenhaus verschwunden war, zog Elias einen Brief aus seiner Rocktasche. »Er hat in ihrer Nachttischschublade gelegen. Sara hat mich gebeten, ihn dir zu geben.«

Christian griff nach dem Umschlag und wollte ihn sofort aufreißen, doch Elias hielt ihn zurück. »Nicht hier, mein Freund, der Rabbi, du weißt.«

Christian ließ traurig die Schultern sinken und blickte zurück in Saras Zimmer. »Ich werde nicht dabei sein, wenn sie beerdigt wird. Sie wird ohne ihre Familie ihren letzten Weg gehen, weil ich es so wollte.«

Elias legte ihm erneut die Hand auf die Schulter.

»Unsere Tür steht immer offen. Wenn du mit dem Rabbi sprechen würdest …«

Christian schüttelte Elias' Hand ab.

»Damit sie mich nachts wie ein Tier einschließen und mir alles verbieten, was mir etwas bedeutet? Juden dürfen kein Handwerk ausüben, wie du weißt. Doch die Arbeit mit den Steinen ist mein Leben. Ich kann das nicht aufgeben, es geht einfach nicht.«

Elias trat einen Schritt zurück. »Ich verstehe dich. An deiner

Stelle würde ich auch so denken.« Er blickte auf Sara. »Du musst dir keine Sorgen machen. Ich werde für sie da sein bis zum Schluss.«

Christian nickte.

»Danke, mein Freund.«

Er wandte sich zum Gehen, drehte sich an der Treppe aber noch einmal um.

»Jetzt ist es das letzte Mal, dass ich diese Stufen nach unten laufe.«

Elias seufzte. »So ist es eben. Für alles im Leben gibt es ein letztes Mal.«

Kapitel 7

Christian wollte Saras Garten schnell durchqueren, die Blumen und die vertraute Laube nicht sehen, doch etwas in ihm hielt ihn zurück, und er blieb stehen. Er ließ seinen Blick über die lila Blümchen auf der Mauer schweifen, und plötzlich fiel ihm sein alter Rückzugsort auf einem Mauervorsprung oberhalb der Sommerlaube, direkt hinter dem Fliederbusch, wieder ein. Er schob sich hinter die Holzwand der Laube, kletterte nach oben, setzte sich in die Sonne und blickte in die schmale Gasse hinab, die an den Hinterhäusern entlangführte. Sie lag ganz still da, obwohl es heller Tag war. Grasbüschel und Löwenzahn wuchsen zwischen den Pflastersteinen und an der dicken Mauer. Kein Wind wehte, nur die Vögel zwitscherten. In dieser Gasse war es stets ruhig und einsam, sie wirkte wie eine verlorene Insel inmitten der lebendigen Stadt.

Er blickte auf den Brief in seiner Hand. Eigentlich wollte er ihn aufreißen, aber er hatte Angst davor. Was war, wenn darin etwas Schreckliches stehen würde? Es musste einen guten Grund dafür geben, weshalb seine Großmutter ihm diesen Brief erst nach ihrem Tod zukommen ließ. Eine Eidechse schien sich nicht an seiner Anwesenheit zu stören und ließ sich neben ihm auf den warmen Steinen nieder.

»Ich hoffe, es macht dir nichts aus, das Sonnenplätzchen ein Weilchen mit mir teilen zu müssen«, sagte er. »Ich weiß, du hast hier mehr Rechte als ich, denn ich war seit Jahren nicht mehr hier oben, und du wohnst gewiss zwischen den Mauersteinen, aber für einen Moment wird es bestimmt gehen, oder?«

Das Tier rührte sich nicht vom Fleck.

Er lächelte. »Das deute ich jetzt mal als ein Ja.«

Er blickte erneut zweifelnd auf den Brief. »Was meinst du? Soll ich ihn aufmachen?«

Die Eidechse reagierte nicht.

»Du bist keine große Hilfe darin, einem eine Entscheidung leichter zu machen«, rügte er sie lachend.

Jetzt zuckte sie zusammen und verschwand blitzschnell in einem Spalt unterhalb des Mauerrandes.

»Oje, ich hab dich vertrieben«, seufzte er, öffnete den Brief und begann zu lesen.

Mein geliebter Sohn,

wenn du diese Zeilen liest, dann bin ich längst im Himmelreich, obwohl ich mich frage, ob ich den Weg dorthin überhaupt finden werde, denn ich habe Dich alleingelassen. Ich kann Dir meine Gefühle und die Leere in mir nicht erklären, weiß ich selbst nicht mehr, wer ich bin. Aber auch wenn ich die richtigen Worte finden würde, sie hätten für den Schmerz, den ich Dir zugefügt habe, niemals als Entschuldigung ausgereicht, denn ich habe das Schlimmste getan, was eine Mutter tun kann. Ich habe Dich verlassen.

Du bist jetzt vermutlich erwachsen und ein junger Mann, der seinen Platz im Leben gefunden hat. Manchmal, wenn Du Dich in meinem Bauch bewegt hast, dann habe ich mir Gedanken darüber gemacht, wie du aussehen wirst und ob Du ein Junge oder Mädchen sein würdest. Ich habe mir Namen für Dich ausgedacht und Dir etwas vorgesungen, auch später, als ich Dich in meinen Armen hielt, wenigstens für eine Weile. Du darfst nicht glauben, dass ich Dich nicht geliebt habe. Du warst für mich das reinste Geschöpf auf Erden, das so eine schäbige Mutter nicht verdient hatte. Du wirst Dich jetzt wundern, warum Du diesen Brief am heutigen Tag erhältst. Mutter hat mir versprochen, ihn Dir zukommen zu lassen. Ich hoffe, du durftest Deine Großmutter kennenlernen. Sie war ein wunderbarer Mensch und hat stets zu mir gehalten, auch wenn alle anderen gegen mich waren. Sie war meine Familie, die einzige, die mir noch geblieben ist. Kein Mensch sollte ohne eine Familie leben, denn sie ist der wichtigste Halt im Leben, deshalb wollte ich Dir heute, da Du Deine Großmutter verloren hast, mitteilen, wer Dein Vater ist, denn ich dachte, es könnte hilfreich für Dich sein, es zu wissen. Du bist der Sohn des Pfarrers Bernhard Waldschmidt. Wir hatten eine kurze Liebesbeziehung ohne Zukunft. Ich wünschte, ich hätte sie gemeinsam mit diesem Mann, den ich noch immer liebe, gehabt und wäre heute bei Dir, aber Gott hatte anderes mit mir vor, und ich hoffe, Du kannst ihm und mir irgendwann verzeihen.

Hoffentlich hast Du einen Menschen gefunden, der Dich aufrichtig liebt, denn das ist das Wichtigste im Leben, was ich erst jetzt verstanden habe, wo es zu spät ist.

Deine Dich ewig liebende Mutter

Christian starrte verstört auf die Zeilen. Er hatte nichts von ihr, außer ihren Körper, den er bei Nacht und Nebel gestohlen hatte, und jetzt lag dieser Brief in seinen Händen, der ein Stück ihrer Seele zeigte, ihn berührte und gleichzeitig wütend machte. Sie war feige gewesen, hatte sich ihrem Selbstmitleid hingegeben und ihn verlassen. Am liebsten hätte er sie angeschrien, sie geschüttelt, doch sie war fort, und nur ein Sarkophag voller Butterfliegen und diese wenigen Zeilen waren von ihr geblieben. Tränen traten in seine Augen und tropften auf das Papier. Was hatte seine Großmutter damit bezweckt, ihm den Brief jetzt zukommen zu lassen. Traurig strich er über die verblasste Tinte. Stimmen drangen aus dem Hof zu ihm herauf. Er bückte sich und blickte durch die Äste des Fliederbuschs. Sara wurde in einem einfachen Holzsarg nach draußen getragen, gefolgt vom Rabbi und einer Gruppe von Männern, die er kaum kannte. Am Ende kam Elias, der die Tür hinter sich schloss. Sie durchschritten den winzigen Hinterhof, den Garten der Frau, die für ihn die einzige Familie gewesen war, die er jemals hatte. Jetzt war er ganz allein, ohne jeden Rückhalt, und auch wenn Elias anders darüber dachte: Für ihn war eine Rückkehr in die Judengasse ausgeschlossen. Die letzte Verbindung zu seiner jüdischen Vergangenheit würde noch heute beerdigt werden, ohne ihn.

Erneut tauchte neben ihm die Eidechse auf.

»Bin ich also doch nicht so schrecklich«, flüsterte er und faltete das Papier zusammen. Die Eidechse blickte ihn an, als wäre sie neugierig. Er schüttelte den Kopf.

»Du hast es leicht, kleiner Kerl. Wenn jemand kommt, dann versteckst du dich in deinem Felsen und wartest ab, bis die Gefahr vorüber ist und die Sonne wieder scheint.«

Sein Blick wanderte wieder in die stille Gasse hinunter, und plötzlich sah er das Hurenhaus vor sich, in dem er die ersten Jahre seiner Kindheit verbracht hatte und wohin er immer geflohen war, wenn er die Enge der Judengasse und die Vorschriften nicht mehr ertragen hatte. Wo er eine Weile Unterschlupf gefunden hatte, nachdem er dem jüdischen Leben endgültig den Rücken gekehrt hatte. Edda, die das Hurenhaus leitete, hatte ihn auf die Welt geholt und stets wie einen Sohn behandelt. Schon sehr lang war er nicht mehr dort gewesen, denn er wollte diesen Teil seiner Vergangenheit vergessen. Doch konnte man seiner Vergangenheit wirklich entfliehen? Er blickte auf das Papier in seinen Händen. Seine Mutter hatte gewiss einen guten Grund dafür gehabt, ihm mitzuteilen, wer sein Vater war. Er musste mehr über die damaligen Geschehnisse erfahren. Vielleicht war das der Schlüssel zu einem neuen, besseren Leben, denn immerhin war Pfarrer Waldschmidt ein angesehener Bürger Frankfurts.

*

Maria stand auf der Alten Brücke und beschäftigte sich damit, einen alten Mann zu zeichnen, der beim Pfeiferauchen eingenickt war. Sein schäbiger Hut war ihm ins Gesicht gerutscht, in dem viele Falten und die wettergegerbte Haut die Geschichte eines langen, beschwerlichen Lebens erzählten. Seine Kleidung war alt, aber nicht zerschlissen. Er trug ein graues Leinenhemd, das an den Ärmeln bereits dunkle Schmutzränder aufwies, und eine abgeschabte, aus braunem Leder gefertigte Weste, an der ein Knopf fehlte. Seine Beine steckten in viel zu weiten Hosen, und seine Schuhe hatten Löcher. Er war einer von vielen alten Leuten der Stadt, die, gebeutelt vom Krieg, ein ärmliches Dasein fristeten und sich irgendwo als Tagelöhner den Lebensunterhalt verdienten.
Maria skizzierte sein spitzes Kinn, zeichnete seine hohlen Wangen und umrahmte seine geschlossenen Augen mit den tiefen Falten, die das Leben hinterlassen hatte. Sie malte selten

Menschen, doch manchmal überkam es sie, und dann zeichnete sie einfach drauflos. Oft entstanden Bilder wie dieses, auf denen sie die Gefühle der Menschen darzustellen versuchte. Heute war es die Traurigkeit dieses alten Mannes, die sie einfangen wollte.
Sie blickte von ihrem Zeichenblock auf, betrachtete den alten Mann noch einmal von der Seite und skizzierte den schäbigen Hut. Dann ließ sie den Zeichenstift sinken und blickte über den Main. Die helle Mittagssonne schimmerte auf dem Wasser des Flusses.
Traurig blickte sie auf ihren Zeichenblock. Eigentlich mochte sie solche Tage, an denen man glaubte, den Himmel umarmen zu können. Heute jedoch war alles anders. Seufzend schaute sie in Richtung Judengasse. Vielleicht lag Sara jetzt schon unter der Erde, denn der jüdische Glaube schrieb eine schnelle Beerdigung vor, das wusste sie.
»Du hast ihn gut getroffen.«
Maria erkannte die Stimme ihres Stiefvaters sofort und drehte sich ungläubig um.
Lächelnd stand er vor ihr, sie konnte es kaum glauben. Er sah wie immer aus, trug einen braunen Hut mit einer weinroten Feder daran, ein braunes Wams und passende Kniehosen dazu. Sein braunes halblanges Haar wellte sich sanft, keine grauen Strähnen waren darin zu erkennen, und nur wenige Fältchen umgaben seinen Mund und seine braunen Augen.
Lachend umarmte er sie, und sofort hatte sie den vertrauten Geruch von Ölfarben in der Nase, den er stets verströmte.
»Meine Liebe, es ist so wunderbar, dich wiederzusehen. Lass dich anschauen.« Er schob sie von sich und musterte sie eingehend.
»Wohin ist das kleine Mädchen verschwunden, das noch vor kurzem durch die Gärten gestreunt ist und immer ausgesehen

hat, als wollte es alle Tiere und Blätter bei uns wohnen lassen.«
Maria lächelte beschämt.
»Du bist richtig erwachsen geworden, mein Kind.«
»Und du hast dich kein bisschen verändert, Vater.« Es tat gut, die Worte auszusprechen, und plötzlich verflog all die Traurigkeit in ihr.
Er deutete erneut auf Marias Zeichnung.
»Das Bild ist wirklich gut. Dein Auge für die Perspektive und fürs Detail ist noch besser geworden. Migon hat seine Sache gut gemacht.«
»Ich zeichne nur selten Menschen. Es sind immer noch die Blumen und besonders die Sommervögel, die es mir angetan haben. Wenn du möchtest, können wir ins Atelier gehen, dort sind die meisten meiner Werke.«
Er nickte.
Die beiden schlenderten über die Brücke und hielten sich links am Ufer des Flusses. Versonnen blickte Maria zu den Brückenmühlen. Auf den davorliegenden Inseln versuchten einige Kinder zu angeln. Ihr lautes Geschrei war bis zu ihnen zu hören und wurde vom Kreischen der Möwen unterbrochen, die im Kies zwischen den Fischernetzen nach etwas Essbarem suchten. Noch immer konnte sie kaum glauben, neben ihrem Stiefvater zu laufen. So lange Zeit war er nicht mehr in Frankfurt gewesen. Sie hatte schon fast vergessen, wie er aussah und wie viel Wärme seine Augen ausstrahlten. Doch jetzt, wo er mit federnden Schritten neben ihr herlief und lachend das Treiben auf dem Fluss betrachtete, war es so, als wäre er nie fort gewesen. Er war mit Ausnahme von Caspar der einzige Mensch, der sie verstand, war er doch ein Künstler wie sie.
Sie erreichten den Hafen.

»Ich hatte ganz vergessen, wie wunderbar es hier ist«, sagte Jacob Marrell und blickte sich versonnen um. Viele Boote lagen vor Anker, von einem wurden breite Holzbohlen abgeladen und auf bereitgestellte Fuhrwerke geladen, die mit ihrer Größe fast den ganzen Platz einnahmen. Obst und Gemüse wurde in großen Körben von einem weiteren Schiff herabgetragen, und daneben mühten sich zwei Männer damit ab, eine Herde Ziegen an Bord eines Schiffes zu bringen.

Maria und ihr Stiefvater folgten einem großen Heuwagen durchs Fahrtor und liefen an den geschlossenen Messeläden des Freudenbergs vorbei, die in einem eigentümlich anmutenden Haus am Römerberg untergebracht waren.

Wehmütig blickte Jacob Marrell auf die mit Holzbrettern vernagelten Fenster.

»Hier waren früher Läden untergebracht, die meist Kurzwaren und allerlei Plunder verkauften.«

»So ist es schon eine ganze Weile«, erwiderte Maria, die den Anblick der Holzbretter ebenfalls nicht mochte. Sie gaben dem Haus etwas Trostloses.

»Aber zu den Messezeiten sind sie geöffnet, und überall stehen Tische mit den sonderbarsten Dingen darauf. Meist sind es Händler aus dem Süden, die sich hier niederlassen und ihre Waren feilbieten.«

Die beiden liefen an der Nikolaikirche vorbei und überquerten den Römerberg. Eine Gruppe Schornsteinfeger kreuzte ihren Weg, die Gesichter mit Asche beschmutzt, die Hände voller Ruß. Auf dem Samstagsberg standen die Tische der Schenken dicht an dicht, und die Mägde hatten alle Hände voll damit zu tun, die Kundschaft zu bedienen, die zahlreich den erfrischenden Apfelwein genoss. Hunde liefen kläffend zwischen den Bänken herum, Kinder weinten. Sie bogen in den Alten Markt ein, und sofort umhüllten die ver-

führerischen Düfte von gebratenem Fleisch und geräuchertem Schinken sie.
Jacob Marrell hielt Maria, die den Alten Markt schnell überqueren wollte, am Arm zurück.
»Wollen wir uns nicht auch ein Fleischbrötchen kaufen? Es duftet zu verführerisch. So gute Brötchen findet man in ganz Utrecht nicht.«
Die Nase in die Höhe gestreckt, steuerte er auf einen der Verkaufsstände zu. Maria folgte ihm seufzend und versuchte dabei, der einen oder anderen Hand auszuweichen, die sich nach ihr ausstreckte. Nicht nur den Fleischbrötchen waren einige Männer hier zugetan.
Wenig später stiegen die beiden die enge Wendeltreppe nach oben, die zum Atelier hinaufführte, und während Maria den Blumentopf beiseiteschob, um den Schlüssel zu suchen, biss ihr Vater genüsslich in sein Fleischbrötchen.
Sie schüttelte schmunzelnd den Kopf und öffnete die Tür zum Atelier. Sofort glaubte man, in eine andere Welt einzutauchen. Helles Sonnenlicht durchflutete den Raum und ließ die Farben der vielen Gemälde schimmern. Marrell blickte sich staunend um. Maria beobachtete ihn grinsend. Auch auf sie hatte dieser Raum stets eine besondere Wirkung.
Jacob Marrell schritt an der Wand entlang, die gegenüber der breiten Fensterfront lag, und ließ seinen Blick bewundernd über die Gemälde schweifen. Ab und an hob er eines der Bilder, die an der Wand lehnten, hoch und betrachtete es näher, strich sogar mit den Fingerspitzen darüber. Maria beobachtete ihn schweigend und ließ ihm die Zeit, zu Hause anzukommen. Nicht die enge Wohnung in der Kruggasse war ihrer beider Heimat, sondern dieses Atelier mit seinem Licht und der Offenheit, die einem die Kraft zum Malen schenkten.
Er drehte sich zu ihr um.

»Die Bilder sind wunderbar, ganz großartig. Migon hat mir von deinen Fortschritten berichtet, aber du bist noch viel besser und hast deinen Lehrer längst überflügelt. Jetzt verstehe ich, warum er nach Utrecht gegangen ist. Er ist regelrecht vor dir geflohen.«
Maria sah ihren Stiefvater erstaunt an. »Er war ein guter Lehrmeister, und es hat mir schrecklich weh getan, als er mich verlassen hat. Alle gehen fort, nur ich muss hierbleiben und mich von Mutter gängeln lassen, die mich wie ein Tier einsperrt und mir das Malen verbietet. Sie wird es nie verstehen, und du bist weit fort, lebst in deiner eigenen Welt, zu der ich nicht dazugehören darf.«
Jacob Marrell ließ den Kopf sinken. »Es tut mir leid. Aber ich habe diese Regeln nicht aufgestellt, und das weißt du auch.«
Diese Antwort hatte Maria erwartet. Sie drehte sich um, öffnete eine der Flügeltüren und trat auf den Balkon, auf dem einige ihrer Gläser mit den Sommervögeln standen.
Er folgte ihr nach draußen und blickte sich um.
»Und ich wollte Johanna nicht glauben, als sie mir von deiner ungebrochenen Leidenschaft für diese Tiere berichtete. Ich dachte, du wärst erwachsen geworden und hättest diese kindliche Eigenheit verloren.«
»Was ist daran kindlich, sich mit Insekten zu beschäftigen?«
Sie sah ihn erstaunt an. »Viele große Forscher tun das, ganze Bücher werden darüber geschrieben.«
»Aber du bist doch eine Blumenmalerin und keine Forscherin«, antwortete er lachend.
»Und wenn ich beides sein möchte?«
Er zog die Augenbrauen hoch.
Sie ging hinein, kam mit einem Buch zurück und reichte es ihm.
»Es enthält alles, was man über Sommervögel wissen muss.

Ich habe jede Phase ihrer Verwandlung gezeichnet und alles Wichtige genau notiert. Sie sind einzigartig, jedes Tier für sich ist etwas Besonderes.«

Erstaunt schaute Marrell auf das farbenprächtige Titelbild, auf dem ihm die Blätter so echt vorkamen wie die in der Vase vor ihm. Er schlug das Buch auf und blätterte es durch. Maria hatte sich unglaublich viel Arbeit gemacht. Sorgfältig waren die Sommervögel aufgeführt, sämtliche Raupen auf den jeweiligen Blättern, die sie fraßen, gezeichnet und der Vorgang ihrer Verwandlung in gestochen scharfer Schrift beschrieben. Er war beeindruckt. So etwas hatte er nicht von ihr erwartet. Er hatte immer gedacht, die Sache mit den Raupen wäre nur eine Kindheitslaune und würde sich legen, aber Maria schien eine wahre Leidenschaft für diese Tiere entwickelt zu haben.

Er gab ihr das Buch zurück. »Es ist großartig. So etwas hätte ich dir nicht zugetraut.«

Maria errötete. »Es soll erst der Anfang sein. Ich habe von allen Bildern Kupferstiche angefertigt und würde es gern als Buch auf den Markt bringen. Caspar hat mir seine Unterstützung zugesagt. Diese Tiere sind von Gott geschaffen, was endlich alle verstehen müssen. Sie haben nichts Teuflisches oder Böses an sich. Und weil es in deutscher Schrift und nicht in Latein geschrieben ist, werden es auch alle verstehen.«

Marrell setzte sich auf die hölzerne Gartenbank neben ein großes Einweckglas, in dem drei grüne Raupen sich damit beschäftigten, das Blatt eines Kirschbaumes aufzufressen.

»Und was hält Mutter von der Idee?«

Marias Miene verfinsterte sich. »Sie weiß nichts davon.«

»Warum erzählst du es ihr nicht?«

Maria sah ihren Stiefvater ungläubig an. »Weil sie es mir verbieten würde, so wie sie mir alles verbietet. Wenn es nach ihr ginge, dann würde ich den ganzen Tag in der Stube sitzen und meine Aussteuer besticken.«

Marrell klopfte mit den Fingern gegen das Glas, und eine der Raupen purzelte von dem Blatt herunter.

»Vielleicht versteht sie es, wenn du es ihr genauer erklärst. Sie mag eigen sein, in vielen Dingen sehr traditionell, aber man kann mit ihr reden. Einen Versuch wäre es wert. Sie hat mit mir gesprochen. Am meisten leidet sie unter deiner Geheimniskrämerei.«

»Das hat sie dir wirklich gesagt?« Maria schüttelte ungläubig den Kopf. »Und ich dachte immer, ihr geht es nur darum, mich zu verheiraten. Ständig steckt sie die Köpfe mit den Tratschweibern der Gasse zusammen, die ihr einreden, wie sehr es ihre Tochter mit dem Teufel hat. Wenn ich Bärbel nicht hätte, wäre ich schon fortgelaufen.«

Jacob Marrell erhob sich. »Sei nicht so ungerecht zu ihr«, rügte er Maria. »Johanna liebt dich und tut alles für dein Wohlergehen. Sie macht sich Sorgen, was ich gut verstehen kann. Ihr beiden mögt verschieden sein und einander oft nicht verstehen, aber das ist kein Grund, so über sie zu sprechen. Sie ist deine Mutter, nicht irgendjemand.«

Maria strich sich die Haare aus dem Gesicht und ließ die Schultern sinken. »Du hast ja recht. Nur manchmal …«

Er legte ihr die Hand auf den Arm. »Ich kann dich gut verstehen. Wenn ich könnte, würde ich dich sofort mit nach Utrecht nehmen und bei den besten Meistern unterrichten lassen, aber mir sind die Hände gebunden, denn du bist eine Frau. Niemals würden sie dich akzeptieren. Doch ich habe jemanden mitgebracht, der dir vielleicht Freude machen wird.«

Maria wurde neugierig. »Wen denn?«

»Johann Andreas Graff hat mich begleitet. Er hat sich zu

einem hervorragenden Blumenmaler gemausert und ist ein gutaussehender junger Mann geworden. Du wirst ihn kaum wiedererkennen. Er hat zugesagt, dir ein paar Kniffe zu zeigen.«

Maria sah ihren Stiefvater ungläubig an. Vor ihrem inneren Auge stieg das rotwangige, leicht rundliche Gesicht des jungen Andreas auf.

»Gutaussehend, Andreas?«

Jacob Marrell legte schmunzelnd den Arm um seine Tochter.

»Du wirst ihn kaum wiedererkennen, das verspreche ich dir. Zum Abendessen wird er unser Gast sein.«

Sie traten zurück ins Atelier.

»Bis dahin habe ich leider noch einige Geschäfte zu erledigen, die nicht warten können.« Er blickte sich wehmütig um. »Aber morgen früh könnten wir zusammen malen. Ich würde mich freuen.«

Maria nickte begeistert. Die Aussicht, mit ihrem Stiefvater wie früher in diesem Raum zu arbeiten, gefiel ihr.

»Sehr gern. Dann wird es wieder wie früher sein.«

Er stupste ihr lachend auf die Nase.

»Nur mit einem Unterschied: Ich werde mich mehr anstrengen müssen.«

*

Die Schatten des späten Nachmittags wanderten bereits über die Gräber, als Maria den Peterskirchhof betrat. Am Horizont türmten sich dicke Quellwolken auf, die langsam dunkler wurden. Eine Gruppe Trauernder stand vor einem geöffneten Grab und lauschte den Worten des Pfarrers, der das

Leben des Toten Revue passieren ließ. Sie wandte sich dem Pfarrhaus zu und entdeckte Christian vor seinem Schuppen bei der Arbeit. Konzentriert hatte er den Blick auf eine Statue gerichtet, als sie näher trat. Mit einem Räuspern machte sie auf sich aufmerksam. Er drehte sich um.
»Bist also doch noch gekommen, kleine Merian«, begrüßte er sie mit einem Lächeln.
»Ich wollte neulich nicht fortlaufen. Eigentlich hätte ich gar nicht dort sein sollen.« Maria trat neben ihn und musterte neugierig das Gesicht der Statue.
Vorsichtig berührte sie den roten Sandstein mit ihren Fingerspitzen.
Über sein Gesicht huschte ein Schatten, und er senkte den Blick. »Du musst dich nicht entschuldigen, Sara hat dich gerngehabt. Gewiss hat sie sich über deine Anwesenheit gefreut.«
Maria sah ihn gerührt an. »Also bist du mir wegen des Bildes nicht mehr böse?«
Lächelnd schüttelte er den Kopf. »Du hast Sara eine Freude gemacht. Warum sollte ich dir böse sein?«
Marias Blick fiel erneut auf ihr halbfertiges Antlitz.
»Warum machst du eine Statue von mir?«
Er setzte den Meißel am Mundwinkel an und formte das kleine Grübchen, das sich dort bildete, wenn sie lächelte.
»Weil ich dich dann immer bei mir habe.«
Er trat neben sie und blickte ihr tief in die Augen.
»All meine Gedanken kreisen nur um dich, kleine Merian. Nenne mir einen Grund dafür, warum ich keine Statue von dem Mädchen anfertigen sollte, in das ich mich verliebt habe.«
Ein Schauer lief über ihren Rücken. Er hob die Hand und strich zärtlich mit seinen Fingerspitzen über ihre Lippen, wanderte über ihre Wangen, über ihre Augenbrauen.
»Stolz und voller Demut blicken deine Augen auf die Welt,

die du auf deine eigene Art siehst. Ich kann es kaum in Worte fassen, was du mit mir machst: Du verzauberst und verwirrst mich, machst mich glücklich und traurig zugleich.«

Er beugte sich zu ihr vor, und sie wich nicht zurück. Er umschlang ihren Körper, und das wunderbare Kribbeln schien sie förmlich aufzufressen. Sie erwiderte den Kuss, öffnete ihre Lippen, genoss seine Wärme und den Geschmack von Apfelwein auf seiner Zunge. Nach einer Ewigkeit, wie es schien, lösten sich ihre Lippen voneinander, und Maria schaute über seine Schulter hinweg auf die halbfertige Statue.

»So ganz ohne dein Modell könnte es aber schwierig werden, die Figur detailgetreu anzufertigen.«

Er sah sie überrascht an. »Ja, das wäre möglich. Aber vielleicht könnte mir die junge Dame Modell sitzen.«

Maria neigte den Kopf zur Seite und schmunzelte. »Ja, vielleicht könnte sie das. Sie verlangt aber eine Belohnung dafür.«

»Und welche?«

Sie zog ihn näher an sich heran und küsste ihn auf die Nasenspitze. »Kannst du dir das nicht denken, großer Künstler.«

»Ja, vielleicht schon.« Er beugte sich erneut zu ihr vor, doch sie zuckte zurück und hob mahnend den Zeigefinger.

»Nein, erst die Arbeit, dann das Vergnügen.« Sie griff nach dem Meißel und hielt ihn ihm unter die Nase. »Wir sollten das Licht ausnützen, bald wird es dämmrig sein.«

Er seufzte. »Also gut. Wenn es dir recht ist, könntest du dich dort auf den Felsblock setzen.«

Sie tat wie befohlen und setzte sich. »Ist es so gut?«

»Nein, nicht ganz. Ich brauche dein Profil. Bitte drehe den Kopf nach rechts und neige ihn etwas nach vorn.«

»Ist es jetzt besser?«, fragte sie und schielte zu ihm.

»Ja«, antwortete er lachend, »aber du musst auch nach rechts gucken.«

Er griff zu Hammer und Meißel und arbeitete weiter. Zuerst zitterten seine Hände, denn er war es nicht gewohnt, bei der Arbeit beobachtet zu werden, aber nach und nach entspannte er sich. Er arbeitete ihre Augenbrauen heraus, den sanften Zug ihrer Wimpern, formte ihre Wangenpartie und das Kinn. Nach einer Weile begann Maria zu jammern. »Wie lang dauert das denn noch? Mir tut der Rücken weh.«

»Wer eine schöne Statue von sich haben will, der muss stillhalten.«

»Aber es ist doch deine Figur. Du wirst sie behalten«, wandte sie ein und drehte sich grinsend zu ihm um. Er ließ den Meißel sinken.

»Du hast dein Gesicht im Spiegel vor dir.«

Sie seufzte. »Ja, leider.«

Er zog die Augenbrauen hoch, legte sein Werkzeug zur Seite, ging zu ihr hinüber und sank vor ihr auf die Knie.

»Warum leider? Findest du dich etwa nicht hübsch?«

»Es gibt schönere Mädchen in Frankfurt.«

»Für mich bist du die Schönste.« Er zog sie hoch und legte seine Arme um sie. »Ich würde dich sofort zur Frau nehmen. Gleich jetzt, dort in der Kirche würde ich uns trauen lassen.«

Maria lächelte wehmütig. »Wenn das so einfach wäre.«

Er ließ sie los. »Liebe allein wird nicht reichen, oder?«

Sie schüttelte den Kopf. »Nein, ich glaube nicht.«

Er warf ihr einen flehenden Blick zu. »Es könnte alles so einfach sein, aber die Menschen stehen sich selbst im Weg.«

Maria blickte zu dem Grab hinüber, wo vor kurzem die Trauergesellschaft gestanden hatte und nun ein einfaches Holzkreuz über einigen Blumen aufragte.

»Ja, die Menschen machen es kompliziert.«

Sie griff nach seinen Händen und schaute ihm in die Augen. »Ich bin noch nie jemandem wie dir begegnet. Meine Gedan-

ken kreisen nur um dich. Wenn das warme Gefühl und das Kribbeln im Bauch Liebe ist, dann soll Gott mein Zeuge sein, wenn ich sage: Ich liebe dich.«
Er sah sie gerührt an und küsste sie erneut. Diesmal ganz schüchtern und zärtlich, nicht so ungestüm wie eben. Seine Berührung war wie ein sanfter Hauch auf ihren Lippen, der sich anfühlte wie ein Wimpernschlag, und genau in diesem Moment verstand er die Worte seiner Mutter. Er hatte jemanden gefunden, der ihn aufrichtig liebte, und er würde alles dafür tun, um Maria nicht zu verlieren.

*

Christian blickte in die vertraute Gasse und wollte am liebsten wieder gehen. In der Dämmerung wurde das Treiben in diesem Teil der Stadt, in dem allerlei Kurzweil und ein guter Tropfen Wein oder Bier zum Verweilen einluden, noch lauter. Die Schankhäuser waren geöffnet, sämtliche Tische belegt, und die Bedienungen hatten alle Hände voll damit zu tun, die Gäste zufriedenzustellen. Die Männer spielten Karten oder Würfelspiele, und der eine oder andere hielt eine der Hübschlerinnen im Arm, wie sich die Huren gern selbst nannten. Sie liefen zwischen den Bänken hin und her, kokettierten mit den Männern, verteilten Küsschen an die Sieger oder saßen bei dem einen oder anderen auf dem Schoß. Einige der Frauen waren Gelegenheitshuren, die sich sonst als Wäscherin oder Dienstmagd durchschlugen und ihr Auskommen aufbessern wollten, doch die meisten von ihnen gehörten zu dieser Gasse wie der Geruch der Zigarren und des Alkohols, der sich tief in die Wände gefressen hatte.

Eigentlich hatte Christian nie wieder hierherkommen wollen, denn dieser Ort gehörte zu dem Teil seiner Kindheit, den er aus seinem Leben streichen wollte. Er dachte an die Worte seiner Großmutter zurück, während er an den Bänken vorbeilief und die anzüglichen Rufe der Frauen ignorierte. Sie hatte ihm immer das Verleugnen seiner Herkunft vorgeworfen. Aber was hätte sie getan, wenn ihr Leben in einem Hurenhaus begonnen hätte? Hätte sie sich nicht auch für ihre Herkunft geschämt?
Eddas Freudenhaus tauchte vor ihm auf. Er blieb unsicher stehen. Das winzige Fachwerkhaus mit den rot gestrichenen Balken hatte sich nicht verändert, schien sich in den Schatten eines höheren Gebäudes zu ducken, das es um zwei Stockwerke überragte. Vor dem Eingang brannte in einer großen Schale ein Feuer, um das einige von Eddas Huren mit ihren Freiern herumstanden. Alles sah noch genauso wie früher aus, selbst die roten Tücher, die den Eingang verhüllten, waren noch da. Langsam trat er auf das Gebäude zu, und sofort sprach ihn eine der Frauen an.
»Na, Kleiner. Suchst du Gesellschaft?« Sie musterte ihn mit fachmännischem Blick. »So wie du aussiehst, wird aber nicht viel drin sein.«
Er reagierte nicht auf ihre Worte, ging schweigend an ihr vorbei, schob die roten Tücher zur Seite und trat in den engen Flur, in dem ihm die gewohnten Düfte entgegenschlugen. Stöhnen drang durch die ein oder andere geschlossene Tür nach draußen, irgendwo wurde laut gekichert. Auch hier schien alles gleich geblieben zu sein. Auf dem Boden lag noch derselbe dunkelrote Teppich, und Bilder, auf denen sich nackte Frauen rekelten, zierten die Wände. Er durchschritt den Flur und blieb vor der hintersten Tür stehen, die als einzige geöffnet war. Eine dickliche blonde Frau, die ihre besten

Jahre bereits hinter sich hatte, saß an einem kleinen Sekretär, offensichtlich in ihre Bücher vertieft. Sie trug ein weinrotes Samtkleid, in das am Ausschnitt und an den Ärmeln hellblaue Spitze eingearbeitet war. Ihr Haar hatte sie zu einem Dutt eingerollt und am Hinterkopf festgesteckt. Dunkelrote Kerzen, die in einem kitschigen, mit Glassteinen verzierten Kerzenständer auf dem Tisch standen, erhellten den Raum, und zwei Öllampen brannten an den weißgetünchten Wänden.

Neben dem Sekretär stand eine gepolsterte Liege, auf der verschwenderisch viele bunte Kissen lagen.

»Guten Tag, Edda.«

Die Frau schaute auf, zog die Augenbrauen hoch und musterte Christian von oben bis unten. Erst jetzt war zu erkennen, wie der Zahn der Zeit an der Hübschlerin genagt hatte, die es in diesem Gewerbe tatsächlich zu etwas gebracht hatte. Das blonde Haar hatte seinen Glanz verloren und war aschfahl geworden. Um ihre Augen und den Mund hatten sich tiefe Falten gegraben, und sie wirkte aufgedunsen. Nur noch wenig war geblieben von der einst üppigen Blondine, die jeden Mann um den Finger wickeln konnte.

»Was willst du hier?«

Auch ihre Stimme hat sich verändert, dachte Christian. Sie klang hart und hatte den berühmten Liebreiz und das Betörende verloren.

»Mit dir reden.«

Draußen auf dem Flur brach lautes Gepolter los. Eine der Türen wurde geöffnet, und eine Hure rannte kreischend auf den Flur. Sie hielt sich die Hände vors Gesicht, Blut tropfte aus ihrem Mund. Hektisch wurden weitere Türen aufgerissen, Köpfe nach draußen gesteckt. Edda erhob sich stöhnend. »Wieder einer, der zu viel gesoffen hat.« Sie deutete auf die Kissen. »Du wartest hier, ich bin gleich wieder da.«

Sie trat in den Flur, griff sich das Mädchen und forderte eine der anderen Huren auf, die beiden Männer, die für die Ordnung im Hurenhaus zuständig waren, zu holen, danach zog sie dem Mädchen die Hände vom Gesicht. Ihre Lippe war aufgeplatzt, ihr rechtes Auge begann zuzuschwellen, und an ihrem Hals zeigten sich Würgemale.
Christian lehnte sich auf der Pritsche zurück und schloss die Augen. Solche Geschichten waren für ihn nichts Neues. Immer wieder gab es einen, der es übertreiben musste oder Spaß daran hatte, die Mädchen zu quälen. Edda hatte für solche Fälle stets ihre Hofhunde parat, wie sie die Männer nannte, die unbequeme Kundschaft vor die Tür setzten. Was auch diesmal geschah, denn von draußen drangen bereits laute Flüche und Gelächter herein. Wahrscheinlich war der Bursche mit dem nackten Hintern vor die Tür befördert worden, wo er seinen Rausch ausschlafen konnte. Bei Edda war er zum letzten Mal gewesen. Mitleidig beobachtete er, wie das junge Mädchen an Eddas Stube vorbei und die Treppe nach oben geführt wurde.
Edda betrat wieder den Raum und wischte sich eine Haarsträhne aus dem geröteten Gesicht.
»Manche Männer werden nie lernen, wie man eine Frau zu behandeln hat.«
Sie setzte sich und sah Christian auffordernd an. »Also, was führt dich zu mir?«
Christian zog den Brief seiner Mutter aus der Hemdtasche und warf ihn vor Edda auf den Tisch.
»Das hier.«
Erstaunt schaute sie auf den Brief, öffnete ihn und begann zu lesen. Vorsichtig faltete sie danach das Papier zusammen, behielt es aber in den Händen. Schweigend saßen sie sich eine Weile gegenüber, doch dann begann Edda zu erzählen, und

plötzlich war die betörende Stimme, die Christian so sehr an ihr geliebt hatte, wieder da.

»Sie war das beste und hübscheste Mädchen, das ich jemals hatte, und am liebsten hätte ich sie fortgejagt, denn ich wusste, wie es ausgehen würde.« Sie schüttelte den Kopf, und ihr Daumen begann das Papier sanft zu streicheln. »Diese Zeilen sprechen aus ihrer Seele, die so rein war wie die eines Engels. Sie hat diesen Mann aufrichtig geliebt und er sie auch. Gekommen ist er und wollte sie freikaufen, damit er sie heiraten könnte. Aber dann, als es so weit war, hat er gekniffen und ein einfaches Mädchen aus gutem Haus zur Frau genommen. Da warst du schon unterwegs.« Sie sah Christian wehmütig an. »Ihre Schwermut ist danach nie mehr gewichen, und alle im Haus nannten sie nur noch die traurige Agnes. Eines Tages kam sie zu mir, hat mir diesen Brief gegeben und mir erzählt, wo sie herkam, wer ihre Familie war. Ein jüdisches Mädchen war sie, das ausgebrochen ist, weil sie von einem Leben ohne Zwang und in Freiheit geträumt hatte, aber gebracht hat es ihr nichts.« Sie machte eine weit ausholende Geste. »Hier ist sie gelandet, ihre Seele ist verkümmert, und der Liebeskummer hat sie in den Tod getrieben.« Sie fuhr sich über die Augen. »Das Einzige, was ihr im Leben Kraft gegeben hat, warst du, Christian. Sie hat dich sehr geliebt, regelrecht vergöttert, doch der Kummer war größer und hat irgendwann gewonnen. Du darfst ihr das nicht zur Last legen, hörst du, das darfst du nicht.« Sie griff nach Christians Hand und sah ihn eindringlich an.

Christian traten Tränen in die Augen, und er schüttelte den Kopf. »Nein, natürlich nicht. Ich wünsche mir nur manchmal, ich hätte sie kennengelernt.«

Edda strich Christian sanft über die Wange. »Du hast ihre Augen, das warme Braun, mit Gold gesprenkelt. Sie sind

etwas Besonderes, die Mädchen müssen verrückt nach dir sein.«
Er lächelte.
Sie hielt in der Bewegung inne und zog ihre Hand zurück. »Da gibt es bereits ein Mädchen, oder?«
Er blickte zu Boden und ärgerte sich darüber, dass er vor Edda – wie früher auch – nichts verbergen konnte.
Sie erriet seine Gedanken und lachte laut auf. »Junge, ich kenne dich, seitdem du diese Welt betreten hast, mich kannst du nicht täuschen. Wer ist sie? Ist sie hübsch?«
»Ja, das ist sie, sie ist das schönste Mädchen von allen.«
»Kenn ich sie?«
Er zögerte, sie winkte ab.
»Du musst es mir nicht verraten, mich alte Hübschlerin geht das nichts an.« Sie hob den Zeigefinger. »Aber ich hoffe, sie ist ein anständiges Mädchen.«
Er musste grinsen. Diese Ermahnung aus dem Mund einer Hure war sonderbar. »Aber natürlich.« Doch dann ließ er den Kopf hängen. »Für mich sogar eine Spur zu anständig und wahrscheinlich unerreichbar.«
Edda legte den Kopf schräg und gab ihm den Brief zurück. »Warum bist du wirklich gekommen?«
»Ich wollte wissen, ob Mutters Behauptung stimmt und der Pastor tatsächlich mein Vater ist.«
Sie sah ihn überrascht an, doch dann nickte sie. »Ja, das ist richtig. Er wollte sie freikaufen, und ich habe auch mit ihm gesprochen, als Agnes die Schwangerschaft festgestellt hatte. Ich habe ihm ins Gewissen geredet, sich an sein Versprechen zu halten. Ganz sicher, nur er kann dein Vater sein. Er war ihr einziger Freier zu dieser Zeit, denn wir hatten eine Abmachung getroffen, er und ich. Allerdings kann er es auch schlecht von der Hand weisen, dein Vater zu sein, denn du

bist ihm wie aus dem Gesicht geschnitten, wenn man mal von den Augen absieht.«

»Denkst du, er würde …«

Weiter kam er nicht, denn Edda fiel ihm ins Wort. »Nichts wird er. Er ist nicht mehr der Mann von früher. Gewiss wird er dich verleugnen und fortjagen. Er ist Pastor, ein Mann der Kirche. Ein unehelicher Sohn von einer Hure passt nicht in sein Weltbild.«

Christian sprang auf. »Aber er ist meine einzige Möglichkeit. Ich muss mehr sein als ein armer Totengräber, der ein paar Skulpturen und Grabsteine herstellt, sonst werde ich Maria verlieren.«

»So sehr liebst du sie also?«

Christian nickte, und der Anflug von Wut verrauchte. »Ja, so sehr liebe ich sie«, flüsterte er und wehrte sich nicht dagegen, dass Edda ihn in ihre Arme schloss.

*

Jacob Marrell ließ den Pinsel sinken und blickte sich in seinem Atelier um. So lange Zeit war er nicht mehr hier gewesen und hatte fast vergessen, was für eine einzigartige Atmosphäre dieser Raum ausstrahlte. Die Morgensonne erfüllte ihn mit Wärme, und durch die geöffneten Terrassentüren wehte der milde Frühlingswind herein. Die Werke von Maria und Abraham zierten die Wände. Auch er hatte auf den ersten Blick die Unterschiede zwischen den Bildern erkannt. Migon würde die Qualität von Marias Bildern niemals erreichen, genauso wenig wie Caspar. Er hatte sich dessen Bilder angesehen. Sie waren gut, und sein Talent war ausbaufähig, aber mit den

Meisterwerken, die hier an den Wänden hingen, würden seine Arbeiten niemals mithalten können.
Maria und Andreas Graff hatten ihn ins Atelier begleitet. Die beiden standen neben der Anrichte und mischten Farben, tuschelten und lachten miteinander, was ihn sehr freute, denn er hoffte, die beiden würden Gefallen aneinander finden. Maria war im heiratsfähigen Alter, und Andreas wäre genau der Richtige für sie. Allerdings war das gestrige Wiedersehen der beiden wenig herzlich gewesen. Maria hatte geistesabwesend gewirkt und Andreas nur wenig Aufmerksamkeit geschenkt. Irgendwann war dieser dazu übergegangen, Johanna geduldig alle Fragen über Holland und die Tulpen zu beantworten.
Jacob richtete den Blick auf seinen Zeichenblock, dann auf sein Motiv. Die Sehnsucht eines Künstlers, in diesem wunderbaren Raum ein Bild zu malen, hatte ihn schon beim Betreten des Ateliers erfasst, und als er auf den Balkon geblickt hatte, war das passende Motiv gefunden. Ein Blumentopf, in dem verschwenderisch Vergissmeinnicht blühten, sollte es sein. Es war seltsam, dachte er und ließ den Stift sinken. Er war Blumenmaler und malte jeden Tag die teuersten Blumen, die man derzeit bekommen konnte. Immer nur Tulpen, die zu unfassbaren Preisen gehandelt wurden. Manch einer verkaufte Haus und Hof für eine seltene Tulpenzwiebel. Es müsste ihn längst langweilen, Blumen zu zeichnen, aber diese Vergissmeinnicht verführten ihn mit ihrer Schlichtheit. Sie wurden nicht gezüchtet, wuchsen überall, und niemand verkaufte Haus und Hof für sie.
Maria trat hinter ihren Stiefvater und schaute auf das Bild.
»Sie sind wunderschön, schon allein ihr Name bringt mich zum Träumen. Vergissmeinnicht, das hört sich an, als würden sie immer auf ihren Liebsten warten, der sie nicht vergessen soll.«

Ihr Blick wurde wehmütig, und Marrell sah sie erstaunt an, schmunzelte dann aber. Seine kleine Künstlerin schien wirklich erwachsen geworden zu sein.

»In Amsterdam und Utrecht nehmen die Menschen diese blauen Blumen gar nicht wahr. Alles ist voller Tulpen, in den unterschiedlichsten Farben und Formen, jeden Tag kommen neue Züchtungen hinzu. Andreas und ich zeichnen nichts anderes für die vielen Kataloge, die im Umlauf sind. Es ist ein gutes Geschäft, und wir haben ein ordentliches Auskommen, aber oft wünsche ich mir, etwas anderes zeichnen zu können.«

Andreas Graff trat näher und schaute auf die Zeichnung seines Lehrmeisters. Marrell hatte es bereits in der Skizze geschafft, die besondere Stimmung auf dem Balkon einzufangen.

»Bald wird die Tulpenblase platzen, da bin ich mir sicher«, sagte Andreas. »Alles eine Frage der Zeit, und dann können wir wieder andere Dinge malen. Ob wir damit aber so gutes Geld verdienen wie mit den Tulpenkatalogen, das ist fraglich.«

Maria warf Andreas einen strafenden Blick zu. In ihren Augen hatte er sich nur wenig verändert. Er war in die Höhe geschossen, da musste sie ihrem Vater recht geben, aber sein Gesicht wirkte noch immer aufgedunsen, und er war rotwangig, was sicher vom Genuss von zu viel Wein und Bier herrührte. Seine Augen waren von einem hübschen hellen Blau, verschwanden aber unter Schlupflidern und dicken dunkelbraunen Augenbrauen.

»Natürlich kann man auch mit anderen Bildern ein angenehmes Auskommen haben. Matthäus verdient sehr gutes Geld mit Porträtmalerei, und er bekommt Aufträge von den Kirchen«, antwortete sie fast schon schnippisch.

Andreas Graff lächelte Maria nachsichtig an. Ihm waren die Veränderungen an ihr nicht entgangen. Sie war zwar nicht hübsch, hatte aber eine gewisse Ausstrahlung, die ihn anzog. »Matthäus Merian lebt von dem Namen seines Vaters und vom Verlag. Seine Werke sind nicht viel besser als die anderer Porträtzeichner.«

Maria sah Andreas missbilligend an. »So habe ich es nicht gemeint. Er kann damit seinen Lebensunterhalt verdienen, mehr nicht.«

»Das könnte ich auch, wenn ich diesen berühmten Namen hätte.«

Andreas' Stimme war lauter geworden, als er gewollt hatte.

Jacob Marrell hob beschwichtigend die Hände. »Kinder, Kinder, so beruhigt euch doch. Es wird schon irgendwie weitergehen. Natürlich kann man auch von der Porträt- und Landschaftsmalerei gut leben, Andreas. Wenn man einen treuen Kundenstamm hat, dann sogar besser als von der Blumenmalerei. Aber in einem Punkt muss ich Andreas recht geben. Matthäus Merian ist kein sonderlich gutes Beispiel. Immerhin öffnet ihm sein Name viele Türen, die anderen verschlossen bleiben.«

Maria verschränkte die Arme vor der Brust. »Mir öffnet er keine Türen. Im Gegenteil, manchmal fühlt er sich wie eine Last an.«

Erstaunt sah Marrell sie an, und auch Andreas blieb bei so viel Direktheit der Mund offen stehen.

Maria deutete auf die Bilder an der Wand. »Seht euch doch um. Jeder erkennt sofort, welche Bilder von mir sind. Aber Abraham ist in Utrecht und wird dort unterrichtet, während ich hierbleiben muss, und dabei hilft mir der Name Merian auch nicht weiter.«

Andreas machte einige Schritte rückwärts. Plötzlich sah er

wieder das kleine Mädchen vor sich, das nicht verstehen wollte, weshalb sein Leben anders aussehen sollte, weil es eine Frau war.

Jacob Marrell schaute seine Stieftochter traurig an.

»Natürlich habe auch ich sofort erkannt, welche Bilder an den Wänden die besseren sind. Deine Arbeiten sind großartig. Aber es wird dich niemand in die Lehre nehmen, denn du bist eine Frau.« Er ging auf sie zu und nahm ihre Hände in die seinen. »Aber ich werde alles, was in meiner Macht steht, dafür tun, damit du malen und zeichnen kannst, das verspreche ich dir, und Andreas ist mein Zeuge, nicht wahr?«

Er blickte zu dem jungen Mann, der näher trat und ebenfalls tröstend die Hand auf Marias Schulter legte.

»Es wird sich gewiss ein Weg finden. Dein Stiefvater hat dir bereits so vieles ermöglicht.«

Seine Stimme klang auf einmal warm und einfühlsam. Maria blickte auf, und für einen Augenblick kam es ihr vor, als würde sie in dem hellen Blau seiner Augen versinken. Ihre Wut verrauchte.

»Ihr habt ja recht, entschuldigt, ich habe mich hinreißen lassen.« Sie deutete auf das Bild ihres Stiefvaters. »Lasst uns lieber zeichnen und die Zeit nicht mit Reden vergeuden.«

Marrell nickte erleichtert und jubilierte innerlich, denn ihm war der kurze Blickwechsel der beiden nicht entgangen. Maria wusste zwar noch nichts von seinen Plänen, und er würde den beiden die Zeit geben, die sie brauchten, aber eine Eheschließung mit Graff wäre für alle Beteiligten die beste Lösung, denn er würde sie malen lassen. Und das war es doch, was sie wollte.

Kapitel 8

Christian stand vor dem geöffneten Tor des Pfarrhofes der Barfüßerkirche und blickte schüchtern in den weitläufigen und ordentlich angelegten Garten. In sorgsam angelegten Beeten blühten Narzissen, die ersten Rosen zeigten ihre Triebe, und die weißen Blätter der Apfelblüten bildeten einen dichten Teppich auf dem Kiesweg. Der Garten wirkte einladend und freundlich, trotzdem steckte ein dicker Kloß in seiner Kehle. Sein Vater lebte in der Welt der Kirche, und der uneheliche Sohn einer Hure hatte darin keinen Platz. Letzte Nacht hatte er lang gegrübelt, Marias Statue in der Hand. Erst vor zwei Tagen war sie bei ihm gewesen, und er glaubte bereits, es wäre Monate her. Er wollte sie für immer bei sich haben, sein Leben mit ihr verbringen, denn sie war für ihn die Seelenverwandte, die er brauchte.

Er blickte auf die Fenster des Pfarrhauses, in denen sich der blaue Himmel spiegelte. Sein Vater könnte ihm weiterhelfen, ihn an einen guten Steinmetz oder Kirchenbauer vermitteln. Er wollte nicht als Sohn anerkannt werden, aber ein bisschen Hilfe, eine Art väterliche Geste, sollte doch möglich sein. Pastor Waldschmidt hatte seine Mutter einmal geliebt, und vielleicht bedeutete sie ihm auch heute noch etwas.

Er atmete tief durch, schritt über den Hof und klopfte an die Tür des steinernen, düsteren Gebäudes. Nach einer Weile öffnete ihm eine dickliche Magd, die ihn abschätzend musterte.

»Was willst du?«, fragte sie ruppig.

Christian zuckte zurück, erneut überkamen ihn Zweifel, die ihn zögern ließen.
»Junge, ich habe nicht den ganzen Tag Zeit«, blaffte ihn die Magd an und wischte sich die feuchten Hände an ihrer Schürze ab.
»Ich möchte zum Pastor«, stieß Christian aus.
Sie zog verwundert die Augenbrauen hoch. »Bist du angemeldet?«
»Nein, aber es ist wichtig.« Ungeduldig begann er, mit dem Fuß auf den Boden zu klopfen.
»Ich werde sehen, ob er Zeit hat.« Sie schloss die Tür und ließ ihn draußen stehen. Verwundert starrte Christian auf das dunkle Holz. So unhöflich waren sie nicht einmal in den Hurenhäusern und bei den Juden sowieso nicht. Das Wort Gastfreundschaft schien diese Magd nicht zu kennen. Er setzte sich missmutig auf die Bank neben dem Eingang, pflückte eines der Gänseblümchen ab, die zahlreich darunter wuchsen, und begann, mit zittrigen Händen die Blütenblätter abzuzupfen. Er hatte sich alles genau ausgedacht, jedes Wort zurechtgelegt, und jetzt schien er schon an der Eingangstür zu scheitern. Als die Tür endlich wieder geöffnet wurde, lag ein ganzer Haufen gerupfter Gänseblümchen vor der Bank.
Die Magd warf ihm einen finsteren Blick zu. »Komm mit.«
Er ließ die letzte Blume fallen, erhob sich, strich seinen Rock glatt und folgte ihr in den dunklen Flur. Bewundernd blickte er sich um. An den holzvertäfelten Wänden hingen viele Gemälde, die Szenen aus der Bibel zeigten.
Die Magd führte ihn in einen großen Raum, der ihn ehrfürchtig erstarren ließ. Die Wände wurden von schweren, aus Eichenholz gefertigten Regalen gesäumt, in denen unendlich viele Bücher standen. Es duftete nach Leder und Papier, und auf einem breiten Schreibtisch türmten sich Schriftrollen.

»Der Herr Pfarrer kommt gleich«, sagte die Magd und ließ ihn allein.
Eingeschüchtert von seiner Umgebung, setzte sich Christian auf den äußersten Rand eines gepolsterten Lehnstuhls, der vor dem Schreibtisch stand. Nicht dass er schon einmal in einer Bibliothek gewesen wäre. Auch bei den Juden gab es Räumlichkeiten dieser Art, doch nicht mal sein Lehrer Ilan, zu den ihn seine Großmutter zum Unterricht geschickt hatte, hatte so viele Bücher gehabt, geschweige denn einen so prachtvollen Raum.
Die Tür wurde geöffnet, und Pfarrer Waldschmidt kam herein. Beim Anblick von Christian zog er die Augenbrauen hoch.
»Dich kenne ich doch«, sagte er, ohne Christian zu grüßen. Er musterte seinen unerwarteten Gast. »Bist du nicht der Totengräber vom Peterskirchhof? Wie war noch gleich dein Name?«
»Guten Tag, Herr Pfarrer.« Christian neigte den Kopf. »Ja, der bin ich. Christian ist mein Name.«
Der Pastor trat hinter seinen Schreibtisch und setzte sich ächzend. Christian sah den Pfarrer häufiger, doch erst heute fielen ihm die vielen Falten auf, die sich tief in das breite Gesicht des Mannes gegraben hatten.
»Ach ja richtig, Christian. Was führt dich zu mir, Junge?«
»Ich wollte mit Euch über Agnes, meine Mutter, reden.«
Der Pastor riss erschrocken die Augen auf, fasste sich aber schnell wieder.
»Welche Agnes?«
»Über die Frau, die Ihr einst geliebt habt und deren Sohn ich bin.« Christians Stimme zitterte, als er weitersprach. »Und ich bin auch Euer Sohn.«
Der Pastor sog scharf die Luft ein, doch so schnell ließ er sich nicht aus dem Konzept bringen. »Ich kenne keine Agnes.«

Christian war auf das Leugnen des Pfarrers vorbereitet. Er erhob sich, beugte sich über den Schreibtisch und sah dem Pastor tief in die Augen. »Seht Ihr es denn nicht? Ich habe ihre Augen geerbt. Das sanfte Braun, mit Gold gesprenkelt. Edda sagt, das wäre das Einzige, was sie mir vermacht hat, ansonsten gleiche ich meinem Vater bis aufs Haar. Erkennt Ihr Euch denn nicht, wenn Ihr mich anseht?«

Der Pastor schaute in die Augen des Jungen, und plötzlich schimmerten Schweißperlen auf seiner Stirn, und die Erinnerungen, die er weit weggeschoben hatte, tauchten wieder auf. Er sah Agnes vor sich, wie sie getanzt hatte, in ihrem hübschen blauen Kleid, nur für ihn, fühlte ihre warmen Lippen auf den seinen, versank in ihr und ertrank zwischen ihren heißen Schenkeln. Sie war nie wirklich fort gewesen. Der Junge hatte recht. Er hatte ihre Augen geerbt, die schönsten Augen, die er jemals im Leben gesehen hatte, die er vergessen wollte, aber nicht konnte.

Doch er durfte sich vor diesem Jungen, der ihm wirklich ähnlich sah, keine Blöße geben.

»Ich habe es bereits gesagt: Ich kenne keine Agnes, und du gehst jetzt besser.«

So schnell gab Christian nicht auf, denn Waldschmidts Reaktion war eindeutig: Er war sein Sohn.

»Ihr lügt. Ich sehe es in Euren Augen. Ihr habt meine Mutter sehr wohl gekannt, und Edda kann es bezeugen. Ihr habt ihr versprochen, sie freizukaufen und sie zu heiraten, doch nichts ist geschehen. Vor lauter Verzweiflung hat sie sich umgebracht. Diese Schuld habt Ihr auf Euch geladen, und Gott wird Euch dafür richten.«

Der Pastor wurde blass.

»Aber Ihr könntet einen Teil Eurer Sünden an Eurem Sohn wiedergutmachen.« Christian war überrascht, wie selbstbewusst er sich plötzlich fühlte. Seine anfängliche Unsicherheit war verflogen. »Ich möchte eine Ausbildung zum Steinmetz machen. Ich bin recht geschickt mit Hammer und Meißel, doch einen einfachen Totengräber, den Sohn einer Hure, wird niemand in die Lehre nehmen. Aber wenn Ihr für mich bürgen würdet, mein Leumund wärt, dann könnte ich eine gute Anstellung bekommen.«

Der Pastor warf ihm einen abschätzenden Blick zu, doch dann verhärteten sich seine Gesichtszüge erneut. Es wäre ein Leichtes für ihn, die Bitte des Jungen zu erfüllen, aber er konnte nicht über seinen Schatten springen.

»Wer ist der junge Mann, Vater?«

Erleichtert blickte Waldschmidt auf. Conrad stand in der Tür. Der Pastor erhob sich. »Gott zum Gruß, mein Sohn. Es ist nichts Wichtiges. Der Totengräber wollte mir nur von Vandalen berichten, die auf dem Friedhof einige Gräber beschädigt haben. Er wollte gerade gehen.« Er sah Christian auffordernd an.

Conrad blickte von seinem Vater zu Christian und erkannte sofort, dass hier über etwas ganz anderes gesprochen worden war als über Vandalen auf dem Friedhof. Sein Vater wirkte angespannt, und Schweißperlen standen auf seiner Stirn.

Christian blickte von Waldschmidt zu Conrad, der ihn skeptisch musterte.

»Jetzt werde ich gehen«, sagte er. »Aber ich werde wiederkommen.« Er deutete auf Waldschmidt. »Ihr seid es mir schuldig.«

Ohne ein weiteres Wort ging er an dem erstaunt dreinblickenden Conrad vorbei und durchquerte den düsteren Flur.

»Was bist du ihm schuldig, Vater?« Conrad schloss die Tür und sah Waldschmidt fragend an. »Hier ging es doch nicht um Vandalen auf dem Friedhof.«

Waldschmidt setzte sich, zog ein Taschentuch aus seiner

Jackentasche und wischte sich den Schweiß von der Stirn. Seufzend schloss er die Augen. »Es gab da mal ein Mädchen, vor deiner Mutter. Ihr Name war Agnes, und ich habe ihr die Ehe versprochen, daraus wurde allerdings nichts.«

Conrad trat näher und setzte sich auf den Stuhl, auf dem eben Christian gesessen hatte.

Sein Vater warf ihm einen kurzen Blick zu. »Er behauptet, mein Sohn zu sein, und ich glaube, er hat recht.«

Conrad fiel die Kinnlade herunter. »Aber …«

Sein Vater hob die Hände. »Ich habe natürlich alles geleugnet. Aber er ist mir wie aus dem Gesicht geschnitten und hat die Augen seiner Mutter.« Er schüttelte den Kopf.

»Sie war eine hübsche Frau, mit wunderbaren Augen. Aber es hat nicht sein sollen, und heute ist sie tot. Wenn ich von ihrer Schwangerschaft gewusst hätte, vielleicht wäre alles anders verlaufen.«

Conrad konnte es nicht fassen. Sein Vater, der ihm ein Vorbild war, hatte eine so große Sünde auf sich geladen. Fassungslos sah er ihn an.

»Du hast mit ihr das Bett geteilt ohne den Segen Gottes. Ja, bist du denn von allen guten Geistern verlassen gewesen? Wenn das rauskommt, dann ist alles verloren. Immerhin bist du nicht irgendjemand, sondern Pastor der Barfüßerkirche, ein angesehener Mann und Vorbild für so viele Gläubige und für mich.« Die letzten Worte flüsterte er nur noch, und Tränen der Wut traten in seine Augen.

Waldschmidt sah seinen Sohn ratlos an. Wie sollte er ihm klarmachen, wie wahre Liebe einen Menschen veränderte und dass Gefühle den Geist ausschalten konnten, ob man es wollte oder nicht.

Er faltete die Hände und sah seinen Sohn ernst an. »Ich habe einen Fehler gemacht, das gebe ich zu. Ich war damals ein junger Mann, der sich seine Hörner abstoßen wollte, nichts weiter. Wir sind durch die Wirtshäuser gezogen, wo überall junge Mädchen waren. Eines Abends bin ich ihr begegnet. Sie war so bezaubernd und lebhaft. Wir hatten eine wunderbare gemeinsame Zeit, an die ich oft zurückdenke. Doch für eine Ehe wäre sie nie in Frage gekommen, das musste ich irgendwann einsehen. Ich habe eure Mutter geheiratet, und ich respektiere und ehre sie.«

Sein Sohn schüttelte den Kopf. »Aber Liebe empfindest du für eine andere.«

Wütend sprang Waldschmidt auf, und seine Stimme wurde laut.

»Diese Vorwürfe muss ich mir von meinem Sohn nicht machen lassen. Es geht dich nichts an, was ich früher für ein Leben geführt habe. Ich habe eure Mutter niemals betrogen, stets auf Händen getragen und muss mich nicht für eine Geschichte rechtfertigen, die so viele Jahre zurückliegt.«

Conrad stand jetzt ebenfalls auf. »Aber die Vergangenheit hat dich eingeholt, Vater.« Er deutete auf die Tür. »Sie ist durch diese Tür spaziert, hat dich angesehen und die alten Geister heraufbeschworen. Was wirst du diesmal tun, um sie aufzuhalten?«

Bernhard Waldschmidt funkelte seinen Sohn wütend an. »Das lass meine Sorge sein. Ich habe mir die Suppe eingebrockt, also werde ich sie auch auslöffeln.«

*

Traurig blickte Christian auf den Sarg seiner Mutter und strich mit den Fingerspitzen über die Sommervögel, die ihr helfen sollten, fortzufliegen in eine bessere Welt. Edda hatte so liebevoll von ihr gesprochen, und sogar in den Augen Waldschmidts hatten noch Gefühle für sie gestanden. Sie musste eine beeindruckende Person gewesen sein, wenn sie die Menschen auch lang nach ihrem Tod noch so für sich einnahm. Er setzte sich auf die Stufen, die zur Gruft hinunterführten, faltete ihren Brief auseinander und las die Zeilen, die er inzwischen auswendig konnte und in denen so viel Liebe steckte. Warum musste das Leben so ungerecht sein, dachte er. Was hatten sie Gott getan, dass er ihnen so ein hartes Schicksal auflastete. Seine Mutter hatte nur die Freiheit gesucht, Luft zum Atmen und Platz zum Leben. Sie war daran gescheitert, und plötzlich glaubte auch er, daran zugrunde zu gehen. Die Fackel, die er entzündet hatte, flackerte und erlosch. Unvermittelt hüllte ihn Dunkelheit ein. So musste es sein, wenn man tot war – ruhig und friedlich. Da sah er seine Großmutter vor sich, die ausgesehen hatte, als würde sie schlafen, und ihn erfasste die Sehnsucht, ihr zu folgen. Vielleicht war das der Weg, um aus dieser Welt auszubrechen, die ihn nicht haben wollte. Aber war es nicht feige, einfach davonzulaufen und nicht für das zu kämpfen, was wichtig war? Er schloss die Augen und lehnte den Kopf an die kalte Wand.

Marias Stimme riss ihn aus seinen trüben Gedanken.

»Christian, bist du hier?«

Er stand auf und kletterte die wenigen Stufen zum Eingang der Gruft hinauf. Maria stand davor und musterte ihn besorgt. »Du siehst traurig aus.«

Christian schob den Brief seiner Mutter in seine Westentasche und stellte verwundert fest, wie tief die Sonne am Horizont stand.

»Alles gut. Ich habe nur nach dem Rechten gesehen.«

Maria umarmte ihn und drückte ihm einen Kuss auf die Wange. Ihre Natürlichkeit vertrieb seine trüben Gedanken.
»Mein Stiefvater ist aus Utrecht zurückgekommen. Ich habe ihn seit Jahren nicht gesehen. Wegen seinem Besuch habe ich mich verspätet, denn ich war mit ihm und Andreas, einem seiner Schüler, im Atelier und konnte nicht weg.«
Christian griff nach ihrer Hand. »Hauptsache, du bist jetzt hier.« Er deutete zu den Bleichwiesen hinüber. »Wollen wir ein Stück gehen?«
Sie verließen den Friedhof und wanderten über die Wiese, auf der Glockenblumen, Löwenzahn und Hahnenfuß wuchsen. Bienen nutzten das letzte Licht des Tages und sammelten emsig den Nektar der Blüten. Sie erreichten die Obstbaumwiese. Helle, grüne Blätter hatten die weiße Blütenpracht der Bäume abgelöst. Maria setzte sich ins Gras und atmete tief die milde Luft ein.
»Es ist so wunderbar hier draußen. Fast wie in Langenschwalbach, wo wir früher immer den Sommer verbracht haben.«
Christian setzte sich neben sie, pflückte eine der Margeriten ab und drehte sie in den Händen.
»Wo liegt Langenschwalbach?«
»Im Taunus, zwischen Wäldern und Hügeln. Es ist wunderschön dort, ganz anders als hier. Es gibt weite Wiesen und Felder, blühende Gärten und hübsche Fachwerk- und Bauernhäuser. Mein Vater ist in Langenschwalbach gestorben. Seitdem sind wir nur noch selten dort gewesen.«
Christian hing an ihren Lippen, beobachtete sie genau. Dieser Ort musste wirklich etwas Besonders sein, denn ihre Augen strahlten. »Zeigst du mir diesen Ort einmal?« Er griff schüchtern nach ihrer Hand.
Erstaunt sah sie ihn an. »Interessiert er dich denn?«
»Mich interessiert alles, was dir wichtig ist.«

Dann küsste er sie. Erst ganz vorsichtig und zärtlich, allmählich jedoch immer fordernder. Sie genoss seine Wärme und Nähe. Leidenschaftlich zog er sie an sich, und die beiden sanken ins Gras. Er streichelte ihre Wange, überzog ihren Hals mit sanften Küsschen und wanderte mit seinen Lippen bis zu ihrem Dekolleté. Sie schloss die Augen und genoss das Kribbeln auf der Haut. Doch als er ihr Mieder öffnen wollte, schoss sie in die Höhe.

Er ahnte, warum, und legte beruhigend die Hände auf ihre Schultern.

»Nicht doch. Niemals würde ich etwas tun, was dir missfällt. Ich werde dich nicht in Schwierigkeiten bringen.«

Marias Panik verflog und mit ihr allerdings auch die Leidenschaft, die sie eben noch gespürt hatte. Beschämt richtete sie ihr Kleid. Er sah ihr traurig dabei zu.

»Bist du jetzt böse auf mich?«

Sie hob den Kopf, und ein Lächeln umspielte ihre Lippen.

»Warum sollte ich böse sein. Es war wunderschön, was du getan hast. Nur musst du mir etwas Zeit geben, ich bin nicht gut in solchen Dingen.«

Er griff sich verlegen an den Kopf und grinste. »Ich eigentlich auch nicht.«

Sie sah ihn von der Seite an. »So hat es sich aber nicht angefühlt.«

Er errötete. »Sagen wir mal, ich hatte die Gelegenheit, einige Male zusehen zu dürfen, wie so etwas abläuft.«

Jetzt wurde Maria neugierig. Dass man dabei zusehen konnte, hatte sie noch nie gehört. »Was meinst du damit? Wo hattest du dazu die Gelegenheit?«

Christian blickte in den Himmel, an dem bereits die ersten Sterne schimmerten. »Davon erzähle ich dir ein anderes Mal. Es ist schon fast dunkel, gewiss suchen sie dich bereits.«

Maria verzog beleidigt das Gesicht, stand auf und strich sich einige Grashalme und Blütenblätter vom Rock.
»Du willst es mir nicht sagen.«
Grinsend bot er ihr seinen Arm an. »Manche Dinge sind nicht für die Ohren einer sittsamen Dame gedacht.«
Entrüstet begann Maria, ihn auf den Arm zu schlagen, und er ergriff lachend die Flucht. Wie kleine Kinder rannten sie über die Bleichwiesen, die fast komplett im Dämmerlicht versunken waren. Erst auf dem Friedhof blieben sie schwer atmend stehen. Christian zog Maria erneut in seine Arme und blickte ihr tief in die Augen.
»Ich wollte dir noch etwas sagen, kleine Merian.«
Sie sah ihn abwartend an. Das Kribbeln zog ihren Hals hinauf und raubte ihr den Atem.
»Ich liebe dich. Ich liebe dich so sehr, wie ich noch keinen Menschen vorher geliebt habe. All meine Gedanken kreisen nur um dich. Wenn ich es könnte, dann würde ich dich niemals wieder gehen lassen, für den Rest meines Lebens.«
In seinen Augen schimmerten Tränen, die seine Verzweiflung zeigten. Maria sah ihn gerührt an. Am liebsten würde sie ihm diesen Wunsch erfüllen, doch sie konnte es nicht. Plötzlich kamen ihr Bärbels Worte in den Sinn. Es würde nicht gut ausgehen. Aber es war nicht verboten, ein wenig glücklich zu sein, auch wenn dieses Glück am Ende Unglück bedeuten würde.
Er küsste sie erneut. Zärtlicher als zuvor, fast schüchtern, und seine Arme umhüllten sie wie ein warmer Mantel, dem nichts und niemand etwas anhaben konnte, wenigstens nicht jetzt.

*

Edda ließ ihren Blick über die bunten Kissen und die verstaubten Kerzenständer schweifen. Sie hatte dieses Leben mit all seinen dunklen Seiten gewählt, aber geliebt hatte sie es nie. Es war wie ein Fluch, der über sie gekommen war, um sie zu besitzen und zu dem zu machen, was sie heute nicht mehr sein wollte. Sie musterte sich im Spiegel. Verdrossen blickende Augen sahen ihr entgegen, die in einem faltigen Gesicht lagen, umrandet von ihrem aschgrauen Haar, das einst so besonders gewesen war. Wohin war die schöne, selbstbewusste Hübschlerin verschwunden, der alles zufiel? Sie wusste es nicht. Das Leben mit seiner Härte hatte sie zu einem Ungeheuer werden lassen, das seinen Weg mit den Schicksalen so vieler Mädchen gepflastert hatte. Sie blickte zur Tür, die zu dieser frühen Stunde, wenn alles im Haus schlief, verschlossen war. Christian hatte sie schmerzlich an Agnes erinnert, die wie eine zarte Elfe gewesen war, zerbrechlich und für das Gewerbe nicht geschaffen. Das hatte sie von Anfang an erkannt. Aber die Männer liebten zierliche Mädchen mit hübschen Augen und langem, weichem Haar. Als Bernhard Waldschmidt damals diesen Raum betreten hatte, hatte sie bereitwillig zugestimmt, als er Agnes freikaufen wollte, obwohl ihr der Gedanke, sie zu verlieren, nicht gefiel. Doch er hatte sie verstoßen, und Agnes war verkümmert wie eine Blume ohne Wasser. Traurig dachte sie an die Schwermut zurück, die in ihren Augen gestanden hatte. Agnes wollte ihrem Sohn ein besseres Leben ermöglichen, und was war aus ihm geworden? Ein einfacher Totengräber auf dem Peterskirchhof.
Edda seufzte. Sie sah den dreijährigen Knaben mit den großen braunen Augen vor sich, dem sie keinen Wunsch abschlagen konnte. Er war ihr Sonnenschein gewesen, der ihrem Leben einen Sinn gegeben hatte. Doch irgendwann hatte sie einsehen müssen, dass ein Hurenhaus für ein Kind nicht der richtige

Ort war, und sie hatte ihn schweren Herzens zu seiner Großmutter in die Judengasse gebracht. Allerdings hatte er das Gemüt seiner Mutter geerbt, ihre Sensibilität und ihren unbändigen Freiheitswillen und war für ein Leben als Jude nicht geschaffen.

Es klopfte an die Tür, und ohne eine Antwort abzuwarten, wurde sie geöffnet. Erstaunt blickte Edda auf Bernhard Waldschmidt, der rasch den Raum betrat und sich nervös umblickte.

»Guten Morgen, Edda. Entschuldigt bitte, dass ich Euch zu so früher Stunde überfalle. Aber ich hätte einige Fragen an Euch.«

Edda atmete tief durch. Wenn Bernhard Waldschmidt hier war, dann hatte Christian ihn besucht. Der Pastor machte nicht den Eindruck, als würde ihn der Umstand, einen unehelichen Sohn zu haben, erfreuen.

»Seit wann bist du so förmlich, Bernhard? Es hat Zeiten gegeben, in denen du in einem weitaus vertrauterem Ton mit mir gesprochen hast.«

Er machte eine fahrige Handbewegung, trat in die Mitte des Raumes und musterte Edda. »Und es hat Zeiten gegeben, in denen du hübsch gewesen bist, Edda.«

Seine Worte trafen sie, sprach er damit doch das aus, was ihr der Spiegel erzählte. Doch dann reckte sie das Kinn vor und sah ihn herausfordernd an. »Der Zahn der Zeit nagt an uns allen, und das Geschäft wird nicht besser. Also, was willst du?«

»Kannst du dir das nicht denken?«

»Ich nehme an, du hattest von einem jungen Mann Besuch, dessen Augen erschreckende Ähnlichkeit mit einer alten Bekannten haben und der dir wie aus dem Gesicht geschnitten ist.«

Er zuckte zusammen, plötzlich traten Schweißperlen auf seine Stirn, und er setzte sich auf die gepolsterte Pritsche. Auf einmal wirkte er nicht mehr wie der stolze Pastor, sondern wie ein alter, verhärmter Mann.

»Warum hat sie mir nichts von dem Kind gesagt? Das hätte doch alles geändert.«

»Hätte es das wirklich?«, fragte Edda.

Er fuhr sich durch sein lichtes Haar und sah sie traurig an.

»Ich habe damals einen schrecklichen Fehler gemacht, den ich bis heute bereue. Ich bin nie wirklich über den Verlust von Agnes hinweggekommen und werde mir ihren Selbstmord niemals verzeihen können. Wenn sie mir die Schwangerschaft gebeichtet hätte, dann hätte ich Himmel und Hölle in Bewegung gesetzt, um sie heiraten zu können.«

Edda sah ihn nachdenklich an. Vor ihrem inneren Auge tauchte der junge Mann auf, der damals in diesem Raum gestanden und sie mit kalter Miene angesehen hatte. Niemals hätte er nachgegeben, auch nicht, wenn er von Agnes' Schwangerschaft gewusst hätte. Doch Agnes war tot, und die alten Wunden neu aufzureißen oder einen Streit vom Zaun zu brechen lohnte sich nicht. Sie sollte in Frieden ruhen.

Edda legte ihre Hand auf seinen Arm und sah ihn aufmunternd an.

»Für Agnes und ihre Seele kannst du nur noch beten. Aber für deinen Sohn kannst du da sein. Er ist zu dir gekommen und hat dich, seinen Vater, um Hilfe gebeten.«

Waldschmidt fuhr sich mit den Fingern über die Augen.

»Das kann ich nicht tun. Was wird sein, wenn es herauskommt? Ich setze meinen guten Ruf aufs Spiel.«

Er stand auf, strich seinen Mantel glatt und sah Edda ernst an.

»Ich werde ihm diesen Wunsch nicht erfüllen und auch keinen anderen. Er muss selbst sehen, wie er zurechtkommt. Er scheint ein guter Steinmetz zu sein und Talent zu haben, vielleicht hat er irgendwann Glück, und es wird jemand auf ihn aufmerksam.«

Edda sah Waldschmidt fassungslos an.

»Er ist dein Sohn.«

»Von dessen Existenz ich vor zwei Tagen erfahren habe.«

»Aber er ist allein auf der Welt, ohne Familie. Willst du ihn genauso verstoßen wie Agnes, wegen deinem guten Ruf und dem Gerede der Leute?«

Sein Blick wurde abwertend. »Du hast keine Ahnung, was es bedeutet, ein so hochangesehener Mann der Stadt zu sein, und du weißt auch nicht, wie hart ich für diese Position gearbeitet habe. Das werde ich mir von einem unehelichen Sohn, den ich kaum kenne, nicht kaputt machen lassen.«

Seine Stimme war laut geworden. Er griff nach Eddas Arm und zog sie zu sich heran. »Und wenn jemals ein Wort wegen der Sache über deine Lippen kommt, dann wird dein Laden sofort geschlossen. Hast du verstanden!«

Edda ließ sich von seiner plötzlichen Wut nicht einschüchtern. »Du wirst nicht immer vor den alten Geistern fortlaufen können.«

»Lass das mal meine Sorge sein.« Er ließ sie los, verließ den Raum und schlug die Tür laut hinter sich zu.

Edda schaute eine Weile schweigend auf die Tür, dann sank sie zurück auf ihren Stuhl und blickte erneut auf ihr Spiegelbild. »Schon allein, dass du hierhergekommen bist, zeigt doch, dass du es nicht kannst«, flüsterte sie.

*

Conrad saß gemeinsam mit seinem Vater in dessen Schreibstube und besprach mit ihm die Predigt, die sie am morgigen Sonntag halten wollten. Es sollte um Treue gehen, die Einheit der Ehe. Schon seit längerem hatte er die Veränderungen an seinem Vater bemerkt, wollte sie aber nicht wahrhaben. Das Alter schlich sich an und grub Falten in sein Gesicht, raubte ihm den wachen Blick und seinen Tatendrang. Er schlief viele Stunden am Tag oder wirkte geistesabwesend. Doch seitdem dieser Totengräber hier gewesen war, hatte sich der Zustand seines Vaters noch verschlimmert. Er schottete sich ab und verbrachte viele Stunden des Tages grübelnd an seinem Schreibtisch. Diese Sache schien ihm nahezugehen, was er nicht verstand. Sein Vater mochte einen unehelichen Sohn haben, aber solche liefen zu Hunderten durch die Stadt, und diese Kinder der Hübschlerinnen schlugen sich mit Gelegenheitsarbeiten oder sonstigen, nicht ganz legalen Arbeiten durch. Die Frucht eines Hurenhauses war nichts wert, das wusste jeder, und niemand interessierte sich für deren Väter.
Auch jetzt ließ sein Vater die Feder sinken, stützte das Kinn auf die Hand und blickte schwermütig in den Pfarrgarten hinaus, den stetiger Regen in einen unwirtlichen Ort verwandelte.
»Vielleicht sollten wir doch eine andere Predigt wählen«, versuchte Conrad seinen Vater in die Wirklichkeit zurückzuholen. »Wir könnten zum Beispiel noch einmal daran erinnern, dass die Menschen sparsam sein sollen und nicht leichtsinnig werden sollten, denn die Zeiten des Überflusses könnten schnell vorübergehen.«
Waldschmidt zuckte zusammen und sah seinen Sohn verwirrt an.
»Was hast du gesagt, mein Junge?«
Conrad deutete auf die halbfertige Predigt. »Wir können auch

eine andere Predigt schreiben, wenn du mit dieser hier nicht zurechtkommst.«

Der Pastor warf seinem Sohn einen bösen Blick zu. »Weshalb sollte ich mit dieser Predigt nicht zurechtkommen?«

Conrad zuckte mit den Schultern. »Sag du es mir. Seitdem dein angeblicher Sohn hier war, hast du dich verändert und bist stiller geworden. Was ist der Grund dafür?«

»Das geht dich nichts an«, erwiderte Waldschmidt unwirsch. »Kümmere du dich lieber um deine eigenen Angelegenheiten und lebe endlich so, wie du es den Gläubigen predigen willst. Du treibst dich für meinen Geschmack zu oft in den Schankhäusern herum und zu wenig in der Kirche.«

Conrad sah seinen Vater fassungslos an. »Was interessiert dich mein Lebenswandel? In meinem Alter scheinst du nicht viel besser gewesen zu sein, oder warum stehen neuerdings Söhne vor deinem Schreibtisch und bitten um deine Unterstützung?«

Bernhard Waldschmidt zuckte zusammen.

»Er ist …« Er verstummte. Seine Gedanken kreisten seit Christians Erscheinen um den Jungen und um Agnes. Edda hatte recht. Die alten Geister waren zurückgekehrt, am Ende würden sie ihn bis in den Tod verfolgen, und er würde im Fegefeuer enden, weil er als junger Mann einen Fehler gemacht hatte. Wie viele Gebete musste man sprechen, um so ein Vergehen wiedergutzumachen?

»Er ist dein Sohn und mein Halbbruder«, beendete Conrad seinen Satz, stand auf und trat ans Fenster. »Er kommt und stellt Ansprüche und wird unseren Ruf in den Dreck ziehen. Ich wollte dir nachfolgen, als Pastor in unserer Kirche, doch wird das noch möglich sein, wenn du unehrenhaft deinen Posten räumen müsstest?«

Waldschmidt wischte sich mit einem Tuch den Schweiß von

der Stirn. »Dazu wird es nicht kommen. Der Junge wird nicht wiederkommen. Ich denke, er hat verstanden.«
Conrad drehte sich zu seinem Vater um. »Und was ist, wenn doch?«
Sein Vater atmete tief durch. »Mir wird schon etwas einfallen, um ihn loszuwerden.« Er warf seinem Sohn einen warnenden Blick zu. »Und du lässt die Finger von der Sache. Es wäre besser gewesen, du hättest niemals davon erfahren.«
Conrad trat vor den Schreibtisch und blickte seinen Vater herablassend an. »Damit du dafür sorgst, dass er unseren Ruf zerstört. Jetzt weiß ich davon, also werde ich auch etwas unternehmen.«
Bernhard Waldschmidt erwiderte den Blick seines Sohnes.
»Ich habe dich nicht dazu erzogen, deinem Vater zu widersprechen.«
Conrad erwiderte den Blick kalt. »Ja, aber da wusste ich auch noch nicht, welch ein Narr mein Vater ist.«

Kapitel 9

Maria schloss die kleine schmiedeeiserne Pforte und blickte sich unsicher auf dem jüdischen Friedhof um. Sie hatte einen Strauß Blumen in der Hand, den sie am Mainufer gepflückt hatte. Sara würde sich gewiss darüber freuen. Es regnete bereits seit den Morgenstunden, und die wenigen Bäume mit ihren tief herabhängenden Zweigen, die am Rand der Mauer aufragten, gaben dem Ort etwas Trostloses. Dicht an dicht standen die Grabsteine, die größtenteils aus rotem Sandstein gefertigt worden waren, hebräische Schriftzeichen darauf. Auf vielen von ihnen waren Symbole eingemeißelt, die es in dieser Form auch in der Judengasse an den Häusern gab. Blumenvasen, Bären, Drachen und Löwen sowie Bäume oder Schuhe wiesen darauf hin, wo derjenige, der hier begraben lag, gelebt hatte. Maria schritt an den schlichten Gräbern vorbei, auf denen keine Blumen wuchsen, sondern Steine lagen. Irgendwo zwitscherte eine Amsel, und ein Eichelhäher antwortete ihr krächzend. Doch selbst seine lauten Rufe konnten die besondere Art von Ehrfurcht nicht vertreiben, die sie empfand. Es war so still hier, und die Einfachheit der Grabsteine hatte etwas Beruhigendes. Hier gab es keine schmiedeeisernen Kreuze, die prachtvoll in den Himmel ragten, oder Blumen, um die sich ein Gärtner kümmerte, wie es bei so manchem Grab auf dem Peterskirchhof der Fall war. Viele der Grabsteine waren bereits eingesunken, manche von Efeu überwuchert. Jemanden, der sich um die Gräber küm-

merte, schien es nicht zu geben. Seine Schlichtheit machte diesen Ort zu einem Platz der Andacht, wo man zur Ruhe kommen konnte, um Abschied zu nehmen.
Sie durchschritt den älteren Teil des Friedhofs und betrat den Teil, auf dem die Gräber noch frisch waren und nur wenige Grabsteine standen. Auch hier war auf Blumenschmuck jeglicher Art verzichtet worden, und wieder fanden sich auf den Gräbern Steine. Christian stand vor einem Grab, das direkt neben der Mauer lag. Er hatte die Hände gefaltet und blickte nicht auf. Er trug wie immer seinen Hut, von dem das Wasser herabtropfte, sein feuchtes Hemd klebte an seinem Körper. Als Maria näher kam, drehte er sich um und lächelte sie an.
»Bist du also doch gekommen, kleine Merian.«
Sie trat neben ihn, und sofort breitete sich das warme Kribbeln in ihr aus, das sie so sehr liebte. Er griff nach ihrer Hand, und sie blickten auf das schlichte Grab hinunter, auf dem noch kein Grabstein stand, aber viele Steine lagen.
»Was hat es mit den Steinen auf sich?«, fragte Maria neugierig. »Sie liegen überall, und es gibt keinerlei Blumen.«
Erst jetzt bemerkte Maria, dass auch Christian einen Stein in der Hand hielt. »Einige Überlieferungen erklären diesen Brauch. In einer davon wird berichtet, dass die Israeliten auf dem langen Marsch von Ägypten nach Sinai ins Gelobte Land nur wenige oder gar keine Blumen, aber dafür Steine in Hülle und Fülle hatten und deshalb notgedrungen die Toten mit Steinen ehrten. Aber mir ist eine andere Deutung lieber, in der es heißt, dass die Bestattung der Toten so schlicht wie möglich zu erfolgen hat. Dort wird jede Form von Totenkult abgelehnt, und deshalb gibt es nur einen einfachen Holzsarg, keinen Grabschmuck und keine Blumen, damit sich nach der strengen Trauerzeit die Menschen wieder dem Leben zuwen-

den, denn grenzenlose Trauer wird als mangelndes Gottvertrauen verstanden.«
Maria ließ ihren Blick über die umstehenden Gräber und die schlichten Grabsteine schweifen und schaute danach auf die Wildblumen in ihrer Hand, die bereits welkten.
»Und ich habe gedacht, ich mache Sara eine Freude, wenn ich ihr Blumen mitbringe.«
Christian blickte auf die einfachen Blüten. »Du hättest ihr sicher eine größere Freude gemacht, wenn du sie dort gelassen hättest, wo sie waren. Sie hat nie viel davon gehalten, Blumen in eine Vase zu stellen.«
Maria ging zur Friedhofsmauer, hob einen Stein auf und zeigte ihn Christian. »Ist dieser hier gut?«
Er nickte lächelnd. »Jeder Stein ist gut. Die Größe ist nicht entscheidend.«
Er bückte sich und legte seinen Stein auf die feuchte Erde. Maria tat es ihm gleich. Eine Weile blieben sie schweigend vor dem Grab stehen, und jeder hing seinen Gedanken nach. Irgendwann wanderte Marias Blick zu Saras Nachbargrab und dem Grabstein, auf dem ein Baum abgebildet war. Die hebräischen Schriftzeichen berichteten, wer hier ruhte.
»Ich mag die Schriftzeichen. Nur leider kann ich sie nicht lesen. Was bedeuten sie?« Sie deutete auf den Stein.
Christian wandte den Kopf und begann zu übersetzen: »Die ersten Buchstaben heißen p.n. und bedeuten po nitman: hier ruht. Danach kommt der Name. Hier ruht also Isaak Baum, und am Ende stehen die Buchstaben t.n.z.b.h, das heißt: tehi nafscho zerura bizror hachajim: Es sei seine Seele eingebunden in den Bund des Lebens.«
In seine Augen traten Tränen, und er strich mit der Hand über die feuchte Erde von Saras Grab.
»Ihre Seele wird das gewiss sein, und ich werde eigenhändig

diese Buchstaben in ihren Grabstein meißeln, das bin ich ihr schuldig.«

Maria legte ihre Hand auf die seine. Er blickte auf.

»Ich bin mir sicher, es wird der schönste Grabstein von allen werden.«

Er lächelte. »Und einen Sommervogel werde ich ihr auch schenken, der auf einem Strauß Blumen sitzt, damit jeder sehen kann, wie sehr Sara, die Tochter des Ibrahim, Blumen geliebt und respektiert hat.«

Marias Blick wanderte wieder zu den Blumen in ihrer Hand. »Das ist eine wunderbare Idee, denn diese Blumen werden niemals welken oder tot sein und für immer über sie wachen und bei ihr bleiben.«

Nachdem sie den Friedhof verlassen hatten, liefen sie eine Weile schweigend nebeneinander her. Es hatte inzwischen aufgehört zu regnen, die Wolkendecke riss auf, und der blaue Himmel zeigte sich. Sie verließen die Judengasse, und als sie wenig später den Hühnermarkt erreichten, spiegelte sich der Himmel in den vielen Pfützen. Einige Kinder machten sich einen Spaß daraus, barfuß darin herumzuspringen. Maria beobachtete sie lächelnd und wich einem kleinen Mädchen aus, das vor lauter Übermut beinahe in sie hineingelaufen wäre. Unschlüssig blieb sie vor dem Gebäude stehen, in dem das Atelier lag.

»Möchtest du meine Bilder noch einmal sehen?« Sie schaute Christian schüchtern an.

Er blickte an der mit Balken durchzogenen Wand hinauf. »Werden wir allein sein? Du hast doch gesagt, dein Stiefvater ist hier.«

Maria sah ihn erstaunt an. »Er ist heute anderweitig beschäftigt. Aber was wäre denn so schlimm daran, ihm zu begegnen? Dann lernt ihr euch endlich kennen. Er ist ein netter Mann und wird dich mögen, er mag alle Menschen, die etwas mit Kunst machen. Vielleicht kannst du ihm ja mal ...«

»Das werde ich nicht können«, unterbrach er sie scharf.

Sie zuckte zurück. »Aber warum denn nicht?«, fragte sie, verwundert über seinen ruppigen Tonfall.

Er zog an seinem Hemd. »Sieh mich an. Ich bin ein armer Totengräber, ein Nichts und Niemand, und gewiss wird er mir den Umgang mit dir verbieten.«

Maria wich zurück. So aufbrausend kannte sie ihn gar nicht. »So ist er nicht. Warum verurteilst du ihn, bevor du ihn kennengelernt hast?«

Er ließ die Schultern sinken, und seine Wut verschwand so schnell, wie sie gekommen war. Traurig sah er Maria an. »Weil ich nun einmal nichts Besseres bin, Maria. Ich bin ein einfacher Totengräber, der sich darauf versteht, Steine zu behauen.« Er griff nach ihrer Hand. »Wenn ich jetzt vor ihn trete, dann wird er mich nicht akzeptieren können. Und ich täte nichts lieber, als ihn gleich heute um deine Hand zu bitten, aber ich kann es nicht.«

Maria schaute sich nervös um, doch niemand war zu sehen. Erneut einsetzender Regen beendete das Spiel der Kinder. Christian führte Maria in den Schutz des Hauses und zog den Brief seiner Mutter aus der Hemdtasche.

»Dieser Brief ist von meiner Mutter. Sara hat ihn mir gegeben. Sie hat ihn all die Jahre für mich aufbewahrt. Darin steht, wer mein Vater ist.« Er machte eine kurze Pause. »Ich bin der Sohn des Pastors Waldschmidt. Er hat meine Mutter einst geliebt und dann verstoßen.«

Maria riss verwundert die Augen auf. »Der Pastor – wirklich«, stammelte sie.

Christian nickte. »Ich wollte es erst auch nicht glauben, aber Edda, die mich auf die Welt geholt hat, hat es mir bestätigt.«

Maria sah Christian ungläubig an. »Welche Edda?«
Christian winkt ab. »Das erkläre ich dir ein anderes Mal. Ich war bei meinem Vater, er wollte jedoch nichts von mir wissen, obwohl ich in seinen Augen gesehen habe, dass er mich erkannt hat.«
Maria schnappte nach Luft. Vor ihrem inneren Auge tauchte das Gesicht des Mannes auf, der Tugend und Treue predigte und über allem zu stehen schien. Jetzt wurde er plötzlich ein Mensch mit Fehlern. »Aber ich werde nicht aufgeben. Er ist es mir schuldig, sich um mich zu kümmern. Er hat meine Mutter verstoßen und eine Sünde an ihr begangen, die wiedergutgemacht werden muss. An wem sonst, wenn nicht an seinem eigenen Sohn, könnte er das tun. Vielleicht gibt er nach und ermöglicht mir eine Steinmetzlehre bei einem Kirchenbauer. Ein Empfehlungsschreiben oder ein gutes Wort von ihm würde ausreichen. Aber nicht einmal das will er mir zugestehen.«
Er griff nach Marias Hand und sah sie eindringlich an.
»Verstehst du, worauf ich hinauswill? Wenn ich als Lehrling eines großen Baumeisters bei deinem Stiefvater auftrete, dann sieht er mich mit ganz anderen Augen, und wir könnten heiraten und für immer zusammen sein.«
Maria blieb skeptisch. »Das könnte schon sein. Aber Bernhard Waldschmidt wird dir niemals helfen. Er ist ein hochangesehener Mann der Stadt und Pastor, der sich einen unehelichen Sohn nicht leisten kann. Und an deinen jüdischen Hintergrund will ich dich gar nicht erst erinnern.«
In Christians Augen flammte Wut auf, und er ballte die Hände zu Fäusten. »Dann wird er lernen müssen, sich mit dem Gedanken anzufreunden.«

⁂

Fröhliche Musik trieb Conrad und seine Freunde auf den Balkon der Schenke. Es war ein warmer Abend, und die Leute tummelten sich vor den Häusern. Eine Gruppe Vagabunden hatte es geschafft, sich an der Stadtwache vorbeizuschleichen, und erfüllte die Gasse mit ihrem fröhlichen Gesang. Sie trugen bunte Bänder im Haar und an ihrer Kleidung. Eine junge Frau, deren langes dunkelbraunes Haar ihr bis auf die Hüfte reichte, tanzte barfuß und schlug dazu das Tamburin. Auch Conrad und seine Freunde klatschten im Takt der fröhlichen Musik und verschlangen das schöne Mädchen mit den Mandelaugen, das seine Hüften wiegte wie keine andere, mit ihren Blicken. Ihr enganliegendes, dunkelblaues Kleid betonte ihre schmale Taille, und ihre runden Brüste wirkten wie süße Äpfel, von denen es sich zu kosten lohnte. Genau solche Mädchen wollte Conrad. Kleine Luder, die temperamentvoll waren und alles mit sich machen ließen. Wie sehr er diese langweiligen Weiber mit ihren frommen Töchtern verabscheute, die sonntags in die Kirche kamen und ihm scheue Blicke zuwarfen.

Sein Freund Alfred, der neben ihm stand und mit seinem von Pockennarben übersäten Gesicht und dem roten Haar nur wenig Chancen bei den Frauen hatte, stieß ihn in die Seite.

»Die Kleine wäre genau die Richtige für mich.«

»Nicht in diesem Leben, Alfred«, mischte sich ein weiterer Bursche ein, der den Namen Johannes trug und sich damit rühmen konnte, der Erbe des mondänen Hauses Fürsteneck zu sein. Dazu war er hochgewachsen, muskulös, hatte strohblondes Haar und große hellblaue Augen. Ihm warfen sich die Mädchen regelrecht an den Hals. Jeden Abend verließ er mit einer anderen die Schankhäuser.

»Du weißt doch gar nicht, was du mit so einem Mädchen anstellen sollst. So eine wie die braucht einen richtigen Mann und kein Würstchen.«

Alfred verzog beleidigt das Gesicht. »Bei mir holt sie sich wenigstens keine Krankheiten. Wer weiß, mit was dich die vielen Weiber schon angesteckt haben.«

Conrad mischte sich nicht in das Gespräch der beiden ein. Sein Blick hing an der Frau, und plötzlich dachte er an die Worte seines Vaters zurück. Er übertrieb es mit den Schankhäusern und den Weibern, darin musste er ihm recht geben, aber er war jung und ein gutaussehender Mann, der es sich erlauben konnte, sich die Hörner abzustoßen. Doch was würde passieren, wenn auch er eines Tages einem Mädchen begegnen würde, für das er mehr empfand. Ihm waren die Traurigkeit und die Verzweiflung im Blick seines Vaters nicht entgangen. War der Preis für das kurze Vergnügen zu hoch?

Die Musik verstummte, das Mädchen verneigte sich tief, und er konnte direkt auf ihren Busen schauen. Schnell schob er die trübsinnigen Gedanken beiseite. Er war nicht wie sein Vater und hatte seine Gefühle unter Kontrolle. Niemals würde er sich von einem Mädchen einwickeln lassen.

Die Vagabunden sammelten die Münzen auf, die ihnen die Leute zuwarfen, verbeugten sich mehrfach und zogen zum nächsten Schankhaus weiter.

»Lass uns wieder reingehen und weiterspielen«, drang Alfreds Stimme an Conrads Ohr. »Die Vorstellung ist vorüber.«

Conrad blickte der Gruppe hinterher und starrte auf die junge Frau, deren Gesäß beim Gehen sanft hin und her wippte, während ihr langes Haar wie flüssige Seide bis auf ihre Hüften herabfiel. Sein Freund Johannes legte ihm den Arm um die Schultern und folgte seinem Blick.

»Das ist die Sorte Mädchen, die einem den Verstand raubt.«

Die Gruppe verschwand hinter einer Biegung der Gasse, und Conrad erwachte aus seiner Erstarrung. »Hast du was gesagt, Johannes?«

Sein Freund schlug ihm lachend auf die Schulter und zog ihn vom Geländer weg. »Genau das meine ich, mein Freund, genau das.«

Wenig später saßen sie beim Kartenspiel beisammen, und der Wein floss in Strömen. Öllampen und Kerzen waren entzündet worden, was den kleinen Raum mit seinen dunklen Balken und der niedrigen Decke noch gemütlicher machte. Zwei Hübschlerinnen hatten sich zu ihnen gesellt. Doch als sich die eine, ein brünettes hübsches Mädchen mit braunen Mandelaugen, auf Conrads Schoß setzen wollte, hatte er sie weggestoßen. Beleidigt hatte sie sich Alfred zugewandt, der mit so viel Weiblichkeit sichtlich überfordert schien, mit glühenden Wangen am Tisch saß und kaum noch seine Karten halten konnte. Johannes hatte ein blondes Mädchen auf dem Schoß sitzen, seine Hände bereits unter ihrem Rock. Sie hieß Sibylla und war eine von Eddas Huren, die er am liebsten mochte, denn Edda war, was Sauberkeit und Gesundheit ihrer Mädchen betraf, sehr sorgsam. Lachend schäkerte er mit der jungen Frau herum und küsste sie zwischen den einzelnen Spielzügen.

Conrad wandte angewidert den Blick ab und leerte seinen vierten Becher Wein in einem Zug, schenkte sich nach und brüllte nach dem Wirt, der für Nachschub zu sorgen hatte.

Johannes blickte auf. So einen rüden Tonfall war er von seinem Freund nicht gewohnt.

»Was ist los, Conrad? Du verhältst dich heute Abend sehr seltsam.«

Conrad warf eine seiner Karten auf den Tisch. »Was soll schon sein? Nichts ist.«

Der Wirt kam und stellte einen vollen Krug Wein auf den Tisch, aus dem sich Conrad gierig nachschenkte.

Johannes schüttelte den Kopf.
»Und so viel trinken tust du sonst auch nicht.«
Sibylla war über die fehlende Aufmerksamkeit nicht sonderlich begeistert und versuchte, Johannes zu küssen.
»Lass ihn doch. Er hat einen schlechten Tag.« Johannes wandte den Kopf ab und schubste sie von seinem Schoß herab.
»Mach dich fort, Weib. Das hier geht dich nichts an.«
Beleidigt verzog sie das Gesicht und winkte ihre Freundin zu sich. »Komm, Constanze, wir gehen. Wie es scheint, sind die Herren anderweitig beschäftigt.«
Constanze schaute unsicher zu Alfred, der beseelt in ihren Ausschnitt starrte und von der Verstimmung am Tisch nichts mitbekommen hatte.
Doch Sibylla ließ nicht locker. Sie hatte für eine Hübschlerin einen sehr ausgeprägten Stolz. Niemand durfte so mit ihr umgehen. Sie mochte ein leichtes Mädchen sein, doch aufgrund ihrer Schönheit konnte sie sich die Männer aussuchen. In der Gasse warteten die nächsten Freier, die ihre Vorzüge mehr zu schätzen wussten.
»Ich habe gesagt, wir gehen, Constanze.«
Seufzend ließ Constanze von Alfred ab. Sie war noch nicht lang im Geschäft und folgte Sibylla auf Schritt und Tritt. Edda hatte die beiden Frauen zusammengebracht und damit ein sicheres Händchen bewiesen. Sibylla hatte Constanze bereits alles Wichtige beigebracht, und sie waren Freundinnen geworden, was in diesem harten Geschäft von Vorteil sein konnte.
Während die beiden Huren den Raum verließen, war Johannes' Blick noch immer auf Conrad gerichtet. »Jetzt rede endlich. Bereits seit Tagen bist du so schlechter Stimmung. Was ist denn los?«
Conrad umfasste sein Glas mit beiden Händen und starrte auf

den Tisch. »Mein Vater hat einen unehelichen Sohn, der Ansprüche stellt.«
Alfred verschluckte sich an seinem Wein und begann zu husten, Johannes riss die Augen auf.
»Dein Vater hat einen unehelichen Sohn? Das kann doch nicht sein. Bestimmt lügt der Bengel. Ich kenne keinen ehrenhafteren Menschen als deinen Vater.«
Conrad lehnte sich zurück und seufzte. »Das habe ich bisher auch gedacht. Aber es stimmt. Er hat es zugegeben, und der Bursche sieht ihm sogar ähnlich.«
Alfred hatte sich wieder beruhigt.
»Wer ist der Kerl?«
»Der Totengräber vom Peterskirchhof, ein gewisser Christian. Mehr weiß ich über ihn nicht.«
»Und wie hat dein Vater reagiert?«, fragte Johannes, der immer noch fassungslos war.
»Er hat ihn natürlich rausgeworfen. Aber seitdem der Bursche fort ist, hat er sich verändert, wirkt schwermütig und traurig, und wenn ich ihn auf das Thema anspreche, wird er wütend.«
Alfred warf Johannes einen kurzen Blick zu, doch sein Freund schien genauso hilflos zu sein wie er. Er legte seine Karten, die er in der Hand hielt, auf dem Tisch ab. Die Lust auf das Spiel war allen gründlich vergangen.
»Was wollte er denn von deinem Vater?«
Conrad zuckte mit den Schultern. »Ist das wichtig? Es reicht schon, dass es ihn gibt und er die Dreistigkeit besitzt, meinen Vater darauf anzusprechen. Welche Hure seine Mutter auch immer gewesen ist, mein Vater kann nur eine Nacht bei ihr gelegen haben, mehr nicht.«
Johannes schaute zum Fenster, und plötzlich bildete sich in seinem Hals ein dicker Kloß. Über etwaige Schwangerschaf-

ten der Hübschlerinnen hatte er sich noch nie Gedanken gemacht. Am Ende würde in vielen Jahren, wenn er ruhig und sesshaft geworden war, auch bei ihm irgendein Bursche auftauchen und Forderungen stellen, vielleicht sein Leben zerstören.

Conrad fuhr sich verzweifelt durch sein braunes Haar.

»Er wird dem Ansehen meiner Familie schaden, und am Ende werde ich nicht die Nachfolge meines Vaters als Pastor antreten können. Darauf habe ich mich all die Jahre vorbereitet, er darf es mir nicht zerstören.«

Er schlug mit der Faust auf den Tisch.

Johannes strich sich nachdenklich über seinen kurzgeschnittenen Bart. »Und wenn wir ihm einen Schrecken einjagen und ihm klarmachen, was ihn erwartet, wenn er deinen Vater weiter belästigt?«

Conrad sah seinen Freund verwundert an.

»Ich meine, wir müssen ihn ja nicht gleich aus dem Weg räumen, aber ihn einzuschüchtern kann gewiss nichts schaden.«

Er machte eine eindeutige Handbewegung.

Alfred nickte bestätigend.

»Ich finde Johannes' Idee gut. Diesem Burschen müssen seine Grenzen aufgezeigt werden.«

Conrads Blick wanderte von einem zu anderen, und er begann zu grinsen. »Was würde ich nur ohne euch tun, Freunde.«

Johannes erhob sich, trat neben Conrad und schlug ihm auf die Schulter. »Dafür sind Freunde doch da. Kommt, lasst uns gehen und den Burschen aufstöbern.«

Alfred war ebenfalls aufgestanden und ballte die Fäuste.

»Wir werden ihm schon zeigen, was es bedeutet, einem Pastor zu nahezutreten.«

Conrads Augen begannen zu funkeln. »Dann los. Soweit ich weiß, bewohnt er einen Schuppen auf dem Peterskirchhof.«

*

In den Abendstunden hielt sich Maria gern am Main auf. Sie liebte es, wenn am Hafen Ruhe eingekehrt war, die Schiffe ruhig am Ufer lagen und der Fluss wie ein Spiegel wirkte. Sie saß mit Christian am Flussufer, ließ Kieselsteine durch ihre Finger gleiten und warf hin und wieder einen ins Wasser. Enten schwammen an ihnen vorüber, und Möwen zogen kreischend über sie hinweg. Die beiden hingen ihren Gedanken nach. Christian hatte schnell bemerkt, dass Maria etwas bedrückte, und auch er war nicht bester Stimmung. Eigentlich hatte er heute ein weiteres Mal versuchen wollen, mit Bernhard Waldschmidt zu sprechen. Aber dann hatte ihn der Mut verlassen. Immer wieder hatte er den Brief seiner Mutter gelesen, ihn auswendig aufgesagt, ihre Worte leise geflüstert. Er war zu Saras Grab gegangen, doch auch dort hatte er keine Antwort gefunden. Er wusste, dass das, was er sich wünschte, niemals in Erfüllung gehen würde. Gestern hatte er Waldschmidt dabei beobachtet, wie dieser liebevoll den Arm über die Schultern seines Sohnes gelegt hatte. Die beiden hatten gelacht, vertraut gewirkt. In diesem Moment hatte er sich nichts mehr als einen Vater gewünscht, der ihn genauso in den Arm nahm, ihm zuhörte und Mut machte. Er hatte den Schmerz in Waldschmidts Augen erkannt. Dieser Mann schien seine Mutter tatsächlich geliebt zu haben, doch helfen würde ihm das nichts. Aber hatte er nicht ein Recht darauf, von seinem Vater genauso anerkannt zu werden wie seine beiden anderen Söhne? Vielleicht liebte Waldschmidt seine Mutter sogar mehr als seine jetzige Frau, die er der Pflicht halber geheiratet hatte.

»Mein Stiefvater wird morgen wieder abreisen«, unterbrach Maria seine Gedanken. Sie warf ebenfalls einen Stein ins Wasser. »Er hat dringende Geschäfte zu erledigen, die nicht warten können.« Ohne ihn anzusehen, fuhr sie fort: »Wenn er da ist, ist alles einfach. Er versteht mich, hört mir zu und nimmt mich in den Arm. Sogar Mutter ist dann freundlicher zu mir und gängelt mich weniger. Bestimmt wird er jetzt wieder lange Zeit fortbleiben.«

»Du hast wenigstens einen Vater, auch wenn er nur dein Stiefvater und oft weit fort ist.«

Maria schaute beschämt zu Boden. »Es tut mir leid. Ich wollte dir nicht weh tun.«

Maria und Christian erhoben sich und spazierten Richtung Hafen. Maria wickelte ihr Schultertuch enger um sich, denn der milde Wind des Tages verwandelte sich in eine kühle Brise.

Sie betraten die Stadt durch das Fischerpförtchen und schlenderten die Gasse hinunter, auf der noch viele Leute unterwegs waren. Wie es an warmen Tagen üblich war, hatten die Anwohner der Gasse ihre Stühle und Bänke nach draußen gestellt und sich zusammengesetzt, um den Feierabend zu genießen. Es wurde laut gelacht und geschwatzt, und Kinder liefen lachend herum. Vor einem Haus fiedelte ein junger Mann fröhlich auf seiner Geige, und einige Pärchen tanzten dazu. Maria blieb stehen und klatschte im Takt der Musik mit. Plötzlich war ihre bedrückte Stimmung verflogen. Auch Christian schien sich von der Musik mitreißen zu lassen, denn er verbeugte sich grinsend vor Maria.

»Darf ich bitten, mein Fräulein.«

Lächelnd ergriff sie seine Hand, und die beiden tanzten übermütig mit den anderen Pärchen. Christian wirbelte Maria wild im Kreis herum. Alles um sie schien zu verschwimmen – die Lichter der Kerzen, die Gesichter der Menschen, die lachend um sie herumstanden und im Takt klatschten. Sie glaubte zu fliegen, und ein unbändiges Glücksgefühl erfasste sie. Als der Mann aufhörte, auf seiner Geige zu spielen, tanzten die beiden immer noch, hielten erst nach einer Weile inne und blickten sich verliebt in die Augen. Die Stimme der alten Verkäuferin, die Maria so gut kannte, holte sie wieder in die Realität zurück.

»Kinder, Kinder, wenn ihr so verliebt seid, dann schert euch nach Hause, wo ihr hingehört.«

Maria löste sich erschrocken aus Christians Arm, blickte in die gutmütigen Augen der alten Frau und errötete.

Plötzlich waren auch die Blicke der anderen Leute auf sie gerichtet, und es blieb ihnen nichts anders übrig, als die Flucht zu ergreifen.

Kichernd wie kleine Kinder rannten sie die Fahrgasse hinunter, über die Zeil bis zum Peterskirchhof, vor dem Maria, nach Luft ringend, stehen blieb. Liebevoll nahm Christian sie in den Arm, blickte ihr tief in die Augen und strich ihr eine Haarsträhne aus der Stirn.

»Ich liebe dich, kleine Merian.« Seine Augen schienen selbst in dem wenigen Licht des Abends golden zu schimmern, und sie glaubte, darin zu versinken.

Doch dann wurden sie plötzlich von einer gehässigen Stimme unterbrochen. »Na, wen haben wir denn da. Zwei süße Turteltäubchen, wie hübsch.«

Drei Männer traten aus dem Schatten der Friedhofsmauer und kamen auf die beiden zu. Maria und Christian wichen zurück.

Einer der Männer, ein großer Blonder, musterte Maria abschätzend. »Da hast du dir aber kein besonders hübsches Täubchen geangelt, mein Freund.«
Ein Rothaariger trat näher und stieß Christian in die Seite. »Sogar ein recht hässliches Entlein. Mehr scheint für einen armen Totengräber nicht drin zu sein.«
In Maria stieg Panik auf. Den blonden und den rothaarigen Mann kannte sie nicht, aber den Braunhaarigen, der jetzt ebenfalls näher trat und ihr ins Gesicht blickte, kannte sie sehr wohl.
»Da sieh mal einer an, mit wem sich mein vermeintlicher Stiefbruder so herumtreibt. Mit dem Raupenmädchen, das es mit dem Teufel hat.«
Christians anfängliche Furcht wich Wut, und er stellte sich schützend vor Maria. »Du hast kein Recht dazu, Maria zu beleidigen. Zügle deine Zunge, Bruder.«
Die drei sahen ihn fassungslos an.
»Du wagst es, den Sohn des Bernhard Waldschmidt, den zukünftigen Pastor der Barfüßerkirche, als deinen Bruder zu bezeichnen«, sagte Johannes.
»Das ist er doch«, erwiderte Christian und schob Maria hinter sich. »Sein Vater hat erkannt, wer vor ihm steht, und es ist nur eine Frage der Zeit, bis er mir meinen Wunsch erfüllt.«
»Gar nichts wird er«, antwortete Johannes und stieß Christian in den Bauch. Christian krümmte sich zusammen.
Alfred trat Christian mit dem Fuß in die Seite und sagte: »Wage es ja nicht, dich noch einmal als Conrads Bruder zu bezeichnen.«
Christian sank zu Boden, rappelte sich aber schnell wieder auf. Doch ein weiterer Schlag ins Gesicht, diesmal von Conrad ausgeführt, ließ ihn erneut zusammensinken.

»Du wirst meine Familie niemals in den Schmutz ziehen, hast du verstanden!«

Christian funkelte Conrad wütend an. »Dein Vater trägt dafür die Verantwortung, nicht ich.«

Jetzt sah Conrad rot. Mit voller Wucht begann er, auf Christian einzudreschen. Abwehrend hob Christian die Hände. Verzweifelt ging Maria dazwischen.

»So hört doch auf, er hat euch nichts getan. Ihr schlagt ihn noch tot.«

Johannes stieß sie nach hinten. Sie schlug hart auf dem Pflaster auf, rappelte sich wieder auf, sprang Alfred auf den Rücken und begann, ihn zu würgen. Doch es gelang ihm, sie abzuschütteln, und plötzlich zückte er ein Messer.

»Abstechen sollten wir das verdammte Schwein, damit endgültig Ruhe ist.«

Er hob die Klinge und ging auf Christian los. Verzweifelt sprang Maria erneut dazwischen. Aber dann raubte ihr ein stechender Schmerz in ihrer Schulter den Atem, und das Letzte, was sie sah, waren Christians weit aufgerissene Augen, bevor alles um sie herum in Dunkelheit versank.

Kapitel 10

Christian öffnete die Augen. Sein Kopf dröhnte, der Geschmack von Blut lag auf seiner Zunge, und seine Lippen fühlten sich taub an. Er schloss die Augen, öffnete sie wieder, doch es drehte sich alles um ihn herum. Irgendetwas schien ihn zu berühren, halb auf ihm zu liegen. Er wandte den Kopf und blickte in Marias Gesicht. Sie hatte die Augen geschlossen und den Mund halb geöffnet, Speichel lief über ihr Kinn. Sofort war er hellwach und setzte sich auf. Maria, sie war auf ihn gefallen, als sie von dem Messer getroffen worden war, jedenfalls glaubte er das. Sein Kopf dröhnte noch immer, und Blitze zuckten vor seinen Augen. Er beugte sich über Maria, drehte sie um und wich erschrocken zurück. Das Messer steckte unterhalb ihrer rechten Schulter. Ihre Bluse war von Blut durchtränkt. Er legte vorsichtig seine Hand auf ihren Brustkorb, stellte erleichtert fest, dass sie noch atmete, und blickte sich verzweifelt um. Er musste sie nach Hause bringen, sofort. Langsam hob er sie vom Boden hoch. Ihr Kopf sank nach hinten. Tränen der Verzweiflung stiegen in seine Augen, während er vorsichtig einen Fuß vor den anderen setzte und die Kopfschmerzen und den Schwindel auszublenden versuchte. Dass jemand zu Schaden kommt, hatte er nicht gewollt. Am Ende würde sie wegen ihm sterben. Er lief durch die menschenleeren Gassen. Wie hatte er nur glauben können, von Bernhard Waldschmidt Unterstützung zu erhalten. Erneut kamen ihm

Eddas Worte in den Sinn. Warum hatte er nicht auf die alte Hure gehört?

Er erreichte die Kruggasse, seine Beine zitterten. Er blieb stehen und legte Maria vorsichtig auf den Boden, setzte sich neben sie und schlug die Hände vors Gesicht. Gleich war es geschafft, und Maria war in Sicherheit. Sie würden sich um sie kümmern, nach einem Arzt rufen, ganz bestimmt. Er ließ die Hände sinken, strich mit den Fingerspitzen über ihr blasses Gesicht und wischte sich seine Nase mit dem Ärmel ab.

»Es tut mir so unendlich leid. Das musst du mir glauben. Ich wollte das nicht.« Er hob sie vorsichtig vom Boden hoch und trug sie die letzten Meter durch die Gasse. Bärbel, die auf Maria gewartet hatte, rannte ihm aufgeregt entgegen.

»Was, um Himmels willen, ist geschehen?«

Sie geleitete ihn in Marias Zimmer, wo er Maria aufs Bett legte und erschöpft auf einen Stuhl sank. Bärbel besah sich Marias Schulter, legte ihr die Hand auf die Brust und horchte an ihren Lippen.

»Sie lebt noch. Was ist passiert? Rede endlich, Junge!«

Christian fuhr sich hektisch durchs Haar. »Wir sind überfallen worden, kurz vor der Friedhofsmauer. Sie haben mich zusammengeschlagen, und plötzlich hatte einer von ihnen ein Messer in der Hand. Es ging alles so schnell, ich weiß nichts mehr.«

Bärbel schaute sich panisch um, Schweißperlen traten auf ihre Stirn. Sie lief zur Tür und öffnete sie.

»Ich muss die Herrschaft wecken, und zwar sofort. Ein Arzt muss her.«

Sie schaute Christian an. Er sah fürchterlich aus. Sein rechtes

Auge begann zuzuschwellen, und seine Lippe war dick und aufgesprungen. Doch Mitleid hatte sie nicht mit ihm.
»Ich denke, es ist besser, wenn du verschwindest. Ich regle das schon irgendwie.«
Christian nickte, sein Blick wanderte zu Maria.
»Sie wollte mir helfen.«
Bärbel öffnete die Tür. »Geh lieber. Du hast schon genug Unheil angerichtet.«
Er trat neben sie, die Augen voller Tränen. »Ihr müsst mir glauben: Ich habe das nicht gewollt.«
»Das mag sein, aber es ist geschehen. Halte dich in Zukunft von ihr fern. Das ist besser für uns alle.«
Entgeistert sah er sie an. »Aber …«
»Verstanden?«, unterbrach sie ihn.
Er ließ die Schultern sinken, nickte, ging an ihr vorbei und verschwand im dunklen Treppenhaus.
Eilig rannte die Magd über den Flur und klopfte mit zitternder Hand an die Schlafzimmertür der Herrschaft.

*

Conrad stand am Fenster des Hauses Fürsteneck und schaute über die Dächer der Stadt bis zum Dom. Der Himmel war dunstig, sonst hätte er die entfernten Hügel des Taunus erspähen können. Er ließ seinen Blick nach unten in die Fahrgasse, die voller Menschen war, schweifen. Die Läden im Haus waren bereits geöffnet, und die Kundschaft drängte in den weitläufigen Laden, auf der Suche nach feinstem Tuch, das dort gehandelt wurde. Fuhrwerke, von Maultieren oder Eseln gezogen, wechselten sich mit feinen Kutschen ab, die einfachen Bauern

zogen ihre Karren per Hand hinter sich her. Der Lärm drang nur gedämpft nach oben, denn die Fenster waren geschlossen.
»Was starrst du die ganze Zeit zum Fenster hinaus?«, drang Johannes' Stimme an Conrads Ohr.
Conrad drehte sich nicht um. »Es sieht wie immer aus, aber doch hat sich alles seit letzter Nacht verändert. Wir sind zu weit gegangen, viel zu weit.«
Johannes trat neben ihn und schaute auf die belebte Gasse hinunter. »Gut, Alfred hat das Mädchen erwischt, aber sie hat es mit dem Teufel, wie du gesagt hast, und hübsch war sie auch nicht, also ist es nicht schade um sie.«
Conrad warf seinem Freund einen verächtlichen Blick zu.
»Wie kannst du so denken? Wenn das rauskommt, dann werde ich niemals Stadtpfarrer werden, sondern ins Gefängnis wandern, auch wenn sie sonderbar ist.«
Alfred, der die ganze Zeit über wortlos in einer Ecke gesessen hatte, trat jetzt näher. Sein schlechtes Gewissen hatte ihn zum Schweigen gebracht, denn er wusste sehr genau, wie unverzeihlich seine Tat war. Sie hatten dem Burschen Angst machen wollen. Die Sache war außer Kontrolle geraten, wofür niemand etwas konnte.
»Im Grunde ist es doch der Totengräber selbst gewesen, der die Schuld daran trägt. Hätte er sein vorlautes Maul gehalten, wäre es niemals so weit gekommen. Aber nein, er musste dich beleidigen und zur Weißglut treiben.«
Conrad sah die beiden ungläubig an. »Wir haben die Merian verletzt, versteht ihr das nicht. Was ist, wenn uns jemand gesehen hat oder die Kleine redet oder gar stirbt? Dann hängen wir dafür am Galgen.«
Johannes griff seinem Freund an die Schulter und blickte ihm tief in die Augen. »Jetzt hör endlich damit auf. Gar nichts wird passieren, und niemand wird hängen. Der Bursche wird

einen Teufel tun und uns anklagen. Und was geht uns das Mädchen an. Niemand hat uns gesehen. Wir waren allein, dessen bin ich mir sicher.«

Conrad ließ seinen Blick durch das luxuriös eingerichtete Zimmer schweifen. Die Wände waren mit Holz vertäfelt, in das prachtvolle Schnitzereien eingearbeitet waren. Tisch und Stühle, dunkel gebeizt und auf Hochglanz poliert, standen mitten im Raum, an den Fenstern luden kleine Sitzbänke, die Polster mit weinrotem Stoff bezogen, zum Verweilen ein, und im hinteren Teil des Raumes stand ein reichverzierter, mit weißen Fliesen gekachelter Kaminofen, den ein italienischer Ofenbauer für viel Geld errichtet hatte. Für Johannes war alles im Leben leicht. Sein Vater war einer der wohlhabendsten Männer der Stadt und der angesehenste Tuchhändler weit und breit. Eines Tages würde Johannes das Geschäft übernehmen. Er unternahm bereits heute Auslandsreisen, die der Alte sich nicht mehr zutraute. Mailand, Paris oder Wien – Johannes war weit herumgekommen, und wenn er in Frankfurt weilte, dann lebte er ein Leben im Luxus und arbeitete nur das Notwendigste. Er war das einzige Kind der Familie, denn seine Geschwister waren im Kleinkindalter verstorben. Sein Vater würde alles für ihn tun, ihn notfalls auch freikaufen und fortschicken, bis sich die Wogen wieder geglättet hätten.

»Du hast leicht reden«, blaffte Conrad seinen Freund an und riss sich los. »Dir wird dein Vater beistehen, wie er es immer tut. Man braucht nur genügend Geld, um den einen oder anderen Zeugen zum Schweigen zu bringen oder dafür zu sorgen, dass Mädchen nicht um Unterhalt für ihre Kinder bitten. Dein Vater löst all deine Probleme, so einfach ist das, nicht wahr? Wenn mein Vater davon erfährt, dann wird er furchtbar wütend werden, und am Ende verliere ich wegen dieser Sache den Anspruch auf seine Nachfolge.«

Johannes sah Conrad fassungslos an. »Du hältst mich also für den unselbständigen Anhang meines Vaters, der ohne sein Geld ein Tölpel ist.«
»Wenn du es so siehst: Ja, das tue ich.«
Die beiden jungen Männer standen sich gegenüber und ballten die Fäuste.
»Hört sofort auf damit«, mischte sich Alfred ein und trat zwischen seine Freunde.
»Ihr verliert bereits die Nerven, bevor etwas passiert ist. Bisher ist doch alles in Ordnung. Wir werden die Sache von gestern Abend einfach aus unserem Gedächtnis streichen, als wäre sie niemals passiert.«
Conrad atmete tief durch und warf Johannes einen abschätzenden Blick zu. »Alfred hat recht. Bisher ist nichts passiert, und so wird es auch bleiben. Wir sollten uns jetzt beruhigen.«
Johannes schob Alfred beiseite und streckte Conrad die Hand hin. »Es tut mir leid. Ich wollte nicht herablassend wirken. Wir hängen alle drei in der Sache drin und müssen zusammenhalten.«
Conrad ergriff dankbar die Hand seines Freundes, und Alfred legte seine obendrauf.
»Also abgemacht«, sagte er. »Niemand von uns hat mit dieser Sache etwas zu tun. Wir waren nicht an der Friedhofsmauer, sondern gemeinsam in unserer Stammschenke beim Würfelspiel, wie immer.«
Conrad nickte, wandte seinen Blick aber nicht von Johannes' blauen Augen ab. Sie wussten beide, dass es nicht lang dauern würde, bis die ersten Fragen gestellt würden, und insgeheim wünschte sich Conrad, Maria wäre tot.

*

Johanna saß am Bett ihrer Tochter und musterte nachdenklich ihr blasses Gesicht. Der Raum wurde spärlich von einer Kerze erhellt, die auf dem Nachttisch neben einer Waschschüssel aus weißem Porzellan stand. Daneben lagen einige frische Leinentücher. Um das Bett herum türmten sich Marias Schächtelchen auf. Gläser, in denen irgendetwas herumkrabbelte, säumten die Wände, und überall standen Pflanzen, die die Köpfe hängen ließen, weil niemand sie goss. Die Balkontür war angelehnt. Die kühle Nachtluft drang in den Raum und machte den strengen Kräutergeruch erträglicher, der von Marias Schulterverband ausging.

Auf Marias Stirn schimmerten Schweißperlen, und ihre Wangen waren vom Fieber gerötet. Meistens lag sie still zwischen den Kissen, doch ab und an warf sie den Kopf hin und her und brabbelte unverständliche Worte. Johanna dachte an den Tag zurück, als Maria am Fenster die Regentropfen beobachtet und ausgesehen hatte, als wäre sie weit fort. So verträumt hatte sie ihr ganzes Leben über gewirkt. Bei Tisch, bei den Schul- oder Hausarbeiten – Maria lebte in einer eigenen Welt. Als Maria die ersten Raupen angeschleppt hatte, hatte sie die schrecklichen Tiere weggeworfen und ihre Tochter ausgeschimpft. Doch dann versteckte Maria ihre Schätze, wie sie die Raupen nannte, auf dem Dachboden, wo sie sich stundenlang verkroch. Sommervögel nannte sie die schrecklichen Butterfliegen, wie ihr Vater, den sie so sehr geliebt hatte. Matthäus war ein alter Mann gewesen, als sie ihn geheiratet hatte. Aber er war charmant und liebevoll, mit einem ganz besonderen Strahlen in den Augen, dem sie nicht hatte widerstehen können. Er vergötterte seine Maria, hatte in ihr von Anfang an etwas Besonderes gesehen.

Johanna ließ ihren Blick durch den Raum schweifen. Wie sehr sie die vielen Gläser und Schächtelchen verabscheute, aber sie waren ihrer Tochter wichtig, das hatte sie irgendwann verstanden. Sie griff nach einer der winzigen Schachteln, strich mit den Fingerspitzen darüber und öffnete sie vorsichtig. Sie war leer. Sie schloss den winzigen Deckel und strich liebevoll über Marias Hand. Tränen traten ihr in die Augen. Ihre Tochter war für sie wie eine Fremde, und doch liebte sie sie unendlich. Die Angst davor, sie zu verlieren, raubte ihr sämtliche Kräfte.

Plötzlich legte sich eine Hand auf ihre Schulter. »Wie geht es ihr?«

Johanna wischte sich die Tränen aus den Augen und blickte auf. Bärbel stand im Nachtgewand vor ihr. Die Magd hatte tiefe Schatten unter den Augen, und ihre Wangen wirkten im Kerzenlicht fahl.

»Das Fieber will nicht sinken.« Johanna rieb sich die müden Augen.

»Vor einer Stunde habe ich den Verband gewechselt, alles war voller Eiter. Wenn es so weitergeht, wird sie bald sterben.« Sie sah ihre Tochter traurig an. »Sie wird fortgehen und die Erinnerung an eine Mutter mitnehmen, die sie nie verstanden hat.«

Bärbel zog sich einen Stuhl heran, setzte sich neben ihre Herrin und griff nach deren Hand. »So wird es nicht sein. Sie wird Euch als fürsorgliche Mutter in Erinnerung behalten, die immer nur ihr Bestes wollte, ganz sicher.«

Johanna warf der Magd einen traurigen Blick zu. »Ach, Bärbel. Für sie bist du mehr Mutter als ich.« Sie hob die Hand, als die Magd etwas erwidern wollte. »Und sag jetzt nicht, dass das nicht stimmt. So wie mit dir hat sie nie mit mir gesprochen. Gewiss deshalb, weil ich ihr niemals richtig zuhören wollte und all die Dinge, die ihr wichtig waren, nicht wahrgenommen habe.«

Sie blickte sich im Raum um.
»Die vielen Schachteln, Gläser und Pflanzen, ich verstehe nichts davon. Seit Jahren füttert sie Raupen, zeichnet sie und ihre geliebten Sommervögel« – Johanna schluchzte auf –, »und ich kann nicht einen von ihnen benennen, sondern verabscheue diese schrecklichen Butterfliegen, obwohl sie sie so sehr liebt. Sie malt und zeichnet, fängt Blumen und Landschaften ein wie kein anderer, und doch kann ich nicht begreifen, was sie daran findet. Sie ist meine Tochter und irgendwie auch nicht.«
Bärbel wusste nicht, was sie erwidern sollte. Ihre Herrin hatte recht. Sie hatte sich nie für Maria und die Dinge, die sie tat, interessiert. Geschimpft hatte sie, als Jacob Marrell dem Kind Malstunden gegeben hatte und sie später im Atelier von Migon unterrichten ließ. Verboten hatte sie ihr das Sammeln der Tierchen, alles weggeworfen und es irgendwann dann doch stillschweigend hingenommen. Maria hatte oft unter der Art ihrer Mutter gelitten, aber sie wusste auch, wie sehr Maria an ihrer Mutter hing, obwohl sie so verschieden waren.
Johanna strich ihrer Tochter mit den Fingerspitzen über den Handrücken. »Einmal, als sie ein kleines Mädchen war, keine vier oder fünf Jahre alt, da hat sie mir ein Bild gemalt. Es war ein Blumenbild, was sonst. Sie hat es mir gebracht, und ich habe es kaum beachtet und sie fortgescheucht. Ich sehe es noch genau vor mir. Es waren Lilien und Tulpen in einer blauen Vase. Es war mit der Hand eines kleinen Kindes gezeichnet, aber selbst damals konnte man ihr Talent bereits erkennen, sogar ich. Als sie fort war, habe ich es mir eine Weile angesehen und war sogar stolz auf sie, obwohl ich mir das nicht eingestehen wollte, denn Mädchen malen keine Bilder.« Sie warf Bärbel einen langen Blick zu. »Aber mein Mädchen eben schon, oder?«

Die Magd nickte. »Ja, sie schon.«
Bärbel wusste, wie viel Kraft es ihre Herrin kostete, sich der Wahrheit zu stellen.
Schweigend schauten die beiden Frauen eine Weile auf das junge Mädchen im Bett, das wie eine zarte Puppe wirkte. Langsam kündigte sich der neue Tag an, und das graue Licht der frühen Stunde fiel in den Raum, weckte die ersten Tierchen und ließ sie in ihren Gläsern herumschwirren, die Freiheit suchen. Eine blaue Butterfliege zog plötzlich Bärbels Aufmerksamkeit auf sich. Sie stieß mit den Flügeln immer wieder gegen die Wände des Glases, flatterte verzweifelt darin herum und gab nicht auf. Die Magd hob das Glas vom Boden auf, trat auf den Balkon und öffnet den Deckel. Sofort flatterte die Butterfliege nach draußen und verschwand im Zwielicht der Gasse. Sie blickte ihr wehmütig hinterher.
Sie hatte niemals Kinder gehabt, alle während der Schwangerschaften schmerzlich früh verloren. Nur eines davon war tot zur Welt gekommen. Wie einen Schatz hatte sie es eine ganze Nacht im Arm gehalten, ihr Mädchen, ein Wunder mit seinen winzigen roten Lippen, den langen Wimpern und den zierlichen Händchen. Am nächsten Tag hatte sie die Kleine beerdigen müssen, hatte sie verloren wie ihr eigenes Leben, das sie ebenfalls begraben hatte, irgendwo ganz tief in sich. Doch manchmal suchte es sich doch seinen Weg nach oben. Dann tauchte das Gesicht ihres geliebten Mannes mit seinen warmen braunen Augen und seinen Grübchen wieder auf. Er war nicht heimgekommen aus dem Krieg, war wie so viele auf einem der Schlachtfelder verschollen.
Und jetzt sah es so aus, als würde ihr das Schicksal auch noch Maria wegnehmen wollen. Das Kind, das sie liebte wie ihr eigenes. Johanna hatte recht. Sie fühlte sich für Maria verantwortlich wie eine Mutter. Sie hörte ihr zu, tröstete und er-

mutigte Maria. In ihrer Kammer lagen viele Blumenbilder in den Schubladen. Jedes einzelne hatte sie wie einen Schatz aufbewahrt. Maria hatte sie nicht mehr ihrer Mutter, sondern ihr geschenkt. Bärbel musste lächeln. Sie hatte schon vor langer Zeit aufgegeben, sich über das Mädchen zu wundern, und sich daran erfreut, wie sie zur jungen Frau heranreifte. Wehmütig blickte sie in die Kammer. Zu einer jungen Frau, die das Schicksal einmal zu viel herausgefordert hatte und jetzt dafür bezahlte.
Eine Bewegung in der Gasse ließ sie aufblicken, und sie erkannte Christian, der an einer Hauswand lehnte. Er schien sich wirklich Sorgen um Maria zu machen. Sie dachte an seinen verzweifelten Blick, als er Maria gebracht hatte. An die Art, wie er sie angesehen hatte, als sie ihm gesagt hatte, er solle für immer verschwinden. Sie seufzte. Maria war mit ihm verbunden. Wie weit die Liebe der beiden bereits herangereift war, konnte sie nur erahnen. Er hatte ein Recht darauf, zu erfahren, wie es um sie stand. Sie atmete tief durch. Johanna war neben ihrer Tochter auf das Lager gesunken und schlief, Marias Hand fest umklammert. Wehmütig blickte Bärbel auf das traurige Bild. Sobald sie mit dem Jungen gesprochen hatte, würde sie die Wunde reinigen, den Verband erneuern und noch einmal Wadenwickel anlegen, denn das Fieber musste endlich runtergehen.

Hoffnungsvoll schaute Christian Bärbel an, als diese wenig später auf ihn zukam. Er sah schrecklich aus. Seine Augen waren gerötet vom Weinen, und auf seinen Wangen zeigten sich Bartstoppeln. Die Schwellungen in seinem Gesicht waren leicht zurückgegangen, aber sein Auge glänzte in allen Farben des Regenbogens. In seiner schmutzigen Hose prangte am Knie ein Loch, und eine Schürfwunde war zu erkennen.

»Wie geht es ihr?«, fragte Christian und wischte sich die Hände an seiner Hose ab.
»Nicht gut.«
Er zuckte zusammen.
»Der Arzt hat das Messer entfernt, aber ein winzig kleiner Teil der Spitze fehlte. Vielleicht steckt die noch in der Wunde, oder war nie da, wir wissen es nicht. Maria hat hohes Fieber und kämpft, aber …«
»Aber was?«, unterbrach Christian die Magd, und in seinen Augen flackerte Panik auf.
»Wenn es bis heute Abend nicht gesunken ist, dann müssen wir mit dem Schlimmsten rechnen und nach dem Pastor schicken.«
Christian riss erschrocken die Augen auf.
»Ja aber, das kann doch nicht sein. Irgendeine Lösung muss es geben.« Er strich sich hektisch durchs Haar und blickte zu dem Balkon hinauf. »Und ich bin schuld, denn sie sind wegen mir gekommen.«
Bärbel sah ihn erstaunt an. »Wieso wegen dir?«
Er schloss die Augen, atmete tief durch und suchte hastig nach einer ausweichenden Antwort. »Sagen wir mal, sie hatten eine alte Rechnung mit mir offen. Sie wollten mich erstechen, nicht Maria. Sie ist dazwischengesprungen.«
Bärbel warf Christian einen prüfenden Blick zu. Da steckte doch mehr dahinter. Sie blickte seufzend zum Haus. »Der Arzt wird bestimmt gleich kommen. Meiner Meinung nach ein Stümper, aber der einzige, der für das bisschen Geld arbeiten wollte. Er meinte, die Wunde müsste die Messerspitze von allein ausstoßen und dass wir beten sollten. Aber Beten wird Maria bestimmt nicht gesund machen.« Sie schlug die Hand vor den Mund und unterdrückte ein Schluchzen. »Ich darf sie nicht verlieren. So grausam kann Gott nicht sein. Er

darf mir nicht das Liebste auf der Welt wegnehmen. Sie muss am Leben bleiben, er ist es mir schuldig.«
Sie begann zu weinen. Christian fühlte sich hilflos, doch dann fiel ihm plötzlich Elias ein. Er sah Bärbel eindringlich an.
»Ich kenne einen Arzt, einen richtig guten. Mein Freund Elias kann nach ihr sehen. Er wird wissen, was zu tun ist. Ich werde gleich in die Judengasse laufen und nach ihm suchen.«
In Bärbels Augen trat ein Funken Hoffnung, doch dann verschwand er wieder. »Wir können Maria unmöglich in die Judengasse schaffen, dafür ist sie zu schwach.«
Christian blickte sich um. »Dann wird Elias hierherkommen.«
»Aber es ist den jüdischen Ärzten verboten, außerhalb der Gasse Leute zu behandeln.«
Christian wurde ungeduldig. Maria würde sterben, wenn Elias sie nicht behandelte, denn vom Beten verheilten Wunden nicht, das war so sicher wie das Amen in der Kirche.
Er verschränkte die Arme vor der Brust. »Dann ruft doch nach Eurem Arzt, wenn Ihr diese Lösung für besser haltet.«
Bärbel schaute erneut zum Balkon hinauf.
»Du hast recht. Aber wir müssen uns überlegen, wie wir ihn unerkannt in die Gasse schmuggeln, damit es kein Gerede gibt.«
Christian grinste erleichtert. »Das lasst ruhig meine Sorge sein.« Er blickte zum Himmel und bemerkte erleichtert die ersten Sonnenstrahlen. Gleich würden die Tore der Judengasse, die nachts geschlossen wurden, geöffnet werden.

*

Elias saß an seinem Schreibtisch, als Christian in seine Praxis stürmte.
»Guten Morgen, Christian. Was treibt dich denn zu so früher Stunde zu mir?«, begrüßte Elias seinen Freund.
»Guten Morgen, Elias. Ich brauche deine Hilfe als Arzt, so schnell wie möglich.«
Elias schloss sein Patientenbuch und legte seine Schreibfeder zur Seite. Die Sonne sandte ihre Strahlen durch das winzige Fenster und ließ sein braunes Haar schimmern.
Erst jetzt wurde sich Christian klar darüber, wie schwer es werden würde, Elias mit seinem auffälligen Äußeren in die Kruggasse zu bekommen.
Elias musterte die Verletzungen im Gesicht seines Freundes und zog eine Augenbraue hoch. »Was ist passiert?«
Christian seufzte. »Ich bin überfallen worden, an der Friedhofsmauer.«
Elias erhob sich und untersuchte Christians Auge. »Wegen dem Veilchen bist du aber nicht zu mir gekommen, oder?«
Christian schob Elias' Hände von sich. »Maria war bei der Sache dabei. Sie hat es viel schlimmer erwischt, und wenn nicht bald etwas passiert, dann wird sie sterben.«
Elias lehnte sich an den Tisch und verschränkte die Arme.
»Bei welcher Sache, und was genau ist passiert?«
»Vor drei Tagen hat uns Conrad Waldschmidt mit zwei weiteren Männern vor dem Friedhof aufgelauert, und sie haben mich verprügelt. Maria wollte mir helfen und ist dazwischengegangen. Einer hatte plötzlich ein Messer in der Hand, und sie wurde an der Schulter verletzt.«
Elias sah Christian ungläubig an. »Warum lauert dir Bernhard Waldschmidts Sohn auf und schlägt dich zusammen? Dafür muss es einen Grund geben.«

Christian überlegte kurz, ob er Elias die Wahrheit sagen sollte, aber etwas anderes würde ihm nicht übrigbleiben.
»Weil er mein Halbbruder ist.«
Elias riss die Augen auf. »Er ist was?«
Christian trat an den Apothekerschrank und drehte ein Bündel Kräuter in den Händen hin und her.
»Kannst du dich an den Brief erinnern, den Sara dir gegeben hat?« Elias nickte. »Dieser Brief war von meiner Mutter und darin stand, wer mein Vater ist.« Er legte das Bündel Kräuter zurück und schüttelte den Kopf. »Und ich dachte, er würde mir helfen, seinem Sohn. Aber fortgejagt hat er mich wie einen räudigen Köter.«
»Du bist zu Waldschmidt gegangen und hast ihm gesagt, wer du bist?«
Christian blickte zu Boden.
Elias konnte es nicht fassen. »Ja bist du denn von allen guten Geistern verlassen! Kein Wunder, wenn Conrad Waldschmidt es auf dich abgesehen hat. Er will seinen Ruf und den seiner Familie schützen.«
»Aber ich wollte doch gar nicht als Sohn angenommen werden, nur ein wenig Unterstützung, damit ich Maria heiraten kann. Das ist er mir schuldig, denn er hat meine Mutter in den Tod getrieben.«
»Das Mädchen ist also der Grund für diese Dummheiten.«
In Christians Augen traten Tränen der Wut. »Ich liebe sie. Maria ist der wichtigste Mensch auf der Welt, und sie wird mir jetzt auch noch genommen.« Er schlug die Hände vors Gesicht.
Elias atmete tief durch. So aufgelöst hatte er seinen Freund noch nie erlebt. Dieses Mädchen musste wirklich etwas ganz Besonderes für ihn sein, wenn er so viel für sie riskierte.
Beruhigend legte er ihm die Hand auf die Schulter.

»Wir kriegen das schon wieder hin. Du hast gesagt, sie ist niedergestochen worden.«

Christian blickte auf und wischte sich die Tränen ab.

»Sie haben einen Arzt gerufen. Aber der tut nicht viel, sagt, sie sollen beten, damit Gott sie gesund macht. Angeblich ist ein Stück vom Messer abgebrochen und in der Wunde steckengeblieben. Es steht sehr schlecht um sie, und Bärbel, die Magd, meinte, dass sie bald den Pfarrer rufen müssen.«

Elias nickte. »Sie werden sie nicht herbringen können, oder?«

Christian schüttelte den Kopf. »Ich dachte …«

»Ich weiß, was du dachtest«, unterbrach Elias ihn. »Aber du kennst die Regeln. Außerhalb der Judengasse darf ich niemanden behandeln.«

»Und wenn wir dich irgendwie in das Haus hineinschmuggeln, als Gast?«

Elias schüttelte den Kopf. »Die Leute sind nicht dumm. Gewiss ist bei den Merians noch nie ein Jude gewesen, weshalb sollte jetzt einer bei ihnen auftauchen, noch dazu mit einem Arztkoffer.«

Christian sah Elias flehend an. »Wir müssen einen Weg finden, sonst wird sie die nächste Nacht nicht überleben. Sie darf nicht sterben, das darf sie einfach nicht.«

Elias trat ans Fenster und blickte nachdenklich nach draußen. Vor dem gegenüberliegenden Haus saß die alte Rahel in der Sonne. Ihre von Altersflecken übersäten Hände waren auf einen Stock gestützt, und auf ihrem Schoß hatte sich ihr Kater Joschi zusammengerollt. Eine Gruppe Kinder lief an der Alten vorbei, und sie blickte ihnen wehmütig lächelnd hinterher, hob eine Hand und winkte. Dann wanderte ihr Blick zu seinem Fenster. Sie erkannte ihn hinter der Scheibe, nickte ihm zu. Elias grüßte zurück.

Er atmete tief durch und drehte sich zu Christian um.

»Also gut, ich helfe dir. Wir werden einen Weg finden, wie ich in die Kruggasse komme. Aber ein Wunder kann auch ich dir nicht versprechen.«
Christian ließ erleichtert die Schultern sinken. »Vielen Dank, o mein Gott, ich danke dir.«

Wenig später standen die beiden vor Edda, die sie schief ansah und besonders den Juden genau musterte. Juden begegnete Edda eher selten, doch sie mochte sie, auch wenn sie die seltsamen Schläfenlocken wenig anziehend fand. Sie ging um Elias herum und beäugte ihn.
»Arzt also.«
Elias nickte schüchtern. Er war noch nie einer Hübschlerin begegnet und schämte sich ein wenig. Auf dem Flur lief eine Gruppe kichernder Mädchen vorbei, die um diese Zeit damit beschäftigt waren, zu baden und die Wäsche zu waschen. Neugierig blieben sie in der Tür stehen und starrten die beiden seltsam aussehenden Gäste an.
Eine Brünette, neu im Geschäft und noch recht frech, deutete auf Elias. »Ein Jude. Was will der denn hier?«
Eine Blonde neben ihr musterte Elias interessiert. »Ich finde ihn niedlich. Sieh nur seinen unschuldigen Blick, der hat gewiss noch …«
Weiter kam sie nicht, denn Edda ging heftig gestikulierend auf die Mädchen zu. »Verschwindet, kümmert euch um die Wäsche, säubert euch ordentlich und kleidet euch an. Das hier geht euch nichts an.« Sie schloss die Tür. Widerwilliges Murren war von draußen zu hören. Edda grinste und zwinkerte Elias zu. »Sie kriegen nicht jeden Tag einen hübschen Juden zu sehen, auch wenn er Löckchen hat.«
Christian wurde ungeduldig. »Edda, es ist wichtig. Wir müssen zu Maria, sie stirbt.«

Edda warf Christian einen kurzen Blick zu. »Gut Ding muss Weile haben, mein Junge.«
Sie griff nach einem Kamm, trat vor Elias hin und begutachtete die Locken. »Um die zu bändigen, müssen wir sie feucht machen.«
Sie bedeutete Elias, ihr zum Tisch zu folgen, auf dem eine kleine Schüssel mit Wasser stand, in dem einige Rosenblätter schwammen. Sie packte Elias an den Locken, zog seinen Kopf nach unten und steckte Die Haare in das Wasser. Erschrocken riss der Jude die Augen auf.
»Jetzt stell dich nicht so an, mein Guter. Wer ohne Locken sein will, muss leiden.«
»Ich will meine Locken aber behalten.«
Christian verfolgte die Prozedur grinsend. »Sei nicht so grob mit ihm, Edda. Er muss schließlich nachher noch arbeiten.«
Edda warf ihrem Ziehsohn einen strafenden Blick zu. »Ja, und das bei mir.«
Elias und Christian sahen die alte Hübschlerin erstaunt an.
Sie reichte dem Arzt ein Leintuch, und Elias wischte sich trocken.
»Oben liegt eines meiner Mädchen krank darnieder. Sie erholt sich nur schwer von einer Fehlgeburt, und wir rechnen mit dem Schlimmsten. Er soll nach ihr sehen.«
Sie griff nach dem Kamm, frisierte die feuchten Locken glatt und steckte sie mit einer Haarnadel am Hinterkopf fest. Danach öffnete sie die Tür und bedeutete den beiden Männern, ihr zu folgen. Es ging durch den engen Flur, eine schmale Stiege nach oben und in ein weiteres leeres Zimmer, in dem ein heilloses Durcheinander herrschte und intensiver Parfümduft ihnen den Atem raubte. Schränke standen offen, Kleider hingen an den Türen oder lagen auf dem Boden. Korsetts in

vielen Farben stapelten sich auf einem winzigen Tisch, vor dem unterschiedlich große Schuhe standen.

Christian kannte das Ankleidezimmer der Hübschlerinnen und musste beim Anblick der aufreizenden Wäsche grinsen. Als kleiner Junge war er gern hier gewesen, hatte sich verkleidet und war mit den viel zu großen Schuhen die Gänge entlanggestöckelt.

Edda ging zielstrebig in die hintere Ecke des Raumes, öffnete einen unscheinbaren Wandschrank, zauberte einen Hut, an dem eine hübsche Feder hing, Hose, Rock und ein Hemd hervor. Sie reichte die Sachen Elias, der sie verwundert entgegennahm.

»Das dürfte passen. Zieh dich schnell um, mein Junge, damit ihr weiterkommt.« Sie hob mahnend den Zeigefinger.

»Aber vorher siehst du nach meinem Mädchen. Verstanden!«

Elias nickte wie ein Schuljunge, während Edda den Raum verließ und die Tür hinter sich schloss.

Elias atmete tief durch. »Ich glaube, ich frage jetzt lieber nicht, woher sie diese Kleidungsstücke hat, oder?«

Christian, der sich gerade eine rosa Federboa um den Hals gewickelt hatte, schüttelte grinsend den Kopf. »Also, ich war als Kind gern hier.«

Elias schlüpfte aus seinen Hosen und warf seinem Freund einen strafenden Blick zu.

»Da hast du mir ja eine schöne Suppe eingebrockt. Wenn das jemand erfährt.«

»Wer soll schon davon erfahren. Ich werde nichts sagen.« Christian hielt sich ein Korsett an den Oberkörper. »Früher habe ich in die Dinger noch hineingepasst.«

Elias knöpfte sein Hemd zu und zog die Augenbrauen hoch.

»Gut, dass du zurück zu Sara gekommen bist. Wer weiß, was aus dir geworden wäre, wenn du hiergeblieben wärst.«

Christian zog einen Schmollmund. »Edda hätte schon auf mich aufgepasst.«
Elias unterdrückte ein Grinsen. »So, wie sie auf die Huren aufpasst, ja?«
Christian zuckte mit den Schultern. Seine Miene wurde wieder ernst, und er legte das Korsett zur Seite. »Dieses Haus ist ein Teil meiner Vergangenheit. Ich bin hier geboren worden und habe die ersten Jahre meines Lebens hier verbracht. Edda war immer gut zu mir, wie eine Mutter. Jedenfalls die Art von Mutter, die sie sein konnte.«
Elias setzte den Hut auf. »Und? Bin ich noch ein Jude?«
Christian sah seinen Freund erstaunt an. Elias schien verschwunden zu sein, ein Fremder stand vor ihm.
»Wenn ich deinen Blick richtig deute«, sagte Elias, »dann nicht mehr.«
Christian legte den Kopf zur Seite. »Hast du schon mal daran gedacht, die Locken abzuschneiden? Du siehst ohne bedeutend besser aus.«
Elias' Miene verfinsterte sich. Christian hob abwehrend die Hände. »Schon gut. War ja nur eine Idee.« Er öffnete die Tür. »Komm, lass uns gehen. Maria braucht dich.«
Sie traten in den Flur, wo sie von einer Gruppe von Damen neugierig kichernd erwartet wurden.

*

Bärbel saß neben dem Judenarzt und beobachtete jeden seiner Handgriffe mit Argusaugen. Sie waren allein im Zimmer, denn sie hatte Christian, der bei Marias Anblick leichenblass geworden war, sofort vor die Tür befördert. Sie konnte seine

Schritte auf dem Flur hören, zusammen mit denen von Jacob Marrell. Johanna war auf den Balkon hinausgetreten, da sie den Anblick von Blut nicht ertrug. Bleich wie eine Wachspuppe, beobachtete sie teilnahmslos, was im Raum geschah.
Elias entfernte den Verband und untersuchte die klaffende Wunde, die entzündet war. »Kein Zweifel, irgendetwas steckt darin. Aber um es herauszuholen, werde ich die Wunde noch weiter aufschneiden müssen.« Er warf Bärbel einen prüfenden Blick zu. »Könnt Ihr mir dabei helfen?«
Bärbels Magen rumorte, und ihr Herz schlug schneller, aber sie nickte. Sie würde stark sein, für Maria.
Elias schaute sich im Raum um. »Ich brauche mehr Licht. Die Fensterläden müssen ganz geöffnet werden, und wir brauchen mehr Kerzen.«
Die Magd gehorchte. Sie trat auf den Balkon, klappte die Läden zurück und nickte ihrer Herrin kurz zu, die sie erschrocken ansah. Danach entzündete sie sämtliche Kerzen im Raum und stellte sie neben das Bett. Elias legte sein Operationsbesteck auf einen Teller und übergoss es mit einer stark nach Alkohol riechenden Flüssigkeit.
Bärbel hielt sich angewidert ein Taschentuch vor die Nase. »Um Gottes willen, was tut ihr denn da?«
Elias goss etwas von dem Alkohol über seine Hände, wischte sie mit einem sauberen Tuch trocken und hielt Bärbel die Flasche hin.
»Ihr müsst Euch ebenfalls damit die Hände reinigen, sonst entzündet sich die Wunde noch mehr.«
Bärbel sah die Flasche misstrauisch an. »Es riecht, als wäre der Teufel persönlich darin.«
Elias erwiderte energisch: »Jetzt macht schon. Ihr wolltet doch, dass ich sie rette. Also tut, was ich sage.«
Bärbel zuckte zusammen, griff nach der Flasche und goss

sich von dem scharf riechenden Inhalt ein wenig über die Hände.
Elias musterte unterdessen Marias Gesicht. Ihre Lider flatterten, und Schweißperlen standen auf ihrer Stirn.
»Sie ist weit fort. Gewiss wird sie nichts spüren.« Er tastete mit den Fingerkuppen über die Wunde und setzte danach einen gezielten Schnitt. Gelber Eiter und Blut liefen heraus.
Bärbels Magen begann aufzubegehren, sie presste sich die Hand auf den Mund.
»Schnell, wischt es ab«, rief Elias, und sie tat wie geheißen, wandte aber den Kopf ab. Die Wundränder klafften weit auseinander und das rote Fleisch war zu erkennen.
Elias beugte sich darüber. »Licht, ich brauche noch mehr Licht.«
Mit zitternder Hand schob Bärbel eine der Kerzen näher heran.
»Das ist zu weit weg. Ich brauche es genau hier.« Elias klang ruppig.
Bärbel gehorchte und hielt die Kerze direkt über die Wunde, drehte aber den Kopf zur Seite und starrte auf Johanna, die sie mit weit aufgerissenen Augen ansah. Bärbel schluckte und versuchte, die Kerze möglichst ruhig zu halten. Eigentlich müsste Johanna jetzt hier sein und ihrem Kind beistehen.
Elias' Stimme riss sie aus ihren Gedanken. »Da haben wir es ja. Die Messerspitze, wie vermutet.« Triumphierend zog er ein kleines Stück Metall aus der Wunde und hielt es in die Höhe.
Bärbel nickte Johanna zu, die auf einen Stuhl sank. Elias sah die Magd prüfend an und schob die Kerze zur Seite, die sie noch immer über die verletzte Schulter von Maria hielt.
»Wir haben es geschafft. Es war leichter, als ich dachte. Ich

werde die Wunde jetzt reinigen und verschließen, wofür ich Eure Hilfe nicht mehr benötige.«

Er deutete zur Tür. »Marias Vater möchte bestimmt wissen, ob alles gutgegangen ist. Und Christian auch.«

Bärbel nickte dankbar, stellte den Kerzenständer auf den Nachttisch und verließ den Raum.

Elias blickte ihr lächelnd nach und strich seiner Patientin liebevoll über den Arm.

»Noch eine Minute länger, und sie wäre umgefallen«, murmelte Elias und tätschelte Maria die Hand. »Du schaffst das, mein Kind, ganz bestimmt.«

»Seid Ihr Euch da sicher?«

Erschrocken drehte sich Elias um und blickte in die Augen von Johanna. »Sie wird es schaffen, sie ist eine Kämpferin, das sehe ich.«

In Johannas Augen schimmerten Tränen. »Wie soll ich Euch das jemals danken?«

Elias deutete zur Tür. »Dankt nicht mir, sondern ihm.«

Johannas Miene verhärtete sich. »Danken, demjenigen, der sie fast getötet hat? Niemals!«

Elias zog Nadel und Faden aus seiner Tasche. »Die Dinge sind nicht immer so, wie sie auf den ersten Blick erscheinen.«

Die Tür wurde geöffnet, und Jacob Marrell betrat, gefolgt von Bärbel, den Raum.

Johanna wies zur Tür. »Ist er fort?«

Marrell nickte.

»Ohne ihn wäre das alles nicht passiert. Meine Tochter treibt sich nicht mit einem einfachen Totengräber herum. Er wird niemals wieder in ihre Nähe kommen. Dafür werde ich sorgen.«

Kapitel 11

Jacob Marrell saß vor Marias Bett und blickte traurig auf seine schlafende Stieftochter, die sich zu quälen schien. Wieder einmal rief sie nach ihrem Halbbruder Caspar, den er bereits per Brief verständigt hatte und der bald eintreffen sollte. Seit mehr als zwei Wochen war seine Stieftochter jetzt in diesem Zustand, und niemand konnte sagen, ob sie wieder zurück ins Leben finden würde. Er tunkte ein Leintuch in die kleine Wasserschüssel auf dem Nachttisch und wischte ihr die Schweißperlen von der Stirn. Er hatte geglaubt, sie zu kennen, doch nun hatte er das Gefühl, eine Fremde vor sich zu haben. Er konnte es nicht fassen, als der Totengräber mit dem Judenarzt vor ihm gestanden hatte, daneben Bärbel mit hochroten Ohren. Die Magd schien in diesem Haus die Einzige zu sein, die wirklich wusste, was in dem Mädchen vorging und wo sie sich herumtrieb. Er hatte sie zur Rede gestellt, sie fast hinausgeworfen, aber als sie zu weinen begonnen und ihn angefleht hatte, sie nicht fortzuschicken, hatte er nachgegeben, denn sie liebte Maria wie ihr eigenes Kind, und das wusste er. Aber auch Johanna hätte besser auf ihre Tochter achten müssen. Er blickte zum Fenster hinaus, wo sich der Abend langsam über die Dächer senkte. Gewitterwolken türmten sich in der Ferne auf, und leises Donnergrollen war zu hören. Die Terrassentür war geöffnet, doch kein Lüftchen regte sich. Der Schweiß lief ihm den Rücken hinunter. Seit Tagen hatten ihn Sorge und Selbstvorwürfe nicht schlafen lassen. Er war nicht hier gewesen, hatte sich all die Jahre vor der Verantwortung als Vater gedrückt, nicht wahrhaben wollen, dass er Verpflichtungen hatte. Und das war dabei herausgekommen. Seine Tochter liebte ihn, und trotzdem war er für sie nur wie ein Gast, der Licht in ihren tristen Alltag brachte. Ein Gast, der nie lang blieb, den es schnell wieder forttrieb – der Geschäfte wegen, wie er oft sagte. Doch waren es immer die Geschäfte gewesen, oder war er nicht auch vor Johanna geflohen, der Frau, die er lieben sollte oder wenigstens ehren, respektieren und unterstützen? Er hatte sie gerngehabt, damals bei der Heirat und auch die Monate danach. Doch dann war sie ihm fremd geworden. Nach dem Tod ihres ersten gemeinsamen Sohnes, der viel zu früh gestorben war, hatte er endgültig die Flucht nach vorn angetreten, zuerst in sein Atelier und später nach Utrecht, wo er frei atmen konnte und sich hin und wieder ein williges Mädchen fürs Bett suchte. Maria hatte er in all den Jahren kaum beachtet. Aber ihr Talent war unglaublich, und ihre Bilder waren einzigartig.

Jacob Marrell sagte traurig zu Maria: »Ich habe es versucht, das musst du mir glauben. Ich weiß, du denkst gewiss, ich hätte dich vergessen und alleingelassen.«

»Wer hat dich alleingelassen?«

Jacob blickte auf. Caspar stand in der Tür.

»Manchmal ein wenig das Leben, mein Freund. Tut das gut, dich zu sehen.«

Caspar trat näher und legte seinen Hut ab. Besorgt ließ er seinen Blick über Maria schweifen, setzte sich auf die Bettkante und griff nach ihrer Hand.

»Als ich gehört habe, was passiert ist, habe ich sofort Himmel und Hölle in Bewegung gesetzt, um so schnell wie möglich hierherkommen zu können.«

Jacob trat neben ihn. »Sie träumt wirres Zeug, ganz oft fällt dein Name, und sie spricht immer wieder von Christian, dem jungen Mann, mit dem sie viel Zeit verbracht hat.«

Caspar zog eine Augenbraue hoch. »Welcher Christian? Von ihm hat sie mir nie erzählt.«

»Keiner hat von ihm gewusst, außer Bärbel. Doch die Magd hat nur von einer Schwärmerei gesprochen.«

»Was ist eigentlich genau passiert?«, fragte Caspar und deutete auf Marias Schulterverband.

»Sie ist niedergestochen worden und hat eine tiefe Fleischwunde unterhalb der rechten Schulter. Anfangs dachten wir, sie würde sterben, doch dann kam dieser Christian mit einem Judenarzt, der die Wunde großartig versorgt hat. Ohne ihn wäre sie gewiss längst tot. Du wirst den Arzt bald kennenlernen, denn er schleicht sich noch immer jeden Tag hierher, um nach ihr zu sehen.«

Caspar sah Jacob irritiert an. »Du lässt sie hier von einem Judenarzt behandeln? Ja bist du denn von Sinnen? Wenn das rauskommt, dann landen wir womöglich alle im Gefängnis, und was mit dem Juden passiert, will ich mir gar nicht erst ausmalen.«

»Caspar, bist du das wirklich?«

Die beiden Männer zuckten zusammen und schauten auf Maria, die ihre Augen geöffnet hatte und sogar versuchte, die Hand zu heben.

Hastig griff Caspar danach. »Natürlich bin ich es. Was machst du denn für Sachen, Schwesterchen.«

Sie verzog den Mund zu einem Lächeln. »Du bist hier. Die Falter, sie sind riesengroß und wunderschön, wirklich.«

Er atmete erleichtert auf. Sie schien zu träumen. Aufmunternd lächelte er sie an. »Du wirst sie mir zeigen, ganz bald, versprochen.«

Sie nickte, schloss die Augen wieder und murmelte: »Ja, ich

zeige sie dir, ganz bald. Nicht wieder weggehen, bitte bleib. Ich bin so müde, aber du musst noch bleiben. Bitte, geh nicht wieder fort.«

*

Christian saß in seiner Kammer und starrte auf seinen Arbeitstisch, der immer noch genauso aussah wie an dem Abend, als Maria niedergestochen worden war. Conrad und seine Männer hatten ganze Arbeit geleistet, sein Leben zu zerstören. Sämtliche Statuen und Büsten, sowohl vor dem Schuppen als auch hier drinnen, waren zerschlagen worden. Maria lag wie eine Puppe in ihrem Bett, und selbst Elias wusste nicht, ob und wann sie wieder ansprechbar sein würde. Er stand auf, hob die zerbrochene Statue von Maria vom Boden auf und strich liebevoll darüber. Er legte sie auf seinen Arbeitstisch, wischte mit der Hand den roten Staub ab und dachte an den Morgen zurück, als sie hier gewesen war und geschlafen hatte. In diesem Moment hatte sie nur ihm allein gehört, und für kurze Zeit war alles friedlich und schön gewesen, so wie er es sich wünschte. Er begann, mit den Fingern eine Butterfliege in den Staub zu malen, zeichnete Flügel und Fühler, nur um sie gleich wieder fortzuwischen und mit der Hand hart auf das Holz zu schlagen.
»Davon werden die Figuren aber nicht wieder ganz«, drang plötzlich eine unbekannte Stimme an sein Ohr. Christian drehte sich um.
Ein Mann mittleren Alters stand in der Tür. Christian sah ihn erstaunt an. Der Mann schien nicht arm zu sein, denn seine Weste war aus dunkelblauer Seide gefertigt, und seine Jacke

zierten feine goldfarbene Knöpfe. Er hielt einen Hut in der Hand und musterte Christian interessiert.
»Ihr seid also der Mann, der meine Schwester nach Hause gebracht und für ihre Behandlung gesorgt hat.«
Christian war noch immer misstrauisch. »Und wer seid Ihr?«
Der Mann trat lächelnd näher und ließ seinen Blick über die Arbeitsfläche schweifen. »Wie unhöflich von mir. Caspar Merian ist mein Name, und Eurer lautet Christian, nicht wahr?«
Er streckte Christian die Hand hin, die dieser schüchtern ergriff.
»Es ist mir eine Freude, den Retter meiner Schwester persönlich kennenzulernen.«
Caspar deutete auf die zerstörten Statuen, nahm den Rest von Marias Ebenbild in die Hand und musterte es interessiert.
»Ihr seid ein talentierter Steinmetz, alle Achtung. So sieht sie nur aus, wenn sie von ihren geliebten Sommervögeln spricht oder wenn ihr etwas besonders gut gefällt.«
Merian legte die zerbrochene Skulptur zurück auf die Arbeitsfläche. »Warum habt Ihr alles zerstört?«
Christian griff nach dem Flügel eines Engels und drehte ihn in der Hand.
»Das habe ich nicht. Hier ist eingebrochen worden, in jener Nacht …«
Er verstummte, legte den Flügel zurück auf den Tisch und warf Caspar einen abschätzenden Blick zu.
»Warum seid Ihr wirklich hier? Ich meine, Ihr seid doch nicht nur gekommen, um mir zu danken.«
Caspar erwiderte Christians Blick. »Ihr seid nicht nur ein talentierter, sondern auch ein kluger Bursche. Ihr habt recht. Meine Schwester scheint in der letzten Zeit viele Stunden mit

Euch verbracht zu haben. Ihr zwei sollt durch die Gassen gestreift sein, und sogar geküsst sollt Ihr sie haben. Schwärmerei nannte es Bärbel, unsere Magd und die Vertraute meiner Schwester, aber ich nenne es unzüchtiges Verhalten und wollte Euch darum bitten, Euch in Zukunft von meiner Schwester fernzuhalten. Sie wird bald heiraten und soll ihren tadellosen Ruf nicht zerstören. Also ist es besser für alle Beteiligten, wenn Ihr sie in Ruhe lasst.«

Christian sah Marias Halbbruder ungläubig an. Doch dann verschränkte er die Arme vor der Brust und reckte sein Kinn vor. »Das kann ich nicht tun, denn ich liebe sie, und sie liebt mich auch. Bald werde ich eine Lehre als Steinmetz antreten, und dann wollte ich um ihre Hand anhalten. Wenn sie, so Gott will, wieder gesund wird.«

»Das wird sie ganz bestimmt, und wen meine Schwester zum Mann nimmt, haben ihre Eltern zu entscheiden und ganz sicher nicht Ihr oder ich. Doch als ihr Bruder fühle ich mich für sie verantwortlich.« Er machte einen Schritt auf Christian zu und blickte ihm in die Augen. »Und auch für ihren guten Ruf, wenn Ihr versteht, was ich meine.«

Christian zuckte zurück. Verzweiflung breitete sich in ihm aus und raubte ihm den Atem. »Aber Ihr könnt sie mir nicht wegnehmen, das dürft Ihr einfach nicht. Ich liebe sie.«

Caspar lachte auf.

»Die Liebe ist wie ein Sommervogel, sehr flatterhaft. Glaubt mir: Sie geht vorüber.«

Er trat zur Tür, hielt noch einmal inne und drehte sich um.

»Ach, was ich vergessen hatte, Euch mitzuteilen. Maria ist gestern aufgewacht. Das Schlimmste scheint überstanden zu sein.«

Christian nickte und nahm nicht mehr wahr, wie Caspar Merian den Raum verließ. Nach einer Weile wanderte sein Blick zu seinem Arbeitstisch und blieb an Marias zerbrochener Skulptur hängen.

Es war vorbei, noch ehe es beginnen durfte.

*

Valentin stand vor einem seiner Bücherregale und sortierte neu gelieferte Bücher ein. Draußen entlud sich ein Gewitter und schleuderte den Regen in die Gasse. Doch die Sonne blitzte bereits wieder zwischen den Wolken hervor und ließ die Regenwand fast ein wenig funkeln. Die schwüle Hitze der letzten Tage war unerträglich, woran auch die Gewitterschauer nur wenig änderten. Seufzend legte er die Bücher auf einen der Tische, trat an die Tür und beobachtete eine Gruppe Männer dabei, wie sie Weinfässer von einem Fuhrwerk abluden. Die Burschen waren vollkommen durchnässt, und ihre Hemden klebten an ihren Oberkörpern, was bei dem ein oder anderen gut ausgebildete Muskeln erkennen ließ. Trotz der Widrigkeiten des Wetters war die Gruppe gut gelaunt, und die Männer schäkerten mit der hübschen blonden Tochter der Wirtin, die, Stift und Zettel in der Hand, am Eingang der Gastwirtschaft stand und die Arbeiten überwachte. Als sie zu ihm herüberblickte, nickte er ihr aufmunternd zu und zuckte mit den Schultern. Sie lächelte und hob die Hand zum Gruß. Nächste Woche würde sie Paul Stettner, den Sohn eines angesehenen Kaufmanns, heiraten, der sich in Frankfurt einen guten Namen gemacht hatte und mehrere Häuser besaß. Da konnte sie die ungebührlichen Anspielungen der einfachen Burschen leicht verschmerzen.

Valentin trat zurück in den Laden. Sein Blick fiel auf den In-

secta Codex, der auf dem kleinen Tisch lag und auf Maria wartete. Schon seit einer ganzen Weile war sie nicht mehr hier gewesen, was ihm Sorgen machte, denn eigentlich kam sie regelmäßig einmal in der Woche vorbei, und wenn es nur zu einem kleinen Plausch war. Vielleicht sollte er doch in die Kruggasse gehen und nach dem Rechten sehen.
Er griff nach seinem Rock, der an einem Haken neben der Eingangstür hing, schlüpfte hinein, zog den Kragen zurecht und schaute in den Spiegel, aus dem ihm müde Augen entgegensahen, die von vielen Falten umgeben waren. Wohin war der kräftige Mann verschwunden, der er einst gewesen war. Die Jahre waren verflogen. Freunde waren fortgegangen, in den Krieg gezogen, hatten anderswo ihr Glück gesucht, manche auch gefunden. Doch er wollte hier in der Stadt seiner Väter sein Glück finden. Aber war er wirklich glücklich geworden? Frau und Kind waren ihm verwehrt geblieben, einen wirklichen Hausstand hatte er nicht gegründet. Sein Blick wanderte zu der kleinen Holztür, durch die man in das düstere Treppenhaus gelangte, das zu seinem winzigen Zimmer führte. Er hatte es so haben wollen, wollte ohne Verantwortung für andere Menschen leben – der Bücher wegen, wie er sagte. Doch jetzt, wo er älter wurde, beneidete er all die anderen, die ihren Nachkommen das Geschäft übergeben konnten und stolz waren auf ihre Enkelkinder. Wehmütig ließ er seinen Blick über die Bücherregale schweifen. Wie schnell würde man wohl seinen Buchladen vergessen? Niemand trug seinen Namen weiter, kein Erbe half im Geschäft oder sorgte für die Neuerungen, die der Laden nötig hätte. Er hatte bereits seit einigen Jahren keinen eigenen Messestand mehr und stellte zu den Messezeiten nur noch einige Bücher vor dem Laden aus, die meist gestohlen wurden.
Valentin griff seufzend nach dem Ladenschlüssel, drehte das

Schild am Eingang um, auf dem in dicken Lettern »Geschlossen« stand, schloss sorgfältig ab und schlenderte die Alte Mainzergasse hinunter, um wenig später in die Buchgasse einzubiegen. Fuhrwerke rumpelten über das Pflaster, beladen mit Heu, Fässern und Säcken voller Mehl. Einige Frauen mit Körben und Huckelkiepen auf dem Rücken kreuzten seinen Weg. Sie waren vermutlich auf dem Rückweg vom Markt, denn die Körbe waren größtenteils leer. Das Geschäft schien trotz des schlechten Wetters gut zu laufen.
Er erreichte wenig später die Eschenheimer Gasse und das Haus seines alten Freundes Bernhard Waldschmidt, dem er einen Krankenbesuch abstatten wollte.
Das Hoftor stand weit offen, und der blühende Garten, der ihn empfing, vertrieb seine schlechte Stimmung.
In dem weitläufigen Innenhof stand Ursula Waldschmidt, die sich damit beschäftigte, die Rosen zu schneiden. Sie schützte mit der Hand die Augen gegen die blendende Sonne und lächelte Valentin freundlich an. Er sah sie an wie ein Wunder. Ursula war mit ihrem schlichten braunen Haar, ihrer blassen Haut und dem dicken Muttermal auf der Wange keine Schönheit und mit den Jahren sehr in die Breite gegangen. Aber sie hatte eine ganz besondere Herzlichkeit an sich. So wie sie jetzt im Licht der Sonne, mit ihrem Strohhut auf dem Kopf und umgeben von ihren Blumen, vor ihm stand, sah es aus, als hätte ein Maler sie dort plaziert, um das perfekte Bild einzufangen.
Sie warf ihre Gartenschere in einen Eimer, kam auf ihn zu und reichte ihm die Hand zum Gruß. Valentin bemerkte die vielen Risse in der Haut, die die Rosen hinterlassen hatten.
»Ihr solltet Handschuhe tragen, meine Liebe, Rosen sind bezaubernd anzusehen, aber voller Tücken.«
Sie schaute auf ihre Hände. »Ich weiß, Bernhard sagt mir das

auch andauernd. Aber ich mag es nicht, bei der Gartenarbeit Handschuhe zu tragen, und die Dornen machen mir nichts aus.«
Sie deutete zur Tür. »Ihr seid jedoch gewiss nicht zu uns gekommen, um mit mir über meine Hände zu sprechen, oder?«
»Ich wünschte, es wäre so, meine Liebe. Wie geht es ihm denn?«
Sie ging an ihm vorbei und öffnete die Tür. »Schimpfen kann er schon wieder, also wird es nicht so schlimm sein.«
Ursula trat in den Flur, doch Valentin hielt sie am Arm zurück. »Das glaube ich Euch nicht.«
Sie drehte sich zu ihm um, sah ihm ernst in die Augen und schüttelte den Kopf. »Euch kann ich nichts vormachen, mein Freund, Ihr kennt mich zu gut. Bernhard wird immer schwächer. Ohne seinen Stock kann er bald nicht mehr laufen, und das Atmen fällt ihm schwer. Auch werden seine Anfälle wieder schlimmer, bei denen ich jedes Mal glaube, er könnte ersticken. Der Arzt deutete heute Morgen sogar das Schlimmste an.«
Valentin zuckte zusammen. Bernhard war in seinem Alter, sie hatten ihre besten Jahre gemeinsam verbracht und so manche Nacht miteinander durchzecht. Niemand in Frankfurt kannte den ehrwürdigen Pastor besser als er.
Aufmunternd strich er Ursula über die Schulter. »Das hat der Arzt schon oft gesagt, und jedes Mal hat sich Bernhard wieder erholt. Gewiss wird es auch dieses Mal so sein.«
Sie seufzte. »Dafür werde ich beten.« Ihre Stimme wurde leiser, und sie trat einige Schritte näher an Valentin heran. »Zwischen Bernhard und mir mag es nicht die große Liebe sein, aber ich achte und ehre ihn. Uns verbindet eine tiefe Freundschaft. Ohne ihn wäre ich nur ein halber Mensch.«
Er sah sie verwundert an, doch dann nickte er. »Ich würde ihn

auch schmerzlich vermissen. Also sollten wir alles für seine schnelle Genesung tun.« Er zwinkerte ihr aufmunternd zu und brachte sie nun doch zum Schmunzeln.
»Wenn er Euch sieht, dann wird es ihm sowieso besser gehen.« Sie deutete zur Treppe. »Ihr kennt ja den Weg.«
Er trat zur Treppe, doch Ursula hielt ihn noch einmal zurück.
»Was ich ganz vergessen habe. Er hat Besuch. Matthäus Merian ist eben gekommen.«
Valentin hob erstaunt die Augenbrauen.
Ursula zuckte mit den Schultern. »Gewiss geht es um das Gemälde in der Kirche, obwohl er sehr ungehalten wirkte. Anscheinend scheint etwas nicht in Ordnung zu sein.«
Valentin nickte. »Ich werde auf dem Flur warten, bis er weg ist.«
Sie trat zurück auf den Hof, um sich ihren Rosen zu widmen.
Als Valentin den oberen Flur betrat, konnte er Matthäus Merian durch die geschlossene Tür hören.
»Euer Sohn hatte seine Finger im Spiel. Er wollte sie loswerden, das müsst Ihr doch wissen.«
»Ich weiß nicht einmal, wovon Ihr sprecht«, hörte er Waldschmidt erwidern.
»Maria ist niedergestochen worden, und Ihr wollt mir erzählen, Ihr hättet nichts damit zu tun. Conrad wollte sie aus dem Weg räumen! Sicher hat er Euch davon erzählt. Am Ende habt Ihr mit ihm gemeinsam diesen Plan geschmiedet. Was für ein Vater seid Ihr eigentlich.«
Waldschmidt begann zu husten. Valentin riss erschrocken die Augen auf. Maria war niedergestochen worden. Deshalb kam sie nicht mehr in den Laden.
»Ich habe damit nichts zu tun«, wiederholte Waldschmidt krächzend seine Unschuldsbeteuerung.
»Ich mag das Raupenmädchen nicht, aber ich hätte andere

Wege gefunden, um sie aus dem Weg zu räumen. Die Kirche hat ihre Möglichkeiten.«

»Gar nichts werdet Ihr tun«, erwiderte Merian. »Sie ist meine Schwester, und auch wenn ich sie nicht sonderlich leiden kann, werde ich sie schützen, denn sie ist eine Merian. Bald wird sie sowieso heiraten und die Stadt verlassen.«

»Damit sie woanders ihre teuflischen Wissenschaften betreibt, diese kleine Hexe.«

Valentin schnappte nach Luft. Er hatte die Ansichten seines Freundes zum Thema Teufelsanbetung und Hexenverfolgung noch nie geteilt und stets für harmlose Hirngespinste gehalten, doch diese Worte schienen voller Hass und Abscheu zu sein. Und plötzlich begriff er, wie sehr er sich in Waldschmidt getäuscht hatte.

»Ich schwöre Euch, wenn Ihr oder Euer Sohn meiner Schwester nur ein Haar krümmt, dann werde ich …«

»Was werdet Ihr dann?«

Merian schien nach einer Antwort zu suchen, denn plötzlich war es still im Raum.

Valentin hielt die Luft an.

»Das werdet Ihr schon noch sehen«, brüllte Merian.

Die Tür wurde aufgerissen, und der blonde Mann stürmte an Valentin vorbei die Treppe hinunter. Der Buchhändler blickte ihm verdattert nach. Er wusste von Maria, wie aufbrausend ihr Stiefbruder sein konnte, und dass sich die Geschwister nur wenig zu sagen hatten, war ihm ebenfalls bekannt. Aber dieser Einsatz für seine Stiefschwester zeigte Matthäus in einem völlig anderen Licht.

Er betrat den Raum, und Bernhard Waldschmidt, der gerade einen Schluck Wasser trank und aufrecht auf der Bettkante saß, sah ihn verwundert an.

»Valentin, mein Freund, was treibt dich denn zu mir?«

Valentin lächelte. »Mir ist zugetragen worden, du wärst krank. Da dachte ich, ich sehe mal nach, wie es dir geht.«
Bernhard begann erneut zu husten, deutete auf einen mit grünem Stoff bezogenen Lehnstuhl, der direkt neben seinem Bett stand. Valentin setzte sich und wartete geduldig ab, bis sich der Anfall gelegt hatte. Besorgt registrierte er die eingefallenen, fahlen Wangen seines Freundes und die Schweißperlen auf seiner Stirn, die von Fieber zeugten. Erschöpft lehnte sich Waldschmidt nach dem Hustenanfall zurück in die Kissen.
Valentin deutete zur Tür. »Der junge Merian schien sehr aufgebracht zu sein.«
Waldschmidt winkte ab. »Er glaubt doch tatsächlich, ich hätte etwas mit dem Überfall auf seine Stiefschwester, dieses Raupenmädchen, zu tun.«
Valentin beugte sich in seinem Stuhl nach vorn. »Und, hast du?«
Der Pastor zog die Augenbrauen hoch. »Du fragst mich so etwas?«
Valentin zuckte mit den Schultern. »Es hörte sich nicht so an, als wärst du Maria sehr zugetan.«
»Du hast gelauscht.«
Der Buchhändler lehnte sich in seinem Stuhl zurück. »Sagen wir mal, ihr habt laut gesprochen.«
Waldschmidt atmete tief durch. »Ja, sie ist mir ein Dorn im Auge. Aber wem in der Stadt ist sie das nicht. Sie streunt allein durch die Gassen, sammelt dieses schreckliche Teufelsgetier und ist so anders als all die anderen Mädchen.«
»Sie ist eben eine Merian.«
Waldschmidt griff erneut nach seinem Becher und trank ihn in einem Zug leer. »Was ihr noch lange nicht das Recht gibt, gegen die Regeln zu verstoßen.«

»Die wer aufstellt?«
Verblüfft sah Waldschmidt Valentin an. »Du magst die Kleine.«
Jetzt war es an Valentin, zu seufzen. »Hast du sie schon einmal dabei beobachtet, wenn sie eine Butterfliege malt? Diese Tiere sind ihr Leben. Sie mag eine Frau sein, doch in ihr lebt der Geist einer Forscherin.«
»Die teuflische Wissenschaften betreibt.«
Valentin sah seinen Freund ungläubig an. »Warum sollte sie das tun? Sie hat das unglaubliche künstlerische Talent ihres Vaters geerbt und nutzt es auf ihre eigene, bezaubernde Art und Weise. Was sie tut, mag auf andere befremdlich wirken, aber für sie ist es schlüssig. Sie liebt Butterfliegen, zeichnet und erforscht sie bis ins Detail. Wie eine Wissenschaftlerin schreibt sie alles auf, dokumentiert ihre Verwandlung, die von Gott gegeben ist. Was mag daran teuflisch sein?«
Waldschmidt sah seinen Freund abschätzend an. »Du scheinst sie ja sehr gut zu kennen.«
Valentin grinste. »Ich kenne sie, seit sie ein kleines Mädchen ist. Ich bin in meinem ganzen Leben noch nie einem Menschen begegnet, der Bücher mit so viel Respekt behandelt wie Maria. Wenn sie keine Frau wäre, dann wäre aus ihr etwas ganz Großes geworden, etwas Besonderes.«
Bernhard verschränkte die Arme vor der Brust. »Aber sie ist ein Weib, und vor denen gilt es, sich in Acht zu nehmen, denn zu oft wechseln sie auf die Seite des Teufels.«
Valentin schüttelte den Kopf und griff nach Bernhards Hand. »Was hat dich so hart gemacht, mein Freund? Früher warst du auch nicht so. Denk an unsere Jugend zurück, als wir noch frei waren und die jungen Frauen uns umgarnten. Lass das Mädchen einfach sein, was sie sein will. Ich bürge für sie. Sie hat es sicher nicht mit dem Teufel, und was sie tut, hat nichts

Böses oder Verwerfliches an sich. Sie liebt einfach nur diese Tiere und erforscht sie, mehr nicht.«

Waldschmidt sah Valentin nachdenklich an. Wenn sein alter Freund wüsste, auf welche Art und Weise ihn seine Jugend wieder eingeholt hatte, mit all den Erinnerungen und dem Schmerz, der ihm die Luft zum Atmen raubte und wirre Träume sandte, die ihn um den Schlaf brachten.

»Nun gut«, erwiderte er. »Dann werde ich sie eben in Frieden lassen. Wenn Merian recht hat, wird sie sowieso bald heiraten, und ihr Ehemann wird sie gewiss zur Vernunft bringen.«

Valentin tätschelte ihm die Hand. »Siehst du, es ist doch gar nicht so schwer, nachgiebig zu sein, und bei meinem nächsten Besuch zeige ich dir, was ihr Talent ausmacht.«

Der alte Pastor begann zu grinsen und hob mahnend die Hand.

»Lass das mal lieber sein. Wir wollen es nicht übertreiben, und für Butterfliegen habe ich sowieso nichts übrig. Soll sie dieses Getier behalten, wenn sie so viel Freude daran hat.«

*

Maria saß aufrecht im Bett und gestikulierte eifrig mit der linken Hand.

»Die dort hinten, die müssen auch noch gegossen werden, Bärbel. Und vergiss die Pflanzen auf dem Balkon nicht, sie lassen schon die Köpfe hängen. Wenn man sich nicht um alles selbst kümmert – verdursten habt ihr sie alle lassen.«

Bärbel blieb, die Gießkanne in der Hand, vor Marias Bett stehen. »Du konntest dich aber nicht kümmern, weil du dich unbedingt in Dinge einmischen musstest, die dich nichts an-

gehen. Tagelang wussten wir nicht, ob du überleben wirst, entschuldige bitte, wenn wir deshalb deine Pflanzen und Butterfliegen vernachlässigt haben.«
Maria rutschte ein Stück tiefer in ihre Kissen.
»Es tut mir leid. Aber was hätte ich denn tun sollen? Sie hätten ihn umgebracht. Das konnte ich nicht zulassen. Ich will ihn nicht verlieren, denn ich liebe ihn.«
Bärbels Anflug von Ärger verflog. Sie stellte die Gießkanne auf den Boden, setzte sich auf die Bettkante und griff nach Marias Hand.
»Ach, Kindchen, der Liebe wegen sind schon so viele schreckliche Dinge geschehen. Sie ist nicht immer gut.«
Maria sah Bärbel trotzig an. »Du willst ihn mir ausreden.«
Bärbel ließ Marias Hand los und schaute auf den Balkon hinaus, auf dem die Pflanzen die Köpfe hängen ließen. Dicke Quellwolken zogen über den Himmel, und schwüle Luft lag bleiern über der Stadt. Ab und an ging der eine oder andere Regenschauer nieder, manchmal begleitet von Donnergrollen, doch Abkühlung brachten die Schauer kaum.
Das Gespräch mit Jacob Marrell klang noch in ihren Ohren nach. Beinahe hätte sie den wichtigsten Menschen auf der Welt verloren, die einzige Familie, die ihr noch geblieben war. Sie musste mehr auf Maria achtgeben und durfte nicht mehr so nachgiebig sein. Bei der eigenen Tochter wäre sie das auch nicht gewesen. Der Gedanke an ihr totes Mädchen machte sie traurig. Wie es wohl ausgesehen hätte? Wenn es nach seinem Vater gekommen wäre, dann wäre es gewiss sehr hübsch und hätte blondes Haar, grüne Augen und kleine Grübchen in den Mundwinkeln beim Lachen. Gewiss hätte es sich die Männer aussuchen können.
»Was ist denn jetzt, Bärbel?«
Marias Stimme holte die Magd in die Wirklichkeit zurück.

»Du darfst Christian nicht mehr sehen. Dein Stiefvater hat es verboten.«
Maria schnappte nach Luft und schlug wütend mit der Faust auf die Decke. »Das kann er nicht machen. Er darf ihn mir nicht wegnehmen. Christian ist mein Leben.« Tränen der Wut stiegen in ihre Augen.
Bärbel hob beruhigend die Hände. »Er meint es doch nur gut. Sieh mal: Wenn du an jenem Abend nicht bei ihm gewesen wärst, dann würde es dir heute gutgehen, und du könntest malen und all die Dinge tun, die dir Freude machen.«
Maria sah die Magd ungläubig an.
»Aber er gibt mir die Kraft, um weiterzumachen, inspiriert mich und ist für mich da. Alle anderen haben mich alleingelassen oder verstehen mich nicht. Er ist wie ich, unsere Seelen sind eins. Ich darf ihn nicht verlieren.«
Bärbel strich Maria liebevoll eine Haarsträhne aus der Stirn und zog das dünne Leintuch zurecht, das Marias nackte Beine bedeckte. »Wir werden es nicht ändern können. Ich würde dir gern helfen, Kindchen, aber mir sind die Hände gebunden.«
Sie legte tröstend die Hand auf Marias Wange und sah ihr fest in die Augen. »Wir wussten von Anfang an, wie aussichtslos diese Schwärmerei war.«
Maria sank zurück aufs Kissen. Tränen liefen über ihre Wangen und hinterließen feuchte Flecken auf dem weißen Kissenbezug. »Aber da wusste ich doch noch nicht, wie sehr es weh tut.« Sie schloss die Augen. »Ich kann mich nicht einmal von ihm verabschieden.«
Bärbel sah Maria hilflos an. Sie wusste um den Schmerz, den das Mädchen jetzt fühlte, trug sie ihn doch auch tief in sich. Sie hatte damals von dem Mann Abschied genommen, den sie liebte, allerdings mit der Hoffnung auf ein Wiedersehen, das es nie gegeben hatte.

Aber ihr waren die Hände gebunden. Sollte sie nochmals gegen die Anweisungen von Jacob Marrell verstoßen, musste sie gehen. Traurig zog sie ein Taschentuch aus ihrer Rocktasche und wischte Maria die Tränen aus dem Gesicht.
»Ich weiß, mein Kind. Aber der Schmerz geht vorüber. Ich verspreche es dir: Irgendwann ist er einfach nicht mehr da.«

*

Alfred hatte die Füße auf den Schreibtisch gelegt, sich in dem Sessel zurückgelehnt, kaute auf einem Grashalm herum und beobachtete seine beiden Freunde dabei, wie sie nervös im Raum auf und ab liefen. Es war bereits dunkel, doch selbst die Nacht konnte die drückende Schwüle nicht vertreiben, obwohl sie eines der Fenster geöffnet hatten. Der Raum wurde von einigen Kerzen erhellt, die in silbernen Kerzenständern auf dem Kaminsims, dem Schreibtisch und dem Fensterbrett standen. Conrad hatte die Schreibstube seines Vaters als Treffpunkt ausgewählt, da um diese Zeit niemand hier war und sie ungestört reden konnten. Doch ganz geheuer waren Alfred weder das Pfarrhaus noch der weitläufige Garten, in dem sich ungewollte Zuhörer verstecken konnten und Mönche des Barfüßerklosters herumschlichen. Argwöhnisch ließ er seinen Blick zum Fenster schweifen, aber es war nichts zu hören.
Conrad blieb stehen und sah Johannes stirnrunzelnd an. Alfred bemerkte die ungewohnte Blässe im Gesicht seines Freundes. Schweißperlen standen auf seiner Stirn. Der missglückte Überfall setzte ihnen allen zu, besonders Conrad schien das Geschehene nur schwer zu verarbeiten.

»Du denkst also, die Merian hat uns nicht erkannt?«
Conrad klang abgehetzt.
Johannes, der sogar zu diesem Treffen geschmackvolle samtene Kniehosen und eine mit silbernen Fäden durchwirkte Weste trug, zuckte mit den Schultern. »Wer weiß.« Er deutete zu Alfred hinüber. »Unseren Freund hier wohl kaum. Wer kennt schon den Sohn eines einfachen Dachdeckers.«
Alfred zog den Grashalm aus dem Mund und beugte sich nach vorn, überlegte es sich aber anders und lehnte sich wieder zurück. Beleidigungen dieser Art war er gewohnt.
»Doch wir beide sind in der Stadt bekannt. Du predigst für deinen Vater in der Barfüßerkirche, und ich arbeite im Laden und bin ein hochgestellter Bürger der Stadt. Gut möglich, dass sie einen von uns erkannt hat.«
Conrad blieb am Fenster stehen und schaute in die Nacht hinaus. »Und das alles nur, weil mein Vater sich nicht beherrschen konnte.«
Alfred nahm den Strohhalm aus dem Mund. »Nein, das alles nur, weil dieser Bursche nicht seinen Mund halten kann und meint, er müsse Ansprüche stellen.«
Conrad drehte sich um. Sein Blick wirkte verzweifelt, und seine Augen hatten jeden Glanz verloren. »So habe ich meinen Vater noch nie erlebt. Er war so abwesend und anders – wie ein Fremder. Das hat mir furchtbare Angst gemacht. Ich will meinen Vater zurückhaben, nicht diesen seltsamen Mann, den ich nicht verstehe und der Geheimnisse vor mir hat.«
Johannes trat neben Conrad, legte ihm die Hand auf die Schulter und sah ihm ernst in die Augen. »Ehrlich gesagt, mein Freund, ist es mir gleichgültig, ob dein Vater Geheimnisse vor dir hat oder nicht. Mir hat die Sache von Anfang an nicht gefallen. Wir hätten lieber gleich die Finger davon lassen sollen.« Er wies auf Alfred. »Wir beide hängen jetzt in der

Sache mit drin, und Alfred denkt genauso wie ich. Der Bursche mag deinem Vater gegenüber Ansprüche gestellt haben, die er jedoch nicht erfüllen wird. Lass es einfach dabei bewenden, das ist besser für uns alle.«

Fassungslos schaute Conrad von Alfred zu Johannes. »Ihr wollt mich also im Stich lassen. Und was ist, wenn das Mädchen dich erkannt hat, Johannes? Dann bist du derjenige, der gehängt wird oder im Gefängnis landet.«

Alfred erhob sich und trat neben Johannes, der ihn gut einen Kopf überragte. »Dann werden wir diese Zeugin aus dem Weg räumen müssen.«

Entgeistert sah Johannes den rothaarigen Burschen an.

Alfred zuckte mit den Schultern. »Wir werden es wie einen Einbruch aussehen lassen. Niemand wird Verdacht schöpfen.«

Conrad schaute von Alfred zu Johannes und nickte zögernd. »Alfred hat recht. Immerhin handelt es sich bei der Zeugin um eine Merian, und auch wenn sie in der Stadt keinen guten Ruf hat, gilt dieser Name etwas.«

Johannes zog eine Augenbraue hoch. »Und was ist mit dem Totengräber? Glaubt ihr nicht, er wird Verdacht schöpfen?«

Conrad verschränkte die Arme und seufzte. »Davon können wir ausgehen, also …«

»Nein«, unterbrach Alfred, »bei der Sache mit dem Mädchen bin ich dabei, aber deine Familienangelegenheiten hast du ab heute allein zu regeln, Conrad.« Er sah Johannes fragend an, der nickte. »Wir werden dir dabei helfen, das Raupenmädchen verschwinden zu lassen, aber um den Rest musst du dich allein kümmern.«

Conrad atmete tief durch und schaute Alfred wütend an. Doch dann zuckte er die Schultern, und sein Blick schweifte in die undurchdringliche Dunkelheit des Gartens.

»Vielleicht habt ihr recht, und ich habe mich zu sehr hinreißen lassen. Mein Vater hat sich die Suppe eingebrockt, er soll sie gefälligst auch auslöffeln.«
Erleichtert trat Alfred neben ihn und legte ihm den Arm um die Schultern. »Und jetzt überlegen wir uns, wie wir die Merian loswerden, damit wir endlich wieder ruhig schlafen können.«

*

Johanna betrat das Zimmer ihrer Tochter. Sie hatte ihr Vorwürfe machen wollen, dies dann aber wieder verworfen. Sie hatte gebetet, gehofft und gefleht, und Gott hatte sie erhört. Er hatte ihr das Kind gelassen, es nicht mit sich genommen wie ihren kleinen Sohn, den sie oft schmerzlich vermisste. Doch was hatte er ihr wirklich gelassen, das hatte sie sich in den letzten Tagen oft gefragt: eine Tochter, die ihre Mutter nicht mochte und die Nähe der Magd suchte, diese sogar innig liebte.
Maria saß am offenen Fenster und blickte nach draußen. Die Geräusche der Gasse drangen zu ihnen herauf. Irgendwo spielte jemand Geige, ein Mädchen sang dazu, und die Frauen am Brunnen hielten ihren täglichen Schwatz. Johanna trat näher, legte Maria die Hand auf die Schulter und folgte dem Blick ihrer Tochter.
»Es ist ein so schöner Tag und endlich nicht mehr so schwül.«
Maria schwieg. Johanna sah sie traurig an. Wäre sie jetzt Bärbel gewesen, Maria hätte ihr geantwortet, vielleicht sogar gelächelt. Sie unterdrückte ihre Eifersucht und sprach weiter.
»Normalerweise wärst du jetzt am Fluss oder in den Gärten und würdest Butterfliegen beobachten und zeichnen.«

Maria schaute weiterhin nach draußen.
Johanna fuhr fort: »Als Kind war ich mit meinen Geschwistern und Freunden auch in den Gärten unterwegs, auf den Wiesen und Feldern.« Sie seufzte. »Die Buben haben dann immer Heuschrecken und Regenwürmer gesammelt und uns Mädchen damit erschreckt.« Bei der Erinnerung musste sie lächeln. »Wir sind dann kreischend fortgelaufen und mochten es doch, wenn sie uns ärgerten.«
Maria reagierte immer noch nicht auf die Worte ihrer Mutter. Sie wollte die alten Geschichten nicht hören. Ihr Herz war erfüllt von Kummer und Schmerz. Jeden Tag fühlte es sich an, als würde dieser Raum kleiner werden und die Wände ein Stück näher auf sie zukommen. Sie wollte fliehen, fortlaufen und niemals wieder zurückkommen. Doch die Gründe dafür würde ihre Mutter nicht verstehen. Manchmal fragte sich Maria, ob ihre Mutter wirklich in der Lage war, Gefühle zu empfinden, und wusste, was Liebe ist. So sehr wünschte sich sich, dass Jacob Marrell öfter in ihrer Nähe wäre. Doch er war wieder nach Utrecht aufgebrochen, wegen der Geschäfte, wie er sagte.
Es klopfte leise an der Tür, beide Frauen blickten auf, und Johanna rief laut »Herein«. Die Tür wurde vorsichtig geöffnet, und Valentin schaute schüchtern in den Raum.
»Guten Tag, die Damen. Ich hörte von dem großen Unglück, das meiner kleinen Freundin widerfahren ist, und dachte mir, ich sehe mal nach dem Rechten.«
Auf Marias Gesicht breitete sich ein Lächeln aus, und sie winkte den Buchhändler näher.
»Guten Tag, Valentin. Wie sehr ich mich freue, dich zu sehen.« Johanna murmelte eine Begrüßung, strich Maria sanft über die Schulter und verließ ohne ein weiteres Wort den Raum. Verwirrt schaute ihr Valentin hinterher.

»Ich hoffe, ich störe nicht.«
Maria deutete eifrig auf den Stuhl neben sich.
»Du störst nie, Valentin. Es ist wunderbar, einen normalen Menschen hier zu haben. Ich fühle mich wie in einem Gefängnis.«
Valentin setzte sich auf die Stuhlkante und musterte Maria besorgt. Sie war dünner geworden, trug ein schlichtes hellblaues Kleid, das in der Taille zusammengebunden war. Der Kampf mit dem Tod hatte sie anscheinend sehr viel Kraft gekostet. Ihr Haar war zu einem einfachen Zopf geflochten, ihre Wangen waren eingefallen, und dunkle Schatten lagen unter ihren Augen.
Er räusperte sich. »Ich habe gehört, wie es dir ergangen ist, mein Kind. Eure Magd hat mir von deinem Todeskampf berichtet. Sich auszuruhen ist in deinem Zustand das Wichtigste.«
Maria winkte ab. »Sie behandeln mich wie ein rohes Ei.« Sie hob ihre rechte Hand. »Und zu allem Überfluss kann ich nicht einmal zeichnen, weil ich kaum den Arm heben kann. Die Langeweile bringt mich noch um. Den ganzen Tag sitze ich hier am Fenster und blicke in die Gasse hinunter, oder Bärbel kommt und erzählt mir den neuesten Klatsch vom Markt, der sich jeden Tag gleich anhört.«
Valentin grinste verschmitzt. »Das habe ich mir gedacht, und deshalb habe ich dir etwas mitgebracht.«
Erst jetzt bemerkte Maria die Tasche, die der alte Mann in der Hand hatte. Er öffnete die Metallverschlüsse, zog mehrere einfache, in graues Leinen gebundene Hefte heraus und reichte sie Maria. »Es sind Lateinlehrgänge, die ich letzte Woche erstanden habe. Grammatik und Vokabeln zum Erlernen der einfachsten Sätze und Formulierungen.«
Maria öffnete eines der Hefte und blätterte es begeistert

durch. »Was würde ich nur ohne dich tun, mein Freund. Jetzt hat die Langeweile endlich ein Ende.«

»Und wenn es dir bessergeht, dann kommst du zu mir in den Laden, und ich frage dich ab.«

Maria deutete grinsend zur Tür. »Wenn sie mich hier jemals wieder rauslassen.«

Valentins Miene wurde ernst. Er griff nach Marias Hand und sah ihr in die Augen. »Sie machen sich große Sorgen um dich, was ich sehr gut verstehen kann. Immerhin bist du überfallen und niedergestochen worden. Das ist kein Spiel, Maria.«

Sie erwiderte seinen Blick. »Ich weiß. Aber eigentlich galt der Anschlag nicht mir, sondern Christian. Ich wollte ihm nur helfen.«

Valentin sah sie verwundert an. »Wieso helfen?«

Maria warf ihm einen nachdenklichen Blick zu.

»Aber du darfst es niemandem erzählen. Ich habe es noch keinem gesagt.«

Der alte Mann hob die Hand. »Ich gebe dir mein Ehrenwort. Von mir erfährt keine Sterbensseele etwas.«

Marias Blick wanderte nach draußen, als sie zu erzählen begann, was in jener Nacht geschehen war. Valentin hörte schweigend zu und ließ sich nichts anmerken, als Maria Conrad erwähnte und davon berichtete, dass Christian ein unehelicher Sohn von Bernhard Waldschmidt war. Des Mannes, dem er erst heute einen Krankenbesuch abgestattet hatte.

Als Maria geendet hatte, schwiegen sie. Die Geschichte stand wie eine schwarze Gestalt im Raum.

Nach einer Weile erhob sich Valentin und begann, auf und ab zu laufen. »Also galt der Anschlag diesem Christian und nicht dir. Du warst nur zufällig dort.«

Maria nickte. Eine Wolke verdeckte die Sonne, so dass es im

Raum dämmrig wurde. Irgendwo weinte ein Kind, eine Frau zeterte.

Valentin blieb stehen. »Conrad wollte seinem Halbbruder, sofern er das wirklich ist, gewiss nur einen Schrecken einjagen, denn als so impulsiv kenne ich den jungen Mann gar nicht.«

Maria richtete sich im Stuhl auf. »Christian würde niemals lügen. Er ist des Pastors Sohn, er hat es mir gesagt.«

»Was ihm aber nichts helfen wird, mein Kind. Bernhard Waldschmidt wird einen Teufel tun und seinen Ruf für einen Burschen aufs Spiel setzen, den er kaum kennt und der behauptet, sein Sohn zu sein, um irgendwelche Ansprüche zu stellen.«

Maria wollte diese Antwort nicht hören und verschränkte die Arme vor der Brust. »Waldschmidt ist für den Tod seiner Mutter verantwortlich. Christian hat also mehr Ansprüche gegen diesen Mann als irgendjemand sonst.«

Valentin zuckte zusammen, und plötzlich sah er die junge Hübschlerin vor sich, die ihn angefleht hatte, noch einmal mit seinem Freund zu sprechen. Konnte es wirklich sein …

Er verwarf den Gedanken, setzte sich neben Maria und griff nach ihrer Hand. »Die ihm Bernhard aber nicht erfüllen wird, und das weiß er.«

In Marias Augen traten Tränen. »Aber er wollte doch nur ein Empfehlungsschreiben, ein gutes Wort, damit er Steinmetz werden kann und wir …« Sie verstummte, sank in die Arme des Buchhändlers und begann, laut zu schluchzen.

Vorsichtig streichelte Valentin ihr tröstend über den Rücken.

*

Conrad atmete tief durch, als sie die Kruggasse erreichten. Er hatte die letzten Tage viel nachgedacht, um einen Ausweg zu finden, ohne morden zu müssen. Aber ihm war nichts eingefallen. Maria Merian war eine unangenehme Zeugin mit einem berühmten Namen, die aus dem Weg geräumt werden musste. Dem Totengräber würde keiner glauben, doch der Merian schon. Selbst Matthäus Merian, den er als arroganten Einzelgänger kennengelernt hatte, schien seine Halbschwester, die er laut Aussage seines Vaters eigentlich verachtete, plötzlich zu verteidigen. In der Not galten Familienbande mehr als alle Fehden.

Die drei jungen Männer huschten an den Hauswänden der stillen Gasse entlang. Als sie das Haus der Kammerers passierten, bildete sich in Conrads Hals ein Kloß. Er hatte sich keine Vorwürfe zum machen. Ihren Tod hatten die beiden Frauen selbst verschuldet. Sie erreichten das Haus der Merians und blieben im Innenhof stehen. Ein schmaler Lichtschein war hinter der Glasscheibe in der Balkontür zu erkennen. Alfred deutete fluchend darauf.

»Mist! Sie scheint noch wach zu sein.«

Johannes schlug seinem Freund auf die schwarze Wollmütze, die Alfred zur Tarnung seines roten Haares aufgesetzt hatte.

»Nicht so laut. Willst du die ganze Gasse wecken. Wir werden sie schon kriegen, immerhin sind wir zu dritt.«

Conrad schaute skeptisch auf den schmalen Lichtschein.

»Was ist, wenn sie um Hilfe schreit? Wenn sie uns erwischen, ist alles aus. Vielleicht sollten wir besser morgen wiederkommen.«

Johannes schüttelte den Kopf. »Morgen breche ich mit einem der großen Handelsschiffe nach Mailand auf, um Einkäufe für den Vater zu tätigen. Es muss heute Nacht sein.«

Alfred spuckte auf den Boden und wischte sich dann über

die Lippen. »Das hätte ich mir denken können. Der feine Herr verzieht sich und lässt uns hier zurück. Sollte wirklich jemand nachforschen, dann bist du weit weg und nicht greifbar.«
Johannes schlug Alfred erneut auf die Mütze. »Niemand wird nachforschen. Hör endlich mit der Schwarzmalerei auf. Wir werden jetzt dort hinaufklettern, das Mädchen ersticken und dann verschwinden. Keiner wird Verdacht schöpfen, da bin ich mir sicher.«
Conrad zog sich jetzt ebenfalls eine schwarze Haube tief in die Stirn.
»Johannes hat recht, bringen wir es hinter uns.«
Sie setzten sich in Bewegung, kletterten leise zu dem kleinen Balkon hinauf und schlüpften durch die Tür, die nur angelehnt war.
Maria saß im Bett, neben dem auf dem Nachttisch eine Kerze brannte, und las in einem Heft. Mit weit aufgerissenen Augen starrte sie die drei Männer an. Conrad nutzte den Moment der Überraschung, lief auf sie zu, drückte sie nach unten, griff nach einem der Kissen und presste es auf ihr Gesicht. Maria begann zu kreischen und wild um sich zu schlagen, doch es half nichts. Ihre Kräfte schwanden, sie drohte zu ersticken. Die rechte Schulter begann zu brennen, und ein stechender Schmerz fuhr ihr in den Nacken. Die anderen beiden Männer standen eher unbeteiligt im Raum. Johannes hatte sich abgewandt, doch Alfred beobachtete den Todeskampf ihres Opfers voller Faszination. Wie es sich wand, kämpfte, immer schwächer wurde, um bald für immer still zu werden.
»Was ist denn hier los?«, unterbrach plötzlich eine Stimme die Geschehnisse. Conrad hielt inne und ließ die Hände sinken. Maria nutzte die Gelegenheit, um sich zu befreien, und begann panisch zu schreien.

»Bärbel, sie wollen mich töten. Hilfe, Bärbel. Mörder, Bärbel! Hilfe, schnell!«
Johannes wachte als Erster aus seiner Erstarrung auf. Er ging auf die Magd zu, die entsetzt ins Treppenhaus zurückwich. Auch Conrad und Alfred machten einige Schritte auf die geöffnete Zimmertür zu.
Jetzt begann Bärbel, laut zu schreien. »Hilfe, Einbrecher, Mörder, so helft uns doch.«
Hektisch griff Johannes nach dem Arm der Alten, doch sie wich ihm aus und trat einen weiteren Schritt zurück. Er setzte ihr nach.
»Mörder, Einbrecher, zu Hilfe, schnell!«
»Jetzt sei endlich still, verdammtes Mütterchen«, fluchte Johannes und gab Bärbel einen Stoß. Die Magd stolperte über eine der Treppenstufen und verlor das Gleichgewicht. Polternd fiel sie die Stufen hinunter und blieb leblos liegen. Wie erstarrt schauten die drei Männer auf die Frau. Sie hatten sie getötet, wieder eine Unschuldige erwischt, schoss es Conrad durch den Kopf.
»Vielleicht ist sie ja nur bewusstlos«, stammelte Alfred, der vor Schreck kreidebleich geworden war. Im unteren Treppenhaus wurden knarrend Türen geöffnet. Die drei Männer flohen zurück in Marias Zimmer und rannten, ohne Maria eines weiteren Blickes zu würdigen, auf den Balkon, sprangen in den Hof hinunter und flüchteten in die Dunkelheit der Gasse.
Nur einige Augenblicke später stürzte Johanna in den Raum und stellte erleichtert fest, dass ihre Tochter unverletzt auf dem Bett saß.
Sie wollte Maria in den Arm nehmen, doch diese schüttelte sie ab. »Wo ist Bärbel? Was ist geschehen? Es hat so laut gepoltert.«
Maria lief an ihrer Mutter vorbei ins Treppenhaus. Erschro-

cken verharrte sie auf dem obersten Treppenabsatz. Einige der Hausbewohner standen um die bewegungslos am Boden liegende Frau herum, einer tastete gerade nach ihrem Puls. Er schüttelte den Kopf. Maria lief verzweifelt die Stufen hinunter, schob den Mann beiseite und sank neben Bärbel auf die Knie.

»Nicht Bärbel, bitte nicht. Du musst wieder aufwachen, bitte.« Tränen rannen über ihre Wangen, und sie schluchzte laut auf.

»Bitte, Bärbel, bitte nicht.«

*

Der Regen der Nacht hatte seine Spuren auf den Wegen des Peterskirchhofs hinterlassen. Der Wind war kühl, raschelte in den Blättern der Bäume und gab dem Frühsommertag einen fast schon herbstlichen Anstrich. Maria stand neben ihrer Mutter vor Bärbels Grab, blickte auf den einfachen Kiefernholzsarg hinab und hörte die Worte des Pastors wie aus weiter Ferne. Es war Bernhard Waldschmidt selbst, der die Rede hielt. Er stand, auf seinen Stock gestützt, vor dem Grab und war leichenblass, doch seine Stimme klang fest. Maria konnte seinen Anblick kaum ertragen. Sein Sohn war es, der Bärbels Tod zu verantworten hatte und der auch sie töten wollte. Doch wie sollte sie das allen erklären, gewiss würde ihr niemand glauben. Bärbel war tot, irgendwo im Himmel bei ihrem Mann, von dem sie nur selten gesprochen hatte, den sie aber sehr liebte, wie Maria wusste. Jetzt waren sie wieder vereint, glücklich und bei Gott.

Waldschmidt beendete seine Grabrede und schaute auf die

wenigen Trauergäste, die gekommen waren. Elisabeth, das alte Tratschweib, der Apotheker und seine Frau, Valentin, Johanna und Maria. Die kleine Gruppe wirkte seltsam verloren zwischen den Grabkreuzen und -steinen. Auch Valentin machte eine betretene Miene. Maria trat näher und warf eine Rose ins Grab, wischte sich die Tränen vom Gesicht und murmelte einen letzten Gruß für die Frau, die ihr wie eine Mutter gewesen war, für die Vertraute, die sie in den Arm genommen, getröstet und gesund gepflegt hatte. Niemals wieder würde Bärbel am Fenster stehen und auf sie warten, ihr zuwinken, mit ihr lachen. Nie wieder würde Bärbel ihr die verhasste Küchenarbeit abnehmen oder ihr zuhören, wenn sie aus einem Buch vorlas.

Valentin trat hinter Maria, legte sanft seine Hände auf ihre Schultern und führte sie vom Grab fort. Als sie am Pfarrhaus vorbeikamen, blieb Maria stehen. Christian arbeitete vor seinem Schuppen, Hammer und Meißel in der Hand, und starrte sie an. Valentin folgte ihrem Blick und ließ sie los, ermunterte sie, zu ihm zu gehen. Johanna trat neben den Buchhändler und sah ihrer Tochter nach.

»Wo will sie hin?«

Valentin schaute die Frau verwundert an. »Sich verabschieden.«

»Aber das darf sie nicht.« Johanna wollte ihrer Tochter folgen. »Wir haben ihr den Umgang ...«

Valentin hielt sie zurück. »Nicht. Es ist ihr Moment. Sie muss sich doch verabschieden dürfen. Maria hat verstanden, aber ihr Herz noch nicht. Es wird Zeit brauchen, um zu heilen.«

Johanna sah den Buchhändler verdutzt an, doch dann blieb sie stehen. »Jeder hier scheint meine Tochter besser zu kennen als ich.« Sie deutete auf Bärbels Grab. »Unsere Magd war ihr mehr Mutter als ich, und sogar ihr Stiefvater bedeutet ihr mehr. Was habe ich falsch gemacht? Ich wollte doch immer das Beste für sie.«

Valentin legte liebevoll den Arm um Johanna und führte sie zum Ausgang des Peterskirchhofs. »Vielleicht ist das Beste in ihren Augen etwas anderes als in Euren.«

Johanna blickte unsicher zurück. »Sollten wir nicht lieber …«

Valentin zog sie mit sich fort. »Nein, sollten wir nicht.«

Johanna nickte.

»Ihr habt recht. Sollten wir nicht. Sie wird schon heimkommen, wenn sie so weit ist.«

»Ihr scheint allmählich zu begreifen.«

Johanna sah den Buchhändler nachdenklich an. »Manchmal frage ich mich, ob ich sie jemals verstehen werde.«

Der alte Mann erwiderte ihren Blick und nickte.

»Niemand wird das. Ich denke, es gab nur einen Menschen auf der Welt, der sie wirklich verstand.«

»Ja, das glaube ich auch«, erwiderte Johanna, und plötzlich begriff sie, was Valentin meinte. »Doch ihn werde ich nicht mehr um Rat fragen können.«

»Dann redet mit Eurer Tochter. Sie hat viel zu erzählen, wenn Ihr wirklich zuhört.«

Die beiden verließen den Friedhof, und während sie die Gasse hinuntergingen, tauchte vor Johannas innerem Auge das Gesicht ihres verstorbenen Gatten auf, und plötzlich wurde sie sich klar darüber, dass sie ihrem Kind niemals wirklich zugehört hatte, genauso wenig wie dem Mann, dem Maria so ähnlich war.

Maria trat zögernd näher. Christian arbeitete gerade an einer neuen Skulptur. Ein Gesicht und ein Flügel waren bereits aus dem roten Sandstein herausgearbeitet. Maria blieb vor der

Figur stehen und strich mit den Fingern über die schmalen Wangen, den geschwungenen Hals. Als sie ihre Hand zurückzog, waren ihre Fingerspitzen voll von rotem Staub. Sie wischte sie an ihrem Rock ab.

»Die Statue ist wunderschön.«

Christian schaute zu Boden. »Sie ist noch nicht fertig.«

Maria warf ihm einen langen Blick zu. Er ließ den Hammer fallen und machte einen Schritt auf sie zu, doch sie wich zurück.

Voller Sehnsucht sah er sie an. Schmerz stand in seinem Blick und auch Hoffnung, die sie ihm jetzt nehmen musste, ein für alle Mal. Bärbel hatte recht gehabt. Es war nur für eine Weile, und jetzt war es vorbei.

»Wir wussten, dass es nicht für immer sein kann«, flüsterte sie und wich seinem Blick aus, der sie innerlich zerbrechen ließ und die Sehnsucht nach ihm unerträglich machte. Was redete sie da eigentlich, schalt sie sich selbst. Sie wollte bei ihm sein, bei dem Menschen, der sie verstand, der sie akzeptierte, wie sie war, und sie liebte.

Er machte einen weiteren Schritt auf sie zu. »Das glaube ich dir nicht.« Er streckte seine Hand vorsichtig aus und berührte ihre Fingerspitzen.

Ihre Haut begann zu kribbeln. Langsam strich er über ihren Handrücken, und seine Finger umfingen die ihren, hielten sich daran fest.

»Bärbel liegt dort hinten.«

Er nickte. »Ich weiß.«

»Conrad und die anderen waren bei uns.«

Er zuckte zurück. »Sie wollten mich töten, Christian, nicht Bärbel.«

Fassungslos schaute er sie an. »Aber, warum denn?«

Maria zuckte mit den Schultern. »Vielleicht, weil ich eine

unerwünschte Zeugin bin, der man mehr Glauben schenken würde als einem armen Totengräber.«
Er sah sie erschrocken an.
»Aber …«
Sie hob die Hand. »Sieh es ein, Christian. Dein Vater wird dir nicht helfen. Niemals werden wir zusammenbleiben können. Es war nur auf Zeit. Ein wenig Glück für uns beide, mehr nicht.« Bärbels Gesicht stieg vor ihrem inneren Auge auf. Die Magd hatte recht behalten.
Christian schüttelte den Kopf und sah sie, Tränen in den Augen, an. »Das habe ich nicht gewollt, das musst du mir glauben. Ich liebe dich – mehr als mich selbst.«
Erneut suchte seine Hand die ihre, und sie ließ die Berührung zu. Langsam zog er sie an sich und schlang seine Arme um sie. Maria strich ihm liebevoll über die Wange, fuhr die Konturen seiner Lippen nach, streichelte über die stoppeligen Barthaare.
»Pst, nicht sprechen.« Langsam berührte er ihre Lippen, zärtlich und sanft. Sie spürte seine weiche Haut, seinen Atem, der nach süßem Wein roch. Vorsichtig tastete sich seine Zunge über ihre Lippen, um dann fordernder zu werden. Seine Umarmung wurde fester, leidenschaftlicher. Er zog sie wie ein Ertrinkender an sich und schloss die Augen. Sie tat es ihm gleich, versank in ihm, genoss seine Wärme und Nähe. Jetzt gab es nur sie beide. Wenigstens für einen kurzen Augenblick.

*

Maria stand neben ihrer Mutter am Hafen, ließ ihren Blick missmutig über die vielen Boote und das bunte Treiben schweifen und ignorierte den brackigen Geruch, der vom Wasser des Mains aufstieg. Die Fischer boten heute ihre Waren in der Nähe des Stadttores feil, doch die meisten von ihnen bauten bereits wieder ab, denn die Mittagshitze bekam den Fischen nicht. Ein Heuwagen fuhr an Maria vorbei, ein Knabe und ein Mädchen darauf, die ihr fröhlich zuwinkten. Zwei Blumenmädchen irrten verloren mit ihren Körben zwischen den Ständen der Fischer herum. Traurig schaute Maria auf die noch gut gefüllten Körbe der beiden.

Eines der Mädchen bemerkte ihren Blick und trat keck näher. Sie war kaum älter als zehn Jahre, barfuß und schmal. Ihr blondes Haar ringelte sich um ihre von der Sonne geröteten Wangen, und ihre Nase zierten einige Sommersprossen, die ihrem Gesicht etwas Spitzbübisches gaben.

»Wollt Ihr eine Blume kaufen, gute Frau?«

Maria schaute auf die Lilien und Nelken hinab. Der Blick des Mädchens wurde flehend.

»Bitte, nur eine. Der Vater schlägt uns, wenn wir ohne Geld nach Hause kommen.«

Das andere Mädchen, das nicht älter als acht Jahre sein konnte, trat jetzt auch näher. Sie sah ihrer Schwester überhaupt nicht ähnlich. Ihr braunes Haar trug sie zu zwei Zöpfen geflochten, die bis auf ihre Taille fielen. Doch im Gegensatz zu ihrer Schwester hatte dieses Mädchen nichts Spitzbübisches oder Selbstbewusstes an sich. Sie wirkte mit ihren blassen Wangen und den tief in den Höhlen liegenden Augen müde. Mitleidig ging Maria neben dem Kind in die Hocke und lächelte aufmunternd.

»Wie heißt du denn, Kleine?«

Das Mädchen sah sie schüchtern an. »Brigitta, und du?«

Maria beantwortete die Frage und deutete auf den Korb des Kindes, in dem die Blumen bereits die Köpfe hängen ließen.

»Deine Blumen sind sehr hübsch. Was sollen sie denn kosten?«
Johanna war jetzt ebenfalls auf die beiden aufmerksam geworden. Sie musterte die Mädchen pikiert und griff nach Marias Arm. »Lass doch die Kinder, gewiss wird Jacob gleich ankommen.«
Doch Maria erhob sich nicht. Sie griff in ihre Rocktasche, in der sie immer ein wenig Kleingeld bei sich trug, und streckte dem kleinen Mädchen sämtliche Münzen hin.
»Wird das Geld für einige deiner Blumen reichen?«
Die Augen der Kleinen begannen zu strahlen.
»Es ist mehr als genug.«
Johanna sah ihre Tochter fassungslos an. Wie konnte sie sich mit diesen Bettelmädchen einlassen. Am Ende hatten sie noch irgendwelche Krankheiten.
Doch dann erinnerte sie sich an die Worte des Buchhändlers. Sie hatte sich diese zu Herzen nehmen wollen, und schon bei der erstbesten Gelegenheit fiel sie wieder in ihre alten Verhaltensmuster zurück. Maria zeigte Mitleid mit den beiden Blumenmädchen, also sollte auch sie über ihren Schatten springen. Sie trat näher, betrachtete die Mädchen mit mehr Interesse, und plötzlich verspürte auch sie Mitleid mit ihnen.
Die beiden hatten Maria unterdessen alle Blumen gegeben und blickten strahlend in ihre leeres Körbchen.
»Die Mutter wird stolz auf uns sein.«
Maria wollte antworten, doch eine ihr wohlbekannte Stimme hielt sie zurück.
»Was macht ihr denn da?«
Maria und Johanna wandten sich um. Jacob Marrell stand lächelnd vor ihnen. Maria fing sich als Erste wieder.
»Wir kaufen dir Blumen, Vater, als Willkommensgruß.« Sie hielt ihren Blumenstrauß in die Höhe.

Er ging grinsend auf sie zu, nahm ihr den welken Strauß aus der Hand, küsste ihre Wange und reichte danach seiner Gattin die Hand, um ihr aufzuhelfen.
»Schön, dich wiederzusehen, meine Liebe.« Auch ihr hauchte er einen Kuss auf die Wange.
»Ja, Blumen. Wir haben gedacht, sie könnten dich erfreuen, mein Liebster.«
Sie wollte auf die beiden Mädchen deuten, doch diese waren in der Menge verschwunden.
Jacob Marrell musterte seine beiden Frauen besorgt, denn wieder einmal hatte ihn ein Brief in aller Eile und voller Sorge nach Frankfurt getrieben. Besonders Maria wirkte auf ihn wie eine zerbrechliche Puppe.
»Lasst uns nach Hause gehen und reden. Ihr seht sehr mitgenommen aus, wenn ich das sagen darf.«
Er strich seiner Gattin fürsorglich über den Arm. Dankbar hängte sie sich bei ihm ein, und die drei ließen den Hafen hinter sich.

Wenig später saßen sie in der Stube beisammen, und Maria blickte sich wie ein verschrecktes Tier um, das man gegen seinen Willen eingesperrt hatte. Seit Bärbel nicht mehr hier war, ertrug sie es kaum, sich in der Wohnung aufzuhalten. Sie mied das Treppenhaus, betrat die Küche gar nicht mehr und hielt sich, soweit es ihr möglich war, nur in ihrem Zimmer auf. Doch überall, wo sie hinschaute, sah sie Bärbel. Sie saß auf dem Bett, öffnete die Tür oder kam die Treppe herauf. Wie sollte sie es hier aushalten, hier leben, wo Bärbel allgegenwärtig war.
Jacob Marrell stellte seine Kaffeetasse auf den Tisch. Das bittere Getränk war ihm zu heiß, dampfte und verbreitete einen üblen Geruch, den Maria nicht leiden konnte. Ihre Mutter

hatte das braune Zeug irgendwann probiert und trank es seitdem literweise, was Maria nicht verstand, denn sie konnte der Brühe nichts abgewinnen.
»Ihr solltet Frankfurt für einige Zeit verlassen«, sagte Marrell. Maria sah ihn verwundert an. »Ich meine, bis sich die Wogen wieder geglättet haben«, fügte er hinzu und strich seiner Gattin liebevoll über die Hand. »Früher seid ihr in den Sommermonaten gern der Stadt mit ihrer stickigen Luft entflohen und nach Langenschwalbach gefahren. Die frische Landluft und die Ruhe würden euch beiden gewiss guttun.«
Johanna wischte sich mit einer Serviette den Mund ab. Ihr Blick wurde wehmütig.
»Langenschwalbach, wie schön. Du hast recht, mein Liebster. Lange Zeit waren wir nicht mehr dort.« Sie griff nach Marias Hand und umfing ihre Finger voller Zärtlichkeit.
»Du warst immer gern in Langenschwalbach, mein Kind.«
Maria nickte zaghaft. Sie war müde, ihr Kopf dröhnte, und der Kaffeeduft ließ ihren Magen rebellieren.
»Wenn du meinst. Langenschwalbach ist hübsch.«
Johanna musterte ihre Tochter besorgt. »Du siehst erschöpft aus, mein Kind. Ich denke, du solltest dich hinlegen. Es war ein anstrengender Tag.«
Maria rieb sich die Augen. Ihre Mutter hatte recht. Es war ein langer Tag gewesen, und die vorangegangene Nacht war kurz, denn sie hatte mal wieder nicht in den Schlaf gefunden. Als der Morgen graute, hatte sie am Fenster gesessen und dabei zugesehen, wie der Himmel sich verfärbte von Blau in Grau, bis hin zu goldenem Rot. Alle Tage liefen gleich ab. Die Erschöpfung trieb sie nachmittags in den Schlaf, in dem üble Träume sie heimsuchten, in denen sie auf der Suche nach Bärbel durch die dunklen Gassen lief.
Besorgt musterte auch Jacob Marrell seine Stieftochter und

griff nach ihrer Hand. »Ich denke, eine Luftveränderung kann wirklich nicht schaden. Ihr werdet sehen, Langenschwalbach wird euch beide auf andere Gedanken bringen.«

Maria deutete ein Nicken an und stand auf. Wie Blei lag die Erschöpfung auf ihren Schultern. Im Vorbeigehen strich sie ihrem Vater über die Schulter.

»Andere Gedanken wären gut. Wie sie auch immer aussehen mögen.« Sie verließ den Raum.

Johanna sah ihr traurig nach. »Sie wirkt wie ein Gespenst.«

Jacob Marrell griff erneut nach seiner Kaffeetasse, nippte an dem bitteren Getränk und verzog das Gesicht. Jetzt war das Gebräu kalt.

»Das wird schon wieder. Du wirst sehen. Einige Wochen auf dem Land und wir werden sie nicht wiedererkennen.«

*

Am nächsten Morgen stand Jacob Marrell auf dem Balkon seines Ateliers und schaute über die Stadt. Sonne und Wolken malten schattenhafte Gestalten auf die dicht beieinanderliegenden Schieferdächer. Wie sehr er die Enge der Stadt verabscheute.

»Woran denkst du, Vater?« Maria trat hinter ihn.

»Ach, an so vieles und nichts.« Er lächelte.

Maria hatte einen mit Tee gefüllten Becher in der Hand und blickte ebenfalls über die Dächer. »Als Kind hatte ich oft Angst in den Gassen. Ihre Dunkelheit hat mich schon immer erschreckt. Mehr als einmal hatte ich das Gefühl, als stünden hinter den Türen und in den Ecken kleine Teufel, die nach mir greifen wollten.«

Er sah sie erstaunt an. »Manchmal glaube ich, du kannst Gedanken lesen.«

Maria nippte lächelnd an ihrem Tee, und in ihrer Erinnerung sah sie die wenigen Häuser von Langenschwalbach vor sich. Wie sie sich an die Hänge schmiegten, in diesem wunderbaren, von Wäldern geprägten Tal voller Licht und Sonne.

»Es ist sonderbar, jetzt, wo ich weiß, dass ich den engen Gassen für eine Weile entfliehen kann, habe ich das Gefühl, dass ich sie vermissen werde.«

Marrell nickte verständnisvoll. Er wusste, was sie meinte. Vor seinem inneren Auge tauchte der Tulpengarten auf, in dem er seine eigenen Zwiebeln züchtete. Er war klein, lag hinter hohen Mauern und wirkte trotz der Blumen traurig. Doch als er ihn verlassen hatte, war er wehmütig geworden, obwohl er ihn eigentlich nicht mochte.

Sein Blick fiel auf den Blumentopf mit den Vergissmeinnicht, die verblüht waren. »Schade, sie sahen so hübsch aus.«

Maria nickte seufzend. »Das waren die Falter auch, die mir Caspar geschenkt hat. Doch niemand hat sich während meiner Krankheit um die Tiere gekümmert.« Sie deutete auf ein breites Einmachglas, das jetzt leer neben der Balkontür stand.

»Das tut mir leid, Maria. Sobald ich kann, werde ich dir neue besorgen.«

Sie lächelte. »Das ist nicht notwendig. Ich habe bereits alles festgehalten, was wichtig war. Es wäre schön gewesen, sie noch eine Weile beobachten zu können. Sie waren so prachtvolle und einzigartige Geschöpfe.«

In ihren Augen flackerte einen kurzen Augenblick der besondere Glanz auf, den er an ihr liebte. Doch er verschwand so schnell, wie er gekommen war.

Sie nippte erneut an ihrem Tee, und unvermittelt wurde ihr Gesichtsausdruck ernst.

»Es tut so schrecklich weh. Es ist, als wäre ich gestorben wie diese Falter, denen jemand gefehlt hat, der sie füttert.«
Sie schlug die Hände vors Gesicht und schluchzte laut auf.
Marrell trat einen Schritt näher, zog sie an sich und umarmte sie fest, schwieg aber.
Für diese Art von Trauer gab es keinen Trost, keine Worte, die halfen. Die Zeit würde heilen, nur sie allein.
Nach einer Weile hob Maria den Kopf. »Conrad Waldschmidt war es, der mich töten wollte«, flüsterte sie.
Marrell zog die Augenbrauen hoch.
»Er war auch einer der drei Männer des Überfalls gewesen. Er hasst mich, hält mich für eine Zauberin, die es mit dem Teufel hat.«
Jacob Marrell zuckte zurück. Wie oft hatte er Johannas Klagen gehört, ihren Worten jedoch keinen Glauben geschenkt. Maria war anders, tat Dinge, die nicht jeder verstand, aber deshalb hatte sie es doch nicht gleich mit dem Teufel. Dass die Gefahr jetzt so nah war, hatte er nicht gedacht. Was würde geschehen, wenn er zum Rat der Stadt ginge, um Conrad Waldschmidt, den zukünftigen Pastor der Barfüßerkirche, anzuzeigen? Sicher würde keiner Marias Aussage Glauben schenken und einem Totengräber erst recht nicht. Er seufzte.
»Johanna hat also recht. Wenn es so weitergeht, wird alles ein böses Ende nehmen«, murmelte er.
Maria sah ihn entgeistert an. »Du willst also auch, dass ich damit aufhöre, diejenige zu sein, die ich bin?«
Er hob beschwichtigend die Hände. »Nein, das will ich nicht. Aber ob ich dir wirklich helfen kann, weiß ich nicht. Conrad Waldschmidt ist bald Pastor der Barfüßerkirche und hat einen tadellosen Ruf, ihm wird man mehr Glauben schenken als dir.«

Maria sah ihren Stiefvater verzweifelt an. »Aber er wollte mich töten. Was ist, wenn er es wieder versucht?«
Marrell erwiderte den Blick seiner Stieftochter. »Wir bleiben dabei: Du fährst für einige Wochen nach Langenschwalbach, bis sich die Wogen geglättet haben.«

Kapitel 12

In Alfreds Kopf rumorte es, und seine Hände zitterten, als er nach der Leiter griff, um seinen Kollegen Hannes zu sichern, der einen der schweren Dachbalken mit Hilfe eines weiteren Arbeiters aufs Dach schaffte. Die Balken des Fachwerkhauses, das noch nicht verputzt war, verschwammen vor seinen Augen. Erneut dachte er an den Vorabend, an die Mädchen, die ihn ausgelacht und verspottet hatten. Er war klein und hässlich, ein grässlicher Wicht, wie seine Mutter gesagt hatte, als sie ihn vor die Tür beförderte, weil er seine Männlichkeit an seiner kleinen Schwester ausprobieren wollte. Luise hatte erst gelacht, dann jedoch nur noch geweint. Das Weinen war es gewesen, was ihn erregte, die Verzweiflung in ihren Augen, wenn er die Kontrolle verloren hatte. Doch bis heute hatte er diese nicht mehr verloren, sich allerdings oft ausgemalt, wie er seiner Wut freien Lauf lassen und den Mädchen das Lachen nehmen würde. Dann würde er nicht mehr der hässliche Wicht sein, der ausgelacht wurde. Er schloss die Augen und schüttelte den Kopf. Er musste diese Gedanken vertreiben, sich zusammenreißen, wenigstens jetzt. Die Leiter wackelte, und sofort kamen Ermahnungen von oben.

»Mensch, Alfred, pass doch auf. Ich will mir nicht den Hals brechen«, drang Hannes' Stimme an sein Ohr. Hannes war einer der Guten, sein Kollege, ein fähiger Zimmermann, stämmig, groß und gutaussehend. Er hatte Frau und Kind zu

Hause, ein Mädchen, süß wie Honig, wenn es lächelte – was nur selten vorkam, denn meistens schrie das Kind.
Hannes kam zu ihm herunter und sah ihm prüfend ins Gesicht.
»Wo hast du dich denn gestern herumgetrieben, mein Freund?«
Alfred versuchte zu grinsen. »Was denkst du wohl.«
Hannes schlug ihm lachend auf die Schulter, drehte sich um und kletterte auf den Wagen, um einen weiteren Balken zu holen, der schmaler und kleiner war als die anderen.
»So gut möchte ich es auch mal haben. Seit Margarethes Geburt lässt mich Ingrid nicht mehr ran, was ich verstehen kann. Die wenigen Stunden, die das Kind schläft, nutzt sie, um sich auszuruhen. Aber ein Mann ist eben ein Mann, wenn du verstehst, was ich meine.«
Er stieg erneut auf die Leiter.
Alfred nickte. »Dann komm doch heute Abend mit mir. Ich kenne da ein paar Mädchen, hübsche Dinger, du weißt schon.« Er zwinkerte Hannes zu.
Der Dachdeckermeister reichte den Balken aufs Dach und sprang elegant neben ihn. In seinen Augen blitzte es. »Das ist eine gute Idee. Ich könnte Ingrid etwas von einer Versammlung erzählen, die wichtig ist.«
»So weit ist es also schon gekommen, dass du dir eine Ausrede zurechtlegen musst«, erwiderte Alfred.
Hannes war erneut auf den Wagen geklettert. »Komm du erst Mal in den Genuss einer Ehefrau, dann verstehst du, was ich meine.«
»In Langenschwalbach wirst du froh darüber sein, ein wärmendes Wolltuch zu haben. Im Taunus sind selbst die Sommerabende oft kühl.« Eine Frauenstimme drang an Alfreds Ohr. Er drehte sich um.
»Guten Tag, die Damen.« Hannes deutete auf dem Wagen

eine Verbeugung an, und auf seinem Gesicht erschien ein breites Grinsen.
»Sie planen zu verreisen?«
Johanna und Maria, die in dem Laden nebenan ihre Einkäufe erledigt hatten, blieben stehen.
»Guten Tag, Hannes. Ja, wir möchten verreisen. In den Taunus, genauer gesagt nach Langenschwalbach.«
Alfred erstarrte zur Salzsäure, seine Hände begannen zu zittern. Er beobachtete Maria verstohlen dabei, wie sie ein wollenes Schultertuch in ihren Korb legte. Sie sah blass aus, tiefe Schatten lagen unter ihren Augen, und ihr Blick war zu Boden gerichtet.
Hannes, der in einem der Höfe, die von der Kruggasse zur Graubengasse führten, mit seiner Familie ein kleines Hinterhaus bewohnte, musterte Maria besorgt.
»Wie geht es Euch denn, Maria? Ich hoffe, Ihr konntet die schrecklichen Erlebnisse verarbeiten.«
Maria nickte schüchtern.
Hannes deutete auf Alfred. »Wenn wir die erwischt hätten, nicht wahr, Alfred? Kleinholz hätten wir aus diesen Schurken gemacht.«
Maria sah zu Alfred. Erschrocken riss sie die Augen auf.
Johanna seufzte. »Leider sind sie entkommen, und Maria kann sich kaum an einen von ihnen erinnern. Es ging alles so schnell.«
Wie versteinert starrte Alfred Maria an. Maria hatte den Blick wieder abgewandt, doch ihre zitternden Hände verrieten sie. Sie hatte ihn erkannt, ganz sicher. Schweißperlen traten auf seine Stirn. Verzweifelt versuchte er, sich seine Aufregung nicht anmerken zu lassen.
»Vielleicht ergibt sich ja noch etwas«, sagte Hannes. »Ich werde mich auch bei uns in der Gasse umhören.«

»Das ist nett von Euch«, antwortete Johanna und griff nach der Hand ihrer Tochter. »Aber Maria muss jetzt erst einmal zur Ruhe kommen. Die frische Landluft wird uns auf andere Gedanken bringen.«

Johanna verabschiedete sich, und Maria folgte ihrer Mutter, stumm und teilnahmslos, wie es schien. Alfred beobachtete sie, bis sie das Ende der Gasse erreichten. Dort drehte sich Maria noch einmal um, und in ihrem Blick stand das Wissen, ihn erkannt zu haben.

*

Christian ließ den Meißel sinken und wischte sich den Schweiß von der Stirn. Er blickte zum Eschenheimer Turm, der im gleißenden Licht der Mittagshitze zu flimmern schien. Die Obstbäume, unter denen er mit Maria gesessen hatte und glücklich gewesen war, waren jetzt dicht belaubt, und die ersten roten Kirschen schimmerten zwischen den Blättern. Verschwunden war der Zauber der Blüten, verschwunden war Maria. Er schaute auf den roten Sandstein, der vor ihm auf dem Tisch lag und ihn vorwurfsvoll anzustarren schien. Er wollte sie neu erschaffen, aus seiner Erinnerung, wie er es schon einmal getan hatte, aber er brachte es nicht fertig. Er schuf ihre Wangen, ihre Lippen, doch ihm gelang es nicht, ihren Blick einzufangen. Diesen wunderbaren Ausdruck in ihren Augen, wenn sie eine Butterfliege sah, Sommervogel, wie sie sie liebevoll nannte. Er schlief kaum noch, und wenn, dann träumte er von ihr. Vielleicht war das ja der Grund dafür, warum er eine neue Statue von ihr anfertigte. Er wollte sie bei sich haben, mit ihr sprechen, auch wenn sie nur aus Stein war. Doch dieser Stein war nicht sie. Er war kalt und ohne jedes Gefühl. Wut stieg in ihm auf, und er schleuderte den Meißel zu Boden.

»Du solltest achtgeben, wohin du dein Werkzeug wirfst, mein Junge.«

Erschrocken drehte sich Christian um.

Edda stand vor ihm und lächelte ihn sanft an. Erstaunt sah er sie an. Ihr rotes Damastkleid schimmerte im Licht der heißen Sonne, und ihr blondes Haar ringelte sich sanft auf ihren Schultern, die sie mit einem leichten Tuch aus weinroter Seide bedeckt hatte. Heute erschien sie ihm nicht wie eine alternde Hübschlerin, die jeden Glanz verloren hatte und dem nachtrauerte, was sie einmal gewesen war. Sie glich einem engelsgleichen Wesen, der rettende Anker, den er brauchte, um nicht zu ertrinken.

Langsam trat sie näher, und der Duft ihres Parfüms hüllte ihn ein. Sie musterte die Statue auf dem Tisch und strich mit den Fingern über die unfertigen Wangen. »Hübsch ist sie, deine kleine Freundin.«

Er schüttelte den Kopf. »Nein, das ist sie nicht. Jedenfalls nicht so.«

Sie zog eine Augenbraue hoch und legte den Kopf schräg.

»Warum nicht so?«

»Sieh dir ihre Augen an. Ihnen fehlt der Ausdruck, den nur sie hat.«

Edda strich ihm sanft über die Wange. Er griff nach ihrer Hand und hielt sie fest, berührte sie mit seinen Lippen und schluchzte auf. »Sie ist ein Teil von mir und so weit fort. Ich habe sie verloren.«

Edda spürte seine heißen Tränen auf der Haut und sah ihn mitleidig an. »Die Liebe ist nicht einfach, war sie noch nie. Sie bringt Glück und Leid gleichermaßen, auch für deinen Vater.«

Er ließ sie los. »Wieso für meinen Vater?«
»Er hat deine Mutter geliebt und liebt sie auch heute noch. Ich habe es in seinem Blick gesehen.«
»Er war bei dir?«
Sie nickte. »Du hast ihn aufgerüttelt und alte Geister heraufbeschworen, gegen die er sich nicht wehren kann.«
»Was mir aber nichts helfen wird«, antwortete Christian.
»Deshalb bin ich hier. Ich habe mir darüber Gedanken gemacht und dachte, ich könnte dir vielleicht helfen, ihn umzustimmen. Damit er dir wenigstens eine Empfehlung gibt.« Sie deutete auf die Statue. »Du hast großes Talent, es wäre schade, wenn wir es vergeuden würden.«
Er sah sie entgeistert an. »Er wird dich niemals zu sich lassen, und Conrad ist gefährlich.«
Edda machte eine wegwerfende Handbewegung. »Er fürchtet nur um seinen Ruf, den wir ihm nicht nehmen wollen. Nur ein wenig Gerechtigkeit für dich und deine Mutter, die wollen wir, sonst nichts.«
»Warum tust du das, Edda?«
Die Hure griff erneut nach seiner Hand. »Weil ich mir sonst selbst nicht mehr in die Augen sehen kann. Einmal im Leben möchte ich etwas richtig machen. Ich hätte deine Mutter fortschicken sollen, doch ich habe sie ihrer Schönheit wegen benutzt. Sie hätte es verdient, das Leben zu bekommen, von dem sie immer geträumt hat, und du auch.«
In ihre Augen traten Tränen, und sie strich ihm eine Haarsträhne aus der Stirn. »Du hast ihre Augen, diese einzigartigen warmen Augen, in denen man versinken möchte. Ich bin dir das bessere Leben schuldig, und deshalb gehen wir jetzt zu dem alten Griesgram und werden nicht eher nachgeben, bevor er nicht zustimmt, dir zu helfen.«
Christian sah Edda gerührt an, zweifelte aber noch immer.

»Er wird es nicht tun. Niemals wird er mich unterstützen.«
Edda zog energisch an seiner Hand. »Doch mein Junge, das wird er. Lass das mal die Sorge einer alten Hübschlerin sein.«
Grinsend ließ sich Christian von ihr über den Kirchhof zerren, und plötzlich war die Wehmut verschwunden, und Hoffnung stieg in ihm auf.

Ursula Waldschmidt stand in der Tür, als die beiden kurz darauf das Grundstück des Pastors betraten. Sie hatte ein Tablett mit einem Krug und zwei Bechern in den Händen und musterte die beiden seltsamen Besucher misstrauisch.
»Was wollt ihr hier?«, fragte sie in rüdem Ton.
Edda ließ sich davon nicht abschrecken, trat mutig näher und zog Christian mit sich, den der Innenhof mit seinen vielen Rosen schmerzlich an Sara erinnerte.
Die alte Hübschlerin kannte diese Sorte von Frauen. Sie gingen zu Teekränzchen, umsorgten die Kinder, fütterten ihre Ehemänner und schliefen teilnahmslos jeden Abend neben ihnen ein. Nur der Kinder wegen hatten sie das Unaussprechliche getan, und danach verschlossen sie die Augen vor der Realität und wollten nicht wahrhaben, dass ihre Ehemänner sich andernorts vergnügten. Ursula stellte das Paradebeispiel der treu sorgenden Ehefrau und Mutter dar. Sie war die Pastorengattin, der Inbegriff von Tugend und Sitte, und musste jetzt begreifen, dass die Vergangenheit ihre Schatten hatte.
Edda blieb vor ihr stehen und musterte sie schweigend. Ursula sagte beunruhigt: »Ich will wissen, was ihr hier wollt.« Ihre Stimme klang unsicher.
»Mit deinem Mann reden, Schätzchen.«
Ursula riss erschrocken die Augen auf, fing sich aber sofort wieder. »Er ist außer Haus. Aber reden wird er mit so einer

wie Euch sowieso nicht.« Sie musterte verächtlich Eddas Kleid.

Die Hübschlerin begann zu grinsen. »Ich bin mir sicher, dass er mit mir reden wird, was er übrigens schon sehr oft getan hat. Immerhin geht es um seinen Sohn und die Frau, die er einst liebte und ins Unglück gestürzt hat.«

Krachend fiel das Tablett zu Boden, Krug und Becher zerbrachen.

Christian warf Edda einen vorwurfsvollen Blick zu, während sich Ursula, den Tränen nahe, bückte, um die Scherben aufzuheben.

»Ich helfe Euch«, bot er an, doch sie stieß ihn weg.

»Geh weg und fass mich nicht an.« Sie blickte nicht auf. Tränen standen in ihren Augen. Christian hielt in der Bewegung inne, blieb aber in der Hocke sitzen und sah Edda fragend an.

»Reg dich nicht so auf, meine Liebe. Das war vor deiner Zeit. Er hat dich nicht betrogen, jedenfalls mit keinem meiner Mädchen.«

Ursula blickte auf und schaute in Christians Gesicht, in dem zu erkennen war, dass die Hure die Wahrheit sprach.

Sie warf Edda einen bösen Blick zu, erhob sich und deutete in den Flur. »Wollen wir nicht lieber drinnen weiterreden?«

»Nein, das wollen wir nicht.«

Schneidend scharf drang Conrads Stimme an Christians Ohr. »Was fällt euch beiden ein, hierherzukommen und meine Mutter zu belästigen. Schert euch zum Teufel, bevor ich mich vergesse.«

Er trat neben seine Mutter und legte schützend den Arm um sie.

»Du bist nicht der Sohn meines Vaters, also verschwinde endlich.«

Edda sah Conrad herausfordernd an. »Vielleicht ergeht es dir auch bald so, mein Junge. Juliane heißt sie, nicht wahr? Du magst ihre braune Haut und die warmen Mandelaugen. Pass nur auf, dass nicht in ein paar Jahren ihr Kind bei dir vor der Tür steht und Ansprüche stellt oder sie sich wegen dir das Leben nimmt. Sie ist ein sensibles Mädchen, musst du wissen, eine Waise und ganz allein auf der Welt. Am Ende machst du ihr Hoffnungen, weil du nur sie besuchst.«
Ursula sah ihren Sohn verwundert an.
Doch Conrad ließ sich nicht so schnell aus der Fassung bringen. »Ich habe gesagt, ihr sollt verschwinden, oder ich werde dafür sorgen, Edda, dass dein Hurenhaus geschlossen wird.«
Edda wollte etwas erwidern, aber Christian legte ihr die Hand auf den Arm. »Komm, Edda, lass uns gehen, bitte. Ich möchte nicht streiten, das hat doch keinen Sinn.«
Edda warf Conrad einen wütenden Blick zu, ließ sich aber von Christian fortziehen. »Du wirst für gar nichts sorgen«, schimpfte sie, während Christian die alte Hübschlerin zum Hoftor schob und sich dafür verfluchte, mit ihr hergekommen zu sein.
Edda ballte auf der Gasse wütend die Fäuste. »Dieser verfluchte Wicht und Tunichtgut. Hier spielt er den braven Sohn, und bei mir holt er sich ein Mädchen nach dem anderen ins Bett. Gar nichts wirst du schließen, hörst du. Gar nichts!«, brüllte sie.
Christian blickte sich nervös um, griff erneut nach ihrem Arm und zog sie hinter sich her.
Ursula und Conrad standen wie versteinert in der Tür und hörten Eddas Worte, die sie bis ins Mark erschütterten. Nach einer Weile wandte Ursula den Kopf und sah ihren Sohn fragend an. »Kannst du mir bitte erklären, was hier los ist?«
»Ja, Mutter, das kann ich«, erwiderte er und führte sie ins

Haus, »aber nicht hier draußen. Komm, lass uns drinnen weiterreden.«

*

Die vertraute Gasse mit ihren Schankstuben und Hübschlerinnen kannte Conrad nur zu gut, aber heute kam sie ihm anders vor. Früher war er stets erleichtert darüber gewesen, hier untertauchen zu können, nicht der Pastorensohn zu sein, sondern einer von vielen. Heute jedoch widerte ihn diese Gasse mit ihren Geräuschen, der Musik und dem lauten Lachen der Menschen an, und der Geruch von frisch gebratenem Fleisch ließ seinen Magen aufbegehren. Er durchschritt die Bankreihen, schubste grob einen Musikanten beiseite, der gerade seine Geige ansetzen wollte, und hielt nach seinem Freund Alfred Ausschau, mit dem er sich hier verabredet hatte.

»Guten Tag, Conrad, hast du auch mal wieder den Weg hierher gefunden. Ich habe dich schon vermisst.« Er drehte sich um, blickte in Julianes Augen und erstarrte. Eddas Worte schossen ihm wie ein Blitz durch den Kopf.

»Juliane, wie schön, dich zu sehen.« Er wich ein Stück zurück und versuchte, den betörenden Veilchengeruch zu ignorieren, den sie verströmte und der ihn dazu brachte, alles um sich herum zu vergessen.

Sie sah ihn verstört an. »Seit wann bist du so förmlich. Sonst drückst du mich immer und gibst mir einen Kuss, genau hier.« Sie deutete auf ihre Wange und trat näher an ihn heran.

Grob stieß er sie zur Seite, Wut schäumte in ihm auf. »Heute eben nicht. Verschwinde, Mädchen.«

Sie stolperte nach hinten und fiel auf eine der Bierbänke, wo sich sofort breite Hände auf ihre Hüften legten.

»Holla, Mädchen, nicht so stürmisch. Du bist aber eine Hübsche.«

Juliane reagierte nicht auf die Worte des Mannes. Ungläubig sah sie Conrad an. Und er erkannte genau das in ihren Augen, wovon Edda gesprochen hatte. Sie empfand tatsächlich etwas für ihn. Er drehte sich um und ging weiter, floh vor ihrem vorwurfsvollen Blick. Sie war nur eine Hübschlerin, eine verdammte Hure, die er sich nehmen konnte, wann und wo er wollte, nichts weiter. Was bildete sie sich ein, sich irgendwelche Hoffnungen zu machen.

»Da bist du ja, mein Freund.«

Eine Hand legte sich von hinten auf seine Schulter, und er fuhr erschrocken herum.

Alfred hob abwehrend die Hände. »Was ist denn mit dir los? Du siehst aus, als wäre der Teufel persönlich hinter dir her.«

Conrad entspannte sich wieder. »Ach, du bist es.«

Alfred warf seinem Freund einen prüfenden Blick zu. »Du siehst aus, als hätten dich die alten Geister eingeholt.«

Conrad sah Alfred erstaunt an. »Warum glaubst du das?«

»Weil sie auch bei mir gewesen sind.«

»Was soll das heißen?«

Alfred schaute sich nervös um. »Nicht hier.«

Er packte Conrad am Arm und zog ihn zwischen den Bankreihen hindurch in einen schmalen Hinterhof, in dem zwei Ratten sich an den Essensresten gütlich taten, die hinter der Schankstube vor sich hin faulten.

»Sie hat mich wiedererkannt, die Merian. Ich weiß es genau. Am Ende wird sie reden, und wir kommen alle an den Galgen.«

Erschrocken riss Conrad die Augen auf. »Wann war das?«

»Vor ein paar Tagen auf der Straße. Ich bin mir ganz sicher, dass sie weiß, wer ich bin.«
Conrad strich sich nervös durchs Haar und lehnte sich gegen die Hausmauer. »Heute war der Totengräber mit Edda aus dem Hurenhaus bei meiner Mutter. Sie wollten natürlich zu meinem Vater, aber er war in der Kirche.«
Alfred zog die Augenbrauen hoch und sah Conrad ungläubig an.
»Mit Edda, der Edda aus dem Hurenhaus?«
»Ja, genau mit der Edda. Sie scheint irgendwie mit drinzustecken.«
Alfred lehnte sich ebenfalls an die Mauer. »Das wird ja immer schlimmer. Dein Vater hatte recht. Diese Sache war von Anfang an seine Angelegenheit. Wir hätten uns niemals einmischen sollen.«
Conrad schüttelte den Kopf. »Aber jetzt hängen wir mit drin, mehr noch, wir haben es verschlimmert, und wenn die Merian auspackt oder uns noch jemand gesehen hat, dann sind wir dran. Wir müssen das unbedingt verhindern, mit allen Mitteln.«
Alfred wurde blass. »Und wie willst du das machen? Die Merian ist abgereist, nach Langenschwalbach, und der Totengräber sitzt noch immer auf seinem Friedhof und hat sogar Unterstützung gefunden. Edda mag eine Hure sein, aber sie hat auf ihre Art Macht und Einfluss, mehr als wir glauben.«
Conrad griff sich nachdenklich ans Kinn. »Der Totengräber und Edda, da steckt gewiss mehr dahinter. Allerdings werde ich den Burschen nicht einfach töten können, das würde meinen Vater misstrauisch machen. Aber vielleicht hat dieser Christian irgendwelche Geheimnisse, die uns hilfreich sein können. Es wäre auch interessant, mehr über seine Mutter herauszufinden. Ich werde mich darum kümmern und ein

wenig spionieren. Und du, mein Freund« – er legte Alfred die Hand auf die Schulter –, »wirst nach Langenschwalbach reisen und dafür sorgen, dass einer gewissen jungen Dame etwas zustößt, wenn du verstehst, was ich meine.«

Alfred nickte und grinste süffisant, während sie zurück auf die Gasse traten.

»Ja, ist schon so mancher von einer Reise nicht mehr zurückgekommen, und besonders im Taunus soll es sehr gefährlich sein.«

Die beiden wurden von der Menge verschluckt und bemerkten nicht die junge Hübschlerin, die hinter ihnen aus dem Hof trat und ihnen nachblickte.

*

Christian starrte auf den schmalen Lichtschein, der durch das kleine Fenster auf den Dielenboden der Küche fiel. Edda hatte ihn nicht mehr auf den Friedhof zurückgehen lassen, denn sie traute Conrad alles zu, also hatte er die Nacht im Hurenhaus verbracht. Er hätte niemals mit ihr zu Waldschmidt gehen dürfen. Sein Vater würde ihm nicht helfen, das wusste er. Er war ein alter, starrsinniger Mann, und sein legaler Sohn trachtete ihm nach dem Leben – der Familienehre wegen. Einer Ehre, von der der Putz abbröckelte, ob er es wollte oder nicht. Plötzlich tauchte Marias Gesicht vor ihm auf. Sie lächelte ihn an, und ihre Augen leuchteten. Sie waren so wunderschön, einzigartig und bezaubernd. Er könnte darin versinken und alles um sich herum vergessen. Er kehrte zurück in die Wirklichkeit, stocherte in seinem Haferbrei herum und beobachtete die alte Köchin Lulu dabei, wie sie Möhren für einen Eintopf schälte. Sie war die gute Seele des Hauses, wie eine Großmutter für die Mädchen, und hatte sich, seit er denken konnte, anscheinend nicht verändert. Heute trug sie ein dunkelblaues Leinenkleid mit einer Schürze, ihr graues Haar war zu einem Dutt hochgesteckt, der über ihren Hinterkopf zu tanzen schien. Die Küche in dem alten Fachwerkhaus war alt und wenig komfortabel. Töpfe und Pfannen hingen über einer offenen Feuerstelle. Ein alter, klappriger Schrank beherbergte Teller und Becher, und auf einem Regal stapelten sich Töpfchen und Tiegel, in denen sie ihre Gewürze aufbewahrte.

»Du isst ja gar nichts«, sagte Lulu vorwurfsvoll und deutete auf seine Schüssel mit Haferbrei. »Möchtest du noch mehr Honig?«

Er schüttelte den Kopf und ließ den Löffel sinken. »Nein, es schmeckt gut, aber ich habe keinen Hunger.«

Sie zog die Augenbrauen hoch. »Junge Männer in deinem Alter haben immer Hunger.«

Sie musterte ihn genauer, während sie eine weitere Möhre zu schälen begann. »Edda hat gesagt, es gibt da ein Mädchen.«

»Ach, hat sie das.«

Sie schob die Schüssel ein Stück näher an ihn heran und strich ihm über den Arm. »Vom Hungern wird es auch nicht besser. Mädchen kommen, Mädchen gehen. Das ist der Lauf der Zeit.«

Die Hintertür wurde schwungvoll geöffnet, und eine junge Frau trat ein. Ihre Wangen waren gerötet, ihr Kleid schmutzig, und ihr dunkles Haar fiel offen auf ihre Schultern herab.

»Ich muss zu Edda, sofort«, sagte sie ohne Begrüßung.

»Guten Morgen, Juliane. Schön, dass du endlich nach Hause kommst. Wir haben uns schon Sorgen gemacht«, begrüßte Lulu das Mädchen schroff. Die Hübschlerin trat näher.

»Ich war bei einem Freier, und er hat gut bezahlt.« Sie warf einen Beutel auf den Tisch.

»Seit wann hast du Herrenbesuch in deiner Küche, Lulu?« Juliane deutete auf Christian.

Die Köchin blickte nicht auf. »Er gehört zur Familie.«

Der Blick des Mädchens veränderte sich, und sie musterte Christian genauer. »Kann es sein, dass du zufällig Christian heißt und eine Freundin namens Maria hast, die nach Langenschwalbach gereist ist?«

Erschrocken ließ Christian seinen Löffel sinken.

Sie wartete nicht auf seine Antwort. »Dann solltest du mich begleiten, denn was ich zu berichten habe, könnte dich interessieren.«

Kapitel 13

Maria stand am geöffneten Fenster und beobachtete amüsiert, wie ein schwankender Mann von einem kleinen Burschen, der eine große Laterne in der Hand hielt, am Bach entlanggeführt wurde. Weiter hinten schimmerte noch eine Laterne, und lautes Singen war zu hören. Die Laternenjungen, wie die Buben genannt wurden, die sich um den sicheren Heimweg der Kurgäste kümmerten, hatten in dieser schwülwarmen Sommernacht, die die Menschen zahlreich in die Biergärten getrieben hatte, viel zu tun. Der Mann riss sich von seinem Beschützer los, taumelte und steuerte zielstrebig auf den Bach zu, doch der Kleine war gewieft, lief um ihn herum, griff erneut nach seinem Arm und führte ihn am Ufer entlang und über eine kleine Holzbrücke auf die andere Seite der weitläufigen Gasse, an der sich Bauernhäuser und kleinere Geschäfte aneinanderreihten. Nur eine einzelne Straßenlaterne spendete ein wenig Licht, stand aber etwas weiter weg, direkt vor der Martin-Luther-Kirche, die in den letzten Jahren herausgeputzt worden war und in frischem Weiß erstrahlte. Noch ein Betrunkener zog an Marias Fenster vorbei, auch dieser an der Hand eines Laternenbuben. Er sang ein Lied, vergaß aber immer wieder den Text und blieb stehen, um zu überlegen, wie es weiterging. Sogar von hier oben konnte Maria erkennen, wie sehr die vielen Pausen den jungen Burschen ärgerten. Früher hatte sie die Sommer mit den einheimischen Kindern verbracht, darunter waren auch einige Laternenbu-

ben gewesen. An so manchem Abend führte einer von ihnen vier bis fünf Männer nach Hause, was ordentliche Einnahmen versprach, wenn die Männer bezahlten. Wenn nicht, dann fand sich der ein oder andere von ihnen am nächsten Abend im Bach wieder, was sich bei den Kurgästen herumgesprochen und dazu geführt hatte, dass die Laternenbuben sehr gut am Kurbetrieb verdienten.
Ihre Mutter betrat die Kammer. Maria drehte sich nicht um, auch nicht, als Johanna sie ansprach. »Du bist noch wach?«
»Das siehst du doch.«
Johanna setzte sich seufzend auf ihr Bett. »Unsere Wirtin hat mir den kompletten Tratsch der letzten zehn Jahre erzählt, das hoffe ich jedenfalls, denn noch so einen Abend halte ich nicht durch.«
»Du magst doch Klatsch und Tratsch.« Maria wandte sich vom Fenster ab und setzte sich ebenfalls auf ihr Bett, das dem ihrer Mutter gegenüberstand.
Die beiden bewohnten eine einfache Dachkammer in einem kleineren Bauernhaus, das am Ende der Adolfstraße lag. Die Möblierung des Raumes war karg und bestand aus den beiden Betten, einer wackeligen Kommode, an der eine Schublade klemmte, und einem zweitürigen Schrank, der mit hübschen Ornamenten verziert war, die allerdings bereits verblassten. Das Fenster war klein, und obwohl es geöffnet war, drang kaum ein Luftzug in den Raum.
Johanna wedelte sich Luft zu. »Es ist so stickig. Ich werde bestimmt kein Auge zutun.«
Maria zwang sich zu einem Lächeln. »Die letzten zwei Stunden stand ich am Fenster, wo es erträglicher ist. Wenn es so schwül bleibt, werden wir hier nicht eine Nacht Schlaf finden. Es ist nicht auszuhalten.«

Seufzend blickte sich Johanna in der Kammer um. »Ich glaube, wir werden uns eine andere Bleibe suchen müssen. Habe ich mir doch gleich gedacht, dass die Sache einen Haken hat, bei dem Preis.«

Maria horchte und klatschte in die Hände. »Erwischt«, sagte sie triumphierend und wischte sich die Hände an einem der Leinentücher ab, die neben der Waschschüssel auf der Kommode lagen. »Das ist eine gute Idee. Gleich morgen ziehen wir los.«

Johanna legte sich aufs Bett, deckte sich aber nicht zu. »Bestimmt wird ein anderes Zimmer teurer sein. Ich werde Jacob schreiben müssen, damit er uns mehr Geld schickt. Er wird nicht begeistert sein.«

Maria zuckte mit den Schultern und lauschte in die Dunkelheit. Wieder drang Summen an ihr Ohr. »Die Reise nach Langenschwalbach war seine Idee. Also muss er auch dafür sorgen, dass wir ordentlich untergebracht sind, um uns wirklich erholen zu können.«

Johanna drehte sich zur Seite, stützte den Kopf in eine Hand und musterte ihre Tochter. »Einen Vorteil hat die Sache. Ich muss mir nicht mehr das Geschwätz der Wirtin anhören. Noch zwei solche Abende und ich werde wahnsinnig.«

Maria legte sich ebenfalls auf ihr Bett und breitete die Decke zum Schutz gegen die Mücken über ihre nackten Beine.

»Das glaub ich. Mich hat sie schon beim Abendbrot verrückt gemacht.«

»Du hast nichts gegessen.«

»Jetzt weißt du auch, warum«, antwortete Maria, und Johanna prustete los. So entspannt wie an diesem Abend hatte Maria ihre Mutter noch nie erlebt. Lautes Platschen machte deutlich, dass ein Betrunkener keinen Laternenbuben bei sich hatte.

Besorgt blickte Johanna zum Fenster. »Warum dieser Bach mitten durch den Ort fließen muss, ist mir ein Rätsel.«
Maria lauschte in die Dunkelheit. Jetzt war lautstarkes Schimpfen zu hören.
»Das kann ich dir sagen: Die Laternenbuben hätten keine Arbeit mehr.«
Johanna drehte sich auf den Rücken. »Eine lustige Bezeichnung – Laternenbuben. So etwas würde es in Frankfurt niemals geben.«
»Dort gibt es auch keinen Bach, der mitten durch den Ort fließt.«
Johanna grinste. »Nein, dort gibt es einen Fluss.«
Jetzt war Maria diejenige, die laut auflachte, und zum ersten Mal seit langem fühlte sie sich in der Nähe ihrer Mutter geborgen.

Am nächsten Tag folgten die beiden einer neuen Wirtin in den Hausflur eines hübschen Fachwerkhauses. Sie besichtigten bereits das zehnte Gastzimmer, und ihre Füße taten weh. Bisher war keine der Kammern komfortabler gewesen als ihre jetzige Bleibe. Johanna machte sich bereits Gedanken darüber, wie sie ihrem Gatten die zusätzlichen Ausgaben erklären sollte, die ein vernünftiges Zimmer bedeutete.
»Es ist nicht besonders groß, aber sauber.« Die Wirtin führte Mutter und Tochter die Treppe des schiefen Fachwerkhauses nach oben, das neben der Adler-Apotheke und nicht weit von den Kuranlagen stand. Die beiden folgten der Frau hoffnungsvoll. Der Flur war eng, und durch zwei Fenster fiel Licht auf die schmale Stiege und die Balken, die hellbraun gestrichen waren, was Maria noch nie gesehen hatte. Bewundernd strich sie über das blank polierte Treppengeländer, das im Sonnenlicht schimmerte, und ließ ihren Blick über die

kleinen gerahmten Bilder an den Wänden schweifen, die Landschaften zeigten.
»Ihr interessiert Euch für Kunst?«, fragte Maria, als sie den oberen Flur erreichten, wo ebenfalls kleine Gemälde in hübsch verzierten Rahmen die Wände zierten.
»Mein Mann sammelt die Bilder, für einige hat er ein halbes Vermögen ausgegeben, was ich nicht verstehen kann. Landschaften sehe ich jeden Tag, wenn ich aus dem Fenster blicke.« Sie zuckte mit den Schultern und öffnete eine Tür, die direkt neben der Treppe lag. Die beiden Frauen folgten ihr in den Raum, den die Nachmittagssonne in warmes Licht tauchte. Maria blickte sich versonnen um. Sämtliche Möbel waren weiß gestrichen, und die beiden Betten waren am Kopfende mit Schnitzereien verziert. Bettdecken, weiß bezogen, lagen sauber gefaltet darauf. Zwei Fenster, für ein Fachwerkhaus sehr großzügig, erhellten den Raum, davor standen ein Tisch und zwei Stühle, die mit rosafarbenem Stoff gepolstert waren. Auf dem Tisch stand eine Vase mit Lilien, deren berauschender Duft Maria den Atem raubte. Auch Johanna blickte sich erstaunt um, während die Wirtin einen ebenfalls weiß gestrichenen Schrank ansteuerte, der mit blauen Blumen bemalt war. Sicher wieder eines dieser Künstlerstücke ihres Gatten, dachte Maria und unterdrückte ein Grinsen.
Die Frau öffnete den Schrank und deutete hinein. »Hier wäre genug Platz für die Kleidung, und frisches Wasser bringe ich jeden Abend herauf.« Sie wies in eine Nische, wo ein winziger Waschtisch stand, über dem ein mit Ornamenten verzierter Spiegel hing.
Johanna sah die Frau ungläubig an. »Gute Frau, ist das wirklich das Zimmer zu dem von Euch genannten Preis?«
»Ist es zu teuer?« Die Wirtin zog die Augenbrauen hoch.
»Nein, nein«, wiegelte Maria schnell ab. »Es ist wunderbar

und für den Preis mehr, als wir erwartet haben. Wir nehmen es gern.«
Die Frau lächelte erleichtert.
»Mir haben Gäste abgesagt, das dritte Mal in diesem Jahr. Die Zeiten waren schon mal besser, und mein Mann ist wieder auf einer dieser Kunstausstellungen. Ich will gar nicht wissen, was er anschleppt.«
Maria biss sich auf die Unterlippe. Es war bestimmt klüger, nicht darüber zu sprechen, wie Jacob Marrell seinen Unterhalt verdiente, sonst würden sie sofort vor die Tür gesetzt werden.
Die Wirtin atmete tief durch. »Das Morgenmahl ist im Preis enthalten. Ist allerdings nichts Besonderes – Haferbrei mit Honig, und wenn ich gebacken habe, Brot mit Schmalz. Alle anderen Mahlzeiten rechne ich extra ab.«
Johanna nickte und bemühte sich um Fassung. Lächelnd streckte sie der Frau die Hand hin, während sich Maria darüber Gedanken machte, wie viel Geld der Hausherr für Kunst ausgab, wenn seine Gattin so ein schönes Zimmer für diesen Schleuderpreis vermietete.
»Wir nehmen das Zimmer und bleiben mindestens drei Wochen.« Die Frau erwiderte: »Da freu ich mich aber.« Ihre Stimme wurde leiser. »Zwei Frauen sind mir auch lieber, denn man weiß nie, was man von den männlichen Gästen zu erwarten hat. Ich kann Euch sagen, ich hab schon so einiges erlebt.«
Johanna nickte. Maria antwortete für ihre Mutter: »Ja, das kann ich mir vorstellen. Wenn Ihr jetzt die Güte hättet, uns allein zu lassen. Es war ein langer Tag, und wir sind müde.«
Die Wirtin zog pikiert die Augenbrauen hoch, nickte aber.
»Ich plaudere schon wieder zu viel. Frieda wird sich um das Gepäck kümmern, und sollte etwas fehlen, findet Ihr mich in der Küche, manchmal auch im Garten.«

Die Wirtin trat zur Tür und öffnete sie, hielt dann aber noch einmal inne. »Was ich vergessen habe: Um zehn Uhr ist Nachtruhe im Haus, die es einzuhalten gilt. Solltet Ihr später nach Hause kommen, findet Ihr im Hof unter dem Blumenkübel, der links neben der Bank steht, den Hausschlüssel.«

Ohne auf eine Antwort zu warten, schloss sie die Tür, und die beiden waren allein.

Erleichtert sank Johanna aufs Bett, während Maria das Fenster öffnete, um die warme, nach Blumen, Gräsern und Getreide duftende Luft hereinzulassen.

Sie beugte sich nach draußen und ließ ihren Blick über die weitläufigen Gärten bis zum Wald schweifen, der sich hinter goldenen Weizenfeldern erhob.

»Ist das nicht unglaublich«, sagte Johanna, »das Zimmer kostet denselben Preis wie die stickige Dachkammer. Ich glaube, ich träume.«

Maria antwortete nicht. Sie beobachtete eine junge Frau, die in einem der Gärten Kräuter schnitt und sie in einen großen Korb legte, der über ihrem Arm hing. Sie trug ein hellblaues Leinenkleid mit einer weißen Schürze und hatte ihr blondes Haar mit einem Band im Nacken gebändigt. Sie war sehr zierlich und wirkte wie eine der zerbrechlichen Puppen, die es während der Messezeiten an vielen Ständen Frankfurts zu kaufen gab. Maria beobachtete sie eine Weile bei ihrer Arbeit. Sie mochte sich irren, aber sie hatte das Gefühl, diese Frau zu kennen.

»Was gibt es dort draußen so Spannendes zu sehen?«, fragte ihre Mutter gähnend.

Maria wandte sich zögernd vom Fenster ab und blickte verwundert auf ihre Mutter, die ausgestreckt und mit geschlossenen Augen auf dem Bett lag.

»Dort unten in den Gärten ist eine Frau, die große Ähnlichkeit mit Elli hat.«
Ihre Mutter antwortete mit leisem Schnarchen. Maria sah sie kopfschüttelnd an und schaute erneut aus dem Fenster. Sie musste wissen, ob die junge Frau tatsächlich diejenige war, für die sie sie hielt. Leise verließ sie den Raum und lief die Treppe hinunter.

Die Gärten der beiden Häuser waren durch einen schmalen Holzzaun voneinander getrennt, in den eine kleine Tür eingelassen war. Schüchtern blieb Maria stehen und schaute in den weitläufigen Kräutergarten, vorbei an dem großen Holunderbusch, der neben dem Hauseingang stand und dessen Äste bis zu den Fenstern im ersten Stock hinaufreichten. Die Hintertür zu dem Gebäude war verschlossen, ein Besen lehnte an der Wand, und auf einer Bank schlief eine schwarz-weiß gefleckte Katze. Maria hielt die Hand schützend gegen die blendende Sonne über die Augen. Elli hielt sich im hinteren Teil des Gartens auf. Langsam drückte Maria die rostige Türklinke des Gartentors nach unten und fühlte sich plötzlich wie eine Fremde. Die Katze hob den Kopf und sah sie verschlafen an. Dann sprang sie von der Bank herunter, streckte den Schwanz in die Höhe und begann, schnurrend um Marias Beine zu streichen.
Lächelnd ging Maria neben dem Tier in die Hocke und streichelte es. »Na, bist du hier für die Begrüßung der Gäste zuständig.«
Die Katze versuchte, auf ihren Schoß zu springen. Maria verlor das Gleichgewicht, fiel nach hinten und landete unsanft in einem der Blumenbeete. Davon unbeeindruckt, sprang die Katze schnurrend auf sie, und Maria hob abwehrend die Hände. »So viel Gastfreundschaft wollte ich gar nicht haben.«

»Mucki, was machst du denn da? Jetzt aber fort mit dir.«
Zwei Hände griffen nach der Katze und befreiten Maria aus ihrer misslichen Lage. Sie blickte auf und sah in das Gesicht der jungen Frau, die sie jetzt, wo sie direkt vor ihr stand, eindeutig als Elli erkannte.
»Vielen Dank, Elli.«
Erstaunt zog die blonde Frau die Augenbrauen hoch und reichte Maria die Hand, um ihr aufzuhelfen. »Woher kennt Ihr meinen Namen?«
Maria klopfte sich den Staub vom Rock und warf der Katze, die sich unter die Bank verzogen hatte, einen finsteren Blick zu.
»Erkennst du mich nicht?«
Elli musterte Maria genauer, und plötzlich breitete sich ein Grinsen auf ihrem Gesicht aus. »Maria Merian, nicht wahr?«
Maria nickte bestätigend.
»Aber, das gibt es doch gar nicht. Du hier? Ich dachte, wir sehen uns nie wieder.«
Elli ließ ihren Kräuterkorb fallen, breitete die Arme aus und drückte Maria fest an sich. Maria erwiderte die Umarmung zögernd, legte vorsichtig die Hände auf Ellis Rücken und genoss die vertraute Nähe, die sie einst geliebt und fast vergessen hatte. Elli war erwachsen geworden, eine junge Frau, aber sie duftete noch genauso wunderbar nach Wiesen und Feldern wie damals. Maria strich über ihr weiches, goldfarben schimmerndes Haar.
Elli schob Maria von sich und musterte sie ungläubig. Eine Weile standen sie sich schweigend gegenüber und versuchten zu begreifen, wie die Zeit sie verändert hatte. Aus den beiden Mädchen, die barfuß durch den Bach gelaufen waren, waren erwachsene Frauen geworden, und doch fühlten sie sich in

diesem Moment wieder wie die Kinder, die sie niemals mehr sein würden.
Irgendwann fiel Marias Blick auf Ellis Korb. Sie hob ihn auf und schaute staunend hinein. »Du kennst dich mit Kräutern aus?«
Über Ellis Gesicht huschte ein Grinsen. »Ja, sogar sehr gut. Vater nennt mich die Kräuterfee der Apotheke.« Sie deutete aufs Haus.
»Euch gehört die Apotheke?«, fragte Maria staunend.
»Ja, meine Mutter hat den Besitzer vor einigen Jahren geheiratet und sich großartig eingearbeitet. Sie mischt wie ich Kräuter, dreht Pillen und hilft dem Vater, wo sie nur kann.«
Die Tür öffnete sich einen Spalt, und ein kleiner blonder Junge, nicht älter als drei Jahre, steckte seinen Kopf heraus und starrte Ellis Gast neugierig an.
»Elli, Mama schickt mich. Sie will wissen, was so lang dauert.«
Lächelnd winkte Elli den Kleinen näher. »Komm ruhig näher, Balthasar. Wir haben einen Gast.«
Der Junge kam die Treppe herunter. Er trug eine kurze Hose und ein kariertes Hemd, welches bereits einige Flecken aufwies, und war barfuß. Entzückt ließ Maria ihren Blick über die niedlichen kleinen Füßchen schweifen, die kohlrabenschwarz waren.
Elli ging neben dem Kleinen in die Hocke und putzte ihm mit einem Taschentuch, das sie aus ihrer Schürzentasche gezaubert hatte, die Nase.
»Jetzt sei schön artig und sag einer alten Freundin von mir guten Tag. Sie heißt Maria.«
Der Junge blickte von seiner Schwester zu Maria und legte den Kopf schräg. »Guten Tag, Maria.«
Danach schaute er wieder zu Elli. »War's gut so?«

Maria sah den Kleinen amüsiert an, beugte sich zu ihm hinunter und stupste ihn auf die von Sommersprossen übersäte Nase. »Das hast du großartig gemacht, Balthasar. Es ist mir eine Freude, dich kennenzulernen.«

Balthasar sah sie irritiert an und suchte dann den Blick seiner Schwester. »Mama wartet auf dich.«

Seufzend legte Elli die Stirn in Falten. »An deiner Höflichkeit müssen wir noch arbeiten, mein Lieber.«

Sie erhob sich und sah Maria entschuldigend an. »Ich muss jetzt gehen. Balthasar hat recht. Mutter wartet auf die Kräuter, die wir heute noch sortieren und zum Trocknen aufhängen müssen.«

Maria war enttäuscht. Sie hätte sich so sehr über einen ausgiebigen Plausch mit ihrer alten Freundin gefreut.

Elli legte ihr aufmunternd die Hand auf den Arm. »Wenn du möchtest, kannst du mich morgen früh in den Wald zum Wildkräutersammeln begleiten. Dann haben wir Zeit zum Reden.«

»Das mache ich gern. Ich war schon so lang in keinem richtigen Wald mehr.«

Elli warf Maria einen prüfenden Blick zu. Ihr entgingen dabei nicht Marias tiefe Augenringe und die eingefallenen Wangen. »Dann wird es Zeit. Die frische Luft wird dir guttun. Ich hole dich nach Sonnenaufgang ab.«

Balthasar zerrte ungeduldig an Ellis Rock. »Jetzt komm endlich, Elli, sonst schimpft Mama.«

Elli zuckte mit den Schultern und winkte Maria zum Abschied lächelnd zu. »Bis morgen dann.«

Maria hob die Hand. »Ja, ich freu mich.«

Die Tür fiel hinter den beiden ins Schloss, und Maria war allein. Sanfter Wind strich durch die Zweige des Holunderbusches, und plötzlich glaubte Maria, die guten Hausgeister darin zu sehen, die in ihm wohnten und diesem Haus Schutz boten. In Frankfurt kannte kaum jemand diese Überlieferung, und wahrscheinlich würde Bernhard Waldschmidt sie als Hexenwerk abtun. Doch hier standen die Büsche an fast jeder Tür und breiteten schützend ihre Äste über die Bewohner aus. Der Anblick des Busches gab Maria das Gefühl von Geborgenheit, und die Anspannung der letzten Tage fiel endlich von ihr ab.

*

Alfred starrte auf seinen Bierkrug. Das blaue Blumenmuster darauf verschwamm vor seinen Augen. Er kniff die Augen zusammen, öffnete sie wieder, packte den Henkel mit seiner schweißnassen Hand und trank in großen Schlucken. Bier rann sein Kinn hinunter, lief kalt in seinen Kragen – er spürte es kaum. Er fühlte gar nichts mehr, wollte es auch nicht. Alles betäuben, die letzten Wochen vergessen, ja, das wollte er, aber er konnte es nicht. Bald würde er dieses abgelegene Nest erreichen, das sich Kurort schimpfte, und er fürchtete sich davor. Er hatte noch nie einen Menschen getötet, wollte es eigentlich auch nicht, obwohl ihm bei dem Gedanken, Macht über das Leben eines anderen zu haben, wohlige Schauer über den Rücken liefen. Er konnte das Gefühl nicht vergessen, als sich die Klinge in Marias Schulter gebohrt hatte. Das Gewebe hatte so schnell nachgegeben, es war so leicht gewesen. Wie in Trance hatte er sie umfallen sehen, einfach so war sie zusammengesunken, mit einem leisen Aufschrei, der schnell verstummte. Fassungslos hatte er auf das Messer geblickt, auf Maria und war zurückgewichen, nicht weil er Angst, sondern

weil er Respekt hatte vor seiner Macht, die wie eine Droge wirkte. Zum ersten Mal in seinem Leben war er sich nicht wie der kleine Handlanger und Tunichtgut vorgekommen, der nicht beachtet wurde.
Er schaute hoch und ließ seinen Blick durch die Gaststube des Wirtshauses schweifen, in dem er mit der Gruppe Händler eingekehrt war, denen er sich angeschlossen hatte. Es gab nur drei Tische und eine schmale Theke, die, aus einfachen Brettern gezimmert, einen wackeligen Eindruck machte. Öllampen hingen an den verrußten Wänden, und auf den Tischen waren die Talgkerzen weit heruntergebrannt. Zwei seiner Mitreisenden, einfache Knechte, hatten es sich bereits auf dem Boden gemütlich gemacht und schliefen, einer schnarchte laut. Er würde sich gleich danebenlegen oder sich einen Schlafplatz im Stall suchen.
Der Wirt, ein klobiger Mann mit buschigen dunklen Augenbrauen und stechend blauen Augen, trocknete Geschirr ab und warf ihm einen prüfenden Blick zu. »Wird langsam Zeit. Hast schon genug getrunken.«
Alfred reagierte nicht auf seine Worte, lehnte sich nach hinten und schloss die Augen.
Seufzend trat der Wirt hinter seiner Theke hervor und stieß ihn in die Seite. »Jetzt ist Nachtruhe, und das gilt auch für dich. Wenn du dich nicht zu deinen Freunden auf den Boden legen willst, dann scher dich raus in den Stall. Kannst im Heu deinen Rausch ausschlafen, aber lass die Tiere in Ruhe, hörst du!«
Widerwillig öffnete Alfred die Augen und blickte auf schwarze, schwankende Deckenbalken.
Erneut stieß der Wirt ihn in die Seite. »Aufwachen, hörst du! Es gibt kein Bier mehr. Scher dich in den Stall.«
Alfred warf ihm einen müden Blick zu, rutschte von der Bank

und richtete sich torkelnd auf. »Ich geh ja schon. Der Stall ist mir sowieso lieber.«
Er torkelte zur Tür, öffnete sie, und milde, nach Erde und Blättern riechende Nachtluft schlug ihm entgegen.
Er überquerte den Innenhof, der vom Vollmond hell erleuchtet war, stieß die Stalltür auf und zuckte zusammen. Träges Meckern und der Gestank von Ziegenmist drang in seine Nase. Vorsichtig tastete er sich im Dunkeln vorwärts, taumelte in einen leeren Pferch, sank ins Heu und schlief ein.

Unsanft wurde er am nächsten Morgen wach gerüttelt. Als er die Augen öffnete, blickte er in das Gesicht einer jungen Magd, aus dem ihn grüne Augen ernst ansahen. Nach und nach kehrte er aus dem Schlaf in die Wirklichkeit zurück, und plötzlich gefiel ihm, was er sah. Sie war nicht älter als fünfzehn Jahre, hatte kleine Grübchen, runde Backen und einige Sommersprossen auf der Nase.
Erneut rüttelte sie an seinem Arm. »Jetzt sieh endlich zu, dass du aufstehst und aus dem Stall kommst. Die anderen sitzen schon beim Morgenmahl und wollen gleich weiter.«
Er legte lächelnd den Arm um sie und zog sie näher zu sich heran.
Angewidert wandte sie den Kopf ab und versuchte, sich zu befreien. »Was soll das denn? Lass mich sofort los, du Säufer.«
Er setzte sich blitzschnell auf und drehte sich mit ihr im Arm um. Jetzt lag sie unter ihm, und ihre Brüste hoben und senkten sich köstlich unter ihrem Mieder, das nur leicht zugeschnürt war.
»Was soll das, lass mich sofort los.«
Alfred wollte gehorchen, doch dann stieg plötzlich das Gefühl von Macht in ihm auf. Es kroch wie damals seine Arme hinauf und erregte ihn. Er packte fester zu, und das Mädchen

begann sich zu wehren. Sie wand sich unter ihm, biss und kratzte, doch er ließ sie nicht los. Sie begann zu schreien, da presste er seine Lippen auf ihren Mund. Er fühlte, wie sie sich gegen ihn wehrte und ihre Kräfte langsam schwanden. Seine Erregung steigerte sich immer weiter. Er drückte ihre Beine auseinander und ließ ihr rechtes Handgelenk los, um ihre Röcke nach oben zu schieben. Sie versuchte, die wiedergewonnene Freiheit zu nutzen, und wand sich unter ihm, schlug auf ihn ein, doch es half nichts. Erneut begann sie zu schreien, laut zu kreischen, was ihm in den Ohren weh tat. Er packte ihren Kopf und starrte in ihre grünen Augen, die ihn voller Panik ansahen.

»Sei endlich still! Hör auf damit, hör auf zu schreien! Hör endlich auf damit.«

Dann schlug er ihren Kopf gegen das Holz des Pferchs. Da verstummte sie, ihr Arm sank ins Heu, und auf ihrem Hinterkopf schimmerte Blut in ihrem blonden Haar. Erschrocken wich er zurück.

Was hatte er getan? Er wollte sie nicht töten, wollte sich nur mit ihr ein wenig vergnügen.

Er stolperte aus dem Pferch und hinaus auf den Hof, in das grelle Sonnenlicht des Sommermorgens.

»Da bist du ja endlich. Wir dachten schon, du hättest dich gestern Abend tot gesoffen. Komm endlich, wir wollen weiter.«

Verwirrt starrte Alfred den einen der beiden Knechte an, der auf dem Bock des Fuhrwerks saß und ihn zu sich herwinkte. Er schaute sich unsicher um. Sie war tot, er hatte sie getötet, einfach so, weil er etwas wollte und es nicht gleich bekommen hatte.

»Ja, was denn jetzt? Brauchst du eine Extraeinladung?«

Er zuckte zusammen, straffte die Schultern und machte einige

Schritte vom Stall weg. Noch hatte keiner etwas bemerkt, dachte er, niemand hielt ihn zurück, keiner beschuldigte ihn. Sie würden sie finden, und bald würden sie wissen, dass er ein Mörder war. Er sprang auf den Bock. Doch schon bald würde er fort sein.
Das Fuhrwerk setzte sich in Bewegung, und während es auf die Straße hinausrollte, sank er in sich zusammen.

*

Maria watete mit Elli durch das kalte Wasser eines Baches und konnte kaum glauben, was sie hier tat. Über ihr schimmerte die warme Augustsonne durch das Blätterdach des Waldes. Vögel zwitscherten, und Wind rauschte in den Bäumen. Moos, Farne und gelber sowie blauer Eisenhut teilten sich das Ufer des Baches mit Brennnesseln und zarten Glockenblumen. Direkt am Wasser wuchs in großen Teppichen Frauenmantel, der seine gelben Blüten über die Blattschalen ausgebreitet hatte. Genau auf diese Pflanze hatte es Elli heute abgesehen, und da sie keine Lust hatte, sich an den Brennnesseln zu stechen, die überall am Ufer wuchsen, pflückten sie den Frauenmantel vom Bach aus.
»Gegen was hilft diese Pflanze eigentlich?«, fragte Maria, die eine der Blüten in den Händen hielt und den honigähnlichen Duft tief einatmete.
Elli antwortete, ohne ihre Arbeit zu unterbrechen: »Wir machen Tee daraus, der sehr gut gegen Frauenleiden hilft.«
Bewundernd blickte Maria auf die unscheinbaren Blüten.
»Wirklich? So sieht die Pflanze gar nicht aus.«
Elli hielt in ihrer Arbeit inne und warf ihrer Freundin einen

amüsierten Blick zu. Sie trug ihr blondes Haar zu einem Zopf geflochten und hatte sich ein hellblaues Kopftuch umgebunden, das die Farbe ihrer Augen betonte. Sie wirkte zart wie eine Waldelfe, und plötzlich kam sich Maria nicht nur dumm und unwissend, sondern auch plump und unbeweglich vor.

»Viele Pflanzen zeigen nicht ihr wahres Gesicht.« Elli deutete auf die wunderschönen Blüten des Fingerhuts. »Oder würdest du annehmen, dass diese wunderbare Blume sehr giftig ist?«

Erstaunt schaute Maria auf die bezaubernde Blütendolde.

»Dagegen helfen die stechenden Brennnesseln gegen viele Leiden, werden besonders gern unter Blasentees gemischt, um den Harntrieb zu begünstigen. Sie sind aber auch appetitanregend.«

Maria sah die grünen Blätter an und folgte Elli vorsichtig durch den Bach. Inzwischen spürte sie ihre Zehen kaum noch.

»Habt ihr auch einen Tee gegen kalte Füße?«

Elli lachte auf und blieb stehen. »Nein, dagegen hilft nur Wärme.« Sie deutete auf eine Stelle am Ufer, wo die Sonne auf weiches Moos fiel. »Komm, lass uns eine Pause machen. Meine Füße sind auch schon ganz kalt.«

Die beiden kletterten aus dem Bach und setzten sich ins weiche Moos. Versonnen blickte Maria in das grüne Blätterdach über sich.

»Mit der Zeit habe ich wirklich vergessen, wie schön es hier ist«, sagte sie und streckte ihre kalten Zehen der Sonne entgegen. »Es ist so anders als in der Stadt, freier und voller Leben.«

Elli lehnte sich an den Stamm einer dicken Buche und schloss die Augen.

»Ich glaube, ich könnte in so einer großen Stadt nicht leben. Im Sommer gehe ich fast jeden Tag in den Wald. Er ist mein

zweites Zuhause, mit all seinen wunderbaren Pflanzen und anderen Schätzen, die kaum einer kennt.«
Sie deutete auf eine unscheinbare Pflanze neben sich.
»Oder hättest du gewusst, dass diese unscheinbare gelbe Blume, das Schöllkraut, gegen Magenkrämpfe und Atembeschwerden hilft?«
Ein Sommervogel flog herbei und setzte sich auf eine der Eisenhutblüten. Maria sah ihn fasziniert an. Auf den blauen Blüten der Pflanze wirkte das Pfauenauge besonders schön, die rote Farbe seiner Flügel kam hervorragend zur Geltung.
»Sieh nur, ein Sommervogel. Bildet die Farbe seiner Flügel nicht einen wunderbaren Kontrast zu dem Blau der Blume. Schade, dass ich meinen Zeichenblock nicht dabeihabe.«
Auf Ellis Gesicht breitete sich ein Lächeln aus. »Du nennst sie also noch immer Sommervögel.«
Maria sah ihre Freundin erstaunt an. »Aber warum denn nicht? Sieh ihn dir an, ist er nicht bezaubernd, wie er dort sitzt, seine Flügel sanft öffnet und schließt, mit so viel Anmut.«
Elli veränderte ihre Sitzposition, was den Sommervogel vertrieb. Lächelnd blickte sie ihm hinterher, wie er über das funkelnde Wasser des Baches und die hellgrünen Blüten des Frauenmantels davonflatterte.
»Immer wenn ich eine Butterfliege gesehen habe, dann musste ich an dich und deine Begeisterung für diese Tiere denken. Mir ist niemals wieder ein Mensch begegnet, für den die Butterfliegen so etwas Besonderes sind und der sie Sommervögel nennt.« Sie griff nach Marias Hand. »Es ist so wunderschön, dass du wieder hier bist. Wie oft habe ich dich in all den Jahren vermisst und an dich gedacht.«
Maria sah die Freundin gerührt an und drückte ihre Hand.

»Und du bist eine weise Frau geworden und eine Schönheit noch dazu.«

Elli winkte lachend ab. »Mutter weiß viel mehr über Kräuter als ich. Sie mischt die Tees in der Apotheke und kümmert sich mit mir zusammen um den Kräutergarten.« Seufzend blickte Elli in ihren Kräuterkorb. »Wenn ich könnte, dann würde ich ein Kräuterbuch schreiben. Ein richtiges, das gedruckt wird. Die Texte würde ich hinbekommen, sogar auf Latein. Aber ich kann nicht malen. Ich habe es versucht, aber es geht einfach nicht.«

Erneut flogen zwei Butterfliegen näher, die sich auf die gelben Blüten des Schöllkrauts setzten.

»Und was wäre, wenn ich dir helfen würde? Wie du weißt, kann ich sehr gut malen, und sogar Kupferstiche könnte ich von den Bildern anfertigen. Dann könnte das Buch gedruckt werden, sooft du möchtest.«

Elli sah Maria begeistert an. »Das würdest du wirklich für mich tun? Das wäre wunderbar, großartig.«

Maria hob beschwichtigend die Hände. »Ich weiß nur nicht, wie ich vorankomme.« Sie wies auf die rechte Hand. »Seit meiner Verletzung an der Schulter habe ich nicht mehr gemalt, weil ich kaum einen Stift halten konnte. Aber in der letzten Zeit ist das Gefühl in die Fingern zurückgekehrt. Es könnte also gehen.«

Neugierig fragte Elli: »Was war das denn für eine Verletzung?«

Maria überlegte kurz, ob sie Elli die Wahrheit sagen sollte, und beschloss, es nicht zu tun.

»Ich bin dumm gefallen«, antwortete sie ausweichend.

Elli bemerkte sehr wohl, dass ihre Freundin nicht die Wahrheit sagte, doch sie bohrte nicht weiter nach, und Maria wechselte das Thema.

»Kannst du so gut Latein?«
Elli erhob sich und griff nach ihrem Korb. »Für die Kräuter und das Buch wird es reichen, aber leider bin ich nie darin unterrichtet worden.«
Maria stand ebenfalls auf und wischte einige Grashalme von ihrem Rock. »Mir geht es genauso. So gern würde ich diese Sprache können, aber auch in Frankfurt wird sie Frauen nicht gelehrt.«
Elli deutete in die Richtung, aus der sie gekommen waren. »Lass uns zurückgehen. Es ist gleich Mittag, und Mutter braucht mich heute Nachmittag in der Apotheke.«
Sie stiegen erneut in das kühle Wasser des Bachlaufs, das sich wie Messerstiche auf Marias Haut anfühlte und sie aufschreien ließ. »Es ist aber auch zu kalt.«
Elli tauchte ihre Hand ins Wasser und spritzte Maria nass. »Jetzt hab dich nicht so. Kaltes Wasser ist gesund und weckt die Lebensgeister.«
»Na warte, wenn ich dich erwische«, antwortete Maria.
Die beiden jungen Frauen rannten kichernd durch den Bach und erreichten kurz darauf die Stelle, wo ihre Schuhe im Gras lagen. Sie schlüpften hinein und machten sich auf den Rückweg. Versonnen um sich blickend, ging Maria neben Elli her und erfreute sich an den zwitschernden Vögeln und einem Reh, das ihren Weg kreuzte.
Doch dann ließen entferntes Hufgetrappel und Stimmen Elli alarmiert aufblicken. »Da kommt jemand. Schnell, es ist besser, wenn wir verschwinden.«
Sie verließ den Weg und duckte sich hinter eine Ansammlung kleiner Fichten. Maria folgte ihr und kauerte sich neben sie, den Blick auf den Weg gerichtet.
»Warum verstecken wir uns?«, fragte sie.
»Wir sind zwei Frauen, allein im Wald, und am Ende sind es

irgendwelche Banditen oder Wegelagerer. Es ist besser, wenn wir abwarten, bis sie vorbei sind.«

Marias Hände begannen zu zittern. Voller Angst schaute sie auf den Weg. In Frankfurt waren viele solcher Geschichten im Umlauf. Schauermärchen von Reisenden, die überfallen und ausgeraubt, manchmal sogar getötet worden waren. Dass sie selbst einmal in eine solche Gefahr kommen konnte, hätte sie nie gedacht.

»Gibt es hier viele Wegelagerer?«

Elli legte den Finger auf den Mund. »Psst, sie kommen.«

Maria blickte neugierig zwischen den Bäumen hindurch und erstarrte, während sich Elli erleichtert entspannte.

»Nur eine Gruppe Händler, nichts Besonderes.«

Die Stimme der Freundin drang wie durch eine Wand an Marias Ohr. Fassungslos beobachtete sie das Fuhrwerk, auf dem ein rothaariger Bursche saß, den sie sehr gut kannte.

Kapitel 14

Christian saß bei Elias in der Praxis. Edda war, genauso wie er, schockiert gewesen von dem, was Juliane erzählt hatte, doch sie hatte ihm davon abgeraten, Maria zu folgen. Maria war in ihren Augen kein Teil seines Lebens mehr, und er sollte sie vergessen. Es konnte ja auch sein, dass die Männer ihre Pläne noch einmal änderten und der rothaarige Bursche, den sie sehr gut kannte und der ein Schwächling und Tunichtgut war, nicht nach Langenschwalbach aufbrach. Er war schon immer ein Feigling gewesen, der sich hinter seinen Freunden versteckt und bei den Frauen versagt hatte. Vor so einem musste sich niemand fürchten, hatte sie erklärt. Sie hatte Christian klarzumachen versucht, dass die Reise nach Langenschwalbach weit war und er sich eine Reisegruppe suchen müsste, von dem Geld, das die Fahrt kosten würde, mal abgesehen.

Dann würde er eben allein losziehen, hatte er sie angeschrien, doch schon als er die Worte aussprach, wusste er, dass er niemals den Weg finden würde und sich davor fürchtete, Frankfurt zu verlassen. Noch nie war er außerhalb der Stadt gewesen. Wie sollte er allein zurechtkommen, zwischen Wäldern und Wiesen, fremden Ortschaften und Wegen.

Die letzten Tage hatte er viel gegrübelt und sich in die Arbeit gestürzt, hatte Grabsteine restauriert und neue Statuen geschaffen. Trotzig hatte er sich vor Augen zu halten versucht, dass Maria ihn nicht mehr haben wollte. Sie hatte sich von

ihm verabschiedet, für immer, und ihn alleingelassen. Doch der Kummer wollte nicht weichen, und die Sorge um sie fraß ihn auf. Nachts fand er keinen Schlaf, lief rastlos auf dem Friedhof herum und stand oft vor dem Grab ihres Vaters, wo er auch keine Antworten auf seine Fragen erhielt.
Elias hatte die Arme verschränkt und zugehört, was Christian ihm berichtete. Danach hatten sie geschwiegen, und nur das Summen einer Fliege am Fenster durchbrach die Stille.
»Und ich soll dir jetzt sagen, was du tun sollst?« Elias stützte seine Hände auf dem Tisch auf.
Christian schüttelte den Kopf. »Das weiß ich nicht.«
Elias atmete tief durch. »Habe ich dir eigentlich schon davon erzählt, dass ich einmal eine ganze Woche aus der Judengasse fortgeblieben bin?«
Erstaunt sah Christian seinen Freund an. »Nein, wieso denn?«
Elias warf Christian einen kurzen Blick zu, den dieser zu deuten wusste.
»Es war wegen einer Frau?«
Elias nickte. »Ihr Name war Eva, und sie lebte in Sachsenhausen. Ihre Eltern hatten einen kleinen Eisenwarenladen. Ich bin ihr am Hafen begegnet und habe mich sofort in sie verliebt. Sie war das bezauberndste Geschöpf, das mir jemals im Leben über den Weg gelaufen ist. Ihr blondes Haar ringelte sich in vielen Löckchen auf ihre schmalen Schultern, was sie wie einen Engel aussehen ließ, und mit ihren strahlend blauen Augen brachte sie mich um den Verstand. Wir verliebten uns ineinander und verlebten einen wunderbaren Sommer miteinander. Meistens trafen wir uns heimlich am Mainufer, in den Nachmittagsstunden auf der Sachsenhäuser Seite. Ihr Lachen werde ich niemals vergessen.«
Christian hörte seinem Freund gespannt zu.

Elias schaute Christian an und fuhr fort: »Ich hätte alles für sie getan und war kurz davor, die Konfession zu wechseln. Sogar ihr Vater hätte einer Heirat zugestimmt, und ich hätte als christlicher Arzt weiterarbeiten können. Aber dann ist sie krank geworden, und plötzlich war alles anders. Zuerst war es nur ein einfacher Husten, doch er wollte nicht weggehen. Dann kam Fieber dazu, und sie wurde immer schwächer. Stunden habe ich an ihrem Bett gesessen und alles für sie getan, aber geholfen hat es nichts. Sie lag zwischen den Kissen, und das Strahlen ihrer Augen erlosch immer mehr, bis es eines Tages ganz verschwand. Am Ende bin ich nicht mehr von ihrer Seite gewichen und habe neben ihrem Bett auf dem Fußboden geschlafen. Es war mir gleichgültig, ob ich Jude war und die Tore geschlossen wurden. Sie war es, bei der ich sein wollte. Doch Gott hat sie mir genommen.«
In seinen Augen schimmerten Tränen. »Du liebst Maria so sehr, wie ich Eva geliebt habe. Gott schenkt einem nur einmal im Leben eine so große Liebe, das weiß ich jetzt. Gib sie nicht auf und kämpfe um sie. Du musst alles dafür tun, denn wenn nicht, wird es dich dein ganzes Leben lang verfolgen, das schwöre ich dir.«
Christian konnte es nicht fassen. Er hatte Elias immer für den pflichtbewusstesten Menschen gehalten, den er kannte. Einen Mann ohne Fehler, der geradlinig seinem Weg folgte und immer das Richtige tat, und jetzt musste er erkennen, wie wenig er von ihm wusste.
»Ich soll ihr also folgen?«
Elias nickte. »Ja, und zwar so schnell es geht. Und ich werde jeden Tag dafür beten, dass du rechtzeitig in Langenschwalbach ankommst. Diesem Burschen ist alles zuzutrauen, da bin ich mir sicher.«
»Aber wie soll ich das machen? Edda hat schon recht, ich

habe kein Geld und bin noch nie aus Frankfurt rausgekommen. Allein werde ich mich nicht zurechtfinden.«
Elias zuckte mit den Schultern. »Ich würde sofort mitkommen. Aber ich kann hier nicht weg, und allzu oft sollte man sein Schicksal auch nicht herausfordern. Es ist besser, wenn ich hinter den Toren bleibe, wenn du verstehst, was ich meine. Aber vielleicht könntest du dich einer Gruppe von Händlern anschließen. Nach Langenschwalbach sind viele von ihnen unterwegs. Am besten hörst du dich in den Schenken am Hafen um, dort treffen sich diese Männer.«
Christian schüttelte den Kopf und fuhr sich durchs Haar. »Ohne Bezahlung werden die mich nicht mitnehmen.«
Elias ging um seinen Schreibtisch herum, öffnete eine Schublade und holte eine kleine Geldkassette hervor. »Das soll deine geringste Sorge sein.«
Er öffnete die Kassette und warf Christian einige Münzen auf den Tisch. »Ich denke, das wird reichen. Und wenn du es geschickt anstellst, könntest du als Helfer unterkommen, der sich um die Pferde kümmert oder um die Ladung, dann wird es günstiger.«
Dankbar griff Christian nach den Münzen und ließ sie in seine Tasche gleiten. »Was würde ich nur ohne dich tun, mein Freund.«
Er trat hinter den Schreibtisch, umarmte Elias und atmete den Tabakgeruch, den dieser verströmte, ein.
Elias schob ihn von sich und sah ihm ernst in die Augen. »Maria ist es wert, hörst du! Lass dir von niemandem einreden, dass sie es nicht wert ist. Es lohnt sich, um die Liebe zu kämpfen, denn sie ist das größte Gut, das wir haben.«
Christian fragte seinen Freund nachdenklich: »Warum hast du nie von Eva erzählt?«
In Elias' Augen traten Tränen. »Weil es zu sehr weh tut. Jede

Nacht liege ich neben dem Bett auf dem Fußboden und lausche ihrem Atem, der immer schwächer wird, und der Schmerz frisst mich auf. Mein ganzes Leben über wird das so bleiben, und ich werde es nicht ändern können. Wenn ich wach bin, will ich vom Boden aufstehen und vergessen können. Verstehst du das?«
Christian nickte und legte seinem Freund die Hand auf den Arm. »Ich kann dir nicht genug danken.«
Elias wies zur Tür. »Jetzt mach, dass du fortkommst. Du hast schon genug Zeit verloren.«
In diesem Moment betrat Tara, Elias' neue Helferin, die früher als Küchenmagd bei Sara gearbeitet hatte, den Raum und sah die beiden Männer verwundert an. »Ist etwas nicht in Ordnung? Die ersten Patienten warten draußen.«
Elias straffte die Schultern. »Nein, Tara. Es ist alles gut. Du kannst den ersten reinholen.«
Christian ging an Tara vorbei, blieb aber an der Tür noch einmal stehen. »Wir sehen uns bald wieder, mein Freund.«
Elias nickte. »Und pass auf dich auf.«
Erneut zog Tara verwundert die Augenbrauen hoch, doch sie sagte nichts und folgte Christian in den Flur.

*

Conrad wich vom Fenster zurück und blickte Christian erstaunt nach. Es war eigentlich Zufall gewesen, dass er dem Totengräber heute Morgen über den Weg gelaufen war, denn in den letzten Tagen war er in der Kirche beschäftigt gewesen und noch nicht dazu gekommen, den Burschen zu überwachen. Er war ihm gefolgt und hatte festgestellt, dass es

Christian in die Judengasse zog und dass ihn die Leute dort kannten. Viele grüßten ihn, lüpften ihre Hüte, lächelten ihn an. Es schien, als wäre er ein Teil von ihnen und würde dazugehören. Natürlich hatte er kein Wort von dem verstanden, was der Judenarzt und er gesprochen hatten, aber dass die beiden mehr als flüchtige Bekannte waren, war leicht zu erkennen gewesen.
Conrad folgte Christian die Judengasse hinunter und beobachtete, wie dieser ein Gespräch mit einer älteren Frau führte, die gerade ihre Waren auf einem schmalen Brett vor ihrem Geschäft ausbreitete. Die Alte strich ihm vertraut über den Arm, lächelte und winkte fröhlich zum Abschied. Er konnte es nicht fassen. Was hatte dieser Bursche mit den Juden zu schaffen? Warum war er so vertraut mit ihnen? Da musste doch mehr dahinterstecken.
Christian war bereits hinter der nächsten Biegung verschwunden, als sich Conrad langsam dem Laden der alten Frau näherte und, Interesse heuchelnd, ihre Waren begutachtete. Misstrauisch sah die Alte ihn an.
Er griff nach einer kleinen Öllampe aus Ton und drehte sie prüfend in den Händen hin und her. »Die wäre genau das Richtige für meinen Schreibtisch«, log er und lächelte die Jüdin an. Ihre Gesichtszüge entspannten sich ein wenig.
»Sie kostet drei Taler.«
»Ein stolzer Preis für eine kleine Tonlampe.«
Sie zuckte mit den Schultern. »Handarbeit ist den Preis allemal wert. Ihr werdet Eure Freude daran haben. Das verspreche ich Euch.«
Er holte seine Börse hervor, warf die drei Münzen auf den Tisch und fragte beiläufig: »Kennt Ihr den Totengräber näher?«
Ihr Blick wurde erneut misstrauisch. »Welchen Totengräber?«

»Na, den jungen Mann, mit dem Ihr Euch eben unterhalten habt.«
Die Alte warf ihm einen prüfenden Blick zu. »Ihr meint Jeremia. Ja, der ist öfter hier.«
Erstaunt sah er sie an. Warum gab sie ihm einen anderen Namen? »Aber, das war doch der Totengräber vom Peterskirchhof. Ich dachte, sein Name wäre Christian. Ihr müsst wissen, er hat meiner Großmutter, Gott hab sie selig, einen wunderbaren Grabstein angefertigt, ganz zauberhaft.«
Die Alte entspannte sich. »Ich mag den Namen nicht. Für mich wird er immer unser Jeremia bleiben – wie er es auch für die gute alte Sara war.« Sie wies zu einem schäbigen Tor hinüber, von dem die rote Farbe abblätterte.
Conrad konnte es nicht fassen. Unser Jeremia hatte sie gesagt. Also musste er mehr mit den Juden zu tun haben.
»Wer war die Frau?«
Die Alte warf ihm erneut einen skeptischen Blick zu. Anscheinend schien sie es nicht zu mögen, wenn Fremde zu viele Fragen stellten, und wie erwartet blieb sie ihm die Antwort schuldig.
»Ich rede schon wieder zu viel, und es wartet noch einige Arbeit auf mich. Fragt am besten den Jungen selbst, wenn Ihr Genaueres wissen wollt.«
Er hob beschwichtigend die Hände. »Das werde ich machen, ganz bestimmt. Ich wollte heute sowieso zum Grab meiner Großmutter gehen.«
Sie blieb im Hauseingang stehen und blickte nachdenklich zu dem schiefen Fachwerkhaus mit den geschlossenen Fensterläden hinüber. »Ein Jammer ist das. Sie hat die Agnes verloren, und der Bub hat sie alleingelassen. Die gute Sara, und allein musste sie sterben, ohne Kinder und Familie. Das hat sie nicht verdient.«

Teilnahmsvoll blickte Conrad auf das schäbige Haus und freute sich über ihre achtlosen Worte. »Ja, manchmal kann das Leben grausam sein.« Er nahm seine Lampe und nickte der alten Frau zu.

»Habt Dank, für die wunderbare Lampe und den freundlichen Plausch.«

Sie sah ihn verwundert an. »Ich habe zu danken.«

Er lief die Gasse hinunter und jubelte innerlich. Er hatte es gewusst. Von Anfang an war ihm klar gewesen, dass mit diesem Burschen etwas nicht stimmte. Wie Christian mit den Juden zusammenhing, das würde er noch herausfinden, und dann würde ihm sein Vater endlich zuhören, denn eines wusste er ganz genau: Sein Vater verabscheute alles, was jüdisch war.

*

Christian schlug ohne Umwege den Weg zum Hafen ein, auf dem das übliche vormittägliche Gedränge herrschte und die Fischer ihre Waren lautstark ihrer Kundschaft anboten. Die meisten Käufer waren Wirte oder Köche der Schenken, aber auch Mägde und eifrige Hausfrauen tummelten sich an den Ständen und verhandelten lautstark die Preise. Beißender Fischgeruch hing in der Luft, und zwischen den Pflastersteinen staute sich rötliches Wasser, da die meisten Fische direkt vor Ort ausgenommen wurden. Selbst jetzt am Vormittag war es bereits glühend heiß, und die Ausdünstungen der Menschen, gemischt mit dem Gestank der Fischabfälle, machten das Atmen unerträglich. Christian hielt sich ein Stofftuch vor den Mund und schob sich durch die Reihen der Marktstände.

Es war eng und stickig, und er kam kaum voran. Immer wieder musste er stehen bleiben.
Neben ihm tauchte ein kleiner Junge auf, der ihn neugierig musterte. Er trug ein zerschlissenes, schmutziges Hemd, und sein blondes Haar war fettig und voller Läuse. Angewidert wandte Christian den Kopf ab.
Doch dann fühlte er plötzlich eine Berührung an seiner Hose, blickte alarmiert auf und fuhr mit der Hand in seine Tasche, die tatsächlich leer war. Verzweifelt schaute er sich um. Der Junge schob sich hektisch durch die Menschenmenge.
»Dieb! Haltet den Dieb!«, rief Christian laut und deutete auf den Burschen weiter vorn. »Er hat mich bestohlen. Haltet den Dieb!« Christian versuchte, ihm zu folgen, blieb aber immer wieder in der Menge stecken.
»Ein Dieb, haltet den Dieb! Dort, dort vorn läuft er.«
Einige Köpfe drehten sich in die angegebene Richtung, in dem einen oder anderen Blick flackerte Interesse auf, und ein Mann neben Christian krempelte sich sofort die Ärmel hoch.
»Wo ist ein Dieb? Wenn ich den erwische!«
»Dort vorn, da läuft er.«
Der Bursche hatte das Ende der Stände erreicht, rannte zum kleinen Fischerpförtchen hinüber und verschwand genau in dem Moment, als der Mann, Christian und zwei weitere Helfer aus der Menge heraustraten.
»Den kriegen wir nicht mehr«, sagte einer der Männer, dem fast alle Haare fehlten und die Sonne die Kopfhaut verbrannt hatte.
Enttäuscht ließ Christian den Kopf sinken.
Der erste Mann, der Christian geholfen hatte, klopfte ihm aufmunternd auf die Schulter. »Mach dir nichts draus. Das kann jedem passieren. Mich haben sich auch schon um einige Taler erleichtert.«

Christian nickte traurig und ließ seinen Blick zu einer der Schenken schweifen, die direkt vor ihm lagen.
»Ich wollte mit dem Geld nach Langenschwalbach fahren. Das kann ich jetzt vergessen. Niemand wird einen mittellosen Mann mitnehmen.«
Der Mann horchte auf. »Du willst nach Langenschwalbach?«
Christian nickte.
»Das trifft sich gut. Wir wollen heute noch in den Taunus aufbrechen. Wenn du willst, nehme ich dich mit. Theodor Klauberger ist mein Name. Einer der besten fahrenden Händler weit und breit und zufällig auf dem Weg nach Langenschwalbach.«
Er streckte Christian die Hand hin, die dieser verblüfft ergriff.
»Aber, ich kann Euch nicht bezahlen.«
Der Mann zuckte mit den Schultern und zwinkerte ihm aufmunternd zu. »Wir werden uns schon einig werden. Du siehst aus, als könntest du anpacken, und solche Männer kann ich immer gebrauchen.«
Er legte seinen Arm um Christians Schultern, zog ihn zu einer der Schenken und redete einfach weiter. »Was für ein Zufall, oder? Unsere Begegnung muss Schicksal sein.« Er warf Christian einen kurzen Seitenblick zu. »Glaubst du ans Schicksal, Bursche?«
Christian wollte etwas erwidern, doch wieder ließ ihn der Händler nicht zu Wort kommen.
»Als Händler muss man daran glauben und auch an die Schutzengel, die auf uns achten, wenn wir unterwegs sind auf einsamen Straßen und in dunklen Wäldern.«
Sie betraten die Schenke.
»Männer«, rief er laut, »wir haben einen Gast auf unserer Reise, der mit anpacken wird.«

Drei Männer, die an einem Tisch direkt neben der Theke saßen, blickten auf.

»Wie war dein Name gleich noch?«, wandte sich der Händler an Christian, der von den anderen neugierig gemustert wurde.

»Christian, einfach nur Christian.«

Theodor Klauberger schlug ihm lachend auf den Rücken.

»Einfach nur Christian, hört ihr. Du kannst mich Theo nennen, wie die anderen auch.« Er deutete der Reihe nach auf die Männer. »Das hier vorn ist Siegfried, den wir alle nur Siggi nennen.«

Der dickliche Mann, dem die Hitze die Röte in die Wangen getrieben hatte, erhob sich und verbeugte sich. Er erweckte ein wenig den Eindruck eines vollgefutterten Schweines, das schlachtreif war. Neben ihm saß ein Mann namens Otto, der das genaue Gegenteil darstellte. Er war groß, schlaksig, hatte viel zu lange Arme und einen runden Rücken. Sein kantiges Gesicht und das spitze Kinn hätten ihn eigentlich unsympathisch wirken lassen, wären da nicht die fröhlich dreinblickenden braunen Augen gewesen.

Der letzte Mann in der Runde hieß Ludwig und hatte in etwa dieselbe Statur wie Christian. Er sprach einen seltsamen Dialekt, den Christian nicht kannte. Mehr als »Grüß Gott« verstand er von der freundlichen Begrüßung des Mannes nicht.

Schüchtern setzte sich Christian nach dem Begrüßungsritual auf den ihm dargebotenen Stuhl und nippte an dem Bier, das Theo für ihn bestellt hatte.

»Also, Männer, die Waren sind bezahlt und müssen nur noch abgeholt werden. Die Stoffe und auch die bestellte belgische Spitze lässt der Tuchhändler gerade von seinem Lehrbuben vorbereiten und verladen. Ebenso die Steingutflaschen, die die Apotheke bestellt hat, sind schon auf dem Wagen, genauso wie die Korbwaren, Bindfäden, Knöpfe und der ganze andere Kleinkram. Und selbstredend habe ich mich persönlich um die Fässer mit den Obstbränden gekümmert, die der Wirt der Kurschenke geordert hat. Nur die beste Ware vom Rhein, versteht sich.«

»Und wie sieht es mit den Metallwaren aus? Haben wir genug Pfannen, Töpfe und Küchenbesteck geladen? Die Nachfrage danach reißt nie ab.«

Siggi beugte sich nach vorn. Schweiß tropfte von seiner Stirn auf den Tisch, und unter seinen Achseln zeichneten sich große feuchte Flecken auf seinem Hemd ab.

»Die Waren für die Köche sind auf dem zweiten Wagen verstaut, und ich habe sogar neue billige Schöpflöffel bei einer Geschäftsaufgabe erstanden. Willi passt auf alles auf.«

Der schlaksige, dunkelhaarige Mann namens Otto leerte sein Glas in einem Zug. »Dann sollten wir lieber sehen, dass wir fortkommen. Nicht, dass es uns so ergeht wie beim letzten Mal, als Willi auf den Wagen geachtet hat.«

Die Männer erhoben sich eilig, und Christian sah Theo fragend an, während sie die Schenke verließen. »Was war denn beim letzten Mal?«

»Sagen wir mal, es erging dem guten Willi nicht viel besser als dir gerade.«

Sie durchschritten die kleine Fischerpforte und hielten sich rechts, bis sie den weitläufigen Hof eines Tuchhändlers erreichten. Zwei Planwagen standen darin, vor die jeweils zwei Maultiere gespannt waren. Ein junger Bursche, kaum älter als Christian, aber nur halb so groß, kam aufgeregt gestikulierend auf die Gruppe zugelaufen. Die Art, wie er sich bewegte und das Gesicht verzog, hatte etwas Komisches. Christian schmunzelte.

»Meine Güte, wo bleibt ihr denn? Ich habe schon gedacht, ihr taucht gar nicht mehr auf.« Er deutete auf Christian, schob sein Becken nach vorn und reckte seine dünnen Arme in die Luft. »Wer ist das denn?«

»Wir sind ja jetzt da, Willi«, beschwichtigte Theo und deutete auf Christian, der sich bemühte, nicht laut loszulachen.

»Das ist Christian. Er wird uns begleiten.«

Willi musterte Christian von oben bis unten, zog eine Augenbraue hoch und streckte ihm dann die Hand hin. »Schön, dich kennenzulernen, Christian.«

Christian ergriff Willis Hand und drückte sie kräftig, was den schmächtigen Burschen mit den wuscheligen braunen Haaren zusammenzucken ließ.

Theo deutete auf die Wagen. »Zum Kennenlernen haben wir unterwegs genügend Zeit, Männer. Lasst uns aufbrechen, damit wir bis zum Einbruch der Dunkelheit die erste Herberge erreichen.«

Die Hände in die Luft gestreckt, lief Willi aufgeregt hinter Theo her, der zu einem der Wagen ging und prüfend die Plane hob.

»Alles ist genau dort, wo es sein soll. Auch die belgische Spitze ist jetzt verladen. Puh, was war das für eine Aufregung, sag ich dir. Aber eben ist sie geliefert worden, ganz frisch vom Schiff auf den Wagen.« Er kicherte, was sich anhörte wie das Meckern einer Ziege.

Christian folgte den beiden kopfschüttelnd und fand sich wenig später auf dem Kutschbock eines Fuhrwerks wieder. Langsam bahnten sich die Tiere ihren Weg die Fahrgasse hinunter und bogen in die weitläufige Zeil ein. Wehmütig ließ Christian seinen Blick bis zum Eschenheimer Turm schweifen. In den letzten Jahren war kein Tag vergangen, an dem er ihn nicht gesehen hatte. Ihn und die Gassen der Stadt, seinen geliebten Peterskirchhof, der sein Zuhause war. Er wandte den Blick ab, schaute entschlossen nach vorn und ballte die Fäuste. Der Anfang war gemacht. Er würde es schaffen und, wenn alles gutging, Maria wiedersehen.

*

Ursula Waldschmidt hatte lang über das nachgedacht, was ihr Sohn ihr erzählt hatte. Sollte sie es ignorieren? Einfach vergessen, was vorgefallen war, und wieder zur Tagesordnung übergehen, oder sollte sie mit ihrem Mann reden? Sie stand am Fenster und blickte auf ihren geliebten Garten. Eddas Worte wollten ihr nicht aus dem Sinn gehen, und sie wusste, dass der einzige Ausweg ein klärendes Gespräch mit Bernhard war, wovor sie sich allerdings fürchtete. Über Gefühle sprachen sie nicht, hatten sie noch nie gesprochen, was ihr aber auch nie gefehlt hatte. Sie wusste nicht, was Liebe war, verstand die Sehnsucht, die Wärme und den Schmerz nicht, die diese in den Menschen hervorrufen konnte. Genau diese Art von Schmerz war in dem Gesicht ihres Mannes zu sehen. Sie hatte eine Weile gebraucht, bis sie die Veränderung an ihm deuten konnte. Sie hatte die Traurigkeit in seinen Augen und seine ungewohnte Schweigsamkeit auf seine Krankheit geschoben, doch jetzt wusste sie, woran er litt. Die Vergangenheit hatte ihn eingeholt und die Zweifel, ob er das Richtige getan hatte. Er zweifelte an seiner Ehe, an ihr, der Frau, die ihm stets treu ergeben war, niemals das Wort gegen ihn erhoben und seine Kinder großgezogen hatte.
Sie atmete tief durch und wandte sich vom Fenster ab. Sie musste zu dieser Edda, einer Hure, gehen, um zu erfahren, was damals passiert war. Vielleicht verstand sie dann

ihren Gatten und konnte ihm die Ehefrau sein, die er jetzt brauchte.
Sie rückte die Teller und Schüsseln auf dem bereits gedeckten Frühstückstisch zurecht, strich über das weiße Tischtuch. Haferbrei dampfte in einer Schüssel, und der bittere Geruch von Kaffee hing in der Luft. Anfangs hatte sie das Getränk nicht gemocht, doch besonders in der letzten Zeit trank sie viel zu viel davon.
Die Tür öffnete sich, Conrad betrat den Raum, begrüßte seine Mutter mit knappen Worten und setzte sich.
Sie trat neben ihn und schenkte Kaffee ein. »Wo warst du gestern?«
Er griff nach der Schüssel mit dem Haferbrei. »Geht dich das etwas an?«
Sie sah ihn streng an, ahnte bereits, warum er so schroff zu ihr war. »Lass die Sache mit deinem Halbbruder endlich ruhen. Dein Vater ist ein kranker Mann, der die Aufregung nicht verträgt.«
Conrad schüttelte den Kopf und erwiderte den Blick seiner Mutter. »Seitdem die Hure hier war, schläfst du keine Nacht, Mutter. Ich höre dich, wenn du durch die Gänge schleichst und dir in der Küche Tee machst.« Er griff beschwörend nach ihrer Hand. »Ich lasse nicht zu, dass unser Leben zerstört wird. Du hast es nicht verdient, diese Schande zu erleben.«
Sie sah ihn irritiert an. »Welche Schande?«
»Unser Name wird in den Dreck gezogen, von einer Hure und einem angeblichen Sohn, der dreiste Forderungen stellt und vielleicht jüdisches Blut in sich trägt. Das ist wohl Schande genug.«
Ursula setzte sich auf einen der Stühle und sah ihren Sohn ungläubig an. »Jüdisches Blut? Das kann nicht sein. Die Juden

haben keine Huren und dürfen nicht in die Freudenhäuser gehen. Woher hast du diese Kenntnisse?«

»Ich bin ihm gefolgt, diesem Burschen, denn ich wollte mehr über ihn erfahren. Er war in der Judengasse, und die Bewohner scheinen ihn sehr gut zu kennen. Eine Frau nannte ihn sogar bei einem jüdischen Namen. Ich weiß zwar noch nicht, was das zu bedeuten hat, aber ich werde es herausfinden.«

Ursula blickte zur Zimmertür, die nur angelehnt war, stand auf und schloss sie. »Gar nichts wirst du tun«, sagte sie leise. »Wir lassen die Sache ruhen. Bisher ist nichts nach draußen gedrungen, und wenn wir uns ruhig verhalten, wird es das auch nicht.« Sie trat neben Conrad und legte ihre Hand auf seinen Arm. »Hör auf damit. Es ist besser für uns alle.«

Conrad sah seine Mutter eine Weile schweigend an und schüttelte dann den Kopf. »Das kann ich nicht.« Er griff nach ihrer Hand, legte sie an seine Wange und küsste sie sanft. »Vater hat dich verletzt, uns weh getan. Er hat einen Fehler gemacht, den wir jetzt ausbaden sollen. Das kann ich nicht zulassen, Mutter. Es geht einfach nicht.«

Sie sank neben ihm in die Hocke und blickte ihm tief in die Augen. »Dann tu es mir zuliebe. Dein Vater ist ein alter, kranker Mann, der Fehler gemacht hat, wie wir sie alle im Leben machen.«

Conrad ließ ihre Hand los, und sie strich ihm eine Haarsträhne aus der Stirn. »Bald wirst du Pastor sein, mein Junge, und ich weiß, dass du niemals einen solchen Fehler machen wirst, aber vielleicht einen anderen. Belass es dabei und lerne, die Dinge anzunehmen, auch wenn sie manchmal weh tun.«

Conrad atmete tief durch. »Na gut, wenn dir so viel daran liegt, dann werde ich die Angelegenheit vergessen – und eigentlich hast du recht: Er hat den Fehler gemacht und nicht wir.«

Auf ihrem Gesicht breitete sich ein Lächeln aus, und sie drückte ihn fest an sich. »Vielen Dank, mein Sohn. Du wirst ein großartiger Pastor werden, den die Gemeinde lieben wird, das weiß ich schon heute.«
Ihr Blick wanderte über seine Schulter hinweg nach draußen in den Rosengarten, und sie fühlte erneut den Schmerz in sich aufwallen und wusste, dass sie sich selbst belog, denn auch sie konnte die Vergangenheit nicht ruhen lassen und würde nach Antworten suchen.

*

Dicke dunkle Wolken türmten sich über dem Eschenheimer Turm auf, als Ursula den Peterskirchhof betrat. Sie hatte lang mit sich gehadert, ob sie hierherkommen sollte, doch dann hatte sie beschlossen, mit dem Jungen zu reden. Er war ein Teil ihres Mannes, sein Sohn. Sie wusste noch nicht, was sie zu ihm sagen würde, aber das war jetzt gleichgültig. Die Worte würden sich schon finden und auch Antworten, wie sie hoffte. Sie schritt an den Gräbern entlang, die wie verloren im Zwielicht des nahenden Unwetters vor ihr lagen. Der Wind frischte auf, rauschte in den Bäumen, und ein Blitz erleuchtete grell den finsteren Himmel. Lauter Donner folgte wenige Sekunden später und ließ sie zusammenzucken. Sie beschleunigte ihre Schritte und erreichte den Hof des Pfarrhauses, auf dem die Hühner sich unter einen Karren verzogen hatten. Der böige Wind wirbelte den Staub in die Höhe, und Ursula hielt schützend die Hände vors Gesicht, während sie auf den Schuppen zusteuerte, von dem sie wusste, dass Christian ihn bewohnte. Ein erneuter Donnerschlag ließ sie zusammenzucken. Sie klopfte zitternd an die Tür. Doch nichts rührte sich. Die ersten Tropfen fielen vom Himmel, dick und schwer. Sie klopfte erneut an die Tür und spürte, wie der Wind an ihrem Umhang riss. Sie blickte sich um. Immer mehr dicke Tropfen landeten im Staub des Hofes. Erneut zuckten grelle Blitze am Horizont, gefolgt von einem weiteren Donnerschlag. Sie wich in den Schutz des Eingangs zurück und drückte die Türklinke nach unten. Knarrend öffnete sich die Schuppentür, und dankbar floh sie ins Trockene.

Neugierig musterte sie das Innere des Schuppens und ließ ihren Blick über Christians Arbeitstisch und die vielen Steinstatuen schweifen, die im Dämmerlicht des Unwetters Grimassen zu ziehen schienen. Der Raum war spärlich möbliert. Neben dem Arbeitstisch stand ein einzelner Stuhl, und ein einfaches Bett, aus Fichtenholz gezimmert, diente als Schlafstatt. Der Kleiderschrank wurde durch eine Stange in der Ecke ersetzt, an der ein langärmliges, schmutziges Hemd hing, das bereits einige Löcher aufwies.

Der Wind peitschte den Regen gegen die Fensterscheibe, und erneut erhellte ein Blitz den Raum. Ursula schaute seufzend nach draußen. Sie würde abwarten müssen, bis das Unwetter vorbei war. Missmutig ließ sie ihren Blick über die Steine, halbfertigen Statuen und Werkzeuge schweifen. Doch dann blieb ihr Blick an der Statue einer Frau hängen. Sie griff danach und musterte sie genauer. Die Züge der jungen Frau wirkten eher plump, was verwunderlich war, denn Statuen dieser Art waren meist filigran und die Gesichter von puppenhafter Schönheit. Doch etwas an diesem Gesicht beeindruckte sie. Sie setzte sich, die Skulptur in der Hand, aufs Bett und strich sanft mit den Fingern über die geschwungenen Augenbrauen und den Haaransatz, den der junge Mann perfekt herausgearbeitet hatte. Diese Frau hatte einen besonderen

Ausdruck in den Augen, den er eingefangen hatte. Das war es, was ihre Schönheit ausmachte und ihr etwas gab, was keine andere Statue besaß. Wieder erhellte ein Blitz den Raum, doch es folgte nur noch ein Grummeln. Das Gewitter schien weiterzuziehen, aber das gleichmäßige Rauschen des Regens blieb unverändert. Ursula rutschte nach hinten, schloss die Augen, lauschte dem Regen und schlief irgendwann ein, Marias Statue in der Hand.

»Was sucht Ihr denn hier?«

Erschrocken fuhr Ursula in die Höhe. Die Statue rollte polternd auf den Boden, direkt vor die Füße von Edda, die Ursula erstaunt ansah.

Das Gewitter hatte sich verzogen, und die Abendsonne tauchte den Raum in warmes Licht, zeichnete die Züge der alten Hübschlerin weich und gab ihr ein wenig von ihrer Schönheit zurück. Fasziniert sah Ursula die blonde Frau an, die wie ein Engel wirkte.

Edda bückte sich, hob die Statue auf und lächelte. »Was Liebe alles bewirken kann. Aus einfachen Gesichtszügen zaubert sie Schönheit.«

Ursula entspannte sich und nickte. »Die Statue ist ein Meisterwerk. So etwas habe ich noch nie gesehen.«

Edda setzte sich neben die Pfarrfrau aufs Bett und strich sanft mit den Fingerspitzen über den geschliffenen Stein.

»Er liebt sie, müsst Ihr wissen. Er liebt sie so sehr, dass es weh tut.«

Sie warf Ursula einen kurzen Blick zu.

»Wisst Ihr, wie sich Liebe und deren Schmerz anfühlen?«

Ursula schloss die Augen und schüttelte den Kopf.

Edda sah die Frau mitleidig an. »Aber Ihr müsst doch die Liebe kennen und den Zauber, den sie mit sich bringt.«

Ursula öffnete die Augen. »Ich sehe nur die Traurigkeit in Bernhards Augen, seitdem der Junge bei uns war.«
Sie deutete auf die Statue.
Edda atmete tief durch. »Ich habe Christian gesagt, dass es nicht helfen wird, mit seinem Vater zu reden. Aber er wollte mir nicht glauben.«
Ursula zog eine Augenbraue hoch. »Ihr scheint meinen Gatten sehr gut zu kennen.«
»Ich kenne nur den Mann, der ein Mädchen im Stich gelassen hat.«
Ursula legte ihre Hand auf Eddas. »Erzählt Ihr mir von damals? Ich muss es wissen, um ihn verstehen und vielleicht mit ihm reden zu können, irgendwann.«
Edda legte den Kopf schräg. »Ist das wirklich so wichtig? Manchmal ist es besser, die Vergangenheit ruhen zu lassen. Alte Geister können weh tun, auch wenn man es nicht möchte.«
Ursula sah sie flehend an. »Bitte! Es ist wichtig. Ich muss wissen, was damals passiert ist, damit ich wieder ruhig schlafen kann, und mein Sohn auch. Conrad fühlt sich von Christian bedrängt und macht sich Sorgen um die Familienehre, die sein Vater beschmutzt hat.«
Edda winkte ab. »Da gäbe es viele Familienehren, die beschmutzt worden sind.«
Ursula errötete. »So genau möchte ich das gar nicht wissen.«
Edda lächelte. »Also gut. Ich erzähle Euch von damals.« Sie hob den Zeigefinger. »Aber Ihr müsst mir versprechen, es für Euch zu behalten und Euren Sohn endlich zur Vernunft zu bringen.«
Ursula nickte. »Ich werde mit ihm reden, versprochen.«
Edda griff erneut nach Marias Statue, strich zärtlich über ihre Augen und begann zu erzählen. Sie berichtete von Agnes, wie

sie damals zu ihr gekommen war. Von Bernhard Waldschmidt und seinen Plänen, sie zu heiraten, die er dann verworfen hatte. Sie ließ nichts aus, weder Agnes' Kummer noch den Schwermut, der das Mädchen befallen hatte und den ihr auch das Kind nicht hatte nehmen können.

Ursula hört die ganze Zeit wortlos zu. Sie fühlte den Schmerz, den die alte Hure empfand. Edda erzählte von dem Jungen wie von ihrem eigenen Sohn. Wie schwer musste es für sie gewesen sein, ihn zu seiner Großmutter in die Judengasse zurückzubringen. Doch auch Agnes' Schicksal berührte sie tief. Vor wenigen Minuten hatte sie die unbekannte Frau als ihre Widersacherin angesehen, die ihren Mann verführt hatte und ihn sogar nach ihrem Tod noch verfolgte. Doch jetzt verstand sie plötzlich seine Gefühle, obwohl sie nie wirklich geliebt hatte. Die Wärme und Zärtlichkeit, die in Eddas Augen lagen, griffen auf sie über. Hatte sie ihre Kinder jemals so geliebt, wie Agnes ihren Sohn geliebt hatte? Das Kind eines Mannes, der sie verlassen und verletzt hatte? Sie wusste es nicht. Die geheimnisvolle Frau, die sie in den letzten Tagen bis in ihre Träume verfolgt hatte, bekam plötzlich ein Gesicht und ein Herz; und sie empfand Mitleid mit ihr, was sie nie für möglich gehalten hätte.

Tränen liefen ihr über die Wangen, doch sie schämte sich nicht dafür.

Edda griff nach ihrer Hand. »Agnes hat es nicht böse gemeint, das müsst Ihr mir glauben. Sie ist ausgebrochen aus ihrer Welt, um ein besseres Leben zu finden, und ist daran zugrunde gegangen. Niemand hat Schuld daran, auch Bernhard nicht. Ihr habt ihm zwei wunderbare Söhne geschenkt und steht ihm als treue Ehefrau zur Seite, tut dies auch jetzt, obwohl Euch Zweifel zerfressen.«

Ursula wischte sich die Tränen aus dem Gesicht. »Aber sie hat

sich umgebracht, weil er sie verstoßen hat. Diese Sünde wird Gott ihm niemals verzeihen.«
Edda drückte Ursulas Hand. »Gott vielleicht nicht, aber Ihr könnt es.«
Ursula sah Edda überrascht an. »Denkt Ihr, ich müsste das tun?«
»Vielleicht. Aber ob Ihr es könnt, müsst Ihr entscheiden. Agnes hätte bestimmt gewollt, dass Ihr ihm verzeiht.«
Ursula atmete tief durch. »Eigentlich gibt es nichts zu verzeihen.«
»Warum nicht?«, fragte Edda.
»Ich soll ihn lieben und habe vor Gott versprochen, ihm in guten und schlechten Tagen beizustehen, also gibt es nichts zu verzeihen.« Sie stand auf. »Ich werde jetzt nach Hause gehen und mit ihm reden. Gewiss wird dann alles gut werden.«
Edda erhob sich ebenfalls und sah Ursula eine Weile schweigend an. Die Abendsonne verschwand hinter den Bäumen, und nur noch wenige helle Lichtflecken tanzten über Christians Arbeitstisch.
Ursula streckte der Hübschlerin die Hand hin. »Vielen Dank, dass Ihr gekommen seid.«
»Ich muss mich bedanken«, antwortete Edda. »Und denkt an meine Worte: Nicht Gott muss ihm verzeihen, sondern Ihr ganz allein. Ob in guten oder schlechten Zeiten.«

*

Conrad saß im Schlafgemach seines Vaters und blickte sich missmutig um. Der Raum hatte, trotz des hellen Sonnenlichts und der warmen Sommerluft, die durch die geöffneten

Fenster hereindrangen, etwas Bedrückendes an sich. Über dem Bett hing ein Baldachin mit grünen Samtvorhängen. Die Zimmerdecke war mit Holz getäfelt, und vor einer Wand stand ein wuchtiger, dunkel gebeizter Schrank. Sein Vater frühstückte Kaffee und gesüßten Haferbrei, und da er noch zu schwach zum Aufstehen war, nahm er die Mahlzeiten auf seinem Zimmer ein.

Bernhard Waldschmidt saß auf der Bettkante und griff mit zittriger Hand nach seinem Becher.

Mitleidig musterte Conrad seinen Vater, der für ihn stets ein Vorbild gewesen war. Wo war der willensstarke Pastor geblieben, der für seine Ansichten und die der Kirche gekämpft hatte? Er war in den letzten Wochen hinter ausdruckslosen Augen verschwunden, die teilnahmslos in die Welt blickten. Tiefe Augenringe und viele Falten zeichneten diesen gebrochenen Mann, der seinen Willen verloren und sich aufgegeben hatte.

Bernhard Waldschmidt nippte an dem Kaffee, der überschwappte und ihm über das Kinn lief. Der alte Mann schien es gar nicht zu bemerken.

Wütend ballte Conrad die Fäuste unter dem Tisch. Es gab nur einen einzigen Grund für diese schreckliche Veränderung. Dieser Christian und die alten Geschichten hatten seinen Vater in einen Fremden verwandelt, einen Menschen, der in Selbstmitleid zerfloss. Doch damit musste jetzt Schluss sein. Er wollte den Vater zurückhaben, den er verehrte und brauchte.

Bernhard Waldschmidt stellte den Becher auf den Tisch, wischte sich mit der Serviette übers Kinn und sah seinen Sohn traurig an. »Wie läuft es in der Kirche? Gibt es besondere Vorfälle?«

Seine Stimme klang teilnahmslos, als wäre er in Gedanken weit fort.

Conrad schenkte sich Kaffee ein und versuchte, ruhig zu bleiben. Am liebsten würde er aufspringen, seinen Vater wachrütteln und ihn anschreien. Ihn endlich zur Vernunft bringen.
»Es ist alles wie immer. Heute Nachmittag ist die Beerdigung von Sibylla Mühlbauer und ihrem Kind. Die Hebamme hat alles getan, was in ihrer Macht stand. War kein schöner Anblick, als ich dorthin gerufen wurde.«
Sein Vater nickte. »Ist nie ein schöner Anblick, wenn sie im Kindbett sterben. Das Leid und der tagelange Kampf stehen den Frauen ins Gesicht geschrieben. Möge Gott ihrer Seele gnädig sein.« Er warf seinem Sohn einen kurzen Blick zu.
»Wird sie der Totengräber beerdigen?«
Conrad horchte auf. »Wieso fragst du?«
Waldschmidt zuckte mit den Schultern. »Nur so. Er ist doch noch auf dem Friedhof, oder?«
Conrad atmete tief durch und bemühte sich, seine aufsteigende Wut unter Kontrolle zu bringen – vergeblich.
»Was geht dich dieser gottverdammte Jude an? Er ist nicht dein Sohn und wird es nie werden. Hör auf zu grübeln und werde endlich wieder der Vater, den ich kenne.«
Waldschmidt riss erschrocken die Augen auf. »Welcher Jude?«
Conrad sah seinen Vater herausfordernd an. »Ich habe mich erkundigt. Er wird gern in der Judengasse gesehen und scheint dort viele Freunde zu haben.«
Sein Vater winkte ab. »Das haben viele.«
»Aber haben die auch jüdische Namen?«
Ungläubig sah Waldschmidt seinen Sohn an. »Jüdische Namen?«
»Sie nennen ihn nicht Christian, sondern Jeremia. Ich bin mir ganz sicher: Er muss Jude sein!«

Sein Vater schüttelte den Kopf. »Das kann nicht sein. Agnes, sie war …«
Conrad ließ ihn nicht ausreden. »Ich weiß, was sie war. Aber vielleicht hat sie gelogen.«
Waldschmidt schlug die Hände vors Gesicht. »Das kann nicht sein, sie war keine Jüdin. Edda hätte es mir gesagt. Sie war das reinste Geschöpf auf Erden, ein Engel. Niemals hätte sie mich belogen.«
Mitleidig sah Conrad seinen Vater an. »Vielleicht ja doch. Sie muss verdammt viel gelogen haben, wenn sie als Jüdin in einem Hurenhaus gearbeitet hat.«
Waldschmidt hob den Kopf, und Conrad wich erschrocken zurück. Die Gleichgültigkeit in seinen Augen war Wut gewichen. »Sie hat niemanden belogen.« Er deutete mit dem Finger auf Conrad. »Agnes war die Ehrlichkeit in Person, tugendhaft und wunderbar. Niemals hätte sie so etwas getan.« Er erhob sich mühsam und ging auf seinen Sohn zu. Conrad wich zur Tür zurück. »Du wirst damit aufhören, verstanden! Lass den Jungen in Ruhe. Ich habe es schon einmal gesagt, und ich sage es jetzt zum letzten Mal. Diese Angelegenheit ist vorbei, Agnes ist tot, und der Totengräber wird niemals ein Sohn von mir sein.«
Conrad sah seinem Vater offen ins Gesicht. »Es ist nicht vorbei und wird es niemals sein, wenn keiner etwas unternimmt. Sie hat dich belogen und hintergangen, und du liebst sie noch immer. Schau in den Spiegel, dann erkennst du, was ich meine. Es wird Zeit, die alten Geister zu vertreiben. Und wenn du es nicht tust, dann muss ich es tun.«

Kapitel 15

Maria stellte ihren Korb neben sich ab und blickte skeptisch auf die andere Talseite, über der sich schwarze Wolken zu einer bedrohlichen Wand aufgetürmt hatten. Inzwischen war es zur lieben Gewohnheit geworden, dass Maria Elli bei ihren Streifzügen begleitete, und die Abende verbrachten die beiden jungen Frauen dann oft in der Apotheke beim Sortieren der Kräuter. Maria liebte es, zwischen den vielen Schränken zu stehen, öffnete gern die kleinen Schubladen und steckte überall neugierig ihre Nase hinein. Ellis Eltern waren anfangs skeptisch gewesen, doch mittlerweile freuten sie sich über die unerwartete Hilfe, und Margarethe, Ellis Mutter, erklärte Maria die unterschiedlichen Teesorten und deren Mischverhältnisse. Großen Beifall hatte Maria für ihre ersten Zeichnungen der Kräuter erhalten, und sogar Ellis Vater, der Fremden gegenüber eher misstrauisch war, hatte Marias Bilder sehr gelobt. Maria selbst hielt nicht sonderlich viel von den Kräuterbildern. Ihr tat beim Malen noch immer die Schulter weh, und ihre Zeichnungen erschienen ihr unbeholfen. Allmählich begann sie sich zu fragen, ob ihre Freude am Malen jemals zurückkehren würde.

Die Sonne verschwand, und der Waldrand und die vielen Kamillenblüten, deretwegen sie hierhergekommen waren, versanken im Zwielicht des Unwetters. Nervös zupfte Maria Elli am Ärmel und deutete zum Himmel.

»Wir sollten besser zurückgehen. Das sieht nicht gut aus.«

Elli blickte auf. Sie hatte sich die ganze Zeit damit beschäftigt, die Blüten der Kamillenpflanzen abzuernten, und wurde blass.
»Meine Güte, wo kommt das denn so schnell her?« Sie schaute ins Tal. »Wir schaffen es unmöglich bis zur Apotheke. Das Unwetter wird jede Sekunde losbrechen.« Suchend sah sie sich um. Es donnerte bedrohlich laut, und die ersten Blitze zuckten durch die finstere Wolkenwand, die den gesamten Himmel ausfüllte.
»Aber zu der alten Scheune, an der wir vorhin vorbeigekommen sind, könnten wir es schaffen«, sagte Maria und deutete den Weg hinunter.
Elli wich zurück. »Die Scheune mag ich nicht. Dort soll es spuken.«
Erneut zuckte ein Blitz über den Himmel, und ein gewaltiger Donner ließ die Erde erzittern. Der Wind frischte auf und wirbelte den Staub auf dem Weg in die Höhe.
Maria hielt sich schützend die Hand vor die Augen. »Also, entweder wir gehen zu dem Schuppen und leisten den Gespenstern Gesellschaft, oder wir werden gleich selbst welche sein.«
Die ersten Tropfen fielen vom Himmel, und ein erneuter Blitzschlag, gefolgt von lautem Donner, ließ Elli zusammenzucken.
»Du hast recht. Ist eh nur dummes Gerede der Leute. Geister gibt es nicht.«
Sie liefen den Weg zurück, den sie gekommen waren, während der Himmel seine Schleusen öffnete und es zu schütten begann.
Klitschnass erreichten sie den Schuppen, der unter einer Gruppe Birken stand, die bedrohlich vom Sturm gepeitscht wurden. Das Tor des Schuppens hing lose in den Angeln und wurde vom Wind gegen die Holzwand geschlagen. Hastig flohen

die beiden Frauen ins Trockene und sanken auf einen Heuhaufen.
Schweigend saßen sie eine Weile nebeneinander und lauschten dem heulenden Sturm und dem Prasseln des Regens auf das Dach der Scheune. Die Birken knarrten unter den Windböen, laute Donnerschläge ließen die Erde beben, und helle Blitze erhellten die Scheune.
Nach einer Weile schaute sich Maria um. Zwei beschädigte Wagenräder standen an einer Wand, davor lag ein verrosteter Rechen ohne Griff. An der anderen Wand lehnte eine Leiter, der einige Stufen fehlten, und über ihnen schien einmal ein Heuboden gewesen zu sein, in dem jetzt große Löcher prangten.
Fröstelnd rieb sie sich über die Arme und schob sich eine feuchte Haarsträhne aus dem Gesicht. »Hoffentlich hört das Gewitter bald auf. Sonst werden wir uns noch den Tod holen, so nass, wie wir sind.«
Elli erwiderte nichts.
Maria musterte sie. Elli saß mit verschränkten Armen neben ihr und zittere am ganzen Leib. Erst jetzt fiel Maria auf, wie blass ihre Freundin war.
»Geht es dir gut?«, fragte sie besorgt.
Elli schüttelte den Kopf. »Wir sollten nicht hier sein. Niemand sollte das. Er wird kommen und uns holen. Der Geist, er bringt Unglück, verstehst du?« Sie sah Maria eindringlich an. »Keiner darf ihn stören, niemand die Scheune betreten. Wir hätten das nicht tun sollen.« Sie schüttelte den Kopf. »Nein, wir hätten weiterlaufen sollen.«
Maria sah Elli verwirrt an. »Aber du hast doch gesagt, dass es nur Gerede von den Leuten ist und es hier keine Geister gibt.«
Scheppernd fiel hinter ihnen ein Eimer zu Boden. Elli und Maria zuckten zusammen und sprangen auf.

»Das ist er. Der alte Heinrich. Er will uns warnen und fortjagen. Das Unglück wird er über uns bringen, hörst du!« Elli packte Maria an den Armen und schüttelte sie.
Maria befreite sich, nahm Ellis Hände in ihre und sah ihr tief in die Augen.
»Es war nur ein Metalleimer, der von der Wand gefallen ist. Es gibt keine Geister, hörst du.«
Ein lauter Donnerschlag erschütterte den Schuppen.
»Wir können jetzt nirgendwo hingehen. Und auch wenn es deinem Geist nicht passt: Er wird es eine Weile mit uns aushalten müssen.« Sie sah Elli eindringlich an.
Erneut schlug die Tür gegen die Schuppenwand und schwang dann knarrend zurück. Regen prasselte aufs Dach. Elli setzte sich zurück auf den Heuhaufen. »Du hast ja recht. Aber ich spüre ihn. Er ist hier, ganz bestimmt.«
Maria setzte sich neben sie. »Wer ist dieser Heinrich eigentlich gewesen?«
Elli zog die Beine an den Körper. »Er war Ziegler und lebte mit seiner Familie auf einem großen Hof am Ortsrand. Seine Frau konnte keine Kinder bekommen. Aber Heinrich wollte immer Kinder haben und hat ihr die Schuld dafür gegeben. An einem Abend hat er sie durchs ganze Haus gejagt und verprügelt. In ihrer Verzweiflung hat sie sich aus einem der Fenster gestürzt.«
»Und was hat das mit diesem Schuppen zu tun?«
»Einige Wochen später hat ein einsamer Wanderer Heinrich erhängt in dieser Scheune hier gefunden. Seitdem spukt er angeblich hier herum. Es heißt, dass seine Seele so lange keine Ruhe finden wird, bis sie ihm verzeiht. Jedem, der in diesem Schuppen Unterschlupf gesucht hat, ist danach etwas zugestoßen. Einige sind sogar gestorben. Niemand sollte diesen Ort betreten.«

Maria blickte sich schaudernd um. »Das auch noch. Dann sind wir jetzt also verflucht. Es geht aber auch alles schief.«
Elli sah sie irritiert an.
»Wie meinst du das?«
Maria hob den Kopf und lauschte. »Hörst du das?«
»Was?«
»Es ist still. Das Gewitter, es ist weitergezogen.«
Sofort sprang Elli auf und griff nach ihrem Korb. »Dann lass uns schnell verschwinden.«
Die beiden hasteten nach draußen. Das Gewitter war abgezogen, es nieselte nur noch. Die Schwüle des Tages war feuchter Kälte gewichen.
Fröstelnd liefen die beiden den Hügel hinunter.
Wenig später tauchten die ersten Häuser Langenschwalbachs auf. Hier hatte der Sturm Spuren hinterlassen. Blätter und Äste lagen auf der Dorfstraße, und auf einem der Höfe hatte eine umgefallene Linde einen Stall unter sich begraben.
Die beiden jungen Frauen passierten das Rothenburger Schlösschen, die Sommerresidenz der Landgrafen, und bogen wenig später in die Brunnengasse ein, in der die Apotheke lag. Das Unwetter hatte die Menschen in die Häuser getrieben, nur eine Gruppe junger Männer kreuzte lachend ihren Weg und verschwand in einer der Schenken. Maria blieb wie erstarrt stehen und blickte der Gruppe hinterher. Da war er wieder. Sie schüttelte den Kopf, schloss die Augen, öffnete sie und starrte fassungslos auf die Tür des Gasthauses. Sie musste sich geirrt haben. Das war ein anderer Mann, es konnte, durfte einfach nicht sein.

*

Fröstelnd zog Christian seinen Umhang enger um sich und ließ seinen Blick über die Wiesen und Felder schweifen. Wolken hingen tief über den Hügeln und wirkten wie grauer Nebel, der zwischen den Baumwipfeln des nahen Waldes waberte. Feiner Nieselregen bedeckte sein Gesicht und seine Kleidung. Seit einer Woche waren sie jetzt schon unterwegs, und all die neuen Eindrücke erschlugen ihn beinahe. Wie klein war seine Welt gewesen, eingesperrt hinter Stadtmauern, in engen Gassen und verwinkelten Gärten. Was waren die Bleichwiesen Frankfurts oder das Mainufer gegen diese unendlichen Weiten, die Hügel und undurchdringlichen Wälder. In einem Ort waren sie an einer großen Burg vorbeigekommen, die auf einem Felsen thronte. Im Angesicht der mächtigen Mauern kam er sich unsagbar klein und unwichtig vor. Willi hatte ihm von einer alten Sage erzählt, in der davon berichtet wird, dass ein Ritter namens Eppo die Burg dort erbaute, wo er die schöne Berta aus den Händen eines Riesen befreit hatte. Willi erzählte ständig irgendetwas und kannte fast zu jedem Ort, den sie passierten, eine Geschichte oder Begebenheit. In einer alten Mühle, die im Lorsbachtal lag, spukte der Geist eines traurigen Mädchens herum, das dort seinen Liebsten suchte. An einer großen Linde, die sich an eine breite Felswand schmiegte, waren angeblich im Krieg zwei Burschen aufgehängt worden, die nachts noch immer dort sitzen würden.
Auch heute saß der schmächtige Händler mit den zarten Händen und den hübschen Augen mit langen Wimpern wieder neben Christian auf dem Bock und musterte die Umgebung skeptisch.
»Wird Zeit, dass wir an den Hügeln vorbeikommen und die Herberge erreichen.« Er wies zum Waldrand hinüber, über dem sich kahle Hügel erhoben, wo verkrüppelte Kiefern ihre krummen Äste in den grauen Himmel streckten.

»Nachts treffen sich dort die Hexen und fliegen um die Bäume. Sie holen sich gern Reisende, die sie in Tiere verwandeln, um sie zu braten.«
Theodor, der die Zügel in der Hand hielt, schüttelte den Kopf. »Glaub ihm kein Wort, Christian. Ist wieder eines seiner Ammenmärchen.«
Willi warf seinem Freund einen verächtlichen Blick zu. »Aber natürlich ist es wahr. Du kannst gern den Wirt fragen. Er wird es dir bezeugen. Fliegen hat er sie schon sehen, um die Bäume, und ihr schrilles Lachen geht einem durch Mark und Bein, hat er gesagt.«
»Zu viel Wein hat er getrunken, der alte Ludwig. Ist ja gern sein eigener Gast«, erwiderte Theobald und blickte zu den Bäumen hinauf. »Hexen, die um Bäume fliegen. So ein Unsinn.«
Christian musterte die Bäume. Sie wirkten tatsächlich unheimlich, wie sie dort oben von grauen Wolken umhüllt wurden.
»Aber du glaubst mir, Christian, oder?« Willi stieß Christian in die Seite.
Christian deutete ein Nicken an. »Kann schon sein, dass es wahr ist. Ich meine, irgendwo müssen die Geschichten ja herkommen.«
Der Wagen rumpelte um eine Kurve. Ein Wiesengrund tat sich vor ihnen auf, in dem ein großer Bauernhof lag, der von Obstbäumen und Pferdeweiden umgeben war.
Theo deutete nach vorn. »Wir sind da. Dort verbringen wir die Nacht und werden hoffentlich nicht von Hexen auf fliegenden Besen heimgesucht.«

Wenig später rumpelten die Fuhrwerke auf den Innenhof des Anwesens. Einige Hühner tippelten in großen Pfützen her-

um, und ein Esel, der neben dem Stall auf einer kleinen Weide stand, blicke sie neugierig an. Theo lenkte das Fuhrwerk neben die Stallmauer und kletterte vom Wagen herab.
»Das hier ist einer der besten Gasthöfe in der Gegend, und die Wirtin ist eine hervorragende Köchin. Ihr Hühnereintopf ist berühmt.«
Christian folgte ihm und musterte den verlassenen Hof skeptisch. Einen gastfreundlichen Eindruck erweckte er nicht, und es duftete weder nach Eintopf noch nach gebackenem Brot.
Otto trat neben Theo und bestätigte Christians Wahrnehmung.
»Seit wann ist es hier so ruhig? Das ist doch seltsam.«
Auch Siggi trat jetzt näher. »Und nach Essen riecht es auch nicht. Sonst lockt einen der einladende Duft in die Gaststube.«
Theo versuchte, seine Freunde zu beruhigen. »Es wird schon nichts sein, gewiss liegt es am Wetter.«
Er öffnete die Tür zur Gaststube, und sie traten ein.
Kälte, Dunkelheit und leere Tische begrüßten sie.
Verwundert schaute sich Theo um. »Also, so etwas habe ich noch nie erlebt.«
Hinter der Theke ging eine Tür auf, und der Wirt betrat den Raum. »Wir haben geschlossen.« Seine Stimme klang abweisend.
Christian wich einen Schritt zurück. Doch so schnell ließ Theo sich nicht abweisen. Er trat näher an die Theke heran, während die anderen ratlos an der Tür stehen blieben.
»Aber wir sind es doch, Theo und die anderen. Wir kommen jedes Jahr um diese Zeit hierher. Weshalb habt Ihr geschlossen? Ist etwas geschehen? Vielleicht können wir helfen.«
Der Wirt, der bereits wieder verschwinden wollte, hielt inne.

»Ach, Ihr seid es, Theo. Ich habe Euch gar nicht erkannt. Natürlich, Ihr kommt immer zu dieser Zeit. Doch heute haben wir geschlossen, denn …«
Er stockte und wischte sich über die Augen.
Theo trat näher und sah seinen alten Freund besorgt an.
»Was ist passiert?«
Der Wirt atmete tief durch. »Anna, sie ist überfallen worden, im Stall.«
Theo schlug die Hand vor den Mund. »Sie ist doch nicht …«
Der Wirt schüttelte den Kopf.
»Nein, aber sie liegt oben in der Kammer und will nicht aufwachen. Wie ein Engel liegt sie da, als würde sie schlafen.« Er schluchzte.
Theo legte den Arm um die Schultern des Wirts und führte ihn behutsam zu einem der Tische. »Wisst Ihr, was vorgefallen ist?«
Der Wirt ließ es zu, dass Theo ihn auf einen der Stühle drückte, und auch der Rest der Gruppe trat näher, setzte sich und sah den Wirt mitfühlend an.
»Es war alles wie immer. Einige Händler waren zu Gast, Leute, die ich schon länger kenne. Anna wollte in den Stall gehen, um nach den Lämmern zu sehen.« Er schluchzte erneut auf. »Als sie nicht zurückkam, hat Hilde sie gesucht und bewusstlos in einem der Pferche gefunden. Blut klebte in ihrem Haar.« Der Wirt hob den Kopf. »Aber ein Gast war zum ersten Mal hier. Ich habe mich noch gefragt, wo der Kerl so plötzlich herkam, denn er war mit Johann und seinen Männern unterwegs, und die bringen eigentlich nie Fremde mit. So ein kleiner rothaariger Bursche, der abends zu viel getrunken hat. Ich habe ihn in den Stall geschickt, damit …« Er schlug sich auf die Stirn. »In den Stall. Anna ist dorthin gegangen. O mein Gott.«

Christian sah den Mann entgeistert an. Ein unbekannter rothaariger Bursche war hier. Also hatte Alfred sich tatsächlich auf den Weg nach Langenschwalbach gemacht. Ihm wurde heiß. Am Ende würde er zu spät kommen, und Maria war schon tot.
Der Wirt blickte in die Runde. »Er könnte es gewesen sein.« Er fuhr sich durchs Haar. »Und ich bin schuld. Wenn ich ihn nicht in den Stall geschickt hätte, dann wäre es nie passiert.«
Theo legte die Hand auf die des Wirtes. »Grämt Euch nicht, mein Freund. Ihr konntet doch nicht wissen, mit was für einem üblen Burschen Ihr es zu tun hattet. Allerdings könnt Ihr auch nur vermuten, dass er es war. Aber vielleicht kommt Anna wieder zu sich und kann berichten, was wirklich geschehen ist.«
»Theo hat recht«, mischte sich jetzt auch Otto in das Gespräch ein. »Ihr konntet nicht wissen, mit wem Ihr es zu tun hattet. Und ich habe auch schon im Stall geschlafen.« Er grinste schief.
Der Wirt warf ihm einen kurzen Blick zu.
»Ja, und das sogar sehr oft.«
Der Wirt atmete tief durch und erhob sich. »Ich werde Hilde holen, damit sie Feuer macht. Ich glaube, es ist noch Eintopf da. Betrachtet euch heute als meine Gäste und habt Dank für die tröstenden Worte.«
Wenig später knisterte ein Feuer im Kamin, Kerzen erhellten den Raum, und der Duft des Essens lag in der Luft. Christian hatte sich von den anderen zurückgezogen, saß, einen Becher Wein in der Hand, am Feuer und starrte in die Flammen. Vor seinem inneren Auge tauchte das Gesicht des rothaarigen Burschen auf, wie er es in der Nacht des Überfalls gesehen hatte. Hämisch hatte dieser gegrinst und wütend auf ihn eingeschlagen. Er hatte Maria beinahe umgebracht, als er mit

voller Wucht zustach. Christian trank von seinem Wein und beobachtete die Holzscheite dabei, wie sie in sich zusammenfielen und Funken in die Höhe stoben. Wäre er doch nie zu seinem Vater gegangen, dann wäre das alles nicht passiert. Er blickte zu den anderen hinüber, die am Tisch saßen und ein Würfelspiel begonnen hatten. Die Wirtin, eine korpulente blonde Frau, brachte den Eintopf und stellte ein mit dampfenden Schüsseln gefülltes Tablett auf den Tisch. Nachdem sie wieder in der Küche verschwunden war, erhob sich Willi von seinem Platz, kam zu ihm herüber und reichte ihm eine der Schüsseln. Christian nahm sie entgegen, und obwohl er hungrig sein sollte, war sein Magen wie zugeschnürt. Willi setzte sich ihm gegenüber auf die Bank. »Warum sitzt du so abseits? Stimmt etwas nicht?«
Christian griff nach dem Löffel und begann zu essen. »Ich wollte nur ein wenig Ruhe haben.«
Willi musterte ihn genauer. »Das glaube ich dir nicht. Mir kam es vorhin so vor, als wüsstest du, von wem der Wirt sprach.«
Christian riss erschrocken die Augen auf.
Willi deutete mit dem Löffel auf Christian. »Ich habe recht, oder?«
Christian nickte. »Ja, ich glaube, ich weiß, wer er ist.«
Willi sagte kauend: »Vor mir kann keiner etwas verbergen, behauptet Theo. Wenn einer lügt, dann sehe ich es sofort.«
»Ich habe nicht gelogen«, erwiderte Christian.
»Das nicht, aber du bist traurig und verzweifelt, und gewiss fährst du wegen einem Mädchen nach Langenschwalbach?«
Christian stellte die Schüssel neben sich auf den Boden.
»Wenn es so offensichtlich ist, warum fragst du dann?«
Willi legte den Kopf schräg. »Weil eine gute Geschichte dahintersteckt, und wie du weißt, liebe ich gute Geschichten.«

Christian blickte zur Theke, hinter der der Wirt stand und Geschirr wusch. »Ja, es steckt eine Geschichte dahinter, und ich wünschte, sie wäre niemals passiert.« Er wies zum Wirt hinüber. »Dann würde es auch seiner Tochter gutgehen.«
Willi rückte näher an Christian heran. »Bitte, erzähl sie mir.«
Christian winkte ab. »Damit du sie weitererzählst, du altes Plappermaul.«
Willi sah ihn entrüstet an. »Niemals würde ich das tun. Ich kann sehr wohl unterscheiden, was für welche Ohren bestimmt ist.«
Die Wirtin trat mit einem Brotkorb näher. »Möchtet Ihr etwas Brot? Es ist von gestern, aber noch gut.«
Christian griff zu und nickte der Frau lächelnd zu. »Vielen Dank, der Eintopf schmeckt köstlich.«
Über das Gesicht der korpulenten Frau huschte ein Lächeln. »Aber Ihr habt doch kaum davon gegessen.«
Sie deutete auf Christians Schüssel, die gut gefüllt auf dem Boden stand.
Er nahm sie rasch hoch.
»Es war zu heiß. Ich hatte mir die Zunge verbrannt und wollte ihn etwas abkühlen lassen.«
Sie nickte und deutete zur Treppe. »Ich habe die Gästezimmer unterm Dach für euch zurechtgemacht. Es gibt nur einfache Strohmatratzen, aber es ist sauber und ohne Flöhe oder Ratten.«
Willi griff nach einem weiteren Stück Brot. »Das ist mehr, als wir erwarten können. Habt Dank dafür.«
Die Frau wollte gehen, doch Christian hielt sie am Arm zurück. »Wir werden für Eure Tochter beten.«
Sie sah ihn verwundert an, und plötzlich schimmerten Tränen in ihren Augen. »Tut das, denn nur Gott allein kann ihr noch helfen.«

Der Dielenboden knarrte unter Christians Schritten, als er einige Zeit später den oberen Flur betrat, der die Erinnerung an Sara weckte. Auch hier war eine Zimmertür unweit der Treppe nur angelehnt, und ein schwacher Lichtschein fiel nach draußen. Seine Großmutter hätte jetzt bereits gefragt, wer gekommen ist. Ein Lächeln huschte über seine Lippen, und er blieb stehen. Er blickte auf die angelehnte Tür und lauschte in die Stille. Er ahnte, wer hinter dieser Tür war, getraute sich aber nicht, hinzugehen.

»Was ist los? Warum gehst du nicht weiter?«, riss ihn Willis Stimme aus seinen Gedanken.

Christian zuckte zusammen.

Willi trat neben ihn und blickte zu der angelehnten Tür hinüber. »Da drin liegt bestimmt das Mädchen. Ist schon ein Jammer. Sie war eine richtige Schönheit.«

»Wieso war? Sie lebt doch noch«, rügte Christian ihn.

»Wer lebt noch?«

Otto und die anderen kamen die Treppe herauf.

»Die Tochter des Wirts. Sie lebt noch.«

»Ach so, de moanst du«, antwortete Ludwig in seinem breiten Dialekt. »Werd aber boid zum Herrgott geh, des arme Hascherl.« Christian sah ihn irritiert an.

Theo, der hinter Ludwig die Treppe heraufkam, übersetzte bereitwillig. »Er meint, dass das arme Kind bald zu Gott gehen wird.« Kopfschüttelnd blickte auch er auf den Lichtschein im Flur. »Lasst uns nach oben gehen.« Er stapfte die Treppe hinauf, die anderen folgten ihm. Doch Christian machte einige Schritte auf die angelehnte Tür zu und schob sie auf.

Der Raum war nicht groß. Ein einfaches Holzbett stand neben dem Fenster, unter dem auf einer Kommode eine Kerze brannte. Ein bemalter Bauernschrank und ein einzelner Stuhl vor dem Bett rundeten die schlichte Einrichtung ab. Er schloss hinter sich die Tür, trat näher, setzte sich ans Bett und betrachtete das Mädchen. Der Wirt hatte mit der Bezeichnung Engel nicht übertrieben. Lockiges blondes Haar rahmte ihr puppenhaftes Gesicht ein, und ihre Nase zierten einige Sommersprossen. Ihre Augen waren geschlossen, ihre Brust hob und senkte sich, und ihre Augenlider flatterten. Traurig sah er sie an. Sie war eine Fremde, ein Mädchen, das er noch nie im Leben gesehen hatte. Er berührte sanft ihre Hände und ließ seinen Kopf neben sie aufs Laken sinken.

»Es tut mir so unendlich leid. Das musst du mir glauben. Ich hab es nicht gewollt. Du musst wieder aufwachen und weiterleben.«

Er schloss die Augen und lauschte ihrem Atem.

»Vielleicht solltest du mir die Geschichte doch erzählen«, sagte hinter ihm Willi. Christian richtete sich erschrocken auf. Willi saß auf der Bettkante und sah ihn liebevoll an.

»Wie lang sitzt du schon hier?«, fragte Christian.

»Schon eine ganze Weile.«

Christian nickte stumm und blickte erneut auf das Mädchen. Willi griff nach seiner Hand. »Ich verspreche dir, dass niemand ein Wort davon erfährt. Manchmal tut es gut, zu reden, denn dann ist es leichter, weil die Sorgen aufgeteilt werden auf wenigstens zwei Leute.«

Christian sah Willi verwundert an. Eine Weile saßen die beiden jungen Männer schweigend nebeneinander. Irgendwann begann Christian zu erzählen. Er sprach von Sara, Edda und dem Brief seiner Mutter. Erzählte von Maria und von den Vorfällen in Frankfurt. Er sprach nicht mehr für Willi, sondern nur noch für sich. Zärtlich begann er, Annas Stirn zu streicheln, und fuhr mit seinen Fingern durch ihr glänzendes Haar.

»Verstehst du jetzt, warum ich nach Langenschwalbach will? Ich muss sie warnen, wenn es nicht bereits zu spät ist.«

Er strich mit den Fingerspitzen sanft über die runden Wangen des Mädchens. »Dieses Mädchen ist wegen mir überfallen worden, denn wäre ich nicht so selbstsüchtig gewesen, dann wäre Alfred niemals hierhergekommen und sie müsste nicht sterben.«

Willi hatte die ganze Zeit über schweigend zugehört. Christian ließ die Hand sinken und sah ihn erwartungsvoll an.

Über das Gesicht des Burschen huschte ein Lächeln. »Siehst du. Jetzt sind die Sorgen aufgeteilt, und du trägst nur noch die Hälfte der Last.« Er blickte auf Anna. »Ihre Haut ist rosig, ihre Wangen sind gerötet. Bestimmt wird sie bald zu sich kommen. Du wirst sehen, wenn wir auf dem Rückweg wieder hier haltmachen, wird sie uns bedienen.«

Christians Lippen verzogen sich zu einem Lächeln. »Du bist ein Zauberer.«

»Warum?«, fragte Willi.

»Weil ich mich jetzt besser fühle.«

Willi stand auf und schlug ihm auf die Schulter.

»Du hast die Last geteilt, und morgen fahren wir nach Langenschwalbach, um dein Mädchen zu retten und diesem Burschen das Handwerk zu legen.«

*

Maria trat vors Haus und ließ ihren Blick über den Kräutergarten bis zum Wald schweifen. Das leuchtend gelbe Kornfeld war abgeerntet und lag trostlos vor den dunklen Tannen, deren Spitzen vom Nebel verhüllt waren. Fröstelnd zog sie ihren Umhang enger um sich und setzte sich auf die Bank vor dem Haus. Der Herbst war nicht mehr fern und damit auch ihre Heimkehr nach Frankfurt. Einerseits vermisste sie die Stadt, doch andererseits fürchtete sie sich davor. Wie würde es sein, nach der langen Zeit in die vertrauten Gassen zurückzukehren? Sie schloss die Augen und atmete die nach Erde und Gras riechende Luft ein. Unruhe und Alpträume hatten sie aus dem Bett getrieben. Träume, in denen sie durch Frankfurt rannte, verfolgt von dem rothaarigen Burschen, den sie seit dem Gewitterabend hinter jeder Ecke vermutete. Oder war er es nicht gewesen und sie hatte ihn verwechselt? Sie strich sich eine Haarsträhne aus dem Gesicht, und ihr Blick fiel auf eine Steinmetzarbeit, die oberhalb des Hauseingangs angebracht war. Es war ein koboldhaft grinsendes Gesicht, mit Hörnern auf der Stirn. Viele solcher Wesen prangten an Hausecken und Hauseingängen. Sie sollten die Häuser und ihre Bewohner vor allem Bösen beschützen. Die steinernen Züge der Statue brachten die Erinnerung an Christian zurück. Sie sah ihn vor sich, wie er vor seinem Schuppen gearbeitet hatte. Sein Blick konzentriert auf sein Werk gerichtet, ein Lächeln auf den Lippen.

»Guten Morgen, Maria. Was treibt dich denn heute schon nach draußen?« Elli riss sie aus ihren Gedanken.

Maria wandte sich um.

Die Freundin stand am Zaun und sah sie fragend an.

»Guten Morgen, Elli. Ich konnte nicht mehr schlafen und wollte an die frische Luft«, antwortete Maria.

Elli legte den Kopf schräg. »Siehst blass aus. Geht es dir gut?«

Maria bemühte sich zu lächeln. »Ja, ich bin nur müde.« Sie stand auf und ging an den Zaun. »Und was treibt dich so früh aus dem Haus?«

Elli deutete auf einen Karren, der neben dem Eingang stand

und mit Tonkrügen gefüllt war. »Ich will zum Weinbrunnen und Wasser holen. Um diese Zeit ist es dort noch ruhig. Willst du mich begleiten und mir beim Abfüllen helfen?«
»Gern«, erwiderte Maria und trat neugierig neben den Karren.
»Für wen füllt ihr das Wasser ab?«
Elli öffnete das Gatter der kleinen Weide, die neben dem Kräutergarten lag, führte den Esel Beppo heraus und spannte ihn vor den Karren.
»Manche Kranke können nicht nach Langenschwalbach kommen, weil sie zu gebrechlich sind. Sie bestellen das Wasser in der Apotheke per Brief, und wir verschicken es dann. Es wird inzwischen bis nach Idstein, Limburg und sogar Mainz geliefert.«
Die beiden Frauen führten den Esel auf die Hauptstraße, die im Dämmerlicht des Morgens ruhig und verlassen wirkte. Sie folgten dem Bachlauf bis zum Weinbrunnen, wo das heilende Wasser in zwei Becken sprudelte. Aus dem vorderen der beiden Becken durfte Wasser zum Befüllen von Fässern und Krügen entnommen werden, während das hintere den Badegästen vorbehalten war. Es gab noch ein rückwärtiges, kleineres Becken, an dem Trinkbecher gefüllt und den Gästen gereicht wurden. Dort waren mehrere Bänke und sogar Liegen aufgestellt, auf denen sich Kranke und Gebrechliche ausruhen konnten.
Maria half Elli, die Tonkrüge vom Karren herabzuheben, und füllte einen nach dem anderen mit dem kalten Wasser. Nach einer Weile fiel ihr auf, wie schweigsam Elli war. Sie stellte einen der Krüge zurück auf den Karren und musterte die Freundin. Erst jetzt bemerkte sie deren umschattete Augen.
Elli griff nach einem weiteren Krug, doch Maria hielt sie zurück. »Du bist sonst nicht so früh am Morgen hier, oder?«

Elli sah sie überrascht an. »Ist es so offensichtlich?«
Maria nickte. »Komm, lass uns kurz rasten.«
Die beiden setzten sich auf eine der Bänke neben dem Brunnen und blickten schweigend auf das sprudelnde Wasser.
»Ich werde aus Langenschwalbach weggehen«, brach Elli das Schweigen. »Meine Eltern haben es mir gestern Abend gesagt. Ich soll den Besitzer eines Gutshofs heiraten, den ich erst einmal im Leben gesehen habe.«
Maria sah sie entgeistert an. »Aber das können sie doch nicht machen.«
Elli zuckte mit den Schultern. »Das habe ich nicht zu entscheiden. Der Mann ist in der Gegend sehr einflussreich und hat meinen Eltern seine Unterstützung für die Apotheke zugesagt. Wir brauchen Geld für neue Instrumente, und Mutter möchte gern ein eigenes Kräuterzimmer anbauen.«
»Aber du liebst die Apotheke und dein Zuhause. Dein Leben sind die Kräuter. Du hast sogar davon gesprochen, dass du die Apotheke weiterführen möchtest. Wie soll das gehen, wenn du weit weg auf einem Hof lebst?«
Elli ließ ihre Hand in das sprudelnde Wasser hängen.
»Das war ein schöner Traum, Maria. Die Wirklichkeit sieht für uns Frauen anders aus. Aber bestimmt kann ich auf dem Hof meinen eigenen Kräutergarten anlegen, die Mutter mit Kräutern beliefern und weiterhin Tees mischen oder Tränke brauen.« Elli wischte sich die Hände an ihrer Schürze ab.
»Wenn da nicht die Angst vor ihm wäre. Er soll sehr aufbrausend sein, und ich bin bereits seine dritte Ehefrau. Ich werde mich um seine fünf Kinder kümmern müssen und bald selbst Mutter werden. Ob dann noch Zeit für einen Kräutergarten und meinen Traum mit dem Kräuterbuch bleiben wird, glaube ich nicht.«
Maria blickte über die Wasserbecken und ballte wütend die

Fäuste. »Warum dürfen wir nicht einfach das tun, was uns gefällt? Alles wird uns verboten und weggenommen. Wir müssen uns unterordnen, ob wir wollen oder nicht. Eine Frau hat nicht zu träumen, darf sich nichts wünschen, nicht frei sein und lieben.«

Elli sah Maria erstaunt an.

Doch genau in dem Moment, als sie etwas erwidern wollte, antwortete ein Mann: »Nicht nur eine Frau.«

Die beiden drehten sich um, und Maria riss die Augen auf.

Christian stand vor ihnen und sah Maria an.

»Auch ich darf nicht träumen und die Frau lieben, die für mich der wichtigste Mensch auf Erden ist.«

Elli schaute von ihm zu ihrer Freundin. »Wer ist das, Maria?«

Maria wandte den Blick nicht von Christian ab. Sie glaubte, einem Geist gegenüberzustehen. Langsam ging sie auf ihn zu. Er streckte seine Hand aus, um die ihre zu berühren, doch sie zog sie zurück.

»Weshalb bist du hergekommen?«, flüsterte sie.

Er sah sie irritiert an.

»Weshalb bist du hier?«, fragte sie erneut, und ihre Stimme wurde lauter. Angst machte sich in ihr breit, denn es konnte nur einen Grund für seine Anwesenheit geben.

»Er ist hier, nicht wahr? Dieser Teufel ist mir gefolgt. Ich habe ihn gesehen und wollte es nicht wahrhaben.«

Sie drehte sich um und griff sich an die Stirn.

Elli sah sie verständnislos an. »Was ist, Maria? Wer ist der Mann, und wer ist gekommen?«

»Er ist wegen mir gekommen, um mich zu töten.«

Christian hob beruhigend die Hände.

»Das werde ich nicht zulassen. Ich werde dich beschützen, das verspreche ich dir.«

Maria schüttelte den Kopf. »So, wie du mich in Frankfurt beschützt hast? Nein, gar nichts wirst du.« Sie hob abwehrend die Hände. Tränen traten in ihre Augen. »Bitte, Christian, fass mich nicht an. Geh wieder, bitte. Es darf nicht sein, durfte es nie.«

Christian sah sie verständnislos an. »Aber er wird dich töten.«

Elli trat neben Maria und legte beschützend den Arm um sie. »Du hast sie gehört. Sie möchte, dass du gehst. Siehst du nicht, wie sehr du sie durcheinanderbringst?«

Maria wandte den Blick ab. »Es geht nicht, versteh doch. Die letzten Wochen, die Erinnerung, Frankfurt, Bärbel und du – das alles verfolgt mich, raubt mir den Schlaf und den Verstand. Geh einfach und fahr zurück zu deinem Friedhof. Es durfte nicht sein, das müssen wir begreifen, wir beide.«

Christian wich einen Schritt zurück, wollte aber nicht aufgeben. »Er wird erneut versuchen, dich zu töten. Willst du das wirklich?«

Elli antwortete für Maria. »Sie will nicht mit dir sprechen, also geh endlich.«

Die ersten Kurgäste tauchten hinter ihnen auf und sahen die drei verwundert an. Einer der Männer mischte sich in das Gespräch ein. »Bedrängt der junge Mann Euch, meine Damen?«

Maria hob den Kopf und blickte Christian in die Augen. »Nein. Er wollte gerade gehen.«

Ihre Stimme klang kalt und schnitt Christian durch Mark und Bein. Mit gesenktem Kopf wich er zurück. Erleichtert atmete Maria auf.

Christian verschwand, und während die Kurgäste sich ihrer Schuhe und Strümpfe entledigten, um in das kalte Wasser des Beckens zu steigen, warf Elli Maria einen langen Blick zu. »Wenn Liebe so ist, dann will ich sie gar nicht haben.«

Maria erwiderte ihren Blick. »Sie ist nicht immer so, weißt

du.« Tränen rannen über ihre Wangen. Sie wischte sie ab, straffte die Schultern und griff nach einem Tonkrug. »Lass uns weitermachen.«
Elli schaute Maria verwundert an, dann griff sie nach einem Krug und tauchte ihn ins Wasser.

*

Maria führte auf dem Rückweg vom Brunnen den Esel am Halfter. Die Sonne blitzte durch den Nebel. Der Esel schnaubte, und sie spürte seinen warmen Atem auf der Haut. Die Häuser, die Straße, die Menschen, ja, selbst Elli, kamen ihr weit entfernt vor. Christian war hier. Er war wegen ihr gekommen, um sie zu beschützen. Sie unterdrückte die aufsteigenden Tränen. Er würde wiederkommen, sie wusste es. So schnell würde er nicht aufgeben. Sie wollte das Gefühl der Freude darüber, dass er plötzlich vor ihr gestanden hatte, nicht zulassen, doch sie konnte es nicht unterdrücken.
Sie erreichten die Apotheke, und Maria führte den Esel in den Hinterhof. Elli, die die ganze Zeit hinter dem Wagen gelaufen war, um auf die Krüge zu achten, trat neben sie.
»Wollen wir uns nicht setzen?«
Maria nickte, und die beiden ließen sich auf der Bank neben dem Haus in die Sonne nieder. Eine Weile sagte keine etwas. Schweigend beobachtete Maria einen Sommervogel dabei, wie er über die Blumen flatterte. Er war ein Pfauenauge. Seine roten Flügel schimmerten, und seine blauen Punkte strahlten. Das Pfauenauge flog über sie hinweg und setzte sich in die Zweige des Holunderbusches, an dem bereits dicke, schwarze Beeren hingen.

Elli folgte ihrem Blick. »Warum nennst du sie eigentlich Sommervögel?«
Maria sah die Freundin verwundert an. »Ist das wichtig?«
Elli zuckte mit den Schultern. »Nein, aber ich würde es gern wissen. Diese Tiere waren für dich schon immer etwas Besonderes.«
Ein weiteres Pfauenauge flatterte näher und gesellte sich zu dem anderen.
Maria erklärte wehmütig: »Mein Vater hat sie immer so genannt. Für ihn waren sie Sommervögel und ein Wunder der Schöpfung. Ich habe ihnen ein Buch gewidmet.«
»Ein Buch. Wo ist es? Hast du es dabei?«, fragte Elli.
Maria schüttelte den Kopf. »Ich habe es in Frankfurt zurückgelassen, bei einem guten Freund. Langsam frage ich mich, ob ich es überhaupt zu Ende schreiben und malen soll. Sommervögel, das Malen – vielleicht ist das alles doch nicht wichtig.«
Erneut traten Maria Tränen in die Augen. Die beiden Sommervögel flogen in den Kräutergarten.
»Für Christian sind sie ein Symbol für die Unsterblichkeit der Seele. Gleich einem bunten Sommervogel steigen sie nach dem Tod des Menschen auf und sind frei, können fliegen, wohin sie möchten.«
»Christian ist der junge Mann von eben, oder?«
Maria schaute den Sommervögeln nach. »Er ist Totengräber auf dem Peterskirchhof. Er meißelt sie in Grabsteine, weißt du.« Maria schluckte. »Sie sehen auf dem Stein so lebendig aus, als könnten sie fliegen. Er ist sehr talentiert.«
»Und du liebst ihn.« Ellis Stimme klang wehmütig.
Maria schüttelte den Kopf. »Das darf ich nicht. Er ist ein einfacher Totengräber, ein Mann ohne Ansehen und Geld. Ich bin eine Merian und werde niemals mit ihm zusammen sein dürfen.«

Elli griff nach Marias Hand. »Er ist der wahre Grund für eure Reise nach Langenschwalbach, oder?«
Maria nickte, Tränen rannen über ihre Wangen. »Es ist alles schiefgegangen, und jetzt verfolgt mich ein wildfremder Mann und trachtet mir nach dem Leben.« Sie schüttelte den Kopf. »Und das alles nur, weil ich Christian liebe und glücklich sein wollte. Weil wir glücklich sein wollten.«
Der Esel war noch immer vor den Karren gespannt und wurde unruhig. Elli erhob sich, schirrte ihn ab und führte ihn zurück zu seiner Weide, die direkt neben dem Kräutergarten lag. Als sie das Gatter öffnete, trat Maria neben sie.
»Was mache ich denn jetzt? Christian hat recht. Dieser Alfred trachtet mir nach dem Leben und wird bestimmt bald hier auftauchen.«
Der Esel trabte auf die Weide, während Elli das Gatter schloss. Maria legte ihre Hand auf die der Freundin. »Elli, er ist gefährlich. Bereits in Frankfurt wäre ich fast umgekommen, und Bärbel ist wegen ihm und seinen Freunden gestorben.«
Elli warf Maria einen kurzen Blick zu. »Hier wird ihm das nicht gelingen. In Zukunft wirst du nirgendwo allein hingehen, ich oder ein anderer werden dich stets begleiten. Ich werde mit Gerhard, unserem Knecht, reden, dass er die Augen offen halten soll.« Sie nickte Maria aufmunternd zu.
»Lass den Kopf nicht hängen. Du bist nicht allein. Gemeinsam werden wir eine Lösung finden, ganz bestimmt.«
Elli griff nach dem kräftigen Strick, mit dem das Gatter verschlossen wurde. Maria bemerkte, dass ihre Hände zitterten. Sie atmete tief durch. Gar nichts war gut, und so schnell würde es das auch nicht mehr werden.

Kapitel 16

Alfred wühlte in einer Werkzeugkiste und griff nach einer Schachtel mit Nägeln. Als er aufblickte, winkte ihm sein neuer Arbeitskollege, der auf dem Dach eines halbfertigen Hauses stand, bereits ungeduldig zu. Triumphierend hielt er die Nägel in die Höhe und reichte sie einem weiteren Zimmermann, der auf der Leiter stand. Er konnte sein Glück noch immer nicht fassen. Gestern in der Schenke hatte er in einer Ecke gesessen und gegrübelt, wie es weitergehen sollte, und jetzt hatte er Arbeit bei einem Zimmermann. Am Nebentisch hatte trübe Stimmung geherrscht, weil einer der Männer vom Dach gefallen und seinen Verletzungen erlegen war. Eigentlich wollte er sich in das Gespräch nicht einmischen, doch dann war ihm in den Sinn gekommen, dass genau diese Männer eine neue Zukunft bedeuten würden. Bereits bei seiner Ankunft in Langenschwalbach waren ihm die vielen Baustellen aufgefallen. Der Ort gefiel ihm. Kurgäste tummelten sich in den Schenken, und überall wurde fröhliche Musik gespielt. Auch er hatte seine Füße in das kühle Nass des Weinbrunnens gesteckt und die Kraft dieses Wassers gespürt. Frankfurt verschwand immer mehr aus seinem Kopf, und der Gedanke, hier zu bleiben, um ein neues Leben zu beginnen, keimte in ihm auf. Ein Leben ohne die hämischen Bemerkungen der anderen und die mitleidigen Blicke der Dirnen, die ihn nicht für voll nahmen.

Mutig hatte er die Männer angesprochen, und jetzt stand er

hier und war einer von ihnen. Sogar eine Kammer war ihm angeboten worden. Er musste sie zwar mit Hans und Ludwig, den beiden anderen Gesellen, teilen, aber seine Strohmatratze war sauber bezogen, und es gab keine Ratten oder Flöhe. Einmal am Tag gab es sogar eine warme Mahlzeit, was die schlechte Bezahlung in seinen Augen wettmachte. Er griff nach einem Hammer und folgte seinem Kollegen aufs Dach. Heute galt es, den Dachstuhl fertigzustellen, denn am Abend wollte der Eigentümer Richtfest feiern. Vorsichtig balancierte er über die schmalen Balken, setzte sich neben seinen neuen Kollegen und griff nach einem der langen Nägel.

Ludwig hielt in seiner Arbeit inne und lächelte ihn aufmunternd an. »Wie fühlt er sich an, der erste Arbeitstag hier draußen. Ist schon anders als in Frankfurt, oder?«

Alfred zuckte mit den Schultern. »Dach ist Dach.«

Ludwig machte eine weit ausholende Geste. »Aber in Frankfurt ist der Ausblick gewiss nicht so wunderschön wie hier.«

Alfred ließ zum ersten Mal seinen Blick über die Häuser und Gärten bis zum Wald schweifen. »Ja, da magst du recht haben. In Frankfurt sieht man nur Dächer, dicht an dicht, und aus den Gassen und Höfen zieht oft ein unangenehmer Geruch nach oben, der kaum zu ertragen ist. Hier riecht der Wind nach frischem Gras und Blumen.«

Ludwig setzte den ersten Nagel auf den Balken und versenkte ihn mit wenigen Schlägen im Holz. Seine Hände waren kräftig und seine Arme muskulös. Er war groß und stämmig und hatte ein breites, rotwangiges Gesicht und blondes Haar, das sich am Hinterkopf bereits lichtete. Er hatte Alfred von seiner Frau und seinen vier Kindern erzählt. Das fünfte sei gerade unterwegs. Stolz hatte in seinen Augen gestanden. Eine ande-

re Art von Stolz, wie sie Johannes oder Conrad ausstrahlten. Er wirkte nicht hochmütig, sondern herzlich.
Alfred hatte sich in seiner Nähe sofort wohl gefühlt.
Er setzte ebenfalls einen Nagel auf das Holz und versenkte ihn mit drei kräftigen Schlägen.
Ludwig bemerkte es wohlwollend. »Da haben wir genau den richtigen Mann in der Schenke getroffen. Du bist sehr geschickt.«
Alfred errötete. Lob war er nicht gewohnt. Normalerweise hackten alle auf ihm herum, denn seinen Kollegen in Frankfurt konnte er nur selten etwas recht machen.
Ludwig schlug einen weiteren Nagel in das Holz. »Was treibt dich eigentlich nach Langenschwalbach?«
Alfred hielt in seiner Arbeit inne. Marias Bild stieg vor seinem inneren Auge auf. Sie war irgendwo in einem dieser Häuser, und er hatte versprochen, dass sie nicht nach Frankfurt zurückkehren würde. Doch ihm war klargeworden, dass er ihr nichts tun wollte. Sie war ein Teil des Lebens, das er gerade hinter sich ließ. Er hatte sich von Conrad überreden lassen, war in die Sache hineingezogen worden und hatte keinen anderen Ausweg mehr gesehen, als sie zu töten. Doch jetzt gab es eine andere Lösung, denn hier war er frei, weit weg von Conrad und seinen Rachegelüsten.
Ludwig sah Alfred fragend an.
Alfred schlug einen weiteren Nagel ins Holz. »Es gibt keinen bestimmten Grund. Eine Gruppe Händler ist mir über den Weg gelaufen, und ich habe einfach entschieden, mit ihnen zu fahren.«
Ludwig sah Alfred skeptisch an. »Aber hast du denn keine Familie in Frankfurt? Frau und Kind, die du zurücklässt?«
Alfred schüttelte den Kopf und versuchte zu lächeln. »Nein, bisher habe ich die Richtige noch nicht gefunden.« Er zuckte

mit den Schultern. »Aber vielleicht läuft sie mir ja hier über den Weg.«

Ludwig schlug ihm grinsend auf den Rücken. »Man sieht es dem Ort nicht an, aber es gibt hier viele hübsche Mädchen. Es könnte schon sein, dass deine Zukünftige darunter ist.« Er zwinkerte Alfred zu. »Ich mag dich. Es wäre schön, wenn du hierbleiben würdest.« Er griff nach einem weiteren Nagel und hob den Hammer. »Und die Arbeit wird uns gewiss nicht ausgehen. Immer mehr Kurgäste kommen, und viele weitere Gasthäuser, Schenken und Badehäuser sind geplant.«

Alfred griff nach dem nächsten Nagel, dabei rutschte ihm der Hammer aus der Hand. Dumpf schlug er unter ihnen im Haus auf.

Ludwig lachte auf. »Das passiert mir auch oft.« Er hob die Schachtel mit den Nägeln in die Höhe. »Wenn du unten bist, kannst du gleich noch ein paar neue Nägel mitbringen. Lang werden die hier nicht mehr reichen.«

Alfred balancierte vorsichtig zur Leiter und kletterte nach unten. Als er dort ankam, sagte ein Mann hinter ihm: »So sieht man sich wieder.«

Er erstarrte.

»Mit mir hast du nicht gerechnet, oder?«

Alfred drehte sich langsam um.

Christian stand vor ihm, die Hände in die Seiten gestemmt, und sah ihn herausfordernd an.

Alfred schaute nach oben, doch von Ludwig war nichts zu sehen.

Christian folgte seinem Blick. »Hier weiß niemand, dass sie es mit einem Mörder und Frauenschänder zu tun haben, nicht wahr?«

Alfred wurde kreidebleich. »Schweig«, zischte er. »Ich bin keines von beidem.«

Christian machte einige Schritte auf ihn zu, bis er vor ihm stand. Zum ersten Mal wurde sich Alfred klar darüber, wie groß und kräftig der Totengräber war. Er überragte ihn um einen Kopf, hatte kräftige Schultern und muskulöse, braungebrannte Arme.

»Ach ja, und was ist mit Bärbel, Marias Magd? Oder mit dem Mädchen in dem Gasthof, in dem du gewesen bist?«

Alfred fuhr zurück. Woher wusste der Totengräber davon? Er versuchte, gleichgültig zu wirken, was ihm allerdings nicht gelang. »Ich kenne kein Mädchen in einem Gasthof, und die Sache mit der Magd war ein Unfall. Niemand wollte, dass sie zu Schaden kommt.«

Christian schubste ihn nach hinten. Er verlor die Geduld.

Alfred stand jetzt mit dem Rücken zur Wand und blickte um sich wie ein Tier in der Falle.

»Aber sie ist zu Schaden gekommen, ist tot, und Maria hast du fast umgebracht. Gib zu, dass sie der Grund für deine Reise nach Langenschwalbach ist. Ihr seid belauscht worden, du und Conrad, in dem Hinterhof, als ihr alles besprochen habt. Frankfurts Wände haben Ohren, immer und überall.«

Alfred fühlte sich immer unwohler. Erneut schweifte sein Blick zum Dachfirst. Doch noch immer war nur das Geräusch von Ludwigs Hammer zu hören. Abwehrend hob er die Hände.

»Conrad wollte das, nicht ich. Ich bin hergekommen, ja, das stimmt. Aber ich habe meine Pläne geändert. Soll das Mädchen doch machen, was es will. Ich werde hier bleiben und Frankfurt den Rücken kehren, hab die Stadt sowieso nie gemocht.«

Christian wich ein Stück zurück und sah den rothaarigen Burschen skeptisch an.

Alfred machte einen Schritt auf ihn zu. »Das musst du mir glauben. Ich werde ihr nichts tun. Für mich ist die Sache erledigt, und ich werde auch nicht nach Frankfurt zurückkehren, versprochen.«
Christian wollte Alfred zu gern glauben. Doch seine Augen, die unruhig zwischen ihm und dem Dachfirst hin und her tanzten, sprachen eine andere Sprache.
Ludwigs Stimme war zu hören. »Alfred, wo bleibst du denn? Ich brauche Nägel.«
Flehend sah Alfred Christian an. »Bitte, ich schwöre bei Gott, ich werde sie nicht anfassen.« Er hob die Hand.
Christian deutete ein Nicken an. Er wollte ihm glauben, auch wenn sein Gefühl ihm etwas anderes sagte.
Erleichtert stieß Alfred den Atem aus.
Ein anderer Zimmermann legte Christian von hinten die Hand auf die Schulter. »Kann ich Euch helfen, mein Freund?«
Christian warf Alfred einen langen Blick zu, dann drehte er sich um. »Nein, nein.« Er hob die Hände. »Ich habe mich nur im Haus geirrt.«
Erleichtert sank Alfred in sich zusammen.
Christian deutete auf ihn. »Euer Kollege war so freundlich und hat mir den Weg erklärt.«
Er hob seinen Hut zum Gruß.
»Guten Tag, die Herren, und frohes Schaffen weiterhin.«
Ein Lächeln auf den Lippen, trat Christian zurück auf die Straße.
Der Zimmermann schaute ihm verwundert nach und kratzte sich am Kopf. »Komischer Kauz. Sieht gar nicht so aus, als hätte er gute Manieren.«
Erneut drang Ludwigs Stimme an Alfreds Ohr. »Was ist denn jetzt? Wir müssen fertig werden.«
Der Mann klemmte sich seinen Hammer unter den Arm und

stieg auf die Leiter. »Komm, Alfred. Ludwig hat recht. Heute Abend in der Schenke haben wir noch genügend Zeit für ein Schwätzchen.«

Alfred nickte und holte seinen Hammer. Doch als er die Leiter ergriff, um nach oben zu steigen, zitterten seine Hände. Sein altes Leben hatte ihn eingeholt.

*

Christian betrat die Schenke. Warme, nach Schweiß, Bier und gebratenem Fleisch riechende Luft schlug ihm entgegen. Der Gastraum war überschaubar und fast vollständig leer. Nur wenig Licht fiel durch drei kleine Fenster herein. Dunkle Balken durchzogen die niedrige Decke, die den Raum noch kleiner erscheinen ließen. An einem der hinteren Tische saß Willi und winkte ihm zu. Sein hageres Gesicht wirkte im Licht der Kerze, die vor ihm auf dem Tisch stand, noch schmaler, doch seine Augen leuchteten. Christian setzte sich neben ihn. Ein rothaariges Mädchen, kaum älter als fünfzehn Jahre, trat näher, grüßte knapp und sah ihn abwartend an. Unruhig spielte sie an ihrem Schürzenband herum, als wäre es ihr peinlich, die Männer anzusprechen. Christians Blick fiel auf den halbvollen Becher Bier, der auf dem Tisch stand.

»Bring mir dasselbe«, sagte er und deutete auf den Krug. Die Magd nickte und verschwand hinter der Theke.

Willi schaute ihr wohlwollend nach. »Sie bedient das erste Jahr. Ich kenne sie, seit sie ganz klein war. Sie wird immer hübscher. Bestimmt rennen dem Wirt die jungen Männer schon die Stube ein.«

Das Mädchen kam zurück und stellte den Krug auf den Tisch. Sie lächelte schüchtern. Christian musterte sie genauer. Willi hatte recht. Sie hatte ebenmäßige Gesichtszüge, weiße, zarte Haut, die wie Porzellan im Kerzenlicht schimmerte, und rotes Haar, das sie am Hinterkopf hochgesteckt und unter ein Tuch geschoben hatte.

Christian griff zu seinem Bierkrug und trank. Angenehm überrascht schaute er in den Krug. »Sie brauen das Bier selbst«, sagte Willi, der seinen Blick richtig deutete. »Etwas Besseres wirst du in der ganzen Gegend nicht bekommen.« Er nahm ebenfalls einen kräftigen Schluck und stellte seinen Krug auf den Tisch. »Und, was ist jetzt mit dem Burschen? Hast du ihn gefunden?«

Christian wischte sich den Schaum von den Lippen. »Ja, ich habe ihn gefunden und mit ihm geredet. Er sagte, er will von alledem nichts mehr wissen und ein neues Leben anfangen. Er wird sie nicht anrühren, das hat er mir versprochen.«

»Und das glaubst du ihm?«, fragte Willi skeptisch.

Christian atmete tief durch. »Ich weiß es nicht. Er hat sich ehrlich angehört.«

»Hast du ihn auf das Mädchen in dem Gasthof angesprochen?«

»Er hat es geleugnet.«

»Was sonst«, seufzte Willi und trank von seinem Bier. »Ich trau dem Frieden nicht. So einer wie der ist gefährlich.«

Die Tür wurde geöffnet, und eine Gruppe Handwerker betrat lachend den Raum. Alfred war unter ihnen. Christian wies zur Tür und murmelte: »Da ist er. Sprich leiser.«

Die Gruppe setzte sich ans Fenster, und einer von ihnen, ein großer Blonder mit breiten Wangen und buschigen Augenbrauen, bestellte lauthals Bier.

Alfreds Blick war auf Christian gerichtet. Wieder lag in seinen Augen dieser unstete Ausdruck.
Willi musterte ihn scheinbar beiläufig. »Er wirkt unruhig. Hast du den Blick gesehen, den er dir zugeworfen hat?«
Christian deutete ein Nicken an und leerte seinen Krug in einem Zug.
Die Magd brachte den Burschen das Bier und ertrug tapfer die anzüglichen Bemerkungen, ließ es sogar zu, dass einer der Männer die Hand an ihre Taille legte.
Die Tür ging erneut auf, und ein leichter Luftzug ließ die Kerzenflamme flackern.
Eine blonde Frau mit einem Korb am Arm betrat die Gaststube und wurde sofort von dem rothaarigen Mädchen freudig umarmt.
»Guten Abend, Elli. Das ist aber schön, dass du die Kräuter heute noch bringst.«
Fasziniert musterte Christian die Blonde. Sie war zierlich, schmal und zerbrechlich. Ihr helles Haar schimmerte im Licht der Kerzen wie Gold, und ihre blauen Augen strahlten Herzlichkeit aus. Sie lief an ihm vorbei, und sogleich nahm er den Duft von Lavendel wahr.
Willi stützte das Kinn auf und blickte ihr versonnen hinterher. »Ist sie nicht zauberhaft. Ist dir schon jemals so ein schönes Wesen begegnet? Nicht mal in meinen kühnsten Träumen habe ich so eine elfengleiche Gestalt gesehen.«
Christian, der von der jungen Frau ebenfalls hingerissen war, nickte.
Die Tür hinter der Theke fiel laut ins Schloss und holte ihn in die Wirklichkeit zurück. Erneut ließ er seinen Blick zum Nachbartisch schweifen.
Die Männer dort waren ebenfalls verstummt und schauten wie gebannt auf die geschlossene Tür, auch Alfred. Doch in

seinem Blick stand nicht die gleiche Bewunderung und Ehrfurcht vor so viel Schönheit wie in den Blicken der anderen Männer. In seinen Augen blitzte es gefährlich. Christian bemerkte, wie er unter dem Tisch die Fäuste ballte. Auch heute Nacht würde er sein Lager wieder vor Marias Haus aufschlagen und Wache halten, denn er traute Alfred nicht über den Weg.

*

Maria schaute auf die hellen Streifen, die das Mondlicht, das durch die Ritzen der Fensterläden fiel, auf ihr Bett malte. Sie konnte nicht schlafen. Wenn sie die Augen schloss, sah sie Christians Gesicht vor sich, und seine Worte tanzten durch ihren Kopf. Am liebsten hätte sie heute Morgen ihre Arme um seinen Nacken geschlungen und ihn geküsst, so sehr hatte sie sich gefreut, ihn wiederzusehen. Doch die Vernunft hatte sie innehalten lassen. In seinen Augen hatte der Ausdruck von Verzweiflung und Sorge gelegen. Er war so verändert gewesen, hatte eingeschüchtert gewirkt. Heute war nicht der selbstbewusste Totengräber vor ihr gestanden, den sie so sehr liebte.

Sie drehte sich auf die Seite und unterdrückte ein Schluchzen. Der Ruf eines Uhus war zu hören. Das Geräusch durchbrach die nächtliche Stille. Maria schob die Hand unter ihre Wange, lauschte dem Laut und versuchte, das Bild des Vogels heraufzubeschwören: wie seine gelben Augen in der Dunkelheit leuchteten und er nach Beute Ausschau hielt.

Ihre Mutter drehte sich schnaubend auf den Rücken und be-

gann zu schnarchen. Seit ein paar Tagen plagte eine Erkältung sie, zudem war ihre Nase verstopft.
Pfefferminzgeruch hing in der Luft, der von der kleinen Schale ausging, die auf ihrem Nachttisch stand. Mutter hatte sich mit Ellis Mutter angefreundet, und die beflissene Apothekerin hatte ihr sogleich ihr Pfefferminzöl empfohlen. Die beiden Frauen verbrachten viel Zeit miteinander, und Johanna mischte inzwischen sogar mit großer Begeisterung Teesorten. Sie hatte lange Briefe nach Frankfurt geschrieben und von dem großen Kräutergarten der Freundin geschwärmt. Und sie hieß es sogar gut, dass Maria Elli dabei unterstützte, das Kräuterbuch anzulegen, auch schimpfte sie zum ersten Mal nicht, wenn sich Maria der Malerei widmete. Ihre Mutter war verständnisvoller, offener und freundlicher geworden. Auch wenn sie sich oft anschwiegen, war ihr Umgang miteinander anders als in Frankfurt.
Erneut erklang der Ruf des Uhus, und ein anderes Tier schien ihm zu antworten. Marias Blick wanderte zum Fenster. Der Schein des Mondes tauchte den Raum in diffuses Licht. Die Blumen auf dem Tisch warfen Schatten auf den Boden, die wie unheimliche Hände nach ihr greifen wollten. Sie schauderte. Die Mutter drehte sich auf die Seite, ihr Schnarchen wurde lauter. Maria schlug die Bettdecke zurück und griff nach ihrem Morgenmantel, der neben ihrem Bett auf einem Stuhl lag. Wenn das so weiterginge, würde sie heute gar nicht mehr schlafen können.
Sie schlich zur Tür, öffnete sie leise und verließ den Raum. Im Treppenhaus roch es nach dem Eintopf vom Abendbrot. Sie ging die Treppe hinunter, griff nach dem Schlüssel, der neben der Haustür an einem Nagel hing, und schloss die Tür auf. Draußen empfing die Kühle der Nacht sie. Maria blieb stehen, atmete die frische, nach Erde und Blättern

duftende Luft ein und blickte zum vollen Mond hinauf, neben dem am klaren Himmel die Sterne verblassten. Plötzlich fühlte sie sich wie ein Teil der Natur, und die üblen Gedanken verschwanden.

Allerdings meldete sich ein dringendes menschliches Bedürfnis, und sie machte sich auf den Weg zum Abort, der neben dem Hühnerstall lag.

Auf dem Rückweg bemerkte sie, dass in der Apotheke noch Licht brannte. Sie trat durch das Gartentor, das die beiden Grundstücke miteinander verband, öffnete die Tür zur Apotheke und schlüpfte in den engen Hausflur, der von Kräuterdüften erfüllt war. Das Mondlicht fiel durch die Zweige des Holunderbusches auf die Treppe. Sie drückte die Türklinke der Hintertür nach unten, die zur Apotheke führte. Es war nicht abgeschlossen, wie sie vermutet hatte. Sie betrat eilig den Raum und zog die Tür hinter sich wieder zu. Die schweren Regale mit ihren vielen Schubladen standen vor ihr. Tiegel und Töpfe reihten sich aneinander, und auf den Schubladen prangten Schilder aus Messing, die deren Inhalt verrieten und im fahlen Licht golden glänzten. Langsam ging Maria auf die Theke zu. Ihre Schritte hallten auf dem Steinboden wider. Ein schmaler Lichtschein fiel durch die Tür, die ins Hinterzimmer führte. Maria schob sie auf. Wie sie vermutet hatte, saß Elli an dem kleinen Sekretär neben dem Fenster, die Schreibfeder in der Hand. Erschrocken blickte sie auf, als Maria sich räusperte.

»Meine Güte, hast du mich erschreckt«, sagte sie und ließ die Feder sinken.

Maria trat näher. »Ich habe Licht gesehen und vermutet, dass du es bist.«

Sie schaute der Freundin über die Schulter und lächelte.

»Du arbeitest an dem Buch weiter.«

Elli schrieb die Bildlegenden neben Marias Zeichnungen. Sie hatte eine wunderschöne Handschrift, und wie angekündigt waren die Beschreibungen der Pflanzen in Latein.
Sehnsüchtig blickte Maria auf die Worte, die sie kaum verstand, und sank neben Elli auf einen Stuhl.
»Latein. Die Sprache, die mir wie eine Mauer alles vorenthält. Mutter wird niemals verstehen, warum ich sie erlernen muss. So viele Dinge bleiben mir verschlossen, weil ich sie nicht verstehe. Valentin hat wunderbare Bücher in seinen Regalen stehen, und ich kann mir nur die Bilder ansehen und ab und an ein Wort übersetzen.«
Elli verschloss das Tintenfass und reinigte die Feder mit einem Tuch. »Wer ist Valentin?«
»Mein Freund. Ein Buchhändler. Er hat einen wunderbaren Laden in der Alten Mainzergasse, wo ich früher mit der Mutter gewohnt habe.«
»Du bist mit einem Buchhändler befreundet.« Elli schüttelte lächelnd den Kopf. »Das bringst auch nur du fertig. Jedes andere Mädchen würde er bestimmt aus seinem Laden werfen.«
Maria verschränkte die Hände vor der Brust und verzog das Gesicht. »So ist er nicht. Er ist ein warmherziger, liebevoller Mann. Manchmal etwas schrullig und oft vergesslich, aber eine treue Seele. Er bringt mir Bücher über Sommervögel mit und übersetzt mir Texte, wenn ich sie für wichtig halte. Sogar Übungsbücher hat er mir geschenkt, damit ich Latein lernen kann. Aber allein ist das schwierig.« Maria ließ den Kopf hängen.
Elli blickte auf ihren Text. »Vater wollte nicht, dass ich Latein lerne. Aber Mutter unterstützt mich. Sie hat es sich ebenfalls allein beigebracht, was schwer gewesen sein muss. Sie hat mir davon erzählt, wie sie als junges Mädchen nachts in die

Scheune geschlichen ist, mit einem kleinen Heft, das sie von einem der Nachbarsbuben bekommen hatte.«

Maria seufzte. »Latein bedeutet Wissen, und das dürfen wir Frauen uns nicht aneignen. Mein Lehrer hat mich immer geschlagen, wenn ich ihn danach gefragt habe. Er ist sogar zu uns nach Hause gekommen, um mit der Mutter darüber zu sprechen. Frevelhaftes Verhalten und teuflisches Denken hat er mir vorgeworfen, und danach durfte ich lange Zeit nicht mehr in die Schule gehen. Erst nachdem mein Stiefvater einen Brief an die Schulleitung geschrieben hat, konnte ich wieder am Unterricht teilnehmen.«

Eine Bewegung am Fenster ließ Elli aufblicken. Das laute Fauchen zweier Katzen drang an ihr Ohr. Erleichtert lachte sie.

Maria bemerkte ihre Anspannung und nahm ihre Hand. »Ich habe auch Angst. So schreckliche Angst, dass ich kaum atmen, geschweige denn schlafen kann.«

Elli blickte in die Dunkelheit hinaus. »Die Sorge um dich hält mich wach. Oder warum sollte ich sonst um diese Zeit hier unten sitzen? Ich habe dich gerade wiedergefunden und will dich nicht verlieren.«

Maria sah Elli gerührt an. »Aber das wirst du. Bald werden wir zurück nach Frankfurt gehen, und vielleicht werde ich niemals wieder hierherkommen.«

Elli schüttelte den Kopf, und ein Lächeln huschte über ihre Lippen. »Du wirst wiederkommen. Dieser Ort ist in deiner Seele, ein Teil von dir. Er zieht dich an, ob du willst oder nicht.«

Erneut hörten sie das laute Fauchen der Katzen.

Elli drückte lächelnd Marias Hand. »Willst du heute bei mir schlafen? Ich kann dir nur die Hälfte meines Bettes anbieten, aber …«

»Gern«, unterbrach Maria sie. »Liebend gern will ich bei dir schlafen.«
Elli klappte das Buch zu und löschte das Licht. Dann schlichen die beiden jungen Frauen durch die dunkle Apotheke zurück in den Flur und die Treppe nach oben.
Wenig später lagen sie eng aneinandergekuschelt in Ellis Bett. Maria fühlte den warmen Körper der Freundin am Rücken, lauschte ihrem gleichmäßigen Atem, und zum ersten Mal seit langem fühlte sie sich geborgen und sicher. Sie schloss die Augen, atmete den sanften Rosenduft, den Ellis Kopfkissen verströmte, ein und fiel in einen tiefen, traumlosen Schlaf.

*

Als Maria die Augen öffnete, war der Raum von dem grauen Licht des frühen Morgens erfüllt. Sie drehte sich um, doch der Platz neben ihr war leer. Verwundert setzte sie sich auf. Wo war Elli? Erst jetzt fiel ihr die ärmliche Einrichtung der winzigen Kammer auf. Neben dem einfachen Bett, in dem eine Strohmatratze lag, die bereits einige Löcher aufwies, stand ein winziger Holztisch, darauf eine heruntergebrannte Talgkerze. Dem Waschtisch an der gegenüberliegenden Wand fehlte eine Schublade, die Waschschüssel darauf hatte einen Sprung. Der Raum hatte nichts Einladendes an sich, wäre da nicht der feine Rosenduft gewesen, den die Bettwäsche verströmte, wie Maria dachte. Doch dann bemerkte sie die kleine Schale auf dem Fensterbrett. Sie stand auf und betrachtete sie. Rote Rosenblätter schwammen in rosa gefärbtem Wasser. Sie tunkte ihren Finger hinein und schnupperte daran.

Ein Geräusch ließ sie aufblicken. Es hörte sich wie Schreien an. Alarmiert eilte sie zum Fenster und ließ ihren Blick über den Hinterhof schweifen. Erneut ein lautes Schreien. Hastig schlüpfte sie in ihre Schuhe und rannte, nur mit ihrem Hemd bekleidet, aus dem Raum, lief die Treppe hinunter und öffnete die Haustür. In der Nacht musste es geregnet haben, denn die Luft war feucht und kühl, und auf dem Hof standen Pfützen. Achtlos rannte sie hindurch, spürte die Nässe nicht, die in ihre Schuhe drang.
Erneut drang ein Aufschrei an ihr Ohr, der vom Schuppen zu kommen schien. Jetzt war sie sich sicher: Es war Elli.
Sie erreichte den Schuppen und erstarrte.
Elli lag auf dem Boden, die Röcke nach oben geschoben und die Beine gespreizt. Auf ihr lag Alfred. Sein rotes Haar stand wild von seinem Kopf ab, und er hatte seine Hände um ihren Hals gelegt.
Sofort stürzte Maria auf die beiden zu und begann, auf Alfred einzuschlagen.
»Verschwinde, du Ausgeburt der Hölle«, brüllte sie und schlug Alfred auf den Kopf. Alfred ließ von Elli ab und stand auf. Maria begann lauthals zu kreischen.
»Hilfe! Hilfe!«
Alfred wollte nach ihr greifen. Doch in diesem Moment kam Christian in den Schuppen gerannt und ging auf den rothaarigen Burschen los.
»Lass sie in Ruhe, du verdammter Bastard. Hast du nicht schon genug angerichtet – du und all die anderen in Frankfurt.«
Überrascht sah Alfred Christian an. Er wurde blass und hob abwehrend die Hände, doch Christian war rasend vor Wut. Die ganze Nacht hatte er vor Marias Haus ausgeharrt, damit ihr nichts geschehen würde. Er musste eingeschlafen sein, erst

Marias Schreie hatten ihn aufgeschreckt. Beinahe wäre er zu spät gekommen. Maria saß neben ihrer Freundin am Boden. Blut rann aus Ellis Mund.
Christian deutete auf die beiden. »Sieh sie dir an. Wolltest du das? Was bist du für eine Bestie, der Teufel persönlich.«
Alfred wich immer weiter zurück. Christian schubste ihn wie eine Marionette vor sich her. Alfred stolperte rückwärts durch die Kräuterbeete, die Augen weit aufgerissen.
»Ich wollte das nicht. Das musst du mir glauben. Gar nichts wollte ich, wirklich!«
Christian stieß ihn erneut gegen die Brust. Alfred krachte mit dem Rücken gegen die Mauer. »Das bin nicht ich«, brabbelte er, schüttelte den Kopf und starrte seine Hände an. »Ich wollte das nicht.«
Christian blieb vor ihm stehen. »Du bist der Teufel, gefährlich und unberechenbar.«
Alfred hob den Kopf und schaute Christian an. Wut schäumte in ihm auf. Was bildete sich dieser Totengräber ein, ihn so zu beschimpfen. Wäre er nicht gewesen, hätte er niemals jemandem weh getan, hätte es den ganzen Ärger nicht gegeben. Er machte einen Schritt nach vorn.
»Nicht ich bin der Teufel, sondern du. Du trägst die Schuld daran, dass alles so gekommen ist. Bernhard Waldschmidt wird dich niemals als Sohn anerkennen, du Brut einer Hure.«
Christian zückte das Messer, das Willi ihm für alle Fälle mitgegeben hatte, ging auf Alfred los und rammte es ihm mit voller Wucht in die Brust.
Alfred riss die Augen auf und blickte an sich hinunter. Ein roter Fleck breitete sich auf seinem Hemd aus. Langsam rutschte Alfred an der Mauer nach unten. Christian starrte ihn erschrocken an. Eine rote Blutspur zog sich über die grauen Schiefersteine. Alfred sank leblos zur Seite.

Er hatte ihn umgebracht, getötet, einfach so. Hatte er das gewollt? Christian drehte sich um. Maria saß noch immer neben ihrer Freundin. Zwei Frauen und ein Mann waren zu ihr getreten. In der einen Frau erkannte Christian Marias Mutter. Die andere kniete sich neben Maria und tastete nach Ellis Puls. Er machte einige Schritte auf die Gruppe zu, blieb aber ein Stück entfernt von ihnen stehen. Er hatte das nicht gewollt – wollte niemals jemanden verletzen.
Der Mann trat neben ihn und schlug ihm auf die Schulter. »Das habt Ihr gut gemacht, mein Freund.«
Wie durch eine Wand drangen seine Worte an Christians Ohr. Weinend ließ die Frau ihren Kopf auf Ellis Brust sinken. Maria kniff die Augen zusammen, Tränen rannen über ihre Wangen. Ihr Haar hatte sich gelöst und hing wirr um ihr Gesicht. Johanna ging neben ihrer Tochter in die Hocke und wollte sie tröstend in die Arme nehmen. Doch Maria stand auf und trat auf Christian zu. Wut funkelte in ihren Augen.
»Verschwinde!«, flüsterte sie, den Blick voller Verzweiflung. Ihre Stimme wurde lauter. »Verschwinde endlich aus meinem Leben. Du bringst nur Unglück und Leid, hörst du! Sie sterben, siehst du nicht, sie sterben alle.« Sie sank in sich zusammen. Ihre Mutter eilte zu ihr, nahm sie in den Arm und sah Christian verächtlich an.
»Geh endlich.«
Christian wich zurück. Er fühlte sich wie ein Tier in der Falle. Der Mann von eben sah ihn verwundert an. Den Blick auf Maria gerichtet, taumelte Christian nach hinten. Er wollte sie glücklich machen, sie lieben und ehren, doch er brachte Unglück und den Tod. Das Schicksal wollte nicht, dass er glücklich war.
Maria hatte ihre Finger in die Schultern ihrer Mutter gekrallt und schluchzte laut. Johanna strich ihr sanft über den Rücken

und sah Christian dabei zu, wie er immer weiter zurückwich. Ihr Blick war kalt und abweisend. Er erreichte das Ende des Kräutergartens und stieß gegen den kleinen Holzzaun, der diesen begrenzte.
Aus den umliegenden Häusern kamen weitere Menschen neugierig näher. Panik machte sich in ihm breit. Er drehte sich um und floh auf die Straße, Marias Worte im Ohr.

Kapitel 17

Edda trat auf die Drachengasse hinaus, die viele noch Lengadergasse nannten. Noch immer hatte sie das Gesicht des toten Mädchens vor Augen, das eben sein Leben ausgehaucht hatte, ein Leben, das bei einer Engelmacherin geendet hatte. An solchen Tagen hasste sie es, eine Hübschlerin zu sein. Sie atmete tief durch und streckte ihr Gesicht der Sonne entgegen. Neben ihr öffnete sich eine Tür, und zwei Knaben, abgewetzte Ledertaschen auf dem Rücken, traten auf die Gasse. Ein Hund lief bellend an ihr vorüber, verfolgt von einem weiteren struppigen Artgenossen, der bei den Knaben stehen blieb, um sich streicheln zu lassen.

Lächelnd beobachtete Edda die beiden Jungen, wie sie, mit den Hunden spielend, die Gasse verließen. Sie waren unschuldige Kinder, vielleicht eifrige Schüler. Bald würden aus ihnen Männer werden – und Freier. Sie folgte den Kindern seufzend. Wie viele von ihnen hatte sie in den Gassen groß werden sehen, um sie irgendwann bei sich zu begrüßen. Wenn es um Frauen ging, waren sie alle gleich. Ob einfacher Dachdecker, Kaufmann oder reicher Sohn einer Patrizierfamilie: Alle kamen sie zur alten Edda.

Sie trat auf den Weckmarkt, über den sich der mächtige Dom erhob. Fuhrwerke, mit Mehlsäcken beladen, kreuzten ihren Weg, und sie musste achtgeben, nicht unter die Räder zu kommen. Vor der Mehlwaage am Garküchenplatz standen die Wagen dicht an dicht. Einige der Händler waren ungeduldig und schimpften lautstark, damit es schneller voranging, andere standen beieinander und verhandelten die Preise. Bäckerjungen liefen an ihr vorüber, beachteten sie kaum. Nur einer drehte sich nach ihr um und glotzte auf ihr Kleid, das mehr zeigte, als notwendig war. Edda liebte das morgendliche Treiben an der Mehlwaage. Dieser Platz machte das bunte Leben dieser Stadt genauso aus wie der Hafen mit seinen vielen Booten. Eine Unruhe, die sie brauchte, besonders an Tagen wie diesen, an denen sie den Tod und die Vergänglichkeit im Trubel der Stadt vergessen wollte.

Sie senkte den Blick, als sie in der Fahrgasse an einem Stammkunden vorbeilief, der mit seiner Frau vor einem der Häuser stand. In der Schnurgasse, die sie wenig später erreichte, saßen überall vor den Höfen Frauen und Mägde an den hölzernen Rädern und gingen schwatzend ihrer Arbeit nach. Die Sonne tauchte die bunten Fachwerkhäuser mit ihren roten Sandsteinsockeln in warmes Licht. Der September hüllte den Main in die ersten Morgennebel, und auf den Wiesen am Ufer schimmerten die Liebfrauenfäden der Spinnen, die den Herbst ankündigten.

Die alte Hübschlerin bog in die Steingasse ab. Die Sonne verschwand, und die Düsternis der Häuser umhüllte sie genauso wie der beißende Gestank, der aus den Hinterhöfen drang. Sie beschleunigte ihre Schritte. Über ihr waren Wäscheleinen gespannt, die von Fenster zu Fenster reichten. Irgendwo knarrte eine Tür, eine Frau kreischte laut. Im Vorbeigehen blickte Edda in einen der Hinterhöfe: Eine offene Steintreppe, an der einige Stufen beschädigt waren, führte ins Haus. Davor standen ein Webstuhl und ein Besen. Ein Fensterladen hing schief in einer Angel, und eine Ziege stand angebunden vor einem klapprigen Schuppen und starrte sie an. Ein Fenster öffnete sich quietschend. Edda zuckte zusammen. Eine Frau schüt-

telte ein Leintuch aus. Plötzlich legte sich eine Hand von hinten auf ihren Mund, sie wurde in eine Nische zwischen zwei Häusern gezogen und an eine Hauswand gedrückt. Sie erkannte Conrad Waldschmidt, der sie kalt anstarrte. Schon immer hatte sie den Machthunger und die Gier in den Augen des jungen Mannes gesehen, doch jetzt ging ihr sein Blick durch und durch. Dieser Mann war zu allem fähig.
Er grinste. »Guten Morgen, Edda. Schön, Euch zu sehen.«
Edda schluckte.
»Was wollt Ihr, Conrad?«, fragte sie und erschrak vor ihrer eigenen Stimme, die sich atemlos und zittrig anhörte.
Er schaute in ihren Ausschnitt und zog eine Augenbraue hoch.
»Mit Eurer Schönheit ist es wohl nicht mehr allzu weit her.« Er griff an ihre Brust und knetete sie. »Doch die Brüste sind noch fest und rund.«
Sie riss sich los und versuchte, auf die Gasse zu fliehen, doch er zog sie zurück. Wütend spuckte sie ihm ins Gesicht. Er wischte die Spuke lachend weg. »Feucht seid Ihr noch immer, meine Liebe. Nur nicht an der richtigen Stelle.«
Sie sah ihn herausfordernd an. »Ihr habt mir gewiss nicht aufgelauert, damit ich Euch gefügig sein soll. Also, sagt endlich, was wollt Ihr?«
»Ihr wisst, was ich will.«
»Und wenn schon«, erwiderte sie, »ich kann Euch nicht helfen.«
»Ich will mehr über diesen Juden und seine Mutter erfahren.«
Edda warf ihm einen abschätzenden Blick zu. »Auch wenn ich etwas wüsste, Euch würde ich es nicht sagen. Und jetzt lasst mich los. Ich habe nichts mit Euch zu schaffen.«
Er schob sie noch ein Stück weiter in die Nische. Panik stieg in Edda auf. Hier hinten würde niemand sie schreien hören.

»Du Hure wirst mir jetzt sagen, was ich von dir hören will, oder die Leute dieser Gasse werden bald einen grausigen Fund machen.« Er zückte ein Messer und hielt es an ihren Hals. Das Metall fühlte sich kalt an auf ihrer Haut, und sie spürte seinen Atem an ihrem Ohr. Er flüsterte: »Du sagst mir jetzt, was es mit diesem Totengräber auf sich hat, oder ich schneide dir die Kehle durch, was für die bekannteste Hübschlerin der Stadt ein trauriges Ende wäre. Gestorben in der Gosse, wie eines ihrer sündhaften Mädchen.«

»Meine Mädchen sind nicht sündhaft.« Sie ballte wütend die Fäuste. Sollte er sie doch töten. Sie würde nichts sagen. Agnes' Antlitz tauchte vor ihrem inneren Auge auf, und plötzlich hatte sie das Gefühl, sie wäre bei ihr und würde sie schützen.

»Seine Mutter hieß Agnes. Woher sie kam, weiß ich nicht«, log Edda und hoffte, dass er den Schwindel nicht bemerkte. »Sie stand einfach da, ein Bündel in der Hand wie viele der Mädchen.«

Er drückte das Messer fester in ihren Hals. »Du lügst. Du weißt ganz genau, wo sie herkam.«

Edda hielt seinem Blick stand. »Nein, ich weiß es wirklich nicht. Alle stehen einfach da, manche erzählen nur wenig. So war auch sie.«

Er ließ sie los und sah sie zweifelnd an. »Aber sie hat den Burschen in deinem Hurenhaus geboren, oder?«

Edda griff sich an den Hals. Blut klebte an ihren Fingern.

»Ja, aber dann ist sie fortgelaufen, mit dem Jungen. Ich hörte davon, dass sie sich das Leben genommen hat. Mehr weiß ich nicht.« Sie gewann ihre Fassung zurück und straffte die Schultern.

Conrads Gesichtsausdruck hatte sich verändert. Er schien ihr zu glauben. »Mein Vater war bei dir?«

Sie nickte und lehnte den Kopf an die kühle Wand. »Er war bei mir und wollte wissen, woher der Junge wusste, dass er sein Vater ist. Aber das wusste ich auch nicht.«
Skeptisch musterte Conrad die alte Hübschlerin. Sie schien die Wahrheit zu sagen. Welchen Vorteil sollte sie auch davon haben, einer Jüdin und ihrem Balg zu helfen.
Er schaute in die Gasse. Lautes Kindergeschrei hatte eingesetzt, und ein Junge blickte neugierig zu ihnen in die Nische.
»Was macht ihr beiden denn da?«, fragte er grinsend.
Conrad steckte sein Messer in die Tasche und scheuchte den Burschen mit einer Handbewegung fort.
Dann wandte er sich wieder Edda zu und griff grob nach ihrem Oberarm. Er beugte sich zu ihr vor, und sie konnte seinen Atem auf der Haut spüren, nahm den Pfefferminzduft seines Tabaks wahr. »Wenn ich erfahre, dass du gelogen hast, dann gnade dir Gott.« Er ließ sie los und eilte davon.
Erleichtert sank sie in sich zusammen und schloss die Augen. Agnes' Gesicht tauchte abermals vor ihrem inneren Auge auf. Das Mädchen, das sie wie eine Tochter in sich trug und nicht hatte beschützen können, weder vor sich selbst noch vor dem Leben.

*

Ursula Waldschmidt stand, einen Becher Kaffee in den Händen, am offenen Fenster, schaute in ihren Garten und genoss den Duft der Rosen. Die erste Blüte war vorüber, doch nachdem sie die Stöcke zurückgeschnitten hatte, waren neue Knospen in die Höhe geschossen, die jetzt ihre ganze Blütenpracht der warmen Septembersonne entgegenstreckten. Das

Hoftor war um diese Zeit noch geschlossen, sie konnte jedoch das Rattern der Räder, das Weinen von Kindern und die laute Stimme ihres Nachbarn hören, der ein gut florierendes Geschäft besaß und sich bereits seit Tagen für die bevorstehende Herbstmesse vorbereitete. Sie selbst mochte die Messezeiten nicht besonders. Der Trubel, die vielen Menschen und fremden Gesichter erschreckten sie mit jedem Jahr mehr. Als junges Mädchen hatte sie diese Zeit stets als aufregend empfunden und war gern zwischen den bunten Ständen und in den weitläufigen Messehallen unter dem Römer herumgelaufen. Bis zum Mainufer hatten die Händler ihre Stände aufgebaut und boten alles feil, was man sich nur wünschen konnte: Stoffe, Lederwaren, Bücher, Seifen, Duftöle, Wundertränke, wundersame Tiere aus fremden Ländern, Gewürze, Geschirr, Fässer, Schuhe und Filzwaren. Jeden Abend wurden Theaterstücke aufgeführt, und es wurde bis spät in die Nacht musiziert und getanzt.
Sie wandte sich vom Fenster ab, stellte ihren Becher auf den Spülstein und richtete das Tablett mit dem Morgenmahl für ihren Gatten. Bernhard hatte sich erholt, war aber noch zu schwach, um die Treppe nach unten zu steigen. Sie schob die Schüssel mit dem Haferbrei zurecht, füllte den Becher mit Kräutertee, denn Kaffee hatte der Arzt strengstens verboten. Danach stellte sie eine kleine Vase mit einer Rose darin neben den dampfenden Teebecher und machte sich auf den Weg nach oben.
Als sie den Raum betrat, saß Bernhard aufrecht im Bett und lächelte sie an. »Guten Morgen, meine Liebe. Was würde ich nur ohne dich tun.«
Ursula stellte das Tablett auf den Tisch neben dem Bett, ging zum Fenster und öffnete die Läden.
»Es ist ein warmer Tag heute. Vielleicht möchtest du dich

nachher ans Fenster oder in den Garten setzen. Gemeinsam könnten wir die Treppe schaffen.« Sie drehte sich um. »Es scheint dir besserzugehen.« Ihre Stimme klang teilnahmsloser, als sie gewollt hatte.
Obwohl sie sich vorgenommen hatte, das Gespräch mit Edda zu vergessen, konnte sie es nicht. Diese Agnes war in ihm, stand in seinem Blick. Immer wieder hatte sie sich einzureden versucht, dass eine gute Ehefrau keine Eifersucht empfinden durfte. Aber auch nach all den Jahren musste sie sich eingestehen, dass sie für ihren Gatten mehr empfand als bloße Freundschaft. Sie war ihm Gefährtin, Ehefrau und Beraterin. Sie hörte zu, gab Ratschläge, pflegte ihn. Wie konnte es nur sein, dass eine tote Frau zwischen sie getreten war und dies alles zunichtemachte? Sollte sie sich ihr ergeben, dem Geist, der sie bis in den Schlaf verfolgte? Oder sollte sie um ihren Mann kämpfen? Um eine Liebe, die sie eben erst entdeckt hatte.
Bernhard schob die Decke zurück, setzte sich auf die Bettkante und griff nach seinem Stock, der neben ihm an der Wand lehnte.
»Garten wäre wunderbar, meine Liebe. Aber vielleicht ein andermal. Ich fühle mich noch zu schwach.«
Er erhob sich schwankend. Sofort eilte sie zu ihm, um ihn zu stützen. Stöhnend setzte sich der Pastor in einen schweren, mit rotem Stoff gepolsterten Lehnstuhl. Schweißperlen schimmerten auf seiner Stirn. Bereits die wenigen Schritte strengten ihn an. Ursulas Hoffnung schwand. Er würde sich nicht mehr erholen, niemals wieder der kraftstrotzende Mann werden, der für seine Überzeugungen eintrat, auch gegen alle Widerstände.
»Warum siehst du mich so seltsam an?«, fragte er, griff nach seiner Stoffserviette und steckte sie in sein Hemd. Er mochte

krank sein, doch ein paar Tischsitten wollte er sich trotzdem bewahren.
Ursulas Hände zitterten, als sie Honig in den Tee träufelte.
»Es ist nichts. Ich hatte nur gehofft, dass es dir heute bessergehen würde.«
Bernhard Waldschmidt griff nach ihrer Hand und hielt sie fest. »Das ist es nicht, oder?«
Sie blickte auf und erschrak vor seinen Augen, die sie eindringlich ansahen.
»Nein, das ist es nicht«, gab sie zu und sank in den Stuhl, der seinem gegenüberstand.
»Agnes ist es, nicht wahr?«
Sie riss erschrocken die Augen auf.
Er lehnte sich zurück und atmete tief durch. »Du weißt, dass sie vor dir war.«
Ursula nickte.
»Warum also interessierst du dich für sie?«
Sie griff nach einer der Servietten, knetete sie nervös und suchte fieberhaft nach einer Antwort. »Vielleicht, weil ihr Sohn hier gewesen ist und nach dir gefragt hat.«
Sein Blick veränderte sich. Die Freundlichkeit, die eben in seinen Augen gestanden hatte, verschwand. »Er ist nicht mein Sohn.«
Sie schüttelte den Kopf. »Ich bin nicht blind, Bernhard. Er ist dir wie aus dem Gesicht geschnitten, außer den Augen gleicht er dir aufs Haar.«
Bernhard wurde blass.
»Es sind ihre Augen, nicht wahr?«
Er beugte sich nach vorn und sah sie herausfordernd an.
»Und wenn es so ist? Es hat keine Bedeutung. Sie ist tot, und ich werde ihn niemals als Sohn anerkennen. Er ist ein Balg, das Kind einer Hure, das niemals zu uns gehören wird.«

Ursula stand auf, trat ans Fenster und blickte über die Dächer und Giebel, die bis zum Horizont reichten. »Aber sie ist hier bei uns in diesem Raum. Ich kann sie spüren.« Sie drehte sich um. »In deinen Augen, in jedem Blick von dir steht ihr Schmerz, ihr Kummer. Du liebst sie noch immer, ob tot oder lebendig.«

Er schloss die Augen.

Abwartend schaute Ursula ihren Gatten an. Er ballte die Hände zu Fäusten, doch zurückhalten konnte er die Tränen nicht, die ihm über die Wangen liefen. Er öffnete die Augen. Sie sank vor ihm in die Hocke und legte den Kopf in seinen Schoß.

»Ich will dich nicht teilen müssen, hörst du? Nicht mit einem Geist aus der Vergangenheit, der keine Ruhe gibt.«

Bernhard Waldschmidt hob die Hand und begann zögernd, seiner Gattin übers Haar zu streichen. Sie hatte recht. Agnes verfolgte ihn, und er wusste nicht, wie er sie loswerden sollte. Behutsam streichelte er die Frau, der er vor Gott Liebe und Treue versprochen hatte, in guten und in schlechten Zeiten. Doch in seinem Inneren brodelte es. Unvermittelt begann er, hemmungslos zu weinen – um sich selbst, um Agnes, wegen Ursula und um seinen Sohn, den er nicht kennenlernen durfte, obwohl er es sich so sehr wünschte.

*

Conrad drehte den Kopf zur Seite, ballte die Fäuste und versuchte, seine aufsteigende Wut unter Kontrolle zu bekommen. Abermals blickte er in das Zimmer seines Vaters. Da saßen sie, seine Eltern, in ihre Verzweiflung versunken. Sie wirkten hoffnungslos, sprachlos. Noch nie hatte er seinen Vater so erlebt. Der starke Mann und der Pastor, der für seine Überzeugungen eintrat, war hinter einer bröckelnden Fassade verschwunden, die ihm Angst machte. Gelogen, diese gottverdammte Hure hatte ihn angelogen, nur um ihre eigene Haut zu retten. Hätte Alfred Christian in jener Nacht an der Friedhofsmauer doch nur getötet, dann wäre jetzt alles gut. Doch wäre es das wirklich? War es nicht eher der Geist dieser Frau, der ihm seinen Vater nahm? Eine Hübschlerin griff mit ihren kalten, toten Händen nach seiner Familie und ließ sich nicht vertreiben. Er trat von der Wand weg, ging die Treppe nach unten und blieb einen Moment ratlos im Flur stehen.

Die Küchentür war offen, der Geruch von Kaffee stieg ihm in die Nase. Die Magd stand am Herd. Elsbeth war kaum sechzehn Jahre alt, hatte Sommersprossen und aschblondes Haar, das sie sittsam unter einer Haube versteckte. Sie hinkte leicht. Mutter hatte sie aus Mitleid eingestellt, denn anderswo wollte sie keiner haben. So war sie immer, glich stets die Härte des Vaters aus, war der ruhende Pol im Haus.

Elsbeth drehte sich um und zuckte zusammen, als sie Conrad bemerkte. Über ihm waren Schritte zu hören. Er blickte zur Treppe. Gleich würde seine Mutter kommen, und er müsste ihren Blick ertragen, zuschauen, wie sie ihre Tränen abwischte.

»Guten Morgen, Herr. Möchtet Ihr einen Becher Kaffee?«

Elsbeths Stimme drang wie durch eine Wand an sein Ohr. Erneut hörte er die Schritte seiner Mutter. Er wollte sie nicht sehen, konnte ihren Anblick nicht ertragen. Er eilte zur Tür, öffnete sie und rannte über den Hof auf die Gasse hinaus. So durfte es nicht weitergehen, es musste irgendwie beendet werden, ein für alle Mal. Er folgte der Zeil und überlegte, was er jetzt tun sollte. Fuhrwerke, mit Heu, Äpfeln und Kürbissen beladen, kreuzten seinen Weg. Ein Mann, der ein Fass vor sich herrollte, zog seinen Hut zum Gruß. Frauen mit Körben auf dem Rücken, Kinder an der Hand, liefen an ihm vorüber. Die Hoftore waren weit geöffnet, und zwischen den Häusern hing Wäsche zum Trocknen. Die bevorstehende Herbstmesse vertrieb den Müßiggang des Sommers und brachte Leben in die Stadt. Die Gasthäuser richteten ihre Zimmer her, die Händler ihre Geschäfte. Überall wurde gehämmert, gestrichen, ausgelüftet und poliert. In der Fahrgasse wurden bereits die ersten Stände aufgebaut, bunt und voller Farben. Conrad mochte die Herbstmesse besonders gern, denn da füllten sich die Gassen noch einmal mit Leben, bevor sich die Trostlosigkeit des Winters auf sie herabsenkte.

Meckernd kreuzte eine Ziege seinen Weg, ein kleiner Junge folgte ihr schimpfend. Conrad blieb vor dem Eingang zur Judengasse stehen. Die Tore waren weit geöffnet. Viele Menschen strömten an ihm vorüber in der Hoffnung, einen Kredit zu erhalten oder etwas in Zahlung geben zu können. Jeder machte zu Messezeiten Geschäfte, auch die Juden.

Er wusste, dass er hier die Antworten auf seine Fragen finden würde, doch scheute er plötzlich davor zurück. Er sollte die alten Geister ruhen lassen, hatte seine Mutter gesagt. Er schloss die Augen und sah sie vor sich, wie sie weinend vor ihrem Vater gekniet hatte, den Kopf auf seinem Schoß. Entschlossen tauchte er in die Menge ein und steckte schnell im Gedränge fest. Vor den Läden hatten sich lange Schlangen gebildet. Heute war kein guter Tag, um Rache zu üben, dachte er und schob sich an einem alten Mütterchen vorbei, das sich einen goldenen Kerzenleuchter unter den Arm geklemmt hatte. Doch er konnte und wollte nicht mehr warten. Er musste endlich wissen, was es mit dem Totengräber Jeremia auf sich hatte. Wenn er wirklich der Sohn einer Jüdin gewesen war,

dann würde sein Vater vielleicht zur Vernunft kommen. Er passierte die Synagoge, die mit weit geöffneten Toren die Leute zum Gebet einlud. Auf den Stufen standen die Männer mit ihren seltsamen Hüten und vollen Bärten. Voller Abscheu schaute er sie an. Wie hatte es sein Vater nur so weit kommen lassen können? Er erreichte den Laden der alten Frau, die ihm vor kurzem bereitwillig Auskunft gegeben hatte. Sie stand in der Gasse und beriet eine junge Frau, die eine Öllampe kaufen wollte. Er hastete weiter, senkte seinen Kopf. Sie sollte ihn nicht erkennen, ihm nicht zuwinken, nicht fröhlich oder höflich sein. Sie war eine Jüdin, kein Mensch zum Gernhaben – auch wenn er sie gernhaben wollte.
Conrad erreichte das Haus des Arztes. Die Tür war geschlossen. Er blieb davor stehen und atmete tief durch. Er durfte die Kontrolle nicht verlieren. Wut brachte niemanden weiter. Er musste genaue Fragen stellen, um ans Ziel zu kommen. Ein junger Bursche rempelte ihn an. Conrad machte einen Schritt auf die Tür zu, griff an die Klinke, zögerte. Doch dann öffnete sich die schäbige Holztür wie von selbst, und eine Frau mittleren Alters schaute ihn fragend an.
»Guten Tag, mein Herr. Kann ich Euch helfen?«
Er wollte zurückweichen, aber er war hergekommen, um endlich Gewissheit zu haben.
»Ist der Arzt da?«, fragte er ruppig
Die Frau wich einen Schritt zurück. Das Lächeln auf ihrem Gesicht verschwand. »Die Praxis ist noch geschlossen, wenn Ihr das meint«, erwiderte sie. Ihre Stimme klang kühl. »Wir öffnen heute erst am Nachmittag. Ein Notfall, in der Nacht …«
»Das ist mir gleichgültig.« Conrad machte einen Schritt auf sie zu. »Ich muss mit ihm reden, sofort.«
Erneut wurde er angerempelt, und laute Rufe kündigten ein

Fuhrwerk an. Er verlor die Geduld und schob die Frau in den dunklen Flur.

Abwehrend hob sie die Hände. »Ihr könnt hier nicht einfach reinkommen.«

Eine Tür wurde geöffnet, und Elias schaute in den Flur. »Was ist hier los, Tara?«

Tara deutete auf Conrad. »Der Herr ließ sich nicht davon abbringen einzutreten.«

Elias musterte Conrad. Krank sah der Mann nicht aus. »Was gibt es denn so Wichtiges?«

Conrad trat näher an Elias heran. »Ich muss mit Euch reden, sofort.«

Elias musterte ihn, und plötzlich erkannte er, wen er vor sich hatte. Er wurde bleich und wich zurück.

Conrad folgte dem Juden in sein Sprechzimmer und blickte sich um. Eine klapprige Behandlungsliege, ein Ofen, auf dem ein Teekessel stand, einige Regale, vollgestopft mit Gläsern, Dosen, Verbandsmaterial und Büchern. Am Fenster stand ein Schreibtisch, wenn man den schäbigen Tisch als solchen bezeichnen konnte. Er trat in die Mitte des Raumes, während Elias die Tür schloss und fragte: »Also, weshalb seid Ihr hier?«

»Könnt Ihr Euch das nicht denken?«

Elias setzte sich auf die Tischkante und sah sein Gegenüber ruhig an. »Ich kann mir gar nichts denken.«

Conrad trat an das Regal, nahm eine der Dosen heraus, öffnete sie, roch daran, verzog das Gesicht und schloss sie schnell wieder.

»Fingerhut, in Alkohol eingelegt. Ein gutes Mittel bei Herzleiden, oder ein Gift, wenn man es falsch dosiert.«

Conrad sah ihn abschätzend an.

»Aber Ihr seid gewiss nicht gekommen, um Euch mit mir über Kräuterkunde auszutauschen, oder?«

In Conrad brodelte es. Dieser Jude war anmaßend und überheblich. »Nein, sicher nicht. Auch wenn es interessant wäre herauszufinden, wie viele gottesfürchtige Menschen Ihr schon auf dem Gewissen habt, mit diesem Gift, wie Ihr es nennt.«

Conrad trat neben den Juden, hob die Hand und strich über die starren Schläfenlocken. Elias wich zurück.

»Warum nennt Ihr den Totengräber Jeremia und nicht Christian?«

Elias zuckte zusammen, nur ganz kurz, doch Conrad bemerkte es. »Welcher Jeremia?«

Conrad trat einen Schritt zurück und sah den Juden herausfordernd an. »Ihr wisst genau, von wem ich rede. Er ist doch Euer Freund.«

Elias verschränkte die Arme vor der Brust, und ein hämisches Lächeln breitete sich auf seinen Lippen aus. »Ja, ich kenne den Totengräber. Aber ich frage mich, wie Ihr darauf kommt, dass er Jeremia heißt. Sein Name ist Christian, von einem anderen weiß ich nichts.«

Conrad begann allmählich, die Geduld zu verlieren. »Ihr lügt. Er wird Jeremia genannt, und ich will wissen, warum.«

Er ging auf Elias zu und packte ihn am Kragen.

Abwehrend hob der Jude die Arme. »Wenn ich es doch sage: Er heißt Christian und ist Totengräber auf dem Peterskirchhof. Mehr weiß ich nicht.« Seine Stimme zitterte.

Conrad verlor nun endgültig die Fassung und stieß Elias gegen die Wand. »Lügt mich nicht an. Ihr wisst mehr über ihn. Also raus mit der Sprache, verdammter Jude.«

Elias, der mit so einem Gewaltausbruch nicht gerechnet hatte, lehnte an der Wand und rang nach Luft. Wieder schüttelte er den Kopf. »Er mag mein Freund sein, aber ich weiß auch nicht mehr als Ihr.«

Conrad schleuderte Elias in die andere Ecke des Raumes. Eines der Regale geriet ins Wanken, ein Glas fiel klirrend zu Boden.

Conrad beugte sich ganz nah zu dem Juden vor. »Du lügst. Ich kann es in deinen Augen sehen.«

Elias schluckte. In seinem Kopf wirbelten die Gedanken durcheinander. Er durfte Christian nicht verraten, seine Familie nicht in den Schmutz ziehen. Das hatten Sara und auch Agnes, Gott hab sie selig, nicht verdient. Erneut schüttelte er den Kopf. »Ich weiß nicht, was Ihr von mir wollt. Wenn es Euch so wichtig ist, dann fragt ihn doch selbst.«

Conrad begann, auf Elias einzuschlagen. Abwehrend hob Elias die Hände und versuchte, die Tür zu erreichen, um vor diesem Verrückten zu fliehen, der wütend zu brüllen begonnen hatte.

»Zerstören will er mich. Dieser verdammte jüdische Balg. Er macht alles kaputt – meine Familie, meine Zukunft. Aber das werde ich nicht zulassen, verstehst du!«

Ein harter Schlag traf Elias im Nacken, und Blitze zuckten vor seinen Augen. Er spürte Conrads festen Griff an seinem Oberarm, seine Hand rutschte von der rettenden Türklinke ab. Mit voller Wucht schleuderte Conrad den Juden zurück in den Raum und schlug ihm mitten ins Gesicht. Elias verlor das Gleichgewicht, taumelte, stürzte nach einem weiteren Schlag, der sein Jochbein traf, nach hinten und traf mit dem Hinterkopf hart auf dem Rand des Ofens auf.

Keuchend blieb Conrad stehen. Elias lag zusammengesunken vor ihm auf dem Boden, den Kopf seltsam verdreht.

Conrad wich zurück. Panik machte sich in ihm breit. Er hatte sich vergessen, die Kontrolle verloren. Er schaute in Elias' Gesicht, auf die Locken, die er eben noch berührt hatte.

Die Augen waren starr, sie blickten ihn an, überrascht, nicht ängstlich. Conrad wich weiter zurück und stieß gegen die Tür, die Klinke drückte sich in seinen Rücken. Panisch drehte er sich um und riss die Tür auf, rannte durch den Flur hinaus auf die Gasse und in den Trubel, der ihn verschluckte.

Kapitel 18

Jacob Marrell schaute Maria mitfühlend in die Augen. »Irgendwann wird der Schmerz bedeutungslos, verblasst und verliert seinen Schrecken.«

Maria erwiderte ausdruckslos seinen Blick. Ihre Augen waren leer, ohne Glanz, ohne Leben. Er hatte ihr eine Freude machen wollen, ihr und Johanna, die so begeistert von dem Apothekergarten erzählt hatte. Das Leben in der Kruggasse sollte vergessen sein, ausgelöscht werden mit einem Neubeginn in einer neuen Wohnung. Doch die alten Geister waren mit umgezogen. Er ließ seinen Blick durch den Raum schweifen, der ihm noch gestern gemütlich und einladend vorgekommen war. Der Ofen war blau-weiß gekachelt und neu eingebaut worden. Daneben, in einer Nische, lud eine breite, gepolsterte Ofenbank zum Verweilen ein. Passend zur Einrichtung hatte er Bilder aufhängen lassen, die Sitzmöbel durch neue ausgetauscht. Nichts Besonderes, einfache Stühle, mit rotem Stoff bezogen. Große Flügeltüren ließen viel Licht in den Raum. Flügeltüren, wie es nur wenige in Frankfurt gab. Sie waren es, die ihn begeistert hatten. Die Türen waren geöffnet, und der milde Septemberwind wehte herein, brachte den erdigen Geruch des Herbstes und die Geräusche der Stadt mit, die hier, wo alle Fenster zum Innenhof führten, weit entfernt zu sein schienen.

Hinter Maria öffnete sich die Tür, und die neue Magd Fanny, die Jacob Marrell eingestellt hatte, betrat mit einem Tablett in der Hand, auf dem ein Kuchen, Teller und Becher standen, den Raum. Ihr folgte eine strahlende Johanna. Die beiden Frauen deckten den Tisch, während Maria wortlos dastand und auf den Dielenboden starrte. Sie wollte nicht aufblicken. Was wusste ihr Stiefvater schon von Schmerz?

Johanna legte Maria die Hand auf die Schulter. »Komm, Liebes. Setz dich zu uns.«

Liebes. So nannte ihre Mutter sie neuerdings immer. Sie war da gewesen, als sie geweint hatte. Hatte sie getröstet, als sie nachts schreiend aufgewacht war. Sie hatte ihre Hand gehalten und den Blicken der Menschen bei Ellis Beerdigung standgehalten. Doch Maria konnte es ihr nicht danken, sie hasste diesen Kosenamen. Die Magd, ein gedrungenes Mädchen mit aschblondem Haar, das lispelte und kaum älter als Maria war, verließ den Raum.

Maria machte einen Schritt auf den Tisch zu. Der bittere Duft des Kaffees stieg ihr in die Nase. Ihr Magen rebellierte. Sie schloss die Augen. Ihre Mutter wurde ungeduldig. Auch wenn sie sich bemühte, niemals würde Johanna ihre Tochter verstehen.

Jacob streckte die Hand nach Maria aus. »Komm, Kind, setz dich zu mir. Wir können über Utrecht reden, wenn du willst.«

Maria wurde übel. Der Geruch des Kaffees, die Blicke der Eltern, alles war ihr zu viel. Sie rannte an Marrell vorbei, öffnete die Tür, durchquerte den engen Flur und floh aus der Wohnung hinunter auf die Gasse.

Tief durchatmend blieb sie stehen und blickte sich um. Die Rosengasse machte ihrem Namen keine Ehre. Düster wirkten die hohen Gebäude mit ihren engen Treppenhäusern, die, oft aus Holz gebaut, von außen die Stockwerke miteinander verbanden. Doch genau diese Enge und den Gestank nach Essensresten und fauligem Abwasser, das sich seinen Weg durch die schlecht gepflasterte Gasse bahnte, brauchte sie jetzt. Hier waren Langenschwalbach und die Erinnerungen weit weg. Diese Erinnerung an die Sonne, das Licht, an den Garten, die Blumen und dunklen Tannen verblassten zwischen den Hauswänden.

Maria schlenderte die Gasse entlang und trat auf den Hirschgraben hinaus, wo sich die Häuser ebenfalls dicht aneinanderreihten, doch die Gasse war breiter, von Licht und von Leben erfüllt.

Auch hier zogen die Händler mit ihren vollbeladenen Wagen an ihr vorüber, mal hektisch winkend, laut fluchend oder fröhlich schwatzend. Morgen begann die Messe – und mit ihr würde Frankfurt anders werden. Sie mochte diese Veränderung der Stadt. Wenn der Pulsschlag sich beschleunigte und die Messehallen unter dem Römer zum Leben erwachten. Wenn die Stände die Wege am Mainufer zu bunten Straßen machten, durch die man staunend laufen konnte.

Vor dem Eingang »Zum weißen Hirsch« blieb Maria stehen. Das Tor war geöffnet und gab den Blick in den weitläufigen Innenhof des prächtigen Anwesens frei. Holunderbäume mit ihren schwarzen Beeren wuchsen an den Mauern des Hauses, die Zweige der alten Akazien im Hof, die neben einem prachtvollen Nussbaum standen, beschatteten mit ihren Ästen das Treppenhaus. Vogelgezwitscher war hier zu hören, und der Lärm der Straße wurde leiser. Maria betrat den Hof. Ein Windstoß wirbelte Staub auf, eine Katze strich schnurrend um ihre Beine. Maria ging in die Hocke, streichelte über das bunt gescheckte Fell des Tieres und lächelte zum ersten Mal seit Tagen wieder.

»Sie heißt Mimi.«

Maria zuckte zusammen. Unter dem Nussbaum saß ihre neue Magd Fanny.

Die Katze ließ von Maria ab, lief auf das Mädchen zu und sprang auf ihren Schoß.
Neugierig trat Maria näher an Fanny heran. »Sie scheint dich zu kennen.«
Fanny nickte. Erst jetzt bemerkte Maria die Tränen in den Augen des Mädchens. »Sie bringen Glück.«
»Wer bringt Glück?«
Fanny streichelte das Tier. »Wenn Katzen drei Farben haben, dann bringen sie angeblich Glück.«
Maria setzte sich neben Fanny ins Gras. »Aber dem Vater hat sie kein Glück gebracht – und mir auch nicht. Ich meine, wenn man in einem Haus lebt, in dem eine Glückskatze wohnt, dann muss man doch gesegnet sein. Aber er ist krank geworden, einfach so.« Fanny schlug die Hände vors Gesicht.
»Die Katze ist noch da. Sie läuft mir überallhin nach. Ich bringe sie immer wieder hierher zurück, doch sie will einfach nicht gehorchen.«
Maria verstand. Fanny und ihr Vater mussten hier gelebt haben. Behutsam legte sie die Hand auf Fannys Arm. »Und wenn wir die Katze einfach mitnehmen? Ich würde mich freuen, sie bei uns zu haben – und gewiss hat auch die Mutter nichts dagegen. Ich werde mit ihr reden.«
Fanny sah Maria überrascht an. Sie hatte nicht viel von der jungen Frau mit den teilnahmslos blickenden Augen erwartet, die kühl und abweisend gewirkt hatte.
»Aber, sie gehört doch hierher. Dieser Hof ist ihr Zuhause, genauso wie er meines war.« Fanny machte eine weit ausholende Geste. »Mein Vater war Gärtner. Ich bin hier geboren und aufgewachsen.« Sie deutete auf eines der kleineren Nebengebäude. Die Katze rollte sich auf Fannys Schoß zusammen und legte ihre Pfoten auf die Arme des Mädchens.

»Doch nach dem Tod des Vaters ist mir die Wohnung weggenommen worden. Ein neuer Gärtner wurde eingestellt, und auch für mich als Magd war kein Platz mehr. Die Köchin hat mich nie gemocht.« Sie wies zum Haupthaus hinüber.

Genüsslich streckte sich die Katze und gähnte.

Maria strich dem Tier liebevoll über den Rücken. »Drei Farben bringen also Glück.«

Fanny nickte. »Manchmal.«

»Also sollten wir die Katze mitnehmen. Denn Glück können wir anscheinend beide gut gebrauchen.«

Fanny sah Maria, die jetzt aufstand, erstaunt an.

»Komm, wir gehen nach Hause.«

Fanny nahm die Katze auf den Arm und erhob sich.

Zögernd blickte sie noch einmal zu den Fenstern ihrer ehemaligen Wohnung hinauf.

»Ist es denn unser Zuhause?«

Maria zuckte mit den Schultern. »Noch nicht. Aber vielleicht wird es das. Irgendwann.«

*

Christian hatte lang gebraucht, um die Kraft zu finden, hierher, auf den jüdischen Friedhof, zu kommen. Jetzt starrte er auf die vielen kleinen Steine, die auf Elias' Grab einen Hügel bildeten. Es gab noch keinen Grabstein mit den hebräischen Buchstaben und Zeichen, also flüsterte er leise die Worte: »Tehi nafscho zerura bizror hachajim. Sei verbunden mit den Gerechten im Garten Eden, mein Freund.« Langsam legte er seinen Stein auf die anderen. Einen roten Sandstein, der die Form eines Sternes erahnen ließ. Tara hatte ihm von Conrad

Waldschmidts Besuch erzählt, von dem Streit und dem fluchtartigen Verschwinden des Pastorensohns.
Tränen traten in Christians Augen. Gott strafte ihn für seine Selbstsucht, nahm ihm all die Menschen, die er liebte. Sanft wehte der milde Septemberwind in den Bäumen über ihm, trieb weiße Wolken über den tiefblauen Himmel. Hier war es still, dachte er. All die Geräusche der Stadt schienen weit fort zu sein. Stille und Frieden – wie sehr sehnte er sich danach. Nichts war, wie es einmal gewesen war, und plötzlich wünschte er sich den Frieden zurück, den er auf dem Friedhof verspürt hatte, wenn er mit seinen geliebten Steinen allein gewesen war.
Er ließ seinen Blick über die Gräber schweifen bis zu dem Grab seiner Großmutter. Hier stand bereits ein Grabstein aus rotem Sandstein, von ihm selbst gefertigt. Langsam ging er darauf zu, sank davor in die Hocke und strich mit den Fingern über den rauhen Stein, fuhr die Linien des Sommervogels nach, den er ihr auf eine winzige Blume gesetzt hatte. Darunter stand das Wort *niftar*, was *frei geworden* bedeutete. Jetzt war sie frei, dachte er. Im Leben war sie es nie gewesen. Eingeschlossen in einer Gasse hatte Sara leben müssen. Doch hatte sie sich eingesperrt gefühlt? Vielleicht war es das, was sie ihm immer wieder hatte sagen wollen, was er nicht verstanden hatte. Freiheit war ein Gefühl, und die Gedanken waren immer frei und konnten fliegen, wohin sie wollten. Sein Blick fiel auf den Stein, den Maria neben seinen gelegt hatte. Er hob ihn auf und umschloss ihn mit seinen Fingern. Mit ihr hatte er sich frei gefühlt, glücklich. Ihr verzweifelter Blick, ihre Worte voller Wut gingen ihm nicht aus dem Kopf. Er hatte ihr Leben zerstört, weil er dachte, er dürfte glücklich sein. War er zu gierig geworden?
Er legte den Stein zurück aufs Grab und stand auf.

»Er hat nicht gelitten.«
Christian drehte sich um. Tara stand vor ihm. Sie trug ein graues Kleid, an dem ein Riss im Ärmel zu erkennen war, ein Symbol für die jüdische Trauerzeit. Christian ging auf sie zu, blieb vor ihr stehen und schaute sie eine Weile schweigend an. Taras Augen waren umschattet, ihr Mund wirkte verkniffen. Tiefe Falten hatten sich in ihre Haut gegraben. Er griff nach ihrer Hand und strich sanft über den Riss in ihrer Bluse.
»Ein Riss im Herzen.«
Sie zog ihre Hand zurück. »Morgen nähe ich den Riss zu. Die dreißig Tage der Trauerzeit sind vorbei.«
Er legte den Kopf schräg. »Und dann?«
Sie sah ihn herausfordernd an. »Dann wird das Leben weitergehen. Ich habe eine neue Bleibe gefunden, bei Levi. Seine Frau ist hochschwanger und kann nicht mehr im Geschäft helfen.« Sie schaute Christian forschend ins Gesicht und erkannte den Schmerz, der in seinen Augen stand. Seine Züge wirkten verhärmt, und er war schmaler geworden.
»Und wohin wirst du ziehen, Jeremia, aus dem Haus der Sara?«
Ein Lächeln huschte über seine Lippen.
Wieder dieser Name, den er so verabscheute. Doch jetzt bedeutete er plötzlich Sicherheit und das Gefühl, irgendwohin zu gehören.
»Wenn ich das wüsste.« Er zuckte mit den Schultern. »Aber irgendein Weg wird sich schon finden.«
Tara antwortete nicht darauf, und eine Weile standen sie schweigend nebeneinander. Eine Wolke schob sich vor die Sonne, und der Wind frischte auf.
Tara griff in ihre Tasche, holte ein gefaltetes Stück Papier heraus und reichte es ihm. »Ich dachte, du hättest es gern.«

Christian faltete das Papier auseinander und blickte auf das Bild von Saras Garten, das Maria gezeichnet hatte.
Tara nickte ihm aufmunternd zu. »Liebe findet ihren Weg. Auch wenn im Moment alles verloren scheint.«

*

Valentin saß hinter seinem Schreibtisch und versuchte, sich auf die Abrechnung zu konzentrieren. Doch die mit blauer Tinte geschriebenen Zahlen tanzten vor seinen Augen. Er hob den Blick und beobachtete stumm das Schauspiel, das sich ihm seit geraumer Zeit bot: Neben der geöffneten Ladentür saß Maria auf der Fensterbank und blätterte in einem Buch. Die Sonne ließ ihr kastanienbraunes Haar, das sie zu einem Zopf geflochten trug, schimmern. In ihren Augen fehlte der besondere Ausdruck, der ihn so faszinierte. Blass und eingefallen waren ihre Wangen. Ihr braunes Leinenkleid schlackerte um ihren Körper. Schon seit einer ganzen Weile saß sie dort. Wortlos hatte sie den Laden betreten, ohne Gruß, ohne ihn anzusehen. Das Buch in ihrer Hand war ein Buch über die Seefahrt und die Weiten des Meeres. Sie blätterte vorsichtig eine Seite um. Wehmütig sah er ihr dabei zu, wie sie sich bemühte, das Papier nicht zu beschädigen. Plötzlich kam es ihm vor, als wäre er in der Zeit zurückversetzt worden, und er sah wieder das kleine Mädchen von damals. Wären da nur nicht Marias traurig blickende Augen gewesen, in denen die grausame Wirklichkeit stand. Seufzend legte er die Schreibfeder zur Seite, trat neben sie und schloss die Ladentür. Maria blickte nicht auf. Er schob den Stapel Bücher neben ihr zur Seite und setzte sich.

Maria blätterte eine weitere Seite um. Ein großes Segelschiff kam zum Vorschein, wie es sich durch hohe Wellen kämpfte, vom Sturm gebeutelt wurde, die Segel vom Wind gebläht.
Maria betrachtete das Bild eine Weile, dann blätterte sie weiter.
Auf dem nächsten Bild lag ein ähnliches Schiff friedlich in einer kleinen Bucht, im Hintergrund die Häuser eines malerischen Fischerdorfs. Irgendwo im Süden musste die Zeichnung entstanden sein, überlegte Valentin. Weiß getünchte Häuser und Palmen waren am Ufer angedeutet, dahinter erhoben sich grüne Hügel in einen blauen Himmel, an dem Möwen ihre Kreise zogen. Vorsichtig strich Maria über das Gemälde, fuhr die sanfte Linie der Hügel nach, die Konturen der Schiffsmasten.
»Es wirkt so friedlich«, flüsterte sie. »Eben noch hat es gekämpft, wäre fast versunken in den tosenden Wellen. Doch jetzt liegt es ruhig da, so als würde es schlafen.«
Valentin lehnte sich zurück. Die Wärme des von der Sonne aufgeheizten Fensterglases drang in seinen Rücken. Maria schaute ihn an.
»Es sieht aus, als wäre nie etwas gewesen«, fuhr sie fort, »als hätte der Wind nicht an den Segeln gezerrt, sie nicht zerrissen. Das Meer kann unberechenbar sein. In dem einen Moment droht es einen zu verschlingen, und im nächsten Augenblick ist es sanft wie eine schnurrende Katze, liebkost den Strand mit seinen tanzenden Wellen.«
Er strich ihr sanft über die Schulter. »Es ist ein wenig wie das Leben, weißt du.«
Zum ersten Mal, seit Maria seinen Laden betreten hatte, schien sie ihn bewusst wahrzunehmen. »Droht dein Leben auch manchmal dich zu verschlingen, Valentin?«

Die Ladentür öffnete sich, ein junger Mann, ein Buch aus den Kisten vor der Tür in der Hand, betrat den Laden und blickte sich suchend um. Valentin erhob sich und ging zu seinem Schreibtisch. Maria blätterte weiter in dem Buch. Mehrere Segelschiffe tauchten auf. Mächtig wirkten ihre weißen Segel, vor dem Bug schäumte das Meer, Möwen kreisten um die Masten. Es schien, als wären sie furchtlos, ohne jede Angst vor dem Ungewissen.

Valentin setzte sich, nachdem der junge Mann bezahlt hatte, neben sie und legte ein anderes Buch auf die Fensterbank.

Behutsam nahm er ihr das Buch mit den Schiffen aus der Hand, schlug es zu und legte es zur Seite. Da fiel ihr Blick auf ihr Sommervögelbuch. Sommervögel flatterten ihr entgegen, Bäume, Äste, Blüten und bunte Farben vertrieben die Gischt und das Meer. Vorsichtig griff sie danach, strich über die Farben, die bunten Flügel der Sommervögel. Sie wirkten so echt, als würden sie gleich losfliegen, durch den Raum tanzen. Valentin lächelte. Das vertraute Leuchten in Marias Augen blitzte kurz auf.

»Ich habe es für dich aufbewahrt.«

Maria nickte, Tränen in den Augen. Noch immer getraute sie sich nicht, es aufzuschlagen. Das Buch schien aus einem anderen Leben zu sein. Nach einer Weile öffnete sie es vorsichtig. Raupen, Kokons, ihre Schrift, gestochen scharf. Es war alles so vertraut und doch irgendwie fremd.

Erneut öffnete sich die Tür.

»Jetzt nicht«, rief Valentin und winkte die Frau hinaus, die mit einem Heft in der Hand den Laden betreten wollte.

Maria blickte auf. Das Leuchten in ihren Augen war verschwunden. »Sie waren immer ein Teil von mir.« Sie fuhr die Konturen eines Flügels nach. »Doch jetzt scheint es, als wollten sie nicht mehr zu mir kommen. Ihr Zauber ist fortgeflogen, ich konnte ihn nicht festhalten.« Sie klappte das Buch zu und legte es neben sich auf die Fensterbank.

»Alles ist fort. Leer, nur ausgefüllt von Schmerz, und auch die Sommervögel können daran nichts ändern.«

Valentin legte die Hand auf das Buch. »Sie werden zurückkommen, das verspreche ich dir. Der Schmerz wird weniger werden und ganz langsam in den Hintergrund treten. Die Sommervögel können warten, weißt du.«

Er wusste um den Schmerz, den sie in sich trug. Es war der Kummer des Lebens, dieser Schmerz, der die Unbedarftheit der Kindheit brach und mit sich nahm. Doch er würde vergehen, irgendwann.

Maria stand auf und blickte sich wehmütig um.

»Alles ist so vertraut und doch irgendwie fremd. Ich wünschte, ich könnte für immer hierbleiben, und will doch gehen.«

Valentin strich ihr sanft über die Schulter. »Schön, dass du gekommen bist.« Er hielt ihr Buch in die Höhe. »Möchtest du es zurückhaben?«

Sie antwortete nicht gleich. Er ließ ihr Zeit. Die Sonne verschwand hinter einer Wolke, und der Raum versank für einen Augenblick in Düsternis.

Maria schüttelte den Kopf. »Nein, lass es hier. Vielleicht ein andermal.«

Valentin ging zu seinem Schreibtisch und legte es neben das Tintenfass. »Dann werde ich es noch eine Weile für dich aufbewahren, bis du so weit bist.«

Maria nickte zaghaft, blickte zu Boden. Die Sonne kehrte zurück und ließ die Staubflusen auf dem Dielenboden funkeln wie Sterne.

»Ich geh dann jetzt.«

Valentin nickte.

Sie öffnete die Tür und trat nach draußen.

Valentin folgte ihr, hielt sie am Arm zurück.
Der Trubel auf der Gasse hüllte die beiden ein. Kinder kreischten, laut feilschte eine Frau an einem Gewürzstand gegenüber, irgendwo ging ein Tontopf zu Bruch.
Maria drehte sich um.
Er lächelte. »Schön, dass du gekommen bist.«
Maria nickte ihm zu. Er ließ sie los. Sie verschwand in der Menge.
Nachdenklich blickte er ihr nach – und plötzlich hatte er wieder das Kind vor Augen, das auf seiner Fensterbank saß. Talent konnte wie ein Fluch sein, wie eine Leidenschaft, die schmerzte. Doch loslassen würde es sie nie, das wusste er. Langsam ging er in den Laden zurück und strich traurig mit den Fingern über den Einband des Sommervögelbuches.

*

Johannes ließ seinen Blick wohlwollend durch das Schankhaus schweifen, das zu dieser späten Stunde gut besucht war. Sein Freund Conrad saß neben ihm, wirkte müde und abgespannt.
Eine Gruppe Musiker spielte fröhliche Geigenmusik, und die Hübschlerinnen tummelten sich zwischen den Gästen, die aus aller Herren Länder kamen. Venezianer und Spanier, die gutes Tuch verkauften; Mauren, die Gewürze aus dem Orient mitbrachten; Polen aus dem Memelland, die feinsten Bernstein – zu edlem Schmuck verarbeitet, aber auch roh oder in Pulverform – anboten. Die unterschiedlichsten Sprachen schwirrten durch den Raum und verwandelten sich in eine Sprache, die jeder verstand.

In diesem Jahr empfand er die Messe noch mehr als Fest als in den Jahren zuvor. Die Geschäfte im Laden liefen hervorragend, und alle Stoffe, die er aus Italien mitgebracht hatte, waren bereits verkauft. Sein Vater hatte ihn gelobt, die Mutter hatte ihn geküsst. Nach der Messe sollte er endgültig die Geschäfte leiten, worauf er stolz war. Vorbei die Zeiten, in denen er der Arbeit aus dem Weg gegangen war. Er wollte mehr erreichen, angesehen sein und stolz seine zukünftige Gemahlin zum Altar führen, die ihm nach seiner Rückkehr vorgestellt worden war. Ihr Name war Dorothea, sie war kaum sechzehn Jahre alt, jung und hübsch, hatte blondes, welliges Haar, einen süßen Schmollmund und Apfelbrüste. Sie war wie eine kleine Raubkatze, was ihm gefiel. Doch nicht nur ihre weiblichen Vorzüge und Rundungen, die bereits gut zu erkennen waren, reizten ihn an ihr. Sie war die Tochter eines reichen Patriziers, was ihm bei seinen Geschäften weiterhelfen konnte. Bald schon würde er die ganze Stadt mit seinem Tuch beliefern, bei den feinen Damen ein und aus gehen und noch reicher werden, als er bereits war.

»Hast du was von Alfred gehört?«

Conrad holte ihn zurück in die Wirklichkeit.

»Nein. Seitdem ich zurück bin, ist er bei mir nicht aufgetaucht.«

Conrad nickte und schob eine Hübschlerin grob zur Seite, die sich auf seinen Schoß setzen wollte.

»Verschwinde, Mädchen«, fuhr er sie an.

Johannes zog die Augenbrauen hoch. »Was ist mit dir? Sonst bist du den Frauen gegenüber doch nicht abgeneigt, und die Kleine war hübsch. Ist es immer noch wegen der Sache mit deinem Vater? Ich dachte, die Angelegenheit wäre längst bereinigt.«

Conrad warf seinem Freund einen wütenden Blick zu. »Nichts ist ausgestanden.« Er senkte seine Stimme.
Johannes rückte neugierig näher. »Was habt ihr ausgeheckt, als ich fort war?«
Conrad atmete tief durch. »Alfred hatte die Hosen voll. Er meinte, die Merian würde ihn melden, und wir würden alle am Galgen enden. Sie hatte ihn wohl wiedererkannt.«
Johannes zog die Augenbrauen hoch. Plötzlich schlug sein Herz schneller. Was war, wenn sie auch ihn erkannt hatte? Sein neues Leben, die Heirat mit Dorothea, die Leitung des Kontors – alles wäre in Gefahr.
Conrad fuhr fort: »Die Merian ist nach Langenschwalbach gereist, und Alfred ist ihr gefolgt. Sie sollte nicht mehr zurückkehren.«
Johannes schluckte.
Conrad griff nach seinem Becher und drehte ihn in den Händen. »Bis heute ist er nicht zurückgekehrt.«
»Aber die Merian.«
Conrads Augen weiteten sich. »Du hast sie gesehen?«
»Ja, gestern am Fluss. Sie ist mit ihrer Mutter und einer Magd unterwegs gewesen, war auch an unserem Stand. Sie wirkte blass und abgemagert, aber ansonsten wohlauf.«
Conrad sah seinen Freund fassungslos an. »Aber, das kann doch nicht sein … Alfred, er wollte doch …«
»Was wir von Alfred zu halten haben, wissen wir beide«, fiel Johannes ihm ins Wort. »Am Ende hat er die Gelegenheit genutzt und sich aus dem Staub gemacht.«
Eine Gruppe Zigeuner betrat die Schenke. Sie hatten Tamburine und Schellen dabei. Eine Frau, die in ihrem schwarzen Haar einen Blumenkranz trug, nickte Johannes lachend zu, als sie an ihm vorübertanzte. Jubelnd wurde die Gruppe empfangen. Die junge Zigeunerin kletterte auf einen Tisch und

begann zu tanzen, schwang ihre Röcke und hob ihre nackten Füße, an denen goldene Ketten hingen. Die Männer klatschten fröhlich mit, versuchten, ihre Füße zu erhaschen, während die Hübschlerinnen wütende Blicke austauschten. Auch Johannes' Augen glitten wohlwollend über ihre braunen Beine, die sie immer wieder kokett in die Höhe streckte.
»Ich habe gefragt, was wir jetzt tun sollen.«
Johannes zuckte zusammen und sah seinen Freund verdutzt an.
»Wir sollen etwas tun?«
Conrad verdrehte die Augen. »Wegen der Merian. Was ist, wenn sie doch noch redet?«
Johannes winkte ab. »Einen Teufel wird das Mädchen tun, sonst würden wir schon längst auf dem Schafott stehen.« Er legte seinem Freund beruhigend die Hand auf den Arm. »Lass die Sache auf sich beruhen, das ist das Beste. Alfred ist fort, der Totengräber ist auch nicht wieder aufgetaucht – und dein Vater wollte sowieso nie etwas von der Sache wissen.«
Conrad schloss die Augen und spürte Wut in sich aufwallen. Erneut sah er seine Eltern vor sich, wie sie Arm in Arm einer Vergangenheit trotzten, die von einem unehelichen Balg heraufbeschworen worden war. Er ballte die Hände zu Fäusten.
»Wir hätten ihn damals töten sollen, diesen jüdischen Bastard.«
Johannes wich erschrocken vor seinem Freund zurück, so viel Hass lag in seiner Stimme.
Die Zigeunerin beendete ihren Tanz und verneigte sich vor ihrem jubelnden Publikum. Rufe nach einer Zugabe wurden laut. Doch sie kletterte vom Tisch, winkte fröhlich, wurde von einem ihrer Begleiter fürsorglich in den Arm genommen und durch die Menge geführt. Als sich die Tür hinter der

kleinen Gruppe schloss, traten die Geigenspieler erneut nach vorn und begannen mit ihrem gewohnten Spiel.

»Wieso jüdisch?« Johannes nippte an seinem Wein.

Vor Conrads Augen tauchte Elias' Gesicht auf. Die überrascht dreinblickenden Augen, das Blut.

»Er scheint ein Jude zu sein. Jedenfalls nennen die Juden ihn Jeremia. Mehr konnte ich nicht in Erfahrung bringen.«

»Aber wenn er Jude war, dann war seine Mutter ...«

Conrad nickte, und in seinen Augen blitzte es gefährlich.

»Dann war seine Mutter Jüdin. Mein Vater ist schändlich hintergangen und betrogen worden von einer schäbigen jüdischen Hure.«

Erneut trat eine Hübschlerin an den Tisch, entfernte sich aber nach einem kurzen Blick von Johannes sofort wieder.

»Wo steckt der Totengräber eigentlich?«

»Wenn ich das wüsste. Auf dem Friedhof ist er nicht mehr aufgetaucht. Auch sonst habe ich ihn nirgendwo gesehen. Es ist, als hätte der Erdboden ihn verschluckt.«

Nachdenklich griff sich Johannes ans Kinn. »Vielleicht hat er die Stadt verlassen. Ich an seiner Stelle hätte das getan.«

Conrad schüttelte den Kopf. »Das glaube ich nicht. Ich werde ihn aufspüren, und wenn ich ihn gefunden habe, dann werde ich meine Familie rächen.«

Er warf Johannes einen kurzen Blick zu, doch dieser hob abwehrend die Hände. »Ohne mich. Mir war die Sache schon damals nicht geheuer. Und auch dir rate ich, die Finger davon zu lassen. Die Merian wird sicher schweigen, und dem Totengräber wird niemand glauben, falls er überhaupt jemals ein Wort darüber verlieren sollte.«

Conrad schüttelte den Kopf. »Das kann ich nicht. Ich muss ihn aus dem Weg räumen. Das bin ich meiner Familie schuldig.« Er griff nach seinem Becher und leerte ihn in einem Zug.

Plötzlich huschte ein Lächeln über seine Lippen. »Aber vielleicht findet sich ja auch eine legale Möglichkeit. Immerhin bin ich jetzt Pastor, ein mächtiger Mann der Kirche. Ein Totengräber und ein Mädchen, das Raupen sammelt, da wird sich doch irgendein Weg finden lassen, um sie endgültig loszuwerden.«

Kapitel 19

Caspar Merian lehnte sich in seinem Stuhl zurück, verschränkte die Arme und beobachtete seine Halbschwester dabei, wie sie seine Zeichnungen durchblätterte. Er war nervös. Würden seine Werke ihrem strengen Urteil standhalten? Zögernd hatte sie die Mappe geöffnet und schien durch die Blätter hindurchzublicken. Er hatte ein Häufchen Elend in der Rosengasse vorgefunden. Maria hatte in einem Lehnstuhl gesessen, eine Katze auf dem Schoß, die sie teilnahmslos streichelte. Mager war sie geworden, ihre Augen waren umschattet, ihre Wangen blass. Wohin war das Mädchen verschwunden, das ihn noch vor wenigen Wochen zum Malen ermutigt und gegen Matthäus verteidigt hatte?

Maria blätterte die Bilder durch. Das Papier raschelte, wenn sie es zur Seite legte. Ihr Blick blieb unverändert. Keine der Zeichnungen konnte ihr ein Lächeln oder eine Geste entlocken. Sie erschien ihm wie eine Wachspuppe, mit glanzlosen Augen, die ihre Umgebung nicht wahrnahm – ihn nicht wahrnahm.

Doch plötzlich veränderte sich ihr Blick, und sie hielt in der Bewegung inne. Sie hob ein kleineres Bild in die Höhe. Es war ein Aquarell, eines der ersten, die er nur zur Übung angefertigt hatte. Manchmal hatte er es in dem kleinen Atelier seines Lehrmeisters nicht mehr ausgehalten und war losgezogen, um das Leben einzufangen: die Fischer mit ihren Booten, spielende Kinder, Straßenmusiker, Gebäude, mit Blumen geschmückte Hinterhöfe. Maria fuhr sanft mit den Fingerspitzen über das Bild, und ein wenig von dem Glanz, den er so sehr liebte, schimmerte in ihren Augen.

»Der Garten ist wunderschön.«

Er trat neben sie und legte ihr liebevoll die Hand auf die Schulter.

Das Bild zeigte den winzigen Hof, an dem er auf dem Weg ins Atelier jeden Morgen vorüberkam. Eine weiß gestrichene Bank lehnte schief an einer Mauer. Gräser wucherten durch die Sitzbretter, und Efeu kletterte an der Lehne hinauf. Glockenblumen blühten dahinter, Sonnenblumen und Margeriten daneben. Eine rostige Gießkanne stand auf dem Boden, ein Kätzchen stieß mit der Pfote daran. An der Mauer lehnte ein Rechen, ein Sommervogel auf seinem Griff. Es war ein Pfauenauge, hatte die Flügel ausgebreitet und genoss die Wärme der Sonne. Vorsichtig strich Maria mit dem Finger über seine Flügel.

»Jeden Tag bin ich an dem Hof vorbeigekommen«, begann Caspar zu erzählen. »Niemand scheint dort zu wohnen, alles wirkte verlassen und ungepflegt. Trotzdem übte dieser Ort eine unglaubliche Anziehungskraft auf mich aus. Er ist bezaubernd schön in seiner Einfachheit, so natürlich und einmalig wie eine ruhige Insel in einer geschäftigen Stadt.«

Maria nickte, ein Lächeln auf den Lippen.

Wärme breitete sich in seinem Bauch aus. Es war, als wäre sie aus einem bösen Traum aufgewacht.

Maria legte das Bild zurück zu den anderen, stand auf, trat ans Fenster und blickte in den düsteren Innenhof, in dem nur wenige Blumen in einfachen Töpfen ein tristes Dasein fristeten.

»Ich habe auch mal einen Garten gezeichnet. Er war wunderschön. Ein Fliederbusch war darin, eine Bank, ein schiefer Schuppen, der sich an eine Mauer voller Blumen lehnte, blühende Tulpen, Narzissen und Vergissmeinnicht. Der kleine Garten gehörte einer alten Dame, die ihn über alles liebte. In den letzten Tagen ihres Lebens war sie ans Bett gefesselt und konnte ihn nicht mehr sehen.« Maria drehte sich um. »Sie war sehr traurig darüber. Das Wichtigste in ihrem Leben konnte sie nicht mehr erblicken, nicht berühren. Da hab ich ihr den Garten gezeichnet, jede Einzelheit festgehalten, damit sie ihn nicht vergisst und wenigstens auf dem Bild sehen kann.« Maria kam wieder an den Tisch, griff nach einem Pinsel, den Caspar dort liegenlassen hatte, und drehte ihn in den Händen. »Das Bild hat ein Lächeln auf ihr Gesicht gezaubert. Ist es nicht wunderbar, wie man den Menschen eine Freude bereiten kann, mit den eigenen Händen, mit Pinsel und Farbe.« Caspar griff nach seiner Zeichnung und betrachtete sie eine Weile. »Seltsam. Es ist die kleinste und unbedeutendste von allen.«

»Nein«, widersprach Maria. »Sie mag klein sein, aber unbedeutend ist sie nicht. Sie fängt das pure Leben ein – so wie es ist. Die anderen Bilder sind auch schön. Doch oftmals wirken die Blumen arrangiert, die Landschaften bereits tausendmal gemalt. Aber diesen kleinen Garten, der den dunklen Hof verzaubert, hat noch niemals jemand eingefangen. Die Menschen laufen achtlos daran vorüber. Nur du bist stehen geblieben und hast dich von der Ruhe und Bescheidenheit verzaubern lassen.«

Caspar legte das Bild zurück auf den Tisch. »Jetzt weiß ich wieder, was mir in Utrecht gefehlt hat. Zwischen all den Künstlern, die sich gegenseitig zu übertrumpfen versuchen, habe ich dich vermisst, Schwesterchen.«

Sie sah ihn erstaunt an.

»Sie malen nicht mehr um ihrer selbst willen. Die Kunst ist nicht ihr Lebensmittelpunkt, liegt nicht in ihrer Seele. Sie

malen, um andere auszustechen, sich hervorzutun und auch des Geldes wegen.« Er setzte sich auf die Tischkante. »Die Gier nach Ansehen und Macht hat ihre Kunst zerstört. Sie zerfrisst sie innerlich, saugt alles aus ihnen heraus, ohne dass sie es bemerken. Auch ich wäre fast so geworden. Meine Seele hätte ich beinahe für ein gutes Wort der Kritiker verkauft.«
Maria setzte sich. »Aber es war doch dein Traum. Du wolltest sie beeindrucken, weiterkommen mit deiner Kunst.«
»Anfangs dachte ich das. Ich habe geglaubt, dort könnte ich mein Glück finden. Doch erst jetzt und hier habe ich verstanden, worum es wirklich geht.« Er wirbelte herum und zog Maria vom Stuhl hoch. »Du hast es mir gezeigt. Es geht nicht um Kritiken, das große Geld, den Ruhm. Es geht einzig und allein darum, glücklich zu sein.« Seine Augen strahlten.
»Verstehst du? Wir sind glücklich, wenn wir malen dürfen. Unser Vater war glücklich, sein Leben lang, denn er hat niemals seine Seele verkauft.«
Maria sah ihren Halbbruder erstaunt an. »War er das? War er wirklich glücklich bei dem, was er tat?«
Caspar ließ sie los. »Ja, das war er. Seine Topographia Germaniae war sein Leben. Dafür hat er alles getan. Dieses Werk hat ihn glücklich gemacht.«
Maria sank zurück auf den Stuhl. »So gern hätte ich mehr Zeit mit ihm gehabt. Die wenigen Erinnerungen an ihn verschwimmen vor meinen Augen.«
Caspar griff nach Marias Hand. »Er hat dich vergöttert, in den Himmel gehoben. Für ihn warst du wie ein kleiner Engel, sein Glücksbringer.«
Maria atmete tief durch. »Ein Glücksbringer, der sich selbst kein Glück bringt.«
Caspar schüttelte den Kopf, ging vor ihr in die Hocke, legte seinen Zeigefinger unter ihr Kinn und hob es an.

»Nein, ein Glücksbringer, der ein bisschen ins Straucheln geraten ist, der aber wieder aufstehen wird, das weiß ich.«

Maria griff nach seiner Hand. »Danke, dass du da bist, Caspar.«

»Danke für deine Kritik«, antwortete er.

Sie lächelte. »Sie bringt aber keinen Ruhm und kein Geld.«

Caspar erhob sich und zwinkerte ihr zu. »Das ist mir nicht wichtig.«

*

Später am Tag ließ sich Maria von den Messebesuchern mitziehen. An einem winzigen Stand auf dem Liebfrauenberg verkaufte eine Frau selbstgezogene Kerzen in allen Farben und Formen. Maria blieb stehen. Eine der Kerzen hatte die Form eines Sommervogels. Maria nahm sie in die Hand und atmete den Duft des Bienenwachses ein, aus dem sie gefertigt war. Die Händlerin trat näher. Sie schien nicht von hier zu stammen. Ihre Haut war tiefbraun, und um ihre dunklen Augen hatten sich Falten eingegraben. Ihr schwarzes Haar hatte sie mit einem bunten Tuch gebändigt, an dem einige Glasperlen hingen. Sie blieb neben Maria stehen und beobachtete sie eine Weile dabei, wie sie die Kerze betrachtete und mit den Fingern über das Wachs strich.

»In meiner Heimat bedeuten sie Glück.«

Maria zuckte zusammen und blickte auf.

Die Frau deutete lächelnd auf die Kerze. »Wo ich herkomme, bedeuten Butterfliegen Glück«, wiederholte die Frau ihre Worte.

Maria sah die Händlerin ungläubig an. »Glück?«

Die Händlerin trat näher und berührte sanft die Flügel.
»Beim ersten Anblick einer Butterfliege im Frühling ist die Farbe entscheidend. Sind die Flügel weiß, kann man auf Geld hoffen, sind sie gelb, sogar auf Gold. Und wenn einem eine rote Butterfliege begegnet, ist einem eine hoffnungsvolle Zukunft sicher.«
Maria legte den Kopf schräg. »Hier werden sie nur weggescheucht. Die Leute glauben, sie bringen Unglück und sind teuflisch.«
Die Frau riss erschrocken die Augen auf.
Maria legte beruhigend ihre Hand auf den Arm der Frau.
»Aber ich glaube das nicht. Für mich sind sie Sommervögel, freie Wesen, Verwandlungskünstler und ein Geschenk Gottes. Sie spielen wie Kinder, flattern umher, tanzen mit dem Wind, sind Wunderwesen, die ihre Form ändern, um frei zu sein.«
Die Frau entspannte sich und musterte Maria.
Maria hielt ihr die Kerze in die Höhe. »Was soll sie denn kosten?«
Die Verkäuferin antwortete nicht. Schweigend standen sie sich eine Weile gegenüber. Dann schüttelte die Frau den Kopf und sagte: »Nichts. Ich schenke sie dir.«
Maria wollte etwas erwidern, doch die Frau hob die Hand.
»Du hast sie bereits mit deinen Worten bezahlt. Uns allen ist von Gott etwas gegeben, ein Geschenk, das wir hüten müssen. Ich weiß zwar nicht genau, was für eine Gabe es ist, die du in dir trägst, mein Kind, aber mir hast du ein wenig davon gezeigt. Nimm die Butterfliege mit, betrachte sie als Geschenk von einer alten Frau, der du einen Moment Licht in ihren traurigen Alltag gebracht hast.«
Maria wollte etwas erwidern, doch genau in diesem Moment trat einer der Stadtbüttel näher.

»Hab ich dir nicht schon gestern gesagt, Mütterchen, dass du verschwinden sollst. Zigeuner will hier niemand haben. Pack dein Zeug zusammen und mach dich fort.«
Die Frau zog den Kopf ein. Maria sah den Büttel ungläubig an. »Warum verscheucht Ihr sie? Sie verkauft doch nur ihre Waren wie alle anderen auch.«
Der Büttel warf Maria einen grimmigen Blick zu. »Das geht dich nichts an, Mädchen. Sieh zu, dass du fortkommst.«
Maria wollte antworten, doch die Händlerin hielt sie zurück. »Ist schon gut, Mädchen. Es ist immer so und wird immer so bleiben. Hab Dank für deine lieben Worte. Ist besser, wenn du jetzt weitergehst. Ich komme schon zurecht.«
Maria warf dem Büttel einen wütenden Blick zu. »Freie Messestadt. Gern gesehen ist nur, wer nicht anders ist«, schimpfte sie, drückte der Frau den Arm und wandte sich zum Gehen.
Der Büttel hob drohend die Hand. »Das hab ich überhört, Mädchen. Und du, Mütterchen, siehst zu, dass du deinen Plunder einpackst und verschwindest. Wehe, ich erwische dich noch einmal, dann kommst du nicht mehr so glimpflich davon.«
Die Frau begann, eilig ihre Kerzen zusammenzuraffen. Maria beobachtete sie eine Weile dabei, wie sie unter den Augen des Büttels die Kerzen in Tücher wickelte und in einer Huckelkiepe verstaute. Wenig später verließ sie den Liebfrauenberg, verfolgt vom Stadtbüttel, der sie immer wieder zur Eile antrieb. Als sie an Maria vorbeikam, hob diese die Hand und nickte der Frau aufmunternd zu.
Traurig griff Maria in ihre Rocktasche und holte den kleinen Sommervogel heraus, strich über das weiche Wachs. Er war ein Meisterwerk, filigran gefertigt wie eine Schnitzarbeit. Viel zu schade zum Anzünden. Wehmütig schaute Maria noch einmal in die Richtung, in die die Frau verschwunden war.

»Na, wen haben wir denn da, das Raupenmädchen.«
Maria drehte sich erschrocken um.
Conrad Waldschmidt stand hinter ihr und blickte über ihre Schulter. »Und was hat sie in der Hand. Eine Butterfliege, was sonst.«
Maria steckte den Sommervogel in ihre Rocktasche. »Was geht es Euch an? Lasst mich in Ruhe. Habt Ihr nicht schon genug Schaden in meinem Leben angerichtet? Ich sollte es hinausrufen in alle Welt, was Ihr mir und Bärbel angetan habt.«
Bei der Erwähnung von Bärbels Namen versetzte es Maria einen Stich. Schon lang hatte sie nicht mehr an die geliebte Magd gedacht, hatte zu vergessen versucht, was geschehen war. Doch jetzt spürte sie erneut die Trauer darüber, sie verloren zu haben. Sie funkelte Conrad wütend an.
»Ihr wolltet mich töten. Was wiegt vor Gott mehr, frage ich Euch, Mord oder das Sammeln von Tieren, die keiner Menschenseele etwas zuleide tun?«
Conrad wurde blass. Nervös blickte er um sich, packte Maria am Handgelenk und zog sie in einen Hauseingang. »Schweig still, du teuflisches Gör. Wer wird dir schon glauben, einer Hexe, die dem Teufel folgt. Die sich verführen lässt von einem jüdischen Totengräber, der nichts hat und nichts kann.«
In Maria stieg Wut auf. »Ihr könnt es nur nicht ertragen, dass er Euer Bruder ist. Dass Euer Vater einen dunklen Fleck auf seiner weißen Weste hat, sich versündigt hat an einer Hure.«
Conrad zog Maria wütend an sich. Sie spürte seinen Atem auf der Wange, seinen festen Griff am Handgelenk. »Niemals ist dieser Bastard mein Bruder. Eine Ausgeburt der Hölle ist er. Ein Produkt des Teufels, genauso wie du. Aber ich werde es beweisen, allen werde ich zeigen, dass ihr es mit dem Teufel habt.«

Die Tür hinter ihnen wurde geöffnet, und eine Frau steckte den Kopf heraus. »Was ist das denn hier für ein Lärm?«
Conrad ließ Maria los, die sofort einige Schritte zurückwich.
Die Frau sah Maria forschend ins Gesicht. »Belästigt dich der Bursche, Mädchen?«
Maria blickte zu Boden und errötete.
Die Frau wandte sich um. Doch Conrad war verschwunden.
»Weg ist er«, sagte sie und zuckte mit den Schultern. Sie nickte Maria aufmunternd zu. »Nichts als Gesindel läuft während den Messezeiten herum. Sieh lieber zu, dass du heimkommst, Mädchen. Ist besser so.«
Maria nickte, murmelte ein Dankeschön, drehte sich um und ging. Sie schob sich eilig zwischen den Leuten hindurch. Niemals würde es aufhören, niemals ein Ende haben. Der blanke Hass hatte in Conrads Augen gestanden. Unsagbare Wut, die ihn zu allem fähig machen würde, das wusste sie.

*

Christian hielt in der Bewegung inne und blickte auf den Stein in seiner Hand. Roter Sandstaub klebte an seinen Händen, flirrte durch die Luft und sank sanft auf den lehmigen Boden des Hinterhofes. Die Grundform der Statue war bereits gut zu erkennen. Die nackten Brüste verhüllte zur Hälfte ein Tuch, ihr Lächeln sollte einladend wirken, ihr Haar bis auf die Taille herabfallen. Er legte die Statue auf den winzigen Tisch, den Edda für ihn aus dem Keller geholt hatte, griff nach einem kleineren Meißel und versuchte, seine Umgebung auszublenden – was ihm heute Morgen schwerfiel. Neben seinem Arbeitsschuppen lagen der Abort und gleich dahinter ein

Haufen Abfälle. Auf dem Friedhof hatte der Wind den Duft von Blumen mitgebracht und nicht von verfaulten Essensresten. Doch an eine Rückkehr war nicht zu denken. Seinen Schuppen hatte er verwüstet vorgefunden, und der Pfarrer hatte ihn fortgeschickt. Totengräber war er die längste Zeit gewesen. Er wusste, wem er dies zu verdanken hatte, doch seine Wut war Trostlosigkeit gewichen. Er atmete tief durch, griff in seine Tasche, holte Marias Zeichnung heraus und faltete sie auseinander. Sie hatte jede Einzelheit von Saras Garten festgehalten, sogar die Grasbüschel, die zwischen den Steinen wucherten, und die Mauer mit seinem Lieblingsplatz. Wie lang war es her, dass er dort gesessen hatte, den Brief seiner Mutter in der Hand.

»Was ist das?«

Christian zuckte zusammen und drehte sich um.

Edda stand hinter ihm und deutete auf die Zeichnung in seiner Hand. Sie trug ihren Morgenmantel, der aus roter Seide gefertigt und an den Rändern mit Spitzen verziert war. Ihr blondes Haar hatte sie zu einem Zopf geflochten, doch einige Strähnen hatten sich über Nacht gelöst. Sie war immer noch eine schöne Frau, dachte Christian. Eine Frau, die eine andere Art von Sinnlichkeit ausstrahlte als die jungen Mädchen, um die sie sich kümmerte.

Edda trat näher an ihn heran und schaute über seine Schulter. Ein Hauch von Rosenduft stieg ihm in die Nase.

»Das Bild ist hübsch. Woher hast du es?«

»Maria hat es gezeichnet und Sara geschenkt. Das Bild zeigt ihren Garten.« In Christians Augen traten Tränen.

»Er ist wunderschön.«

Christian wischte die Tränen ab, faltete das Bild zusammen und steckte es in seine Hosentasche.

»Es ist vorbei. Du hattest recht damals. Ich hätte niemals zu meinem Vater gehen dürfen. Unglück habe ich über mich und andere gebracht. Diese Sünde wird Gott mir niemals verzeihen.«

Edda strich mit den Fingerspitzen über die halbfertige Statue. »Liebe bringt nicht immer Glück. Sie verleitet uns oft dazu, Dinge zu tun, die wir später bereuen.« Sie drehte sich zu ihm um. »Aber wenn man die Liebe gefunden hat, dann sollte man um sie kämpfen, denn sie ist es wert.« Sie trat näher an ihn heran und strich ihm über die Wange. »Agnes hat an die Liebe geglaubt, bis in den Tod.«

Tränen traten in ihre Augen.

»Mein Gott, du bist ihr so ähnlich.«

Er wich einen Schritt zurück. Sie ließ ihre Hand sinken und griff nach einem der kleineren Meißel.

»Ich habe die Statue gesehen, die du damals von der kleinen Merian angefertigt hast. Sie war ein Meisterwerk.«

Erstaunt schaute Christian die Hübschlerin an. »Aber …«

Sie hob die Hand. »Du hast den ganz besonderen Zauber in ihren Augen eingefangen. Das schaffen nur sehr wenige Künstler. Es war nur ein Stück Stein in meinen Händen, doch es hat mich berührt.« Sie sah ihn eindringlich an. »Du magst glauben, du wärst nur der Liebe wegen zu deinem Vater gegangen. Doch ich sage dir: Du bist wegen dir selbst dorthin gegangen. Dein Talent ist es, was dich zu ihm geführt hat – und die Hoffnung, einmal etwas ganz Großes zu schaffen. Gott hat dir eine Gabe geschenkt, für die es sich zu kämpfen lohnt. Auch wenn im Moment alles verloren scheint. Irgendeinen Weg wird es immer geben, da bin ich mir sicher.« Sie hob einen der roten Sandsteine auf und drehte ihn in ihrer Hand hin und her. »Es sind nur einfache rote Sandsteine, mit denen du die Menschen verzaubern kannst.«

Sie deutete auf seine Hosentasche. »Und genauso ist es mit

der Merian. Es sind Farben und Pinselstriche, mit denen sie uns mitnimmt in eine andere Welt. Der Garten auf dem Bild lebt, man glaubt, die Blumen riechen zu können. Euch beide verbindet mehr als Leidenschaft, euch verbindet eine Gabe Gottes.«

Christian setzte sich auf die Bank vor dem Schuppen und weinte. »Aber ich habe sie verloren. Sie ist fort, und es tut so schrecklich weh. Es ist, als würde ein Teil von mir fehlen.«

Edda setzte sich neben ihn. Er vergrub sein Gesicht an ihrer Schulter und schluchzte laut.

Tröstend strich sie ihm übers Haar. »Du wirst sie wiederfinden. Ihr seid Seelenverwandte, die einander suchen und brauchen. Auch sie kann sich dem nicht entziehen, dessen bin ich mir sicher.«

*

Fanny, die neue Magd, trat vorsichtig an das seltsame Glas heran, das neben Marias Bett stand. Argwöhnisch betrachtete sie den Inhalt. Blätter und Äste lagen darin. Zwei Raupen saßen darauf. Sie waren schwarz, ihre Haut war von bräunlichen Knubbeln und Stacheln übersät. Erschrocken wich sie zurück. Teufelsgeziefer saß in dem Glas. Es würde herauskrabbeln, sie verhexen oder einen Bann über sie schlagen. Sie machte einen weiteren Schritt nach hinten und stieß gegen Maria, die mit einer Schachtel in der Hand den Raum betrat. Erschrocken wirbelte das Mädchen herum.

Maria hob beruhigend die Hände. »Ganz ruhig, ich bin es nur, Maria.«

Fanny deutete auf das Glas neben dem Bett. »Jemand möchte

Euch schaden, Herrin. Seht nur, Teufelsgeziefer wurde hier hereingebracht.«
Erstaunt schaute Maria das Mädchen an. Fanny sah richtig mitgenommen aus. Ihre Hände zitterten, und Panik stand in ihren Augen.
Maria trat ans Bett, hob das Glas in die Höhe und klopfte dagegen. Eine der Raupen hob den Kopf, hangelte sich auf ein anderes Blatt.
»Es sind Admiralsraupen und kein Teufelsgeziefer«, versuchte Maria, Fanny zu beruhigen. Liebevoll blickte sie auf die beiden Raupen, die sie gestern in dem verwilderten Garten hinter ihrem Haus entdeckt hatte.
Ihre Mutter hatte damit begonnen, einen Kräutergarten anzulegen, und Maria ging ihr dabei zur Hand. Anfangs war sie nur widerwillig in den verwilderten Hinterhof mitgekommen. Sie wollte keinen Kräutergarten, der die Erinnerungen an eine Zeit wachrufen würde, die sie für immer vergessen wollte. Doch die Mutter hatte nicht lockergelassen, und der blaue Himmel hatte ein Übriges dazu beigetragen, dass sie mit nach draußen gekommen war, um dem Giersch und anderem Grünzeug zu Leibe zu rücken. Irgendwann hatte es dann sogar Spaß gemacht, die Hände in die Erde zu stecken, mit der Hacke umzugraben, trockenes Laub zusammenzurechen und Efeu zu stutzen. Als sie die beiden schwarzen Raupen auf einem Blatt entdeckt hatte, konnte sie einfach nicht anders, als sie mitzunehmen. Admirale waren im Herbst am häufigsten anzutreffen, nur an besonders warmen Herbsttagen waren auch noch Kohlweißlinge oder Zitronenfalter unterwegs. Wehmütig schaute sie auf die beiden Raupen im Glas. Bald würde der Winter den Main mit Eis überziehen, und dann würden auch die letzten Sommervögel fortfliegen oder sich verkriechen.

Das Schächtelchen, das Maria neben sich aufs Kissen gelegt hatte, bewegte sich. Lächelnd griff Maria danach.
»Willst du sehen, wie sie aussehen, wenn sie sich verwandelt haben? Komm« – Maria klopfte neben sich auf die Decke –, »setz dich zu mir. Ich zeige es dir.«
Vorsichtig kam Fanny näher, die Schachtel immer im Blick.
Maria öffnete diese, und ein Sommervogel kam zum Vorschein.
»Er hat auf der Mauer des Karmeliterklosters gesessen. Dort sitzen sie gern, weil die Steine warm sind.«
Fanny trat wieder einen Schritt zurück und hob abwehrend die Hände. »Bring ihn weg, bitte. Er ist nicht gut, verzaubert dich noch. Jeder weiß doch, dass sie verkleidete Hexen sind, die den Rahm stehlen.«
Der Sommervogel kletterte auf Marias Hand. Seine winzigen Beinchen kitzelten sie auf der Haut. Er breitete seine Flügel nicht aus. »Unsinn. Verkleidete Hexen, die den Rahm stehlen. Sie sind etwas Besonderes. Mein Vater hat sie immer Sommervögel genannt.«
Maria stand auf und machte einen Schritt auf Fanny zu. Doch das Mädchen wich weiter zurück. »Bitte, ich möchte ihn nicht näher betrachten. Schafft ihn fort, er wird uns verzaubern, sich in eine Hexe verwandeln und Unglück über uns bringen.«
Maria hob die Hand und sah den kleinen Admiral an. »Willst du dich in eine Hexe verwandeln, mein Freund?« Sie lächelte. »Ich glaube, er will lieber nach draußen.«
Sie trat ans Fenster, öffnete es und setzte das Tier vorsichtig auf die Fensterbank. Sofort breitete der Admiral seine Flügel im warmen Sonnenlicht aus. Lächelnd beobachtete Maria ihn dabei, wie er aufflatterte, um über den halbfertigen Kräutergarten hinweg in die Freiheit zu entfliehen.

»Sie sind nicht böse, weißt du.« Maria drehte sich nicht um, während sie sprach. »Mir hat mal jemand gesagt, dass sie ein Symbol für die Freiheit der Seele sind, die sich aus der sterblichen Hülle des Menschen befreit.«
Christians Gesicht tauchte vor ihrem inneren Auge auf, und plötzlich vermisste sie ihn. Sie hatte versucht, ihn zu vergessen, doch jetzt war er mit aller Macht zurückgekehrt und berührte ihr Innerstes so sehr, dass es schmerzte.
Fanny stand unschlüssig an der Tür. Die Worte ihrer Herrin hatten sie beeindruckt. Vielleicht waren ihre Eltern jetzt auch freie Seelen, denen es gutging. Langsam trat sie neben Maria und flüsterte: »Das hört sich viel hübscher an als die Geschichten von den Hexen und dem Teufelsgeziefer.«
Maria sah sie erstaunt an, nickte und blickte lächelnd in die Richtung, in die der Sommervogel verschwunden war.
»Ja, das finde ich auch.«

*

Conrad saß bei seiner Mutter in der Küche und schälte Äpfel, aus denen Kompott gekocht werden sollte. Normalerweise war die Magd dafür zuständig, doch das Mädchen war heute Morgen nicht gekommen, lag krank darnieder. Das Feuer knisterte im Ofen, auf dem der große silberfarbene Topf stand, den die Mutter immer zum Einkochen verwendete. Der Geruch von Zimt hing in der Luft, und Rosinen lagen in einer Schüssel vor ihm. Es war ein trüber Vormittag, und dicke Regenwolken verhüllten den Himmel. Der Garten seiner Mutter wirkte trostlos mit seinen verblühenden Rosen und verfärbten Blättern, die auf dem feuchten Boden und in den

Pfützen lagen. Öllampen, die an den Wänden hingen, erhellten die kleine Küche mit ihrem warmen Licht, auf der Fensterbank brannten einige Kerzen. Ursula Waldschmidt wischte den Staub von den Einmachgläsern und freute sich über die Gesellschaft ihres Sohnes, den sie in der letzten Zeit nur noch selten zu Gesicht bekommen hatte.
»Der Herbst scheint jetzt tatsächlich Einzug zu halten«, sagte sie. Conrad schälte, ohne aufzublicken, die Äpfel.
»Es ist bereits Oktober, der Winter ist nicht mehr fern. Bisher hatten wir Glück mit dem Wetter.«
Ursula stellte das Glas zur Seite. »Deinem Vater tut die Kälte nicht gut. Seine Glieder sind steif und schmerzen. Auch die warmen Bäder, die der Arzt verordnet hat, verschaffen ihm kaum Linderung.« Sie setzte sich neben ihren Sohn. »Er wird immer schwächer. Wenn es so weitergeht, dann wird er diesen Winter nicht …« Tränen traten ihr in die Augen.
Conrad legte das Messer zur Seite und nahm ihre Hand.
»Natürlich wird er das. Vater ist zäh.«
Ursula begann, ebenfalls Äpfel zu schälen. Conrad beobachtete sie dabei nachdenklich. Wie sehr sie sich in den letzten Monaten verändert hatte, dachte er. Graue Strähnen durchzogen ihr Haar, Falten hatten sich um Augen und Mund gegraben. Sie war schmaler geworden, wirkte verloren in ihren Kleidern, die wie Säcke an ihr herabhingen.
Dieser Totengräber hatte ihr das angetan. Er und diese verdammte Hure, die einfach hier aufgetaucht waren. Es hatte ihn keine große Mühe gekostet, Christian ausfindig zu machen, der sich bei Edda verkrochen hatte, wo auch sonst. Statuen stellte er her, im Hinterhof des Hurenhauses, in dem er von einer jüdischen Hübschlerin geboren worden war. Er hatte ihn dabei beobachtet, wie er den roten Sandstein bearbeitete, halbnackte Frauenkörper mit Schmirgelpapier glatt

scheuerte. Es waren keine Butterfliegen, die er in Stein meißelte, wie damals auf dem Friedhof, wo sie überall zu finden waren. Aber was wollte eine Hübschlerin wie Edda auch mit Butterfliegen, die ihre Kundschaft verschreckten.

Ursula stand auf, leerte den Inhalt der Tonschüssel in den großen Topf auf dem Ofen und streute Zimt darüber.

»Der Totengräber wohnt jetzt bei dieser Hübschlerin, Edda«, sagte er plötzlich.

Ursula hielt in der Bewegung inne. »Ich möchte nicht, dass er in diesem Haus erwähnt wird«, antwortete sie mit ruhiger Stimme.

Conrad drehte sich zu ihr um. »Aber er ist doch da. Jeden Tag schleicht er durch die Gänge und lähmt uns alle. Es muss ein für alle Mal aufhören – und ich werde mich jetzt darum kümmern.«

»Um gar nichts wirst du dich kümmern.«

Die beiden zuckten zusammen.

Bernhard Waldschmidt stand, auf seinen Stock gestützt, in der Tür. »Über diese Angelegenheit wird in diesem Haus nicht mehr gesprochen. Auch sonst will ich nichts mehr davon wissen. Es ist Vergangenheit, ein für alle Mal.«

Conrad legte sein Messer auf den Tisch, während Ursula zu ihrem Mann eilte und ihm einen Stuhl anbot. Stöhnend setzte sich der Pastor, atmete den Geruch des Kompotts tief ein und griff nach einem Apfelspalt, der vor ihm auf dem Tisch lag.

Conrad funkelte seinen Vater wütend an. Stillschweigen sollte er bewahren, während ein anderer ihre Familienehre mit Füßen trat. Hatte sein Vater überhaupt eine Ahnung davon, mit wem er es zu tun hatte? Mit einer dreckigen jüdischen Hure hatte er es getrieben und einen Juden gezeugt. Warum verstand er nicht, wie sehr er hintergangen worden war.

»Sie war Jüdin.«

Bernhard Waldschmidt fiel das Apfelstück aus der Hand.
Conrad lächelte triumphierend. »Agnes war Jüdin. Und der Totengräber heißt Jeremia, nicht Christian.«
Die Augen des alten Pastors weiteten sich. »Woher hast du das?«
»Ich war in der Judengasse. Dort nennen sie ihn Jeremia und nicht Christian.«
»Ich will wissen, woher du weißt, dass Agnes eine Jüdin gewesen ist«, fragte Bernhard Waldschmidt scharf.
Conrad beugte sich nach vorn. »Edda hat es mir gesagt«, log er. Jetzt war es auch schon egal. Er wollte seinen Vater auf seine Seite holen. Er sollte endlich etwas unternehmen.
Doch sein Vater blickte nur kopfschüttelnd zu Boden, Tränen in den Augen. »Aber, das hätte sie mir doch gesagt. Sie hat mir immer alles erzählt. Geheimnisse voreinander gab es nicht.«
Ursula trat hinter ihren Gatten und warf ihrem Sohn einen bösen Blick zu. »Du hast deinen Vater gehört: Diese Angelegenheit wird in diesem Haus nicht mehr angesprochen.«
Conrad sah seine Mutter überrascht an. Damit, dass sie sich hinter seinen Vater stellen würde, hatte er nicht gerechnet.
Wütend sprang er vom Stuhl auf. »Ihr wollt es nicht wahrhaben. Aber ich sage euch: Dieser Jude wird uns alle ins Verderben reißen. Er und seine teuflische Freundin, diese kleine Merian, werden uns alle verzaubern, denn sie haben einen Pakt mit dem Teufel geschlossen.«
Sein Vater erhob sich ebenfalls und stützte sich mit zittrigen Händen auf der Tischplatte auf. »Hör auf damit!«, herrschte er seinen Sohn an. »Siehst du nicht, dass du dich in etwas verrennst. Lass den Jungen in Ruhe und die Merian auch. Es gibt nicht einen einzigen Anhaltspunkt, dass sie es mit dem Teufel hätten.«
Fassungslos starrte Conrad seinen Vater an. »Aber du warst

doch derjenige, der sie der teuflischen Wissenschaften beschuldigt hat. Du warst derjenige, der ihre Raupen und Butterfliegen als sündhaft bezeichnet hat. Jeder weiß, dass die Tiere Unglück bringen und sogar für Krankheiten verantwortlich sind. Er meißelt sie auf Grabsteine, überall auf dem Friedhof kannst du sie sehen. Wir müssen den Teufel aus den beiden austreiben, bevor er um sich greift.«

»Gar nichts müssen wir«, brüllte der alte Pastor und schlug mit der Faust auf den Tisch.

Ursula Waldschmidt zuckte zusammen. So aufgebracht hatte sie ihren Gatten noch nie erlebt.

»Lass endlich deine Finger aus meinen Angelegenheiten heraus, hörst du!« Er schaute seinen Sohn wütend an.

Conrad warf das Messer auf den Tisch und ging zur Tür.

»Gar nichts werde ich tun«, antwortete er. »Deine Angelegenheiten sind auch die unseren. Dieser jüdische Bastard hat meine Familie in den Dreck gezogen – meiner Mutter den Mann und mir den Vater geraubt, den wir zu kennen glaubten. Dafür soll er büßen – und auch die, die er am meisten liebt.«

*

Valentin saß in der letzten Reihe der Barfüßerkirche und beobachtete die Gottesdienstbesucher dabei, wie sie das Gotteshaus verließen. Feine Herren mit samtenem Wams, edel gekleidete Damen am Arm, flanierten genauso an ihm vorüber wie ärmlich gekleidete Arbeiter, Mägde und Knechte, für die der Kirchgang ein wenig Abwechslung in den tristen Alltag brachte.

Hinter ihm fiel das Kirchentor ins Schloss, und Stille hüllte ihn ein. Nachdenklich blickte er zum Altar, wo ein Messdiener die Kerzen ausblies. Erst jetzt bemerkte er Bernhard Waldschmidt, der am Rand des Altarraumes auf einer Bank saß. Er wirkte verloren, von seiner Krankheit gezeichnet, abgemagert und müde. Valentin schaute ihn eine Weile schweigend an. Wohin war der Mann verschwunden, der mit ihm Pläne geschmiedet hatte? Der begeistert Flugschriften und Bücher hatte drucken lassen. Valentin trat aus der Kirchenbank, ging den Mittelgang entlang und setzte sich schweigend neben seinen alten Freund. Nach einer Weile hob Bernhard Waldschmidt den Kopf und ließ seinen Blick durch seine Kirche, wie er die Barfüßerkirche nannte, schweifen.

»Bald ist es vorbei. Ich fühle es.«

Valentin folgte seinem Blick. Gemälde, silberne Kerzenleuchter, Stuck und Kirchenbänke – diese Kirche war Bernhards Leben, Pfarrer zu sein seine Aufgabe.

Valentin dachte an seine Bücher im Laden, die alles für ihn bedeuteten. Wie würde es sein, wenn er eines Tages nicht mehr dort arbeiten konnte? Der Tag würde kommen, an dem er zum letzten Mal die Ladentür abschloss. Oder würde er das dann überhaupt noch können? Still und heimlich hatte sich das Alter angeschlichen und raubte ihm Stück für Stück sein Leben, bis es irgendwann zu Ende war. Der Buchladen würde geschlossen werden, die Bücher verkauft, denn einen Erben gab es nicht. Plötzlich beneidete er seinen Freund um die Familie, um den Sohn, der heute die Predigt gehalten hatte.

»Er ist so hart geworden«, murmelte Bernhard.

Valentin sah ihn erstaunt an. »Wer ist hart geworden?«

»Conrad. Er entgleitet mir immer mehr. Ich war überzeugt davon, dass wir eine Einheit darstellen – Vater und Sohn, im Glauben verbunden. Aber dem ist nicht so.«

Valentin dachte an Conrads Predigt zurück. Von der Verführung hatte er gesprochen, dem Teufel und seinen Anhängern. Seine Worte hatten laut durch die Kirche gehallt, wie Peitschenschläge waren sie von den Wänden zurückgeprallt. Nicht ein Mal hatte er in den letzten Wochen die Armen erwähnt, die Witwen und Waisen. Er und Bernhard mochten in all den Jahren nicht immer einer Meinung gewesen sein, aber die Predigten seines Freundes waren andere gewesen.

»Der Junge hätte niemals zu mir kommen dürfen.«

Valentin ahnte sofort, von wem die Rede war.

»Ein Jude soll er plötzlich sein.« Bernhard ballte die Fäuste. »Agnes soll mich belogen haben. Das will und kann ich nicht glauben.«

»Er ist der Grund für Conrads Veränderung?«, fragte Valentin erstaunt.

Bernhard nickte. »Ich kann Conrad ja verstehen. Ich würde auch wütend werden, wenn ein unehelicher Bastard und Halbbruder von mir auftauchen würde, der Ansprüche stellt. Aber er geht zu weit. Ich kann doch nicht mehr tun als den Burschen fortschicken, obwohl ich erkannt habe, wer vor mir steht. Agnes' Augen verfolgen mich seit jenem Tag. Jede Nacht träume ich von ihr, sehe ihren verzweifelten Blick.« Er griff nach Valentins Hand, umklammerte sie fest. »In die Hölle werde ich dafür kommen, was ich ihr angetan habe, was ich Ursula antue. Ich betrüge meine eigene Ehefrau in meinen Träumen, jede Nacht, und kann nichts dagegen tun.«

Valentin wusste nicht, was er darauf antworten sollte. Auch er sah Agnes' Antlitz vor sich, das Gesicht einer Frau, die viel Liebreiz und Wärme ausstrahlte. »Du betrügst doch Ursula nicht, weil du dich an einen geliebten Menschen aus der Vergangenheit erinnerst«, versuchte er, seinen Freund zu beruhigen.

Bernhard schüttelte den Kopf. »Du verstehst das nicht. Ich erinnere mich nicht nur an sie. Jede Faser meines Körpers möchte sie fühlen, sie bei sich haben. Kennst du dieses Gefühl, mein Freund? Wenn du den ganzen Tag an nichts anderes mehr denken kannst, keine Nacht mehr schläfst und deine Seele dem Teufel verkaufen würdest, nur für eine gemeinsame Nacht. Dieser Totengräber hat mich mit ihren Augen angesehen. Er ist ihr so ähnlich, hat denselben Ausdruck darin.«

Valentin atmete tief durch. Neid durchflutete ihn. Niemals hatte er auf diese Art geliebt, keine Frau voller Leidenschaft in den Armen gehalten. Vielleicht war es besser so, dachte er. Wie viele Menschen waren schon an der Liebe zerbrochen. Eine Gefährtin wie Ursula vermisste er schmerzlich, jemanden, mit dem sich des Alltags Last teilen ließe. Aber solche Liebe, solchen Kummer zu empfinden, wie sein Freund es jetzt tat, jagte ihm Angst ein.

»Ursula hat verstanden, was los ist. Sie versteht den Schmerz in meinen Augen. Ich sehe es ihr an. So viele Jahre lebt sie an meiner Seite, ist mir Gefährtin, Vertraute geworden – und doch sehnt sich mein Körper nach einer Toten, die plötzlich zwischen uns steht.« Bernhard Waldschmidt erhob sich, ging zum Altar und rückte das Gesangbuch gerade, das sein Sohn dort liegenlassen hatte. »Conrad will etwas gegen den Totengräber unternehmen und auch gegen seine Freundin, die kleine Merian.«

Valentin zuckte zusammen.

»Er sagt, die beiden würden sich teuflischer Wissenschaften bedienen und müssten aufgehalten werden.« Bernhard Waldschmidt schüttelte den Kopf. »Conrad denkt, er könnte den Jungen loswerden, wenn er ihn anklagt – ihn und die Merian, die er aus irgendeinem Grund genauso abgrundtief hasst.«

Valentin erhob sich, trat neben seinen Freund und sah ihn eindringlich an. »Das darfst du nicht zulassen. Hörst du! Maria Merian hat Talent, das ihr von Gott gegeben ist. Ja, sie ist mit Christian mehr als nur freundschaftlich verbunden, aber was ist so schlimm daran? Conrad darf sie nicht in die Sache reinziehen. Maria hat mit euren Familienangelegenheiten nichts zu tun.«

Der Pastor zuckte mit den Schultern. »Conrad ist jetzt Pastor, nicht mehr ich. Er trifft nun die Entscheidungen.«

Fassungslos sah Valentin seinen Freund an. Wie ein Häufchen Elend wirkte der Mann, der noch vor wenigen Wochen vor Energie gestrotzt hatte. Gebrochen schien sein Lebenswille, sein Ehrgeiz.

»Wer sonst, wenn nicht sein eigener Vater, könnte das? Du musst ihn aufhalten. Conrad geht zu weit, ist bereits zu weit gegangen.« Verzweifelt packte Valentin Bernhard an den Schultern und sah ihm eindringlich in die Augen. »Du willst die Wahrheit einfach nicht erkennen. Dein Sohn will die Merian nicht wegen Raupen oder Butterfliegen aus dem Weg räumen, auch nicht, weil Christian sie liebt. Er will eine lästige Zeugin loswerden. Sogar in ihr Haus ist er eingebrochen, damals mit seinen Freunden. Er hat Christian und Maria an der Friedhofsmauer überfallen, das Mädchen wäre dabei beinahe umgekommen. Conrad ist nicht mehr Herr seiner Sinne.«

Waldschmidt riss die Augen auf. »Das kann nicht sein. Niemals würde Conrad so etwas tun. Er ist Pfarrer, ein Mann Gottes.«

Valentin erwiderte den Blick seines Freundes. »Ja, ein Pfarrer, der gekränkt ist in seiner Eitelkeit.«

Waldschmidt senkte den Kopf. Valentin ließ ihn los.

»Er ist mein Sohn, und ich habe ihn verletzt. Es ist alles meine Schuld.«

Valentin atmete tief durch. »Du musst mit ihm sprechen. Ihn davon überzeugen, dass er auf dem Holzweg ist. Zeige ihm, wie wichtig dir die Familie, wie wichtig dir Ursula ist. Dann werden auch die alten Geister weichen, da bin ich mir sicher.«
Bernhard Waldschmidt sah seinen Freund skeptisch an.
»Er hat sich verändert. Noch vor wenigen Wochen hätte ich gesagt, dass wir eine Einheit bilden, die nichts erschüttern kann. Doch jetzt scheint er weit fort zu sein, und ob ich jemals wieder zu ihm durchdringen werde, weiß ich nicht.«

Kapitel 20

Edda sah den Weinhändler trotzig an. »Der Preis ist Wucher. In jeder Schenke bekomme ich den Wein günstiger.«
Der Händler zuckte mit den Schultern. »Weiter kann ich unmöglich runtergehen, Edda. Es war kein gutes Weinjahr, und viele Unwetter haben uns das Leben schwergemacht.«
Eddas Blick veränderte sich, wurde schmeichelnd. Sie ging auf den Händler zu und strich ihm mit den Fingerspitzen sanft über die Wange. »Komm schon, Georg, du hast mir noch immer einen guten Preis gemacht. Für ein paar Taler weniger nehme ich dir zwanzig Fässer ab.«
Der Weinhändler schaute gierig auf ihr Dekolleté, das Edda unter ihrem Umhang hervorblitzen ließ. Er atmete tief durch. »Aber nur, weil du es bist, Edda.«
Sie schenkte ihm ein strahlendes Lächeln und drückte ihm einen Kuss auf die Wange. »Und heute Abend kommst du zu mir in den Laden. Kriegst mein bestes Mädchen, wie immer.«
Christian beobachtete die beiden angewidert. Er stand neben ihrem Karren und beruhigte Ruprecht, das Maultier. »Schon gut, Ruprecht. Bald sind wir wieder zu Hause, und dann bekommst du von mir eine Extraportion Hafer.«
Christian erledigte inzwischen die Stallarbeiten und kümmerte sich auch sonst um alle Dinge im Haus, für die früher Erich, der Knecht, zuständig gewesen war. Doch eines Tages war Erich auf dem Hühnermarkt einfach tot umgefallen.

Edda hatte sein Verlust schwer getroffen, denn er war eine treue Seele gewesen, seit vielen Jahren ein zuverlässiger Mitarbeiter, und hatte zum Hurenhaus gehört wie ein guter Geist. Stillschweigend hatte Christian Erichs Aufgaben übernommen. Besonders mochte er die Stallarbeit, und abends setzte er sich gern in Ruprechts Pferch, schnitzte kleine Figuren aus Holz und schlief meistens darüber ein. Im Stall war es still, kein lautes Lachen war zu hören, kein Kichern oder Stöhnen gab es dort. Nur die Geräusche der Tiere, die ihm das Gefühl von Geborgenheit vermittelten.

Edda bedeutete ihm, näher zu kommen.

»Na, dann mal los, mein Freund«, raunte er dem Maultier zu. Er bugsierte den Karren durch das Gedränge und ignorierte die wütenden Rufe anderer Käufer und Weinhändler. Im Herbst war der Weinhafen voller Fässer, Fuhrwerke und Wagen, Kundschaft und Händler, die nicht nur den Wein aus den umliegenden Weinbergen anboten. Von der Mosel, aus Franken und vom Rhein kamen sie, um Geschäfte zu machen. Entweder verkauften sie direkt an die Händler und Schenken Frankfurts, oder der Wein wurde hier umgeladen und weiter verschifft. Die meisten kannten sich, feilschten, unterboten sich tagsüber mit den Preisen und stießen abends in den Schenken am Hafen auf die gelungenen Geschäfte an. Oder sie kamen zu Edda und den anderen Hurenhäusern, wo der Begriff goldener Oktober eine ganz neue Bedeutung bekam.

Georg musterte Christian neugierig. »Wo hast du deinen alten Knecht gelassen, Edda?«

Eddas Augen umwölkten sich. »Er ist gestorben, einfach umgefallen, auf dem Hühnermarkt.«

Georg bedeutete einem seiner Knechte, die Weinfässer auf den Karren zu hieven. »Muss ein schöner Tod gewesen sein. Schnell und ohne Schmerz.«

Edda sog scharf die Luft ein.
Georg hob beruhigend die Hände. »So war es nicht gemeint. Schade um ihn. Er war ein netter Kerl.«
»Er war die gute Seele des Hauses.« Edda seufzte. »Einen guten Ersatz für ihn zu finden, das wird schwer werden.«
Georg schaute zu Christian hinüber, der gemeinsam mit seinem Knecht die Fässer auf den Karren lud. »Und was ist mit dem da? Dumm anstellen tut er sich nicht.«
Edda winkte ab. »Er hilft nur aus und wird uns bald wieder verlassen. Er ist ein Freund, den es in die Welt hinauszieht.«
Georg musterte Christian mit mehr Interesse. Der Bursche war groß, gut gebaut und konnte anpacken. Einer seiner Knechte war abgehauen, und er könnte einen guten Ersatz gebrauchen.
»Wenn er will, dann kann er zu mir kommen. Ich beliefere inzwischen sogar Städte wie Coblenz und Köln, das wäre doch was für ihn.«
Edda schaute Christian nachdenklich an. Eigentlich hatte sie sich über seine Zukunft noch keine Gedanken gemacht. Der Beruf des Steinmetzen würde ihm verwehrt bleiben, doch in einem Hurenhaus war auch nicht der richtige Platz für ihn. Vielleicht war der Vorschlag des Weinhändlers gar nicht so schlecht. Christian würde in die Welt hinauskommen, andere Städte kennenlernen und vielleicht ein neues Leben finden.
Georg legte den Kopf schräg. »Ich nehme an, du wirst mit ihm reden?«
Edda verzog die Lippen zu einem Lächeln. »Du kennst mich zu gut, alter Freund.«
Er lachte laut auf. »Wenn nicht ich, wer sonst? Wenn der Bursche mitfahren möchte, dann soll er bis Montag herkommen und nach mir fragen.«
Eddas Blick wanderte noch einmal zu Christian, der mit dem

anderen Knecht zu feixen begonnen hatte, während sie das letzte Fass auf den Karren wuchteten.
Der Gedanke war wirklich nicht abwegig. Sie nickte. »Gleich nachher werde ich mit ihm sprechen.«
Edda verabschiedete sich von dem Händler, der ihr noch einmal anzüglich zuzwinkerte. Ganz sicher würde er ihre Einladung ins Hurenhaus am Abend annehmen.
Kurz darauf passierten Edda und Christian das Fahrtor und atmeten erleichtert auf, als sie den weitläufigen Römerberg erreichten. Auch hier herrschte geschäftiges Treiben, doch es blieb genug Luft zum Atmen. Sogar Ruprecht schien ruhiger zu werden, als sie die Neue Kräme hinauffuhren. Karren, Kutschen und Fuhrwerke reihten sich aneinander. Die Ladengeschäfte waren geöffnet und die Auslagen gut mit Waren bestückt. Feinste Tuch- und Lederwaren, Gewürze und Kaffee, Bürsten und Filzarbeiten wurden feilgeboten. An der Ecke zum Liebfrauenberg hatte sich ein Korbhändler niedergelassen und seine Körbe großzügig um sich herum verteilt. Vornehmlich weibliche Kundschaft scharte sich um das Flechtwerk, feilschte um die Preise von Huckelkiepen, großen und kleinen Körben, Truhen und sogar Kinderwiegen. Edda blieb stehen und musterte eine kleine Truhe, an der ein hübsch gearbeitetes Schloss angebracht war.
Christian hielt Ruprecht am Zügel und ließ seinen Blick über den Platz schweifen. Für Oktober war es ein warmer Tag. Sanft beschien die Sonne die Fachwerkhäuser und ließ den roten Sandstein warm leuchten. Vor einigen Häusern standen noch Blumenkästen, bepflanzt mit Sonnenhut, Astern oder Dahlien.
»Ich denke nicht, dass Ihr heute dorthin gehen solltet«, drang plötzlich die Stimme eines jungen Mädchens an Christians Ohr.

Verwundert drehte er sich um und erstarrte.

Maria musterte kritisch nicht weit von ihm entfernt einen kleinen Korb. Neben ihr stand ein gedrungen wirkendes Mädchen mit aschblondem Haar.

Maria blickte nicht auf, als sie antwortete. »Aber warum denn nicht? Irgendwann muss jemand nach dem Rechten sehen.«

»Aber heute ist Mittwoch. An einem Mittwoch darf man niemals neue Dinge beginnen. Das bringt Unglück.«

Maria sah das Mädchen skeptisch an. »Aber ich beginne doch gar nichts Neues. Ich gehe nur in das Atelier meines Vaters. Dort war ich schon ganz oft.«

Das Mädchen verschränkte die Arme vor dem Körper. »Aber Ihr wart seit Wochen nicht mehr dort. Bestimmt wird es Unglück bringen, es an so einem halben Tag wie heute zu machen. Wartet doch lieber bis morgen. Donnerstage sind Glückstage.«

Maria verdrehte die Augen, und Christian musste trotz seiner zitternden Hände grinsen. So viel Aberglaube würde ihn auch verrückt machen.

»Wollen wir dann weiter?«

Er zuckte erschrocken zusammen und drehte sich um. Edda stand hinter ihm, drei kleine Körbchen in der Hand.

»Was gibt es denn dort vorn zu sehen?« Sie folgte seinem Blick.

Peinlich berührt schlug Christian die Augen nieder.

Edda verstaute schmunzelnd ihre Körbe im Karren und griff nach Ruprechts Zügeln.

»Ich denke, den restlichen Weg schaffen wir allein, nicht wahr, Ruprecht?« Sie tätschelte dem Maultier die Flanke und zwinkerte Christian grinsend zu.

Er sah sie erstaunt an.

Auffordernd wedelte sie mit den Armen. »Nun geh schon. Sie wird dir sicher nicht den Kopf abreißen.«
Sie trieb das Maultier an und verschwand in der Menge. Christian schaute ihr verwirrt hinterher. Als er sich umdrehte, sah er gerade noch, wie Maria allein weiter der Neuen Kräme folgte, während das aschblonde Mädchen mit grimmiger Miene am Korbstand zurückblieb.
Aufgeregt folgte er Maria auf den Römerberg, wo sie nicht, wie er annahm, den Weg zum Hühnermarkt einschlug, sondern auf das Fahrtor zuhielt. Neugierig folgte er ihr zum Hafen. Sie hielt sich linker Hand, schlenderte am Brückenquai entlang, ging auf die Brücke und blieb in der Mitte stehen. Er beobachtete sie dabei, wie sie über den Main blickte. Nach einer Weile zog sie einen Skizzenblock aus ihrer Tasche und begann damit, irgendetwas zu skizzieren. Sie war noch immer sehr dünn, doch ihre Wangen wirkten wieder voller. Er musterte ihren Gesichtsausdruck: Ihre Stirn war gerunzelt, ihre Miene ernst. Unsicher trat er einen Schritt zurück. Vielleicht war es doch keine gute Idee gewesen, ihr zu folgen. Gewiss wollte sie ihn nicht sehen. Doch dann fiel ihm plötzlich etwas ein. Er schob die Hand in seine Rocktasche und zauberte einen kleinen hölzernen Sommervogel heraus. Er hatte ihn gestern Abend, nachdem er ihn fertiggestellt hatte, in die Tasche geschoben. Er strich liebevoll mit der Hand über die präzise ausgearbeiteten Flügel. Schon seit einiger Zeit hatte er keinen Sommervogel mehr in Stein gemeißelt. Die Sommervögel hatten ihren Platz auf dem Peterskirchhof, nicht in einem Hurenhaus. Doch beim Schnitzen im Stall waren die Tiere von allein zurückgekommen.
Er umschloss den hölzernen Sommervogel mit den Fingern, atmete tief durch, trat neben Maria, legte ihn auf die Brüstung der Brücke und schob ihn zu ihr hinüber.

»Ich dachte, er könnte dir gefallen«, sagte er leise.
Sie drehte sich um, ließ den Stift sinken, antwortete nicht. Schweigend schaute sie ihn eine Weile an. Christian erwiderte ihren Blick, den er nicht deuten konnte. Irgendwann hob sie die Hand und berührte die hölzernen Flügel des Sommervogels. »Er ist hübsch.« Ein leichtes Lächeln umspielte ihre Lippen.
Christian atmete erleichtert auf.
Zärtlich strich sie über das Holz, folgte mit den Fingerspitzen den Konturen des Körpers bis zu seinen Fühlern. Christian schaute auf ihren Skizzenblock. Die Zeichnung stellte eine alte Frau dar, die an den Brückenpfeiler gelehnt saß und schlief. Er sah an Maria vorbei, und tatsächlich saß dort die Alte, schlafend, den Kopf zur Seite geneigt, auf einer löchrigen Flickendecke. Eine zottige schwarze Katze lag zu ihren Füßen und musterte ihn teilnahmslos.
Maria folgte seinem Blick. »Menschen sind der Spiegel der Seele, hat mein Vater immer gesagt. Wenn du dein Innerstes verstehen willst, dann musst du es zeichnen.«
Christian schaute auf die alte Frau.
Maria blickte zu Boden, Tränen in den Augen.
Er trat näher an sie heran und griff vorsichtig nach ihrer Hand. »Es tut mir leid.«
Sie hob den Kopf und sah ihm in die Augen. »Es muss dir nicht leidtun«, antwortete sie. »Dich trifft keine Schuld. Mir tut es leid. Ich habe mich dumm benommen.«
Ein Karren fuhr dicht an Christian vorbei und zwang ihn, einen Schritt zur Seite zu machen. Die alte Frau zuckte zusammen, öffnete die Augen und blickte sich verwundert um.
»Jetzt ist sie aufgewacht.« Christian deutete auf die Alte.
Maria wandte sich um, ein Lächeln huschte über ihre Lippen.

»Vielleicht ist es besser so. Dann kann ich jetzt endlich dorthin gehen, wohin ich eigentlich wollte.«
»Soll ich dich begleiten?«, fragte er hoffnungsvoll.
Sie griff nach Stift und Skizzenblock, die noch immer auf der Brüstung lagen. »Nein, diesen Weg muss ich allein gehen.«
»Auch wenn heute Mittwoch ist und der Tag Unglück bringt.«
Erstaunt sah sie ihn an.
Er grinste verschmitzt. »Sagen wir mal: Ich folge dir schon eine Weile.«
Sie lächelte. »Fanny ist unsere neue Magd. Ein liebes Ding, aber furchtbar abergläubisch. Für jeden Tag, jede Handlung oder Jahreszeit findet sie irgendeine Weisheit oder Regel. Es gibt Unglückstage, halbe Tage, Schwend- und Lostage. Alle bedeuten irgendetwas anderes. Raben im Garten, Sommervögel am Fenster, Nebel am Morgen. Für alles findet sie irgendeinen Aberglauben. Sie macht mich noch wahnsinnig damit.« Sie atmete tief durch. »Und auch wenn heute Mittwoch ist und dieser halbe Tag angeblich Unglück bringt, werde ich jetzt allein ins Atelier gehen.«
Ihr Blick fiel auf den hölzernen Sommervogel auf dem Brückensims. Sie nahm ihn und schob ihn in ihre Rocktasche.
»Aber der Sommervogel darf mich begleiten. Gewiss wird er mir Glück bringen.«
Maria ging an Christian vorbei und musterte ihn beiläufig. Erst jetzt fiel ihr auf, dass er andere Kleidung trug. Sein braunes Wams war staubig, hatte aber keine Löcher. Er trug passende braune Hosen und ein sauberes Hemd. Nur seine Schuhe waren die altbekannten. Seine Hände waren schmutzig, allerdings ohne Erdränder unter den Nägeln.
»Du siehst verändert aus. Wohnst du noch auf dem Peterskirchhof?«

Er folgte ihr. »Nein, es war alles verwüstet, als ich zurückkam und Conrad …«
Er verstummte. Maria warf ihm einen Blick zu. Sie schlenderten die Fahrgasse hinunter. Die Sonne verschwand hinter dunklen Wolken, und auffrischender Wind wirbelte Marias Umhang in die Höhe.
Sie blieb stehen. Conrad tauchte vor ihrem inneren Auge auf, sein böser Blick, seine Worte, die ihr Angst gemacht hatten. Sollte sie Christian von ihrer Begegnung erzählen, von seiner Drohung? Sie entschied sich dagegen. Bestimmt hatte Conrad ihr nur Angst machen wollen. Das hoffte sie jedenfalls.
»Conrad hat dich von dort vertrieben?«, fragte sie und schluckte.
Christian deutete ein Nicken an. »Er ist jetzt der Pastor. Sein Vater liegt noch immer krank darnieder, und ob er sich jemals wieder erholen wird, ist fraglich.«
»Und wo wohnst du jetzt?«
Maria setzte sich wieder in Bewegung.
»Bei einer alten Freundin meiner Mutter«, antwortete er ausweichend.
Maria sah ihn fragend an.
Er atmete tief durch. »Edda hat mich aufgenommen.«
Sie riss die Augen auf. »Du wohnst in einem Hurenhaus?«
»Es ist nicht, wie du denkst.« Er errötete bis unter die Haarspitzen und hob abwehrend die Hände.
Sie grinste. »Das hätte ich auch nicht gedacht.«
Sie erreichten die Mehlwaage und schlugen den Weg zum Hühnermarkt ein. Inzwischen hatte es leicht zu nieseln begonnen, und Maria zog die Kapuze ihres Umhangs über den Kopf. Sie liefen an den mächtigen Mauern des Doms vorüber, vor dem sich viele Kramer und Tageshändler niedergelassen hatten, um allerlei Tand zu verkaufen. Billige Schmuckwaren

und Tabakdosen, Flugschriften, Tücher, Filztaschen und Pfeifentabak wurden genauso feilgeboten wie frische Äpfel und Kürbisse.

In dem aufkommenden Regen bemühten sich die Händler hektisch, die wasserempfindlichen Waren mit Tüchern abzudecken. Auf dem Hühnermarkt selbst hatte der Regen, der inzwischen stärker geworden war, die Händler bereits vertrieben.

Maria blieb vor dem Haus stehen, in dem das Atelier untergebracht war, und blickte nach oben. »Es ist so vertraut und doch fremd.«

Christian folgte ihrem Blick. »Soll ich mitkommen?«

Maria schüttelte den Kopf. »Nein. Ich schaff das schon. Es ist ja nur das Atelier, ein Raum voller Bilder.« Sie drehte sich zu ihm um. »Es war schön, dich zu treffen.«

Er trat näher an sie heran und griff nach ihrer Hand.

»Wann kann ich dich wiedersehen?«

Sie zog ihre Hand nicht weg. »Ich weiß nicht«, antwortete sie unsicher. »Manchmal gehe ich abends noch an den Main, dorthin, wo die Fischernetze hängen.«

Er ließ ihre Hand los und trat einen Schritt zurück.

»Dann werde ich heute Abend dort auf dich warten.«

*

Edda zog Ruprecht in den Hinterhof des Hurenhauses, schloss das Tor hinter ihm und lehnte sich schwer atmend dagegen. Den Karren allein zwischen den vielen Menschen hindurchzubugsieren war anstrengender gewesen, als sie gedacht hatte. Besonders weil Ruprecht seinen eigenen Kopf hatte und immer wieder stehen blieb, mit Vorliebe an Gemüseständen. Zweimal hatte sie zähneknirschend einen Apfel bezahlt, den er sich flink geschnappt hatte. Jetzt stand der freche Dieb vor ihr, den Kopf gesenkt, als wüsste er, was er ausgefressen hatte. Lächelnd trat sie neben ihn und strich ihm über die Mähne. »Ich kann dich ja verstehen, mein Guter. Die Äpfel sahen wirklich verlockend aus.«

Ein ungewohntes Geräusch ließ sie aufblicken. Es kam aus Christians Schuppen. Argwöhnisch schaute sie zu der angelehnten Tür, trat näher heran und schob sie auf.

Conrad Waldschmidt stand vor Christians Tisch, einen roten Sandstein in der Hand, und grinste sie hämisch an.

»Dachte ich mir doch, dass du irgendwann auftauchen wirst, Edda.«

Ihr Gesicht versteinerte. »Was tust du hier, Conrad?«

Er legte den Stein zur Seite und machte einen Schritt auf sie zu. »Kannst du dir das nicht denken, Edda? Du hast mich angelogen.«

Edda richtete sich auf und schob das Kinn vor, doch ihre Hände zitterten. »Ich weiß nicht, wovon du sprichst.«

Er machte einen weiteren Schritt auf sie zu. »O doch, das weißt du sehr wohl. Oder warum wohnt der kleine jüdische Bastard in deinem Haus?«

Sie wich zur Tür zurück und trat in den Hof hinaus. »Er ist mein neuer Knecht«, erwiderte sie.

»Lüg mich nicht an.« Conrads Blick wurde kalt. »Er hat sich bei dir versteckt. In dem Hurenhaus, in dem er zur Welt gekommen ist, geboren von einer Jüdin, die den Ruf meines Vaters in den Dreck gezogen hat.«

Wut wallte in Edda auf. »Agnes hat den Ruf deines Vaters nicht beschmutzt. Sie hat ihn geliebt.« In Eddas Augen traten Tränen. »So unendlich geliebt«, wiederholte sie und schlug

die Hände vors Gesicht. Conrad blieb stehen. So kannte er die alte Hübschlerin gar nicht.
Edda ließ die Hände sinken. Voller Verachtung sah sie Conrad an. »Ja, Agnes war Jüdin. Doch sie ist zum christlichen Glauben übergetreten, wollte in dieser Stadt neu beginnen, ohne eine Gefangene zu sein. Aber sie hat sich aus Verzweiflung das Leben genommen.« Sie machte einen Schritt auf Conrad zu und fuhr fort: »Dein Vater hat ihr die Ehe versprochen, wollte ihr ein neues Leben schenken. Doch dann hat er seine Meinung geändert, und ihre Träume von einem besseren Leben sind eingestürzt wie ein Kartenhaus. Sie hat den Freitod gewählt und ihren Sohn zurückgelassen, bei mir, in einem Hurenhaus. Ich habe ihn irgendwann schweren Herzens zurückgebracht zu der einzigen Familie, die er noch hatte. Zu den Juden.«
Über Conrads Gesicht huschte ein triumphierendes Lächeln. »Hab ich es doch gleich gewusst. Ein jüdischer Bastard ist er, der Ansprüche stellt. Was mein Vater auch immer getan hat, spielt keine Rolle mehr. Viele Männer gehen zu einer Hure, manche lieben sie auch, wie Ihr wisst.«
Edda ballte die Fäuste. »Ja, sie lieben sie und versprechen den Frauen Dinge, die sie niemals halten werden. Sie belügen sie, damit sie ihre Lust befriedigt bekommen. Doch dein Vater wollte Agnes freikaufen, das hat er mir gesagt.«
Sie drehte sich zu Conrad um, der hinter sie getreten war. »Und er liebt sie heute noch. Ich sehe es in seinen Augen.«
Conrad hob die Hand. »Schweig still, verdammte Hure.«
Sie lachte laut auf. »Du weißt, dass er sie liebt. Sie verfolgt ihn wie ein Schatten, den er nicht mehr loswird und der in Fleisch und Blut durch diese Stadt läuft.«
Conrad war ihr jetzt so nah, dass sie seinen Atem spüren konnte, Schweißgeruch vermischt mit Kaffeeduft stieg ihr in

die Nase. »Ich werde ihn kriegen, da kannst du dir sicher sein. Keinen Schritt wird er in dieser Stadt mehr tun, ohne dass ich ihn kenne. Er soll dafür büßen, was er meinen Eltern, was er mir angetan hat. Ich lasse mir meine Familie nicht von einem jüdischen Bastard und seiner kleinen Freundin zerstören.«
Edda riss erschrocken die Augen auf.
Conrad verließ ohne ein weiteres Wort den Hof, laut schlug das Tor hinter ihm ins Schloss.
Edda atmete erleichtert auf. Doch dann fiel ihr Blick auf den Schuppen, vor dem unterschiedlich große Steine und Meißel lagen. Wehmut breitete sich in ihr aus. Christian musste die Stadt verlassen – und das so schnell wie möglich.

*

Christian saß in der Küche des Hurenhauses und schaufelte gierig den Eintopf in sich hinein, den Lulu, die alte Magd und gute Seele des Hauses, ihm vorgesetzt hatte. Er bestand hauptsächlich aus Kürbis, doch auch ein paar Brocken Fleisch schwammen in der fetten Soße, die mit Thymian und ordentlich Pfeffer gewürzt war.
Sein Herz machte noch immer Luftsprünge. Maria hatte ihm verziehen, war nicht mehr böse auf ihn. So viele Tage und Nächte hatte er gegrübelt, sie vermisst. Wie schön war es gewesen, mit ihr sprechen zu dürfen, sie anzusehen.
Lulu setzte sich zu ihm an den Tisch und begann, Kürbisse zu schälen und in Stücke zu schneiden. Ein großer Korb voll von ihnen stand in einer Ecke. Kompott sollte davon eingekocht werden.

»Siehst heute so glücklich aus«, unterbrach sie seine Tagträume mit ihrer sonor klingenden Stimme.
Er zuckte zusammen.
Sie lächelte wissend. »Wie heißt sie denn?«
»Maria«, antwortete er und errötete bis hinter die Ohren.
Lulu schnitt den Kürbis in kleine Stücke. »Und du liebst sie.«
Er grinste.
Auf dem Flur waren Schritte zu hören, und Edda steckte den Kopf durch die Tür. »Hier bist du, Christian. Ich muss mit dir reden.« Ihre Miene war ernst, Christian zuckte innerlich zusammen, legte den Löffel weg und folgte ihr.
Sie betraten ihr Zimmer, und sofort hüllte ihn der schwere Duft ihres Rosenwassers ein. Dämmriges Licht fiel durch das kleine Fenster in den Raum, erhellte ihn kaum noch. Ungeduld erfasste ihn. Er hatte Maria versprochen, am Main auf sie zu warten.
Edda setzte sich an ihren Schminktisch und sah ihn ernst an. »Es wird Zeit, dass du uns verlässt, Christian.«
Er wollte etwas erwidern, doch sie hob die Hand. »Conrad war heute Nachmittag hier. Er ist voller Hass, Neid und Missgunst. Niemals wird er dich in Ruhe lassen. Der Weinhändler von heute Mittag braucht einen Knecht. Er meinte, du könntest für ihn arbeiten.« Sie griff nach Christians Hand. »Du würdest in einer anderen Stadt noch einmal von vorn beginnen können. Sie fahren den Rhein hinunter bis nach Coblenz und Köln. Das sind große Städte voller Leben.«
Er zog seine Hand zurück. Marias Bild stieg vor seinem inneren Auge auf. Eben hatte er sie wiedergefunden und sollte sie schon wieder verlieren?
Er schaute Edda nicht an, als er antwortete: »Er wird sich schon wieder beruhigen. Bald wird Gras über die Sache gewachsen sein.«

Edda stand auf und trat zu ihm. »Du verstehst das nicht. Er wird sich nicht wieder beruhigen, und es wird auch kein Gras über die Sache wachsen. Conrad wird erst Ruhe geben, wenn du tot bist. Er hasst dich abgrundtief und aus irgendeinem Grund auch die kleine Merian.«

Christian schloss die Augen. »Sie hat ihm nie etwas getan. War nur zur falschen Zeit am falschen Ort.« Seufzend strich er sich durchs Haar. »Ich hätte niemals zu meinem Vater gehen sollen. Mit meiner Selbstsucht habe ich alles zerstört.«

Edda setzte sich wieder. »Nein, du warst nicht selbstsüchtig. Du hast Mut bewiesen. Du wolltest dir eine Zukunft aufbauen mit dem Menschen, den du liebst. Vor langer Zeit wollte das dein Vater auch, aber er hat kalte Füße bekommen und den vermeintlich leichteren Weg gewählt. Die Vergangenheit hat ihn jetzt eingeholt – und er verzweifelt daran. Doch sein Sohn ist gefährlich, erfüllt von Hass und Missgunst. Er ist zu allem fähig.«

»Er verteidigt das Wichtigste, was er hat«, erwiderte Christian. »Seine Herkunft, seine Familie. Vielleicht würde ich an seiner Stelle genauso handeln. Immerhin schade ich seinem Ansehen und dem seines Vaters. Ein jüdisches Balg, das Ansprüche stellt.«

Edda schüttelte den Kopf. »Nein, du hast keine Ansprüche gestellt. Um ein wenig Hilfe hast du gebeten, sonst nichts. Doch die Lawine, die du damit losgetreten hast, können wir nicht mehr aufhalten.«

*

Die untergehende Sonne verwandelte den Main in ein Meer aus roten Kristallen, als Christian wenig später den Hafen erreichte. Nur noch wenige Boote, meist von Fischern, waren unterwegs, und von den nahen Schenken drangen fröhliche Musik und Gelächter herüber. Er blieb vor einem Boot stehen und musterte es genauer. Wie würde es sein, auf einem von ihnen mitzureisen? Sein Blick wanderte den Fluss hinauf. So oft hatte er sich schon gefragt, wie es hinter der Biegung aussehen würde, hinter der Stadt mit ihren Hügeln und Weinbergen. Eine Gruppe Möwen flog über die Mainbrücke. Ihre Schreie drangen an sein Ohr. Vielleicht hatte Edda recht mit ihrem Vorschlag, und es war Zeit, zu neuen Ufern aufzubrechen. Sein Blick wanderte zu den Fischernetzen, wo er glaubte Maria auszumachen. Er würde sie verlieren. Die Zeilen seiner Mutter kamen ihm in den Sinn. *Hoffentlich hast du einen Menschen gefunden, der dich aufrichtig liebt, denn das ist das Wichtigste im Leben.*

Ja, er hatte einen Menschen gefunden, den er mehr liebte als alles andere auf der Welt. Und der ihn liebte, das wusste er. Doch auch er würde die Liebe nicht festhalten können.

Maria stand bei den Fischernetzen und wartete auf ihn, auf den Mann, der ihr weh tun würde. Für einen Moment jedoch konnten sie glücklich sein, vielleicht nur wenige Stunden, an die er sich klammern würde sein Leben lang.

Er betrat das kiesige Ufer, das von herbstlich bunten Blättern übersät war. Maria hob die Hand zum Gruß. Sie lächelte. Wärme breitete sich in seinem Magen aus, und die Selbstzweifel verschwanden. Jetzt war sie hier, das war alles, was zählte.

Als er sie erreichte, strahlten ihre Augen fast wieder wie früher. Sie trug ein braunes Kleid, einen Umhang mit Kapuze, ihr Haar war geflochten.

»Guten Abend, Christian«, begrüßte sie ihn. Das Abendlicht umrahmte ihre Gestalt.

Er erwiderte den Gruß und deutete auf den Fluss.

»Jetzt verstehe ich erst, was dich um diese Zeit hierherführt. Es ist wunderschön.«

Sie lächelte. »Zu dieser Jahreszeit funkelt der Fluss immer am schönsten. Es ist, als wollte uns die Sonne noch einmal zeigen, wie schön das Leben sein kann, bevor uns der Winter seinen eisigen Atem schickt und alles erstarren lässt.«

Christian grinste. So wunderbare Worte kannte er nur von Maria. Er griff in seine Tasche, zog das Bild mit dem Garten heraus und reichte es ihr.

Verwundert schaute Maria auf die Zeichnung. »Aber, das ist ja Saras Garten.«

»Tara hat mir das Bild gegeben. Ich dachte, du hättest es bestimmt gern wieder.«

Maria griff nach dem Papier, strich mit den Fingern über die Farben, die Blumen und Gartenlaube. Sara tauchte vor ihrem inneren Auge auf. Das Lächeln der alten Frau, als sie die Zeichnung an die Wand geheftet hatte.

Wehmütig schaute Christian auf das Bild. »Der Garten war ihr Leben. Jede freie Minute hat sie darin verbracht – und ich auch.« Er deutete auf die Mauer. »Dort oben auf der Mauer habe ich immer gesessen und in die Gasse dahinter geblickt, die wie ein verwunschener ruhiger Ort inmitten der Stadt ist.«

Maria reichte ihm das Bild zurück. »Es gehört dir.«

Ihre Fingerspitzen berührten sich. Sofort breitete sich ein sanftes Kribbeln auf Christians Haut aus.

Die Sonne versank rot am Horizont, der Wind frischte auf und wirbelte die trockenen Blätter in die Höhe.

Maria strich sich fröstelnd über die Arme, schlang ihren Umhang enger um sich. »Vielleicht kannst du mir die verwunschene Gasse irgendwann mal zeigen?«

Christian legte den Kopf schräg. »Wie wäre es mit heute?«

Maria sah ihn überrascht an. »Aber es wird doch schon dunkel. Die Judengasse ist bereits geschlossen.«

»Die Gasse liegt dahinter, dort wird nichts verschlossen.« Er streckte ihr auffordernd die Hand hin.

Zögernd griff sie danach. »Aber nicht für lang. Ich habe mich fortgeschlichen. Bestimmt wird Fanny bald nach mir suchen.«

Er grinste. »Nur für eine Weile.«

Er zog sie mit sich. Sie liefen über den Römerberg, die Neue Kräme hinunter, vorbei an geöffneten, von Kerzenlicht erhellten Schenken. Der Geruch von gebratenem Fleisch zog Maria in die Nase, Gelächter drang an ihr Ohr. Die Läden waren bereits geschlossen, die Fenster verdunkelt, mancher Fensterladen zugeklappt. Ein Nachtwächter entzündete eine der Laternen, als sie die Schnurgasse kreuzten, wo alle Spinnräder verstummt waren. Die beiden zog es weiter zur weitläufigen Zeil, auf der nur noch wenige Karren und Kutschen unterwegs waren. Ein Pferdehändler trieb seine Pferde mit Hilfe eines Knechtes an ihnen vorüber, fluchte laut, als eines der Tiere unruhig tänzelte.

An der Einmündung der Schäfergasse blieb Maria, nach Luft ringend, stehen. »Du hast es aber ganz schön eilig.«

Christian blieb ebenfalls stehen.

»Vielleicht war es ja doch keine so gute Idee«, lenkte er ein. »Gleich ist es ganz dunkel, und dann wird man in der Gasse nicht einmal mehr die Hand vor Augen sehen.«

Sein Blick wanderte die Schäfergasse hinauf. Dort oben lag er, sein Peterskirchhof. Um diese Zeit war es dort still und wunderschön. Plötzlich glaubte er, den Geruch des trockenen Laubes und der Erde wahrzunehmen.

Maria folgte seinem Blick. »Wir müssen nicht in die Gasse gehen. Wie lang warst du nicht mehr auf dem Friedhof?«
Er sah sie überrascht an. »Seit meiner Rückkehr nicht mehr.«
»Ich auch nicht. Mein Vater wird mich bestimmt schon vermissen.«
Sie streckte ihm die Hand hin.
Er ergriff sie dankbar. Gemeinsam folgten sie der Schäfergasse, und als Christian kurz darauf das Tor zum Kirchhof öffnete, breitete sich das Gefühl von Heimat in ihm aus.
Langsam schritten sie zwischen den Grabreihen hindurch und blieben vor seinem Schuppen stehen. Die Tür war verschlossen, seine roten Steine verschwunden. Die Dunkelheit war mittlerweile hereingebrochen, und der Hof leuchtete gespenstisch im fahlen Licht des Mondes.
»Lass uns weitergehen«, sagte Christian leise. »Hier ist nicht mehr meine Heimat. Das ist vorbei.«
Maria hörte den Schmerz in seiner Stimme. Dieser Ort mochte einfach und ärmlich sein, aber er war für viele Jahre sein Zuhause gewesen, das er geliebt hatte und nun schmerzlich vermisste.
Sie kehrten dem Schuppen den Rücken und erreichten die Gruft, in der Christians Mutter lag. Vor der steinernen Tür blieb Christian stehen.
Dort unten lag sie, umgeben von Sommervögeln, die ihre Seele befreien und ihr das Leben bringen sollten, das ihr in dieser Welt verwehrt geblieben war. Schon lang war er nicht mehr bei ihr gewesen. Bald würde er fortgehen, vielleicht für immer. Dann musste er sie allein lassen in der Dunkelheit.
Maria erriet seine Gedanken. »Du möchtest hinuntergehen, nicht wahr?«
Sie griff nach seiner Hand. »Dann werde ich dich begleiten.«
Dankbar sah er sie an.

Gemeinsam betraten sie die finstere Gruft. Es dauerte eine Weile, bis Christian eine der Fackeln entzündet hatte, die neben der steinernen Tür in einer Nische lagen. Sofort erhellte ihr flackernder Schein die grauen Wände. Sie gingen die Treppe nach unten, und modriger feuchter Geruch stieg Maria in die Nase. Irgendwo floh eine Ratte, eine Fledermaus flatterte nach draußen. Maria zuckte erschrocken zusammen.
Der Sarkophag tauchte vor ihnen auf. Christian blieb davor stehen. Schweigend blickten sie auf die vielen Sommervögel. Jeder von ihnen war ein Kunstwerk, einzigartig schön. Irgendwann hob Christian die Hand und strich darüber, fuhr mit den Fingerspitzen über die Flügel, Fühler und Körper.
»Ich finde, die Bezeichnung Sommervögel viel schöner. Sie zeigt noch mehr, was diese Tiere bedeuten, wie besonders ihre Verwandlung ist.«
Maria legte vorsichtig ihre Hand auf die seine.
Er wandte sich ihr zu, sah ihr in die Augen. Erst jetzt wurde sie sich klar darüber, wie sehr sie ihn vermisst hatte. Die Wärme in seinem Blick, seine Grübchen an den Mundwinkeln, das wuschelige Haar. Er umschlang ihre Finger und zog sie an sich. Ganz nah war jetzt sein Gesicht. Sie fühlte seinen Atem am Hals. Vorsichtig streiften seine Lippen zärtlich die ihren. Sie zuckte nicht zurück. Sein Arm umschlang sie, und sein Kuss wurde fordernder, öffnete ihre Lippen. Sie schloss die Augen. Jetzt gab es nur noch sie beide.
»Na, wenn das mal kein Grund für eine Anklage ist«, erklang plötzlich eine laute Stimme.
Die beiden ließen erschrocken voneinander ab.
Conrad Waldschmidt betrat mit drei weiteren Männern die Gruft und ließ seinen Blick über den Sarkophag schweifen.
»Habe ich doch gleich gewusst, dass ihr zwei es mit dem Teufel habt.«

Kapitel 21

Maria stand am Fenster des Eschenheimer Turms und schaute über die Dächer der Stadt, die der noch junge Tag mit seinen sanften Grautönen aus dem Schlaf erweckte. Donnerstag, dachte sie plötzlich. Fanny würde sagen: ein Glückstag. Sie seufzte. Gestern war ein halber Tag gewesen, ein Tag, an dem man keine neuen Sachen beginnen sollte. Vielleicht hätte sie doch auf die Magd hören und den Mittwoch abwarten sollen. Aber welcher Wochentag auch immer sein würde, ihr Unglück schien Schicksal zu sein.

Es begann zu regnen. Der Wind wehte die Tropfen gegen das Fenster, drang in ihr Zimmer und brachte den Geruch von Holzrauch mit. Fröstelnd schlang Maria die Arme um sich, trat vom Fenster weg, das keine Scheibe hatte, und setzte sich auf den Strohhaufen, der ihr als Bett diente.

Unter ihr waren Schritte zur hören. Der Turmwärter hatte dort seine Stube. Gestern Abend hatte sie diese durchquert und war durch das kalte Treppenhaus in die enge Kammer geführt worden, die der Wärter hinter ihr ohne ein Wort geschlossen hatte. Von Christian war sie schon auf der Straße getrennt worden. Wo er hingebracht wurde, das konnte sie nur erahnen.

Der Wind wurde stärker. Maria rutschte auf dem Strohhaufen nach hinten, wickelte sich fester in ihren Umhang und ließ den Kopf auf die Arme sinken. Gleich würde Caspar kommen und sie holen. Sie war eine Merian, nicht irgendjemand.

Bestimmt würde der Alptraum bald ein Ende haben. Doch würde er das auch für Christian? Er war ein Geduldeter in dieser Stadt, wohnte in einem Hurenhaus. Für ihn würde niemand einstehen oder vorsprechen. Tränen traten in ihre Augen, und Wut stieg in ihr auf. Sie schlug mit der Faust auf das Stroh. Er hatte doch nichts getan. Sie blinzelte die Tränen fort und beobachtete eine Taube, die vor dem unwirtlichen Wetter in der Fensternische Schutz suchte. Die Flügel des Vogels waren grau und ohne jeden Glanz. Christian hätte ihn trotzdem wunderschön in Stein verewigt. Sie beide waren sich so ähnlich. Sie sahen in den Dingen immer die Schönheit, das, worauf es ankam, wenn man ein Bild zeichnen wollte. Neben ihr lag ihre Zeichentasche. Sie griff danach, holte ihren Skizzenblock heraus, blätterte die Seiten durch und blieb an dem Bild der alten Frau hängen, mit der sie gestern begonnen hatte. Die Skizze war allerdings nicht fertig geworden. Vorsichtig strich Maria mit den Fingern über das Bild, folgte den Konturen der alten Flickendecke, auf der die schwarze, struppige Katze saß.

Schritte auf dem Flur ließen Maria aufhorchen. Der Schlüssel wurde ins Schloss gesteckt, und knarrend öffnete sich die Tür. Der Wärter schob Fanny in den Raum und schloss die Tür wieder.

Erstaunt sah Maria die Magd an. »Was machst du denn hier, Fanny?«

Fanny hielt einen Korb in den Händen. Die Nase rümpfend, blickte sie um sich, während sie Maria begrüßte. »Guten Tag, Maria. Ich bringe Euch etwas zu essen, denn der Turmwächter wird Euch gewiss nichts geben, und wenn, dann nur Verdorbenes.«

Sie stellte den Korb auf den Boden, rieb sich fröstelnd über die Arme, trat an die schmale Fensternische und blickte über

die Dächer der Stadt. Maria getraute sich nicht, nach der Mutter zu fragen. Gewiss war sie völlig aufgelöst und weinte. Erst jetzt wurde sie sich klar darüber, was sie ihrer Familie angetan hatte. Caspar war sicher enttäuscht von ihr, und was Matthäus dachte, wollte sie lieber gar nicht wissen.
Fanny drehte sich seufzend zu ihr um und bestätigte ihre Vermutungen. »Eure Mutter hat die ganze Nacht geweint. Unter Tränen hat sie gestern Abend Eurem Stiefvater geschrieben, der so schnell wie möglich aus Utrecht kommen wird.«
Fanny setzte sich neben Maria und zog den Korb näher heran.
»Sie weiß nicht, dass ich hier bin und Euch etwas zu essen bringe. Ich habe ihr vorgeschwindelt, auf den Markt zu gehen.« Sie griff in den Korb und holte eine Flasche Wein heraus, hielt sie Maria hin. »Ich glaube, den braucht Ihr jetzt.«
Zuerst wollte Maria ablehnen, nahm dann aber doch einen kräftigen Schluck und hielt die Flasche danach Fanny hin.
»Trink ruhig. Du hast es dir verdient.«
Fanny nahm ebenfalls einen kräftigen Schluck und stellte die Flasche vor sich auf den Boden.
»Conrad Waldschmidt wird Euch wegen der Ausübung teuflischer Wissenschaften und dem Verdacht der Hexerei anklagen.«
Maria zuckte zusammen. »Aber das kann er doch nicht machen. Jeder weiß doch …«
Sie stockte.
Fanny beendete ihren Satz. »Jeder weiß, dass Ihr gern Teufelsgeziefer sammelt und Butterfliegen malt. Die Leute reden, Maria.«
»Und wir waren in einer Gruft, als sie uns abgeführt haben. Vor einem Sarkophag voller Sommervögel«, sprach Maria weiter. Verzweiflung machte sich in ihr breit. Caspar würde

nicht gleich kommen, um sie zu holen. Sie würden angeklagt, vielleicht der Stadt verwiesen werden – oder Schlimmeres.

»Das wollte ich doch nicht«, stammelte sie. »Niemals wollte ich, dass so etwas passiert.«

Tröstend legte Fanny den Arm um Maria, die den Kopf auf die Schulter der Magd sinken ließ und zu weinen begann. Eine Weile saßen sie so da, und Fanny strich beruhigend über den zitternden Rücken ihrer Herrin.

Nach einer Weile hob Maria den Kopf, wischte sich die Tränen von den Wangen und griff nach Fannys Hand. »Danke, dass wenigstens du gekommen bist. Nicht jeder hätte das getan.«

Fanny zuckte mit den Schultern. »Heute ist Donnerstag, ein Glückstag. Was soll schon schiefgehen.«

Maria nickte.

Ja, heute war Donnerstag, ein Glückstag. Kein halber Tag wie gestern.

*

Matthäus Merian eilte durch den Innenhof des Verlags. Der Wind war stärker geworden und rüttelte an den Fensterläden. Erste Regentropfen trafen auf den Boden. Er durchquerte schnellen Schrittes den Flur und riss die Tür zur Werkstatt auf, wo er seinen Bruder vermutete. Caspar stand an einer der Druckerpressen, hielt einen Kupferstich in der Hand und besprach sich mit einem der Drucker. Ärger flammte in Matthäus auf. Erst gestern Abend war er aus Nürnberg zurückgekehrt, und sofort waren ihm die Verfehlungen seiner unge-

liebten Halbschwester zugetragen worden. Wutschnaubend blieb er vor seinem Bruder stehen.
Caspar ließ den Kupferstich sinken und bedeutete seinem Angestellten zu gehen. Der Mann verließ, gemeinsam mit den anderen beiden Druckern, den Raum.
»Guten Tag, Matthäus. Schön, dass du wieder unter uns weilst«, begrüßte Caspar seinen Bruder höflich und legte den Kupferstich auf die Presse.
»Gar nichts ist schön«, erwiderte Matthäus. »Die Spatzen pfeifen es ja bereits von den Dächern, dass Maria im Eschenheimer Turm sitzt.«
Caspar schlug die Augen nieder. »Ja, man hat sie vorgestern Abend in einer Gruft mit dem Totengräber entdeckt. Jedenfalls wurde es mir so berichtet. In der Gruft soll ein Sarkophag stehen, der voller Butterfliegen ist.«
Matthäus schüttelte den Kopf und begann, im Raum auf und ab zu gehen. »Ich habe es gewusst. In den Ruin wird sie uns noch mal treiben. Diese gottverdammten Butterfliegen und Raupen, die sie gesammelt hat. Niemals hätte Marrell sie in der Zeichenkunst unterrichten dürfen.«
Caspar hob beruhigend die Hände. »Vielleicht ist es ja nicht so schlimm.«
Matthäus blieb vor seinem Bruder stehen und sah ihn fassungslos an. »Wie, nicht so schlimm? Ich komme gerade von einem Bekannten, der Mitglied des Rates ist. Es wird eine Anhörung geben, und alle Beweise sollen aufgeführt werden. Wie denkst du, wird diese Anhörung enden, wenn dort vorgetragen wird, dass unsere liebe Halbschwester nachts durch die Gassen streunt, sich in Gruften auf Friedhöfen herumtreibt und ganz nebenbei noch die Vorliebe hat, Butterfliegen und Raupengeziefer zu sammeln?«
Caspar ließ den Kopf sinken. »Nicht gut«, murmelte er.

»Nicht gut«, wiederholte Matthäus und hob die Arme. »Nicht gut«, brüllte er. »Ich sage dir, wie es enden wird: Sie werden sie hinrichten, auf dem Scheiterhaufen verbrennen, zusammen mit dem Teufelsgeziefer, das sie so sehr liebt.«
Caspar verlor die Geduld und ballte die Fäuste. »Das dürfen wir nicht zulassen. Sie ist unsere Schwester, wir müssen für sie kämpfen.«
Matthäus warf Caspar einen verächtlichen Blick zu. »Meine Schwester war sie nie.«
Caspar zuckte zusammen. Die Kälte in der Stimme seines Bruders ließ ihn erzittern. Der ganze Hass, der sich all die Jahre gegen Maria aufgestaut hatte, lag darin. Doch hier ging es nicht nur um Maria. Hier ging es auch um das Ansehen der Familie, des Verlags, den ihr Vater mit viel Herzblut zu dem gemacht hatte, was er heute war.
Er trat neben seinen Bruder und sah ihn eindringlich an. »Dann tu es eben nicht für sie, sondern für dich selbst. Denn sollte Maria auf dem Scheiterhaufen den Tod finden, dann wird auch deine Laufbahn als Künstler beendet sein.«
Matthäus sah seinen Bruder erstaunt an. So viel Kaltschnäuzigkeit hatte er ihm gar nicht zugetraut. Er atmete tief durch, und sein Blick veränderte sich. Angst war darin zu erkennen. »Also gut«, lenkte er ein. »Ich werde sehen, was ich tun kann.«
Caspar wollte etwas erwidern, doch Matthäus hob die Hand. »Und du wirst zu Johanna gehen. Vielleicht weiß sie noch einige Dinge, die wichtig sind. Auch Maria muss noch einmal befragt werden.«
Caspar nickte erleichtert. Matthäus wandte sich zum Gehen, drehte sich vor der Tür aber noch einmal um. »Sollte die Sache ein gutes Ende nehmen, dann will ich den Namen Maria in diesem Haus niemals wieder hören. Hast du verstanden?

Unsere Halbschwester ist nach dieser Sache endgültig für uns gestorben – wie auch immer.«
Er drehte sich um und verließ den Raum. Fassungslos schaute Caspar ihm nach. Wieso hasste Matthäus Maria nur so sehr.

*

Johanna stand am Fenster und beobachtete die Männer dabei, wie sie Marias Sachen durchwühlten. All ihre Schächtelchen, Gläser und Pflanzen wurden fortgeschafft. Ihre Bücher inspiziert, viele davon in eine große Kiste gelegt, die die Männer mitgebracht hatten. Die kleinen Hefte, mit denen sie Latein gelernt hatte, wanderten genauso dort hinein wie ihre Insektenheftchen und Schriftrollen. Alles wurde mitgenommen. Als sich die Tür hinter den Männern schloss, sank sie auf einen Stuhl neben dem Bett und vergrub das Gesicht in den Händen. Sie hatte Maria nie verstanden und die Raupen und Butterfliegen verflucht, die sie immer wieder angeschleppt hatte. Auch hatte sie nicht verstanden, dass Maria Latein lernen wollte, die Sprache der Gelehrten. Ihre Tochter sollte so sein wie all die anderen Mädchen. Traurig ließ Johanna ihren Blick durch den kahlen Raum bis zum Fenster schweifen. Ein Herbststurm schlug den Regen gegen die bleiverglasten Scheiben. Maria hätte dem Regen stundenlang zugesehen, hätte hier auf diesem Stuhl gesessen, die Tropfen an der Fensterscheibe beobachtet und Dinge darin erkannt, die nur sie verstand. Wie oft hatte sie darüber gegrübelt, warum Gott gerade ihr so ein sonderbares Kind geschenkt hatte. Doch seit Langenschwalbach verstand sie Maria besser. Zwischen ihnen hatte sich etwas verändert. Sie hatte aufgehört, sich gegen die Andersartigkeit ihrer Tochter zu wehren, und erkannt, dass dieser Teil von ihr zu dem Mann gehörte, den sie einst geliebt hatte.

»Du hättest ihr alles ermöglicht«, sagte sie in die Stille des Raumes. »Wärst nicht gegen sie angegangen. Und es wäre dir gleichgültig gewesen, was die anderen denken. Du hättest ihr Latein beigebracht und sie nach Utrecht mitgenommen, ganz bestimmt.« Tränen traten in ihre Augen.

»Wer hätte sie nach Utrecht mitgenommen?«

Überrascht drehte sich Johanna um.

Caspar Merian stand in der Tür und sah Johanna mit hochgezogenen Augenbrauen an.

Sie ließ den Kopf hängen. »Dein Vater. Er hätte sie nach Utrecht mitgenommen und alles für Maria getan.«

Caspar trat näher.

Johanna deutete auf die leeren Regale. »Drei Männer waren eben da und haben alles mitgenommen. Beweise sollen gesichert werden, wurde mir gesagt.« Ihre Stimme brach.

Caspar trat ans Fenster und schaute in den verregneten Hinterhof hinaus, der durch die Arbeit von Johanna bereits zu einem ordentlichen Garten mit Beeten und blühenden Astern herangereift war. »Ich war eben noch einmal beim Rat der Stadt. Conrad Waldschmidt bezichtigt sie tatsächlich der teuflischen Wissenschaften, sogar der Verdacht der Hexerei steht im Raum.« Er drehte sich zu Johanna um. »Allerdings glaube ich, dass seiner Anklage etwas anderes zugrunde liegt. Der ganze Ärger hat mit dem Burschen begonnen.« Er ballte die Fäuste. »Niemals hätte sich Maria mit ihm einlassen sollen.«

Johanna blickte zu Boden. »Sie liebt ihn. Ich weiß es.«

Caspar begann, im Raum auf und ab zu gehen.

»Das mag sein. Aber diese Liebe kann sie jetzt den Kopf kosten. Im schlimmsten Fall wird sie sogar als Hexe verbrannt.«

Johanna sprang auf. »Aber, das können sie doch nicht tun. Sie mag Raupen sammeln und eigenwillig sein, doch niemals hat sie es mit dem Teufel.«

Caspar blieb vor ihr stehen. »Das weiß ich auch. Aber es wird nicht leicht werden, das Gegenteil zu beweisen. Die Leute reden nicht erst seit gestern, wie du weißt.«

Johannas Blick wanderte zurück zum Fenster, und plötzlich kam es ihr so vor, als würde sie ein Gesicht darin erkennen, das sie auszulachen schien. Sie schüttelte den Kopf, um den bösen Geist zu vertreiben, und straffte die Schultern. »Das können wir nicht zulassen. Irgendeine Lösung muss es doch geben.«

Caspar legte die Hand auf ihre Schulter und sah sie beschwörend an. »Niemals werden wir das zulassen. Ich werde alles, was in meiner Macht steht, tun, damit sie so bald wie möglich freikommt. Und sollte sie wirklich verurteilt werden« – Johanna erbleichte –, »dann müssen wir eben das Schlimmste abwenden. Vielleicht können wir erreichen, dass sie der Stadt verwiesen wird. Dann könnte sie zu Jacob nach Utrecht gehen, was sowieso das Beste für sie sein wird, denn in Frankfurt hat sie keine Zukunft mehr.«

Johanna nickte zaghaft. »Und was ist …«

Er hob die Hand. »Daran wollen wir gar nicht erst denken.«

Ursula Waldschmidt hatte noch nie ein Hurenhaus betreten. Sie konnte sich noch nicht einmal entsinnen, jemals daran vorbeigegangen zu sein. Sie mied normalerweise die Gassen, in denen viele Schenken waren und Hübschlerinnen ihr Glück bei den Männern versuchten. Die Türen der Häuser waren geschlossen und erschienen Ursula wenig einladend. All ihren

Mut hatte sie aufgebracht, um hierherzukommen. Seit sie von der Einholung des Jungen erfahren hatte, spielte sie mit dem Gedanken, mit Edda zu sprechen. Bernhard hatte die Einholung des Jungen gleichgültig hingenommen. Seine leeren Augen hatten sie bis ins Mark erschüttert. Er würde es sich niemals verzeihen, wenn der Junge seiner großen Liebe, sein Sohn, sterben würde, das wusste sie. Denn Christian war Bernhards Sohn, ein Teil seines Lebens. Auch wenn er nicht zu ihm stehen wollte, so musste er doch verhindern, dass Conrad seine Pläne in die Tat umsetzte, auch um des Mädchens willen. Eindringlich hatte sie auf ihn eingeredet, aber es war ihr vorgekommen, als hätte er durch sie hindurchgesehen. Er lebte in seiner eigenen Welt, hatte sich abgeschottet von allem und jedem. Vielleicht schaffte es ja ein Mensch aus seiner Vergangenheit, ihn zurückzuholen, ihm Vernunft beizubringen. Jemand, den er mit Agnes verband.

Sie atmete tief durch und öffnete die Tür des Hurenhauses, schaute in den dämmrigen Flur. Ein seltsamer Geruch aus Rosen- und Minzduft schlug ihr entgegen. An den Wänden hingen Gemälde von halbnackten Frauen, die ihr lüsterne Blicke zuwarfen, ihr offenes Haar über ihre Schultern drapiert hatten und aufreizend ihre Brüste zeigten. Von Scham erfüllt, senkte sie den Blick. Der alte Dielenboden knarrte unter ihren Schritten, als sie den Flur hinunterging. An dessen Ende brannten zwei Kerzen in einem messingfarbenen Kerzenhalter an der Wand. An der Treppe blieb Ursula stehen. Lachen drang von oben herunter. Sie blickte die Stufen hinauf und zurück in den Flur. Hier unten waren sämtliche Türen geschlossen, alles war ruhig. Wenn sie Gehör finden wollte, musste sie wohl oder übel nach oben gehen. Mutig betrat sie die erste Treppenstufe, doch dann ließ das Knarren der Haustür sie innehalten.

Edda betrat den Flur und schaute die ungewohnte Besucherin verblüfft an. »Guten Tag, Ursula«, begrüßte sie ihren Gast. »Lasst mich raten: Er ist stur, oder?«
Ursula nickte, trat von der Treppe herunter, machte einen Schritt auf Edda zu und streckte ihr die Hand hin. »Guten Tag, Edda. Ja, stur wie ein Esel.«
Edda öffnete eine der Türen und bedeutete Ursula, ihr zu folgen.
Unsicher betrat die Pastorengattin den Raum, der sich zu ihrer Erleichterung als Küche entpuppte. Edda ging zu einem breiten Ofen, auf dem viele Töpfe standen. Es war warm, und der Geruch von Kaffee, vermischt mit dem von Haferbrei, hing in der Luft. Ursula entspannte sich.
Edda erriet ihre Gedanken. »Die Mädchen arbeiten oben. Hier unten sind nur die Wirtschaftsräume und meine Kammer.« Sie fischte zwei Becher von einem Brett an der Wand. »Es ist noch Kaffee da. Möchtet Ihr?«
Sie hielt einen Tonkrug in die Höhe, der auf dem Herd gestanden hatte. Ursula nickte dankbar. Schweigend blickte sie sich um. Hier sah es gar nicht lasterhaft aus. In der Ecke neben dem Tisch standen Körbe mit Äpfeln, Kürbissen und Rüben. Über dem Herd hingen einige Büschel getrocknete Kräuter. Hinter ihr war eine ausladende Anrichte mit Tellern und Bechern bestückt, aber auch mit feineren Gläsern. In der Ecke hing sogar ein Kreuz. Überrascht sah sie es an.
Edda setzte sich neben sie und folgte ihrem Blick. »Dies hier mag ein Hurenhaus sein. Aber die Mädchen sind sehr gläubig. Auch wenn Gott sie vergessen hat, wie mir manchmal scheint.«
Ursula zog die Augenbrauen hoch.
Edda nippte an ihrem Kaffee. »Keine von ihnen hat es sich ausgesucht, hier zu arbeiten. Viele haben eine traurige Ge-

schichte, sind geschlagen worden oder sind Waisen, die ohne mich auf der Straße betteln müssten.«

Ursula umschlang ihren Becher mit den Händen. Die Wärme tat ihren kalten Fingern gut.

Edda sprach weiter: »Die meisten kommen und schweigen. Sie weinen, wenn die Männer sie nehmen. Manche versuchen, selbstbewusst zu wirken, andere werden hart – und einige gehen daran kaputt.« Ihre Stimme brach.

»Wie Agnes«, flüsterte Ursula.

Edda stellte ihren Becher auf den Tisch und sah Ursula offen an. »Ich komme gerade von Christian.«

Ursula zuckte zusammen. »Er sitzt in einem dunklen Loch im Eschenheimer Turm.«

Ursula nickte. »Ich weiß. Deswegen bin ich gekommen.« Ihre Stimme klang zittrig.

Edda sah die Pastorengattin erstaunt an.

»Ich habe versucht, mit Bernhard zu sprechen. Doch es ist, als würde ich mit einer Wand reden, als würde er mich gar nicht wahrnehmen. Er wird es nicht verkraften, wenn der Junge stirbt.« Sie griff nach Eddas Hand und sah sie eindringlich an. »Er braucht jemanden, der ihm die Augen öffnet. Jemanden, der in ihm die Lebensgeister weckt. Conrads falscher Stolz wird uns alle ins Unglück stürzen. Nur sein Vater kann ihm Einhalt gebieten.«

Edda atmete tief durch. »Also soll ich zu ihm gehen und mit ihm reden. Soll das tun, was ihr mir noch vor einer Weile verboten habt.«

Ursula blickte beschämt zu Boden. »Damals habe ich gedacht, ich könnte es aufhalten. Ich habe geglaubt, wenn ich Christian von ihm fernhalte, dann wird alles wieder wie früher werden. Aber Bernhard ist schwach, und die Krankheit raubt ihm die Kräfte. Lang wird er nicht mehr unter uns

weilen, das spüre ich. Er soll nicht mit dieser Last sterben müssen.«
»Und Ihr glaubt, auf mich wird er hören?«
»Auf wen sonst? Ihr gehört zu der Vergangenheit, in die er sich vergraben hat. Wer sonst könnte es schaffen, ihn zurückzuholen. Ich bin mir sicher: Wenn er mit Conrad vernünftig redet, dann kommen Christian und auch Maria Merian frei.«
Edda erhob sich, trat ans Fenster und schaute in den nebligen Hinterhof hinaus. Noch immer lagen dort Christians rote Steine, eine halbfertige Statue blickte sie aus leblosen Augen an.
Sie drehte sich um. »Es hat Euch viel Überwindung gekostet, hierherzukommen. Nicht wahr.«
Ursula hielt dem Blick der Hübschlerin stand.
»Ihr seid eine mutige Frau. Nicht jede würde ihrer Gegnerin Platz machen.«
Ursula trat neben Edda ans Fenster und schaute ebenfalls in den Hof. »Wir hatten neulich über Liebe gesprochen. Ob ich wirklich weiß, wie sie sich anfühlt, kann ich nicht sagen. Ich war Bernhard stets eine treue Gefährtin, die Frau an seiner Seite. Immer habe ich mich um sein Wohl gekümmert, und das werde ich auch jetzt tun, auch wenn das bedeutet, dass ich mich alten Geistern stellen muss.«
Edda warf der Pastorenfrau einen kurzen Blick zu und schaute dann wieder auf die roten Steine im Hof. »Gut, ich werde mit ihm reden«, antwortete sie und hoffte inständig, dass ihre Worte helfen würden.

*

Der Verhörraum war mit dunklem Holz getäfelt. Durch kleine, bleiverglaste Fenster fiel nur wenig Licht auf den alten Dielenboden, der abgenutzt und schäbig wirkte. Es roch nach Kerzenwachs und Schweiß.
Caspar saß auf seinem Platz und musterte seine Halbschwester nachdenklich. Ihr Haar war zu einem einfachen Zopf geflochten, aus dem sich einige Strähnen lösten. Ihre Augen waren umschattet. Sie wirkte müde und gleichgültig, trug ein einfaches braunes Kleid, eine helle Bluse, ihren Umhang, an dem Strohhalme hingen. Wie eine Wachspuppe saß sie auf ihrem Platz und starrte vor sich hin. Noch vor wenigen Wochen hatte sie sich mit einem Lächeln am Hafen von ihm verabschiedet, hatte ihm einen arglosen Kuss auf die Wange gedrückt. Die junge Frau, die ihn selbstbewusst verteidigt und ermutigt hatte, war verschwunden, was er nicht akzeptieren wollte. Seit Tagen kreisten seine Gedanken nur um eine Frage: Was wäre geworden, wenn er sie nach Utrecht mitgenommen, ihr zugehört, ihre Wünsche erfüllt hätte? Er hätte sie bei sich gehabt. Diesen wunderbaren Menschen, von dem er doch nur sehr wenig verstand. Sie wäre auch in Utrecht belächelt und nicht ernst genommen worden. Aber sie hätte mit ihrer Kraft und ihrem Talent allen das Gegenteil bewiesen, hätte allen gezeigt, was der Name Merian bedeutete. Doch er hatte sie nicht mitgenommen, hatte sich den Regeln der Gesellschaft gebeugt. Einer Gesellschaft, die sie jetzt verurteilte für etwas, was sie nicht verstanden.
Sein Blick wanderte zu dem Mann hinter dem Schreibpult. Er hatte graue Schläfen und trug sein schwarzes Haar offen. Seine Augen waren unter Schlupflidern verschwunden, kaum zu erkennen, klein und verkniffen. Er umklammerte die Schreibfeder mit festem Griff, schaute nicht auf. Für ihn war Maria eine von vielen. Er notierte den Sachverhalt, die An-

schuldigungen, stellte ab und an eine Frage, die Conrad Waldschmidt, der aufrecht im Raum stand, beflissen beantwortete. Conrad Waldschmidt – ein Mann, den er kaum kannte. Pastor war er, ein Mann Gottes. Der Sohn des Bernhard Waldschmidt, der Hexen- und Gespenstpredigten verfasst hatte, die er sogar bei ihnen drucken lassen wollte. Doch er hatte abgelehnt. Er sah den Mann vor sich, wie er in seiner Schreibstube gestanden hatte, seine beschriebenen Blätter in der Hand, aus denen der Wahnsinn sprach, der in seinem Kopf vorging.

Jacob Marrell saß neben Caspar. Er war blass, dunkle Schatten lagen unter seinen Augen. Die Worte der Anklage klangen wie blanker Hohn. Der Amtsrat hinter dem Pult notierte sie beflissen und schaute nur selten auf. Caspar fiel seine Geiernase auf, die hohen Wangenknochen. Er wirkte mit seinem dunklen Haar wie ein Rabe, ein alternder Vogel, der sich seiner Macht durchaus bewusst war.

Conrad beendete seine Anschuldigungen, und es wurde still im Raum. Der Mann musterte Maria. Am liebsten wäre Caspar aufgesprungen, hätte sie verteidigt und für sie gesprochen. Doch dafür war jetzt nicht die Zeit. Hier ging es nur darum, die Anklage aufzunehmen und Formalien einzuhalten.

Maria hielt den Blick gesenkt. Der Amtsrat erhob sich, trat hinter seinem Pult hervor, ging auf sie zu, legte seinen Finger unter ihr Kinn und hob es hoch.

»Du siehst gar nicht wie ein Wesen des Teufels aus.«

Seine Stimme klang gleichgültig.

Er drehte sich zu Waldschmidt um. »In einer Gruft, habt Ihr gesagt.«

Conrad beeilte sich, bestätigend zu nicken.

Der Amtsrat ließ Marias Kinn los. Sein Blick schweifte durch den Raum und blieb an Caspar und Jacob hängen.

Fast schon entschuldigend wirkte seine Miene. Caspar ahnte, was kommen würde.
Der Amtsrat drehte sich um, trat hinter sein Pult und griff erneut nach seiner Feder. »Diesen Fall kann ich nicht allein entscheiden. Die Anklage der Teuflischen Wissenschaften in Verbindung mit Hexerei ist zu schwerwiegend, um sie mit einem Bußgeld oder einer bloßen Züchtigung abzuweisen.«
Er notierte etwas. Das Kratzen der Feder auf dem Papier ging Caspar durch und durch.
Jacob Marrell sprang auf. »Aber das könnt Ihr nicht tun. Sie ist noch ein Kind und steht unter meiner Obhut.«
Der Amtsrat schaute auf, zog die Augenbrauen hoch. Caspar griff nach Jacobs Arm, doch Jacob schüttelte Caspars Hand ab.
»Ich habe nur festgestellt, dass ich diese Angelegenheit nicht allein entscheiden kann. Eine weitere Anhörung wird notwendig sein, in der alle Fakten offengelegt werden. Auch der Mitangeklagte muss noch befragt werden.« Der Amtsrat legte die Feder auf die Seite. »Und mit Verlaub: Eurer Sorgfaltspflicht seid Ihr nicht sonderlich gut nachgekommen, wenn sich dieses Kind, wie Ihr die junge Frau bezeichnet, des Nachts auf dem Kirchhof mit einem Burschen herumtreibt.«
Marrell sank zurück auf den Stuhl.
Hinter Maria traten jetzt zwei Wachmänner, zerrten sie vom Stuhl hoch und führten sie an Caspar und Jacob vorbei aus dem Raum. Rasch strich Caspar über die Hand seiner Halbschwester, nickte ihr aufmunternd zu, als sie an ihm vorüberschritt. Doch sie schaute stur geradeaus, schien ihn nicht wahrzunehmen. Erneut schrak er vor ihrer Gleichgültigkeit zurück. Die schwere Eichentür fiel hinter ihr ins Schloss. Wie oft hatte er Maria für ihren Mut, ihren unbedingten Willen

zur Gleichberechtigung, den Kampf um ihr Talent und ihre Kunst bewundert. Doch genau dieser unbändige Wille konnte sie jetzt den Kopf kosten.

Jacob Marrell schloss die Augen und lehnte sich nach hinten.

»Ich hätte hierbleiben müssen.«

Caspar ließ seinen Blick durch den Raum schweifen. Der nächste Angeklagte war hereingeführt worden. Ein alter Mann, nach seinem Äußeren zu urteilen, ein Bettler. Abgerissene Hosen schlotterten um seine Beine, die Füße steckten in löchrigen Schuhen. Wirr hing ihm sein graues Haar ins Gesicht. Ausgemergelte Wangen, umschattete Augen, von Falten umgeben, erzählten von einem harten Leben. Caspar wandte den Blick ab, erhob sich und legte die Hand auf Marrells Schulter.

»Lass uns gehen.«

Plötzlich war lautes Kreischen zu hören. Der Amtsrat blickte zur Tür. Caspar erkannte die verzweifelte Stimme sofort. Eilig durchquerte er den Raum und öffnete die Tür. Maria wehrte sich gegen zwei Wachmänner, die versuchten, sie festzuhalten. Auf der Bank neben der Tür saß der Totengräber neben einem weiteren Wachmann, der seine Handfesseln fest umklammert hielt.

Auf dem Boden lag ein zusammengerolltes Stück Papier.

»Er hat doch nichts getan. Es ist nur ein Bild, eine Zeichnung, nicht mehr«, rief Maria verzweifelt.

Caspar hob das Papier auf und entrollte es. Es war die Zeichnung eines Gartens, die Handschrift seiner Schwester war unschwer zu erkennen. Maria beruhigte sich.

Jacob Marrell trat hinter Caspar auf den Flur, gefolgt vom Amtsrat, der die Umstehenden wütend anfunkelte.

»Niemand kreischt in meinem Gerichtssaal und auch nicht vor ihm. Was ist der Grund für diese Aufregung?«

Einer der Wachmänner nahm Caspar die Zeichnung ab und reichte sie dem Amtmann.
Interessiert musterte der Mann die Zeichnung. »Es ist nur ein Garten, nichts Besonderes. Warum wird um dieses Bild so ein Geschrei gemacht?«
»Er hat ihr das Bild zustecken wollen«, antwortete der Wachmann auf der Bank. »Wir hielten es für Teufelszeug.«
Erneut musterte der Amtsrat die Zeichnung. Maria bewegte sich nicht, doch Caspar konnte sie heftig atmen hören. Ihre Wangen waren gerötet.
Der Amtsrat rollte die Zeichnung wieder zusammen.
»Ich werde sie behalten, als Beweisstück.«
Maria begann erneut, sich gegen die Wachmänner zu wehren. »Nein, bitte nicht. Sie gehört mir. Bitte, es ist doch nur ein Garten. Bitte, gebt sie mir zurück.«
Der Amtmann nickte den beiden Wachmännern zu. »Schafft sie mir aus den Augen. Für diese Frechheit sollte sie gezüchtigt werden.«
Sein Blick wanderte zu Christian. »Aber da anscheinend dieser Bursche hier den Aufruhr zu verantworten hat, wird er mit dreißig Rutenschlägen dafür büßen.«
Christian zuckte zusammen. Seine Hände begannen zu zittern. Caspar sagte entsetzt: »Das könnt Ihr nicht tun. Es ging doch nur um ein Stück Papier, eine harmlose Zeichnung.«
Der Mann starrte Caspar mit seinen kleinen Augen an.
»Was ich tun kann oder nicht, entscheide hier immer noch ich.«
Maria wurde von den beiden Wachmännern grob herumgerissen. Wieder wehrte sie sich gegen die Männer. »Bitte, ich trage die Schuld für den Aufruhr. Es ist mein Bild. Bitte, schlagt ihn nicht.« Tränen schimmerten in ihren Augen.
Ihre Worte verhallten im Flur, eine Tür wurde laut hinter ihr

zugeschlagen. Der Wachmann auf der Bank erhob sich und zog Christian hinter sich in den Anhörungssaal.
Marrell war es, der Caspar aus seiner Erstarrung riss.
»Komm, mein Freund. Hier können wir nichts mehr ausrichten. Aber vielleicht hat ja dein Bruder beim Rat mehr Glück gehabt.«
Caspar seufzte hörbar. Ob Matthäus überhaupt beim Rat für seine Halbschwester vorsprechen würde, wagte er zu bezweifeln.

Kapitel 22

Edda trat ans Fenster und schaute in den trostlosen Hinterhof. Die Rosenstöcke waren zurückgeschnitten und teilweise mit Tannenzweigen abgedeckt. Blätter lagen feucht auf dem hellen Kies. Fröstelnd strich sich Edda über die Arme und wandte sich vom Fenster ab. Bernhard Waldschmidt saß in einem gepolsterten Lehnstuhl neben dem offenen Kamin. Es duftete nach Holzrauch und Pfefferminze. Neben Waldschmidt stand ein kleiner Tisch, darauf zwei mit warmem Tee gefüllte Becher. Edda atmete tief durch, nahm einen der Becher, setzte sich in einen weiteren Lehnstuhl und streckte ihre kalten Füße dem wärmenden Feuer im Kamin entgegen. Sie nippte an ihrem Tee. Eigentlich trank sie selten solches Gebräu, denn Tee war in ihren Augen Medizin. Aber heute tat ihr der Minzgeschmack gut. Die Wärme breitete sich in ihrem Bauch aus und beruhigte sie.

»Mir wäre ein guter Würzwein lieber«, sagte Waldschmidt. »Aber Ursula« – er nickte zur Tür – »verbietet mir fast alle guten Dinge.« Er versuchte zu lächeln.

Edda ließ den Becher sinken. »Sie sorgt sich um dich. Wie wir alle.«

Er lachte laut auf. »Du und besorgt um mich?«

Edda tat dieses Lachen gut. Er wurde zugänglicher. Als sie in den Raum gekommen war, hatte er wie ein Geist gewirkt, leblos und ohne jeden Antrieb. Er war stark abgemagert, seine Wangen waren eingefallen. Die Augen lagen in tiefen Höhlen und hatten ihren Glanz verloren. Die Krankheit hatte ihm aber auch die Strenge genommen. Er wirkte milder, sanfter. Er griff jetzt ebenfalls nach seinem Becher, nippte an dem Tee und verzog das Gesicht. »Wenn sie wenigstens Honig hineingeben würde.«

Edda kam es vor, als wäre sie bereits eine Ewigkeit hier. Immer wieder schaute sie nervös zur Tür. Conrads Auftauchen wäre das Schlimmste, was ihr jetzt passieren könnte.

Sie nahm all ihren Mut zusammen und sprach endlich das Thema an, wegen dessen sie zu Besuch gekommen war.

»Hast du von Christians Einholung gehört?«

Waldschmidts Züge verhärteten sich. Edda zuckte zurück. Wie hatte sie auch nur einen Moment annehmen können, dass er milder geworden war.

»Natürlich habe ich davon gehört.«

»Und? Was wirst du tun?«

»Nichts werde ich tun. Er ist in einer Gruft aufgegriffen worden, gemeinsam mit dieser Merian, dem Raupenmädchen. Conrad ist jetzt Pastor. Er muss die Entscheidungen treffen. Er ist erwachsen. Ich kann und werde mich nicht einmischen.«

Edda schnappte nach Luft. Seine Worte erschreckten sie.

»Aber er ist dein Sohn. Es war Agnes' Sarg, vor dem sie ihn aufgegriffen haben.«

Waldschmidt sah Edda ungläubig an. »Das kann nicht sein. Agnes wurde wie all die anderen Hübschlerinnen auf dem Armenfriedhof verscharrt.«

»Ja, das wurde sie«, bestätigte Edda. »Doch Christian hat sie zu sich geholt, in die Gruft geschafft und ihr den Sarkophag mit den Butterfliegen geschenkt. Er glaubt, sie würden ihrer Seele dabei helfen, aus dem Fegefeuer zu entfliehen. Das ist es auch, was ihn mit Maria Merian verbindet. Die Liebe zu den

Butterfliegen und zur Kunst. Sie zeichnet sie, er meißelt sie in Stein.«

»Der Teufel verbindet die beiden, sonst nichts.«

Waldschmidt verschränkte die Arme. »Raupengeziefer ist Teufelsgetier, und Butterfliegen sind Hexen, die den Rahm stehlen.« Er beugte sich nach vorn. »Warum hast du mir nie gesagt, dass Agnes Jüdin gewesen ist?«

Edda wurde ärgerlich. »War das wichtig? Als du sie kennenlerntest, war sie es nicht mehr. Zum christlichen Glauben war sie übergetreten, um frei zu sein. Eine schöne Freiheit hatte ihr Frankfurt geboten. Sie war nie dafür geschaffen, eine Hübschlerin zu sein. Ich kann mich noch genau an den Tag erinnern, als sie in der Tür gestanden hat. Ich hatte sie schon fast wegschicken wollen, denn bereits damals habe ich geahnt, dass sie daran zerbrechen wird.«

Bernhard atmete tief durch. Seine Wut verrauchte. »Du hättest es mir sagen müssen. Niemals hätte ich sie angerührt. Vielleicht würde sie dann heute noch leben.«

Edda sah ihn ungläubig an. »Natürlich hättest du sie angerührt. Sie war alles für dich. Dein Leben.«

Sie stand auf, trat neben Waldschmidt und legte ihm die Hand auf die Schulter. »Du hast sie vom ersten Augenblick an geliebt. Es wäre dir gleichgültig gewesen, was oder wer sie gewesen ist.«

Bernhard ließ den Kopf sinken. »Und ich habe sie umgebracht«, flüsterte er.

Das Kaminfeuer knackte. Kleine Funken stoben in die Höhe. Schweigend sahen sie sich an.

Nach einer Weile legte Bernhard seine Hand auf die der Hübschlerin. »Manchmal habe ich das Gefühl, sie ist noch hier. Es ist, als würde sie mir zuhören, neben mir sitzen und mich mit ihren warmen Augen ansehen.« Er ließ ihre Hand los und räusperte sich. »Und dann taucht plötzlich ein Junge hier auf und sieht mich mit den gleichen Augen an. Natürlich habe ich sofort erkannt, wer vor mir steht. Aber ich muss abschließen damit. Ursula ist meine Frau. Conrad und Bernhard sind meine Söhne.«

Edda griff nach seinen Händen, die sich trotz der Wärme im Raum kalt anfühlten. »Was du Agnes angetan hast, ist Vergangenheit. Aber eurem Sohn kannst du noch helfen. Wir wissen beide, dass es Conrads Eitelkeit und Stolz sind, die Christian und Maria in diese missliche Lage gebracht haben. Ein Wort von dir und sie wären wieder frei.«

Waldschmidt zog seine Hände zurück. »Nein. Ich werde mich nicht einmischen. Conrad ist jetzt Pastor. Wenn ich die beiden in dieser Gruft gefunden hätte, hätte ich genauso gehandelt. Es mag sein Halbbruder sein, gegen den er vorgeht, aber der Sachverhalt muss genau geklärt werden. Am Ende entscheidet sowieso der Rat der Stadt.«

Edda schüttelte den Kopf. »Und wie denkst du, wird der Rat entscheiden, wenn Christian keinen Fürsprecher hat?«

Waldschmidts Stimme wurde laut. »Ich habe mich entschieden. Conrad wird den richtigen Weg wählen. Er ist Pastor, ein Mann des Glaubens. Nie würde er sein Recht über der Kirche stellen.« Er schlug mit der Faust auf die Stuhllehne. »Geh mir aus den Augen. Verschwinde! Und komm nicht wieder. Die alten Zeiten sind gestorben, hörst du!«

Er vergrub das Gesicht in den Händen und begann laut zu schluchzen. »Sie sind gestorben.« Seine Stimme brach.

Edda sah Waldschmidt enttäuscht an. Sie hatte verstanden. Er wollte sich nicht eingestehen, dass Conrad zu weit ging.

Sie trat an die Tür und öffnete sie. Doch bevor sie ging, drehte sie sich noch einmal zu ihm um.

Er schien vollkommen der Welt entrückt zu sein. Ursula hatte recht. Niemand konnte ihm mehr helfen. Die alten Geister waren in sein Leben zurückgekehrt. Doch er konnte nicht aus seiner Haut und schaffte es nicht, sie zu vertreiben.

Im unteren Flur empfing Edda warmes Kerzenlicht, und verführerischer Kaffeeduft wehte ihr entgegen. Vor der geöffneten Küchentür blieb Edda stehen. Öllampen hingen an den Wänden und tauchten den Raum in warmes Licht. Ursula saß am Tisch und schnitt Zwiebeln klein. Verschämt wischte sie sich die Tränen aus den Augen, lächelte entschuldigend.

»Verflixte Zwiebeln.« Sie deutete auf den Stuhl vor sich. »Setzt Euch. Möchtet Ihr einen Kaffee? Ich habe gerade frischen aufgebrüht.«

Edda blieb mit ernster Miene in der Tür stehen. »Nein danke. Ich möchte nichts.«

Ursula legte das Messer aus der Hand. »Er wird nicht mit Conrad sprechen.«

Edda schüttelte den Kopf. »Es ist besser, wenn ich jetzt gehe.«

Ursula nickte, stand auf und wischte sich die Hände an ihrer Schürze ab. »Ich bringe Euch zur Tür.«

Die beiden Frauen durchquerten den Flur, gingen an Kerzen vorüber, die ein Gemälde von Bernhard Waldschmidt beleuchteten. Im Kerzenlicht wirkten seine Züge düster, seine Augen erschreckend bedrohlich. Edda wich davor zurück. Sie kannte diesen Blick. Allerdings nicht von dem alten, gebrochenen Mann, den sie eben gesehen hatte. Panik machte sich in ihr breit. Sie beschleunigte ihre Schritte, öffnete mit zitternder Hand die Tür.

Ursula Waldschmidt trat hinter ihr in den Hof. Fröstelnd rieb sie sich über die Arme. »Habt trotzdem Dank, dass Ihr es versucht habt.«

Edda drehte sich zu ihr um. »Das habe ich gern getan.« Sie zwang sich zu einem Lächeln und wandte sich dem Hoftor zu, hob die Hand zum Gruß.

»Auf bald mal«, hörte Edda Ursula sagen, während das Tor hinter ihr zufiel. Erleichtert lehnte sie sich dagegen und schloss für einen Moment die Augen. Sie redete sich ein, dass alles gut war. Conrad würde niemals erfahren, dass sie hier gewesen war. Sie atmete tief durch und schaute noch einmal zu Waldschmidts Fenster hinauf. Seine Vergangenheit hatte ihn eingeholt, auch wenn er dagegen ankämpfte, sie verteufelte und nicht sehen wollte. Aber sie ließ sich nicht wiedergutmachen oder ändern.

Sie straffte die Schultern und eilte die finstere Gasse hinunter. Der Nebel war wieder dichter geworden, malte die Häuser grau und düster. Edda wickelte sich fester in ihren Umhang und beschleunigte ihre Schritte. Ab und an stand eine Kerze oder Öllampe in einem der Fenster. Warmes Licht fiel auf die feuchten Pflastersteine. Eine Frau mit einer Huckelkiepe auf dem Rücken kreuzte ihren Weg und grüßte knapp. Ein Hund humpelte winselnd an ihr vorüber. Sie hastete weiter. Nur noch fort wollte sie. Sie erreichte die weitläufige Zeil. Wie Gespenster wirkten die Kutschen und Karren, die nur schemenhaft aus der grauen Nebelwand auftauchten. Auf dem Rossmarkt packten die letzten Händler zusammen. Das Wiehern der Pferde drang an ihr Ohr. Sie schlüpfte durch die Katharinenpforte und lief die Neue Kräme hinunter, bog in die Schnurgasse ein. Menschenleer lag die Gasse vor ihr. Unsicher drehte sich Edda um. War dort ein Schatten gewesen? Plötzlich legte sich eine Hand von hinten auf ihren Mund, und sie spürte warmen Atem am Hals. Der Geruch von Wein stieg ihr in die Nase.

»Eine Hübschlerin, die sich einmischt, wollen wir aber nicht,

oder?« Conrads Stimme ließ Edda erstarren. Er zog sie mit sich in eine Nische zwischen zwei Häusern. Drehte sie zu sich um. »Hast du wirklich geglaubt, ich würde es nicht herausfinden?«
Hinter ihm standen zwei weitere Männer.
Er schlug ihr mit voller Wucht in den Bauch. Edda sackte zu Boden und krümmte sich zusammen. Dann trat er mit dem Fuß zu, traf sie am Rippenbogen. Sie hörte es knacken, ein stechender Schmerz raubte ihr den Atem.
»Du hast mich belogen. Es wäre besser gewesen, du hättest dich rausgehalten.« Er schaute hinter sich. »Nicht wahr, Männer.« Die beiden bestätigten seine Worte eifrig. »Aber sie wollte ja nicht hören. Dachte, sie könnte sich wichtigmachen.«
Erneut trat er mit voller Wucht zu. Edda schnappte nach Luft. Der stechende Schmerz wurde unerträglich.
Conrad zog sie auf die Beine und schaute in ihre Augen. Sein Blick war voller Hohn und Spott. »Heute wirst du erleben, was es bedeutet, einen Waldschmidt anzulügen.«
Er schleuderte sie gegen die Hauswand. Hart schlug sie mit dem Hinterkopf auf. Der Nebel wurde dunkler, der stechende Schmerz in der Brust stärker. Ein Schlag traf sie mitten im Gesicht. Sie rang nach Luft, schmeckte Blut auf den Lippen, spürte die Tritte und Schläge, das kalte Pflaster an der Wange. Sie schloss die Augen, krümmte sich zusammen und versank dankbar in der grauen Finsternis, die sie einhüllte und ihr die Schmerzen nahm.

*

Caspar schaute über die Dächer der Stadt. Es regnete bereits seit Stunden. Neben dem Fenster rann das Wasser über die Dachziegel und floss wie ein kleiner Wasserfall auf die Gasse. Nur wenige Menschen waren unterwegs. Der Regen hatte sogar die tapfersten Händler in ihre Läden getrieben, und die Schenken waren zu dieser Stunde noch geschlossen. Einige Kinder rannten durch die großen Pfützen, ihr Lachen drang an sein Ohr. Er beobachtete sie wehmütig. Noch einmal so arglos sein wie ein Kind, das wünschte er sich. Er drehte sich um und blickte in die enge Kammer. Maria saß auf dem Strohhaufen. Vor ihren Füßen lagen der Zeichenblock und die Stifte, die er ihr mitgebracht hatte. Sie hatte sie nicht angerührt, saß ganz still und hatte sich fest in ihren Umhang gewickelt. Ihr Blick ging ins Leere. Er hatte eine Öllampe und einen Korb mit Essen vor sie hingestellt. Gesalzenes Fleisch, eingelegter Kürbis und Gurken, ein paar Äpfel, frisches Brot, einen Krug mit Wein. Sie hatte den Korb nicht einmal angesehen.

Er atmete tief durch, griff danach, setzte sich neben sie und begann, die Köstlichkeiten auszupacken. »Deine Mutter hat die Sachen extra für dich eingepackt. Es war ihr wichtig, dass du gut versorgt bist.« Er hielt das Brot in die Höhe. »Es ist noch warm.«

Maria sah ihn abweisend an. »Warum hat sie es nicht selbst gebracht?«

Er ließ das Brot sinken.

»Sie schämt sich, nicht wahr?«

Er nickte. »Es ist nicht leicht für sie. Die Leute reden, und sie traut sich nicht mehr aus dem Haus.«

»Es war ihr schon immer wichtiger, was die Leute dachten.« Maria deutete auf den Zeichenblock. »Wenn es nach ihr gegangen wäre, dann hätte ich niemals mit dem Zeichnen an-

fangen sollen. Und über die Sommervögel reden wir lieber erst gar nicht.«
Caspar brach das Brot und reichte seiner Schwester ein Stück. »Du kannst ihr ihre Einstellung nicht verübeln. Sie ist sehr christlich erzogen worden. Wie die meisten von uns. Mädchen, die Raupen sammeln, sind in Frankfurt eher selten, weißt du.«
Er zwinkerte ihr aufmunternd zu.
Sie zwang sich zu einem Lächeln und griff nach einem Apfel. Eine Weile sagte keiner von beiden etwas. Der Geruch des Regens erfüllte den Raum. Maria blickte nach draußen.
»Ich mag diese Jahreszeit nicht. Wenn die Sommervögel schlafen gehen und die Stadt in Finsternis und Tristesse versinkt. Es ist, als würde ich genauso wie die Tiere innerlich erstarren.«
Sie griff nach dem Zeichenblock, schlug ihn auf und skizzierte mit flinken Fingern einen Sommervogel. Fasziniert beobachtete Caspar sie dabei. Sie hatte den Blick konzentriert auf das Tier gerichtet, verfeinerte die Konturen, schenkte ihm eine Blume, auf der er ruhen konnte. Die Aura, die sie umgab, wenn sie zeichnete, konnte selbst dieser schreckliche Ort nicht vertreiben. Sie zeichnete Tulpen, Vergissmeinnicht und Rosen, skizzierte einen weiteren Sommervogel, der durch die Luft flatterte. Er dachte an das Bild des Gartens, das der Amtsrat mitgenommen hatte.
»Was war das eigentlich für ein Bild, das dir der Totengräber geben wollte?«
Sie antwortete, ohne aufzublicken: »Es gehörte seiner Großmutter, Sara.«
»Einer Jüdin?«
Maria nickte und ließ den Stift sinken. »Ist das wichtig?«
Er sah sie erstaunt an. »Nein, eigentlich nicht. Der Garten war wunderschön.«

Über Marias Lippen huschte ein Lächeln. »Das finde ich auch. Der Garten war wie ein verwunschener Ort inmitten der grauen Judengasse. Er war Saras Lebensinhalt.«
»Und warum hast du ihn gezeichnet?«
Maria ließ erneut den Stift sinken. »Weil sie ihn nicht mehr sehen konnte. Sie lag in ihrem Bett und konnte nicht mehr aufstehen. Das Wichtigste in ihrem Leben war ihr verwehrt.«
Gerührt griff er nach ihrer Hand. »Und da hast du ihn für sie gezeichnet, damit sie ihn bei sich hat.«
»Sie ist kurz darauf gestorben, und Christian hat das Bild an sich genommen. Bestimmt wollte er mir damit Mut machen und mich aufheitern. Er hat gewusst, wie sehr ich den Garten liebe.« Tränen traten in ihre Augen, der Zeichenblock rutschte ins Stroh.
Caspar rückte näher an Maria heran und nahm sie in den Arm. Sie begann zu weinen. »Sie werden mich töten, weil ich etwas liebe, was sie nicht verstehen.«
Sanft strich er über ihren Rücken. »Dazu wird es nicht kommen. Ich werde alles, was in meiner Macht steht, tun, damit du bald wieder frei bist. Das verspreche ich dir.«

*

Valentin schaute dem Mann dabei zu, wie er sein Anliegen mit schwarzer Tinte in einem dicken Buch notierte. Wie hatte er sich den Raum vorgestellt, in dem er vorsprechen wollte? Vielleicht prunkvoller als diese winzige Kammer, die nur von einem kleinen Fenster erhellt wurde. Eine Öllampe brannte auf dem Schreibtisch, der direkt vor dem Fenster stand, und warf einen breiten Lichtkegel auf das dunkle, polierte Holz. Neben dem Schreibtisch war ein Regal mit Schriftrollen und Büchern vollgestopft. Auch den Schreibtisch bedeckte Papier in unordentlichen Stapeln, teilweise war es sogar auf den Boden gefallen. Valentin war kein besonders ordentlicher Mensch, aber diese Unordnung befremdete ihn doch. Immerhin war das hier die Amtsstube des Stadtschreibers. Der Mann blickte auf. Eine Nickelbrille saß auf seiner Nase, was ihm eine gewisse Strenge verlieh. Er hatte hohe Wangenknochen, und ein Ziegenbart zierte sein spitzes Kinn. An seinem Hemd fehlte ein Kopf, auf seinem Wams waren einige dunkle Flecken. Keine Miene hatte er verzogen, als Valentin ihm von den Anschuldigungen gegen Conrad Waldschmidt berichtete. Von dem Verdacht auf ein Komplott gegen die Merian und den Totengräber.

Der Schreiber warf Valentin einen abschätzenden Blick zu. »Ich werde Euer Anliegen weiterleiten, mein Herr. Kann aber nichts versprechen. Die Anhörung ist bereits in wenigen Stunden.«

Valentin erstarrte. »Aber ich dachte, die Anhörung wäre erst morgen«, stammelte er.

Der Mann legte seine Schreibfeder zur Seite. »Da seid Ihr falsch informiert. Heute Nachmittag wird der Rat darüber beraten. Meiner Meinung nach eine eindeutige Sache. Die beiden wurden ja in einer Gruft aufgegriffen.«

Er griff nach einer Tabakpfeife, die irgendwo hinter einem der Papierstapel gelegen hatte, lehnte sich zurück und zog genüsslich daran. »War ja schon immer sonderbar, dieses Raupenmädchen.« Er deutete auf sein Regal. »Hab viele Beschwerden über sie erhalten. Ist ja auch seltsam, wenn eine Teufelsgeziefer sammelt.«

In Valentin stieg Wut auf. »Sie ist nicht sonderbar. Sie ist

großartig, eine Künstlerin von besonderer Klasse. Warum will das keiner verstehen?«
Er schlug mit der Faust auf den Tisch. Einige Zettel flatterten zu Boden.
Der Amtmann sah den Buchhändler irritiert an. »Es scheint Euch ja richtig was an dem Mädchen zu liegen.«
Seine Stimme klang süffisant.
Valentin sah ihn ungläubig an. Er atmete tief durch, strich sich über seinen Rock und versuchte, die ungehörige Anspielung zu ignorieren. »Ich kenne sie, seit sie ein Kind war. Glaubt mir: Sie ist eine großartige Künstlerin und Forscherin. Wäre sie ein Mann, wäre Frankfurt stolz auf dieses Kind der Stadt.«
Der Schreiber zog die Augenbrauen hoch und schaute nachdenklich auf das Papier. »Na, immerhin ist sie eine Merian. Waren ja schon immer Künstler, haben ja den Verlag und die Druckerei. Sogar wir haben dort Schriften in Auftrag gegeben.« Er warf Valentin einen skeptischen Blick zu.
»Allerdings wird es schwer werden. Die Anschuldigungen sind erdrückend. Auch wenn Eure Angaben durchaus interessant sein könnten.«
Valentin sah ihn flehend an. »Bitte, Ihr müsst mein Anliegen so schnell wie möglich weiterleiten. Wenn möglich, werde ich auch als Fürsprecher bei der Anhörung zugegen sein.«
Der Schreiber atmete tief durch und rollte das Papier zusammen. »Also gut. Ich werde gleich einen Boten zu dem zuständigen Ratsmitglied schicken. Eure Geschichte muss Gehör finden. Gewiss wird sie für die Verhandlung wichtig sein.«
Erleichtert seufzte Valentin. »Habt Dank für Eure Mithilfe.«
Der Schreiber hob abwehrend die Hände. »Mir müsst Ihr nicht danken. Bisher ist noch nichts entschieden.«

Valentin trat zur Tür. »Ja, ich weiß. Aber wenn der Rat meine Aussage lesen wird, dann wird der Fall in ein anderes Licht gerückt.«

*

Bernhard Waldschmidt saß in seinem Lehnstuhl und starrte aus dem Fenster. Kalter Nebel hatte sich über den Hof und die Dächer der Stadt gelegt. Hinter ihm knisterte ein Feuer im Ofen, erfüllte den Raum mit wohliger Wärme. Doch ihm kam es so vor, als würde die Kälte seine Beine hinaufkriechen trotz der Decke, die ihm Ursula über die Knie gelegt hatte. Ursula. Sie war so schweigsam und abweisend gewesen. Sie hatte ihn gebeten, Conrad zur Vernunft zu bringen, regelrecht gefleht hatte sie. Von seiner Veränderung hatte sie gesprochen, davon, dass er ihr Angst machte, dass der eigene Sohn ein Fremder für sie geworden war. Bernhard wusste genau, wovon sie sprach, doch er wollte und konnte es nicht wahrhaben, wollte sich nicht eingestehen, dass er etwas tun musste. Er atmete tief durch, schloss die Augen und öffnete sie wieder. Erneut knackte es hinter ihm im Ofen, und plötzlich kam es ihm so vor, als würde ein leichter Luftzug seine Wange streicheln.

»Manchmal glaube ich, du bist noch hier«, flüsterte er in die Stille des Raumes. »Ich weiß, du verurteilst mich, hasst mich vielleicht für das, was ich tue. Christian ist unser Sohn. Du hast es mir nie gesagt, hast mir verschwiegen, dass du ihn unter deinem Herzen trägst. Weil ich davongelaufen bin vor dir, vor der Verantwortung, vor mir selbst.« Er schüttelte den Kopf und schlug mit der Faust auf die Stuhllehne. »Aber du bist Vergangenheit, hörst du.« Er stand auf, stützte sich auf der Stuhllehne ab und blickte in den Raum. »Wir leben hier und jetzt, und Conrad ist mein Sohn. Ich werde ihn nicht aufhalten, kann nichts für Christian tun. Conrad ist jetzt Pastor, er trifft die Entscheidungen. Das musst du verstehen. Ich muss ihm vertrauen und kann nur hoffen, dass er das Richtige tut. Er ist erwachsen und muss seinen Weg ab jetzt ohne mich gehen.« Entmutigt ließ er die Schultern sinken. »Ich rede mit mir selbst«, flüsterte er und setzte sich wieder. Erneut schien ein Luftzug seine Wange zu streicheln. Sein Blick wanderte in den nebelverhangenen Garten hinaus.

Er seufzte. »Du hast ja recht. Doch allein fehlt mir die Kraft.« Er atmete tief durch. »Aber vielleicht kann mir ein guter Freund helfen und beistehen. Zu zweit ist vieles leichter.« Er erhob sich erneut, griff nach seinem Spazierstock und öffnete entschlossen die Tür. Er musste zu Valentin. Sicher würde sein Freund wissen, was zu tun war.

*

Als Valentin wenig später seinen Buchladen betrat, fiel sein Blick auf die Fensterbank, auf der Maria so gern gesessen hatte. Er stellte seine Tasche auf den Boden, setzte sich darauf und strich mit der Hand über das Holz. Neben ihm lag ein Stapel Bücher. Er griff nach dem obersten und schlug es auf. Es war ein Buch, das die Schweizer Berge zeigte. Hohe Bergmassive waren auf den Gemälden zu sehen, mit schneebedeckten Gipfeln. Er blätterte die Seiten durch, überflog die Texte, besah sich die Bilder. Maria hätte dieses Buch anders angesehen. Sie hatte eine besondere Art, Bücher zu betrachten. Ihr sah man den Respekt vor dem geschriebenen Werk an, die Bewunderung für den Künstler. Er ließ das Buch sinken. Traurig schaute er auf den kleinen Tisch im hinteren Teil des Ladens, auf dem ihr Sommervögelbuch direkt neben dem Insecta Codex lag. Sie hatte es nach ihrer Rückkehr aus Langenschwalbach nicht abgeholt. Vielleicht würde sie es jetzt niemals mehr sehen. Er stand auf, ging darauf zu und griff danach. Doch dann ließ ihn das Läuten der Türglocke aufblicken, und er legte das Buch zurück.

Conrad Waldschmidt betrat den Raum. Valentin erstarrte.

Der Pastor schaute sich in dem winzigen Buchladen um und ging dann mit ernster Miene auf Valentin zu. »Das ist also der Mann, der denkt, er könnte meine Pläne durchkreuzen«, sagte er ohne Gruß.

Valentin machte einen Schritt zurück.

Conrad blieb vor ihm stehen. In seinen Augen blitzte es gefährlich. »Die Boten des Rates sind auch nicht mehr das, was sie waren.«

Er hob eine Schriftrolle in die Höhe.

Valentin erbleichte.

»Ihr seid also mit der kleinen Hexe befreundet. Und natürlich glaubt Ihr die Lügen, die sie Euch erzählt hat.«

Valentin erholte sich von seinem Schock.

»Maria würde mich niemals anlügen. Ihr wolltet sie töten, genauso wie Euren eigenen Bruder.«

Conrad ballte die Fäuste. »Das sind alles Lügen. Niemals ist dieses Judenbalg mein Bruder. Und sie ist eine Ausgeburt der Hölle, die Raupengeziefer sammelt und vom Teufel verführt worden ist. Genauso wie dieser Totengräber, mit dem sie Buhlschaft betrieben hat.«

»Ihr seid doch blind vor Wut und Hass. Maria Merian ist eine großartige Künstlerin. Ihre Gabe ist ihr von Gott geschenkt worden. Sie und Christian verbindet eine Seelenverwandtschaft, die Ihr niemals begreifen werdet. Zu dumm seid Ihr dazu. Ich werde heute Nachmittag zu dieser Anhörung gehen und ihre Unschuld beweisen. Nichts und niemand kann mich aufhalten.«

Unbändige Wut stieg in Conrad auf. »Nennt mich nicht dumm«, brüllte er und umklammerte einen Kerzenständer. »Ganz Frankfurt weiß, dass Maria Merian es mit dem Teufel hat. Heute Nachmittag werde ich dafür sorgen, dass sie und dieser verdammte Jude zum Tode verurteilt werden, und Ihr werdet mich nicht aufhalten.«

Er hob den Kerzenständer und schlug auf Valentin ein. Der Buchhändler hob abwehrend die Hände, doch das schwere Metall traf ihn direkt am Kopf. Blind vor Wut schlug Conrad immer wieder zu. Blut strömte über Valentins Gesicht, er sank auf die Knie. Immer fester schlug Conrad zu, prügelte auf den Schädel des Buchhändlers ein.

»Conrad, um Himmels willen.«

Die Stimme seines Vaters holte ihn in die Wirklichkeit zurück. Erschrocken drehte er sich um. Auf seinen Stock gestützt, stand Bernhard Waldschmidt in der Tür und starrte seinen Sohn fassungslos an.

Conrad blickte von seinem Vater auf Valentin. Überall war Blut. Angewidert ließ er den Kerzenständer fallen, machte einige Schritte rückwärts, stolperte auf seinen Vater zu und streckte ihm die Hände entgegen. »Er wollte es aufhalten, Lügen verbreiten. Es musste sein. Du musst das verstehen.«

Zu keiner Antwort fähig, sah Waldschmidt seinen Sohn an, der ihm wie ein Fremder vorkam.

»Mörder«, flüsterte er, »du gottverdammter Mörder.« Seine Stimme wurde lauter.

Conrad riss erschrocken die Augen auf.

Bernhard Waldschmidt ging langsam auf seinen Freund zu und sank neben ihm auf die Knie.
Conrad fuhr sich durchs Haar. Erst jetzt bemerkte er das Blut an seinen Händen. Er wich zur Tür zurück, drehte sich um und rannte davon.
Waldschmidt schaute fassungslos auf seinen toten Freund. Valentins Augen waren weit aufgerissen, blickten ihn starr an, vorwurfsvoll.
»Es tut mir so leid. Ich war blind, wollte es nicht sehen. Du hattest so recht, mein Freund.« Er schlug die Hände vors Gesicht, lehnte sich gegen den Lehnstuhl und begann zu schluchzen. »Wäre ich doch nur früher gekommen, nur zwei Minuten eher. Ich hätte es verhindern können.« Tränen rannen über seine Wangen.
Neben Valentin auf dem Boden lag Marias Sommervögelbuch. Blutspritzer bedeckten den bunten Einband. Traurig griff der Pastor danach und strich über den Titel. *Sommervögel* stand dort in geschwungenen Linien. Er schlug das Buch auf. Bunte Sommervögel schienen ihm entgegenzuflattern, und Blumen blühten in allen Farben. Er überflog die Texte, die, in deutscher Sprache geschrieben, neben den Bildern standen. Jedes einzelne Tier hatte sie von der Raupe bis zum fertigen Sommervogel festgehalten, jedes Stadium der Verwandlung gezeichnet. Fasziniert blickte er auf dieses Meisterwerk der Kunst. Nach einer Weile ließ er das Buch sinken und schaute auf seinen toten Freund. Das Blut auf seiner Stirn trocknete bereits. Jetzt wirkten seine Gesichtszüge nicht mehr angespannt.
Liebevoll strich er über die Wange seines Freundes. »Du hast recht gehabt, mein Freund. Diese wunderbare Gabe kann nur von Gott gegeben sein.« Er zog sich an dem Sessel hoch und griff nach seinem Gehstock. »Und ich werde jetzt dafür sor-

gen, dass dieser Wahnsinn ein Ende hat. Was ich schon längst hätte tun sollen.«
Entschlossen durchquerte er den Raum und schaute erst an der Tür noch einmal zurück.
Das Dämmerlicht des grauen Herbsttages hatte sich über den kleinen Laden gesenkt. Der alte Pastor atmete tief durch. Wie sehr würde er diesen einzigartigen Geruch vermissen, den es nur in Valentins Laden gab. Den Duft des Leders und des Leinens, vermischt mit dem Pfefferminztabak, den sein Freund so sehr liebte.
Entschlossen ballte er die Fäuste. Es musste ein Ende haben. Und wenn er dafür seinen Sohn opfern musste, dann sollte es eben so sein.

Kapitel 23

Maria hatte den Blick konzentriert auf das Fenster des Anhörungssaals gerichtet. Grau schimmerte das wenige Tageslicht durch die bleiverglasten Scheiben, auf denen die letzten Regentropfen der Nacht im Kerzenlicht funkelten. Sosehr sie sich auch anstrengte, heute erkannte sie keine Gesichter darin. Der Raum, die Menschen, alles schien weit weg zu sein. Sie schloss die Augen, und plötzlich war sie in Langenschwalbach in Ellis Kräutergarten. Ihre Freundin stand vor ihr, umhüllt von der Sonne. Lächelnd streckte sie Maria die Hand hin, doch ihre Worte konnte Maria nicht verstehen. Sie wurden übertönt von den Stimmen im Raum.

Maria öffnete die Augen wieder. Die Kerzen auf der Fensterbank und in den Kerzenhaltern an den Wänden hatten zu flackern begonnen. Ihr Licht malte gespenstische Schatten an die Wände, die wie böse Geister aussahen, wie Vorboten des Teufels, die sie in die Hölle reißen wollten. Eine Tür neben ihr wurde geöffnet und Christian hereingeführt. Sofort begann ihr Herz schneller zu schlagen. Grob drückte ihn der Wachmann auf einen der Stühle. Maria musterte ihn. Seine Hände waren auf dem Rücken gefesselt, seine Kleidung war zerschlissen, seine Wangen waren schmutzig und eingefallen, fettig und wirr seine Haare. Schüchtern hob Christian den Kopf und schaute zu ihr hinüber, versuchte zu lächeln. Seine Lippen waren aufgesprungen, die Augen umschattet und ohne jeden Glanz. Maria schluckte. Wo war der junge Mann geblieben, den sie gekannt hatte. Der Christian, der voller Träume und Hoffnungen gewesen war. Die Tür hinter ihr wurde geöffnet. Sie blickte auf. Jacob Marrell trat ein und setzte sich neben sie. Seine Miene war ernst, trotzdem strich er seiner Stieftochter, der er heute beistehen wollte, liebevoll über den Arm.

»Wir werden das gemeinsam durchstehen«, sagte er mit gedämpfter Stimme.

Maria ließ ihren Blick durch den Raum schweifen. Die wenigen Stühle waren bereits besetzt. Caspar saß neben seinem Bruder Matthäus, der eine säuerliche Miene aufgesetzt hatte. Dass er überhaupt gekommen war, wunderte Maria. Auch Fanny war gekommen, die jetzt schüchtern die Hand hob. Bei ihrem Anblick musste Maria lächeln. Heute war ein Donnerstag, ein Glückstag, würde sie sagen. Johanna war nicht da. Jacob erriet ihre Gedanken. »Sie hat es einfach nicht über sich gebracht. Die ganze Nacht hat sie geweint.«

Maria nickte, ihre Miene wurde hart. »Für sie bin ich schon verurteilt.«

»So darfst du nicht reden«, widersprach Marrell. »Sie ist voller Hoffnung und betet jeden Tag für dich.«

Maria dachte an die letzten Tage mit ihrer Mutter, an die fröhlichen Stunden in dem verwilderten Hinterhof, den sie mit so viel Freude in einen Kräutergarten verwandeln wollte. Sie hatten gelacht und miteinander geredet. Sie hatte geglaubt, das Eis zwischen ihnen wäre endgültig gebrochen, doch wie sehr hatte sie sich getäuscht. Ihre Mutter besaß nicht einmal das Rückgrat, ihrer Tochter beizustehen, jetzt, wo sie sie mehr brauchte als jemals zuvor.

Conrad Waldschmidt trat ein, eine in Leder gebundene Mappe unter dem Arm. Mit ernster Miene durchschritt er den Raum, die Augen stur geradeaus gerichtet. Er trug einen schwarzen Rock, samtene Kniehosen und polierte Absatzschuhe. Sein Haar war ordentlich nach hinten frisiert und zu einem Zopf gebunden, auf eine Perücke hatte er verzichtet. Er setzte sich an einen Tisch ihr gegenüber. Maria versuchte, seinen Blick aufzufangen. Doch seine Augen wanderten unruhig durch den Raum, immer wieder zur Tür. Auch seine Hände ruhten nicht. Nervös klopfte er auf den Tisch, öffnete seine Mappe, sortierte Papiere. Sie beobachtete ihn dabei, wie er seine Unterlagen durchschaute, eine Schreibfeder aus seiner Mappe zog, ein kleines Tintenfass. Sein kalter Blick, der voller Hass gewesen war, kam ihr in den Sinn. Vernichten hatte er sie wollen, in die Hölle schicken. Sie erinnerte sich an den Abend, an dem Bärbel starb. Der Raum begann, sich zu drehen, und plötzlich hatte sie das Gefühl, keine Luft mehr zu bekommen. Die Schatten an den Wänden, die Leute, die Gesichter, Fenster und Türen drehten sich immer schneller. Sie griff sich an die Kehle, begann zu röcheln. Schwarze Flecken tanzten vor ihren Augen, und in ihren Ohren rauschte es. Die Hölle, er würde sie dorthin schicken.

Sie spürte warme Hände auf den ihren. Beruhigende Worte drangen an ihr Ohr. Sie öffnete die Augen und schaute in Jacobs besorgtes Gesicht. Sie hörte seine Worte wie von fern: »Beruhige dich. Es wird bestimmt alles gut. Du wirst sehen, in ein paar Stunden bist du wieder zu Hause, und dann besprechen wir, wie es weitergeht.«

Sie atmete tief durch und nickte. Erneut schaute sie zu Christian hinüber. Doch die Sicht auf ihn war ihr versperrt. Ein Wachmann hatte sich neben ihn gesetzt.

Eine Seitentür wurde geöffnet, und drei Männer traten ein. Alle waren mittleren Alters, trugen schwarze Röcke, samtene Westen und Kniehosen. Schwarze Perücken ließen ihre Gesichter blass und farblos wirken. Sie hielt den Atem an, während sich die drei hinter ihren Stühlen plazierten und in die

Runde blickten. Auch das letzte Gemurmel im Raum war verstummt. Die Leute schauten gebannt nach vorn. Die drei Männer setzten sich, und der Gerichtsschreiber trat in die Mitte des Raumes. Maria kannte den dicklichen, rotwangigen Mann. Er war ein leidenschaftlicher Tulpensammler und hatte viele Gemälde bei ihrem Vater in Auftrag gegeben. Oft war er im Atelier gewesen, hatte ihr fröhlich zugezwinkert, laut gelacht und auch ihre Bilder bewundert. Heute war seine Miene ernst. Er stand aufrecht, das Kreuz durchgedrückt, räusperte sich und verlas laut den Grund für die heutige Anhörung. An Maria prallten seine Worte ab. Sie schaute erneut zu Christian hinüber. Er hatte sich ein wenig nach vorn gebeugt und blickte in ihre Richtung, nickte ihr sogar zu. Sie nickte zaghaft zurück. Jacob griff nach ihrer Hand und drückte sie fest. Dankbar sah sie ihn an.

Der Mann rollte sein Schriftstück wieder zusammen und trat zur Seite, postierte sich vor einer der Türen. Unruhe war im Raum ausgebrochen, einige Beschimpfungen ertönten.

Der mittlere der drei Männer ergriff nun das Wort. »Die Anschuldigungen sind schwerwiegend und erschütternd. Selten hat es in Frankfurt eine Anhörung dieser Art gegeben. Wir haben alle Unterlagen genauestens geprüft, Zeugenaussagen eingeholt.« Sein Blick wanderte zu Conrad, der sich beeilte zu nicken. »Die beiden Angeklagten wurden in einer Gruft auf dem Peterskirchhof aufgegriffen, wo sie offensichtlich Buhlschaft mit dem Teufel trieben.«

Ein Raunen ging durch den Saal. Maria errötete und senkte den Kopf.

»Aber dessen nicht genug. In dieser Gruft wurde ein Sarg voll teuflischer Götzenbilder gefunden, den der Angeklagte Christian angefertigt hat.«

Die Tür zum Saal wurde erneut geöffnet, und mehrere Män-

ner brachten den Sarkophagdeckel herein. Maria stockte der Atem. Sie hatten Agnes' Grab geschändet.
Christian sprang auf. »Was habt Ihr getan.« Er schaute Conrad wütend an.
Sofort wurde Christian von zwei Wachmännern zurück auf den Stuhl gezerrt.
Der Sargdeckel wurde an Maria vorbeigetragen. Sie schluckte. Die Sommervögel waren so lebensecht und erweckten auch jetzt noch den Eindruck, als wollten sie fortfliegen, dieser Welt entfliehen. Der Deckel wurde in der Mitte des Raumes aufgestellt. Die drei Männer musterten die Sommervögel.
Nach einer Weile richtete einer von ihnen den Blick auf Christian. In seinen Augen stand Interesse. »Sagt mir: Warum habt Ihr das gemacht?«
Christian sah den Mann überrascht an. Mit einer solchen Frage hatte er nicht gerechnet.
Der Wachmann zog ihn auf die Beine, schlug ihm auf den Rücken. »Antworte!«, befahl er laut.
»Die Butterfliegen sollten ihrer Seele helfen.«
Der Amtmann zog die Augenbrauen hoch. »Welcher Seele helfen?«
»Der Seele meiner Mutter.« In Christians Augen traten Tränen.
Der Gesichtsausdruck des Amtmanns veränderte sich, wurde milder.
Conrad sprang ungeduldig auf. »Das ist doch jetzt wirklich nicht von Belang. Es ist Teufelsgeziefer auf dem Sarkophag. Ich habe die beiden dabei erwischt, wie sie mit dem Teufel gebuhlt haben.«
»Schweig still«, ertönte es plötzlich von der Tür. Alle im Raum drehten sich um.

Bernhard Waldschmidt stand, auf seinen Stock gestützt, in der Tür. »Glaubt meinem Sohn kein Wort.«
Conrad erstarrte. Ungläubig sah er seinen Vater an, der zwischen den Stuhlreihen hindurchhumpelte.
Maria erkannte sofort, was der alte Mann unter dem Arm trug. Ihr Sommervögelbuch. Verwundert sah sie ihn an. Christian stand vor Verblüffung der Mund offen.
Bernhard Waldschmidt trat in die Mitte des Raumes.
»Niemals betrieben die beiden teuflische Wissenschaften oder machten sich der Hexerei und Buhlschaft schuldig. Maria Merian wurde ihr Talent von Gott geschenkt, wie dieses Buch beweisen wird.« Er hielt das Sommervögelbuch in die Höhe und legte es auf den Tisch des Rates. Verwundert schauten die drei Männer auf den bunten Einband. Bernhard Waldschmidt sah Christian in die Augen. »Und auch Christian, dem Totengräber, meinem Sohn, hat Gott eine wunderbare Gabe geschenkt.«
Ein Raunen ging durch den Raum, einige Leute sprangen auf. Christian sah seinen Vater ungläubig an. Dieser wandte sich nun an Conrad, seine Stimme wurde kalt. »Mörder!«, sagte er und hob die Hand. »Du hast dich vom Teufel verführen lassen.«
Conrad schaute verzweifelt um sich, kam hinter seinem Tisch hervor und ging auf seinen Vater zu. »Was redest du denn da, Vater. Du bist wirr. Ich bringe dich nach draußen.« Er wollte nach seiner Hand greifen, doch Bernhard wich zurück. Voller Verachtung sah er seinen Sohn an. »Er hat den Buchhändler Valentin Bruckner getötet, um zu verhindern, dass der Rat von seinen teuflischen Intrigen erfährt.«
Maria schrie auf. Waldschmidts Worte trafen sie wie ein Schlag. Valentin war tot? Fassungslos sackte sie auf ihrem Stuhl in sich zusammen.

Conrad wandte sich an den Rat, rang verzweifelt die Hände, deutete auf seinen Vater. Seine Stimme klang unsicher.
»Wem glaubt Ihr mehr? Mir, dem Pastor der Barfüßerkirche, oder einem alten, von Krankheit gezeichneten Mann?«
Der Rat wirkte hilflos. So einen Eklat hatte es während einer Anhörung noch nie gegeben.
Die drei Männer schauten von Conrad zu Bernhard, der stur sein Kinn vorreckte. Die Blicke der Männer trafen sich, und Conrad verstand. Niemals würden sie ihm glauben. Sein Vater hatte gewonnen. Panik stieg in ihm auf. Sie würden ihn als Mörder hinrichten, ihn, den Pastorensohn, der doch nur die Ehre der Familie retten wollte. Mit zittrigen Händen griff er unter seinen Mantel, packte den Griff des Messers, das er in seinen Hosenbund gesteckt hatte. Als hätte er geahnt, was kommen würde. Er zog es heraus und richtete es auf seinen Vater. Erschrocken wich Bernhard zurück.
»Ja, ich habe den Buchhändler getötet, und Edda, diese verdammte Hure, auch.«
Christian sprang auf. Er konnte es nicht fassen: Edda war tot.
»Verraten wollten sie meinen Plan, die Familienehre in den Dreck ziehen.« Er drehte sich zu den Leuten um, die ihn aus weit aufgerissenen Augen anstarrten. »Sie wollten alles zerstören.« Er wandte sich erneut an seinen Vater. »Du hast alles zerstört, konntest es nicht begreifen.«
Er trat einige Schritte nach hinten. Zwei Wachmänner setzten sich nach einem Wink eines der Ratsmitglieder in Bewegung. Conrad stand jetzt direkt neben Maria, die am ganzen Leib zitterte.
»Was musstest du auch zu dieser gottverdammten Hure gehen«, schrie Conrad, Tränen in den Augen. Die Wachmänner machten einen weiteren Schritt auf ihn zu. Verzweifelt wich er zurück, stieß gegen Maria. Die Wachmänner hoben beruhi-

gend die Hände. Da griff Conrad plötzlich nach Marias Arm, zog sie hoch und hielt ihr das Messer an den Hals.

Die Männer verharrten an Ort und Stelle.

»Noch einen Schritt näher, und sie ist tot.«

Maria spürte die Klinge am Hals, spürte seinen Atem, der nach Wein roch. Sie war wie erstarrt. Er ging mit ihr rückwärts zur Tür, alle Anwesenden im Blick. Maria musste achtgeben, dass sie nicht über ihre Füße stolperte. Panisch schweifte ihr Blick durch den Raum, blieb an Caspar hängen, der aufgestanden war.

Conrad öffnete die Tür. »Wenn ihr mir folgt, ist sie tot«, rief er.

Sie traten auf den Flur. Auch hier standen Menschen, die sie verwundert ansahen. Im Anhörungssaal wurde es unruhig. Maria schloss die Augen. Conrad bewegte sich schnell auf den Ausgang zu und die Holztreppe in das kleine Wannebachhöfchen hinunter, das im Nebel des Spätnachmittags versank. Über sich hörte Maria Stimmen. Wie betäubt ließ sie sich von Conrad mitziehen. Er hielt ihre Hand fest umklammert und zerrte sie zum Fluss hinunter. Am Ufer angekommen, schaute er panisch um sich.

Sie nahm allen Mut zusammen und versuchte, mit ihm zu reden.

»Das hat doch alles keinen Sinn. Bitte, so lasst mich gehen.«

Er zog sie an sich und schaute sie an. Sie zuckte zurück. Sein Blick war voller Hass. »Der Teufel steckt in dir. Sie werden es verstehen und werden mir glauben.«

Seine Stimme überschlug sich.

Hinter ihnen wurde es wieder lauter. Die ersten Verfolger tauchten aus dem Nebel auf.

Er zog sie weiter mit sich, am Weinhafen vorbei. Vereinzelt waren einige Fischerboote am Kai vertäut. Sie erreichten die

Alte Brücke. Auch sie lag verlassen im Nebelgrau des herannahenden Abends. Die Schritte hinter ihnen kamen näher.
»Conrad, das hat doch keinen Sinn«, rief Bernhard Waldschmidt.
Conrad blieb stehen. Noch immer hielt er Maria das Messer an den Hals. Die Leute blieben an der Brücke stehen.
Bernhard Waldschmidt ging langsam auf seinen Sohn zu, die Hände beruhigend erhoben. »Wir können über alles reden. Aber bitte lass die Kleine gehen. Ich bin es, der Schuld hat, nicht sie.«
Conrad schaute von seinem Vater auf die Leute neben der Brücke. »Du hast uns belogen, verraten und verkauft. Schande hast du über unser Haus gebracht.«
Waldschmidt machte einen weiteren Schritt auf seinen Sohn zu. »Ja, ich weiß. Ich hätte niemals in dieses Hurenhaus gehen sollen. Gott wird mich für meine Sünden strafen. Ich kann deine Wut verstehen. Aber bitte lass das Mädchen gehen. Lass uns die Sache miteinander klären.«
Maria sah ihn mit weit aufgerissenen Augen an. Sie spürte das Metall der Klinge auf ihrer Haut, Conrads festen Griff am Arm.
»Gar nichts wirst du klären«, brüllte Conrad.
Maria bemerkte, dass er zu weinen begonnen hatte. »Sie warten doch nur darauf, dass ich am Galgen baumle.« Er ließ das Messer sinken. »Der Mörder, der ich bin.«
Er ließ Maria los, stürmte zum Rand der Brücke kletterte hinauf und sprang.
Maria sank erleichtert in sich zusammen. Bernhard Waldschmidt eilte, so schnell er konnte, an die Brüstung, doch sein Sohn war bereits in den Fluten verschwunden.
Fassungslos beobachteten die Leute das Geschehen, keiner wagte, sich zu bewegen. Nach einer Weile drehte sich Bern-

hard Waldschmidt zu Maria um und legte ihr die Hand auf die Schulter. »Es ist vorbei, Mädchen. Endlich ist es vorbei.«
Er wandte sich von ihr ab und ging den Menschen entgegen, die auf die Brücke stürmten.
Er hatte seinen Sohn verloren, doch wann genau, das wusste er nicht mehr.

*

Maria stand in der Tür zu Valentins Buchladen und schaute sich fassungslos um. Der gewohnte Geruch von Leder und Leinen und der Hauch von Pfefferminztabak hing immer noch in der Luft. Doch heute gab es keine kleine Rauchsäule, die hinter dem Bücherstapel auf dem Schreibtisch in die Höhe stieg. An der Stelle, wo Valentin gelegen hatte, war ein großer Blutfleck zu erkennen. Der Tisch in der Ecke war umgekippt.
Maria betrat den Laden und ging zu den Bücherregalen, berührte so manches Buch, das auf einem der vielen Stapel lag, die den Boden bedeckten. Sie stellte den Tisch auf und setzte sich in den Lehnstuhl, wie sie es schon so oft getan hatte. Plötzlich fiel ihr Blick auf den Insecta Codex, der neben dem Stuhl auf dem Boden lag. Sie bückte sich, hob das Buch auf und öffnete es. Sofort schlugen ihr die bunten Bilder der Tiere entgegen, die lateinischen Wörter, die sie nicht verstand. Wehmütig strich sie mit den Fingern über die geschwungenen Buchstaben.
Caspar, der sie begleitet hatte, stand noch in der Tür. Eigentlich hätte er seine Halbschwester gleich heimbringen sollen. Maria wirkte geschwächt, ihre Augen glänzten fiebrig. Doch sie hatte sich geweigert, hatte unbedingt in den Buchladen ge-

hen wollen. Er beobachtete sie in ihrer Verzweiflung. Erneut schoss ihm durch den Kopf, dass er sie nach Utrecht hätte mitnehmen sollen. Was wäre so falsch daran gewesen, dachte er. Sie hätte in seinem Atelier zeichnen können, hätte ein anderes, für sie besseres Leben kennengelernt. Doch er hatte sie zurückgelassen, war selbstsüchtig gewesen und trug damit eine Mitschuld an allem, was geschehen war.

Traurig beobachtete er, wie seine Schwester Abschied nahm. Sie versank in dem klobigen Lehnstuhl, der seine besten Jahre bereits hinter sich hatte. Er betrat den Laden und blickte sich um. Die Wände wurden von Hunderten von Büchern gesäumt, sie stapelten sich auf dem Boden und zwischen Zeitungen und Schriftrollen. Selbst auf dem Fensterbrett lagen Bücher wild durcheinander, in allen Größen, in Leder oder Leinen gebunden. Ein klobiger Schreibtisch, auf dem ein staubiger Kerzenständer stand, verschwand unter den Zetteln und Schriftrollen.

Caspar trat neben den Lehnstuhl und legte seiner Halbschwester die Hand auf die Schulter. »Es tut mir so unendlich leid.«

Maria blätterte eine Seite um. »Er hat mir immer die Texte übersetzt. Ganz viele davon hat er mir laut vorgelesen, weißt du.« Ihre Stimme brach, und Tränen traten in ihre Augen. »Er hat mir zugehört, war der einzige Mensch in dieser kalten Stadt, der immer da gewesen ist. Was soll denn jetzt werden? Wo soll ich hingehen, wenn ich eine Frage habe, wenn ich mich verkriechen will vor der Welt dort draußen.« Sie wies zur Tür.

Caspar ging vor ihr in die Hocke und umschlang ihre Hände. »Du musst dich nicht mehr verkriechen, das verspreche ich dir. Wenn du eine Frage hast, dann kommst du zu mir. Und wenn du möchtest, dann bringe ich dir Latein bei, damit du

endlich die Worte in den Büchern verstehen kannst.« Er schaute Maria eindringlich an. »Ich verspreche dir: Ich werde dich nicht mehr alleinlassen und immer für dich da sein, was auch geschieht.«
Maria nickte. Tränen rannen über ihre Wangen und tropften auf das Buch. Hektisch wischte sie sie ab. »Jetzt beschmutze ich es noch.«
Caspar griff nach dem Buch und schlug es zu. »Wir nehmen es mit. Sicher würde Valentin wollen, dass du es bekommst.« Er legte seinen Arm um seine Schwester und half ihr aufzustehen. Zitternd lehnte sie sich an ihn.
»Ja, das glaube ich auch«, flüsterte sie, während sie zur Tür gingen und zum letzten Mal die kleine Türglocke läutete.

Christian stand am Ufer des Mains. Grau und düster wirkte der noch junge, in Nebel gehüllte Tag. Irgendwo kreischten zwei Möwen, eine Gruppe Enten flatterte vor ihm auf und verschwand zwischen den schemenhaft wirkenden, kahlen Zweigen der Bäume. Wie lang er schon durch die Gassen der Stadt streifte, wusste er nicht. Irgendwann war er allein gewesen, ohne die vielen Menschen, mit denen er in die Stadt zurückgekehrt war. Maria hatte er kurz hinter der Brücke aus den Augen verloren. Manch einer hatte ihm gratuliert, andere hatten ihn nur neugierig angestarrt. Seltsam fremd war ihm alles vorgekommen. Ein Mitglied des Rates hatte ihm entschuldigend auf die Schultern geklopft. Er hatte es wie aus weiter Ferne wahrgenommen. Er war einfach mit den Menschen mitgegangen, über den Römerberg und die Neue Kräme hinunter. Nach und nach hatte sich die Gruppe aufgelöst, und am Ende hatte er allein vor dem Tor des Peterskirchhofs gestanden. Doch er hatte es nicht geschafft hineinzugehen. Das vergitterte Friedhofstor war für ihn wie eine Barriere in eine Welt gewesen, die wiederzusehen er noch nicht in der Lage war.

Er bückte sich, hob einige Steine auf und begann, sie ins Wasser zu werfen. Lange Zeit hatte er vor Eddas Haus gestanden, das wie immer aussah. Die Fenster waren hell erleuchtet gewesen. Frauenlachen und Musik schallten verlockend auf die Gasse, was in seinen Ohren wie Hohn geklungen hatte. Von hier draußen sah es so aus, als sei alles in Ordnung, als wäre Edda noch dort.

Ziellos war er danach durch die Gassen gelaufen und hatte irgendwann vor dem Haus seines Vaters in der Eschenheimer Gasse gestanden, es ratlos angestarrt. Dem Haus gegenüber war er auf den kalten Pflasterboden gesunken. Wie lang er dort grübelnd gesessen hatte, wusste er nicht mehr. In einer anderen Zeit war er voller Hoffnung, aber auch voller Angst hierhergekommen. Er hatte einen Traum gehabt, der alles zerstört hatte.

Er warf einen weiteren Stein ins Wasser und schlenderte am Ufer entlang bis zur Alten Brücke. Zu dieser Zeit war sie noch leer. Keine Händler trieben ihre Ziegenherden darüber, keine Pferde trotteten klappernd über das Pflaster, keine alten Mütterchen mit Huckelkiepen auf dem Rücken kreuzten seinen Weg. Nur ein Bettler lehnte an einem der Brückenpfeiler und schlief. Christian blieb vor ihm stehen. Der Mann hatte sich in seinen löchrigen Umhang gewickelt, trug eine zerschlissene Hose und lederne Latschen ohne Strümpfe. Er hatte einen langen grauen Bart, den Hut tief ins Gesicht gezogen. Sollte auch er so enden? Als Bettler am Straßenrand?

Er seufzte. Für Maria wäre der Mann ein gutes Motiv gewesen. Wehmütig dachte er an den Tag zurück, als sie hier miteinander gesprochen hatten. Er atmete tief durch, ging an dem Bettler vorbei bis zu der Stelle, wo Conrad in den Fluss gesprungen war. Vielleicht sollte er auch springen. Dann wäre es zu Ende, der Schmerz endgültig vergessen. Er kletterte auf das Brückensims, hielt sich an einer steinernen Statue fest und blickte in das dunkle Wasser. Seine Mutter hatte ihr Leben so beendet. Tränen traten in seine Augen und rannen heiß über seine Wangen.

»Bitte, spring nicht«, erklang plötzlich eine Stimme hinter ihm.

Christian wandte erstaunt den Kopf.

Bernhard Waldschmidt stand, auf seinen Stock gestützt, hinter ihm und streckte ihm die Hand entgegen. »Bitte, nicht springen«, wiederholte er seine Worte. »Jetzt, wo ich dich gefunden habe.«

Christian sah seinen Vater ungläubig an.

Der alte Mann senkte den Kopf. »Dich, meinen Sohn. Du hast ihre Augen, weißt du. Diese einzigartigen Augen voller Wärme, Zuversicht und Hoffnung.«

Christian kletterte von der Brüstung herunter, verschränkte die Arme und schaute seinen Vater abwartend an.

»Ich hätte Agnes niemals verlassen sollen. Sie war der einzige Mensch in meinem Leben, den ich jemals wirklich liebte, das ist mir jetzt endgültig klargeworden. Doch ich habe ihre Liebe mit Füßen getreten und sie ins Unglück gestürzt.« Er machte einen Schritt auf Christian zu und sah ihm in die Augen. »Aber meinen Sohn möchte ich nicht verlieren. Das weiß ich jetzt. Kannst du einem alten, sturen Esel wie mir vergeben?«

Christian sah seinen Vater eine Weile wortlos an. Doch dann

nickte er und legte seine Hand auf die von Bernhard. »Wie sollte ich das nicht. Endlich habe ich einen Vater, eine Familie.«
Bernhard Waldschmidt lächelte, doch dann wurde seine Miene wieder ernst. »Es tut mir leid, was Conrad dir und Maria angetan hat. Du musst mir glauben: Ich habe es nicht gewusst.«
»Stimmt es, dass Edda tot ist?«, fragte Christian.
Sein Vater zuckte mit den Schultern. »Etwas Genaues weiß man nicht. Im Hurenhaus ist sie nicht wieder aufgetaucht. Also ist es durchaus möglich. Edda ohne ihr Hurenhaus ist unvorstellbar.«
Christian nickte. Schweigend verließen die beiden die Brücke, liefen die stille Fahrgasse hinunter und erreichten die Mehlwaage, vor der bereits die ersten Bäckersleute warteten.
Das Grau veränderte sich und wurde heller. Die Stadt erwachte, Fensterläden wurden geöffnet, Kinderweinen war zu hören, Händler öffneten ihre Läden, Auslagen wurden nach draußen gebracht.
Sie schlenderten durch die Gassen, beobachteten die Leute, wurden verwundert angestarrt. Irgendwann erreichten sie die Barfüßerkirche. Vor dem Eingangstor blieb Waldschmidt stehen und strich mit den Händen über eine kleine Statue, die in den Türrahmen eingearbeitet worden war.
»Ich kenne einen Dombaumeister, der in Mailand tätig ist. Wir sind gute Freunde. Gewiss wird er mir den Gefallen tun und meinen Sohn zum Steinmetz ausbilden. Wenn dieser das möchte.«
Er wandte sich Christian zu.
Ungläubig sah Christian seinen Vater an. »Natürlich möchte er das«, stammelte er.

Über Bernhards Gesicht huschte ein Lächeln. »Gut, dann werde ich ihm noch heute schreiben.«

*

Blau schimmerte der wolkenlose Himmel über den kahlen Bäumen des Peterskirchhofs, die von weißem, im Sonnenlicht funkelndem Rauhreif überzogen waren. Maria atmete die kalte Luft tief ein, während sie zwischen den Gräberreihen hindurchschritt. In der Nacht hatte es zum ersten Mal geschneit, und die Gräber und Wege waren von einer leichten Schneeschicht bedeckt. Maria liebte den ersten Schnee, die Kälte, die mit ihrer Klarheit den Nebel vertrieb. Die letzten Tage hatte sie kaum wahrgenommen. Die Erschöpfung war zu groß gewesen. Sie hatte nur geschlafen und gegessen, manchmal Caspar gelauscht, der oft an ihrem Bett gesessen hatte, um ihr Geschichten vorzulesen. Dass sie Fieber gehabt hatte, hatte sie erst nach ihrer Genesung erfahren. Fanny war die ganze Zeit nicht von ihrer Seite gewichen. Auch hierher hatte die Magd mitgehen wollen, aber Maria konnte sie überreden, zu Hause zu bleiben. Was nicht leicht war, denn es war wieder einmal Mittwoch. Ein halber Tag. Glaubhaft hatte sie der Magd versichert, dass sie keine neuen Dinge beginnen würde. Sie erreichte Valentins Grab und blieb davor stehen. Irgendjemand hatte einen kleinen Tannenbaum darauf gepflanzt, einige Astern welkten neben dem Bäumchen. Noch stand kein Grabstein darauf, sondern nur ein einfaches Holzkreuz mit seinem Namen und dem Todestag.

Maria blieb tief durchatmend davor stehen. Erst nach einer Weile begann sie leise zu sprechen: »Ich war heute noch einmal in deinem Buchladen. Oder jedenfalls davor. Sie räumen ihn schon aus. Wer es ist, kann ich dir nicht sagen. Als ich kam, standen zwei Karren da, und einige Männer trugen deine Bücher nach draußen und warfen sie darauf. Du hättest sie ausgeschimpft, gezetert, so achtlos sind sie mit den Büchern umgegangen. Ich habe sie dabei beobachtet und eine Weile zugesehen, wie dein Leben fortgetragen wurde – dein Schreibtisch, die Regale, Lampen und Leuchter. Dein Nachbar, den du nicht leiden konntest, hat sich einen Großteil der Sachen unter den Nagel gerissen. Irgendwann habe ich den Anblick nicht mehr ertragen und bin fortgelaufen.«

Maria griff in die Tasche, die sie mitgebracht hatte, holte ihr Sommervögelbuch hervor und blickte wehmütig auf den bunten Einband. »Ich habe es dir mitgebracht. Ich weiß, du würdest sagen, ich soll es behalten. Doch ich möchte es dir schenken. Ohne dich wäre es nie so wunderschön geworden, wie es ist. Es soll bei dir bleiben und auf dich achten, so wie du darauf geachtet hast, als ich es nicht haben wollte.«

In Marias Augen traten Tränen. Sie bückte sich und lehnte das Buch an das einfache Holzkreuz. »Es tut mir so unendlich leid, Valentin. Niemals habe ich das gewollt.«

Sie strich mit der Hand über die feuchte Erde. Der Schnee taute langsam, und der Rauhreif begann von den Bäumen zu tropfen.

»Guten Tag, Maria.«

Maria klopfte das Herz bis zum Hals, als sie sich umdrehte.

Christian stand vor ihr und kratzte sich unsicher am Kopf.

Maria lächelte schüchtern. »Guten Tag, Christian. Wie geht es dir?«

»Gut«, antwortete er.

Schweigend standen sie sich eine Weile gegenüber. Keiner wusste so recht, was er sagen sollte.

Der Wind frischte auf und wehte den letzten Rest Rauhreif von den Bäumen. Zwischen den Gräbern schimmerte bereits wieder das Gras durch die dünne Schneedecke.
»Ich werde nach Italien gehen«, brach Christian das Schweigen.
Maria riss erschrocken die Augen auf. Was hatte sie gedacht, was jetzt geschehen würde? War da nicht ein letzter Funken Hoffnung auf Glück gewesen? Tief in ihr hatte sie daran festgehalten, dass sie einander finden würden. Doch anscheinend hatte das Schicksal anderes mit ihnen vor.
»Das ist gut«, antwortete sie, ohne ihn anzusehen. »Ich meine, es war doch immer dein Traum.«
Er machte einen Schritt auf sie zu. »Ich wollte das nicht.«
»Wir wollten das beide nicht.« Sie wich seinem Blick aus. »Italien also«, murmelte sie, hob den Kopf und sah ihm in die Augen. Sein warmer Blick überwältigte sie. Sie verlor die Fassung, begann zu weinen, schlug die Hände vors Gesicht.
Er umfing sie mit seinen Armen und drückte sie fest an sich. Sie spürte seinen rauhen Umhang an ihrer Wange, atmete seinen Geruch ein. Heute duftete er nach Holzrauch, nicht wie gewohnt nach Steinstaub und Erde.
Erst nach einer Weile löste sie sich wieder von ihm.
Beschämt wischte sie ihre Tränen ab. Er berührte sanft ihr Gesicht, folgte mit den Fingerspitzen der Spur ihrer Tränen. Schüchtern küsste er sie. Sie ließ es zu, genoss seine Wärme und Nähe, spürte seine Zunge in ihrem Mund. Sein Kuss wurde fordernder. Er zog sie noch fester an sich. Sie ließ es geschehen, und beide vergaßen alles um sich herum. Sie bemerkten auch nicht die in die Jahre gekommene Hübschlerin und den alten Pastor, die unweit von ihnen standen und versonnen lächelten.

Ein halbes Jahr später

Maria stand am geöffneten Fenster ihres Zimmers und schaute in den Kräutergarten ihrer Mutter. In den Beeten wuchsen bereits die ersten Pflanzen, streckten gierig ihre Blüten und Köpfe der Sonne entgegen. An der kahlen Wand rankte Efeu empor, zwischen dem lilafarbene Blüten wie fröhliche bunte Tupfer aussahen. Der Wind trug den Duft des Flieders in den Raum. Sie schloss die Augen, und plötzlich stand sie in Gedanken in Saras Garten, umgeben von Tulpen, Narzissen und Vergissmeinnicht. Die Sonne wärmte den alten Schuppen neben der Mauer, Eidechsen tummelten sich in den Ritzen, genossen die warmen Steine. Christian hatte gern auf dieser Mauer gesessen und in die Gasse dahinter geblickt. Vor einiger Zeit war sie dort gewesen. Er hatte recht gehabt. Diese Gasse war etwas ganz Besonderes. Sie hatte sich auf einen Felsen gesetzt und sie zu zeichnen begonnen. Die schiefe Mauer, die hinter den Häusern der Judengasse aufragte, die Grasbüschel, die zwischen den Pflastersteinen wuchsen, die Fachwerkhäuser, die verschlafen wirkten, denn nur wenige von ihnen waren bewohnt. Eine alte Frau hatte vor einem Haus in der Sonne gesessen.

Johanna trat neben ihre Tochter und riss sie aus ihren Gedanken. »Woran denkst du?«

Maria sah ihre Mutter geistesabwesend an. »Ach, an vieles und nichts.«

Johanna atmete tief durch. Sie ahnte, woran ihre Tochter dachte. »Es ist dein Hochzeitstag. Es ist wichtig, woran du heute denkst. Es sollten fröhliche Gedanken sein. Sonst wird die Ehe nicht glücklich.«

Maria lächelte. »Weißt du noch, woran du gedacht hast?«

Johanna nickte. »Ja, das weiß ich noch. Als ich deinen Vater geheiratet habe, habe ich mir ständig Sorgen um mein Kleid gemacht, denn es hat in Strömen geregnet.«

Sie strich ihrer Tochter über den Rock und zog das Mieder gerade. Maria trug bereits ihr Sonntagskleid. Ihr Haar war aufgesteckt und mit Blumen verziert.

Maria deutete lächelnd nach draußen. »Nun, darüber muss ich mir keine Gedanken machen.«

Johanna nickte. »Und Andreas wird dich gewiss glücklich machen. Jacob hat eine gute Wahl getroffen, denn er ist ein Künstler wie du.« Unsicher wanderte ihr Blick zur Tür. »Gestern Abend hat ein Bote noch ein Geschenk für dich gebracht. Ich dachte erst, ich gebe es dir nach der Kirche. Aber ich glaube, es ist besser, wenn du es jetzt öffnest.«

Sie zog eine kleine Schachtel aus ihrer Rocktasche und reichte sie Maria.

Maria öffnete die Schachtel.

Erstaunt blickte sie auf das Stück Stein, das darin lag.

Es war ein Abbild von ihr. Sie kannte nur einen Menschen, der ihr so etwas schenken würde. Vorsichtig hob sie die filigrane Steinmetzarbeit aus der Schachtel. Er hatte sie im Profil festgehalten, ihr Haar umrahmte sanft ihr Gesicht, ihr Blick war nach unten gerichtet. Tränen der Rührung traten in ihre Augen. Maria bemerkte nicht, wie ihre Mutter den Raum verließ, hörte nicht ihre Worte, die zum baldigen Aufbruch mahnten.

Wie verzaubert schaute sie auf ihr Antlitz, strich vorsichtig über den glatten, schimmernden Stein, der so gar nichts mit dem roten Sandstein gemein hatte, mit dem Christian früher gearbeitet hatte.

Irgendwann drehte sie den Stein um und entdeckte eine kleine Widmung.
»Für immer verbunden« war auf der Rückseite eingeritzt. Neben den Worten flatterte ein Sommervogel. Maria schloss die Augen, und ein Glücksgefühl durchflutete sie. Sie blickte in den Garten. Zwei Zitronenfalter tanzten über die Tulpen und flatterten zwischen die Zweige des Fliederbusches. Lächelnd drückte sie den Stein an ihre Brust.
»Für immer verbunden«, flüsterte sie leise, wandte sich vom Fenster ab und verließ den Raum.

Historische Personen

Maria Sibylla Merian
(2. April 1647 in Frankfurt am Main,*
† 13. Januar 1717 in Amsterdam)
Maria Sibylla Merian wurde 1647 als Tochter von Matthäus Merian dem Älteren und seiner zweiten Frau Johanna Catharina Sibylla Heim geboren. Ihr Vater war Kupferstecher und Verleger in Frankfurt, Herausgeber des »Theatrum Europaeum« und der Topographien. Durch seine häufig reproduzierten Stadtansichten war er weithin bekannt.
Als Matthäus Merian 1650 in Langenschwalbach starb, war Maria drei Jahre alt.
Ein Jahr darauf heiratete Johanna den Blumenmaler Jacob Marrell, einen Schüler der flandrischen Malerschule, der sich zwar in Frankfurt ein Atelier einrichtete, sich aber hauptsächlich in Utrecht aufhielt und nur wenig bei seiner Familie war.
Marias künstlerische Begabung wurde sehr früh erkannt, jedoch von der Mutter nicht gefördert. Sie fertigte heimlich auf dem Dachboden Kopien von Kunstblättern an. Ihr Stiefvater erkannte ihr Talent und förderte es, ließ sie von seinem Schüler Abraham Migon (1640–1679) unterrichten. Bereits im Alter von elf Jahren konnte Maria Sibylla Merian Kupferstiche anfertigen, und bald übertraf sie in dieser Technik ihren Lehrer und entwickelte einen persönlichen Malstil. Auf ihren Blumenbildern waren nach dem Vorbild der Utrechter Malschule kleine Schmetterlinge und Käfer zu sehen.

Maria begab sich mit ihrem speziellen Interesse an Schmetterlingen auf ungewisses Gebiet, denn für die Gelehrten des Mittelalters galten Insekten als unwürdige Tiere, die in einer Art Urzeugung aus faulendem Schlamm entstanden, oftmals wurden sie auch als Teufelsgeziefer bezeichnet. Maria erforschte die Metamorphose der Schmetterlinge und hielt deren typisches Umfeld in ihrem Skizzenbuch fest, sah die Tiere aber nicht nur mit sachlichem Blick, sondern betrachtete sie auch als Wunder der Schöpfung. Diese beiden Blickwinkel kennzeichnen ihr ganzes Lebenswerk und finden sich auch in den Begleittexten ihrer Bücher wieder.
Am 16. Mai 1665 heiratete Maria Johann Andreas Graff, auch ein Schüler ihres Stiefvaters Marrell. Die erste Tochter wird im dritten Ehejahr geboren. Die Ehe scheiterte, und Maria zog 1685 mit ihren beiden Töchtern auf das Schloss Walta-State nach Westfriesland, wo sich auch ihr Stiefbruder Caspar aufhielt. Dort hatte sie erstmalig Kontakt zu der Kolonie Surinam in Südamerika.
Im Juni 1699 wagte sie das Abenteuer und reiste mit ihrer Tochter Dorothea Maria nach Surinam, um dort Schmetterlinge zu erforschen. Eine der ersten Forschungsreisen jener Zeit, denn Reisen in die Kolonien waren üblicherweise dazu gedacht, um sich dort anzusiedeln, Sklaven auszubeuten und reich zu werden oder als Abenteurer Schätze zu heben.

Maria Sibylla Merian gehörte zu den ersten Forscherinnen, die die Metamorphose der Schmetterlinge beobachteten und etwas über die Lebensumstände dieser Tiere herausfanden. Vor allem die Verwandlung war bis dahin weitgehend unbekannt, auch bei vielen Gelehrten. Durch ihr Buch »Der Raupen wunderbare Verwandlung und sonderbare Blumennahrung« trug sie dazu bei, dies zu ändern, vor allem, weil das Buch in deutscher Sprache verfasst ist. Allerdings versagten ihr aus diesem Grund viele Wissenschaftler die Anerkennung, denn die Fachsprache der Gelehrten war Latein.

Matthäus Merian der Jüngere
(25. März 1621 in Basel,*
† 15. Februar 1687 in Frankfurt am Main)
Matthäus Merian war der älteste Sohn des Kupferstechers Matthäus Merian des Älteren und seiner ersten Frau Maria Magdalena, geborene de Bry.
Nach dem Tod seines Großvaters übernahm der Vater dessen Verlag in Frankfurt, und Matthäus d.J. wurde Schüler von Joachim von Sandrat. Mit ihm ging er 1637 nach Amsterdam, später nach Paris und London. 1642 kehrte Merian nach Frankfurt zurück, hielt sich aber 1643 bis 1647 zu Studienzwecken in Italien auf. 1647 nahm er am Friedenskongress in Nürnberg teil, wo er von mehreren Teilnehmern Porträts anfertigte. Ab 1647/48 stand er auch in den Diensten des schwedischen Generals Carl Gustav Wrangel, den er mehrmals porträtierte.
Nach Frankfurt kehrte er nach dem Tod seines Vaters 1650 zurück, wo er zusammen mit seinem Bruder Caspar Merian dessen Verlag weiterführte. Die größten Erfolge erzielte Merian als Porträtist. Er schuf Gemälde von der 1658 stattfindenden Kaiserkrönung Leopolds des I. in Frankfurt sowie zahlreiche Altarbilder, darunter die im Bamberger Dom und in der Barfüßerkirche Frankfurt.
Merian starb am 15. Februar 1687 in Frankfurt. Sein Grab auf dem Peterskirchhof in Frankfurt ist erhalten.

Caspar Merian

(13. Februar 1627 in Frankfurt am Main, † 12. April 1686 Schloss Walta in Westfriesland)*

Er war ein Sohn des Kupferstechers Matthäus Merian des Älteren. Seine Mutter war dessen erste Frau Maria Magdalena, geborene de Bry.

Nach dem Tod seines Vaters leitete er gemeinsam mit seinem Bruder Matthäus Merian d. J. dessen Verlag in Frankfurt. Sie führten die Herausgabe des von ihrem Vater begonnenen Hauptwerkes der Topographia Germania und des Theatrum Europaeum fort und fertigen darüber hinaus zahlreiche weitere Stiche an. 1677 übersiedelte er nach Westfriesland, wo er bis zu seinem Tod lebte.

Jacob Marrell

(1614 in Frankenthal, † 1681 in Frankfurt am Main)*

Jacob Marrells gleichnamiger Vater war Stadtschreiber und Rechtsgelehrter in Frankenthal. Nach dem Tod des Vaters zog die Familie im Dezember 1624 nach Frankfurt am Main, wo Marrell 1627 zum einzigen Schüler des Stillleben-Malers Georg Flegel wurde. Später, gegen 1630, malte und lernte er einige Zeit in Utrecht, bevor er 1651 in Frankfurt das Bürgerrecht erhielt und Johanna Sibylla Heim, die zweite Frau und Witwe von Matthäus Merian d. Ä., heiratete. Deren Tochter Maria Sibylla Merian unterrichtete er im Malen, Zeichnen und Kupferstechen. Es folgten weitere Aufenthalte in Utrecht, wohin er seinen zweiten Schüler Abraham Migon führte, sowie in Nürnberg. Im Jahr 1679 ließ er sich ganz in Frankfurt nieder und starb dort zwei Jahre später.

Johanna Catharina Sibylla Heim
(vor 1632, † 1690 Schloss Walta in Westfriesland)*
Sie heiratete am 11. Mai 1645 Matthäus Merian den Älteren. Nach seinem Tod im Jahr 1650 heiratete sie 1651 den Maler Jacob Marrell.
Genauere Daten über ihr Leben gibt es leider nicht.

Johann Andreas Graff
(1. Mai 1636 in Nürnberg,*
† 6. Dezember 1701 in Nürnberg)
Er war Sohn des Rektors Johann Graff. Ersten Zeichenunterricht erhielt er bei dem wenig bedeutenden Leonhard Heberlein (1584–1656). 1653–1658 war er Schüler des Frankfurter Stillleben-Malers Jacob Marrell. Nach der Rückkehr aus Frankfurt nach Nürnberg ging er von 1660–1664 nach Venedig und Rom. Zurück in Frankfurt, heiratete er die Stieftochter seines Lehrers Marrell, Maria Sibylla Merian. Bis 1670 wohnte das Paar in Frankfurt, siedelte dann aber nach Nürnberg über. 1670–1681 war Graff an der Herausgabe der Werke seiner Frau, *Der Raupen wunderbare Verwandlung und sonderbare Blumennahrung* (1679–1683) und *Neues Blumenbuch* (1680), tätig. Nach dem Tod Marrells zog die Familie wieder nach Frankfurt, wo es zu einer Entfremdung des Paares kam. Nachdem Maria Sibylla ihren Mann 1685 verlassen hatte, kehrte er nach Nürnberg zurück und betrieb die 1694 vollzogene Scheidung.

Bernhard Waldschmidt *(1608–1665)*
Pfarrer Bernhard Waldschmidt wurde vor allen Dingen durch seine 28 Hexen- und Gespenstpredigten bekannt, die er in der Barfüßerkirche in Frankfurt gehalten hat und 1660 veröffentlichte. Er eiferte gegen alles, was nicht seinem lutheranischen

Weltbild entsprach. Sein Feind war vor allem der Teufel mit seinem Gefolge, aber auch gegen die Jesuiten und Juden wetterte er.
Er lebte tatsächlich einige Zeit in der Eschenheimer Gasse, gemeinsam mit seiner Frau Ursula, über die leider nur sehr wenig überliefert ist.
In Frankfurt gibt es eine Waldschmidtstraße. Diese wurde nach seinem Sohn Johann Martin Waldschmidt benannt, der ab 1691 der erste hauptamtliche Bibliothekar der städtischen Bibliothek Frankfurts war.

Nachwort

Vom ersten Augenblick an, als ich Maria Sibylla Merian begegnete, war ich von ihr fasziniert. Sie hat sich von etwas begeistern lassen und ihr Leben lang gegen alle Widerstände daran festgehalten, was mehr als nur bewundernswert ist, wenn man bedenkt, in welcher Zeit sie gelebt hat. Das siebzehnte Jahrhundert war eine Zeit, in der das Leben der Menschen geprägt war von Krieg, Not und Krankheiten, aber auch von Aberglauben. In der heutigen Zeit freuen wir uns darüber, wenn wir einen Schmetterling sehen, damals wurden diese Tierchen abfällig als Butter- oder Schmandfliegen bezeichnet, ja, man glaubte sogar, sie wären verzauberte Hexen, die den Rahm stehlen. Was mochten die Menschen also damals von einem Mädchen gehalten haben, das Raupen sammelt und Schmetterlinge beobachtet und zeichnet, in einer Welt, in der schon viel weniger ausgereicht hat, um als Hexe auf dem Scheiterhaufen zu landen?

Direkten Verfolgungen war Maria Sibylla Merian nie ausgesetzt, aber ich bin fest davon überzeugt, dass nicht nur einmal hinter ihrem Rücken getuschelt oder mit dem Finger auf sie gezeigt wurde. Sie hat sich nicht beirren lassen und ist ihren Weg weitergegangen, liebte und verehrte ihre geliebten Sommervögel, wie sie die Schmetterlinge liebevoll bezeichnete.

Es ist als Autorin nicht einfach, einen Menschen wie Maria Sibylla Merian in einen historischen Roman einzubauen, ihr eine fiktive Handlung, nah an den historischen Fakten, anzudichten und sie mit dem Respekt zu behandeln, der ihr meiner Meinung nach zusteht. Ich hoffe, es ist mir gelungen, Ihnen dieses junge und oftmals eigenwillige Mädchen ein wenig näherzubringen und Sie mitzunehmen in ihre Welt, die wahrscheinlich nur Maria selbst verstanden hat. Der Buchhändler Valentin und auch Christian, der Totengräber, sind frei erfunden, aber ich wünsche, hoffe und glaube fest daran, dass Maria solch wunderbare Menschen um sich hatte, die sie verstanden und unterstützten. Ich sehe Schmetterlinge jetzt mit anderen Augen, freue mich über jeden von ihnen und denke bei ihrem Anblick sehr oft an Maria Sibylla und ihre »Sommervögel«.

Nicole Steyer

Das Pestkind

Roman

Rosenheim zur Zeit des Dreißigjährigen Krieges: Die junge Marianne lebt und arbeitet in der Brauerei, die von der Witwe Hedwig Thaler geführt wird. Die alte Frau hat Marianne bei sich aufgenommen und aufgezogen – doch das Mädchen hat von ihr nur böse Worte und Ungerechtigkeiten empfangen. Einzig der Pfarrer des Ortes begegnet Marianne freundlich und nimmt sie vor den Anfeindungen der Leute in Schutz: Diese sehen in ihr so etwas wie eine Hexe, da sie einst die Pest überlebt hat. Doch dann liegt eines Tages Hedwig Thaler erschlagen auf dem Hof – und nur Marianne ahnt, wer der Mörder ist ...

Wer wird die Nächste sein?

Nicole Steyer

Die Hexe von Nassau

Roman

Das Herzogtum Nassau im Jahr 1676: Hier lebt die junge Katharina mit ihrer Mutter in der Nähe der Stadt Idstein. Als Graf Johannes seine grausamen Hexenverfolgungen beginnt, geraten die beiden Frauen in Gefahr. Katharinas Mutter wird hingerichtet. Und auch das Mädchen bleibt von Verdächtigungen nicht verschont, denn sie ist in das Visier des skrupellosen Henkers Leonhard Busch geraten. Dieser schreckt vor nichts zurück, um Katharina in seine Gewalt zu bringen.

KNAUR